REBECCA BRANDEWYNE

Wilde Agaven

Buch

Die junge Jenny Leigh Colter will nur eines – die Tragödie vergessen, die hinter ihr liegt. Einsam, doch entschlossen tritt sie die lange Reise zu den grünen Hügeln von Missouri an, um dort eine Stelle als Lehrerin zu übernehmen. Doch der Zug transportiert nicht nur Fahrgäste, sondern er hat auch Gold geladen – Gold, das sich der berüchtigte Luke Morgan gewaltsam holen will. Während des Überfalls jedoch vergißt er beinahe seine Beute über den blitzenden grauen Augen einer mutigen kleinen Person ...

Von dieser Sekunde an steht Jennys Welt Kopf. Wie ein Orkan fegt der gefürchtete, tollkühne Bandit in ihr Leben. Sie ist wie hypnotisiert von seinen eisblauen Augen, wie gefesselt von seiner faszinierenden Ausstrahlung. Doch als er sie beschwört, ihr Leben mit ihm zu teilen, wird sie in größte Gewissenskonflikte gestürzt. Muß die große Liebe nicht scheitern an einem Leben voller Gefahren, an einem Dasein auf der Flucht?

Autorin

Rebecca Brandewynes Erfolge kann man wohl kaum noch überflügeln: Sie wurde mit zahlreichen Preisen ausgezeichnet, und die Gesamtauflage ihrer Bücher beträgt weit über 10 Millionen Exemplare!

Im Taschenbuch von Rebecca Brandewyne lieferbar:

Desperado der Liebe (42576)
Heiße Stürme (42031)
Im Rausch der Nacht (42408)
In mondheller Nacht (41000)
Purpurblüten (43409)
Süße Dornen (43182)
Verschwörung der Herzen (42213)
Wildes Blut (42053)
Fieber der Sehnsucht (43982)

REBECCA
BRANDEWYNE

Wilde Agaven

Roman

Deutsch von Ursula Maria Röder

BLANVALET

Die amerikanische Originalausgabe erschien unter dem Titel
»The Outlaw Hearts« bei Warner Books, Inc., New York.

Für Mama,
die an mich glaubte.
In Liebe.

Umwelthinweis:
Alle bedruckten Materialien dieses Taschenbuches
sind chlorfrei und umweltschonend.
Das Papier enthält Recycling-Anteile.

Blanvalet Taschenbücher erscheinen im Goldmann Verlag,
einem Unternehmen der Verlagsgruppe Bertelsmann.

Deutsche Erstveröffentlichung Dezember 1998

Umschlaggestaltung: Design Team München,
Umschlagillustration: Daeni/Schlück, Garbsen
Satz: deutsch-türkischer fotosatz, Berlin
Druck: Elsnerdruck, Berlin
Verlagsnummer: 35037
Lektorat: SK
Redaktion: Petra Zimmermann
Herstellung: Heidrun Nawrot
Made in Germany
ISBN 3-442-35037-9

3 5 7 9 10 8 6 4 2

Erstes Buch

Nachhall

1. Kapitel

Ozark Mountains, Datum unbekannt

Tief im Herzen der Ozark Mountains liegt ein geheimnisvoller Fleck, von weitschwingenden Tannenzweigen den Blicken verborgen, umgeben von Zedern und früchtetragenden Eichen, deren Stämme moosbedeckt und von Efeu umrankt sind. Dort, in der Stille des Waldes, erklingt munter das Plätschern sanfter Wellen eines klaren, blauen Bachs.

Es ist ein kleiner Fleck, nicht größer als eine winzige Lichtung zwischen dicht beieinanderstehenden, knorrigen Bäumen, die ihn wie zeitlose Wachen umringen, hochaufragend und beschützend, ihn den neugierigen Blicken unwillkommener Eindringlinge entziehen. Gras, Moos und kriechende Ranken haben sich weich und teppichartig auf dem Boden ausgebreitet, vom Sommerregen, der Feuchtigkeit in den Bergen und dem Tau genährt, und Wildblumen blühen das ganze Jahr über üppig. Selbst in den kältesten Wintern, wenn der Schnee schwer auf dem brachliegenden Boden lastet und der sprudelnde Bach gefroren ist, gedeihen die tapferen Anemonen und lassen ihre bunten Blütenblätter auf die weißen kristallenen Flocken fallen.

Manche behaupten, den Fleck gäbe es seit alters her und er wäre von den Ureinwohnern als Kultstätte benutzt worden, denn hier und da sind ein paar seltsame Felsformationen, die einer Darstellung der Tiere des Waldes ähneln, und zwei geweihte Steine liegen in der Mitte. Andere halten dagegen, es sei ein Feenkreis, in dem heute noch der Zauber dieser zarten Wesen zu spüren sei, und daß die herumflatternden Schmetterlinge mit ihren hauchdünnen Flügeln in Wirklichkeit diese elfenhaften Wesen seien. Und wieder andere schwören, er gehöre den Hexen, die ihn verzaubert hätten, so daß diejenigen, die den Kreis betreten würden, für immer in einem seidigen Netz gefangen wären, aus dem es kein Entrinnen gäbe.

Nur die hier Ansässigen, die vom Alter gebeugten Einsiedler und drahtigen Fallensteller, die eins mit den Bergen sind, wissen, daß es nicht so ist. Aber sie sind ein einsilbiges Völkchen und werden über den Fleck kaum etwas erzählen, damit die beiden, die dort ruhen, nicht von denjenigen gestört werden, die kein Verständnis für Bande haben, die stärker sind als die irdischen, wie sie die meisten Sterblichen kennen.

Denn es ist ein verzauberter Fleck, an dem diese Dinge sich nicht vom Verstand erfassen, sondern nur mit dem Herzen erfühlen lassen. Dadurch sind auch die Geschichten entstanden, die sich hinter vorgehaltener Hand zugeflüstert werden.

Es sind nur wenige, die nach diesem Fleck suchen, und noch weniger, die ihn finden, denn die Ozark Mountains sind dicht bewaldet, und es gibt eine Reihe Höhlen dort, so daß man sich leicht verlaufen kann und ziellos umherwandert. Aber wenn die langjährigen Bewohner nach einem Schluck von ihrem selbstgebrannten Schnaps bedrängt werden, geben sie ihr Wissen preis und berichten einem von dem schmalen, gewundenen Pfad, dem man folgen muß, um dorthin zu gelangen.

Es ist ein einsamer Platz, passend für die beiden Grabsteine, die in der Mitte wie zwei Obelisken aufragen, alt, grau und verwittert, so daß die Inschriften mit der Zeit verblichen sind. Nur schwerlich lassen sich die Buchstaben mit den Fingern nachfahren und entziffern. Manche Leute jedoch brauchen sich nicht hinzuknien, um die Worte zu lesen – zumindest behaupten die hier Ansässigen das. Aber es sind nur wenige Glückliche, die einen Blick darauf werfen, mit dem Herzen lauschen und das Geheimnis erkennen, das hier verborgen liegt.

Aber, so erklären die hier Ansässigen, sie müßten dafür träumen können, an die Macht der Liebe glauben und zum Sonnenuntergang herkommen, um die Zeit zwischen dem schwindenden Tageslicht und der ersten Dämmerung, wenn derlei Geheimnisse enthüllt werden. Zu jeder anderen Zeit sieht man nur die beiden alten Gräber und hört nichts als die leisen Geräusche des Waldes: das harmonische Zirpen der Vögel und Insekten, das Knarren eines Astes und das Rascheln der Blätter als Antwort auf eine Brise.

Um die Zeit des Sonnenuntergangs könnte man jedoch wundersame Dinge erleben – so wenigstens behaupten es die hier Lebenden. Sollte man einer dieser wenigen Glücklichen sein und nah genug an den Ort herangehen, wo die grauen Grabsteine stumme Wacht über diejenigen halten, die darunter ruhen, würde man das im folgenden Geschilderte sehen.

Der grüne Teppich aus Gras, Moos und Ranken, feucht vom Tau des Dämmerlichts und dem ersten Abendnebel, überzieht die beiden Gräber gleich einer Decke, als ob diejenigen, die darin liegen, nur schlafen und schon bald aufwachen werden. Die untergehende Sonne wirft ihre Strahlen über das Land. Sie treffen auf den Wasserquell, bringen ihn zum Funkeln und tauchen den Platz in ein warmes Licht. Alles scheint vor Leben zu sprühen und wirkt wie aufgeweckt. Ein leichter Windhauch kommt auf und, wie das Parfüm einer Frau, weht einem der süßliche, schwache Geißblattduft in die Nase. Der Quell gurgelt, es klingt wie leises Lachen, und dreht man sich um, kann man inmitten der Blumen eine Frau sitzen sehen, den Rock ihres Kleides in weichen Falten um sich herum ausgebreitet.

Man spürt sofort, daß sie von dieser Erde stammt und ihre Sitten kennt. Ihr Haar ist braun wie die Wälder und der Lehmboden, ihre Augen sind grau wie Nebel, Tau und Regen, voll Wissen und Gefühl, überschattet von ein wenig Kummer, so als hätte sie einmal Dinge gesehen, von denen sie sich wünschte, sie wären ihr erspart geblieben. Sie ist jung und doch alt, wie alle, die von dieser Erde sind. Sie besitzt eine Schönheit, die von innen kommt, die ihr Gesicht strahlen läßt, so daß sie nicht von dieser Welt zu sein scheint – und das ist sie auch nicht. Berührt man sie, wird sie sich im Dämmerlicht auflösen. Deshalb halten sich diejenigen, die glauben, zurück.

So erscheint denn ein Mann neben ihr. Er ist vom Himmel und allumspannend. Sein Haar ist golden und silbern wie die Sonne und der Mond. Seine Augen sind blau wie das Firmament, alterslos und müde, so als hätte er, wie die Frau, zu viel Kummer erfahren. Er ist stark und doch auch weichherzig wie alle Elemente, die Leben oder Tod auf die Erde bringen. Er sieht gut aus, fast göttlich – er kann nicht wirklich sein –, und er ist es auch nicht. Wie die Frau ist er nur eine Erscheinung, die jene sehen, die glauben.

Er streckt seine Hände nach der Frau aus, nimmt sie in die Arme und küßt sie innig, leidenschaftlich. Sofort liegt spürbar das Verlangen in der Luft, das die beiden füreinander empfinden. Aber man fühlt nicht nur das allein, sondern viel mehr noch. Etwas, das einem das Herz anrührt und bittersüß bis in die Seele dringt. Doch das spüren nur diejenigen, die auch so geliebt haben wie die beiden Geister und deshalb auch verstehen können, daß das Leben ohne die Liebe nicht lebenswert ist und der Tod wirklich ein Nichts, das absolute Ende von allem.

Sinnlich drückt der Mann seinen Mund auf den der Frau, streicht ihr zärtlich mit der Zunge über die bebenden Lippen, ehe er sie liebevoll teilt, um die Süße zu kosten. Bedächtig und verführerisch erforscht er ihren Mund, sucht die feuchte Wärme und füllt sie mit seiner Zunge aus, so daß er nur mit einem Kuß schon ein Teil von ihr scheint und sie von ihm, wie sie es immer waren.

Sie hebt ihre Arme, schlingt sie um seinen Nacken und zieht ihn dichter an sich, während sie seine Umarmung und seinen Kuß mit gleicher Innigkeit erwidert. Ihre Lippen verschmelzen mit seinen, und ihre Zunge sucht seine. Sie bebt am ganzen Körper und erschauert, als der Mann sie fest an sich drückt und sich im Zaume hält, damit ihre Leidenschaft nicht zu rasch verfliegt.

Er faßt ihr mit beiden Händen in das braune Haar, das ihr bis auf die schmalen Hüften hinunterreicht, genießt es, ihre seidigweichen Strähnen in den Fingern zu halten und preßt seine Lippen auf ihre Wange, warm und glühend wie der Sonnenuntergang. Die Frau stöhnt, wenn auch nur leise, als er ihre Lider und ihre Schläfen mit seinen Lippen berührt, ihr Ohr findet, seine Nase daran reibt und ihr liebevolle Worte zuraunt.

Sein Atem ist wie die Sommerluft, warm und schwül, duftet nach Whiskey und Tabak, kitzelt sie und bringt sie zum Lachen, als sie sich enger an ihn schmiegt. Ihre Brustknospen verhärten sich, so daß er sie an seinem Oberkörper spürt, als sie seinen Lippen neckend ausweicht.

Der Mann lacht heiser, ehe er ihr erneut den Mund verschließt, diesmal drängender und verlangender ihre Lippen mit der Zunge teilt, tief in sie dringt und sie mit beiden Händen stillhält, so daß sie seinen Wünschen nachkommen muß. Zufrieden, daß sie sein ist, beginnt er sie zu streicheln, läßt seine Hände über ihren Rücken hinuntergleiten, umfaßt ihre Hüften und zieht sie an sich, so daß sie seine Erregung an ihren Schenkeln spüren kann.

Die Frau lehnt den Kopf zurück und bietet dem Mann ihren bloßen Hals. Begierig beugt er sich über sie, küßt sie zärtlich und scherzend zugleich, beißt sie spielerisch und überhäuft sie stürmisch mit vielen kleinen Küssen, bis er das Tal zwischen ihren Brüsten erreicht, wo ihn die vorgewölbten Hügel verführerisch locken.

Ungeduldig zerrt er an dem Oberteil ihres Kleides und der zarten Spitze ihres Unterhemdes, bis es keine Barriere mehr zwischen seinen Lippen und ihrer nackten Haut gibt. Er umfaßt ihre Brüste, streift mit den Daumen die beiden aufgerichteten Knospen, betastet sie und umkreist sie, bis sie sich ihm sehnsüchtig entgegenrecken. Er nimmt eine der beiden dunklen Kronen zwischen die Lippen, streicht mit der Zunge darüber und genießt das herrlich stimulierende Gefühl. Die Frau drängt sich an ihn, krallt sich in sein blondes Haar, preßt ihn an ihren Busen und seufzt über die glühenden Gefühle, die er bei ihr entfacht.

Es ist, als würde ihre Haut brennen, wo der Mann sie mit der Zunge berührt. Hitze breitet sich von ihren Brustspitzen aus, durchflutet den ganzen Körper, bis sie lichterloh in Flammen steht. Ein unwiderstehliches Prickeln hat sie erfaßt, läßt ihr Blut aufwallen, und ein fast unerträglicher Schmerz geht von ihrem tiefsten Innern aus, verbreitet sich, bis sie sich davon restlos verzehrt fühlt. Sie schreit auf, aber dennoch läßt der Mann nicht von ihr, sondern facht das Feuer weiterhin mit seinen Lippen an.

Erneut zerrt er an ihrem Kleid, zerreißt es, so daß es einem

Wasserfall gleich zu Boden rauscht und sich um ihre Füße aufbauscht, die weiße Unterwäsche obenauf.

Die untergehende Sonne am fernen Horizont wirft ihre letzten Strahlen auf die bloße Haut der Frau, liebkost sie und streift über jede zarte Rundung ihres Körpers. Wie die Erde und der Frühling wird die Frau in einen rotorangenen Schimmer gehüllt, so daß ihre Haut fast so transparent erscheint wie das schwindende Licht. Wie eine Erscheinung liegt sie jetzt am Boden in den Armen des Mannes, der seine Finger zwischen ihre Schenkel schiebt, mit den Lippen den Kern ihrer Weiblichkeit berührt und mit der Zunge in ihr warmes, feuchtes Innere dringt.

Die Frau keucht, schreit abermals auf. Ihre Stimme klingt melodiös und wohltuend in dem Zwielicht, vermischt sich mit dem Gesang der Vögel und der Insekten, dem Quaken der Frösche und Kröten und allen, die Zeugen dieses Paarungsgeschehens sind, das so alt und urtümlich ist wie die Zeit.

Bedächtig richtet sich der Mann auf, küßt die Brüste der Frau und ihren Mund, ehe er sich entkleidet, bis auch er nackt ist unter der Sonne. Sein Körper ist sehnig, die Haut kräftig und gebräunt und vom Schweiß der Leidenschaft überzogen, so daß sie anziehend glänzt und ihn zu einem Idol macht. Die Frau streichelt seine Brust, spielt mit dem weichen, dunkelblonden Haar auf seinem Oberkörper, das über seinen Bauch hinunter bis zu dem kraftstrotzenden stolzen Schaft zwischen seinen schmalen, muskulösen Schenkeln reicht.

Sie kniet sich vor ihn hin. Ihr langes, braunes Haar fällt wie ein Satinvorhang vor ihr Gesicht, als sie scheu mit ihren Händen nach ihm greift, ihn zärtlich mit den Lippen berührt und ihm mit der Zunge das Vergnügen bringt, das er ihr zuvor geschenkt hat. Jetzt stöhnt der Mann, ihr williger Sklave, der sich dem Augenblick hingibt. Sie duftet nach Geißblatt, und dieser betörende Geruch weht ihm entgegen, umhüllt ihn wie ein Kokon, den sie gewebt. Absolute Stille herrscht in diesem Moment. Alles hält den Atem an mit ihm, der sich in dem Zauber der Frau verloren hat.

Er atmet schwer, drückt die Frau rasch auf die Decke aus weichem Gras, samtigem Moos und zarten Ranken. Ihr Kopf ruht auf dem Blumenkissen. Einladend öffnet sie ihre Beine, lockt ihn mit Liebe und Verlangen. Kraftvoll dringt er in sie, spürt die Hitze ihrer Leidenschaft, die ihn empfängt und ganz umgibt, als sie ihn tief in sich aufnimmt, so daß er die Geheimnisse ihres Wesens erfährt. Immer und immer wieder finden sie sich, verschmelzen miteinander, werden eins, wie Himmel und Erde eins sind.

Die Sonne fällt auf die beiden Liebenden, die Träumer, die selig vereint sind und gemeinsam vor Wonne aufschreien, mitgerissen von ihrer Leidenschaft bis hinauf zu den höchsten Gipfeln der Ekstase und höher. Verzaubert scheint die Luft von dem Geheimnis ihrer Verbindung, das sich hier als das einfachste und zugleich umfassendste aller Gefühle herausstellt. Ihre tiefe Liebe zueinander hat die weltlichen Grenzen gesprengt, die beiden an diesen stillen Fleck geführt und hier festgehalten, wo sie dereinst entlangkamen und sich verträumt das Versprechen Liebender zugeflüstert haben. Deshalb können auch nur diejenigen, die daran glauben, die beiden sehen, denen dieser Ort gehört.

Während die flammende Sonne am westlichen Horizont versinkt, verglüht allmählich ihr Feuer, und der Mantel der Dunkelheit senkt sich schwarz und samten über die Erde nieder, bis vollkommene Stille einkehrt.

Die beiden, die sich eben noch hier geliebt und miteinander gelacht haben, sind verschwunden, und es ist so, als wären sie nie hier gewesen. Sobald die Sterne am Himmel erstrahlen, fragt man sich, ob die Liebenden überhaupt jemals da waren – oder ob man sie sich nur eingebildet hat.

Betroffen, tief beeindruckt und gerührt kehrt man um und macht sich auf den Rückweg durch die Wälder, die Berge hinunter, wo unbedeutendere Menschen wohnen. Aus einer alten, mit Wellblech gedeckten Hütte, die am Bergrand steht, ruft einem ein bärtiger Einsiedler von seiner recht verfallenen Veranda aus etwas zu. Er hält ein Schnapsglas in der Hand, sitzt im Schaukelstuhl und wartet.

»Kommen Sie herüber«, lädt er ein. »Kommen Sie ruhig her und setzen Sie sich auf ein Weilchen. Hier in der Gegend trifft man nicht allzu viele Fremde.«

Dankbar setzt man sich auf die knorrigen, grobgehauenen Planken der Veranda und wartet respektvoll, bis der Einsiedler zu sprechen beginnt. Die Geräusche der Nacht hallen in der Stille wider, während der Vollmond langsam höhersteigt und die Dunkelheit ihren Mantel ein wenig lüftet, so daß seine Falten nicht mehr so tief über die Hügel herabhängen, die sie an ihre Brust gedrückt hat, als wären es alles Kinder, die behütet werden müßten. Die Kreaturen der Nacht regen sich. Ihr Heulen und ihr Schreien vermischt sich mit dem Seufzen des Windes, dem Ächzen der Bäume und dem fernen Gemurmel eines Bergflusses. Schließlich wird die Warterei unerträglich.

»Erzählen Sie mir von den beiden Liebenden«, spricht man den Einsiedler atemlos und ehrfürchtig an, denn man bemerkt die Weisheit in seinem Blick. Er kennt die wahre Geschichte über diesen besonderen Fleck.

Der Einsiedler blinzelt, mustert den Fragesteller forschend und scheint ihm mit seinen feuchten Augen bis in die Seele gucken zu können. Kein Geheimnis bleibt ihm verborgen. Plötzlich dann nickt er, als wäre er zufrieden.

»Ich dachte, daß Sie früher oder später danach fragen.« Er schmunzelt amüsiert. »Das tun sie alle.« Er hält inne und fährt dann ruhiger und weniger gesellig fort. »Also wollen Sie mehr über die Herzen der beiden wissen«, sagt er. »Nun, viele Geschichten sind über sie erzählt worden, manche mögen stimmen, aber einige wiederum nicht, denke ich. Aber so ist das eben bei den meisten Legenden, nicht wahr? Ich schätze, ich weiß ebensoviel wie die anderen Leute, denn ich lebe schon seit vielen Jahren hier in den Bergen, in guten Tagen wie in schlechten …« Er verstummt, als erinnere er sich an längst vergangene Zeiten. Dann schüttelt er den Kopf und kehrt in die Gegenwart zurück.

»Aber wissen Sie, ich will nicht behaupten, daß ich die ganze Geschichte kenne«, erklärt er. »Nein, bestimmt nicht. Ich schätze, daß niemand das von sich sagen kann. Trotzdem finde ich, abgesehen von der Wahrheit, gibt es sicherlich keine passenderen Helden und keine wundersamere Geschichte.«

Erneut schweigt der Einsiedler, läßt seinen Blick über die

Berge schweifen, als wäre er wieder weit weg, denke an vergangene Zeiten und andere Orte. Er blinzelt ein paarmal. Schimmern da nicht Tränen in seinen Augen? Vielleicht liegt es auch am Mondlicht. Er nimmt einen kräftigen Schluck aus seinem Schnapsglas und räuspert sich.

»Ja. Sie waren schon ein denkwürdiges Paar, diese beiden«, berichtet er. »Sie war eine wunderbare Frau, und er ein richtiger Gauner, wenn es so etwas gibt. Keiner hätte vermutet, daß die beiden zusammenpassen. Aber sie sind zusammengekommen. Haben jeder etwas Besonderes am anderen entdeckt, das niemand anders bemerkt hat, denke ich. Aber so ist das bei der Liebe, oder nicht?«

Erneut verfällt er in Schweigen, und der Zuhörer ist ebenso still, wartet geduldig darauf, daß er die Geschichte erzählt. Denn offensichtlich tut er das nur selten und eher widerstrebend, so als würde der zauberhafte Bann verfliegen, je mehr Menschen davon erfahren. Und noch einmal mustert er forschend den Fragesteller, als müsse er sich vergewissern, daß sein anfängliches Urteil richtig war und er tatsächlich jemanden vor sich hat, der von ganzem Herzen an diese Dinge, die immerwährend sind, glaubt.

Sobald der Einsiedler erneut mit dem Erzählen beginnt, hebt und senkt sich seine Stimme ausdrucksvoll mit jedem liebevoll gewählten Wort.

2. Kapitel

Auf dem Land, Missouri, 1870

Jennifer Leigh Colter saß reglos auf der harten Bank in dem Waggon des Zuges, der sie westwärts ihrem Ziel entgegenbrachte, weit weg von ihrer Vergangenheit und Faxon's Folly, der Plantage, auf der vor fünf Jahren ihr Leben in Millionen kleiner Scherben zerbrochen war.

Bei einem bloßen Blick auf ihre schmale, reglose Gestalt hätte ein Fremder nicht mal erraten, welch tiefe Trauer sie mit sich trug. Ihr Verhalten deutete in keinerlei Weise auf die körperliche Müdigkeit, die Depressionen oft mit sich bringen. Sie saß kerzengerade da, hatte die Schultern gestrafft und die Hände sittsam im Schoß gefaltet, wie es sich für eine junge Frau ihrer Herkunft gehörte. Ihr hellbraunes Haar, zu einem Chignon im Nacken zusammengefaßt und zum Teil unter einem kleinen, mit Federn besetzten Hut verborgen, war frisch gewaschen, und nicht eine Strähne hatte sich aus ihrer Frisur gelöst. Obwohl ihr elegantes, graues Reisekostüm aus einem älteren Kleid gearbeitet worden war, das mit Reifen getragen wurde, war es hübsch bestickt und nur leicht mit dem Staub bedeckt, den alle Reisenden abbekamen. Ihre schwarzen Lederschuhe waren ein wenig abgetragen, aber dennoch blankgeputzt, und obwohl sie die Ziegenlederhandschuhe vorsichtig gestopft hatte, waren sie, wie auch das Spitzentaschentuch, das sie in ihren zusammengefalteten Händen hielt, tadellos weiß. Man sah ihr in jeder Hinsicht an, was sie war: eine junge Dame aus wohlhabender Familie, deren gutsituierte Umstände durch den Krieg erheblich reduziert worden waren.

So gesehen war sie zur Zeit im Süden kein ungewöhnlicher Anblick, und da Jenny nicht mal annähernd hübsch war, zog sie nur selten einen zweiten Blick auf sich. Aber hätte ein Fremder ein zweites Mal zu ihr hinübergeschaut, wäre sein Blick sicherlich an ihrem Gesicht hängengeblieben, und daran hätte er erkannt, daß nicht alles so war, wie es schien. In Jennys großen, ausdrucksvollen, grauen Augen lag ein dunkler Schatten, der auf Erfahrungen hindeutete, von denen jemand in ihrem Alter nichts hätte wissen dürfen. Der Blick ihrer erschreckend alten Augen sagte, daß sie Dinge gesehen und mit stillem Mut ertragen hatte, die eigentlich niemand sehen und überleben dürfte.

Erinnerte sie sich an diese Dinge, schloß sie die Augen, preßte das Taschentuch gegen ihre Lippen und wehrte sich dagegen, daß ihr die bittere Flüssigkeit im Magen hochkam.

Sie konnte sich doch nicht übergeben! Jetzt schon gar nicht – vor aller Augen im Zug. Aber Jennys plötzliche Übelkeit wollte nicht nachlassen. Manchmal passierte das. Dann überkam sie die

Vergangenheit ohne Vorwarnung, so daß sie ihre Reaktion kaum unter Kontrolle hatte, gleichgültig wie sehr sie darum rang.

Da sie fürchtete, sich übergeben zu müssen, stand sie auf, tastete sich blindlings an den Lehnen der Bänke entlang, wankte mit jedem Ruck, den der Zug machte, weil ihr schwindlig war, und lief den Gang hinunter zum Waschraum am Ende des Waggons.

Fast wünschte sie sich, sie wäre auf ihrem Platz geblieben, denn ihr ungeschicktes, auffallendes Humpeln entging den übrigen Fahrgästen nicht. Ihre verstohlenen Blicke offenbarten eine Mischung von Neugier und Mitleid, so daß sie sich wie eine der auf einer Kirmes zur Schau gestellten Mißgeburten vorkam. Dennoch stolperte sie vorwärts, da ihre Übelkeit sie antrieb.

Mit einem Seufzer der Erleichterung erreichte sie schließlich den kleinen Raum, der von der Eisenbahngesellschaft für den Ruf der Natur zur Verfügung gestellt wurde. Als sie drinnen war, schloß sie die Tür hinter sich und riegelte sie ab. Halb ohnmächtig lehnte sie sich gegen die eine Wand des winzigen, quadratischen Raumes, um Halt zu finden. Im selben Moment verlangsamte sich ihr Atem, und ihr aufgewühlter Magen beruhigte sich.

Obwohl ihre Hände bebten, schaffte Jenny es, sich etwas Wasser aus der Kanne in die flache Blechschale auf dem Waschtisch zu gießen. Sie nahm sich ein sauberes Tuch von dem Regal unter dem Spiegel und wischte sich damit den Schweiß aus dem Gesicht und vom Nacken.

Bald schon sah sie, wie wieder Farbe in ihre Wangen stieg, die unnatürlich blaß gewesen waren, wie immer, wenn sie jenen Tag auf Faxon's Folly in der Erinnerung durchlebte.

Es war ein Wunder, daß ich ihn überhaupt überlebt habe, dachte Jenny. Nur durch die Fürsorge und Ermunterung ihrer Großtante Henrietta und durch Cade hatte sie es geschafft, um ihr Leben zu kämpfen, als ihr Körper nur mehr eine leere Hülle gewesen war und ihr Geist von Entsetzen und Trauer wirr. Ja, sie hatte am Ende alles überstanden, die inneren Verletzungen waren verheilt und ihre Knochen wieder zusammengewachsen, wenn auch etwas schief. Auch geistig war sie genesen, obwohl sie sich manchmal, so wie jetzt auch, wünschte, das wäre nicht der Fall.

Gelegentlich verspürte Jenny Schmerzen in ihrem verkrüppelten Bein, aber auch die hatten mit der Zeit nachgelassen. Schlimmer waren die Alpträume, die sie immer wieder heimsuchten.

Nein, an die will ich nicht denken, entschied sie und barg ihr Gesicht verzweifelt in beiden Händen, als könnte sie damit die verheerenden Erinnerungen aufhalten.

Sie wollte nicht an die scheußlichen, unwirklichen Bilder denken, die sie gesehen hatte und die sich unauslöschlich in ihr Gedächtnis gegraben hatten, als ihr verwitweter Schwager Cade sie auf die Arme gehoben und nach Faxon's Folly zurückgetragen hatte. Sie wollte nicht daran denken, wie ihr Kopf leblos gegen seine Schulter gerollt war, wie sie benommen die Augen geöffnet hatte und sehen mußte, was er, selbst innerlich zerrissen, nicht bedacht hatte, vor ihr zu verbergen, da er sie für mehr tot als lebendig gehalten hatte.

Bitte, lieber Gott! Nicht jetzt. Nicht jetzt.

Sie versuchte, die Bilder zu verdrängen, die vor ihrem geistigen Auge erschienen, verschwommen und schlecht zu erkennen, so als ob sie sie durch eine unscharfe Linse sähe. Sie bewegten sich ruckartig in Zeitlupe, und dadurch wurde ihre Gräßlichkeit noch verstärkt.

Da war ein Mann, ein gemeiner, häßlicher Mann. Er lachte heiser, und seine starken, grausamen Hände waren … waren … In der Nähe sprangen einige Gestalten herum und feuerten ihn ermunternd an. Einer von ihnen entdeckte Jenny und deutete auf sie. Ein großes, schwarzes Höllentier, dem Blut aus den Nüstern spritzte, als ob es Feuer spucken würde, kam auf sie zugedonnert, den Teufel auf dem Rücken …

»Nein!« schrie Jenny immer und immer wieder. »Nein!«

Niemand hörte den gequälten Aufschrei. Er wurde vom Dröhnen des Zuges und dem Klacken der Räder auf den Schienen verschluckt. Darüber war Jenny sehr froh. Sie betrachtete sich im Spiegel und erkannte kaum die aufgelöste, tiefbekümmerte Frau, die ihr da bleich und mit aufgerissenen Augen entgegenstarrte.

Ich muß mich in die Gewalt bekommen, dachte sie. Ich muß es einfach schaffen.

Sie bebte am ganzen Körper, holte mehrmals tief Luft, um die aufsteigende Hysterie zu unterdrücken, die sie zu überwältigen drohte. Allmählich ließ ihr heftiges Herzjagen und das verrückte Zittern ihrer Nerven nach. Hastig schob sie die herausgerutschten Haarsträhnen in ihre Frisur zurück.

Was würde Mr. Horace Peabody, der Leiter der Schulkommission von Tumbling Creek, darüber denken, wenn er sie so sähe? Also, mit Sicherheit würde er sie in den erstbesten Zug nach Georgia setzen!

Jenny konnte es sich nicht leisten, daß das geschah. Ihre Großtante Henrietta, bei der sie in den vergangenen Jahren in Atlanta gewohnt hatte, war vor kurzem verstorben. Nach dem Bürgerkrieg zwischen den Staaten hatte die ältere Dame alle Mittel aufgebraucht, die sie hatte retten können, um sie beide durchzubringen, so daß von ihrem Vermögen kaum genug für die Kosten ihres Begräbnisses übriggeblieben war. Das Haus in der Peachtree Street, in der sie ihr ganzes Leben lang gewohnt hatte und das sie mit eigenen Händen vor den Yankees gerettet hatte, die es hatten abbrennen wollen, hatte verkauft werden müssen. Die wenigen Habseligkeiten, die Jenny geblieben waren, hatte sie freundlicherweise Doc Whitting überlassen, um die Kosten zu begleichen, die sie dem Krankenhaus durch die vielen schmerzlichen Monate ihrer Genesung noch schuldete.

Danach hatte sie angefangen, sich nach einer festen Arbeitsstelle umzusehen, auf die Tante Hetta, alt und gebrechlich wie sie war, Jenny aus Sorge um deren Zukunft in weiser Voraussicht vorbereitet hatte.

Nachdem der anfängliche Schock über jenen Tag auf Faxon's Folly begonnen hatte, sich von einer rohen, brennenden Wunde in einen dumpfen, pochenden Schmerz zu verwandeln, war Jenny von ihrer Großtante gezwungen worden, sich ein paar harten Fakten, die sie und ihr Leben betrafen, zu stellen.

Sie war nicht hübsch, deshalb war es unwahrscheinlich, daß sie das Interesse der Männer auf sich ziehen würde, die aus dem

Krieg ihren Nutzen gezogen hatten und es zu Reichtum gebracht hatten. Die wenigen Männer, die Junggesellen geblieben waren, hatten selbst Schwierigkeiten, mit ihren Mitteln auszukommen. Sie wollten weder die zusätzliche Belastung, die eine Frau bedeutete – noch konnten sie sie brauchen – und besonders nicht eine Frau wie Jenny. Sie war nicht nur wenig reizvoll, sie besaß auch kein Vermögen und hinkte obendrein. Sie hatte nicht die Schönheit, bei deren Anblick ein Mann sich wünschte, sie zu beschützen und liebzuhalten. Sie hatte auch nicht die Mittel zu bieten, die ihm sein Los im Leben erleichterten. Sie konnte weder einen Acker pflügen, noch vermochte sie endlose Reihen von Baumwolle zu ernten. Sie konnte einem Mann nicht mal ein Kind schenken, das ein Zeugnis ihrer Liebe zueinander gewesen wäre.

Nein, sie war dazu bestimmt, ein Leben als Jungfer zu führen, und im Gegensatz zu Tante Hetta, die wenigstens ihr Erbe gehabt hatte und sich während des Krieges auf ihre Familie hatte stützen können, besaß Jenny nichts und niemanden. Nach dem Tod ihrer Tante Hetta stand sie ganz allein da.

Selbst als Jenny bei dem Gedanken, ihre einzige Verwandte zu verlieren, Tränen vergossen hatte, hatte Tante Hetta erbarmungslos darauf bestanden, daß sie sich auf den Tag vorbereitete.

Zu guter Letzt hatte Jenny nachgegeben und sich entschieden, Lehrerin zu werden, und nach getanem Tagewerk im Haus in der Peachtree Street lernte sie eifrig bis weit in die Nächte hinein und erwarb so ihre Lehrberechtigung. Heute war Jenny froh, daß sie sich darum bemüht hatte. Da ihre Großtante tot war, mußte sie nun allein in der Welt zurechtkommen.

Sie konnte sich glücklich schätzen, daß sie so rasch eine Stelle gefunden hatte. Cades Cousin, der ein Geschäft in Saint Louis besaß, hatte ihm ein paar Pakete mit Artikeln für seine Anwaltspraxis geschickt, die er vor kurzem in Atlanta eröffnet hatte. In einer der Zeitungen, eingewickelt und gut verschnürt, hatte Cade eine Anzeige entdeckt, die er für Jenny ausgeschnitten und verwahrt hatte. Der kleine Ort Tumbling Creek in Missouri suchte eine qualifizierte junge Dame mit untadeligem Ruf, die die Leitung des einräumigen Schulhauses übernehmen sollte.

Die Bezahlung war mager, aber um diesen Nachteil auszugleichen, gab es den Anreiz einer separaten Wohnung, die aus Besuchszimmer, Schlafzimmer, Korridor und Küche bestand und die der Angestellten von der Schulkommission kostenlos zur Verfügung gestellt wurde.

Ein ganzes Haus! Jenny würde ihr eigenes Haus haben, nicht nur ein Zimmer in einer Pension. Das bedeutete, sie konnte Moses und Delcine, ihre farbigen Dienstboten, mitnehmen. Jenny hatte sogleich die Chance ergriffen, denn sie hatte sich bereits Sorgen gemacht, was aus den beiden werden sollte, wenn sie die zwei nicht versorgen konnte.

Sie hatte umgehend an Mr. Horace Peabody, den Leiter der Schulkommission von Tumbling Creek, geschrieben. Nach wochenlangem Warten hatte sie endlich eine Antwort bekommen. Sie hatte die Stelle erhalten und sollte sofort anreisen, damit vor Beginn des Herbstsemesters alles geregelt werden konnte.

Cade hatte sie liebevoll auf die Wange geküßt und, nachdem er Moses und Delcine aufgetragen hatte, gut auf sie aufzupassen, sie an den Zug gebracht, der nach Westen fuhr. Wie traurig und verlassen er ausgesehen hatte, als er dagestanden und ihr nachgeguckt hatte, bis sie aus seinem Blickfeld verschwunden war.

Einen verrückten Moment lang hatte Jenny an der Bremsschnur ziehen und zu ihm zurücklaufen wollen. Cade würde sie heiraten. Das hatte er ihr an dem Abend vor ihrer Abreise gesagt. Aber mit einer Weisheit, die weit über ihr Alter hinausging, hatte Jenny erkannt, daß das nicht das Richtige wäre. Cade sah in ihr einen Teil der Vergangenheit, und sie wünschte sich etwas, was sie niemals gehabt hatte und was sie jetzt im Alter von einundzwanzig auch vermutlich nie mehr bekommen würde.

»Warum, Jenny? Warum?« hatte Cade sie ein letztes Mal gefragt, ehe sie abgereist war. Sein dunkles, schmales Gesicht war über die Maßen betrübt und zornerfüllt. »Warum ist das passiert?«

Und Jenny, der die Trauer mitleiderregend im Gesicht stand, hatte geantwortet: »Mein Gott, Cade, meinst du, das hätte ich mich nicht unzählige Male selbst gefragt? Warum? Warum? Ich weiß es nicht! Ich weiß es wirklich nicht!« Dann mit etwas gedämpfterer Stimme hatte sie gesagt: »Es tut mir so leid, Cade, unglaublich leid. Ich wünschte ... ich wünschte, ich wäre an Mellies Statt ...«

Cade schluckte schwer. Sie wandte sich ab, damit sie nicht die heißen Tränen sehen mußte, die plötzlich in seinen Augen brannten. Er nickte und verabschiedete sich von ihr.

Jetzt, als Jenny sich daran erinnerte, schnürte sich ihr die Kehle zu, und sie bemühte sich, die eigenen Tränen zu unterdrücken, die ihr drohten, über die Wangen zu laufen.

Cade war ein guter Mensch. Sie dachte daran, was Tante Hetta ihr während der qualvollen Zeit ihrer Genesung erzählt hatte: wie Cade und Moses ihr zerschmettertes Bein vorübergehend mit Holzstücken geschient hatten, ehe sie sie den ganzen Weg von Faxon's Folly nach Jonesboro getragen hatten. Wie sie dort einen Maulesel und einen Wagen gestohlen hatten, um Jenny nach Atlanta zu bringen, nachdem sie festgestellt hatten, daß der einzige Arzt in Jonesboro ein schmutziger alter Quacksalber war, der zu betrunken war, sie überhaupt ordentlich zu untersuchen. Wie sie, nachdem sie Jenny sicher im Hospital untergebracht hatten, ihre Großtante verständigt hatten, um die lange Rückreise zur Plantage anzutreten, wo sie die armseligen Überreste ihres zerstörten Lebens begraben hatten und gleichzeitig nach Hinweisen gesucht hatten, um in Erfahrung zu bringen, wer diese Verwüstung angerichtet hatte und warum. Wie Cade einen Pfleger halbwegs zu Tode geprügelt hatte, um etwas Laudanum zu bekommen, damit ihre Schmerzen gelindert werden konnten, weil die Yankees sich weigerten, etwas von der kostbaren Medizin abzugeben, die sie für ihre eigenen Soldaten horteten. Wie er und Moses, da sie kein Geld hatten, ein Kühlhaus bestohlen hatten, damit Doc Whitting ihr steigendes Fieber senken und ihr Delirium unter Kontrolle bekommen konnte.

Ja, Jenny stand sehr tief in Cades Schuld, aber es wäre trotzdem nicht richtig gewesen, ihn zu heiraten. Sie konnte die Zeit damit nicht zurückdrehen, konnte ihm nicht mal sagen, was an jenem Tag auf Faxon's Folly passiert war.

Endlos hatte sie sich das Hirn zermartert und verzweifelt versucht, sich an das alptraumgleiche Geschehen zu erinnern – aber es half nichts. Bis auf die schrecklichen, verschwommenen Bilder, die sie heute noch quälten, war ihr Gedächtnis wie ausgelöscht. Es war so, als würde das, woran sie sich erinnerte, alles andere vollkommen verdrängen.

Ein plötzliches, lautes Klopfen brachte Jenny ruckartig in die Wirklichkeit zurück. Lieber Himmel! Wie lange hatte sie in dem Waschraum gestanden? Jetzt pochte jemand wütend an die Tür, verlangte von ihr, sich zu beeilen, und schimpfte, daß andere bereits warten würden.

Hastig goß sie das Wasser aus der Schüssel in das Abwasserbecken, räumte den Waschstand auf und warf das Tuch, das sie benutzt hatte, in den Korb, der zu diesem Zweck auf der Anrichte stand. Dann glättete sie ihr Haar und ihr Kleid, schloß die Tür des kleinen Raumes auf, entschuldigte sich murmelnd, zwängte sich, den Blick abgewandt, an dem großen, zornigen Mann vorbei nach draußen. Er schnaubte unfreundlich vor sich hin und warf die Tür des kleinen Raumes mit einem ohrenbetäubenden Knall hinter sich zu.

Sie errötete, als die übrigen Fahrgäste sie vorwurfsvoll ansahen, weil sie den Waschraum so lange besetzt gehabt hatte, und humpelte rasch zu ihrem Sitzplatz. Sie hoffte inständig, daß sie vor der nächsten Haltestelle nicht mehr den Waschraum aufsuchen mußte. Jedenfalls wagte sie sich nicht so schnell erneut in seine Nähe.

»Alles in Ordnung, Miss Jenny?« Ihr Dienstmädchen Delcine beugte sich vor. Im Gegensatz zu den meisten Negern sprach sie gebildet, da sie früher Miss Henriettas Gesellschafterin gewesen war und sich Mühe gegeben hatte, unter der Anleitung der alten Dame ordentlich sprechen zu lernen.

»Ja«, erwiderte Jenny und rang sich ein tapferes Lächeln ab, damit die Besorgnis aus den Blicken ihrer Bediensteten verschwand. »Mein Magen ist ein wenig aufgewühlt, das ist alles. Kannst du mal im Korb nachsehen, ob wir noch etwas zu essen übrighaben? Ich denke, ein paar Cracker würden vielleicht schon helfen.«

Delcine musterte ihre Herrin eine Minute lang skeptisch, sagte aber weiter nichts dazu, obwohl sie sofort erriet, daß Jenny sie belogen hatte, damit sie und Moses nicht weiter in sie drangen. Delcine war eine kluge Frau und hatte in den letzten Jahren mit Jenny in einem Haus gewohnt. Sie hatte oft genug die plötzliche Blässe in Jennys Gesicht gesehen wie auch das Zittern ihrer Hände, und sie wußte, wenn das geschah, erinnerte sich ihre Herrin an jenen Tag auf Faxon's Folly. Mit der Zeit war die Wirkung der verheerenden Erinnerungen schwächer geworden, aber vielleicht, so überlegte Delcine, vermochte sich ein Mensch von einem so entsetzlichen Schock nie mehr ganz zu erholen.

»Hier.« Delcine bot Jenny ein paar Cracker an, die vom Essen übriggeblieben waren. »Die sollten Ihren Magen beruhigen. Kein Wunder, daß Ihnen übel ist, Miss Jenny. Hier auf dieser harten Bank zu sitzen, wo der Zug daherrattert wie ein Gaul über den Acker holpert, macht genausoviel Spaß wie auf einem lahmenden Maulesel zu reiten. Ehrlich! Ich wäre nicht überrascht, wenn ich am Ende dieser Fahrt nur noch auf dem Zahnfleisch kauen kann. Ich habe das Gefühl, als wäre mir gerade der letzte Zahn ausgefallen.«

Zu Delcines Erleichterung huschte bei ihren absichtlich albernen Bemerkungen ein Lächeln über Jennys Gesicht und erhellte die Schatten, die ihre Augen verdunkelten. Moses grinste vergnügt.

»Du bist ein netter Mensch, Delcine.« Er rückte etwas näher an sie heran, um ihr das ins Ohr zu flüstern. »Und klug. Das ist heute einer von Miss Jennys schlechten Tagen. Ich merke das immer sofort. Aber du hast sie mit deinen lustigen Worten aufgeheitert. Jetzt sieht sie wieder so glücklich aus wie der liebe kleine Vogel, nach dem ihr Daddy sie benannt hat.«

»Pah!« schnaubte Delcine verächtlich und verfiel in den kunterbunten Dialekt der Neger, wie sie es immer tat, wenn sie mit Leuten ihres eigenen Schlages redete. »Was verstehst du denn schon davon? Du warst doch nur ein Feldarbeiter.«

»Was!« rief Moses gekränkt und richtete sich gerade auf. »Das war ich nicht! Nein. Ich war der beste Kammerdiener, den Master

Colter je hatte. Ich habe meine jungen Damen fast jeden Tag spazierengefahren und sie mit meinem Leben beschützt. Hast du eine Ahnung? Ich war nie ein Feldnigger!«

Listig wandte sich die hübsche Mulattin ab, so daß Moses das amüsierte Lächeln, das um ihre Lippen huschte, nicht sehen konnte. Seit fünf Jahren liebte Delcine den großen, gutaussehenden Schwarzen, doch er hatte sie bisher kaum beachtet. Sie hatten in Miss Henriettas Haus in Atlanta alle so hart gearbeitet, um das Dach über dem Kopf zu behalten, daß ihnen einfach keine Zeit blieb, an etwas anderes zu denken. Aber jetzt, wo ihre Situation sich verbessert hatte und Miss Jenny eine gute Stelle gefunden hatte, so daß sie alle davon leben konnten – wenn sie umsichtig waren und ihre Finger zusammenhielten –, wollte Delcine sich bei Moses bemerkbar machen.

»Pah!« Sie schnaubte erneut und reckte hochmütig ihre Nase. »Wenn du so klug warst, daß du der Kammerdiener der jungen Damen warst, wieso bist du dann nicht so klug und weißt, daß der Vogel, nach dem Miss Jennys Daddy sie benannt hat, ein einfacher Zaunkönig ist? Also, wenn du mich fragst, dann halte ich dich für dumm, Moses, und du gehörst doch aufs Feld, auch wenn sie dich nicht dorthin geschickt haben. Miss Jenny hat genug Probleme. Da brauchst du nicht auch noch zu sagen, sie sähe aus wie dieser arme, braune Vogel.«

»Na, Mädchen, für eine Hausnegerin hast du eine Menge zu lernen!« entgegnete Moses erzürnt. »Der kleine Vogel mag nach außen hin nicht besonders schön sein, aber dafür kann er die hübscheste Melodie zwitschern, die du je gehört hast, und wenn du ihn jemals singen hörst, kommen dir die Tränen – so schön singt er. Deshalb hat Master Colter Miss Jenny nach ihm benannt. Denn sie ist auch so, und eines Tages wird sie einen Mann finden, der dies bemerkt. Warte es ab.« Moses nickte wissend. »Ja, du wirst schon sehen, wie recht ich habe.«

Hoch auf einem kahlen Hügel, von dem aus man eine Aussicht über Devil's Holler hatte, schirmte Luke Morgan seine Augen gegen die gleißende Nachmittagssonne ab. Es war ein träger Sommertag, heiß und schwül oben auf dem blanken Hügel, auf dem nichts war, was Schatten bot. Unter ihm, wo die dichten Wälder die Hänge bedeckten, regte sich wenigstens eine kühle Brise, das wußte Luke, streifte durch die Blätter und lockte die Bewohner der Ozarks auf ihre Verandas, um das schöne Wetter zu genießen. Aber hier, bis auf das Summen der Fliegen und Moskitos, regte sich nichts. Luke schlug nach einem Insekt, das in seinem Nacken gelandet war. Dann zog er seine Uhr aus der Tasche und blickte ungeduldig auf die Zeiger. Er wandte sich an seinen ältesten Bruder Jebediah, der J. R. gerufen wurde, damit er nicht mit seinem Vater verwechselt wurde, der denselben Namen hatte.

»Wir sollten uns besser bewegen«, meinte Luke. »Wir haben nur noch ein paar Stunden, ehe der Zug durchkommt.«

»Ja, und es wird eine Weile dauern, die Schienen zu verlegen«, mischte sich Billy Clay aufgeregt ein. »Die Bolzen lassen sich verdammt schwer aus dem Boden graben.«

»Ich möchte mir die Gegend auch vorher ansehen«, erklärte Tobias. »Um sicherzugehen, daß sie für unsere Zwecke geeignet ist. Weißt du, J. R., du hättest mich wirklich vorher fragen sollen.« Seine Stimme klang vorwurfsvoll und leicht gekränkt.

»Pah!« brummte J. R. »Du und Luke, ihr wart in Centerville, habt euch mit den Jameses amüsiert. Da blieb keine Zeit, auf euch zu warten. Kommt, wir machen uns auf.«

Langsam ließen die vier Brüder ihre Pferde den Hang zu den dichtbelaubten, grünen Bäumen hinuntertraben, die das Tal bedeckten.

Die Männer sahen gefährlich aus. Ihre wachsamen Augen blitzten wie Stahl, und die Zähne hatten sie grimmig entschlossen aufeinandergebissen. Ihre Hände waren rauh vom jahrelangen Reiten. Ihre Finger schwielig vom häufigen Schießen. Ganz offensichtlich waren dies Männer, die Risiken eingingen, von denen die meisten behauptet hätten, das sei leichtsinnig – Männer, die dem Tod mehr als einmal ins Gesicht gelacht hatten. Auf Suchpostern wurde für jeden von ihnen eine kräftige Belohnung angeboten – ob tot oder lebendig –, und in zumindest fünf Staaten wartete für die ältesten drei der Galgen, sollten sie jemals gefaßt und ihrer Verbrechen überführt werden. Niemand wollte ihnen unbedingt in die Quere kommen, obwohl sie nach einem strengen Ehrenkodex lebten, der eigenartigerweise im Widerspruch zu ihrem kriminellen Tun stand. Seit fast zwanzig Jahren, bis Butch Cassidy sich mit seiner Hole-in-the-Wall-Bande einen Namen machen sollte, gab es keine anderen Banditen, die sich mit den Morgans vergleichen konnten.

Als sie erst einmal den ebeneren Boden erreicht hatten, ritten sie längs der Eisenbahnschienen, die sich über die sanften Höhen und durch die Täler des Landes schlängelten. Jahrelange starke Regenfälle hatten den Boden allmählich erodiert, und hier wurde das Tal enger. Zerklüftete Felswände ragten zu beiden Seiten auf und formten eine steinige Schlucht. Hier war der Wald so dicht, daß die Brüder unter dem grünen Dach, das die Laubkronen und die moosbehangenen Zweige bildeten, nur schwerlich mit ihren Pferden vorwärtskamen. Vorsichtig suchten sie sich deshalb einen Weg in dem Dschungel, um nicht aus dem Sattel gerissen zu werden.

Als Billy Clay ihnen bedeutete, sie hätten den richtigen Platz gefunden, hob J. R. zum Zeichen, daß sie anhalten sollten, seine Hand. Tobias saß ab und schaute sich in der Gegend um. Er ging ein paar Schritte in die eine Richtung, dann in die andere, musterte aufmerksam jeden Winkel, maß ab und kalkulierte, bis J. R. sich schließlich über die Warterei ärgerte.

»Nun?« fragte er lakonisch. »Geht das oder nicht?«

»Ich schätze, es wird gehen«, erwiderte Tobias trocken und ein wenig erzürnt, daß seine Überlegungen unterbrochen wurden. »Aber du hättest es mich wirklich überprüfen lassen sollen, bevor du den Überfall geplant hast, J. R. Du weißt, Billy Clay ist so dämlich, er kann einen Ameisenbär nicht von einem Wildschwein unterscheiden, und jeder Dummkopf kann sofort erkennen, daß hier in dem Tal zu viele Bäume stehen, um die Bolzen der Schienen zu lockern und die Verbindungsstücke herauszunehmen.« Ärgerlich wandte er sich an das jüngste Familienmitglied. »Wie zum Teufel hast du dir das bloß vorgestellt? Wie sollen wir durch den dichten Wald zurückgaloppieren, du Idiot?

Besonders wenn wir auch noch schwere Holzstücke hinter uns herziehen müssen?«

»Aber, Toby ...«, Billy Clay hob die Schulter, » ... daran habe ich nicht gedacht. J. R. hat nichts davon gesagt, daß keine Bäume in der Nähe stehen dürfen, sonst wäre ich den Schienen bis zur nächsten Lichtung gefolgt. Er hat mir nur gesagt, ich soll darauf achten, daß die Felswände schön hoch sind und dicht beieinanderstehen, und das habe ich auch gemacht. Verdammt, ich weiß nicht, worüber du dich so aufregst ...«

»Um Himmels willen!« schimpfte Luke und warf seinem jüngsten Bruder, über den er sich unweigerlich ärgerte, einen finsteren Blick zu. »Halt den Mund! Ich schwöre, du quasselst mehr unsinniges Zeug als ein Prediger am Sonntag!« Gelassen wandte er sich an Tobias. »Kein Grund, sich so aufzuregen. Wir fällen ein paar der Tannen und blockieren damit die Schienen. Das ist noch besser, als wenn wir die Verbindungsstücke lockern. Es sieht nämlich dann so aus, als hätte es vor kurzem ein schweres Unwetter gegeben und die Bäume wären vom Sturm ausgerissen worden. Die Ingenieure werden nicht so mißtrauisch werden. Mir hat der Gedanke, den Zug zum Entgleisen zu bringen, von Anfang an nicht gefallen. Die Lokomotive kann dabei umkippen, so daß jemand zu Tode kommt.«

»Deshalb war es ja auch so wichtig, daß es sich um einen engen Streckenabschnitt handelt«, erläuterte Tobias. »Damit die verdammte Lok nicht ausbrechen und Purzelbäume schlagen kann. Hätte Billy Clay wenigstens einmal seinen Grips be ...«

»Jetzt reicht es aber!« meldete sich J. R. scharf zu Wort, um den Streit zu beenden. »Wir müssen uns eben etwas einfallen lassen, und Lukes Idee ist der beste Vorschlag, den ich je gehört habe. Greift zu euren Äxten und macht euch an die Arbeit. Wir haben nicht mehr viel Zeit übrig.«

Rasch holten die drei jüngeren Männer ihr Werkzeug aus dem Sattelgepäck und begannen kraftvoll, Kerben in eine der herrschaftlichen Bergtannen zu hauen, die gerade und hochaufgewachsen wie eine Wache neben den Eisenbahnschienen in die Höhe ragte. J. R. saß auf seinem Pferd und hielt Ausschau nach der aufsteigenden Rauchwolke, die das Nahen des Zuges ankündigen würde.

Obwohl die berüchtigte Morgan-Bande, wie die Brüder im ganzen Land genannt wurden, seit Ende des Krieges Banken ausgeraubt, im gesamten Kreis Schätze erbeutet, Postämter und Kutschen überfallen hatten, war es das erste Mal, daß sie versuchten, einen Zug anzuhalten. Deshalb ließ sich auch diesmal ihr Vorhaben nicht so leicht umsetzen wie in den anderen Fällen, in denen sie ihre Vorgehensweise bis ins kleinste Detail geplant und ausgetüftelt hatten. Gewagte Taktiken, über die in Saloons an ausgelassenen Abenden gelacht wurde, oder kühne Eskapaden, über die tags drauf in der Zeitung berichtet wurde, hatten sich als Funken für die Phantasie derer erwiesen, die mit der Waffe lebten und starben. Aber diesmal hatten die Morgans leider keine besonderen Vorbilder gehabt, die ihre Arbeit erleichterten, da es in der Vergangenheit nur wenige Zugüberfälle gegeben hatte.

Die ersten Versuche in der Richtung waren 1866 von der Reno-Bande in Indiana erfolgreich ausgeführt worden. Sie hatten den Ohio & Mississippi Zug, kurz bevor er das Depot in Seymour verließ, bestiegen. Die Renos hatten, nachdem sie den Adams-Express-Company-Beauftragten überwältigt hatten, den Expresswagen ausgeraubt. Auf das Zeichen eines Komplizen hin, der mit mehreren Pferden etwas später auf der Strecke auf sie wartete, hatte die Bande die beiden Safes aus dem Zug auf den Boden gehievt und war von dem fahrenden Wagen abgesprungen. In einem Safe hatten sich fünfzehntausend Dollar in bar befunden, und in dem anderen, den die Renos gezwungen waren, zurückzulassen, weil sie ihn nicht öffnen konnten, waren dreißigtausend Dollar in bar und Gold gewesen.

Da Zugüberfälle bislang selten vorkamen, waren sie noch nicht zum bundesweiten Verbrechen erklärt worden, wurden aber als Verbrechen in dem jeweiligen Staat betrachtet, in dem sie begangen wurden. Aus diesem Grund waren die Morgans ein wenig nervös, da sie den Zug der Ozark Mountain Eisenbahngesellschaft auf ihrer Seite der Grenze zwischen Missouri und Arkansas aufhalten würden. Doch sie konnten die Gelegenheit nicht einfach verstreichen lassen. Es befand sich eine hübsche Menge Gold im Zug, das zum Aktienmarkt nach Kansas City gebracht werden sollte, und diese Sendung wollten sie stehlen. Außerdem hatten die Brüder, für den Fall, daß jemand anklagend mit dem Finger auf sie zeigen sollte, genügend Verwandte und Freunde in Tumbling Creek, ihrer Heimatstadt, die ihnen ein so sicheres Alibi verschaffen würden, daß nicht mal die unschlagbaren Agenten von Pinkerton es außer Kraft setzen konnten.

Darüber hinaus waren die Morgans äußerst umsichtig bei ihrem Vorgehen. Obwohl sie mehrerer Verbrechen verdächtigt und deretwegen auch gesucht wurden, war es unwahrscheinlich, daß ihnen jemand auch nur ein einziges davon tatsächlich nachweisen konnte. Die Leute mochten erraten, wer sie waren, mochten selbst ihren Namen gehört haben, aber es gab zu viele Morgans im Süden. Weil die Brüder ihre Gesichter immer gut verborgen gehalten hatten bei ihren Überfällen, hatte sie bislang noch niemand während eines Vorfalls zu deutlich zu Gesicht bekommen, daß er sie hinterher hätte identifizieren können. Diese Unsicherheit bezüglich ihres Aussehens wurde noch von der Tatsache verstärkt, daß die Morgans sich nicht hatten fotografieren lassen. Daher befand sich nicht mal ein Bild von ihnen in der Verbrecherkartei der Detektivagentur von Pinkerton, das ihr Erkennen in der Öffentlichkeit erleichtert hätte, da diese Fotos oft in Zeitungen und auf Suchplakaten abgedruckt wurden.

Bis J. R. den Rauch sichtete, der federartig in langgezerrten Fahnen aus dem Kamin der ahnungslosen Lokomotive aufstieg, hatten die drei anderen Männer es geschafft, eine große Tanne und zwei kleinere Bäume zu fällen. Die dichtbelaubten Stämme lagen in einem großen Haufen quer über den Schienen, als hätte ein starker Sturm sie ausgerissen.

»Billy Clay, du nimmst die Pferde und versteckst dich weiter hinten im Wald«, befahl J. R. ihm. »Du kannst in der Nähe von dem großen Felsblock am Fuße der Hügel auf uns warten.«

»Ach, J. R., warum bin ich immer derjenige, der nichts von dem ganzen Trubel mitbekommt?« jammerte Billy Clay enttäuscht. »Warum ...«

»Weil du dich unbedingt zur Wahl stellen willst, und weil du redest wie ein Wasserfall, deshalb!« schnitt J. R. ihm das Wort ab und brachte ihn damit zum Schweigen. »Du gehst Luke auf die Nerven, du gehst Toby auf die Nerven und mir auch. Jetzt nimm endlich die verdammten Pferde und verschwinde!«

Billy Clay schimpfte über die Ungerechtigkeit vor sich hin, saß aber auf und ritt mit den Pferden seiner Brüder davon. Die anderen drei Männer rückten sich ihre Halstücher bis über die Nasen hoch, zogen ihre Pistolen und versteckten sich hinter mehreren dichten Büschen, die wie Unkraut neben den Schienen wucherten.

»Hoffentlich weiß Raif, was er zu tun hat«, bemerkte Luke und spürte die Aufregung schon am ganzen Körper, als der Zug um die Kurve in der Ferne bog und endlich ins Blickfeld kam.

»Darauf würde ich mich nicht verlassen«, erklärte Tobias trocken. »Manchmal glaube ich, besitzt er ebensoviel Vernunft wie Billy Clay.«

»Wenn Raif weiß, was gut für ihn ist, wird er tun, was ich ihm gesagt habe«, versetzte J. R. »Sonst nagel ich ihn ans Scheunentor, wenn wir nach Hause kommen.«

Danach fand keine weitere Unterhaltung mehr statt. In erwartungsvoll geduckter Position warteten sie ungeduldig darauf, daß die Waggons näher kamen und den Punkt erreichten, wo sie mit quietschenden Bremsen anhalten mußten. Im Geiste bereiteten sich die Morgans schon auf den Überfall vor.

In der stickigheißen Kabine im hinteren Teil der Lokomotive lehnte sich der Ingenieur Quincy Yates aus dem Fenster, um die Schienen vor sich in Augenschein zu nehmen. Plötzlich entdeckte er die umgestürzten Bäume, die das Weiterfahren des Zuges behinderten. Da er ein alter Hase in seinem Beruf war und die Strecke Jonesboro – Springfield etliche Male gefahren war, seit die Ozark Mountain Eisenbahngesellschaft sie gebaut hatte, reagierte er in dieser Situation sofort, zog die Bremsen und rief den beiden Männern, die vorn das Feuer stocherten, alarmierend zu:

»Ebenezer! Nathan! Legt nichts mehr auf die Kohlen! Wir haben ein kleines Problem!«

»Was gibt es denn, Quince?« fragte Ebenezer, warf die Schaufel beiseite und betrat die Kabine. Die mit Kohlenstaub verschmierten Hände wischte er sich an einem schmutzigen Lappen ab.

»Nichts Ernstliches, aber ich schätze, es reicht, um uns eine halbe Stunde oder mehr aufzuhalten, verdammt! Ausgerechnet jetzt, wo wir so gut vorwärtskamen. Wie hätten fünf oder zehn Minuten früher als erwartet dort sein können. Darüber wäre der Boß sicher sehr glücklich gewesen. Verflucht! Was müssen die hier vor drei oder vier Tagen für ein Unwetter gehabt haben. Da sind ein paar Bäume umgestürzt und blockieren die Schienen. So ärgerlich ist das. Na ja, da läßt sich wohl nichts dran ändern. Du und Nathan, ihr müßt sie aus dem Weg räumen.«

»Klar, Quince. Komm, Nathan. Wir schnappen uns unser Werkzeug.«

Waggons stießen lärmend zusammen, der Zug wurde ruckartig angehalten. Der Dampf zischte, und die Räder knirschten in lautem Protest.

In den Waggons wurden Jenny und die anderen Fahrgäste wie Kugeln herumgeschubst und durch das abrupte Bremsmanöver fast von ihren Sitzen geschleudert.

»Lieber Himmel!« schrie Jenny auf und faßte mit einer Hand nach ihrem Hut, um ihn festzuhalten, während sie versuchte, sich aufzurichten. »Was kann denn da nur los sein?« Ihre Stimme klang besorgt, und ihre grauen Augen waren furchtsam aufgerissen.

Da Moses sogleich die ersten Anzeichen ihrer irrationalen Furcht sah, die bei ihr seit jenem Tag auf Faxon's Folly rasch aufkamen, schaute er hastig aus dem Fenster, um nachzusehen, was die Ursache für den Tumult war, und bemühte sich umgehend, seine Herrin zu beruhigen.

»Also, Miss Jenny ...«, er strich beschwichtigend über ihre Hand, »... es besteht kein Grund zur Sorge, denn da ist nichts, wovor Sie sich fürchten müssen. Das sind bloß ein paar alte Bäume, die vom Sturm umgeworfen worden sind. Sie blockieren die Schienen, und wir können nicht eher weiterfahren, bis jemand aussteigt und sie wegräumt.«

»Ach so«, machte Jenny kleinlaut und schämte sich ihrer Angst – die, so schien es wohl, unsinnig war. Sie konnte überhaupt nicht verstehen, warum sie heute dermaßen nervös war. Im allgemeinen hatte sie ihre Gefühle eisern im Griff, denn nur so konnte sie gelassen und normal reagieren. Die lange Reise mußte sie wesentlich müder gemacht haben, als ihr bewußt geworden war. »Nun, wenn das alles ist ...« Sie brach ihren Satz ab und lehnte sich auf der Bank zurück.

Ein paar Augenblicke später jedoch brach der Teufel los, als die Morgan-Bande aus ihrem Versteck sprang, um den Zug zu überfallen. Sie feuerten mehrere Schüsse aus ihren Armeecolts ab, und mit ihrem wilden »Jip-jip-jääh!«-Ruf, der durch die Quantrill-Räuber bekannt geworden war, stürzten sich die Brüder auf den Zug.

»Faßt die ja nicht an!« brauste Luke auf, als er sich in die Kabine der Lokomotive schwang, wo Quincy Yates, der zu spät die wahre Ursache für die umgestürzten Bäume erkannte, mächtig fluchte und ärgerlich an den Hebeln herumschalten wollte, um die Maschine wieder in Gang zu bekommen und die Barrikade beiseite zu rammen.

»Hände hoch! Aber ein bißchen plötzlich!« verlangte Luke. »Und mach dich da rüber zu deinen Kameraden.« Er deutete auf Ebenezer und Nathan. Im Gegensatz zu dem alten Quincy zitterten sie bereits im hinteren Teil des Führerhauses. »Beeil dich schon! Ich will dich nicht erschießen, wenn es nicht sein muß.«

»Luke ...« Tobias kam herbeigerannt und spähte durch die offene Tür herein. Seine Brillengläser spiegelten sich im Licht. »Koppel die Lokomotive ab und komm mit. Der verfluchte Expressbote hat sich in seinem verdammten Expresswagen eingesperrt, und er versucht gemeinerweise auf J. R. zu schießen.«

»Wo zum Teufel ist Raif?«

»Keine Ahnung.« Tobias schüttelte den Kopf und warf Luke einen vielsagenden Blick zu. »Er muß sich noch erst sehen lassen. J. R. ist bereits aus dem Häuschen.«

»Gut. Bin gleich da«, antwortete Luke.

Dann hörten sie J. R. brüllen: »Raiford! Du verfluchter Idiot!

Beweg deinen Arsch mal etwas schneller!« Sofort stürmte Tobias zum Expresswaggon zurück.

Hastig koppelte Luke die Lokomotive von den übrigen Anhängern los, und weil die Waggons auf einer leichten Anhöhe standen, begannen sie langsam einige Meter zurückzurollen. Überzeugt, daß er das Getöse der Lokomotive hören würde, falls der Ingenieur, der ein mutiger Mensch schien, es wagen sollte, sie wieder anzukoppeln und die Barrikade zu durchbrechen, sprang Luke aus der Kabine und beeilte sich, zu den anderen zu gelangen.

Bis dahin war sein Bruder Raiford, das Halstuch vor dem Gesicht, damit ihn keiner der Fahrgäste als einen der jungen Männer erkannte, die am Abend zuvor im Rauchwagenabteil gespielt hatten, schließlich mit gründlicher Verspätung und ohne Reue erschienen.

»Wo zum Teufel hast du gesteckt?« wollte J. R. wissen und musterte ihn mit einem Blick, der nichts Gutes verhieß.

Noch immer unbeeindruckt, schmunzelte Raiford und gab sich eher, als ginge es um einen Scherz, anstatt um einen gefährlichen Überfall.

»Also, J. R., du wirst es kaum glauben«, erwiderte er. »Aber mich hat gestern abend das süßeste kleine Häschen, das du je gesehen hast, ins Schlafwagenabteil eingeladen, und – du meine Güte – ich war hinterher so erschöpft, daß ich die Sache vollkommen vergessen habe. Ich bin nicht eher aufgewacht, als ich die Schüsse gehört habe.«

»Du verdammter Trottel! Am liebsten würde ich das Emmalou erzählen! Sie ist noch deine Freundin, oder nicht?« J. R. spuckte empört vor ihm aus. Mit seinen siebenunddreißig war er über fünfzehn Jahre verheiratet und seiner Frau Kate unerschütterlich treu. »Ist dir klar, daß mich dieser Hundesohn im Expresswagen hätte umbringen können? Ich schwöre dir, Raif, ich drehe dir den Hals um, wenn wir nach Hause kommen.«

»Vergeßt das!« verlangte Tobias. »Und konzentriert euch lieber auf die Angelegenheit hier. Was machen wir jetzt mit dem Expressboten? Verdammt, Raif! Du hättest vorhin, vor dem Überfall, durch das Fenster hineinklettern und den Bastard fesseln sollen!«

»Tut mir leid.« Raiford zuckte mit den Achseln und errötete schuldbewußt, schob aber angesichts des Zorns seiner Brüder trotzig das Kinn vor. »Luke wird ihn einfach herausholen müssen, denke ich.«

»Danke. Zu nett von dir, Raif«, spottete Luke. Es reizte ihn, seinem Bruder für seinen Leichtsinn, der J. R. fast das Leben gekostet hätte, eine Ohrfeige zu verpassen. »He«, rief er dann aus der sicheren Deckung hinter den Büschen, in denen sie sich versteckten. »Sie sind da im Expresswagen. Wissen Sie, wer hier draußen ist? Sie haben es nicht mit den Jameses oder den Youngers zu tun, Sie Narr, sondern mit der Morgan-Bande. Also, wenn Sie schon mal etwas über uns gehört haben, wissen Sie, daß wir nicht gern jemanden umbringen. Werfen Sie Ihre Waffen weg und kommen Sie mit erhobenen Händen heraus.«

»Ich fürchte, das kann ich nicht, Mr. Morgan«, antwortete eine dünne, schrille Stimme zitternd vom Fenster aus. »Wenn ich Sie in den Wagen lasse, wird mich die Adams Express Gesellschaft feuern.«

»Nun, wenn Sie nicht tun, was ich Ihnen sage, werde ich Sie erschießen müssen«, drohte Luke, und sein Zorn stieg wie immer bei dem Gedanken, daß er seine Pistolen auf jemanden richten mußte. »Und ich warne Sie, Sir. Ich schieße weitaus besser als dieser Hitzkopf Jesse James!«

»Oje!« Der Expressbote August Meeks schnappte erschrokken nach Luft.

Er hatte die Adams Express Gesellschaft nach seinen besten Fähigkeiten verteidigt. Sicherlich würden seine Arbeitgeber das auch anerkennen. Er war es nicht gewohnt, mit Waffen umzugehen. Während des Krieges hatte er einen hübschen Schreibtischposten bei der Marine gehabt. Doch heutzutage war es nicht einfach, eine neue Arbeit zu finden, und er konnte es sich nicht leisten, den Job zu verlieren, den er hatte. Außerdem waren Banditen schrecklich unberechenbar. Er hatte gehört, daß Jesse James Männer ermordet hatte, weil sie ihn schräg angesehen hatten.

Auch wenn die Schurken da draußen ihm etwas anderes versicherten, schienen sie ziemlich bedrohlich, und Mr. Meeks hatte sie bereits mit seinem Widerstand in Rage gebracht. Soweit er es beurteilen konnte, mochten die Morgans ihn erschießen, sobald sie ihn sahen.

»Ich ... ich kann Sie nicht einfach in den Wagen lassen«, behauptete er schließlich erneut. »Ich muß an meine Pflicht und an meine Familie denken.«

»Dann gehen Sie von der Tür weg, Sir«, wies Luke ihn an. »Wir werden sie aufschießen.« In gedämpfterem Ton sagte er: »Toby, mach dich ans Werk. Ich gebe dir Rückendeckung.«

Am Ende erwies sich Lukes Schutz als unnötig, denn mit seinen Schießversuchen auf J. R. hatte Mr. Meeks bereits seine ganze Munition verbraucht, und als die Tür erst einmal aufgebrochen war, fanden sie ihn furchtsam in eine Ecke des Expresswagens geduckt.

»Luke, du und Raiford, ihr raubt die Passagiere aus«, kommandierte J. R. »Toby und ich werden jetzt hier allein fertig.«

Tobias war zu der Auffassung gelangt, daß der ängstliche Mr. Meeks wohl die Wahrheit gesagt hatte und wirklich nicht die Safes aufschließen konnte. Deshalb ließ er bereits einen feinen Streifen Schießpulver über die Seite des schweren Eisenkastens herabrieseln, wo sich die Türangeln befanden. Raiford, dem es noch nachlief, wie J. R. sich über ihn aufgeregt hatte, wartete nicht lange, sondern hastete gleich zu den Waggons hinüber. Luke folgte ihm dicht auf den Fersen, denn Raiford wurde schnell hitzig, und Luke wollte nicht, daß er sich dazu hinreißen ließ, versehentlich jemanden umzubringen.

Luke war stolz darauf, daß die Morgan-Bande bei keinem ihrer Überfälle, die sie in den vergangenen fünf Jahren verübt hatten, jemanden ermordet hatte. In den wenigen Situationen, in denen die Brüder gezwungen gewesen waren, Gebrauch von ihren Waffen zu machen, hatten sie sich stets bemüht, auf Arme oder Beine zu zielen, und im Gegensatz zu den Jameses oder den Youngers, die nicht besonders gut schießen konnten, verstanden die Morgans es, mit ihren starken Armeecolts umzugehen und jemanden gezielt zu verwunden, anstatt ihn gleich umzubringen. Das war einer der Gründe, warum sie bei den Leuten in Southern Missouri, die sie eher als Helden denn als Banditen betrachteten, so beliebt waren.

Luke war den Leuten auch für seine freundliche Hilfe während des schrecklichen Überfalls der Quantrills auf Lawrence in bester Erinnerung, was den Brüdern selbstverständlich zugute kam.

Da der Überfall so plötzlich gekommen war, hatte es eine Weile gedauert, ehe die Fahrgäste bemerkt hatten, was wirklich geschah. Die wenigen, die es gewagt hatten, nach der Ursache für die Schüsse zu forschen, hatten die übrigen Fahrgäste informiert, daß es sich um einen Überfall handelte. Fast jeder war unbewaffnet, und diejenigen, die bewaffnet waren, wollten ihr Leben nicht für fremdes Eigentum aufs Spiel setzen. Niemand bemühte sich deshalb, gegen den Raubüberfall einzuschreiten. Alle nahmen an, daß die Banditen, sobald sie den Inhalt der Safes in ihre Gewalt gebracht hatten, sich zurückziehen würden. Aber das sollte nicht der Fall sein.

Obwohl er ebenso überrascht war wie die anderen, versuchte der Schaffner Dooley Newcomb, die Fahrgäste in seiner Obhut zu verteidigen. Allerdings kam er gegen Luke und Raiford nicht an. Nach einem kurzen Handgemenge hatten sie ihn unterworfen und ihm geschickt mit dem Strick, den Luke über der Schulter hängen hatte, Hände und Füße gefesselt und ihn in den winzigen Waschraum verfrachtet. Nachdem sie sich ihres einzigen Widerstands so entledigt hatten, schritten sie mit gezogener Waffe zielgerichtet durch die Waggons.

Die meisten Fahrgäste waren so verblüfft über das Auftauchen der beiden Banditen, daß ihnen nicht mal in den Sinn kam, wie leicht sie mit vereinten Kräften die beiden hätten überwältigen können. Da die wenigen Intelligenten, die das erkannten, zu viel Angst hatten, in irgendeiner Weise einzugreifen, wehrte sich niemand.

»Also«, erklärte Luke den Fahrgästen. »Sie bleiben alle hübsch auf Ihren Sitzen und verhalten sich ruhig – dann passiert niemandem etwas. Meine Herren, holen Sie Ihre Brieftaschen aus den Jacken ... aber langsam bitte, und nehmen Sie allen Schmuck ab. Wenn mein Bruder den Gang entlangkommt, werfen Sie Ihre Wertsachen in den Beutel, den er bei sich trägt.«

Obwohl der eine oder andere fluchte, unternahm auch jetzt noch niemand den Versuch, sich den Verbrechern zu widersetzen. Ein paar Frauen kreischten, und eine der weniger Mutigen fiel sogleich in Ohnmacht. Sie mußte mit Riechsalz, das ihr ihr ebenfalls sehr ängstliches Dienstmädchen verabreichte, wiederbelebt werden. Aber das waren die einzigen Reaktionen auf das stattfindende Verbrechen.

»Meine Damen ... meine Damen, bitte!« Luke schüttelte amüsiert den Kopf. »Dazu haben Sie keinen Grund. Wirklich, ich versichere Ihnen, daß wir Ihnen nichts antun werden. Wir wollen Sie auch nicht berauben. Meine Brüder und ich sind immerhin Gentlemen des Südens. Wir bestehlen doch nicht das schwache Geschlecht!«

»Das, Sir, ist unverschämt!« stieß ein älterer Mann, der mutiger war als die anderen, empört, jedoch erfolglos hervor.

»Ja, das ist nicht gerecht!« erwiderte Raiford und grinste vergnügt hinter seinem Halstuch, während er seinen Beutel hinhielt.

Leise fluchend warf der alte Mann sein Geld, seine Uhr und seine Ringe in den Beutel und bedachte die Mitreisenden, die zu feige waren, um gegen den Überfall zu protestieren, mit einem verächtlichen Blick.

Die deutliche Verärgerung des alten Mannes, der selbst körperlich nicht in der Lage war, sich zu wehren, da er sich auf einen Stock stützen mußte, um laufen zu können, trieb jemand anders dazu, etwas zu unternehmen.

Als Raiford den Gang zur Hälfte abgeschritten hatte, weigerte sich der große Mann, der zu Jennys Betroffenheit gegen die Tür des Waschraums geklopft hatte, seine Wertsachen abzugeben. Er sprang plötzlich auf und versuchte Raiford die Pistole zu entwenden. Während des Handgemenges löste sich ein ohrenbetäubender Schuß aus dem Revolver und zerschmetterte ein Fenster des Waggons. Glassplitter flogen in sämtliche Richtungen. Frauen schrien entsetzt auf, und ein Baby begann laut zu heulen.

Wie verrückt suchten die klügeren Fahrgäste sofort Deckung. Da löste sich ein zweiter Schuß, und einer der Hüte wurde quer durch den Waggon geschleudert.

»Gehen Sie in Deckung!« schrie Luke. »Alle Mann in Dekkung!«

Dann sprintete er den Gang hinunter zu Raiford, der immer noch verzweifelt mit seinem kräftigen Gegner rang. Luke wartete, bis der Mann ihm den Rücken zukehrte, und schlug ihm mit dem Griff des Armeecolts auf den Kopf. Langsam ließ der Mann Raiford los und sackte wankend zu Boden. Etwas Blut tropfte aus der Wunde, die Luke mit seinem Schlag verursacht hatte.

»O mein Gott!« schrie eine entsetzte Frau hysterisch und rannte den Gang entlang, um sich über den Körper des Mannes zu beugen. »Caleb! Caleb! Oh, er ist tot! Er ist tot! Sie haben ihn umgebracht, Sie Ungeheuer!« Vorwurfsvoll starrte sie Luke an. Tränen strömten ihr über die Wangen.

»Raif, sieh nach, ob er noch atmet.« Luke winkte seinem Bruder und behielt die übrigen Fahrgäste aufmerksam im Blick.

»Ja, das tut er«, berichtete Raiford verärgert, nachdem er den Mann untersucht hatte. »Hören Sie auf mit der Flennerei. Er ist nicht tot – leider.« Er warf einen finsteren Blick in die Runde. »Der nächste Idiot, der so etwas versucht, wird sich wünschen, er hätte es nie getan. Jetzt nehmen Sie gefälligst alle wieder Platz.«

Verärgert trat Raiford noch einmal nach dem Mann, der zu Boden gesunken war, so daß alle sich duckten und ihre Plätze einnahmen. Dann hob er die Sachen auf, die ihm während des Gerangels aus der Tasche gefallen waren.

Jenny hockte versteinert auf der harten Bank und beobachtete wie gelähmt vor Entsetzen, daß die beiden Banditen näher kamen. Mit jedem Schritt erschienen ihr die Pistolen größer und bedrohlicher. Sie war leichenblaß, ihre Augen wirkten groß und ausdruckslos, als ob sie gar nicht Luke und Raiford sähe, sondern ein vollkommen anderes Ereignis, das der Tiefe ihrer Erinnerungen entstammte.

Delcine, die ihre wachsende Panik bemerkte, drückte ihr beruhigend die Hand.

»Keine Sorge, Miss Jenny«, flüsterte sie. »Sie werden uns nichts tun.«

Aber Jenny hörte die tröstenden Worte nicht. Sie war wie gefangen in der Vergangenheit und den Schrecken, an die sie sich erinnerte. Sie wollte schreien, doch als sie den Mund öffnete, kam kein Laut über ihre Lippen. Ihre Kehle war wie zugeschnürt, und sie hatte das Gefühl, sie müsse jeden Moment ersticken. Sie bekam einfach keine Luft mehr.

»Du. Ja, du da.« Raiford richtete seine Waffe auf Moses. »Leer deine Taschen.«

»Ich habe nichts darin, Sir«, erklärte Moses leise und rückte näher an Jenny, um sie, falls notwendig, mit seinem Leben zu beschützen.

»Ja, das sagt ihr Schwarzen alle«, spottete Raiford. »Jetzt leer schon deine Taschen, und zwar ein bißchen plötzlich!«

Langsam drehte Moses seine Taschen um. Bis auf Kingston Colters Taschenuhr aus massivem Gold, die Jenny dem treuen Neger dafür geschenkt hatte, daß er ihr an jenem Tag auf Faxon's Folly das Leben gerettet hatte, kam nichts zum Vorschein.

Beim Anblick des geliebten Chronometers ihres Vaters ging mit Jenny eine Veränderung vor sich. Diese Uhr und die zierliche, filigrane Stickschere ihrer Mutter, die sie Delcine geschenkt hatte, waren alles, was sie und ihre drei Schwestern von den Habseligkeiten ihrer Eltern während des Krieges hatten retten können.

»Nein!« keuchte Jenny mit halberstickter Stimme und riß Raiford die Uhr aus den Händen. »Die können Sie nicht haben!«

»Also, hören Sie mal, Miss ...«, begann Raiford, wurde jedoch sofort von Luke unterbrochen, der die junge Frau die ganze Zeit schon beobachtet hatte.

»Was gibt es denn, Raif?« wollte Luke wissen und musterte Jenny, die am ganzen Körper zitterte, aufmerksam. Sie hielt das Chronometer mit ihren weißen, blutleeren Fingern fest an ihren Busen gedrückt, als hinge ihr Leben davon ab.

Sie ist nicht hübsch, dachte er kritisch. Denn sie hatte nichts Fesselndes an sich, abgesehen von ihren großen, tiefbewegten grauen Augen, deren Ausdruck nach sie sichtlich Angst hatte. Das Haar unter ihrem Hut, das sie zu einem Knoten im Nacken zusammengefaßt hatte, war von einem Hellbraun, das in der Menge nicht aufgefallen wäre. Ein paar Sommersprossen prangten auf ihrer Stupsnase und den blassen Wangen. Ihr Mund war viel zu groß für das herzförmige Gesicht. Aber sie hatte etwas ... etwas Tapferes – ja, das war es! – an sich, das Luke trotzdem anzog.

Es muß an den Augen liegen, entschied er. Sie waren zu groß und zu strahlend für das zarte Gesicht, und auch zu unergründlich, so daß er das Gefühl hatte, in ihrer Tiefe zu versinken, wenn sie ihn anschaute. Ihre vollen roten Lippen, die untere bebte leicht, waren süß und seltsam einladend. Außerdem hatte sie eine eigenartige, mitleiderweckende Verletzlichkeit an sich, die sie klein und hilflos erscheinen ließ, als brauche sie dringend die Liebe und den Schutz eines Mannes. Es war eine ziemlich lange Zeit her – vielleicht schon zu lange –, daß Luke eine Frau hatte verteidigen wollen. Aber aus einem unerklärlichen Grund fühlte er sich plötzlich gezwungen, dieser jungen Frau zu Hilfe zu kommen.

Sie war so angespannt, er war überzeugt, daß sie, sollte er sie berühren, wie Glas zerspringen würde, denn sie hatte, wie er bemerkte, entsetzliche Angst vor ihm und seinem Bruder.

Ihre Furcht war nicht normal, erkannte Luke. Im Krieg hatte er diesen benommenen, leeren Gesichtsausdruck bei vielen Männern gesehen, und er wußte, die junge Frau bemerkte ihn und Raiford in Wirklichkeit gar nicht richtig – und auch nicht, was sie selbst tat. Sie befand sich in einer inneren Hölle, einem finsteren, dämonenhaften Ort, wie Luke ihn aus der eigenen Vergangenheit bestens kannte. Der Krieg hatte bei vielen Männern solche Spuren hinterlassen, aber nur selten hatte er einen so wirr entsetzten Gesichtsausdruck bei einer Frau gesehen.

»Wie heißen Sie, Miss?« erkundigte er sich sanft. Er spürte, daß sie auf eine freundliche Ansprache reagieren würde.

»Jenny«, flüsterte sie. »Jenny Leigh Colter.«

Sie sprach den Namen sehr schnell aus, so als fürchtete sie, ihn sonst nicht über die Lippen zu bringen. Dann blickte sie wortlos zu dem Mann auf, der vor ihr stand.

Er war groß und gut gebaut. Seine Schultern waren breit, seine Arme und sein Oberkörper muskulös, als hätte er in seinem Leben viel und schwer gearbeitet. Sein fester, flacher Bauch ging in schmale Hüften über. Er hatte einen wohlgerundeten Hintern, kräftige, sehnige Schenkel und stramme Waden.

Unter seinem braunen Cowboyhut glänzte sein zerzaustes blondes Haar wie gesponnenes Gold und war mit flachsfarbenen Streifen durchzogen, wo die Sonne es gebleicht hatte. Dunkle blonde Brauen zogen sich über eincm Paar Augen, die weitaus älter wirkten, als er an Jahren sein konnte. Und diese Augen waren tiefblau wie der Sommerhimmel nach einem klärenden Regen. Dichte braune Wimpern überschatteten die Linsen, so daß sie in dem gebräunten, wettergegerbten Gesicht auffielen. Über dem Halstuch, das den Rest seines Gesichts bedeckte, war die Nase, soweit Jenny sehen konnte, ziemlich markant und feingebogen. Sein Kiefer muß kräftig sein, dachte sie, und entschieden wirken. Und seine Lippen werden sinnlich sein.

Sein hellblaues Hemd mit den schlichten Holzknöpfen war am Hals geöffnet, so daß man seine dunkelblonden Locken, die seine Brust bedeckten, sehen konnte. Über der kurzen, dunkelbraunen Wildlederweste trug er quer über seinem Oberkörper Munitionsgürtel. Um die Taille hatte er einen Ledergürtel geschlungen, in dem ein scharfes Bowiemesser steckte, und auf den Hüften saß ein Waffengurt mit zwei Halftern. Die enge Wildlederhose saß wie eine zweite Haut, und seine Füße steckten in staubigen braunen Lederstiefeln.

Er war, stellte Jenny eigenartigerweise objektiv fest, so ein Mann, wie sie sich ihn einmal erträumt und ersehnt hatte, einer, der eine Frau wie sie kein zweites Mal anschauen würde.

Aber er hielt ihrem Blick stand, wandte sich nicht ab und sah wohl, wie der Puls an ihrem Hals klopfte, ihre vollen Brüste sich unter dem Oberteil des Kleides rasch hoben und senkten, als sie seinem Blick begegnete.

Zu ihrer Betroffenheit verspürte Jenny ein feines Beben in

ihrem tiefsten Innern, das sich heiß in ihrem Körper ausbreitete. Dieses Gefühl war so überwältigend, so enorm, daß es sie verblüffte und verwirrte, weil sie es nie zuvor erlebt hatte. Sie wollte sich von dem Blick des Verbrechers lösen, aber sie konnte es nicht. Es war faszinierend, wie er sie anschaute. Es sah fast so aus, als wollte er ihre innersten Geheimnisse erschließen.

Plötzlich wurde Jenny bewußt, daß sie zum ersten Mal in ihrem Leben Verlangen verspürte, und der Gedanke erschreckte und ängstigte sie. Abgesehen von Cade und Moses fühlte sie sich in Gegenwart von Männern nicht wohl. Sie fürchtete sich vor ihren Trieben und Leidenschaften. Dieser Mann sah so aus, als ob er davon reichlich besäße, und unwillkürlich fühlte Jenny sich bei ihm wie ein kleiner Happen, den er mit einem Bissen verspeisen konnte, wenn er wollte. Er hatte etwas Unnachgiebiges an sich, das fühlte sie. Wenn er eine Frau begehrte, würde er sie ganz haben wollen. Eine solche Frau würde nur ihm gehören dürfen – und nur ihm allein.

Bei dem Gedanken rieselte ihr ein kalter Schauer über den Rücken, denn im selben Moment stiegen die Bilder von Faxon's Folly vor ihrem geistigen Auge auf. Sie würde nie einem Mann gehören – niemals! Was immer sie für diesen Banditen empfand, der da vor ihr stand, mußte sie verdrängen. Es durfte nie wieder zum Vorschein kommen. Wenn sie das nicht schaffte, wollte Jenny nicht daran denken, was aus ihr werden würde. Verlangen erforderte Hingabe, und das konnte sie einfach nicht ertragen.

Dieser Mann war ein Bandit. Widerspruch würde bei ihm ebensowenig nützen wie bei den unmöglichen Kerlen an jenem Tag, den sie sich bemühte zu vergessen. Er mochte sie entführen, vergewaltigen und benutzen, bis er ihrer müde wurde, und sie umbringen. Sie konnte es nicht wagen, ihn ihre beschämende, unaussprechliche Reaktion auf ihn merken zu lassen. Er mochte sie als Einladung interpretieren, sie mitnehmen zu dürfen, sobald er und die anderen Männer mit dem Ausrauben fertig waren. Jenny erzitterte vor Angst, schluckte schwer und zwang sich, seinem Blick auszuweichen.

»Fassen Sie sie nicht an. Bitte, tun Sie das bloß nicht, Sir«, flehte Moses Luke an, aus Angst, er würde versuchen, Jenny den Chronometer abzunehmen, und damit einen heftigen, unkontrollierbaren Hysterieanfall auslösen. »Lassen Sie ihr die Uhr. Sie hat ihrem Daddy gehört. Er ist während des Krieges von den Yankees umgebracht worden, und das ist alles, was ihr von ihm geblieben ist. Sie hat sie mir geschenkt, weil ich geholfen habe, ihr nach dem Krieg das Leben zu retten. Aber sie hat ihrem Daddy gehört, der von den Yankees umgebracht worden ist«, wiederholte Moses mit Nachdruck, da er sich erinnerte, daß Luke vorhin erwähnt hatte, seine Brüder und er seien Gentlemen des Südens.

»Ist das wahr?« Luke schaute wieder Jenny an.

Stumm nickte sie und spürte erneut das Verlangen zwischen ihm und sich aufblitzen. Der Bandit spürt es auch, dachte sie, denn er hat nach Luft geschnappt, und seine Augen hatten sich merklich verdunkelt, als er sie erneut gemustert hatte, diesmal mit mehr als nur flüchtigem Interesse.

Luke entging nicht, daß sie sich zu ihm hingezogen fühlte, aber er merkte ebenso, daß die junge Frau vollkommen in Panik geraten war und ihre schreckliche, grenzenlose Furcht jetzt restlos auf ihn gerichtet war. Zuerst verstand Luke ihre eigenartige Reaktion nicht. Dann jedoch wurden ihm die Worte, die ihr Diener gesagt hatte, bewußter.

Fassen Sie sie nicht an, hatte der Schwarze ihn ersucht. Aber ihm ging es dabei nicht um die Tugend der Frau, wie Luke zuerst angenommen hatte. Es ging um ihren Verstand. Sie hatte eine irrationale Angst vor sämtlichen Männern, nicht nur vor Luke und auch nicht aus dem Grund, weil er ein Bandit war. Aber warum dann? Es muß ihr in der Vergangenheit etwas widerfahren sein, mutmaßte er, das sie so tief verletzt hatte, daß sie sich von dem Schock nie mehr erholt hatte. Luke fiel nur ein Verbrechen an einer Frau ein, das einen solchen Schaden nach sich zog. Mitgefühl für sie erfüllte ihn. Selbst während des Krieges hatte er nie eine Frau vergewaltigt, und er hatte all jene Soldaten verachtet, die es getan hatten.

»Behalten Sie ruhig die Uhr«, sagte er deshalb zu Jenny und

hielt sich zurück, sie auch nur beschwichtigend zu berühren, wie er plötzlich wollte. Moses atmete erleichtert aus. »Eigentlich«, fuhr Luke fort und sprach jetzt so laut, daß alle es hören konnten, »können alle, die fürs Sternenbanner gekämpft haben, ihre Sachen behalten. Nur versucht uns nicht zu täuschen, denn meine Brüder und ich sind mit Colonel Quantrill geritten, und wir kennen die Namen jedes Regiments der Konföderierten, das es gab.«

»Was zum Teufel ist denn in dich gefahren, Luke?« wollte Raiford frostig wissen. »Das hier ist ein Überfall, zum Donnerwetter, und kein Wohltätigkeitsball!«

»Wir sind auch in Missouri«, erinnerte Luke ihn grimmig. »Jeder Rebell hier wird sich an diese freundliche Geste erinnern, und wenn die Behörden sich nach dem Überfall erkundigen, kann es sehr gut sein, daß diese gottverdammten Gesetzeshüter oder diese verfluchten Agenten von Pinkerton kein bißchen Hilfe bekommen.«

Raiford dachte ernsthaft darüber nach.

»Ja«, stimmte er ihm schließlich zu, und seine Augen begannen verschmitzt zu leuchten. »Das geschieht diesen zugeknöpften Bastarden recht.«

Da sie J. R. draußen schon rufen hörten, füllten Luke und Raiford hastig ihren Beutel, erkundigten sich rasch bei jedem der Betroffenen, ob er für den Süden gekämpft hatte oder nicht. Dann schlenderten die Brüder zur Tür. Luke verharrte kurz, als er bei Jenny vorüberkam.

Was er zu ihr hätte sagen wollen, erfuhr sie nicht, denn in dem Moment erschien der Schaffner Dooley Newcomb, den offenbar ein paar der mutigeren Fahrgäste befreit hatten, mit einem Karabiner in der Tür des Waggons und richtete die Waffe entschlossen auf die beiden Männer.

»Stehenbleiben!« verlangte er, obwohl seine Stimme leicht zitterte. »Stehenbleiben oder ich schieße!«

»Himmel!« schimpfte Luke und hob seine Stimme warnend. »Seien Sie kein Narr, Mann.« Sein Ton war stählern und sein Blick hart. »Ich kann Sie erschießen, ehe Sie überhaupt den Abzugshahn drücken können.«

Der Schaffner blinzelte, und die Waffe geriet in seinen nervösen Händen ins Wackeln. Aber trotzdem hielt er an seiner Pflicht fest und beabsichtigte, für Ordnung zu sorgen.

»Legen Sie Ihre Waffen weg, treten Sie einen Schritt zurück und heben Sie die Hände hoch«, kommandierte er.

Die Fahrgäste hielten den Atem an, als daraufhin gespanntes Schweigen folgte. Luke und Raiford machten keine Bewegung, und der Schaffner befeuchtete sich nervös die Lippen. Dann plötzlich, so rasch, daß niemand richtig merkte, was geschah, feuerte Dooley Newcomb. Sein Schuß verfehlte das Ziel und riß statt dessen ein klaffendes Loch in die Decke des Waggons, so daß kleine Eisenteile herumflogen. Fast gleichzeitig hallte Jenny Lukes Schuß in den Ohren wider. Sie zuckte zusammen, als sie sah, wie der Schaffner den Karabiner fallen ließ, verständnislos zurückwankte und sich gegen den Türrahmen lehnte. Blut spritzte aus der Wunde an seiner Schulter, lief über seine Uniform und rann ihm durch die Finger, als er instinktiv danach faßte, um den Blutfluß zu stoppen.

Ohne es zu merken, daß sie es tat, schrie Jenny auf, so wie ein paar der anderen Frauen auch. Einige der männlichen Fahrgäste sprangen auf, blieben jedoch sofort wie angewurzelt stehen, als Raiford herumwirbelte, um seinem Bruder Rückendeckung zu geben. Wie schon zuvor, begann ein Baby zu heulen und trug mächtig zu dem schon herrschenden Lärm bei.

Jenny konnte es nicht fassen, als sie sah, wie Dooley Newcomb trotz seiner Schmerzen nach seiner Waffe griff, die nicht weit von seinen Füßen entfernt lag. Sofort gab Luke, der neben ihr stand, erneut einen Schuß ab. Diesmal traf die Kugel den Schaffner ins Bein, so daß er zusammenzuckte, gegen den Türpfosten sackte und das Blut aus der Wunde spritzte.

Jetzt sprang Jenny hysterisch vom Sitz auf. Die Vergangenheit vermischte sich für sie mit der Gegenwart, und sie begann den Gang hinunterzulaufen. Achtlos humpelte sie an Dooley Newcomb vorbei und hastete, so schnell sie konnte, die Treppe hinunter nach draußen. Erschrocken schaute sie sich um und entdeckte J. R. und Tobias, die auf den Waggon zugestürmt kamen.

Der Anblick versetzte ihren bereits verwirrten Verstand in Alarm. Sie wandte sich um und hastete blindlings auf den Wald zu. Nur ein Gedanke beherrschte sie noch. Sie mußte der unwirklichen Szene, die sich da abspielte, um jeden Preis entkommen.

Luke folgte ihr dicht auf den Fersen, mit einem heftigen Fluch auf den Lippen. Er hatte es nicht gewagt, auf Jenny zu zielen, denn eine Frau niederzuschießen war etwas, das ihm aufs Gewissen gedrückt und ihn in der Öffentlichkeit keineswegs beliebter gemacht hätte. Aber er mußte sie auf jeden Fall aufhalten. Wütend rief er ihr nach, stehenzubleiben, aber sie rannte nur um so angstvoller durch den Wald. Nur ihr Humpeln und ihr enger Rock behinderten sie.

Zweige peitschten ihr ins Gesicht, zerkratzten ihr die Haut und streiften ihre Arme und Beine, aber sie schob sie entschlossen beiseite und beachtete den Schmerz nicht. Ihr Kleid verfing sich in den Zweigen eines Busches, aber ohne auch nur einen Moment innezuhalten, zerrte Jenny daran, bis sie loskam, stolperte vorwärts und rang nach Atem. Ihre Lungen fühlten sich an, als würden sie jeden Moment von der Anstrengung zerbersten. Lautes Rufen und Gelächter drang an ihre Ohren, und überall, wo sie hinschaute, konnte sie scheußliche Männer sehen. Blut lief in Strömen, so dick und rot, daß es ihr so vorkam, als ertrinke sie in einem Meer davon. Sie schrie und schrie, während sie rannte, keuchte schwer, und Luke glaubte, sie sei wahnsinnig. Er hatte im Krieg erlebt, wie Soldaten verrückt wurden, und vermochte sich annähernd vorzustellen, was ihr passiert sein mußte, daß sie so war. Aber dennoch folgte er ihr. Er durfte sie nicht entkommen lassen. Sie mußte im Zug bleiben wie alle anderen, bis er und seine Brüder weit genug von Devil's Holler entfernt waren.

Er selbst keuchte inzwischen auch. Seine Stiefel trommelten auf der harten Erde, bis er sich schließlich auf sie stürzte und sie mit sich zu Boden riß.

Da sie im ersten Moment nach dem Aufprall keine Luft mehr bekam, lag Jenny wie benommen und hilflos unter Luke, erschrocken, sein Gewicht über sich zu spüren. Dann gewann jedoch ihr tiefsitzender Überlebensinstinkt die Oberhand und trieb sie dazu an, um ihr Leben zu kämpfen. Sofort begann sie, sich gegen ihn zu wehren, wand und drehte sich unter ihm, bis sie so Spielraum gewonnen hatte, daß sie ihn ansehen konnte. Ohne darüber nachzudenken, streckte sie ihre Hände aus und wollte ihm die Augen auskratzen. Dabei riß sie ihm das schützende Halstuch weg, so daß sie wesentlich mehr von seinem Gesicht zu sehen bekam.

»Verdammt!« schimpfte Luke und versuchte, sich ihren krallenartigen Fingern zu entziehen. »Hören Sie auf, sich zu wehren! Hören Sie, Sie verfluchter Teufelsbraten! Ich will Ihnen doch nichts tun!«

Aber Jenny beachtete seine Worte nicht, und schließlich war er gezwungen, ihre Arme über ihren Kopf zu heben und ihr eine Ohrfeige zu verpassen, damit sie zur Besinnung kam. Im ersten Moment war Jenny verblüfft. Sie ließ den Kopf wehrlos sinken und gab auf, da sie merkte, daß sie in seinem eisernen Griff gefangen war und sich nicht befreien konnte. Als leises Schluchzen sie schüttelte, spürte sie Lukes Körpergewicht über sich, sah, daß sein Gesicht und seine Lippen nur wenige Zentimeter von ihren entfernt waren, fühlte, daß sein Oberkörper die Spitzen ihrer Brüste berührte und bemerkte auch, wie seine Männlichkeit sich gegen ihre Schenkel preßte.

Sie begann zu zittern, überzeugt, daß er sie vergewaltigen wollte, aber trotz ihrer Angst nahm Jenny ihren ganzen Mut zusammen, und allmählich ließ ihre Hysterie nach.

Luke, dessen Atem mittlerweile normal ging, spürte, wie sie unter ihm erschauerte und wie ihr Herz im selben Rhythmus klopfte wie seines. Da fiel ihm auf, wie zartgebaut sie war und wie zerbrechlich sie wirkte, wie ein Vogel – ein kleiner Zaunkönig – flatterte sie in seinen Armen. Sie war zwar von durchschnittlicher Größe, aber sehr schlank und weich, besaß wohlgeformte, reizvolle Rundungen an den richtigen Stellen, ganz im Gegensatz zu ihrem unscheinbaren Gesicht. Erneut keimte in ihm wie schon zuvor der eigenartige Wunsch auf, sie zu beschützen, und in der Hitze des Augenblicks spürte er, wie ein unerwartetes Verlangen ihn durchfuhr, gleich einem Stich in seinen Lenden, so daß auch sie den Beweis seiner Erregung fühlen konnte.

Amüsiert blickte Luke in Jennys feuchte Augen und sah bedauernd, daß sie genau verstand, was bei ihm passierte, und sich geistig, trotz ihrer wahnsinnigen Angst vor ihm, darauf einstellte, daß er sie vergewaltigen würde.

»Es scheint, als hätten Sie mich in mehr als nur einer Hinsicht gereizt.« Er sprach mit Absicht in scherzhaftem Ton, um den schrecklich leeren Blick aus ihren Augen zu vertreiben. »Aber natürlich ist die Lust eines Mannes nie weit entfernt, wenn eine Frau ihn reizt.«

»Dann machen Sie mit mir, was Sie wollen«, flüsterte sie zu seiner Überraschung. »Aber glauben Sie nicht, daß Sie in irgendeiner Weise Vergnügen davon haben werden, denn ich werde Ihre Lust nicht befriedigen, indem ich schreie oder versuche, mich zu wehren. Es gibt nichts, was Sie mir antun können, das schlimmer sein kann als das, was ich durch Männer wie Sie bereits an Leid durchgemacht habe!«

Also habe ich recht, was ihre Vergangenheit betrifft, dachte Luke, betroffen und zugleich erstaunt über ihre tapfere Abwehr, obwohl die ersten Tränen bereits über ihre Wangen liefen. Welche Willens- und Charakterstärke sie besitzen muß, überlegte er und bewunderte sie dafür.

Behutsam, fast zärtlich, umfaßte er ihr Kinn mit einer Hand, wandte ihr Gesicht ein wenig zu sich, so daß er den blauen Flecken sehen konnte, der sich auf der einen Seite bereits gebildet hatte.

»Ich werde Ihnen nichts antun«, wiederholte er leise. »Ehrlich gesagt tut es mir leid, daß ich Sie geschlagen habe, aber mir ist nichts anderes eingefallen, um Sie zu beruhigen. Ist jetzt alles in Ordnung?« fragte er und verlagerte sein Gewicht ein wenig, so daß er sie nicht zerdrücken konnte, aber sie auch nicht gleich loslassen würde, weil er fürchtete, sie könnte erneut davonlaufen.

Jetzt erinnerte sie ihn noch weitaus stärker an einen wehrlosen

Vogel, der bereit war, tapfer mit seinem Schnabel zuzustoßen, falls er gezwungen war, sich zu wehren oder davonzufliegen, wenn er eine Fluchtmöglichkeit finden sollte.

Jenny nickte wortlos als Antwort auf seine Frage und versuchte, ein leises Aufschluchzen zu unterdrücken.

»Nun, dann kann ich Sie ja loslassen«, sagte Luke zu ihr. »... ehe ich das nicht mehr schaffen sollte.«

Verwundert schaute Jenny zu ihm auf. Sein Verhalten verwirrte sie so sehr, daß ihre Tränen augenblicklich nachließen. Sie konnte nicht begreifen, daß dieser Bandit, der zweimal kaltblütig auf den Schaffner geschossen hatte, ihr nichts antun würde. Erst als Luke stand und ihr seine Hand reichte, um ihr aufzuhelfen, vermochte sie es zu glauben.

Neugierig musterte sie ihn, suchte in seinem attraktiven Gesicht nach Anzeichen von Gemeinheit oder Hinterlist, fand jedoch nichts. Seine blauen Augen waren klar, offen, und in seinem Blick lag der Anflug von Interesse und deutliche Besorgnis. Er hatte nichts von dieser entsetzlichen Entschlossenheit an sich, wie die Männer an jenem Tag auf Faxon's Folly sie besessen hatten. In dem Moment begriff Jenny, daß Luke, trotz seines gewaltsamen, verbrecherischen Verhaltens nicht so war wie diese Männer. Sein höfliches Angebot erinnerte sie an die Verehrer ihrer Schwestern, die sie vor dem Krieg besucht hatten, und etwas zögerlich, mit einem leichten Hoffnungsschimmer in den Augen, legte Jenny ihre Hand in seine. Als Luke nichts anderes tat, als ihr lediglich aufzuhelfen, und dann sogleich ihre Hand losließ, atmete sie erleichtert auf.

Doch das angespannte, peinliche Schweigen, das jetzt zwischen ihnen herrschte, belastete ihre Nerven, und da sie nicht wußte, was sie tun sollte, rückte sie ihren verrutschten Hut zurecht, steckte ihr Haar neu auf und glättete die Falten ihres engen Rockes. Erschrocken bemerkte sie, daß er mit Grasflecken übersät war.

»Oje«, jammerte sie leise. »Mein Kleid ... ist ruiniert.«

Zu ihrer Verwunderung bog Luke den Kopf in den Nacken und lachte laut auf.

»Jetzt weiß ich, daß es Ihnen wieder besser geht«, erklärte er auf Jennys fragenden, verwirrten Blick. »Sobald eine Frau anfängt, sich Sorgen um ihre Kleidung zu machen, höre ich auf, mir Sorgen um sie zu machen.«

Ein schwaches Lächeln huschte über Jennys Gesicht, da er das zu erwarten schien, und im selben Moment fiel ihm auf, wie ihr herzförmiges Gesicht leuchten und eine innere Schönheit bekommen würde, wenn die Schatten, die ihre grauen Augen verdunkelten, sich hoben. Wie war er nur darauf gekommen, daß sie unscheinbar aussah?

»Nun, ich schätze ... ich sollte jetzt wohl besser zum Zug zurückkehren«, sagte sie nervös.

»Ja.«

Dennoch blieben sie stehen. Keiner von ihnen machte Anstalten, sich zu bewegen. Das erste Mal in ihrem Leben war Jenny allein mit einem Mann, der nicht zu ihrer Familie gehörte, und obwohl sie Angst hatte, empfand sie eine eigenartige Mischung aus Vorfreude und unaussprechlicher Sehnsucht.

»Luke!« rief in dem Moment jemand aus der Ferne. »Luke, komm! Wir müssen machen, daß wir hier wegkommen!«

»Ja, ich komme«, antwortete er dem Rufer und wandte sich an Jenny. »Auf Wiedersehen, Miss Jennilee«, murmelte er widerstrebend und schaute sie an, als wäre er gern noch eine Weile mit ihr zusammengeblieben.

Im nächsten Moment schon wandte er sich zum Gehen, ließ nichts zurück als die neue und äußerst aufregende Erinnerung an die zarte Begegnung ihrer Blicke.

Jenny sah ihm nach, bis er aus ihrer Sicht verschwunden war, und erschauerte erneut durch die unbekannten, aufreibenden Gefühle, die er vorhin in ihr entfacht hatte.

Es hat ein Versprechen in seinem Blick gelegen, dachte sie, als wäre es ein Vorspiel für die weitaus aufregenderen Dinge, die er mit ihr machen würde, sollte er sie jemals wiedersehen. Die Vorstellung entsetzte und faszinierte sie zugleich. Doch wesentlich erschütternder war die unglaubliche Erkenntnis, daß Jenny sich in ihrem tiefsten Innern danach sehnte, er möge diese Dinge mit ihr machen. Er war so anders als all die anderen Männer, die sie bislang kennengelernt hatte.

Ihre Wangen röteten sich vor Scham, als sie sich plötzlich in Lukes kräftigen Armen sah. Doch zu ihrem Leidwesen vermochte sie diese Vorstellung nicht zu verdrängen. In seinen Augen hatte sie die Tiefen der Hölle gesehen – aber auch die Höhen des Himmels, und sie hatte auf beides in einer Art und Weise reagiert, die sie nicht zu begreifen vermochte. Es war so, als wäre etwas, von dem sie nicht gewußt hatte, daß sie es besaß, von Luke befreit worden und würde sich so leicht nicht wieder einfangen lassen. Jenny spürte, wie es in ihrem Innern wuchs. Resolut versuchte sie diese bösen, sinnlichen Dinge zu ersticken, aber zu ihrem heftigen Bedauern mußte sie feststellen, daß es nicht ging. Es hatte sich von einer formlosen, gesichtslosen Empfindung in einen blondhaarigen, blauäugigen Banditen verwandelt, der leise lachte und sie wegen ihrer sinnlosen Versuche verspottete. Natürlich gelang es ihm, ihren inneren Widerstand wie nichts zu besiegen. Sie konnte ihn nicht vergessen, ebensowenig wie den Halt seiner starken Arme.

Jenny fröstelte. Ist dies die Leidenschaft? fragte sie sich. Wenn ja, wollte sie nichts davon wissen. Sie mußte die Kontrolle über sich behalten. Nur so schaffte sie es, ein einigermaßen normales Leben zu führen. Dennoch ließ sich das teuflische Verlangen, das nun einmal gedroht hatte, Besitz von ihr zu ergreifen, nicht mehr verbannen.

Mit dem Gefühl, daß ihr Leben nie mehr so sein würde wie zuvor, kehrte Jenny langsam zum Zug zurück.

Luke und seine Brüder trafen auf Billy Clay, der sich immer noch darüber ärgerte, daß er die ganze Aufregung versäumt hatte, und beluden ihre Satteltaschen mit so viel von dem Gold, wie sie leicht transportieren konnten. Den Rest vergruben sie unter einem großen Felsen, der ihnen zuvor als Treffpunkt gedient hatte. Dann stiegen sie auf ihre Pferde und galoppierten in die Berge hinauf.

»Du hast dir jedenfalls eben auch ganz schön Zeit gelassen mit dem Mädchen«, stichelte Raiford Luke unterwegs verärgert. Insgeheim beneidete er Luke um seinen Erfolg bei Frauen und hätte gern gewußt, ob sein Bruder etwas bekommen hatte, das ihm entgangen war.

»Sie war ziemlich außer sich«, erwiderte Luke kühl. »Hättest du nicht so unbedingt die Uhr des Schwarzen stehlen wollen, wäre dir aufgefallen, daß ihre Reaktion alles andere als normal war, daß ihre Furcht nichts mit einem einfachen Zugüberfall zu tun hatte. Als die Schießerei losging, ist sie nicht mehr damit fertiggeworden, schätze ich, deshalb ist sie gerannt. Um Himmels willen, Raif!« Luke schnaubte verächtlich. »Das Mädchen war vollkommen hysterisch, als ich sie schließlich eingeholt hatte.«

»Muß sie gewesen sein«, versetzte Tobias trocken. »Sie hat dein Gesicht ganz hübsch zugerichtet, Luke.« Er lächelte neckend. »Bislang habe ich noch nicht erlebt, daß eine Frau das bei dir macht.«

»Mein Gesicht?« wiederholte Luke betroffen und betastete vorsichtig die Schrammen auf seinen Wangen. Entsetzt wurde ihm klar, daß sein schützendes Halstuch, das er vorher bis über die Nase hochgezogen hatte, jetzt um seinen Hals lag. »Du meine Güte, Toby«, murmelte er erschrocken. »Sie hat mein Gesicht gesehen. Das Mädchen hat mein Gesicht gesehen!«

Nachdem sie diese Information vernommen hatten, zügelten die übrigen Morgans auch ihre Pferde und starrten Luke entsetzt an. Jetzt konnten sie nicht mehr umkehren. Die Fahrgäste in dem zerstörten Zug würden jetzt auf die Bande vorbereitet sein. Die Brüder konnten nur weiterreiten, angetrieben von der Erkenntnis, daß sie nicht mehr als vierzig Kilometer von ihrer Heimatstadt entfernt einen brutalen, bewaffneten Überfall verübt hatten und jemand in dem Zug saß, der Luke wiedererkennen und des Verbrechens bezichtigen konnte.

3. Kapitel

In Taney County, Missouri, lag hoch in den dichtbewaldeten Bergen im Herzen der Ozark Mountains das kleine, friedliche Hinterwäldlerdorf Tumbling Creek, vergessen vom Rest der Welt, deren Götter, Macht und Reichtum, in den Tempeln des Fortschritts gefeiert wurden, von dem die Leute in diesem kleinen Ort fast – aber auch nur fast – nichts mitbekamen.

Manche behaupteten, die riesigen, unveränderten Felsen wären die ältesten der Welt. Sicherlich waren es die ältesten in Nordamerika. Trostlos und drohend im Winter, umhüllt vom morgendlichen Nebel im Frühling, ragten sie wie große Pyramiden, wachsam und geheimnisvoll, über die einsam gelegenen Täler und die verworrenen Schluchten zu ihren Füßen.

Im Süden lagen der stark geschlängelte White River und gleich dahinter die Wildnis an der Grenze zu Arkansas. Im Osten waren die Höhle und der munter plätschernde Bach, der dort einer Quelle entsprang und dem Ort den Namen gegeben hatte.

Seit über hundert Jahren hatte Tumbling Creek allein gegen die Welt gestanden, abgesondert, als Ort für sich und hatte sich weder nach Fremden gesehnt noch sie willkommen geheißen.

Die Leute hier, äußerst mißtrauisch Fremden gegenüber, hatten ihren Kindern beigebracht, sich ebenso zu verhalten, und der Kreis, aus denen die eng miteinander verbundene Gemeinde bestand, hatte sich über die Jahre, die eins wie das andere vorübergingen, unverändert gehalten.

Bis zu dem heutigen Tag ruhten die müden, alten Männer sich mit einem Glas selbstgebranntem Schnaps in den Holzstühlen auf den halbzerfallenen Veranden aus. Dabei rühmten sie sich der vielfach aufgebauschten Taten ihrer Jugend oder kritisierten sich gegenseitig triumphierend beim Schach oder Kartenspielen. Die alten Frauen arbeiteten an Quiltdecken und setzten sich in den bescheidenen Empfangszimmern ihrer kleinen Häuser zusammen, um sich bei einer Tasse Tee den neuesten Klatsch zu erzählen. Und wenn auch die traditionellen Bräuche und Sitten von anderen für merkwürdig und altmodisch gehalten wurden, so störten sich die Leute in Tumbling Creek nicht daran, denn das Leben war trotz aller Härte gut.

In diese behütete, zeitlich stehengebliebene Stadt kam Jenny, als der Zug schließlich mit drei Stunden Verspätung in den Bahnhof von Tumbling Creek einfuhr.

Bedächtig und immer noch benommen von den Ereignissen des Nachmittags zog sie ihre Handschuhe an, während Moses und Delcine ihre wenigen Habseligkeiten samt dem Essenskorb an sich nahmen. Dann traten die drei nach draußen auf den Bahnsteig, um zu warten, bis die beiden verschrammten alten Reisetruhen mit ihrer ganzen weltlichen Habe aus dem Gepäckwagen ausgeladen waren.

Die Sonne ging gerade am Horizont unter. Sie sank wie ein brennendes Schiff in das Meer dunkelblaugrüner Spitzen, die sich wie eine zackige Krone vom Firmament abhoben. Weiter unten wurde das geschützte Tal in kräftigen rotorangenen Wellen überrollt, die bis zum hintersten Ende der Erde zu reichen schienen, bevor sie sich in einem atemberaubenden, durchsichtigen Schimmer von Licht und Feuer auflösten.

Nie zuvor hatte Jenny eine solche Vielfalt an Farben gesehen, so reich und majestätisch, so kühn und überwältigend. Fast hatte sie das Gefühl, sie könnte danach greifen. Wie verzaubert nahm sie das herrliche Farbenspiel in sich auf, das tiefe Violett, Blau und Grün, das die Berge wie in Mäntel hüllte, das glühende Rot, Orange und Gelb, das dazwischen wie kostbare Edelsteine aufblitzte.

Sie atmete tief die frische und saubere Bergluft ein, den schwachen Duft der immergrünen Tannen, der hohen, früchtetragenden Eichen und der starkriechenden Zedern, die in Hülle und Fülle in dieser Gegend wuchsen. In der Ferne, an den kühlen, feuchten Ufern des munter plätschernden Baches, der denselben Namen trug wie der Ort, drängte sich dicht beieinander Anis, Katzenminze und Kermesbeere. Die Sträucher raschelten sanft in der Brise und gaben ihr eigenes kräftiges Aroma ab, das sich mit dem der Bäume und aller anderen Pflanzen vermischte.

Jenny erschien es wie ein Paradies, denn hier hatte noch nicht das Vernichtungswerk des Menschen eingesetzt.

Der Ort, aus dem Holz des Waldes errichtet, wirkte wie eine natürliche Oase inmitten einer Wildnis, verschmolzen mit seiner Umgebung, als wäre sie seit Anbeginn der Zeit hier.

Die breite, staubige Hauptstraße war gesäumt von Brettergehwegen, an denen entlang provisorische Geschäftsfassaden standen, ungestrichen, so daß die Maserung des Holzes, aus dem sie gefertigt waren, sichtbar war. Helle und dunkle Streifen, Narben und Astlöcher bildeten einen warmen Kontrast zu der glattgeschmirgelten Oberfläche der Bretter. Die einzigen Farben hatten die großen Schilder, die über den Geschäften prangten, und die kleineren Schindeln, die weniger auffällig über den Türen befestigt waren.

Tumbling Creek mangelte es trotz seiner Isolation nicht, wie Jenny halbwegs befürchtet hatte, an Annehmlichkeiten. Als sie sich umschaute, entdeckte sie kunstvoll gemalte Schilder mit den Aufschriften Sweeney's Lebensmittelhandel, Ascot & Sons (Schreinerei), Razorback Saloon und First National Bank of Tumbling Creek, um nur ein paar zu nennen.

Sie seufzte erleichtert, und zum ersten Mal seit fünf Jahren spürte sie, wie Angst und Spannung von ihr abfielen. Hier würde sie in Sicherheit leben, geschützt von den großartigen Bergen, die in diesem Gebiet von Southern Missouri noch die Wildnis erhalten hatten. Hier würde sie ein neues Leben anfangen.

Sie richtete sich ein wenig gerade auf, straffte ihre Schultern entschlossen und reckte das Kinn.

»Miss Colter? Miss Jennifer Colter?«

Bei dem Klang ihres Namens wandte sie sich um. Ein untersetzter, kahlköpfiger Mann mit Brille kam auf sie zugeeilt und hielt ihr zur Begrüßung die Hand hin.

»Ja«, sagte sie.

»Ich bin Horace Peabody, der Leiter des Schulvorstandes von Tumbling Creek. Es freut mich, Sie kennenzulernen, Miss Colter, und ich bin froh, daß Sie sicher und wohlbehalten hier angekommen sind.« Begeistert drückte er ihr die Hand, die sie im bot, samt Handschuh. »Wie ich gehört habe, hatten Sie einen schrecklichen Nachmittag, mit dem Überfall und so. Meine Güte! Ich weiß nicht, wohin das alles führen soll. Powder Springs hat uns die Nachricht telegrafiert, sobald der Zug dort auf dem Bahnhof einlief. Ich möchte wetten, daß der alte Quince – der Ingenieur – wütender war als ein verwundeter Bär!« Mr. Peabody verzog das Gesicht und schüttelte den Kopf. »Bis zum heutigen Tag hält er den Rekord bei der Ozark Mountain Railway Company, die meisten Fahrten pünktlich geschafft zu haben. Und natürlich muß sich der Schaffner Dooley Newcomb vorkommen wie ein Idiot, daß er sich von der Bande so hat überwältigen lassen. Doch er kann froh sein, daß er noch lebt. Die Jameses hätten ihn bestimmt erschossen.

Ich schätze, für Sie war das ein furchtbares Erlebnis, Miss Colter. Ich will Ihnen keinen Vorwurf machen, daß Sie versucht haben zu entkommen. Auf keinen Fall. Niemals«, betonte Mr. Peabody mit Nachdruck. Jenny fühlte sich beruhigt. Sie hatte schon überlegt, ob er von ihrer Flucht aus dem Zug erfahren haben würde und sich Sorgen gemacht, ob er sie nun für zu schwächlich halten würde und deshalb als nicht geeignet für die Stelle der Lehrerin einstufen mochte. »Solche Vorfälle sind Sie sicherlich in Atlanta nicht gewohnt.

Nun ja, da Ihre Verspätung abzusehen war«, fuhr er fort, »... habe ich dafür gesorgt, daß Sie für die Nacht im Hotel untergebracht sind. Ich fürchte, es ist nicht mehr genügend Zeit, um Sie heute abend bis zum Haus zu bringen. Es liegt etwas weit vom Ort entfernt. Aber da es die einzige Schule für die Umgebung ist, ist sie so für die umliegenden Farmen leichter zugänglich. Jedenfalls wird es hier in den Bergen ziemlich schnell dunkel, und da die Gesetzlosen ihr Unwesen treiben und die wilden Tiere auf Jagd gehen, sollte niemand mehr abends reisen, außer es ist nicht anders möglich – um ganz sicherzugehen, wissen Sie. Außerdem dachte ich, wären Sie bestimmt müde von der langen Fahrt und auch hungrig. Mrs. Zee, drüben im Hotel, hat wunderbar weiche Betten und backt einen leckeren Kirschkuchen.«

»Wie ... wie nett von Ihnen, Mr. Peabody«, stammelte Jenny,

sobald sie zu Wort kommen konnte. »Ich muß gestehen, ich bin wirklich sehr müde und Moses und Delcine wohl auch.« Sie wandte sich an ihre beiden Dienstboten, die sich zurückhielten. »Hast du unsere Truhen, Moses?«

»Ja, Miss Jenny.« Er sah Mr. Peabody an. »Wenn Sie mir sagen, wo unsere Kutsche ist, Sir, kann ich sie aufladen ...«

»Aber natürlich. Bitte, hier entlang. Hier entlang«, wiederholte Mr. Peabody und führte sie vom Bahnsteig. »Vorsicht bei der Stufe, Miss Colter. Ich habe so manch einen gerade an der Stelle stolpern sehen – ja, wirklich. Und das passiert jedesmal einem Fremden. Natürlich lachen wir darüber, denn wir nehmen Fremde hier in Tumbling Creek im allgemeinen nicht mit offenen Armen auf. Aber Sie werden ja schon bald zu uns gehören, und wir wollen nicht, daß Sie wortwörtlich gleich danebentreten, wie man so sagt.« Mr. Peabody kicherte vergnügt über seinen kleinen Scherz.

Er hätte Jenny über die Unebenheit des Bodens hinweggeholfen, doch Delcine, die dies vorausgesehen hatte und wußte, daß ihre Herrin vor der Berührung eines Mannes zurückscheute, hatte bereits ihren Arm ergriffen. Mr. Peabody warf der Mulattin, leicht verwirrt, einen mißbilligenden Blick zu und fuhr fort:

»Wir begegnen hier nicht allzu vielen Farbigen in dieser Gegend«, vertraute er Jenny an. »Ich war ziemlich überrascht, als Sie die beiden in Ihrem Brief erwähnten. Natürlich kann ich mir gut vorstellen, warum Sie die zwei mitbringen wollten. Es ist auch in Ordnung, denke ich. Sie werden über ihre Gesellschaft froh sein, so weit, wie das Haus außerhalb liegt. Andernfalls wäre es für Sie dort sicherlich etwas einsam. Deshalb ist unsere letzte Lehrerin auch wieder gegangen. Sie kam aus Chicago und wurde mit dem Leben hier in Tumbling Creek nicht fertig. Sie sagte, wir hätten ... nicht ... die Kultur, die sie gewohnt war. Ich hoffe, Ihnen wird es nicht genauso ergehen, Miss Colter, da Sie aus Atlanta kommen und so. Es ist schwer, eine geeignete Lehrerin zu finden, die auch in unserer kleinen Stadt wohnen will, und ich habe keine Lust, mit der ganzen Arbeit von vorn anzufangen – besonders nicht vor Beginn des Herbstsemesters.«

Er klang ein bißchen nervös. Jetzt verstand Jenny auch, warum er wegen ihres irrationalen Verhaltens im Zug kein Aufhebens gemacht hatte.

»Ich bin überzeugt, ich werde mich hier in Tumbling Creek wohl fühlen, Mr. Peabody«, versicherte sie ihm, leicht amüsiert über sein Geplauder, da sie bisher nie einem Mann begegnet war, der unaufhörlich redete. »Es scheint ein angenehmer Ort, und da ich auf einer ... einer Plantage großgeworden bin, kenne ich das Landleben.«

»Nun, das ist gut.« Mr. Peabody strahlte übers ganze Gesicht. »Ach, da sind wir ja«, sagte er, als sie die Kutsche erreichten. »Wenn Sie die Truhen einfach dort hinten befestigen wollen ...«, die Worte richtete er an Moses, »... können wir uns auf den Weg machen.«

Kurz danach hielten sie vor dem Hotel Van Buren, das, wie der Leiter der Schulkommission Jenny erklärte, von der Witwe Zenobia Van Buren geführt wurde, die jeder nur mit Mrs. Zee ansprach.

Die Frau war schwer zu schätzen. Ihr Alter mochte irgendwo zwischen fünfzig und siebzig liegen. Sie war groß, kräftig gebaut, hatte ein schmales, runzliges Gesicht und Brüste, die erschlafft herabhingen. Sie trug ein verwaschenes schwarzes Baumwollkleid, das mit gestärkter weißer Spitze verziert war. Eine schlichte Kamee-Brosche steckte an ihrem Kragen. Ihr kräftiges braunes Haar war von grauen Fäden durchzogen und straff zu einem Knoten im Nacken zurückgekämmt. Ihre braunen Augen leuchteten, und sie musterte alles mit einer Aufmerksamkeit, der wenig entging. Sie war, wie Jenny erfuhr, äußerst offen und ehrlich.

»Sie sind also die neue Lehrerin.« Mrs. Zee musterte Jenny prüfend, nachdem Mr. Peabody sie einander vorgestellt hatte. »Nun, vom Aussehen her fallen Sie auf keinen Fall besonders auf. Aber ich denke, Sie werden dafür einen klugen Kopf und ein warmes Herz haben, was wesentlich mehr ist, als man von den meisten behaupten kann. Kommen Sie, setzen Sie sich. Sicherlich sind Sie vollkommen erschöpft und haben Hunger. Sammy.

Sammy!« rief sie einen ihrer Enkel, der ihr im Hotel half. »Trag Miss Colters Truhen auf Zimmer Nummer vier und hol etwas Warmes aus der Küche.« Sie wandte sich an Jenny. »Setzen Sie sich doch. Sie auch«, bat sie Moses und Delcine. »Ich habe heute morgen einen Puter gebraten und ein paar Muscheln überbacken. Da werden Sie sicher satt werden.«

»Das klingt verlockend«, bemerkte Jenny und nahm sich einen Stuhl an einem der mit rotkarierten Decken versehenen Tische in dem kleinen Speisesaal, der neben der Eingangshalle lag und in den Mrs. Zee die drei führte.

Ein paar Kunden waren schon da und aßen zu Abend. Sie blickten neugierig zu Jenny hinüber, wandten sich dann wieder ihrer Mahlzeit zu und beobachteten sie nur mehr verstohlen aus den Augenwinkeln. Vermutlich errieten sie, wer sie war, und begutachteten sie, um sagen zu können, ob sie in die Gemeinde paßte oder nicht.

Nach ein paar weiteren Minuten der Unterhaltung verabschiedete sich Mr. Peabody von ihr. Er bat Jenny, am kommenden Morgen um acht Uhr zur Abfahrt bereit zu sein, da er sie zu ihrem neuen Haus bringen wollte. Sie bedankte sich für seine Hilfe. Als er gegangen war, machten sie, Delcine und Moses sich hungrig über die warme Mahlzeit her, die ihnen serviert wurde.

Mrs. Zee setzte sich zu ihnen und unterhielt sich leutselig mit ihnen, um möglichst viel über die Neuankömmlinge zu erfahren. Jenny bemühte sich, ihr Rede und Antwort zu stehen. Sie wich den unangenehmen Fragen nach ihrer Familie und ihrer Vergangenheit geschickt aus. Sie wollte ihre Herkunft nicht verschleiern, doch für sie war es nach wie vor ein sehr schmerzliches Thema, eines, über das sie kaum sprechen konnte, ohne in Tränen auszubrechen. Da sie sehr müde war, wußte sie, daß die Wunden, die ihr der Kummer beigebracht hatte, viel leichter noch aufgehen würden, und sie wollte auf keinen Fall vor der Hotelbesitzerin und den vielen Fremden im Speisesaal anfangen zu weinen. Das wäre ein denkbar schlechter Beginn für ihr neues Leben.

Jenny hatte bemerkt, daß Mr. Peabody, trotz seiner Wortgewandtheit, und Mrs. Zee, trotz ihrer burschikosen Freundlichkeit, mißtrauisch waren und ihre eigenen Schlußfolgerungen über sie für sich behielten. Für sie war sie eine Fremde. Es würde eine ziemlich lange Zeit dauern, bis sie – wenn überhaupt – in die kleine, reservierte Gesellschaft von Tumbling Creek aufgenommen werden würde. Wenn sie dazugehören wollte, mußte sie behutsam vorgehen und sich bemühen, keine Fehler zu machen, die bei den Bürgern auf Mißbilligung stießen.

Ihre Schweigsamkeit nahm ihr niemand übel. Im Gegenteil, damit verdiente sie sich eher Respekt, denn die Bewohner von Tumbling Creek waren selbst eher verschwiegen und hätten niemals einem Fremden gleich ihr ganzes Leben geschildert. Jennys Zurückhaltung war für Mrs. Zee und die anderen im Speisesaal, die aufmerksam lauschten, obwohl sie scheinbar in ihre Mahlzeiten vertieft waren, eher ein Zeichen dafür, daß sie ein wenig vorsichtig war und wohl nicht zu leichtfertigem Geschwätz neigte. Im stillen verdiente sie sich damit einen Pluspunkt.

Jenny hatte gerade den Rest der Soße mit einem Buttermilchbiskuit von ihrem Teller gesogen, als die Tür des Hotels aufging und zwei Männer durch die Eingangshalle in den Speisesaal kamen.

Unwillkürlich schaute sie zu den Neuankömmlingen auf. Da sie wenig von Interesse für sie waren, soweit sie im flackernden Licht der Öllampen erkennen konnte, die vor einiger Zeit angezündet worden waren, wollte sie sich schon abwenden, als ihr Herz plötzlich einen Schlag lang aussetzte und dann wie wild draufloshämmerte.

Was? Das war doch er! Der Mann, der den Zug überfallen und ausgeraubt hatte! Jenny hätte dieses gebräunte Gesicht überall erkannt. Sie erschrak, als sie die roten Striemen auf seinen Wangen sah. Es war ihr nicht aufgefallen, wie kräftig sie ihn gekratzt hatte. Beunruhigender jedoch war, daß der Mann sie plötzlich entdeckte und seine Augen sich überrascht weiteten. Er musterte sie einen Augenblick prüfend, dann begann er zu lächeln, etwas spöttisch, absichtlich höhnisch, und grinste zufrieden. Selbst jemand, der stärker war als Jenny, mußte sich davon eingeschüchtert fühlen. Als er an ihrem Tisch vorbeikam, nickte er ihr unmerklich, warnend, wie ihr schien, zu, dann tippte er sich höflich an den Hutrand. Sie schnappte hörbar nach Luft. Ihr Herz machte einen unkontrollierten Satz, das Blut rauschte ihr durch die Adern und brachte Hitze in ihre Wangen.

»Haben Sie etwas, Miss Colter?« erkundigte sich Mrs. Zee und ärgerte sich, da sie dachte, Jenny hätte das ausgezeichnete Essen möglicherweise nicht geschmeckt.

»Ja«, flüsterte Jenny und wußte nicht recht, wie sie sich verhalten und vorgehen sollte »Mrs. Zee, ich ... ich will Sie nicht erschrecken, aber ich ... ich glaube, Sie sollten nach dem Gesetzeshüter schicken.«

»Dem Gesetzeshüter!« Die Hotelbesitzerin hob ihre Stimme. Jenny zuckte zusammen und senkte ihren Blick, um zu sehen, ob der Bandit das mitbekommen hatte. »Warum um Himmels willen denn das, meine Liebe?«

Jenny nagte an ihrer Unterlippe und beobachtete nervös, wie die beiden Männer sich in einiger Entfernung an einen Tisch setzten.

»Sehen Sie die Männer da drüben – die gerade eben hereingekommen sind?« Auf das zustimmende Nicken der älteren Frau fuhr Jenny atemlos fort: »Nun, ich bin überzeugt, daß der große Kerl einer von den Männern ist, die heute nachmittag den Zug überfallen haben!«

»Ach so«, erwiderte Mrs. Zee offensichtlich erleichtert und kicherte zu Jennys Verwunderung ein wenig amüsiert. »Ist das alles? Miss Colter ...«, die Hotelbesitzerin wurde sofort ernst und beugte sich verschwörerisch vor, »... Sie sind noch fremd hier, deshalb will ich Ihnen einen guten Rat geben: Hier in Tumbling Creek ist es einfach nicht klug, schlecht über die Toten – oder die Morgan-Bande – zu reden, und die beiden Männer da drüben sind Luke Morgan und sein jüngster Bruder Billy Clay.

Es mag sein, daß sie den Überfall verübt haben – es kann auch nicht sein –, aber wenn Sie ins Büro des Marshalls gehen und die Sache dort berichten, kann ich Ihnen garantieren, daß die Jungs nicht mal verhaftet werden. Nein, Ma'am. Sie haben so viele Verwandte hier in den Bergen, und selbst wenn Sie auf einen Stapel

Bibeln schwören würden, daß Luke Morgan den Überfall gemacht hat, gäbe es mindestens zehn andere Menschen, die bezeugen würden, daß er drüben im Razorback Saloon Karten gespielt hat, als es passiert ist. Nein, alles, was Sie für Ihre Mühen ernten würden, wäre die Schande, daß Sie vor dem ganzen Ort als Närrin bloßgestellt wären.«

»Das ist ja schrecklich!« rief Jenny schockiert. »Wollen Sie ... wollen Sie etwa sagen, jeder hier in Tumbling Creek ... weiß, daß diese Männer Banditen sind – und trotzdem tut keiner etwas dagegen?«

»Vollkommen richtig«, erwiderte Mrs. Zee gelassen. »Und wenn Sie es sich hier gutgehen lassen wollen, werden Sie das gleiche tun. Sie bringen nicht gern Leute um, aber wenn diese Jungs gereizt werden, läßt sich nicht vorhersagen, zu was sie fähig sind. Das letzte Mal, als sie jemand verpfiffen hat, haben sie ihn auf seiner Farm besucht – der arme alte Festus McNabb war es –, und sie haben ihn geteert und gefedert und an einem Fleischerhaken aufgehängt. Außerdem haben sie ihm ein Schild verpaßt, damit andere Leute gewarnt werden, was ihnen droht, wenn sie die Jungs anschwärzen. Es war fast sieben Uhr, ehe Festus' Junge, Matthew, ihn fand, und es hat annähernd einen Monat gedauert, ehe er den Teer von seiner Haut gewaschen hat. Festus war rasend vor Zorn, das sage ich Ihnen, aber er hat nie wieder etwas über die Morgans gesagt.«

Mit einem Mal wurde ihr unwohl, und Jenny schloß betroffen die Augen. Sie mochte es nicht glauben, daß sie das Pech hatte, in solch einen Ort zu geraten – und ausgerechnet jetzt, wo sie glücklich gewesen war und geglaubt hatte, hier sicher zu sein! Aber wie konnte sie davon ausgehen, wenn er hier lebte?

Gab es denn keinen Ort, an dem die Gerechtigkeit waltete? In Atlanta, als sie es verlassen hatte, hatte es von Abenteurern und Taugenichtsen gewimmelt, die sich weder um Gesetz noch Ordnung scherten. Hier, so schien es, liefen die Verbrecher sogar frei auf der Straße herum, und niemanden interessierte es, sie zu verhaften.

Bei dem Gedanken verschlang Jenny ihre Hände fest ineinander. Natürlich war das nicht der einzige Grund, warum sie sich fürchtete. Wenn sie ehrlich zu sich selbst war, mußte sie sich eingestehen, daß Luke Morgan, obwohl er ein gesuchter Mann war, etwas in ihr weckte, wovon sie nichts wissen wollte, weil sie sich in seiner Gegenwart selbst nicht wiedererkannte. Wenn sie gezwungen war, ihn regelmäßig zu sehen, fürchtete Jenny, würde sie die Kontrolle über ihre verwirrenden Gefühle zu ihm verlieren. Selbst jetzt hallte ihr Herzschlag ihr so laut in den Ohren wider, daß sie kaum noch einen klaren Gedanken fassen konnte.

Wie konnte sie hier bleiben? fragte sie sich erschrocken. Warum sollte sie es nicht tun? hielt eine innere Stimme verzweifelt dagegen. Es hatte sie ihren letzten Cent gekostet, die Fahrkarten für sich, Moses und Delcine zu bezahlen, um von Atlanta nach Tumbling Creek zu reisen. Jenny war nichts übriggeblieben. So wie es aussah, hatte sie mit einem kleinen Vorschuß auf ihr Gehalt gerechnet, von dem sie das Nötigste zum Leben kaufen konnte, das sie brauchten, sobald sie den Zielort erreicht hatten. Nein, so ohne weiteres konnte sie den Ort nicht verlassen, und wenn sie es sich noch so sehr wünschte.

Sie öffnete die Augen und zitterte am ganzen Körper vor Furcht, als sie sah, daß Luke Morgan sie immer noch von der anderen Seite des Speisesaals aus beobachtete. Dieses verhaßte Lächeln spielte weiterhin um seine Lippen. Doch unerwarteterweise spiegelte sich Humor in seinem Blick wider, so als hätte er erraten, was Mrs. Zee ihr gerade über ihn und seine Brüder erzählt hatte. Trotzdem mischte sich damit auch seltsamerweise Verständnis für ihre Situation und vielleicht sogar eine Spur Mitleid mit ihr. Jedenfalls hatte Jenny das Gefühl.

Bei dem Gedanken straffte sie stolz ihr Rückgrat. Das war fast schon eine Kränkung. Niemand mußte Mitleid mit ihr haben – besonders aber nicht so ein arroganter, spöttischer Bandit, der in keiner Weise die Tragödien ihres Lebens und die Narben, die sie in ihrer Seele hinterlassen hatten, verstehen konnte.

Luke, der sie eingehend musterte, entging nicht die verächtliche Geste, obwohl er ihre Ursache nicht direkt erraten konnte. Statt dessen vermutete er, daß Jenny sich inzwischen von dem

Schock des Überfalls erholt hatte und wütend darüber war, daß er nicht sofort festgenommen wurde, jetzt wo sie ihn als einen der Zugräuber wiedererkannt hatte. Lukes Augen funkelten vergnügt bei der Vorstellung, daß Marshall Farlow versuchen würde, die Morgan-Bande in Gewahrsam zu nehmen. Der Mann würde lieber ein Rudel hungriger Wölfe verfolgen als die Brüder. Die neue Lehrerin – wenn man den Gerüchten Glauben schenken konnte – mußte noch eine Menge über das Leben in den Ozark Mountains lernen. Allerdings war die Detektei von Pinkerton eine andere Sache. Ihren Angestellten fehlte nicht der Mut, und sollte die junge Frau mit einem von ihnen ins Gespräch kommen, wäre Lukes Schicksal mit Sicherheit besiegelt. Er konnte fast schon spüren, wie sich die Schlinge um seinen Hals enger zog, und er ließ Jenny nicht aus den Augen. Mochte sie ihm vielleicht indirekt den Todesstoß versetzen?

Auf dem Heimweg von Devil's Holler hatte er die ganze Zeit an Jenny gedacht und die Schwierigkeiten, die sie ihm und seinen Brüdern machen konnte, weil sie ihn gesehen hatte. Luke war klargeworden, daß er sie finden mußte, aber da es zwischen Jonesboro und Springfield ein Dutzend kleiner Orte gab und sie in jedem beliebigen davon ausgestiegen sein konnte, wußte er, daß es nicht leicht war, sie aufzuspüren. Auch hatte er nicht überlegt, was er mit ihr machen würde, sobald er sie gefunden haben sollte. Luke konnte sich nicht überwinden, eine Frau umzubringen, und er scheute vor dem einzigen anderen Weg, den er aus dem Dilemma sah, zurück. Aber jetzt, als er die junge Frau betrachtete, die so unerwartet in sein Leben zurückgekehrt war und ihm damit die Mühe des Suchens erspart blieb, begann Luke, über seine ursprüngliche Idee nachzudenken.

Sie war ein Rätsel für ihn. Nach außen hin erinnerte sie ihn an einen kleinen, hilflosen Vogel. Mit ihrem staubigbraunen Haar, den Sommersprossen auf der Stupsnase, ihrer schüchternen und unsicheren Erscheinung wirkte sie, als ob sie bei der kleinsten unerwarteten Bewegung flüchten würde. Und doch hatte sie so viel Rückgrat besessen, ihre Heimat zu verlassen und in einen fremden Ort zu ziehen, um eine neue Stelle in einem fremden Ort anzutreten, und trotz ihrer Angst hatte sie sich gegen Raiford und ihn wegen der Taschenuhr ihres Vaters zur Wehr gesetzt. Luke erinnerte sich, wie sie sich verzweifelt, als wüßte sie um die Schrecken, darauf eingestellt hatte, von ihm vergewaltigt zu werden, und er dachte erneut, daß sie wesentlich mutiger war, als ihre unauffällige Erscheinung erahnen ließ. Der Gedanke fesselte ihn, denn er hatte die Erfahrung gemacht, daß tapfere Frauen nur selten zu finden waren, aber sehr reizvoll sein konnten.

Mehr als je zuvor interessierte Jenny ihn, obwohl er nicht wußte, warum. Mein Typ ist sie jedenfalls nicht, überlegte er, während er sie aufmerksam betrachtete. Doch gern hätte er sie kennengelernt. Tatsächlich war es unvermeidlich, daß er eine Beziehung zu ihr herstellte. Er konnte nicht riskieren, daß sie einem von Pinkertons Detektiven von dem Überfall auf den Zug berichtete. Sollte die junge Frau ihn näher kennenlernen und sympathisch finden, mochte sie den Mund halten über das, was am Nachmittag geschehen war. Dennoch, dachte Luke, sollte sie wirklich nichts weitererzählen, würde sie nicht vergessen, daß er eines Verbrechens schuldig war, und die Mitarbeiter von Pinkerton besaßen auffallende Überredungskünste. Nein, selbst wenn er sich mit ihr anfreunden würde, konnte er sich nicht darauf verlassen, daß Jenny ihren Mund halten würde. Frauen konnte man grundsätzlich nicht trauen. Sie konnten keine Geheimnisse für sich behalten. Irgendwem vertrauten sie sich immer an, und es ließ sich nicht im voraus sagen, auf wen dabei ihre Wahl fiel.

Vor dem Krieg hatte Luke ironischerweise begonnen, Jura zu studieren und vorgehabt, in die Politik zu gehen. Dadurch war ihm klar, daß es nur eine sichere Möglichkeit gab, Jenny dauerhaft zum Schweigen zu bringen – abgesehen von einer Ermordung – nämlich, sie zu heiraten. Eine Ehefrau konnte nicht dazu gezwungen werden, gegen ihren Mann auszusagen, und in dem Fall würde Luke schon dafür sorgen, daß sie ihren Mund hielt.

Stirnrunzelnd fuhr er fort, sie abzuschätzen, als wäre sie eine Sklavin, die zum Erwerb angeboten sei. Sie war kein bißchen hübsch, aber für Luke hatte das Aussehen einer Frau keine Bedeutung mehr. Deshalb betrachtete er es als belanglos. Wenn sie kochen, putzen und ihren Mund halten konnte, brächte sie mehr zuwege als seine erste, ständig nörgelnde Frau, und das würde ihm genügen, fand Luke, obwohl er nicht unbedingt den Wunsch hatte, sich noch einmal an eine Frau zu binden.

Gern hätte er gewußt, wie Jenny wohl im Bett sein mochte. Sie hatte sich am Nachmittag zu ihm hingezogen gefühlt, das wußte Luke, so wie er sich, seltsamerweise, von ihr angezogen gefühlt hatte. Selbst jetzt, als er daran dachte, wie sie im Wald unter ihm erschauert war und wie er ihre vollen, runden Brüste an seinem Oberkörper gespürt hatte, zogen sich ihm die Lenden zusammen. Dennoch nahm er wahr, daß sie sich vor ihm fürchtete – und das nicht nur, weil er ein Bandit war. Ein Ereignis aus ihrer Vergangenheit war offenbar schuld daran, daß sie vor ihm als Mann Angst hatte, und das war bestimmt nicht so leicht zu überwinden.

Luke stöhnte innerlich auf. Er wollte nicht wieder heiraten, und am allerwenigsten eine Frau, die gefühlsmäßig sichtlich schwer verletzt worden war und zweifellos schon bei der geringsten Berührung vor ihm zurückschrecken würde. Dennoch, obwohl er unaufhörlich nach einer Lösung suchte, fiel Luke nichts anderes ein, sich von dem Problem zu befreien – außer, er jagte ihr noch mehr Angst ein. Nun, das war gar kein so schlechter Gedanke. Tatsächlich war es vermutlich besser als das, was er zuvor überlegt hatte.

Lächelnd zündete Luke sich eine Zigarette an und sog kräftig daran.

»Vielen Dank für Ihre Gastfreundlichkeit – und Ihren Rat, Mrs. Zee.« Jenny stand auf. »Wenn Sie mich jetzt bitte entschuldigen. Ich kann kaum noch die Augen aufhalten. Ich glaube, es wird Zeit, daß ich mich zurückziehe.«

»Tun Sie das, Miss Colter«, erwiderte die Hotelbesitzerin. »Ihr Zimmer ist bereits fertig. Ich habe Sammy ein Bett vor Ihrer Tür für Ihren männlichen Dienstboten aufstellen lassen. Wenn Sie irgend etwas benötigen, lassen Sie es mich wissen.«

Jenny bedankte sich und verließ den Speisesaal. Dabei spürte sie Luke Morgans durchdringenden Blick bei jedem Schritt im Rücken.

Sie war nur mehr darauf bedacht, weit genug von ihm wegzukommen. Weder sie noch Moses noch Delcine, die ihr hastig folgten, merkten, daß ihr einer ihrer Handschuhe in der Eingangshalle entglitten war. Luke jedoch sah es, und in seiner Eile, ihn aufzuheben, hätte er fast seinen Stuhl umgeworfen, als er aufsprang und aus dem Speisesaal hastete.

Der Handschuh war abgetragen und mehrfach geflickt, wie er feststellte, aber tadellos sauber – und zierlich. Er wunderte sich, wie klein er war. Die neue Lehrerin konnte höchstens Ringgröße fünf tragen – falls sie überhaupt einen Ehereif oder Verlobungsring trug. Einen Moment lang fragte er sich betroffen, ob das vielleicht der Fall sein mochte. Dann entschied er jedoch, daß es vermutlich nicht so war. Er konnte sich nämlich nicht erinnern, heute nachmittag im Zug einen an ihrer linken Hand gesehen zu haben. Hätte nicht außerdem ihr Ehemann sie nach Tumbling Creek begleitet? Nein, Jenny war unverheiratet. Davon war Luke überzeugt. Er empfand eine eigenartige Zufriedenheit bei dem Gedanken, und nachdem er den Geißenblattduft tief eingeatmet hatte, der an dem Handschuh haftete, schaute er die Treppe hinauf, die Jenny langsam hochstieg.

Zum ersten Mal bemerkte Luke, daß sie humpelte – und zwar ziemlich stark. Sie war verkrüppelt, erkannte er, und verspürte Mitleid mit ihr.

»Miss Jennilee«, rief er leise und dann etwas lauter: »Miss Jennilee.«

Jenny wandte sich um und sah ihn an. Ihr Herz machte einen heftigen Satz, als sie sah, daß der unverschämte Bandit ihr in die Eingangshalle nachgekommen war. Wie konnte dieser schreckliche Mann es wagen, sie zu verfolgen – besonders nachdem er am Nachmittag erst versucht hatte, sie auszurauben?

Nun, sie war nicht mehr die hysterische Frau, die er am Nachmittag vor sich gehabt hatte. Jetzt hatte sie sich und ihre Gefühle wieder unter Kontrolle und würde ihm schon zeigen, was Sache war.

»Ja?« Sie hob kühl eine Braue und musterte ihn abweisend, um jegliche Annäherung im Keim zu ersticken.

Zu ihrem Entsetzen grinste er nur alarmierend dreist.

»Sie haben Ihren Handschuh fallen lassen«, meinte Luke und hielt ihn hoch, so daß sie ihn sehen konnte.

»Delcine«, verlangte Jenny gelassen, »... gehst du ihn mir bitte holen.«

Dann wandte sie sich auf dem Absatz um und stieg die Treppe weiter hinauf. Lukes Lachen hallte ihr spöttisch in den Ohren wider.

Nachdem sie gegangen war und Luke in den Speisesaal zurückkehrte, rückte Billy Clay, dem nicht entgangen war, wie eingehend sein Bruder die junge Frau betrachtet hatte, näher an ihn heran und stieß ihn nicht allzusanft in die Rippen.

»He ...«, witzelte er, »... hast du etwa vor, dein Jurastudium wieder aufzunehmen? Oder weißt du etwas über die neue Lehrerin, wovon wir nichts wissen? Du hast sie mächtig auffallend gemustert. Ich habe schon gedacht, jeden Moment würden dir die Augen aus dem Kopf fallen. Erzähl mir bloß nicht, du willst mal einen Blick unter ihre hochanständigen Röcke werfen! Verdammt! Velvet Rose bei Miss Rubys kann sie nicht mal annähernd das Wasser reichen.«

»Mach mal halblang, Billy Clay«, befahl Luke ihm erzürnt. »Sonst entscheide ich mich doch noch, mir eine Rute zu schneiden und dir mal ordentlich den Hintern zu versohlen. Ich schwöre dir, Pa hat dich früher viel zu selten übers Knie gelegt.«

Billy Clay grinste bloß und provozierte ihn, sehr zu Lukes Verärgerung, weiter. Er wurde regelrecht vorlaut und übermütig, als der Rest der Morgan-Bande auftauchte.

»Wißt ihr was, Jungs?« begrüßte Billy Clay seine Brüder, die sich zusätzliche Stühle herbeischleppten und an dem Tisch Platz nahmen. »Luke ist hinter der neuen Lehrerin her.«

»Wirklich?« Raifords Augen leuchteten bei dieser Neuigkeit sofort interessiert auf, denn es war selten, daß sie über Luke einen Scherz machen konnten. »Erzähl uns mehr, Billy Clay, erzähl schon. Wie sieht sie aus? Ist sie hübscher als meine Emmalou?«

Emmalou Ivey, aus Powder Springs, war das Mädchen, das Raiford seit ein paar Jahren umwarb. Allerdings hatte er es bislang geschafft, sich nicht von ihr einfangen zu lassen, obwohl sie ihn entschlossen mit ihren entzückenden Rundungen lockte.

»Raif!« Billy Clay lachte laut auf. »Als man gesagt hat, hier werdet ihr hübscher, muß diese Frau verstanden haben, es ginge um Bücher. Sie hat wohl angegeben, sie bräuchte nichts Besonderes, weil sie nur eine Lehrerin sei. Das ist so … so lustig an … an der ganzen Sache!« stammelte er und prustete zwischendurch vor Lachen.

»Du meinst, sie wäre nicht mal niedlich?« hakte Raiford ungläubig und etwas überrascht nach, denn Luke konnte unter den schönsten Frauen der Umgebung wählen, und allein bei seiner Geliebten Velvet Rose konnte kaum ein Mann widerstehen.

»So niedlich wie der gesprenkelte kleine Hund, den Ma letztes Mal hatte, als wir zu Hause waren. Du weißt doch noch … der eine, der so … so einen auffallenden Hundeblick und die ganzen Flecken im Gesicht hatte!« Billy Clay schaffte es gerade, die Worte auszusprechen, ehe er einen neuerlichen Lachanfall bekam.

»Ich muß schon sagen … das ist doch sonst nicht deine Art, Luke«, stellte Tobias amüsiert fest und musterte seinen Bruder eher neugierig. Im allgemeinen durchschaute er andere leichter als Raiford oder Billy Clay.

Tobias war denn auch nicht das Muskelspiel an Lukes Kiefer entgangen oder etwa die Anspannung seiner Hand, mit der er das Whiskeyglas, das er festhielt, umklammerte. Der sonst eher dümmliche Billy Clay hatte jedoch in einem Punkt recht, entschied Tobias. Luke war an der neuen Lehrerin außergewöhnlich interessiert, gleichgültig wie unscheinbar sie aussehen mochte, und ihm gefielen nicht die spöttischen Bemerkungen, die sie hier austauschten, mochten sie noch so harmlos sein.

»Aussehen ist nicht alles«, stieß Luke mit einemmal so bitter hervor, daß die Scherze samt dem Gelächter auf der Stelle verstummten. »Schätzungsweise habe ich davon mehr Ahnung als sonst jemand.«

Dann, ohne eine weitere Erklärung über sein Interesse an Jenny abzugeben, stand er auf, warf ein paar Münzen auf den Tisch und ging.

»Ihr Idioten!« schimpfte J. R. und brach damit das erschrockene Schweigen, das über die Runde gefallen war. Finster musterte er seine Brüder. »Jetzt seht mal, was ihr angerichtet habt! Ihr verdammten Narren, ihr! Besonders du, Toby, weil du soviel Verstand hast, um es besser zu wissen!«

Danach griff das älteste Mitglied der Morgan-Bande erbost seinen Hut und verschwand ebenfalls. Seine Sporen rasselten kräftig, als er zur Tür davonstapfte.

Die verbliebenen drei Brüder schauten sich in dem gespannten Schweigen, das daraufhin folgte, betroffen an. Sie wurden rot vor Verlegenheit und fühlten sich beschämt.

»Himmel, Toby«, murmelte Billy Clay. »Ich hätte nie gedacht ...«

»Das ist dein größtes Problem!« schimpfte Raiford verärgert, da er vor aller Augen angegriffen worden war und jetzt Billy die Schuld daran gab. »Du benutzt aber auch nie deinen verflixten Grips ...«

»Halt den Mund, Raif!« zischte Tobias. »Wir, du und ich, sind genauso schuld daran wie er. Lieber Himmel! Ich weiß nicht, wie uns das passieren konnte. Wie um alles in der Welt konnten wir so gedankenlos sein ...?« Entsetzt über sich selbst brach er ab.

Luke war einmal mit der schönsten Frau im gesamten Taney County verheiratet gewesen, und er hatte sie von ganzem Herzen geliebt. Aber so eitel wie sie war, hatte die oberflächliche Maybelle Boothe Morgan, obwohl sie den hochaufgewachsenen, gutaussehenden Mann mochte, den sie geehelicht hatte, seine Liebe nicht im gleichen Maße erwidert. Als er in den Krieg gezogen war, hatte sie sich, da sie sich langweilte, nach Unterhaltung gesehnt und diese in den Armen der Yankee-Soldaten gefunden.

Luke, der in den heißen, raucherfüllten Prärien und den wahnsinnigen, im Blut ertränkten Städten um sein Leben kämpfte, hatte von den vielen Treuebrüchen seiner Frau zum Glück nichts erfahren und war freudig heimgekehrt, um den Körper in die Arme zu schließen, den ohne sein Wissen so viele andere Männer besessen hatten.

Maybelle war nicht begeistert. Sie hatte während des Krieges zwei Kinder zur Welt gebracht, beide die Folge von Lukes Heimatbesuchen. Sie hatte keine weiteren Babys haben wollen, die ihre wohlgerundete Figur, auf die sie so stolz war, so schrecklich entstellten. Außerdem war sie Lukes sowie der kleinen – in ihren Augen langweiligen – Farm, auf der sie lebten, überdrüssig. Ihre Sehnsucht nach Abenteuer, geweckt durch Lukes fortgesetzte Abwesenheit, war bald schon unerträglich.

Vor zwei Jahren war sie mit einem anderen Mann durchgebrannt und ein paar Monate später als Hure in einem Bordell in Saint Louis gestorben. Luke, enttäuscht über ihren Verrat, war trotz allem in den Norden gereist, um ihre Leiche zurückzuholen und sie auf der Farm, die sie so heftig verabscheut hatte, zu beerdigen.

Aber von ihr gesprochen hatte er seither nicht mehr.

Lukes Sohn Kipp, tief getroffen und verwirrt von dem Verschwinden und dem darauffolgenden Tod seiner Mutter, hatte sich über Nacht von einem glücklichen, lebhaften Kind in einen stillen, ernsten Jungen mit dunklen, erschrockenen Augen verwandelt. Seine jüngere Schwester hatte einen noch schwereren emotionalen Schaden erlitten. Aus unentdecktem Grund hatte Sarah Jane seit jenem Abend, an dem ihre Mutter verschwunden war, aufgehört zu sprechen. Bis zum heutigen Tag war das kleine Mädchen, trotz Lukes inständiger Bitten, doch etwas zu sagen, stumm geblieben.

Kein Wunder, überlegte Tobias, daß seinem Bruder das Aussehen einer Frau nicht mehr wichtig erschien. Maybelle war atemberaubend schön gewesen. Sie hatte jeden Mann, der in ihre Nähe kam, für sich eingenommen. Doch hinter ihrer Fassade befand sich nichts. Ja, Luke hatte erfahren müssen, daß Schönheit tatsächlich nur äußerlich war.

Seit dem Tod seiner Frau hatte er mehrere Geliebte gehabt, aber keine davon hatte ihm etwas bedeutet. Jedenfalls hatte er sich nie daran gestört, wenn seine Brüder eine anzügliche Bemerkung über eine von ihnen machten, und sobald er sie leid gewesen war, hatte er sie ohne Zögern an Raiford oder Billy Clay weitergereicht.

Aber Tobias spürte, daß die neue Lehrerin anders war. Er war gewillt, eine Wette einzugehen, daß sich hinter dem wenig reizvollen Äußeren etwas schüchtern Liebenswürdiges verbarg, das nur Luke mit seiner herzzerreißenden Erfahrung hatte erkennen können. Ja, wenn er diese Frau wollte, würde er sie bekommen, gleichgültig wie sie aussah. Und sollte das der Fall sein, tat Tobias jetzt schon jeder Mann in Tumbling Creek leid, der sonntags nach der neuen Lehrerin Ausschau halten würde.

Wenn Luke Morgan eine Frau begehrte, trat er für einen Rivalen nicht so leicht beiseite.

4. Kapitel

Jenny lag an dem Abend noch lange wach, lauschte den Geräuschen im Hotel, den Stimmen und dem Gelächter, das aus der Eingangshalle und dem Speisesaal zu ihr heraufdrang, bis es schließlich, abgesehen von dem Schnarchen, das von Moses kam, der auf dem Flur schlief, still wurde. In dem kleinen Nebenzimmer, das als Wohnraum diente und zu der Suite gehörte, als die sich Zimmer Nummer vier entpuppt hatte, schlief Delcine friedlich auf dem Sofa. Sie war so erschöpft von der Reise, daß sie nicht mal das flackernde Licht der Kerze störte, das nachts in Jennys Gemach brannte und unter der Tür durchschimmerte. Jenny wünschte sich, sie könnte auch so leicht einschlafen, aber das war nicht der Fall. Ihr innerer Tumult nach den Ereignissen des Tages ließ sich nicht beschwichtigen, und dadurch blieb der Schlaf fern.

Sie hatte Angst. Nie zuvor hatte sie solche Gefühle empfunden, wie Luke Morgan sie bei ihr erzeugt hatte, zuerst am Nachmittag im Zug und dann erneut am Abend im Speisesaal. Zu der Zeit, als Jenny alt genug gewesen war, um umworben zu werden, hatte der Krieg die meisten jungen Männer hinweggerafft, die sie auf Faxon's Folly hätten besuchen können. Hinterher, nach jenem schrecklichen Tag auf der Plantage, war sie froh gewesen, daß sie unverheiratet war. Und als ihre Großtante Henrietta sie darauf aufmerksam machte, daß sich kaum mehr ein Mann für sie interessieren würde, da sie nicht nur unscheinbar aussah, sondern verkrüppelt und unfruchtbar war, hatte Jenny sich sogar erleichtert gefühlt.

Sie hatte sich nach einem eigenen Heim und einer Familie gesehnt, und wäre sie in der Lage gewesen, Kinder zu bekommen, hätte sie sich vielleicht überwinden können, sich einem Mann hinzugeben, hätte es einen gegeben, der sie haben wollte. Aber da Jenny unfruchtbar war, hatte sie die Vorstellung, die Rolle einer Ehefrau zu übernehmen – wozu die abendlichen Pflichten gehörten – abgeschreckt, da sie wußte, daß alles umsonst war.

Mit der Lehrtätigkeit mußte sie sich begnügen, hatte sie beschlossen, und würde damit die Leere in ihrem Leben füllen. Die Liebe und Zuneigung, die sie einmal einem Mann und ihren Kindern hatte schenken wollen, würde sie jetzt von Herzen einer ganzen Klasse zukommen lassen. Mehr brauchte sie nicht.

Wie sehr hatte sie sich da geirrt. Denn jetzt war ihre heile, kleine Welt von einem Banditen, einem Mann, den Jenny vor dem Krieg als unter ihrer Würde empfunden hätte, auf die Probe gestellt worden. So lag sie in dem Dämmerlicht da und nagte an ihrer Unterlippe, als sie über die Wirkung nachdachte, die Luke auf sie hatte. Warum mußte ausgerechnet er von allen Männern, denen sie in den vergangenen Jahren begegnet war, derjenige sein, der ihre wehmütigen Jungmädchenträume, die sie längst für vergessen gehalten hatte, wiedererweckte?

Heute erinnerte Jenny sich lebhaft, daß sie sich einmal nach einem so gutaussehenden Mann wie diesem Banditen gesehnt hatte. Sie dachte an ihre albernen Phantasien, in denen sie einen solchen Mann auf Faxon's Folly hatte zureiten sehen. Er hatte sie in die Arme genommen und war mit ihr gen Westen geritten, wo sie bis ans Ende ihrer Tage glücklich miteinander gelebt hatten.

In ihren Träumen war sie atemberaubend schön gewesen. Ihr braunes Haar hatte auffallend reizvoll geglänzt, und ihre grauen Augen geheimnisvoll und leidenschaftlich gefunkelt. Ihre Sommersprossen waren wie von Zauberhand verschwunden. Sie hatte ihre Lippen geschürzt, als ob sie jemanden küssen wollte, und trug Kleider nach der neuesten Mode. Ihr Verehrer war so hingerissen von ihrem Anblick, daß er sein Liebesgeständnis nicht hatte länger zurückhalten können.

Aber in Wirklichkeit war sie natürlich nur die unscheinbare Jenny Zaunkönig, wie ihr Papa sie genannt hatte, und sie hatte nie einen Verehrer gehabt – oder irgendwelchen Herrenbesuch. Jenny seufzte schwer bei dem Gedanken. Sie hatte sich längst damit abgefunden, daß sie eine Jungfer bleiben mußte und dieses Schicksal mit Würde und Anstand akzeptiert, obwohl sie diesen Lebensweg, wären die Dinge anders gewesen, nicht gewählt hätte. Doch jetzt hatte Luke Morgan wie ein Stein, der in einen Teich geworfen wird, die stillen Wasser ihres Daseins aus der Ruhe gebracht.

Warum? Was zog sie an ihm an?

War es der überalterte Ausdruck seiner Augen gewesen, der dem ihren so sehr glich, so daß sie zu ihm aufgestarrt hatte, als blicke sie in einen Spiegel? Oder hatte es daran gelegen, wie sein Blick ihrem begegnete, als wolle er ihr so viel mehr versprechen? War es dadurch passiert, daß er so gut aussah? Oder weil er der erste Mann war, der sie verlangend anschaute? Jenny mußte zugeben, daß kein anderer Mann sie je so angesehen hatte wie Luke heute abend, bedächtig, anerkennend und so, als wüßte er gern, wie es wäre, sie in seinem Bett zu haben. Bei dem Gedanken errötete sie. Eine solche Wirkung hatte sie im allgemeinen nicht auf Männer und Männer auch nicht auf sie. Doch sie konnte nicht leugnen, daß Luke starkes Interesse an ihr gezeigt hatte und – schlimmer noch – daß er damit Erregung in ihr geweckt hatte.

Jenny verstand das alles nicht mehr. Sie war nicht hübsch. Also konnte es nicht ihr Gesicht sein, das den Banditen bei ihr angezogen hatte, und er hatte auch keine Möglichkeit gehabt, sie näher kennenzulernen, so daß er die Frau in ihr hinter ihrer unscheinbaren Fassade hätte sehen können. Was hatte ihn dann zu ihr hingezogen?

Darauf fiel Jenny nur eine Antwort ein, und bei der machte ihr Herz einen furchtsamen Satz. Im Zug hatte sie entsetzliche Angst gehabt. Vielleicht war Luke einer dieser gemeinen, perversen

Männer, deren Lust sich steigerte, wenn eine Frau Angst hatte. Bei dem Gedanken fühlte Jenny sich elend und bedrückt, besonders weil es sie verschwommen an die schrecklichen Dinge auf Faxon's Folly erinnerte. War Luke auch so ein Mensch wie jene Männer?

Wenn das der Fall war, mußte Jenny mehr denn je versuchen, ihre widerstreitenden Empfindungen unter Kontrolle zu bekommen. Sie wußte, wie solche Männer waren, und sie wollte nichts von derartiger Brutalität wissen. Trotz ihrer unerklärlichen Reaktion auf den Banditen mußte sie sich ihn aus dem Kopf schlagen. Schließlich war er ein gemeiner Verbrecher. Was er noch sein mochte, wollte sie gar nicht herausfinden müssen.

Sie war hierhergekommen, um an der Schule zu unterrichten. Es war Pech, daß Tumbling Creek auch zugleich Lukes Heimatstadt war. Sie mußte eben das Beste daraus machen. In Zukunft, wenn sie ihm begegnen sollte, würde sie ihn ignorieren. Jenny fiel keine andere Möglichkeit ein, um diese dunkle Seite ihres Wesens, die er zum Vorschein gebracht hatte, zu verdrängen.

Sie schloß die Augen und zwang sich, gleichmäßig durchzuatmen, während sie sich bemühte, die chaotischen Gedanken abzuschütteln. Dennoch dauerte es lange, ehe sie einschlief, und als sie träumte, sah sie einen blondhaarigen, blauäugigen Mann vor sich, der lachte und sie leidenschaftlich küßte, bis sie vor Sehnsucht verging.

Abschätzend schaute Luke zu dem offenen Fenster von Zimmer Nummer vier im Hotel Van Buren. Der Raum war in Wirklichkeit, wie er wußte, eine kleine Suite, die auf der Nordostseite der zweiten Etage lag. Da sie sich auf der Rückseite des Hotels befand und nicht mit Blick zur Hauptstraße, war es unwahrscheinlich, daß ihn jemand dabei entdeckte, wie er Ausschau danach hielt. Er hatte bereits stundenlang, wie es ihm schien, gewartet, aber immer noch glühte in ihrem Raum ein Licht. Luke entfachte ein Streichholz, zündete sich eine Zigarette damit an und blickte auf die Uhr. Es war bereits nach zwei. Bestimmt war die neue Lehrerin nicht mehr wach!

Vorhin hatte er Jennys Silhouette hinter den zugezogenen, in der kühlen Nachtbrise sacht wehenden Vorhängen gesehen, als sie sich langsam ausgezogen und fürs Bett fertiggemacht hatte. Unwillkürlich war Luke von dem Anblick ihrer schemenhaft sichtbaren, nackten Figur erregt worden und hatte daran denken müssen, wie sich Jennys Körper am Nachmittag im Wald unter seinem angefühlt hatte. Trotz ihres unscheinbaren Äußeren hatte sie ihn auf eine eigenartige Art und Weise berührt, für die er keine Erklärung hatte. Dasselbe passierte auch jetzt wieder. Es spielte offenbar keine Rolle, daß sie nicht zu den Frauen gehörte, die er sonst attraktiv fand. Sie zog ihn dennoch magisch an.

Diese Empfindung war jedoch von Mitleid überschattet. Luke vermochte nicht das Gefühl abzuschütteln, daß in ihrer Vergangenheit etwas Schreckliches passiert sein mußte, wodurch sie Angst vor allen Männern hatte. Deshalb schämte er sich für das, was er beabsichtigte, ihr heute nacht anzutun. Es würde sicherlich Jennys Angst verstärken. Daß es ihr vielleicht sogar den restlichen Verstand rauben mochte, wollte er nicht in Betracht ziehen.

Durch ihre frostige Haltung ihm gegenüber, als er ihren Handschuh aufgehoben hatte, war Luke klargeworden, daß es viel Zeit erfordern mochte, Jenny zu umwerben – falls sie sich überhaupt von ihm umwerben ließ, was er angesichts ihrer Angst vor Männern bezweifelte. Aber irgendwie mußte er sie wirkungsvoll zum Schweigen bringen. Wäre Luke gewissenlos gewesen, hätte er sie einfach entehrt, so daß sie gezwungen war, ihn zu heiraten und somit auch ihren Mund zu halten. Doch dazu konnte er sich nicht überwinden. Vergewaltigung mußte das sein, überlegte Luke, was Jenny erlitten hatte – und das von jemandem, der weitaus weniger sanft mit ihr umgegangen war, als er es getan hätte, wenn er diesen Weg gewählt hätte.

Er hatte auch darüber nachgedacht, ob er sie – oder ihr Dienstmädchen – entführen und eine von beiden so lange festhalten sollte, bis Jenny zugestimmt hatte, ihn zu heiraten. Aber diesen Einfall hatte Luke aus verschiedenen Gründen verworfen. Jenny zu entführen war ein Verbrechen, für das er mit Sicherheit gehängt werden konnte, wenn er dabei erwischt werden sollte. Außerdem würde es ihn in der Öffentlichkeit nicht gerade beliebter machen. Delcine zu entführen mochte hier im Süden anders betrachtet werden, aber Luke konnte sich nicht vorstellen, daß Jenny sich als Südstaatlerin für eine Frau opfern würde, die eine befreite Sklavin war. Ebensowenig konnte er darauf bauen, daß sie, wenn sie es doch täte, nicht im nachhinein die erste Chance, die sie bekäme, ergreifen und eine Annullierung beantragen würde, da er sie zum Altar gezwungen hatte.

Nein, sie einfach zu Tode erschrecken, hielt Luke für das Beste. Er konnte nur hoffen, daß es ausreichte, die junge Frau zum Schweigen zu bringen, obwohl er nicht recht daran glauben wollte. Er war bereits von einer Frau betrogen worden, zwar auf andere Art, doch jetzt vertraute Luke keiner Frau mehr, abgesehen von seiner Mutter.

Verstohlen schaute er sich in der dunklen Gasse hinter dem Hotel um, aber es war niemand zu sehen. Zufrieden, daß sein Handeln kein Aufsehen erregen würde, warf Luke seine Zigarette weg, umfaßte das Rohr der Regenrinne, das vom Dach nach unten führte, und begann, sich daran zu Jennys offenem Fenster hochzuziehen. Da er stark und muskulös war, gelang es ihm mit Leichtigkeit, nachdem er das Rohr hinaufgeklettert war, sich am Fensterrahmen festzuhalten und sich so weit vorzubeugen, daß er in das Zimmer spähen konnte. Trotz der Kerze, die auf dem Nachttisch brannte, erkannte Luke auf einen Blick, daß Jenny allein war und tief, aber unruhig schlief. Er umklammerte mit seinen kräftigen Waden das Rohr, stemmte sich ab und versuchte, mit den Händen einen festen Halt am Sims zu finden. Dann löste er seine Beine von dem Rohr und baumelte unterm Fenster. Einen Moment lang hielt er inne und schöpfte neuen Atem. Langsam zog er sich an dem Sims hoch und kletterte ins Schlafzimmer.

Drinnen verharrte er reglos, lauschte angestrengt auf das Geräusch irgendwelcher Schritte, das ihm verraten würde, daß ihn jemand bemerkt hatte. Aber nichts geschah. Jenny bewegte sich und murmelte im Schlaf, wachte jedoch nicht auf. Leise schlich Luke durch den Raum und zog das Messer aus der

Scheide an der Taille. Behutsam setzte er sich aufs Bett, legte Jenny eine Hand über den Mund und drückte ihr die scharfe Klinge an den Hals.

»Schreien Sie nicht und versuchen Sie nicht, sich zu wehren«, zischte Luke warnend, als sie aufwachte und ihn mit großen, aufgerissenen Augen entsetzt musterte.

Im ersten Moment wußte Jenny nicht, wo sie war. Auch bekam sie keine Luft, weil er ihr den Mund zuhielt. Nur der eine Gedanke, sich von ihm befreien zu müssen, wenn sie nicht ersticken wollte, beherrschte sie. Angstvoll ruderte sie mit den Armen, und nur dadurch, daß sie die Spitze von Lukes Messer an ihrem Hals spürte, wagte sie es nicht, ihm, wie am Nachmittag, erneut das Gesicht zu zerkratzen.

»So ist es besser«, versetzte er trocken, als er merkte, daß sie gegen seine Klinge machtlos war und sich in die Kissen zurücksinken ließ. Furchtsam und haßerfüllt starrte sie ihn an. »Ich mag eine Frau mit Intelligenz.«

Sein Blick wirkte in dem Halbdunkel stählern, als er sie eingehend betrachtete – ihre vorgewölbten Brüste unter dem Oberteil des Negligés und den mächtig jagenden Puls an ihrem Hals. Obwohl er keine Bewegung machte, sie zu verletzen, gab er sie nicht frei.

Was macht er hier? fragte sich Jenny. Will er mich umbringen – oder gar Schlimmeres? Am liebsten hätte sie sich auf der Stelle die Decke bis zum Hals hochgezogen, um ihren zitternden Körper vor seinem forschenden Blick zu verbergen. Doch dann wurde ihr bewußt, wie albern das wäre. Als ob das dünne Laken ihr irgendwelchen Schutz bot!

»Bitte!« stieß Jenny wegen seiner Hand mit gedämpfter Stimme hervor. »Ich ... ich bekomme keine Luft.«

»Ich nehme meine Hand weg, wenn Sie mir versprechen, daß Sie nicht schreien!« sagte Luke zu ihr. »Nicht daß es Ihnen etwas nützen würde. Versprechen Sie es?«

»Ja, natürlich.«

Zögernd nahm er seine Hand weg, war jedoch bereit, ihr sofort wieder den Mund zuzuhalten, sollte sie versuchen, um Hilfe zu schreien. Trotz ihres Blickes zu der geschlossenen Tür hinüber, die sie von Delcine trennte, brachte Jenny keinen Laut über die Lippen, aus Angst, Luke würde sie ermorden, ehe ihr jemand zu Hilfe käme. Denn das Messer hielt er ihr immer noch an den Hals.

»Jetzt werden Sie mir zuhören – und hören Sie gut zu, Miss Jennilee Colter«, verlangte er leise, aber energisch. Sein warmer Atem streifte dabei ihre Haut. »Heute nachmittag war ich ein wenig leichtsinnig, ziemlich leichtsinnig sogar, und weder ich noch meine Brüder sind allzu glücklich darüber. Ich weiß, daß Sie beim Überfall auf den Zug mein Gesicht gesehen haben, und mir ist klar, daß Sie mich dadurch heute abend unten im Speisesaal erkannt haben. Sie sind der einzige Mensch – der einzige lebende Mensch, in der Tat –, der mich mit dem Verbrechen in Verbindung bringen kann.« Luke hielt inne und ließ ihr Zeit, die erschreckende Information zu verarbeiten. Dann fuhr er fort: »Ich wäre recht ... böse ..., wenn Sie jemals erwähnen würden, wo ich mich heute aufgehalten habe – oder aber mit irgend jemand über den freundschaftlichen kurzen Besuch heute nacht sprechen würden! Haben Sie mich verstanden?«

»Ja, natürlich«, wiederholte Jenny.

»Gut«, sagte Luke. »Ich habe nie eine Frau umgebracht, und ich wäre nicht begeistert, wenn ich jetzt damit anfangen müßte. Trotzdem gibt es, sollten Sie mich jemals verraten, auch andere Mittel, Sie zu bestrafen.«

Wie beiläufig ließ Luke die Klinge über Jennys Körper hinuntergleiten und hielt unter den Schnüren ihres Nachthemdes inne. Absichtlich durchtrennte er die Seidenschleifen mit einem einzigen Schnitt, so daß er ihre Brüste begierig betrachten konnte. Sie waren voll und hell, mit dunklen Spitzen, deren Knospen sich durch die kühle Brise der Nachtluft merklich aufrichteten. Bei dem Anblick flammte in Luke ein mächtiges Verlangen auf und begann sich wie ein Lauffeuer von seinen Lenden in seinem Körper auszubreiten.

»Ich versichere Ihnen, Mr. Morgan, daß es keinen Grund dafür gibt«, sagte Jenny leise und zwang sich, ruhig zu bleiben. Immerhin hätte er, wenn er es gewollt hätte, sie bereits heute nachmittag vergewaltigen können. »Mrs. Zee hat mir vorhin erklärt, daß es unsinnig wäre, Sie anzuzeigen, und glauben Sie mir, ich möchte mich nicht vor dem ganzen Ort lächerlich machen, besonders da ich hier leben muß und es mir nicht leisten kann, die Anstellung zu verlieren.«

Luke beachtete ihre Worte nicht. Seine Augen verdunkelten sich, und ohne jede Vorwarnung beugte er sich über sie, so daß sie ihm nicht ausweichen konnte, als er ihr mit seinen Lippen fest den Mund verschloß. Er umfaßte eine ihrer zarten Brüste und kreiste mit dem Daumen um die Spitze. Zu Jennys Schande spürte sie, wie sich die winzige Knospe verhärtete. Erschrocken und aufgeregt merkte sie, wie ihn das ermunterte. Zuerst spürte sie nur seine Lippen auf ihren, dann jedoch strich er fordernd mit der Zunge über ihren Mund, ehe er ihre Lippen teilte. Geschickt plünderte und erforschte er das warme Innere mit seiner Zunge. Dabei wurde ihm durch ihre erschrockene Reaktion nur schwach bewußt, daß er der erste Mann war, der sie so küßte.

Wehrlos mußte Jenny sich ergeben und fühlte sich hilflos mitgerissen von den Empfindungen, die er bei ihr weckte. Zu ihrem Entsetzen stellte sie fest, daß sie nicht nur vor Angst zitterte, sondern auch vor Erregung erschauerte. Lukes sinnliche Küsse und aufregende Zärtlichkeiten waren etwas, das sie nie zuvor erlebt noch gekostet hatte. Ihr schwindelte, und sie fühlte sich einer Ohnmacht nahe. Eine unglaubliche Hitze, die in ihrem Inneren aufstieg, erschwerte ihr das Atmen. Ein Schauer winziger Funken ging von ihren Brüsten aus, die er so intim streichelte, und löste ein unbekanntes, unkontrollierbares Verlangen in ihrem Inneren aus. Alles um sie herum drehte sich.

Verärgert über die verräterischen Reaktionen ihres Körpers und geschockt wegen der Dinge, die er mit ihr machte, versuchte Jenny Luke blindlings von sich zu stoßen, hielt jedoch sofort inne, als sie erneut die Spitze seiner Klinge an ihrem Hals fühlte.

»Süß, süß«, murmelte er gegen ihre Lippen. »Ich hatte keine Ahnung, wie süß es mit dir sein würde.«

Noch bevor sie durch die schrecklichen Erinnerungen ihrer

Vergangenheit in einem schwarzen Abgrund versinken konnte, riß er sich von ihr los, erschüttert von der überwältigenden Leidenschaft, die sie unwillkürlich in ihm geweckt hatte, als er sich ihr aufgezwungen hatte. Ein Kuß. Ein einziger Kuß. Das war alles, was Luke sich genommen hatte, nur eine Kostprobe von der Frau, die sein Leben in ihren Händen hielt. So unscheinbar Jenny auch war, sie besaß eine Menge unerwarteter und schlummernder Sinnlichkeit. Luke hatte gefühlt, wie sie in ihr aufgekeimt war und trotz ihrer Furchtsamkeit hatte aufbrechen wollen, als er ihre Lippen geplündert und ihre Brüste liebkost hatte. Er war nicht darauf vorbereitet gewesen – ebensowenig wie auf seine eigene Reaktion. Er schnappte hörbar nach Luft, versuchte, seine heftigen Gefühle unter Kontrolle zu bringen und fuhr sich fahrig mit einer Hand durchs Haar.

»Versuch nicht, den Ort zu verlassen, Jennilee«, warnte Luke sie leise und mit vertraulicher Anrede. »Ich würde dich finden, gleichgültig, wie weit oder wie schnell du davonläufst, und ich wäre dir böse, sehr, sehr böse, Jennilee. Sicherlich wirst du dich erinnern, nicht wahr, daß ich dir gesagt habe, was einer Frau passiert, die einen Mann böse macht, oder?«

Mit weitaufgerissenen Augen nickte Jenny und biß sich auf die Unterlippe, um nicht in Tränen auszubrechen, denn allein seine Nähe reichte schon, um ihr Angst und Schrecken vor dem einzujagen, was er ihr antun könnte, sollte sie ihm nicht gehorchen. Gern wäre sie aus Tumbling Creek geflüchtet. Jetzt konnte sie es nicht mal wagen, den Ort zu verlassen, selbst wenn sie genug Geld verdient hatte. Luke würde sie beobachten – und darauf warten –, bereit, seine strafende Lust an ihr auszulassen. Jenny wußte, einem erneuten Angriff auf ihre Sinne vermochte sie nicht standzuhalten. Aus irgendeinem unerklärlichen Grund schien dieser Mann, trotz ihrer tiefverwurzelten Angst vor Männern, sich darauf zu verstehen, die Mauern einzureißen, hinter denen sie sich sicher und geborgen fühlte. Seine stürmischen Küsse und die Freiheiten, die er sich herausgenommen hatte ... diese Dinge, die bei ihr hätten Schrecken und Entsetzen erzeugen müssen – was sie auch getan hatten –, hatten aber auch das Verlangen tief in ihr geweckt und sie dazu gebracht, gegen ihren Willen und trotz allem, was ihr beigebracht worden war, auf ihn zu reagieren.

Sie hätte schreien, in Ohnmacht fallen oder ihm eine Ohrfeige verpassen müssen. Nichts von alledem hatte sie getan. Im Gegenteil, sie hatte reglos unter ihm gelegen und sich seinem Willen gefügt. Jetzt wünschte sie sich, sie könnte vor Scham sterben. Was hätte ihre Mutter dazu gesagt, hätte sie von der Schande ihrer Tochter erfahren?

»Ich werde niemandem etwas von Ihnen erzählen«, versprach Jenny und hielt an der förmlichen Anrede fest. Beschämt wich sie Lukes Blick aus und versuchte, sich zuzudecken. »Jetzt gehen Sie bitte und lassen Sie mich allein.«

»Ich gehe, Jennilee«, stimmte er ihr zu, legte seine Hand gegen ihre Wange und zwang sie mit sanftem Nachdruck, ihn anzusehen. »Ich gehe sofort. Aber ich werde zurückkommen. Zweifle nicht daran.«

Dann küßte er sie erneut, rasch, heftig, und verschwand in die dunkle Nacht.

5. Kapitel

Der Anblick von Jennys neuem Heim war wenig erheiternd, und als sie zwischen den Bäumen hindurchspähte, fühlte sie sich ziemlich entmutigt. Sofort machte sie sich große Sorgen, ob sie tatsächlich in Tumbling Creek bleiben konnte.

Sie wußte nicht recht, was sie erwartet hatte, aber sicherlich nicht dieses grobgezimmerte, heruntergekommene Blockhaus, das sie vor sich sah, als Mr. Peabody die Kutsche in eine holprige Einfahrt steuerte und gleich darauf vor dem Haus anhielt. Zwar hatte Jenny der Beschreibung in der Anzeige der Schulkommission entnommen, daß es klein sei – und das war es auch –, aber sie hätte sich niemals träumen lassen, daß es so rauh und in so schlechtem Zustand war.

Der kleine Zaun, der die Hütte umgab, war alt und verwittert.

Mehrere Latten waren zersprungen, manche aber auch ganz umgefallen. Unkraut hatte den Rasen überwuchert und reichte ihr bis zur Taille. Was man vom Garten erkennen konnte, war mit Abfällen übersät – alte Zeitungen und hauptsächlich leere Flaschen.

Weitaus erschreckender jedoch war das Haus selbst. Schon aus der Ferne hatte Jenny erkannt, daß es zwischen den Balken, aus denen die Wände gezimmert waren, zahlreiche große Löcher gab. Sicherlich drangen bei Unwetter Wind und Regen gleichermaßen herein, und vermutlich war das Dach ebenso undicht.

Es war ein niederschmetternder Anfang nach allem, was sie in den letzten Tagen durchgemacht hatte. Kaum vermochte Jenny die Tränen zurückzuhalten, die ihr in den Augen brannten, als sie an Faxon's Folly in seinen besten Tagen und Tante Hettas gemütliches Haus in der Peachtree Street in Atlanta dachte.

Mr. Peabody räusperte sich verlegen.

»Ich hatte keine Ahnung, daß es hier so aussieht«, erklärte er betroffen. »Das letzte Mal war ich vergangenen Mai hier, als Miss Underwood nach Chicago zurückgekehrt ist.«

Im stillen dachte Jenny, kein Wunder, daß meine offenbar vornehme und eingebildete Vorgängerin nach Hause zurückgekehrt ist. Aber sie sagte nichts. Statt dessen rief sie sich ins Gedächtnis, daß sie die Anstellung brauchte, und reckte entschlossen das Kinn.

»Es ist nicht so, als könnte man es nicht renovieren, Mr. Peabody«, bemerkte sie und bemühte sich, abzuschätzen, was an der Hütte getan werden mußte, damit sie darin wohnen konnten. »Mit dem richtigen Werkzeug kann Moses das meiste hier draußen reparieren.« Jenny wollte gar nicht darüber nachdenken, wie es innen aussehen mochte. Vielleicht war es ja nicht so schlimm, und auf jeden Fall hatte sie bei dem Zustand des Hauses einen guten Grund, um einen Vorschuß auf ihr Gehalt zu bitten. »Wenn es Ihnen nichts ausmacht, mir das Gehalt diesen Monat im voraus zu geben, Mr. Peabody, kann Moses in den Ort zurückfahren und kaufen, was er braucht, um anzufangen.«

Der Leiter der Schulkommission war froh, daß Jenny beim

Anblick ihres neuen Heims nicht gleich packen und abreisen wollte, daß er ihr nur allzugern das Geld gab.

Moses schob seine Unterlippe vor. Ihm behagte es wenig, daß seine Herrin gezwungen war, auch nur eine Nacht in solch einem schrecklichen Haus zu verbringen. Dennoch lud er die Truhen von der Kutsche und brachte sie nach drinnen. Nachdem er von Jenny eine Liste der Dinge erhalten hatte, die er kaufen sollte, stieg Moses zu Mr. Peabody in die Kutsche und fuhr mit zurück in den Ort.

Jenny wartete, bis das Gefährt außer Sicht war, dann gingen sie und Delcine langsam auf die Hütte zu und stiegen die Veranda hinauf, über deren verzogene, unebene Bretter es gefährlich war zu gehen. Vorsichtig überquerten sie sie, um ins Haus zu lugen.

Moses hatte die Tür aufgelassen. Sie hing jämmerlich in den ledernen Angeln, von denen eine fast durchgescheuert war, und es schien, als hätten Ratten den unteren Rand angenagt.

Das Sonnenlicht, das durch die offene Tür hereinfiel, zeigte sofort, daß es keine Diele gab, sondern nur ein Wohnzimmer.

Zögernd traten Jenny und Delcine in die Hütte und waren erleichtert, daß der Boden wenigstens aus echtem Holz war und nicht aus hartgestampftem Lehm, wie das im Mittleren Westen so häufig der Fall war. Aber schmutzig war er trotzdem, überzogen von einer dicken Staubschicht und stellenweise von toten Fliegen bedeckt.

Neben der Tür befand sich ein kleines Fenster. Zwei weitere flankierten den Kamin an der angrenzenden Wand zur Linken. Glas war etwas Kostbares in dieser Gegend und sehr teuer, deshalb dienten dünne Stücke ungegerbten Leders als Fensterscheiben. Wären die Stücke sauber gewesen, hätten die Häute, die die Öffnungen verschlossen, ein angenehm helles, weiches Licht hereingelassen. Doch so lag der Raum, in den durch die geöffnete Tür das helle Sonnenlicht fiel, im Schatten.

Auf einem kleinen Tisch neben der Tür stand eine Kerosinlampe und gleich daneben lag eine Schachtel Streichhölzer. Nachdem Jenny überprüft hatte, ob sich in dem verrosteten Blechunterteil Öl befand, zündete sie den Docht an und drehte ihn so weit auf, daß ein gemütlich warmer Schein den Raum erhellte. Ein zerschlissenes altes Sofa mit zwei gepolsterten Sesseln und eher gewöhnlichen Tischen sowie einem Teetisch nahmen erkennbare Gestalt an.

Zu ihrer Rechten führte eine weitere Tür ins Schlafzimmer, in dem sie ein Bett mit einer stinkenden, strohgefüllten Matratze vorfand, sowie zwei verkratzte Nachttische, von denen einer ein abgebrochenes Bein hatte, eine wackelige Kommode mit verzogenen Schubladen, einen Zedernschrank, dessen eine Tür sich aus den Angeln gelöst hatte, und einen Frisiertisch mit einem blinden Spiegel.

Diese beiden Räume bildeten den Hauptteil der Hütte.

Entlang der Rückwand des Wohnzimmers verlief ein Gang – oder ein Hundetrott, wie die Einwohner der Ozark Mountains ihn nannten. Im Grunde genommen war das ein kurzer, schmaler Flur, der in die Küche führte.

Hier entdeckten die beiden Frauen zu ihrer Freude einen Eisenherd. Sie hatten nicht mehr als eine primitive Feuerstelle zum Kochen erwartet. Ebenso befand sich eine riesige Blechspüle mit einer Pumpe im Raum, neben der eine recht neue Kühlbox stand. In der einen Ecke war ein Tisch mit vier Stühlen. Ein kleiner Schrank mit Regalen diente als Vorratskammer, und unter einer Falltür im Boden war die Treppe zum Kartoffelkeller.

Auf jeden Fall, fand Jenny, ließ sich die Küche, die offenbar nicht so alt war wie der Rest des Hauses, leichter in Ordnung bringen.

Sie nahm ihren Hut ab und krempelte die Ärmel auf. Etwas niedergeschlagen wandte sie sich an Delcine.

»Nun«, meinte Jenny mit einem leisen, betrübten Seufzer, der weitaus beredter war als viele Worte. »Wir haben uns in der Vergangenheit mit dem begnügt, was wir hatten. Also denke ich, wir werden irgendwie zurechtkommen. Sieh mal in den Schränken nach, ob du Putzmittel findest, Delcine. Ich kann mir nicht vorstellen, daß Miss Underwood solche Sachen mitgenommen hat, als sie abgereist ist. Sicherlich sind hier noch ein paar alte Putzlappen, ein Mop und ein Eimer aufzutreiben. So können wir schon mal anfangen und müssen nicht warten, bis Moses zurück ist.«

Bei näherer Betrachtung der Schränke erwies sich schon bald, wie recht Jenny mit ihrer Annahme hatte, und mit den verschiedenen Werkzeugen bewaffnet machten sich die beiden Frauen an die Arbeit.

Die Pumpe war rostig, aber mit Delcines Hilfe vermochte Jenny die beiden verbeulten Blecheimer zu füllen, die sie in dem Schrank unter der Spüle und dem niedrigen Becken gefunden hatten. Dann tränkten sie ihre Lappen in der Seifenlauge, die sie mit Hilfe eines Stücks Kernseife erhalten hatten, und begannen die Küche zu schrubben. Staub und Spinnweben verschwanden im Nu, und bald schon waren die beiden mit einer feinen Schmutzschicht bedeckt.

Delcine, die eine hübsche Stimme hatte und eine Reihe alter Melodien kannte, sang während der Arbeit, und Jenny, deren Stimmung sich mit dem Schwinden der Staubwolken hob, stimmte bald schon mit ein. Delcine, die ihre Herrin bisher nie hatte singen hören, dachte bei sich, daß Moses vielleicht nicht so unrecht gehabt hatte, als er behauptet hatte, Kingston Colter habe seine Tochter aus gutem Grund mit dem zierlichen, braunen Zaunkönig verglichen, der so bezaubernd zwitschern konnte.

Nachdem sie ein Lied beendet hatten, fing Jenny ohne zu überlegen gleich mit dem nächsten an, das *Plaisir d'Amour* hieß – »Die Wonne der Liebe«, eine traditionelle französische Ballade, die sie als Kind gelernt hatte und an die sie seit Jahren nicht mehr gedacht hatte. Anstatt sie in der Originalsprache zu singen, stimmte Jenny sie in Englisch an.

»Die Wonne der Liebe währt kaum einen Moment lang.
Der Kummer der Liebe hingegen ein ganzes Leben lang.
Dein Blick begegnete meinem. Ich habe das Licht darin
leuchten sehen.
Du hast mir den Himmel gebracht, als deine Augen mich
haben angelacht.

Mein Liebster liebt mich und die Wunder, die ich sehe.
Ein Regenbogen steht über meinem Fenster. Mein Liebster liebt mich.
Und jetzt ist er verschwunden, wie ein Traum mit der Morgendämmerung schwindet.
Aber die Worte ruhen in meinem Herzen. Mein Liebster liebt mich.«

Aus irgendeinem Grund mußte Jenny bei dem alten Volkslied an Luke Morgan denken und daran, wie er sie gestern nachmittag im Zug und später am Abend, als er so dreist in ihr Hotelzimmer eingedrungen war, angesehen hatte. Ja, jetzt, wo sie darüber nachdachte, kam es ihr wirklich so vor, als hätten seine Augen sie angelacht. Hatte er ihr tatsächlich damit den Himmel gebracht? Jenny wußte es nicht. Sie wußte nur, daß etwas Fremdes, erschreckend Lebendiges und Aufregendes in ihr erwacht war, als er sie angesehen hatte. Sie kam sich fast vor wie eine vom Sturm niedergepeitschte Blume, die er aufgerichtet hatte.

Was für ein Unsinn! Wütend schüttelte sie diese Gedanken ab. Luke war ein gesuchter Mann, der vielleicht sogar Mord auf dem Gewissen hatte, obwohl Mrs. Zee behauptet hatte, die Brüder brächten niemanden um. Warum Jenny nun am hellichten Tag schon von ihm träumte, konnte sie sich überhaupt nicht erklären. Sie konnte sich nicht mal dazu überwinden, einem Mann die Hand zu geben, viel weniger, sich von einem umarmen oder gar küssen zu lassen ... wie Luke es gestern abend so kühn getan hatte. Warum nur hatte sie trotz ihrer Furcht vor Männern darauf reagiert? Jenny verstand sich selbst nicht. Der Bandit war in ihr Zimmer eingedrungen, hatte sie bedroht und höchst unanständige Annäherungsversuche gemacht. Und doch vermochte sie ihn – irrationalerweise – nicht zu vergessen.

Verärgert und verwirrt kratzte sie mit dem Besen heftig den Staub auf und fegte Luke schwungvoll aus ihren Gedanken. Der Mann ist ein Bandit, um Himmels willen! Sie wollte nicht mehr an ihn denken.

Entschlossen arbeitete Jenny Seite an Seite mit Delcine weiter.

Beide merkten kaum, wie die Zeit verging. Kurz nach Mittag klopfte es an der Tür.

»Hallo!« rief jemand. »Hallo, ist wer da?«

»Du meine Güte!« zischte Jenny und faßte sich ans Haar. Mehrere Strähnen hatten sich aus ihrem Knoten im Nacken gelöst und umrahmten jetzt lockig ihr Gesicht. Sicherlich war ihr Gesicht staubverschmiert und ihr Kleid voll Flecken, weil sie sich die Hände daran abgewischt hatte. Sie sah Delcine an, die kaum besser aussah.

»Wer um Himmels willen kann das sein?«

»Hallo? Ist wer zu Hause? Oh, da seid ihr ja«, bemerkte eine sympathische, rundliche ältere Frau mit blondem Haar, die durch den Flur in die Küche kam. »Hallo. Ich bin Charlotte Morgan – aber jeder nennt mich Lottie –, und dies hier sind die Frauen meiner Söhne, Kate und Winona.« Sie deutete auf die beiden jüngeren Frauen, die ihr in den Raum gefolgt waren und mit Tüchern bedeckte Körbe mitbrachten. »Sie müssen Miss Colter sein, die neue Lehrerin.«

»Ja, das stimmt«, antwortete Jenny, etwas verlegen und überrascht. »Und das ist Delcine. Aber ich ... ich fürchte, wir sind noch nicht auf Besuch eingerichtet ...« Sie brach ab und glättete ihr Kleid, obwohl sich dadurch an dem Schmutz nichts änderte.

»Aber, meine Liebe, das weiß ich doch.« Lottie lachte fröhlich. »Machen Sie sich keine Sorgen. Wir sind nicht zum Tee gekommen, das versichere ich Ihnen. Nein, auf keinen Fall. Ehrlich gesagt, sind wir hier, um Ihnen zu helfen. Mein Sohn Luke hat mir erzählt, daß Sie angekommen sind, und da ich mir klar war, daß dieser trottelige Horace Peabody nicht daran gedacht hat, auch nur einmal im Sommer herzukommen und nach dem Rechten zu sehen, konnte ich mir gut vorstellen, daß Sie es heute hier nicht leicht haben würden. Ich wette, Ihr Mund ist inzwischen regelrecht ausgetrocknet, und seit dem Frühstück haben Sie bestimmt noch nichts gegessen. Packt mal eure Körbe aus, Mädels«, forderte Lottie ihre Schwiegertöchter auf. »Zeigt Miss Colter und Delcine, was wir mitgebracht haben.«

Kate und Winona stellten ihre Sachen auf den Tisch. Nachdem

sie das helle, karierte Tischtuch auf den Körben beiseite geschoben hatten, packten sie Teller mit kaltem, gebratenem Huhn, Schüsseln mit Kartoffelsalat, heiße Bohnen, Biskuits, Apfelkuchen und eine große Kanne kühler Limonade aus. Die Frauen hatten auch an Teller, Tassen, Besteck und Servietten gedacht.

Jenny war verblüfft.

»Ich ... ich weiß gar nicht, wie ich Ihnen dafür danken kann«, begann sie überwältigt von der Aufmerksamkeit und Gastfreundlichkeit.

»Ach, das ist nicht der Rede wert. Es ist das mindeste, was wir tun können«, erklärte Lottie energisch. »Da wir doch Nachbarn sein werden. Unsere Farm liegt nur ein Stück weiter die Straße hinauf, und J. R.s und Tobys Grundstücke grenzen an unseres, wie auch Lukes. Wenn meine beiden anderen Söhne – Raif und Billy Clay – sich mal binden, werden sie auch ein paar Quadrathektar von uns bekommen. Natürlich wohnt Luke seit dem Tod seiner Frau wieder zu Hause. Er ist so viel unterwegs, daß er sich nicht richtig um die zwei Kleinen kümmern kann. Deshalb passe ich meistens auf sie auf. Aber heute sind sie mit Jed – meinem Mann – auf dem Feld und laufen uns nicht zwischen die Füße. Also, Miss Colter ...«

»Bitte sagen Sie Jenny zu mir.«

»Gut, Jenny. Sie und Delcine sollten sich jetzt hinsetzen und essen, solange es warm ist. Die Mädels und ich machen hier in der Küche weiter.«

»Aber, das kann ich nicht zulassen«, protestierte Jenny.

»Natürlich können Sie das«, beharrte Lottie. »Dafür sind Nachbarn da. Außerdem sehen Sie so aus, als könnten Sie eine Verschnaufpause brauchen. Soviel müssen wir schließlich nicht machen. Luke und meine anderen Jungs werden gleich auch kommen. Wir fassen hier alle mit an.«

Erschöpft sank Jenny auf einen Stuhl und fühlte sich ein wenig benommen, als sie schließlich begriff, daß die fröhliche, muntere Lottie die Mutter der schrecklichen Morgan-Bande war und gleich schon die lärmenden Stimmen der Banditen in ihrer Hütte widerhallen würden.

Jenny konnte es nicht fassen. Lottie war ein so herzlicher und freundlicher Mensch, wie man ihn sich nur wünschen konnte. Wie konnten ihre Söhne derart berüchtigte, bewaffnete Verbrecher sein? Und Kate und Winona ... die beiden waren nette, anständige Damen, offenbar wohlerzogen und behütet aufgewachsen. Wie hatten sie nur Männer wie J. R. und Tobias Morgan heiraten können?

Während Jenny sich von den verschiedenen Speisen auf dem Tisch bediente und ein Glas Limonade einschenkte, musterte sie heimlich Lottie und ihre Schwiegertöchter. Störte es die gesprächige, rothaarige, grünäugige Kate und die zurückhaltende, schwarzhaarige, schwarzäugige Winona nicht, daß ihre Männer Verbrecher waren?

Vielleicht hatten die drei Frauen keine Ahnung von den gesetzlosen Taten ihrer Männer. Aber das konnte nicht stimmen. Mrs. Zee hatte Jenny schließlich erzählt, daß jeder in Tumbling Creek wußte, was die Morgan-Brüder trieben.

Jenny schloß die Augen und dachte an Luke, sah sein blondes, sonnengebleichtes Haar und seine sorgenvollen, blauen Augen vor sich. Wie konnte er es wagen, sich hier blicken zu lassen, nach dem, was er ihr gestern abend angetan hatte? Schlimmer noch, wieso war sie nicht entsetzt, daß er kam?

Du arme Närrin, schalt Jenny sich im stillen. Luke Morgan mag ja ein Bandit sein, aber er ist trotzdem der attraktivste Mann, dem ich je begegnet bin. Warum sollte er auch nur einen Blick auf ein so häßliches Entlein wie mich verschwenden?

Der Bissen Kartoffelsalat, den sie gegessen hatte, blieb ihr bei dem erschreckenden Gedanken fast im Hals stecken.

Es stimmte. Luke konnte sich vermutlich in ganz Taney County unter den schönsten Frauen eine aussuchen – wenn die Frauen von J. R. und Tobias ein Beispiel dafür waren, was ein Verbrecher sich in Tumbling Creek erhoffen durfte.

Nein, selbst wenn sie es gewollt hätte – was sie auf keinen Fall wollte! –, besaß sie keine Chance, Lukes Herz zu gewinnen, stellte Jenny betrübt fest. Dann ärgerte sie sich, daß sie überhaupt darüber nachgedacht hatte. Was würde ihre Mutter sagen, wenn sie wüßte, daß ihre Tochter von einem gesuchten Mann träumte? Rachael Colter würde sich zweifellos sofort im Grab umdrehen.

Schuldbewußt wischte Jenny sich den Mund mit der Serviette ab, dann sammelte sie die Teile zusammen, die sie benutzt hatte.

Lottie, die auf einen Stuhl gestiegen war, damit sie die obersten Fächer in den Schränken auswischen konnte, musterte die junge Frau aufmerksam, als sie ihren Teller zur Spüle brachte und ihn abwusch.

Billy Clay hat recht, überlegte Lottie. Jenny Colter war nicht hübsch, und sie humpelte deutlich sichtbar. Außerdem war sie nicht Lukes Typ. Auf gar keinen Fall. Deshalb interessierte sich Lottie so sehr für sie und hatte Lukes Vorschlag, heute herzukommen und ihr zu helfen, sofort zugestimmt.

Als Raiford und Billy Clay sie nach dem Abendessen geschickt beiseite genommen und ihr von Lukes eigenartiger Reaktion auf die neue Lehrerin berichtet hatten, hatte Lottie es zuerst für unmöglich gehalten und ihnen kein Wort geglaubt.

»Ach was!« hatte sie abgewehrt. »Ihr zwei wollt mich nur foppen, wie immer. Ich dachte, inzwischen hättet ihr begriffen, daß ihr eure alte Mutter nicht zum Narren halten könnt. Hört auf mit dem Unsinn. Habt ihr etwa vergessen, daß ich euch schon seit eurer Geburt kenne? Wenn ihr mich auf den Arm nehmen wollt, müßt ihr schon früher aufstehen!«

»Es ist kein Scherz, Ma. Ehrlich!« hatte Billy Clay behauptet.

»Er hat recht, Ma«, hatte Raiford sich eingemischt. »Ich glaube wirklich, daß es Luke mit dem Mädchen ernst sein könnte. Das letzte Mal, als er so außer sich war, hatten wir seinem Pferd die Mähne und den Schwanz abgeschnitten, um einen Zopf für Velvet Rose daraus zu flechten. Ich sage dir, das Mädchen hat es ihm echt angetan. Du hättest ihn sehen sollen, wie er reagiert hat, als Billy Clay meinte, sie sähe unscheinbarer aus als der gescheckte junge Hund, den du hast. Am liebsten hätte er uns die Köpfe abgerissen. Und sie sieht wirklich – sehr unscheinbar aus –, zumindest hat Billy Clay das gesagt, und er hat recht, wenn das stimmt, was Luke mir erzählt hat und die neue Lehrerin das Mädchen aus dem Zug ist, den wir heute nachmittag überfallen haben.«

»Ihr Jungs habt eine Frau ausgeraubt!« stieß Lottie wütend und verächtlich hervor.

»Verdammt, nein, Ma!« hatte Raiford ihr hastig versichert. »Ich meine ... nun, ich wollte die Uhr von ihrem männlichen Dienstboten haben, aber sie haben gesagt, die hätte ihrem Daddy gehört, und Luke hat ihnen geglaubt. Er wollte nicht, daß ich sie ihnen wegnehme.«

»Na, das will ich aber wohl auch meinen!« hatte Lottie empört reagiert.

Dann hatte sie die beiden weggeschickt. Ganz überzeugt war sie nicht gewesen. Knapp eine Stunde später war Luke in die Küche gekommen, um ihr beim Abwaschen zu helfen.

Gleichmütig – viel zu gleichmütig, fand Lottie – hatte er die neue Lehrerin erwähnt und gesagt, sie werde sicher ein Chaos vorfinden, so heruntergekommen wie das Haus wäre.

»Es wäre sehr nett und nachbarschaftlich von dir, wenn du ihr etwas zu essen rüberbringst und ihr beim Aufräumen hilfst, Ma«, hatte Luke ihr ans Herz gelegt. »Kate und Winona könnten mitgehen, und vielleicht sollten J. R. und wir anderen später nachkommen und uns um ihren Garten kümmern.«

»Mir scheint, du hast ein außergewöhnliches Interesse an der neuen Lehrerin, mein Sohn«, hatte Lottie erwidert, um behutsam zu testen, wie es um ihn stand.

»Ich möchte, daß Kipp eine gute Ausbildung bekommt, und wenn Jen ... Miss Colter ihre Sachen packt und wie Miss Underwood abreist, findet Horace vielleicht keine andere Lehrerin mehr vor Beginn des neuen Schuljahres«, hatte Luke daraufhin erwidert, aber er war dem prüfenden Blick seiner Mutter ausgewichen.

Wie entsetzt und enttäuscht sie von ihm sein würde, wüßte sie, wie er Jenny gestern abend Angst eingejagt und sie benutzt hatte. Lottie wäre sicher noch wütender geworden, wenn sie erfahren hätte, daß sie unwissentlich dazu beitrug, ein möglichst engmaschiges Netz um Jenny zu weben, aus dem sie nicht entkommen konnte. Luke wußte, daß seine Mutter und die beiden Schwägerinnen die junge Frau von Herzen freundlich aufnehmen und gern als seine zukünftige Frau betrachten würden, da sie ständig versuchten, ihn mit einer passenden Partnerin zusammenzubringen. Luke hoffte auch, sie würden Jenny mit ihrer Freundlichkeit so überwältigen, daß sie sich verpflichtet fühlte, seinetwegen zu schweigen. Wenn sie erst einmal mit Lottie, Kate und Winona befreundet war und ihn dennoch an die Agenten von Pinkerton verraten sollte, würde sie nicht nur ihm, sondern auch seiner Familie Schaden zufügen. Luke setzte darauf, daß sie von Natur aus zu liebenswürdig und fürsorglich war, um das zu tun.

Weder Lukes Versprecher bei Jennys Namen noch sein Abwenden, um seine wahren Gedanken zu verbergen, war Lottie entgangen. Da sie glücklicherweise nichts von den wirklichen Umständen wußte, die ihren Sohn und Jenny miteinander verbanden, hatte sie trotz der Überraschung in dieser Angelegenheit eine schwache Hoffnung in sich aufkeimen fühlen.

Seit Maybelles Tod hatte Luke nur mit Huren verkehrt und behauptet, eigentlich wären alle Frauen so, und zumindest wären die Frauen in der Hinsicht in Miss Rubys Bordell ehrlich. Für eine anständige Frau hatte er nicht mal einen zweiten Blick übrig.

Lottie, die spürte, welch bittere Veränderung Maybelles Betrug bei ihm hervorgerufen hatte, war verzweifelt und befürchtete, er werde nie wieder heiraten und seine Kinder Kipp und Sarah Jane müßten ohne Mutter aufwachsen. Dabei brauchten Luke wie auch seine Kinder die zarte Hand einer Frau, um seelisch zu gesunden. Ob er sie nun finden mochte oder nicht – oder sie anerkennen würde, wenn er sie fand –, war eine andere Sache.

Doch jetzt, wo Lottie Jenny ansah, verstand sie, warum ihr Sohn sich zu dieser jungen Frau hingezogen fühlte. Es war offensichtlich, daß Jennys Vergangenheit zumindest ebenso schmerzlich war wie Lukes. Ihre grauen Augen wirkten, ähnlich wie Lukes blaue, zu alt für ihre Jahre, und die weichen, sinnlichen Lippen standen im Widerspruch zu der tapferen Entschlossenheit, die sie der Welt zeigte.

Lottie erkannte auch etwas, wovon sie nicht sicher war, daß ihr Sohn es bemerkt hatte. Wenn Luke Jenny Colter begehrte – bislang wußte Lottie nicht mal, ob er es sich schon eingestanden hatte –, würde er sie sehr behutsam umwerben müssen, denn sie war so schüchtern und scheu wie ein junges Fohlen.

Ich werde den Jungen darauf aufmerksam machen, nahm Lottie sich vor. Daß Jenny wunderbar zu Luke paßte, hatte sie längst entschieden. Es wäre eine Schande, würde er diese junge Frau verlieren, nur weil er an die Brautwerbung heranging, wie er Banken überfiel – zu arrogant und viel zu dreist!

»Nun, das war das.« Lottie seufzte, stieg vom Stuhl und rieb sich kräftig die Hände. »Sollen wir im Wohnzimmer anfangen, Mädchen?«

Die beiden Frauen nickten zustimmend, und nachdem sie den schmalen Gang gefegt hatten, eilten sie in den vorderen Raum hinüber.

»Miss Jenny, Moses ist zurück«, rief Delcine und lief zur Tür, als sie das Knirschen von eisenbeschlagenen Rädern in der steinigen Auffahrt hörten.

»Tatsächlich. Hallo, Moses«, begrüßte ihn auch Jenny und rannte leicht humpelnd auf ihn zu. »Hast du alles bekommen, was wir brauchen? Lieber Himmel, es sieht ganz danach aus!« bemerkte sie und reckte sich auf die Zehenspitzen, um über den Rand des schwerbeladenen Gefährts zu spähen, das bis zum Rand mit Fässern und Kartons gefüllt war. Dann erkundigte sie sich: »Wem gehört denn der Karren? Fünfundzwanzig Dollar haben nicht dafür gereicht und alles, was du eingekauft hast.«

»Nein.« Moses grinste. »Er gehört Ihnen trotzdem, Miss Jenny. Ich wußte, wir würden etwas brauchen, um in den Ort zu kommen, und deshalb habe ich mit Mr. Pritchard geredet, beim Mietstall drüben, und er hat gesagt, Sie könnten beides, Pferd und Karren, für hundertfünfzig Dollar bekommen und dürfen ihm die Summe mit zehn Dollar monatlich abzahlen.«

»Was? Das ist ja großartig, Moses!« freute sich Jenny, so daß der große, schwarze Mann übers ganze Gesicht strahlte. »Nun, die Küche ist schon aufgeräumt und sauber. Du kannst nach hinten fahren und alles ausladen. Delcine hilft dir beim Wegräumen.«

»Ja, Miss Jenny. Vorwärts, Blossom!« Er schnalzte mit der

Zunge und klopfte der kräftigen Stute mit den Zügeln auf den Rücken.

Der Karren war kaum um die Seite der Hütte verschwunden, als die Morgan-Bande in den Hof ritt. Jenny konnte nur staunen beim Anblick der Brüder. Sie hatte gehofft, sie hätte wenigstens soviel Zeit, sich ein wenig herzurichten, ehe sie kämen. Jetzt war es jedoch zu spät. Luke würde sie in den schmutzigen Sachen sehen und noch weniger von ihr beeindruckt sein, als er es vermutlich ohnehin schon war. Aber es ließ sich nicht mehr ändern. Jenny mußte einfach das Beste aus der Situation machen. Außerdem konnte es ihr eigentlich gleichgültig sein, was Luke von ihr hielt, oder nicht? Sie nahm sich zusammen und trat vor, um die fünf Männer zu begrüßen.

Weil sie so schwer gearbeitet hatte, schmerzte ihr Bein, und ihr Hinken war wesentlich auffallender als sonst. Als Luke das sah, empfand er erneut Mitleid mit ihr und bekam ein schlechtes Gewissen wegen seines Verhaltens am Abend zuvor. Doch so, wie sie ihr Kinn trotzig vorgereckt hielt, erkannte Luke, daß Jenny weder von irgendwem Mitgefühl erwartete noch bekommen wollte, und deshalb zeigte er auch keines. Er wußte nur zu gut, wie es war, wenn man von anderen bemitleidet wurde. Er hatte es zu spüren bekommen, als Maybelle ihn verlassen hatte. Ständig hatten die anderen etwas dazu gesagt, und selbst die freundlich gemeinten Bemerkungen hatten ihn immer wieder aufs neue an seinen Verlust und die Tatsache erinnert, daß die Schlampe, die er geheiratet hatte, ihn zum Narren gemacht hatte. Wirklich, er hatte genügend wohlmeinende Worte zu hören bekommen. Zweifellos empfand die neue Lehrerin das nicht anders.

Stumm musterte er sie, als sie zuerst J. R., dann Tobias ihre Hand reichte. Ihre damenhafte Zurückhaltung wirkte schicklich, aber wenn er an das dachte, was er über ihre Vergangenheit erraten hatte, wurde Luke klar, daß mehr dahintersteckte. Jenny bekam große Augen und wirkte sehr angespannt, so, als wollte sie jeden Moment auf dem Absatz herumwirbeln und davonlaufen.

Als er an der Reihe war, ihr die Hand zu reichen, lächelte Luke sie vielsagend an.

Mit gemischten Gefühlen schaute Jenny zu ihm auf und spürte, wie sie bei seinem unwiderstehlichen Grinsen innerlich fast dahinschmolz. Einen Moment lang befürchtete sie schon, sie müsse ihm zu Füßen sinken. Zu ihrer Überraschung stand sie jedoch immer noch und hielt seine Hand. Er wich ihrem Blick nicht aus, schien ihr geradewegs ins Herz und in die Seele zu schauen, ihre tiefsten Geheimnisse zu erraten und sie ans Tageslicht zerren zu wollen. Trotz der markanten Furchen im Gesicht wirkte er eigenartigerweise sanftmütig. Da wurde ihr klar, warum er sie gestern abend nicht vergewaltigt hatte, obwohl es für ihn ein leichtes gewesen wäre.

»Hallo, Miss Jennilee«, begrüßte er sie.

»Ich ... ich heiße Jenny. Einfach nur Jenny«, korrigierte sie ihn leise und wünschte sich, sie hätte Zeit gehabt, sich wenigstens das Haar zu kämmen. Außerdem wäre es ihr lieber, sie würde nicht jedesmal, wenn ein Mann sie ansprach, rot. Besonders bei ihm wollte sie das nicht.

Zweifellos würde er glauben, ihr hätten seine Annäherungsversuche gestern abend gefallen – und, du meine Güte, das stimmte ja! Aus einem unerklärlichen Grund war das der Fall gewesen. Der Gedanke war so entsetzlich, daß Jenny kaum die Tränen zurückhalten konnte, die ihr in den Augen brannten, als sie an die Schande dachte, die dieser Mann ihr zugefügt hatte. Nie zuvor hatte sie sich so hilflos und derart verwirrt gefühlt wie jetzt. Sie war nicht in der Lage, sich gegen die Welle der Ereignisse zu stemmen, die sie rücksichtslos mitzureißen schienen. Eigentlich hätte sie Luke des Grundstücks verweisen müssen, aber dann hätten Lottie und die anderen wissen wollen, warum er nicht willkommen war, und Jenny hätte es ihnen nicht erklären können. Wie sollte sie ihnen die Beschämung klarmachen, die sie empfand, ohne ihre widerstreitenden Gefühle Luke gegenüber zu verraten?

Selbst jetzt raste ihr Herz allein durch seine Nähe. Nervös blickte Jenny an sich herunter, als fürchte sie, ihre Erregung wäre durch das Oberteil des Kleides sichtbar. Zu ihrer Erleichterung war das nicht der Fall, aber natürlich konnte sie ihren Puls am

Hals, wo sie vorhin den Kragen geöffnet hatte, nicht klopfen sehen. Aber Luke konnte das, und Jenny begann am ganzen Körper zu beben, als sie zu ihrem Schrecken seinen Blick dorthin wandern sah. Hitze stieg ihr in die Wangen, und in ihrer Verwirrung hätte sie ihm die Hand grob entrissen, hätte Luke sie nicht so festgehalten.

Ihre Hand war feucht, und ihre Finger zitterten. Einen verrückten Moment lang sehnte er sich danach, sie an sich zu ziehen und zu umarmen, ihr seine Lippen ins Haar zu drücken und ihr zu versichern, daß sie keine Angst haben müsse und er niemals zulassen würde, daß irgendwer ihr etwas antun konnte. Aber natürlich tat er nichts dergleichen.

»Ich dachte, Sie hätten im Zug gesagt, Ihr Name sei Jennilee«, erwiderte er statt dessen und runzelte leicht verwirrt die Stirn.

»Nun, das stimmt ... ich ... ich meine, ich heiße Jennifer Leigh. Aber jeder nennt mich Jenny. Vermutlich habe ich das nicht deutlich genug ausgesprochen.« Sie sprach ein wenig überstürzt, da sie nicht sicher war, ob sie darauf reagieren sollte, daß er den Überfall erwähnte, oder nicht und ob sie sich bei ihm bedanken sollte, daß er ihr und Moses die Uhr ihres Vaters gelassen hatte.

»Tatsächlich? Nun, mir gefällt Jennilee gut. Es klingt sehr hübsch, und ich finde, er paßt zu Ihnen.«

Luke fiel sofort auf, daß er etwas Verkehrtes gesagt hatte, denn ein seltsam gekränkter Blick verschleierte Jennys Augen. Kühl entzog sie ihm ihre Hand. Luke hätte sich in den Hintern treten können, denn sie war nicht hübsch. Offenbar wußte sie das und glaubte jetzt, daß er sich über sie lustig machte. Dabei hatte das, was er ihr gestern abend angetan hatte, vollkommen gereicht.

Er konnte wirklich nichts weiter dazu sagen. Jedes Wort hätte die Situation nur verschlimmert. Deshalb wandte er sich wortlos ab und ärgerte sich mächtig über sich selbst.

Was zum Donnerwetter war nur los mit ihm? Jenny Colter war doch nicht sein Typ. Aber jedesmal, wenn er sie sah, fühlte er sich wie ein unreifer Schuljunge. Er verstand die merkwürdige Anziehungskraft, die sie auf ihn ausübte, nicht, und schlimmer noch war, daß sie mit jedem Treffen stärker zu werden schien.

Verdammt! fluchte er im stillen, zornig darüber, daß er die junge Frau unbeabsichtigterweise gekränkt hatte. Warum kann ich es mir nicht eingestehen? Der Gedanke, Jenny zu heiraten, widerstrebt mir gar nicht so sehr, oder? Obwohl ich das überhaupt nicht will, kann ich die Vorstellung nicht so leicht vergessen – und das stört mich mächtig. Mir behagt es nicht, daß sie mich so erregt. Es könnte passieren, daß sie mir mehr bedeuten würde, als mir lieb ist – und damit setze ich mich erneut einer Enttäuschung aus. Allein der Gedanke, eine Frau zu brauchen – die abends für mich da ist, wenn ich so erschöpft nach Hause komme, daß ich mich kaum mehr auf den Beinen halten kann, die mich mit einem Lächeln und einem Kuß empfängt und das Essen auf dem Herd bereithält, die mich in die Arme schließt und zärtlich ist, wenn die Nächte so lang und endlos sind, daß ich zur Flasche greifen muß, um schlafen zu können. Eine Frau, die sich um mich sorgt, nicht nur um das Geld, das ich ihr auf den Tisch werfe, nachdem ich meine Lust befriedigt habe ... Ja, tief im Innersten sehne ich mich danach, oder?

Nein, das stimmt nicht. Ich brauche niemanden.

Wirklich nicht? hielt eine innere Stimme rücksichtslos dagegen. Dann sollte ich wenigstens an die Kinder denken, an die kleinen verlorenen, armen Seelen. Sie brauchen die Hand einer Frau – die stolz ist auf ihre kindlichen Zeichnungen und ihnen die aufgeschürften Knie verbindet, die sie in der kalten Jahreszeit warm verpackt und im Frühjahr Blumen mit ihnen pflückt, die am Tag mit ihnen lacht und ihnen abends eine Geschichte vorliest, die viele Kleinigkeiten mit ihnen macht, die Mütter so machen. Ja, meine Kinder brauchen jemanden. Lieber Himmel, ich habe nicht viel Zeit für sie gehabt, seit Maybelle gestorben ist.

Die neue Lehrerin wäre genau die richtige Frau, oder nicht? Sie ist nicht so wie Velvet Rose oder eine der anderen Huren, bei denen ich war. Natürlich gefällt Jenny mir – eben aus Gründen, warum sonst niemand sie will: Sie ist unscheinbar, hinkt und hat Angst vor Männern. Kein anderer Mann würde sie jemals so anziehend finden, daß er es riskieren würde, sich meinen Zorn zuzuziehen, um mit ihr zu schlafen. Selbst wenn jemand versuchen sollte, sie zur Untreue zu bewegen, hätte sie viel zuviel Angst vor mir, um mich auch nur im Traum zu betrügen, wie diese Hexe Maybelle es getan hat.

Nein, ich muß mich schämen, dachte er betroffen. Wie arrogant von mir. Ich bin ein Bandit, auf dessen Kopf zumindest in fünf Staaten ein Preis ausgesetzt ist. Außerdem habe ich zwei verstörte Kinder und nur eine kleine, heruntergekommene Farm. Was kann ich schon einer Frau bieten? Wie komme ich darauf, daß eine Dame von Jenny Colters Herkunft und Bildung mir auch nur einen zweiten Blick gönnen würde – geschweige mich heiraten wollen würde –, besonders nach der Art und Weise, wie ich mich gestern abend ihr gegenüber verhalten habe? Vermutlich hält sie mich für einen hartgesottenen Verbrecher und für wenig besser als einen Hinterwäldler. Es geschieht mir nur recht, wenn sie mich an die Pinkerton Detektei weitermeldet.

Als ihm das durch den Kopf ging, preßte er zornig die Lippen aufeinander und schwang seine Sense so wütend in das hohe Gras in dem zugewachsenen Vorgarten, daß selbst J. R. ihm aus dem Weg ging.

»Wer hat den denn gebissen?« raunte er Tobias zu und deutete mit dem Daumen auf Luke.

»Was glaubst du wohl?« erwiderte Tobias und warf einen vielsagenden Blick zu Jenny hinüber, die draußen war, ein paar Leintücher ausschlug und wehmütig über Raiford und Billy Clay lächelte, deren Neckereien sie an die eigenen vier umgekommenen Brüder erinnerten. Grimmig fuhr Tobias fort: »Sie hat Lukes Gesicht gesehen, und sie weiß, daß wir den Zug gestern überfallen haben. Ich gebe ja zu, daß es mich ganz schön beunruhigt hat. Luke ist aber überzeugt, sie wird ihren Mund halten, aber ich sage dir eins, J. R., ich glaube eher, er klammert sich da an einen Strohhalm. Wir würden es schließlich nicht wissen, ob sie nicht bereits die Pinkerton Detektei in Chicago benachrichtigt hat.«

»Hmm«, machte J. R. nachdenklich. »Nun, das läßt sich sicher leicht überprüfen. Ich werde mal zu Stokes ins Telegrafenbüro hinübergehen. Was Miss Jenny angeht ... na ja, die, denke ich, müssen wir im Auge behalten und auf das Beste hoffen, das ist alles. Ich glaube nicht, daß ich eine Frau umbringen könnte, und außerdem würde es mit Sicherheit die gesamte Umgebung gegen uns aufbringen.«

»Vermutlich würde Ma uns eigenhändig den Gesetzeshütern ausliefern – falls sie uns nicht zuvor das Fell über die Ohren zieht!« erwiderte Tobias.

»Ja«, pflichtete J. R. ihm bei. »Wenn Luke uns nicht vorher erwischt. Ich weiß nicht, Toby, aber wenn ich es nicht besser wüßte, würde ich schon behaupten, Luke hätte etwas für Miss Jenny übrig. Er benimmt sich auffallend merkwürdig, seit er ihr begegnet ist.«

»Das finde ich auch. Ihm hat jedenfalls nicht gefallen, wie sich Raif und Billy Clay gestern abend über sie lustiggemacht haben. Und denk nur daran, daß er darauf bestanden hat, wir sollen heute hier den Garten machen!«

»Hmm«, wiederholte J. R. »Es scheint so, als würden die Dinge in Kürze recht interessant werden, Toby. Wirklich interessant. Ich glaube nicht, daß die neue Lehrerin groß etwas mit Männern zu tun haben will – besonders mit Banditen –, gleichgültig wie höflich sie zu Ma und den Frauen ist. Ich denke mal, Luke hat sich da ein schönes Stück Arbeit ausgesucht, wenn er hofft, die Hand und das Herz der jungen Frau zu gewinnen.«

»Sie scheint wenigstens nett. Billy Clay hatte schon recht. Fürs Auge bietet sich nicht viel.«

»Mag sein«, gab J. R. zu. »Aber du weißt, was Ma immer sagt. Hübsch ist, was gefällt, und wir wissen alle, wie Maybelle war.«

»Ja«, stieß Tobias verächtlich hervor. »Die Schlampe mochte ich nie! Und eines steht fest: Diese Huren, mit denen Luke in letzter Zeit verkehrt, haben ihn in dem Glauben bestärkt, er sei etwas Besseres. Es geschieht ihm ganz recht, wenn er zur Abwechslung mal einen Dämpfer verpaßt bekommt. Und ich kenne keine Lehrerin, die das nicht besonders gut kann.«

Als Luke die beiden Männer herzlich lachen hörte, verfinsterte sich sein Gesicht. Sie blickten viel zu selbstzufrieden drein.

»Über was zum Teufel macht ihr euch da lustig?» erkundigte

er sich in scharfem Ton, weil er zu Recht vermutete, daß sie sich über Jenny Colter unterhalten hatten.

Verdammt! Seine Angelegenheiten gingen niemanden etwas an. Es hatte ihm gerade noch gefehlt, daß sie sich einmischten und ihm die Chancen schmälerten, auch wenn ihr Leben ebenso wie seines von Jennys Schweigen abhing. Luke wünschte sich, er hätte seinen Brüdern nie gesagt, warum er sich für sie interessierte und noch viel weniger, daß er sie gestern abend bedroht und davor gewarnt hatte, nichts zu verraten. Aber er hatte seinen Brüdern eine Erklärung zu der jungen Frau geben müssen. Raiford hätte Jenny beim Wiedersehen auch sofort erkannt. Das hätte sie alle aufgebracht, und es ließ sich schwer sagen, was dann passiert wäre. Besser, die anderen glaubten, er, Luke, hätte die Sache bereits in die Hand genommen.

Trotzdem ärgerte er sich über das Foppen seiner Brüder. Ganz offensichtlich waren sie überzeugt, daß er von Jenny eingenommen war, und sie würden bestimmt nicht eher Ruhe geben, bis sie wußten, ob sie nun recht hatten oder nicht. J. R. und Tobias amüsierten sich bereits hinter seinem Rücken und flüsterten sich etwas zu. Raiford und Billy Clay, die Luke vorhin gewarnt hatte, Jenny gegenüber nett zu sein, sonst würde er ihnen den Hals umdrehen, belegten sie die ganze Zeit schon mit Beschlag, so daß er kaum eine Möglichkeit hatte, mit ihr zu reden. Allmählich regte ihn das mächtig auf.

Am liebsten hätte Luke sich auf sein Pferd geschwungen und wäre davongeritten, ohne auch nur einen Blick über die Schulter zu werfen. Doch dann drehte er sich um, sah Jenny an und wußte, daß er nicht so einfach gehen konnte. Es war verkehrt gewesen, die junge Frau gestern abend so einzuschüchtern. Sie hatte das nicht verdient, ebensowenig wie die Freiheiten, die er sich danach bei ihr herausgenommen hatte. Ebensogut hätte er einen kleinen Vogel quälen können, wenn auch einen, der mit seinem Schnabel kräftig nach ihm gehackt hätte, überlegte Luke und strich sich schmunzelnd mit den Fingern über die Schrammen in seinem Gesicht. Nie zuvor hatte eine Frau ihn verschmäht; selbst Maybelle war immer bereit gewesen, das Bett mit ihm zu teilen – wenn nichts sonst. Das allein müßte ihm schon klarmachen, wie anders Jenny Colter war. Unerklärlicherweise begann sein Herz zu jagen, als er daran dachte.

Sie den Launen seiner vier nichtsnutzigen Brüder auszuliefern, indem er Jenny mit ihnen allein ließ, war für ihn plötzlich undenkbar.

6. Kapitel

Langsam schlug Jenny die Decken zurück und glitt von der schrecklichen, alten strohgefüllten Matratze, die sie auf dem hohen Holzbett unbedingt durch eine neue ersetzen mußte. Das hatten sie heute nicht mehr geschafft, obwohl sie wirklich viel erreicht hatten.

Jetzt war das Haus sauber, und der Garten glich nicht mehr einem Dschungel. Morgen wollte Moses die durchgescheuerten Lederstreifen gegen Eisenangeln austauschen. Dann wollte er das Dach ausbessern und die Löcher in den Wänden zuschmieren, während Jenny und Delcine sich daranmachen würden, eine neue Matratze und ein paar Vorhänge für die Fenster zu nähen. Nachdem das alles erledigt wäre, würde Moses den Zaun flicken und die Möbel reparieren. Sobald letztere gestrichen waren, wollte Jenny, die eine künstlerische Ader besaß, ein paar helle Muster daraufmalen, damit sie freundlicher aussahen. Sie hatte sich auch entschlossen, ein paar größere Muster auf den Boden zu machen, und Delcine hatte angeboten, ein paar passende bunte Resteteppiche anzufertigen. Außerdem wollte Moses einen kleinen Schuppen an die Küche anbauen und für sich und Delcine richtige Betten zimmern. Im Augenblick schliefen die beiden mit Matten auf dem harten Boden.

Leise, um Delcine nicht aus dem Schlaf zu reißen, zog Jenny sich einen Morgenmantel an und schlüpfte in ihre Hausschuhe. Dann nahm sie die Kerze in die Hand, die nachts immer in ihren Zimmer brannte, und öffnete behutsam die Tür zum Wohnzimmer. Sie schlich an dem schnarchenden Moses vorbei hinüber zu dem Flur, der in die Küche führte.

Dort stellte sie die Kerze auf den Tisch und füllte eine der neuen Blechtassen, die Moses am Nachmittag gekauft hatte, mit Wasser. Es schmeckte ein wenig nach Rost, da die Pumpe eine Zeitlang nicht mehr benutzt worden war, aber es war kühl und löschte Jennys Durst.

Nachdenklich schaute sie aus dem Küchenfenster, das geöffnet war, damit die kühle Nachtluft hereinströmen konnte und die heiße, stickige Atmosphäre der Hütte vertrieb. Die schmale Mondsichel warf ihr milchiges, silbernes Licht durch die belaubten Zweige der Bäume. Ein wenig dahinter leuchteten Glühwürmchen wie Funken auf, während sie in der Dunkelheit von Strauch zu Strauch flogen. Die gedämpften Geräusche des Waldes drangen bis ins Haus. Das monotone Zirpen der Grillen vermischte sich mit dem Quaken der Frösche und den Lauten anderer Kreaturen, die durch das Unterholz huschten. Es waren leise, friedliche Klänge, die ein gewisses Maß an Zufriedenheit erzeugten, denn sie erinnerten Jenny an jene Sommernächte auf Faxon's Folly vor dem Krieg, als sie unter ihrem Moskitonetz im Bett gelegen und der Außenwelt gelauscht hatte, in dem Wissen, sicher und wohlbehütet unter der Decke zu stecken.

Heute, obwohl ihre schreckliche Furcht ein wenig nachgelassen hatte, ängstigte sie sich vor der Dunkelheit, denn mit ihr kamen auch die Alpträume, packten sie gewaltsam und rissen sie aus ihrem Schlaf, so daß sie schreiend, schweißgebadet und mit heftig klopfendem Herzen aufwachte.

Fünf Jahre waren vergangen, und immer noch suchten die Erinnerungen sie heim. Gleichgültig, wie sehr sie sich anstrengte, genau zu rekonstruieren, was geschehen war, der wichtigste Teil des Vorfalls wollte ihr nicht einfallen. Oh, wenn sie sich doch nur erinnern könnte! Vielleicht würden die entsetzlichen, verschwommenen Bilder, die sie vor sich sah, aufhören, sie zu erschrecken. Doch wenn sie an jenen Tag dachte, fühlte sie sich wie in einem Labyrinth langer, schwarzer Flure, in dem sie keinerlei Antworten auf ihre Fragen fand.

Sie setzte sich an den Tisch und barg den Kopf in beiden Händen. Wie nichts in den vergangenen fünf Jahren es vermocht hatte, so hatte ihr der heutige Tag mit auffallend schmerzlicher Intensität klargemacht, was sie alles in dem Krieg verloren hatte. Nur schon mit einem Teil der großen, glücklichen Morgan-Familie zusammen zu sein, hatte sie so sehr an ihre eigenen Eltern, ihre Brüder und Schwestern erinnert, daß Jenny nicht mehr wußte, wie sie es hatte ertragen können.

Es kam ihr nicht gerade gerecht vor, daß die fünf räuberischen Morgan-Brüder heil durch den Krieg gekommen waren, während ihre eigenen vier Brüder, anständige, gesetzestreue Männer, alle ums Leben gekommen waren. Aber andererseits waren ihre Brüder auch nicht so hart und entschlossen gewesen wie die Morgans, die in armem Verhältnissen aufgewachsen waren und sich schon früh mit der grausamen Wirklichkeit hatten auseinandersetzen müssen. Jennys Brüder waren wohlerzogen und behütet aufgewachsen. Viele Unannehmlichkeiten waren ihnen durch ihren Reichtum erspart geblieben. Ihnen war ein Platz in der vornehmen Gesellschaft vorbehalten gewesen, die sich vor ihren Augen aufgelöst hatte. Auf die Folgen und Wirren nach dem Krieg waren sie nicht vorbereitet gewesen.

Trotzdem hatte Jenny sich zu der Familie der Banditen hingezogen gefühlt, denn sie waren freundlich und rücksichtsvoll ihr gegenüber. Dafür war sie ihnen jetzt dankbar. Andererseits hatten sie in ihr auch den Wunsch geweckt, endlich die Vergangenheit zu vergessen und sich ein neues Leben aufzubauen. Es wäre herrlich, dabei wieder ein Teil einer großen Familie zu werden.

Sie dachte an Luke, erinnerte sich, wie er den großen Mann im Zug brutal mit dem Griff seiner Waffe niedergeschlagen hatte, dann auf den Schaffner geschossen und ihn ernstlich verwundet hatte. Sie dachte auch daran, wie er sie bedroht und ihre Hilflosigkeit ausgenutzt hatte. Dennoch hatte er sie erregt. Selbst jetzt fühlte sie sich zu ihm hingezogen wie eine zartbeflügelte Motte zum Licht einer Flamme. War es das hellstrahlende Licht, das sie sacht berühren würde, oder spielte sie mit dem gefährlichen Feuer, täuschte sich in Luke, weil sie sich einsam fühlte?

Warum war er heute nachmittag hergekommen? Hatte er ihr seine Hilfe angeboten, um den Schrecken wiedergutzumachen, den er ihr beim Überfall auf den Zug und erneut gestern abend im Hotel eingejagt hatte? Oder hatte ihn noch etwas anderes als das dazu veranlaßt? Hätte er ihr gegenüber eine drohende Haltung eingenommen, hätte Jenny vermutet, er wolle seinen warnenden Worten Nachdruck verleihen, damit sie ihn und seine Brüder nicht verriet. Aber das war nicht der Fall gewesen. Statt dessen hatte Luke sie unaufhörlich beobachtet, fast begierig gemustert, mit diesem seltsamen, unergründlichen Ausdruck in seinen Augen.

Ach ja. Jenny seufzte. Es hatte keinen Sinn, sich über die Absichten dieses Mannes Gedanken zu machen. Zweifellos hatte er seine Gründe, und mit Sicherheit waren es andere, als sie in Betracht ziehen würde. Mit ziemlicher Wahrscheinlichkeit war es eher so, wie Lottie gesagt hatte. Die Morgans waren ihre Nachbarn und wollten ihr deshalb zur Hand gehen. Da die meiste wirklich harte Arbeit schon heute vollbracht worden war, würde Jenny Luke in Zukunft kaum oft sehen. Er war auf jeden Fall zu alt, um in die Schule zu kommen, und mit Sicherheit die meiste Zeit unterwegs, um Züge zu überfallen oder andere derartige Verbrechen zu begehen, von denen sie auf keinen Fall etwas wissen wollte.

Das beste wäre sicherlich, wenn sie ein für allemal vergaß. Allein ihr innerer Aufruhr hatte ihr bereits seinetwegen zwei schlaflose Nächte beschert, und trotz ihres Wunsches, zu einer Familie zu gehören, wußte Jenny nur zu gut, daß es ein Traum war, was sie sich da vorstellte. Denn damit es Wirklichkeit werden konnte, mußte sie einen der unverheirateten Morgan-Brüder ehelichen, und das konnte sie nicht. Besonders nicht einen Mann wie Luke, der alles von ihr verlangen würde im Tausch gegen den Ring, den er ihr an den Finger steckte.

Irgendwie mußte sie sich von diesem verwirrenden Verlangen nach ihm, das sie da hegte, befreien. Aber das, stellte Jenny fest, als sein attraktives Gesicht ungebeten vor ihrem geistigen Auge auftauchte, war leichter gesagt als getan.

7. Kapitel

In den zwei Monaten, die ihr vor Eröffnen der Schule verblieben, sah Jenny Luke mehrmals, denn er hatte zu seiner Verärgerung festgestellt, daß sie ihm nicht aus dem Sinn ging. Er konnte sich einfach nicht von ihr fernhalten. Außerdem hatten seine Brüder, in ihrem verdrehten Sinn für Humor, ihm befohlen, sie im Auge zu behalten. Immerhin, so behaupteten sie, hätte sie sein Gesicht gesehen und damit wäre es nur recht und billig, daß er diese Aufgabe übernähme.

Obwohl die junge Frau niemandem etwas über ihn und seine Brüder erzählt hatte, vertraute Luke, der Maybelles Heuchelei nicht vergessen hatte, Jenny nicht, daß sie auf Dauer schweigen würde, gleichgültig wieviel Angst er ihr eingejagt hatte. Sicherlich hatte die Ozark Mountain Eisenbahngesellschaft der Pinkerton Detektei den Überall auf den Zug durchgegeben. Es war wohl nur eine Frage der Zeit, ehe einer oder mehrere Detektive auftauchen würden, um den Überfall zu untersuchen. Jenny, da war Luke sicher, würde bei der strapaziösen Fragerei zusammenbrechen und dann, wenn er gefaßt werden könnte und eine Verhandlung bekäme, würde ihre Aussage – falls sie ihm nicht den Strick brachte – ihm auf jeden Fall eine mehrjährige Gefängnisstrafe eintragen. Ganz zu schweigen von dem, was es seinen Brüdern bescheren mochte.

Er war immer stolz darauf gewesen, daß er es verstand, mit Frauen umzugehen. Deshalb glaubte er auch, Jenny werde sich durch seine Aufmerksamkeit geschmeichelt fühlen und ihm gegenüber auftauen, obwohl sie Angst vor ihm hatte. Zumindest Freunde würden sie werden und vielleicht mehr – falls er sich entschloß, sie doch zu heiraten. Er fühlte sich zu ihr hingezogen. Das gestand Luke sich ein, und je öfter er sie sah, desto mehr wuchs diese Anziehungskraft. Es würde nichts schaden, sie ein bißchen zu umwerben. Eigentlich konnte es ihm in jeder Hinsicht nur dienlich sein. Sollte Jenny ihn mögen, wäre sie sicherlich weniger bereit, das auszuplaudern, was sie über den Zugüberfall wußte.

Ja, mit der Zeit würde ihre frostige Haltung ihm gegenüber schwinden. Denn, so überlegte Luke, keine Frau wollte gern einmal als alte Jungfer enden, gleichgültig, welche finsteren Erlebnisse sie aus der Vergangenheit mit sich trug. Alle Frauen wollten früher oder später einen Mann – und wenn es nur wegen der Sicherheit war, die er bot. Aber zu seiner Verärgerung und seinem Verdruß mußte Luke bald schon feststellen, daß das auf Jenny nicht zutraf. Trotz seiner größten Mühen, sie für sich zu gewinnen, wurde er ständig von ihr abgewehrt.

Wenn Jenny ihn in der Stadt sah, ging sie auf die andere Straßenseite, damit sie nicht mit ihm sprechen mußte. Das hatte Luke mehr als einmal erlebt. Ritt er zu ihr hinüber und bot ihr seine Hilfe an, blieb sie kühl und zurückhaltend. Außerdem wies sie ihn unaufhörlich darauf hin, daß Moses durchaus in der Lage war, Holz zu hacken und das Gras zu mähen. An den wenigen Sonntagen, die Luke in die Kirche gegangen war, in der Hoffnung, sie zu sehen, hatte Jenny sich standhaft geweigert, seinem Blick zu begegnen. Statt dessen hielt sie ihr Augenmerk ganz auf Reverend Thompkins gerichtet. Und das eine Mal, als Luke ihr angeboten hatte, sie nach Hause zu fahren, hatte sie sich höflich bei ihm bedankt und ihm erklärt, daß sie selbst einen Wagen mit Pferd hätte und keine Hilfe bräuchte.

Luke hatte sich wie vor den Kopf gestoßen gefühlt, und schließlich ärgerte er sich über Jenny. Er merkte nicht, daß es sie die ganze Willenskraft kostete, ihm zu widerstehen. Er ahnte nicht, daß sie sich jedesmal, wenn er sie anlächelte, sehnsüchtig wünschte, er würde sie in die Arme nehmen und leidenschaftlich küssen.

Jenny war ihrerseits so bekümmert über ihre Empfindungen für ihn, daß sie sich bereits fragte, ob sie dabei war, ihren Verstand zu verlieren. Sie erinnerte sich an einen Vorfall in Atlanta, bei dem ein scheinbar ausgeglichener, junger Kriegsveteran ein paar Jahre nach dem Krieg plötzlich verrückt geworden war. Nun fürchtete sie, daß es ihr trotz ihrer äußeren Ruhe ebenso ergehen könnte. Auf jeden Fall hatte sie das Gefühl, daß sie die Spannung, die sie empfand, wenn sie ihre schrecklichen Erinnerungen mit der wachsenden Anziehungskraft zu Luke in Einklang zu bringen versuchte, kaum länger ertragen konnte.

Sie bemühte sich nach besten Kräften, den Banditen zu ignorieren, aber ohne es zu wollen, mußte sie unaufhörlich an ihn denken. Sie verbrachte mehrere schlaflose Nächte, wälzte sich von einer Seite auf die andere und kämpfte um ihre innerliche Beherrschung – doch vergebens. Ihr Verstand wie auch ihr Körper schienen einen eigenen Willen zu besitzen, und Jenny vermochte sie nicht unter Kontrolle zu bringen. Ständig dachte sie an Luke, und körperlich empfand sie ein eigenartig quälendes Verlangen, das sich nicht erfüllen ließ.

Einmal, wie um diese Sehnsucht zu stillen, die sie peinigte, strich Jenny sich mit den Händen über ihr naßgeschwitztes Nachthemd und stellte sich vor, Luke würde sie streicheln. Zu ihrem Entsetzen erwachte etwas Primitives, Erschreckendes zum Leben. Wie ein Feuer auflodert, schoß es so rasch durch ihre Adern, daß sie einen furchtbaren, verrückten Moment lang glaubte, sie müsse sterben. Ihr Herz raste so heftig, daß sie kaum atmen konnte. Sofort richtete sie sich im Bett auf und schnappte nach Luft.

Nach einer Weile legte sie sich wieder hin und zwang sich dazu, langsam bis zehn zu zählen. Luke liebte sie nicht, und wo keine Liebe war, gab es keinerlei Zärtlichkeit. Jenny hatte selbst erlebt, daß es so war.

Sie mußte ihm aus dem Weg gehen. Es ließ sich nicht vorhersehen, was er ihr sonst antun mochte. Sie war unscheinbar und verkrüppelt. Beides zog keinen Mann an – Luke jedoch schien dadurch nicht abgeschreckt. Allein daran mußte sie erkennen, daß er eigentlich boshaft und pervers war, sich an der Furcht einer Frau ergötzte. Andererseits paßte diese stark verzerrte Vorstellung nicht zu dem Eindruck, den sie von dem Mann bekommen hatte. Er hatte mehr als einmal die Gelegenheit gehabt, sie zu vergewaltigen und umzubringen. Doch selbst als er bei ihr ins Hotelzimmer eingedrungen war, hatte er sie bloß geküßt.

Jenny malte sich im Geiste aus, wie es sein würde, sich unter Luke zu winden, seine Lippen kräftig und verlangend auf ihren zu spüren, bis sie seine Leidenschaft erwiderte. Schuld und Scham über ihre wenig damenhaften Phantasien quälten sie. Ich müßte bestraft werden, dachte sie, und wie zur Antwort auf ihren Wunsch, verschwamm das Bild vor ihren Augen und Lukes Gesicht nahm die gemeinen, häßlichen Züge des Mannes an, der ... der ... Entsetzt hielt Jenny sich mit der Hand den Mund zu, um die Schreie zu ersticken, die sich aus ihrer Kehle lösen wollten.

Das war es, was Luke Morgan von ihr wollte – das und ihr Schweigen – und das war nicht genug. Nein, es würde ihr niemals genügen.

Zu Jennys Erleichterung schien Luke mit einemmal wie vom Erdboden verschwunden. In der Kirche suchte sie die Bänke nach ihm ab, und in der Stadt ließ sie ihren Blick nervös über die Gehwege schweifen, aber nirgends war er zu sehen. Schließlich kamen ihr Gerüchte zu Ohren, denen zufolge er und seine Brüder nach Kentucky gezogen waren, um dort eine Bank zu überfallen. Anstatt froh zu sein, daß er nicht mehr da war, sie zu verhöhnen, fühlte sie sich eigenartigerweise hin- und hergerissen, weil sie sich einerseits wünschte, er möge gefangen und für seine Verbrechen bestraft werden, wie er es verdient hatte, andererseits jedoch hoffte sie, er würde dem Gesetz entkommen und nach Tumbling Creek zurückkehren.

Sobald Jenny sein Bild vor Augen sah, verdrängte sie es wütend und ärgerte sich gewaltig, daß sie von dem Banditen wie besessen war. Mit Eifer stürzte sie sich in ihr neues Leben. Arbeit würde den Dämon Luke Morgan schon aus ihren Gedanken vertreiben.

Nach mehreren langen, anstrengenden, arbeitsreichen Wochen war die Hütte so gemütlich, wie sie nur sein konnte, und bestens auf den Winter vorbereitet. Die Tür war repariert, das Dach gedichtet und die Löcher in den Wänden gefüllt. Moses hatte den Zaun und die Möbel ausgebessert, und Jenny hatte letztere wie auch die Fußböden mit einer warmen, dunkelbraunen Farbe gestrichen, die, sobald sie lackiert und gewachst worden war, glänzen würde. Zusätzlich hatte sie die meisten Möbel aufwendig verziert und die Ränder der Fußböden mir roten Herzen versehen, sowie mit Blumen in den Farben Purpur, Violett, Blau und Weiß, die von grünblättrigem Wein umrankt waren. Zusammen mit Delcine hatte sie das Sofa und die beiden Sessel im Empfangszimmer mit einem Stoff im Landhausstil, der vom Muster her zu den Bemalungen der Möbel paßte, neu bezogen. Dicke, violette Kissen und weiße Sofaschoner boten einen wunderbaren Kontrast. Im Schlafzimmer gab eine Quiltdecke, die Jennys Großtante Henrietta gehört hatte, der neuen Federmatratze das gewisse Etwas. Weiße, gerüschte Gardinen und bunte Teppichläufer vervollständigten die gemütliche Ausstattung. Nachdem sie die dünnen Häute der Fenster abgewaschen hatten, fiel helles, verschwommenes Licht herein, so daß das ganze Haus freundlich warm wirkte.

Jenny, die sich in ihrem Reich umschaute, war stolz auf ihr Werk. Moses, der ein äußerst praktisches Bett für Delcine gebaut hatte, das sich gegen die Wand des Flurs hochkippen ließ, hatte bereits mit dem kleinen Anbau an der Küche begonnen. Zum einen sollte der Anbau als Unterkunft für ihn dienen und zum anderen als kleiner Hausflur für den Hintereingang, so daß sie dort Mäntel, Hüte und Schals für die kältere Jahreszeit aufhängen konnten.

Jetzt, wo sie sich richtig eingelebt hatte, wollte Jenny sich auch öfter in den Ort wagen. Ein paarmal war sie bereits dort gewesen. Ganz zu Anfang schon hatte Mr. Peabody ihr natürlich auch die Schule gezeigt, deren einziger Raum sonntags als Kirche diente. Bei warmem Wetter konnte sie den langen, schmalen Pfad, der sich durch den Wald zum Schulhaus schlängelte, zu Fuß entlanggehen. Doch Mr. Peabody hatte ihr vorgeschlagen, sobald der Winter eingebrochen sei, lieber mit ihrem Wagen über die längere, kurvenreiche Landstraße zu fahren.

»Morgens wird es dann noch ziemlich dunkel sein, und auf der Hauptstraße sind Sie sicherer«, hatte er ihr gesagt. »Der Schnee wird an einigen Stellen in diesen Bergen stark verweht. Der Pfad ist zwar kürzer, aber im Winter auch gefährlicher, weil niemand ihn benutzt. Wenn Sie jedenfalls die Straße benutzen, kommt früher oder später schon jemand vorbei und kann Ihnen helfen. Und natürlich kann Miss Abigail Sie durch ihr Fernglas sehen und für umgehende Hilfe sorgen.«

Jenny hatte sich höflich bei ihm bedankt, im stillen jedoch überlegt, ob er nicht vielleicht übertrieben vorsichtig war. Sie hatte noch nie Schnee gesehen und wußte deshalb auch nicht, wie tödlich kalt und gefährlich er unter gewissen Umständen sein konnte.

Was Miss Abigail Crabtree betraf ... nun, Jenny wünschte sich, die alte Jungfer würde sich um ihre eigenen Angelegenheiten kümmern. Crabby Abby, wie sie von den gehässigeren Kindern im Ort genannt wurde, war, soweit Jenny aus dem Erzählen der Leute herausgehört hatte, die reichste Einwohnerin von Tumbling Creek. Ihr längst verstorbener Vater war im Osten Schiffskapitän gewesen und hatte sich, nachdem er ein hübsches Vermögen im Orient gemacht hatte, im Westen angesiedelt, um dort die restlichen Jahre seines Lebens zu genießen. Seine einzige Tochter hatte er mitgebracht.

Miss Abigail, ihrem Vater treu ergeben, hatte nie geheiratet und wohnte heute allein in einem großen Haus auf einem Hügel, von dem aus sie einen Ausblick über Tumbling Creek hatte. Ihre einzige Unterhaltungsmöglichkeit, so hatte man Jenny berichtet, sei ein Teleskop, das ihr Vater früher einmal auf seinem Schiff benutzt hatte und mit dem sie sämtliche Leute in der Stadt ausspionierte.

Jenny, die Miss Abigail erst einmal kurz in der Kirche begegnet war, hatte im Wald des öfteren das Aufblitzen der Linse des Fernglases gesehen, in dem sich das Sonnenlicht widerspiegelte. Zuerst hatte sie über die helle Spiegelung gestaunt, aber jetzt wußte sie, daß die alte Jungfer auf der Veranda des Hauses stand oder durch eines der Fenster im ersten Stock versuchte, herauszufinden, was ihre Nachbarn machten. Niemand war sicher vor Miss Abigails Neugier, und sie zögerte nicht, Reverend Thompkins Bescheid zu geben, wenn sie etwas Skandalöses beobachtete, damit er sonntags eine passende Predigt halten konnte.

Jenny gefiel es ebensowenig wie allen anderen im Ort, ausspioniert zu werden, aber daran ließ sich nichts ändern. Miss Abigail besaß unter anderem die First National Bank von Tumbling Creek, und da sie die Hypotheken auf die meisten örtlichen Besitztümer vergeben hatte, wagte es niemand, sie zu kränken.

Jenny seufzte. In ihrer Hütte gab es wirklich nichts mehr zu tun, nachdem jetzt die meisten Reparaturen erledigt waren, und Moses war bei dem Anbau kaum auf ihre Hilfe angewiesen. Da sie bereits ihre morgendlichen Pflichten erfüllt hatte, fand Jenny, es sei ein guter Zeitpunkt, zur Schule hinüberzuwandern und sie sich einmal gründlich anzusehen. Sie mußte ihren Schreibtisch in Augenschein nehmen und auf den Regalen nachsehen, was an Unterrichtsmaterial vorhanden war. Falls irgend etwas bestellt werden mußte, sollte sie das sofort erledigen. Denn eine solche Sendung würde wohl kaum mehr vor Unterrichtsbeginn eintreffen. Aber Jenny konnte zunächst mal mit dem beginnen, was sie hatte, und andere Materialien später hinzufügen.

Sie band ihre Schürze ab und legte sie beiseite. Kritisch betrachtete sie sich in dem Spiegel über der Kommode, um sicherzugehen, daß sie ordentlich aussah. Dann verstaute sie ein paar Sachen, die sie ihrer Ansicht nach brauchen würde, in einem Korb und machte sich auf den Weg zur Schule.

Es war ein herrlicher Sommertag, obwohl die Vorboten des Herbstes bereits in der Luft lagen. Die ersten Blätter an den Bäumen hatten sich bereits verfärbt. Jenny wußte, daß bald die letzte Ernte eingefahren werden würde und die Herbstbepflanzung gemacht werden mußte. Sie wünschte, sie hätte noch einen Garten anlegen können, aber dafür war sie zu spät gekommen. Ihr Keller mußte dieses Jahr praktisch leer bleiben. Aber sobald der Anbau fertig war, konnte Moses ein Beet umgraben und die Furchen fürs kommende Frühjahr anlegen. Mr. Henshaw, der das Saatgutgeschäft besaß, hatte ihr bereits verschiedene Samensorten versprochen. Moses würde morgen zu Festus McNabb fahren und die Kuh und die Hühner abholen, die Jenny bei ihm gekauft hatte. Lottie hatte ihr bei einem ihrer zahlreichen Besuche versichert, daß die Tiere bis nach der Ernte im Hof gut aufgehoben wären und daß alle mithelfen würden, ihr eine gute Scheune zu bauen.

Jenny hatte zuerst protestiert und erklärt, es hätten alle schon so viel für sie getan, sie wüßte nicht, wie sie das jemals wieder gutmachen sollte. Doch Lottie, die für Jenny, trotz deren anfänglichen Bedenken gegenüber einer engeren Beziehung, längst eine liebe Freundin geworden war, hatte darauf bestanden.

»Jenny«, hatte sie gesagt. »Sie sind die siebte Lehrerin, die Tumbling Creek in den vergangenen vier Jahren hatte, und Sie sind die einzige, die sich so verhält, als wollte sie hier ansässig werden und für längere Zeit bleiben.« Natürlich wußte Lottie nichts von Lukes Warnung, Jenny solle es ja nicht wagen, Tumbling Creek zu verlassen. »Alle im Ort sind schlichtweg begeistert.« Lottie strahlte übers ganze Gesicht. »Sie trinken nicht wie Mr. Farnsworthy, den wir nach zwei Monaten entlassen mußten, weil er die Wochentage verwechselt hat und samstags alle geweckt hat, weil er die Schulglocke geläutet hat. Sie beschweren sich nicht wie Mrs. Davies. Ihr ständiges Gejammer hat die ganze Schulkommission fast wahnsinnig gemacht. Und Sie treten nicht hochnäsig auf wie diese eingebildete Miss Underwood. Lieber Himmel, ist es da ein Wunder, daß alle Sie mögen? Jeder ist mehr als glücklich, wenn er Ihnen helfen kann.«

Jetzt, als Jenny an die Worte dachte, durchflutete sie eine wohltuende Wärme, und ihre Wangen röteten sich vor Freude. Sie bemühte sich wirklich sehr, von der engverbundenen Gesellschaft in Tumbling Creek angenommen zu werden, und es sah so aus, als ob ihr das gelänge. Natürlich würde es lange dauern, vielleicht Jahre, ehe sie wirklich ganz dazugehörte und keiner mehr sie als »die Fremde« oder »die neue Lehrerin« bezeichnen würde. Doch eines Tages würde sie nicht mehr aus dem Ort wegzudenken sein.

Trotz ihres Humpelns lief sie leichtfüßig um eine Biegung des Pfades, und da lag nun die Schule vor ihr.

Es war ein kastenförmiges, ungefähr fünfzehn Meter langes und siebeneinhalb Meter breites Gebäude. Auf Steinsäulen errichtet, die etwa ein Meter hoch vom Boden entfernt waren, im Falle einer Überschwemmung, war es statt aus grobgehauenen Holzstämmen aus glatten Pinienbrettern gezimmert. Es gehörte dem Ort, und Mr. Kincaid, der die Sägemühle besaß, hatte das

Holz gespendet, das hier benutzt worden war. Es hatte ein spitzes Dach und auf der Vorderseite einen kleinen, quadratischen Turm, durch dessen Öffnungen nach allen vier Seiten die schwere eiserne Glocke zu sehen war. Jenny hatte keine Ahnung, wie die Glocke den Krieg überstanden hatte, wo doch fast alles, was aus Metall hergestellt wurde, vom Militär eingesammelt und für Waffen und Munition eingeschmolzen worden war. Doch irgendwie hatte die Glocke es geschafft. Über eine fünfstufige Treppe gelangte man zu der einzigen Tür. Fenster mit Glasscheiben, die für ihre Schüler eine mächtige Versuchung darstellten, erstreckten sich zu beiden Seiten des Gebäudes. Wie alle anderen Häuser in Tumbling Creek war auch das Schulhaus nicht gestrichen und somit der natürlichen Umgebung angepaßt.

Langsam stieg Jenny die Treppe hinauf und betrat das Haus. Gleich hinter der Tür war ein kleines, schrankähnliches Vestibül mit einer Reihe von Haken für Jacken und Mützen an jeder Wand. Der Glockenstrang hing auf der einen Seite der Tür und war um einen hölzernen Keil gewickelt, damit er nicht im Weg war, wenn er nicht gebraucht wurde. Gegenüber der Tür führten zwei Eingänge in den einzigen Raum des Gebäudes.

Drinnen standen vier Reihen Bänke und Tische. Jenny hob die Deckel hoch und fand Platz für Bücher, Tafeln, Griffel und was ein spitzbübisches Kind sonst noch gern verstecken mochte. In jeder Bank hatten zwei Kinder Platz, und nachdem Jenny die Anzahl der Tische in jeder der vier Reihen gezählt hatte, rechnete sie aus, daß die Schule vierzig Schüler faßte.

An der Kopfseite des Raumes befand sich ein Rednerpult und ein Podium, auf dem die Kanzel, die normalerweise nur sonntags benutzt wurde, etwas zur Seite gerückt worden war. Jennys Schreibtisch nahm die Mitte des Podiums ein. Ein großer, gußeiserner Ofen und ein reichlicher Vorrat an Brennholz hatten ebenfalls Platz gefunden. In der Ecke hinter der Kanzel war ein einzelner hoher Hocker, auf dem zweifellos die jeweiligen Bösewichter sitzen mußten. Auf dem kleinen Tisch daneben stand ein Eimer mit einer Schöpfkelle. Direkt hinter Jennys Schreibtisch war ein Regal voll Bücher. Darüber hing eine große, schwarze Tafel mit einem Brett davor, auf dem Kreide und Wischlappen lagen. Eine Landkarte der Vereinigten Staaten und ihrer Gebiete hing, falls sie nicht benutzt wurde, aufgerollt und mit einem Lederband verschnürt, an einem Nagel oberhalb der Tafel.

Jenny fühlte sich ein wenig schwindlig, als sie den mittleren Gang zum Podium hinaufschritt und an ihrem Schreibtisch Platz nahm. Sie schaute sich im Raum um, stellte sich im Geiste vor, wie vierzig Paar Augen sich auf sie richteten und empfand im ersten Moment übermächtige Panik in sich aufsteigen.

Das werde ich nie schaffen! dachte sie. Dann erinnerte sie sich daran, daß es ihr trotz aller Unsicherheit gelingen mußte, weil sie auf die Stelle angewiesen war. Sollte sie von der Schulkommission wegen Unfähigkeit entlassen werden, würde sie auch kaum woanders eine Stelle finden.

Mit neuerlicher Entschlossenheit öffnete Jenny die oberste Schublade ihres Schreibtisches und holte die Tafel mit dem Griffel heraus. Dann drehte sie sich auf ihrem Stuhl herum und sah die abgesetzten Bücher mit den Eselsohren hinter sich durch.

Erst geraume Zeit später, nachdem sie die letzte Fibel zugeklappt hatte, schaute sie auf und sah einen gebeugten alten Mann mit wettergegerbtem Gesicht hinten im Raum stehen. Er war schäbig gekleidet, hatte einen zerbeulten Strohhut auf dem Kopf, trug ein verwaschenes kariertes Baumwollhemd, an dem er die Ärmel bis zu den Ellenbogen aufgerollt hatte, und eine mehrfach geflickte Arbeitshose mit Latz. Seine kräftigen, braunen Schnürschuhe waren zerschrammt, und in der einen Hand hielt er einen Stab, als wäre er ein Schäfer.

Zuerst erschrak Jenny, denn sie war so in ihre Arbeit versunken gewesen, daß sie ihn nicht hatte kommen hören. Aber dann, als sie aufstand und zögernd auf ihn zuging, schwand ihre erste Furcht. Es lag unendliche Weisheit, großes Mitgefühl und Verständnis in seinen wäßrigen Augen. Als sie das erkannte, wußte sie, daß er ihr nichts antun wollte. Eigenartigerweise hatte sie, als sie seinem Blick begegnete, eher das Gefühl, er würde sie kennen, schon seit ihrer Geburt, und wüßte genau, was sie sich erhoffte, wünschte und wovor sie sich fürchtete.

»Hallo«, grüßte er und strich sich über die langen, weißen Barthaare. »Na, Sie müssen Miss Jennifer Colter sein, die neue Lehrerin. Ich habe gehört, daß Sie kommen, aber ich hatte es glatt vergessen. Ich dachte, heute würde niemand hier sein. Manchmal komme ich nämlich her, um nachzudenken und mich mit unserem Herrn ein paar Worte zu unterhalten. Das gibt mir Trost, verstehen Sie?«

»Aber selbstverständlich.« Jenny lächelte. »Ich war sowieso fast fertig. Sie können gern hierbleiben.«

»Vielen Dank, Miss. Das ist richtig nett von Ihnen. Ich würde mich gern etwas setzen. Es ist ein langer Weg durch den Wald.«

»Sie leben hier in der Gegend?« erkundigte sich Jenny.

»Länger als ich mich erinnern kann. Ja, ich kenne die Berge hier wohl besser als sonst jemand. Man könnte sagen, ich bin so eine Art Aufpasser – unser Herr und ich, meine ich.« Er griff in seine Tasche und holte ein kleines Musikkästchen heraus. Bei Jennys interessiertem Blick erklärte er: »In der Bibel steht: ›Lobpreiset den Herrn mit Musik.‹ Und das tue ich. Ich stelle diese Kästchen her. Das ist ein Teil meiner Arbeit. Jedes einzelne ist etwas Besonderes, wie diejenigen, für die ich sie fertige. Aber ich will Sie nicht aufhalten, Miss. Einen schönen Tag noch.«

Jenny nickte. Nachdem sie ihre wenigen Habseligkeiten an sich genommen hatte, ging sie nach draußen und überlegte, wer der alte Mann wohl sein mochte. Sie hatte ihn nicht gefragt, fiel ihr ein. Die traurige Melodie seines Musikkästchens, das er aus der Tasche geholt hatte, wehte ihr bis nach draußen ans Ohr und berührte sie so sehr, daß sie ihn vor sich sah, wie er dasaß und sich mit Gott unterhielt. Das ist eine hübsche Melodie, dachte sie und erkannte erst allmählich, daß es *Plaisir d'Amour* war – »Die Wonne der Liebe«, ein etwas unpassendes Lied für eine Andacht. Leise sang Jenny es auf dem Rückweg vor sich hin, bis schließlich die klagenden Töne in der Ferne verhallten.

Nach einer Weile schloß der Einsiedler in der Schule behutsam den Deckel des Musikkästchens. Dann schaute er zu dem Kreuz auf, das vorn an der Kanzel befestigt war. Ernst betrachtete er den Herrn, dessen Diener er war.

»›Und so dauern Glaube, Hoffnung und Liebe fort, diese drei‹«, zitierte er leise, aber in bestimmtem, ehrfürchtigem Ton. »›Die größte davon ist die Liebe.‹« Er hielt einen Moment inne. Dann wesentlich leiser fügte er hinzu: »Bewahren Sie sich Glaube und Hoffnung, Miss Jenny, und die Liebe wird kommen. Die Liebe wird kommen, und sie wird für immer und ewig sein.«

Dann nickte er stumm vor sich hin und steckte das Musikkästchen in seine Tasche. Jetzt wußte er, für wen er sie gefertigt hatte.

8. Kapitel

Die Glocke der Schule hallte laut wider, wie ein Hammerschlag auf einem Amboß, als Jenny ein paarmal kräftig an dem Glockenstrang zog, ehe sie ihn wieder um den Keil aufwickelte, damit er nicht im Weg war. Dann eilte sie mit klopfendem Herzen rasch den mittleren Gang hinauf, um den Platz hinter ihrem Schreibtisch einzunehmen.

Heute war der erste Schultag, und ihren Schützlingen sollte nicht auffallen, daß sie humpelte. Es war ohnedem schon schwer genug für sie, sich bei einer Horde ausgelassener Kinder Autorität zu verschaffen. Wenn andere merkten, daß sie körperlich behindert war, glaubten manche, sie sei auch geistig behindert. Sie wollte nicht, daß die älteren, rauheren Unruhestifter einen falschen Eindruck bekämen und sie dadurch gleich vor dem Rest der Klasse bloßstellen würden.

Natürlich wußten ein paar der Kinder schon, daß sie humpelte, aber sie hatten sich längst daran gewöhnt und würden, so hoffte Jenny, nicht weiter darüber nachdenken.

Von ihrem erhöhten Platz hinter dem Schreibtisch aus musterte sie aufmerksam die hereinströmenden Schüler und versuchte, die Gruppenführer auszumachen, um die wenigen Störenfriede, die ihr mit Sicherheit zusetzen würden, gleich im Auge behalten zu können. Der große, kräftige Junge mit den

Sommersprossen, der neckend einem Mädchen an den Zöpfen zog, war mit Sicherheit einer von ihnen, wie auch der Junge mit dem schelmischen Blick, der mit einer Erbsenschleuder bewaffnet war und die kleineren Kinder als Zielscheibe benutzte. Die beiden Mädchen, die sich hinter vorgehaltener Hand etwas zuflüsterten und kicherten, würden sich zweifellos gegenseitig Zettel zuschieben, und der finster dreinblickende, mürrische Junge, der seine Bücher auf den Tisch knallte und sich abweisend umsah, würde ihr mit Sicherheit Probleme machen.

Jenny wartete, bis alle sich einen Platz ausgesucht hatten. Dann läutete sie mit der Handglocke, die auf der Ecke des Schreibtisches stand. Allmählich verstummten Geschwätz und Gelächter, und alle Augen richteten sich erwartungsvoll auf sie.

Einen schrecklichen Moment lang verspürte Jenny den heftigen Wunsch, einfach den Gang hinunterzulaufen und fluchtartig die Schule zu verlassen, um der Horde zu entkommen, solange es noch ging. Ihr ganzes Wissen schien plötzlich wie verschwunden, und sie hätte in dem Moment keine einzige Frage beantworten können. Sollte das jemandem auffallen, würde es den Schülern Spaß machen, sie zu erniedrigen und zu demütigen, bis sie in Tränen ausbrechen und vor dem ganzen Ort wie eine Närrin dastünde. Der Schulkommission von Tumbling Creek würde keine andere Wahl bleiben, als sie zu entlassen, und was sollte dann aus Moses, Delcine und ihr werden?

Jenny atmete tief durch und rang um ihr Gleichgewicht. Ein paar Minuten später waren die schrecklichen Selbstzweifel besiegt. Sie wußte mehr als sonst jemand hier im Raum. Deshalb stand sie auch auf dem Podium, und die Schüler saßen vor ihr.

»Guten Morgen zusammen«, sprach sie schließlich ihre Schützlinge an und war froh, daß ihre Stimme fest und sicher klang. »Ich heiße Miss Colter und bin eure neue Lehrerin.«

Sie wandte sich um, griff nach einem Stück Kreide und schrieb ihren Namen einmal in Schreibschrift an die Tafel. Gleich darunter setzte sie ihn noch einmal für alle, die noch keine Schreibschrift gelernt hatten, in Druckbuchstaben hin.

»Sie reden aber komisch«, erklärte der Junge mit den schelmischen Augen, der eine Erbsenschleuder bei sich trug. Ein paar der jüngeren Kinder kicherten sofort. »Miss Underwood hat auch komisch geredet. Sie kam aus Chicago.« Er sprach den Namen der Stadt mit der eigenartig nasalen Betonung seiner Einwohner aus.

Die Klasse brach in lautes Gelächter aus. Jenny vermochte sich ein Lächeln nicht zu verkneifen.

»Wie heißt du?« fragte sie.

»Paul. Paul Henshaw.«

Henshaws Saatgutgeschäft, dachte Jenny bei sich. Kein Wunder, daß der Junge mit einer Erbsenschleuder ausgerüstet war. Er hatte ja einen schier endlosen Vorrat an Munition.

»Also, Paul«, erwiderte sie. »Ich spreche anders als ihr, weil ich aus Atlanta in Georgia komme. Würdest du meine Heimatstadt besuchen, wärst du derjenige, der komisch spricht.«

Offenbar war Paul dieser Gedanke bisher nicht gekommen, und er errötete, als die anderen laut auflachten, diesmal auf seine Kosten.

Rasch griff Jenny nach der Landkarte der Vereinigten Staaten und löste das Lederband. Nachdem sie das dünne Leder ausgerollt und die Ecken glattgedrückt hatte, nahm sie den langen Zeigestab, der auf dem Regal an der Tafel lag. Damit deutete sie auf Atlanta.

»Das ist meine Heimatstadt«, erklärte sie. »Geboren bin ich in Jonesboro, ein Stück davon entfernt. Aber ich habe die vergangenen Jahre in Atlanta verbracht. Wie ihr sehen könnt, liegt es mehrere hundert Kilometer von hier weg. Wer von euch war schon mal in einer anderen Stadt als Tumbling Creek?« erkundigte sie sich. Ein paar Hände gingen hoch. »Wie viele von euch sind schon mal über die Grenzen des Staates Missouri gereist?« Diesmal kam keine Reaktion.

»Außer in Georgia und Missouri war ich schon in Alabama, Tennessee und Arkansas«, fuhr Jenny fort. »In jeder Gegend der Vereinigten Staaten und ihrer Gebiete sprechen die Leute ein bißchen anders, und wenn man ein gutes Gehör für Dialekte hat, kann man an der Aussprache einer Person hören, wo er oder sie herkommt.«

»Lustig«, bemerkte jemand weiter hinten im Flüsterton.

»Vor dem Krieg«, erläuterte Jenny ihren Zuhörern, »sind zwei meiner Brüder nach Europa gegangen. Dort wird nicht mal in der überwiegenden Mehrheit der Länder Englisch gesprochen. Jedes Land hat seine eigene Sprache, und wenn ihr da nicht die Sprache sprechen könnt, klingt ihr nicht nur komisch ...«, sie warf erneut einen Blick zu Paul hinüber, »... sondern es versteht auch niemand ein Wort von dem, was ihr sagt.«

Jenny musterte Paul aufmerksam und fand, daß er hinreichend zurechtgewiesen worden war. Jetzt wurde es Zeit, ihn aus der peinlichen Situation zu befreien. Aufmunternd lächelte sie deshalb den Jungen an.

»Danke, Paul, daß du heute morgen das Gespräch auf so ein interessantes Thema gebracht hast.«

Der Junge, der bereits begonnen hatte zu schmollen, da sie seine Bemerkung so geschickt gekontert hatte, richtete sich jetzt in seiner Bank ein wenig gerader auf und warf seinen Klassenkameraden einen triumphierenden Blick zu. Jenny war überzeugt, daß sie ihn für sich gewonnen hatte.

»Und jetzt möchte ich als erstes euch alle kennenlernen«, fuhr sie fort. »Also stellt sich jetzt einer nach dem anderen von euch vor. Wir fangen da drüben an ...« Sie deutete auf die äußere rechte Reihe. »Ich will, daß jeder von euch aufsteht, mir seinen Namen sagt und erzählt, was er am liebsten in seiner Freizeit macht. Wollen wir anfangen, ja?«

Der Morgen verlief ziemlich gut, und als sie gegen Mittag ihren Schülern zusah, wie sie ihre Schreibtische zuklappten und zum Essen nach draußen liefen, empfand sie ihren ersten Unterrichtstag als Erfolg.

Es hatte noch einen Zwischenfall mit dem sommersprossigen Jungen LeRoy Pritchard gegeben, bei dem mehrere Papierkügelchen von hinten aus dem Raum irgendwie bis nach vorn zum Podium geflogen waren. Aber Jenny hatte nur wie nebenbei bemerkt, daß es LeRoy sicher Spaß machen würde, vielleicht am Ende der Woche das Plumpsklo der Schule sauber zu machen, da er sicherlich bei seinem Vater im Mietstall des öfteren ähnliche

Arbeiten verrichten mußte. Damit war die Angelegenheit sofort beendet gewesen.

Der Umgang mit Matthew McNabb, dem mürrischen Jungen, war schwieriger. Zuerst hatte er Jenny nicht mal seinen Namen sagen wollen. Sie hatte ihn eine geraume Weile streng angesehen, während der Rest der Klasse nervös beobachtet hatte, was passieren würde. Schließlich, als Jenny schon überzeugt war, sie müsse den Gang hinuntergehen, sich den Jungen schnappen und ihn zu dem Stuhl in der Ecke bringen, nannte er ihr seinen Namen. Dann berichtete er ihr listig, daß er als liebste Freizeitbeschäftigung gern jungen Hühnern die Hälse umdrehe.

Da lebende Hühner viel unterhaltsamer seien als tote, hatte Jenny kühl versetzt, könnte er nicht viel Spaß dabei haben. Sicherlich sei es eher bemitleidenswert, daß er so wenig Freude in seinem Leben hätte. Ohne weitere Bemerkung, denn sie hatte ihm ja ihre Meinung gesagt, wandte Jenny sich an den nächsten Schüler.

Matthew McNabb, der geglaubt hatte, wie Paul Henshaw die Anerkennung der Klasse zu erringen, hatte ein finsteres Gesicht gemacht und die Verachtung seiner Klassenkameraden so einschneidend empfunden wie die Schläge, die er gelegentlich von seinem Vater bekam, ehe er daheim in den Schuppen gesperrt wurde. Er hatte sich auf die Bank gehockt und sich geschworen, es der neuen Lehrerin heimzuzahlen. Als Jenny seinen Gesichtsausdruck sah, seufzte sie im stillen und war überzeugt, daß sie in den nächsten Tagen sicherlich eine Schlange, eine Eidechse oder eine Kröte in ihrem Schreibtisch finden würde, wenn sie ihn öffnete. Am besten sollte sie sich ein Paar Lederhandschuhe kaufen – für alle Fälle.

Nachdem Jenny ihre Decke unter einer Pinie ausgebreitet hatte, packte sie ihren Korb aus und biß zufrieden in das mit Hühnchen belegte Sandwich, das Delcine ihr am Morgen eingepackt hatte. Außerdem hatte sie ihr ein Stück Käse, saure Gurken und einen Apfel mitgegeben. Auch hatte Delcine ihr ein Glas mit Limonade gefüllt. Jenny schraubte den Deckel ab, goß sich etwas davon in ihre Blechtasse und trank sie durstig.

Um sie herum machten sich die Schüler hungrig über ihre mitgebrachten Brote her. Der eine oder andere tauschte seine mit Apfelkraut beschmierte Scheibe gegen ein mit Erdbeermarmelade bestrichenes Brot ein, oder jemand wollte seinen Pfirsich für eine Birne hergeben.

Nur ein Junge saß etwas abseits von den anderen und hatte keinen Freund, mit dem er die Mahlzeit teilte, wie Jenny feststellte. Es war Luke Morgans Sohn Kipp. Jenny wurde es schwer ums Herz, während sie ihn heimlich musterte und bemerkte, daß ihm wie sein Vater eine blonde Strähne in die Stirn fiel. Kipp hatte auch blaue Augen, aber einen traurigen Blick, wie er ihn für sein Alter nicht hätte haben dürfen. Er war erst acht. Doch so bekümmert wie der Junge wirkte, fragte Jenny sich unwillkürlich, ob er den Tod seiner Mutter wirklich überwunden hatte.

Inzwischen hatte Jenny die Geschichte von Maybelle Boothe Morgan gehört und war entsetzt. Wie hatte die Frau ihr eigenes Fleisch und Blut so im Stich lassen können? Hätte sie nur Luke im Stich gelassen, hätte Jenny das noch verständlich gefunden. Immerhin war der Mann ein unverbesserlicher Bandit und zweifellos selten zu Hause. Aber daß sie zwei Kinder, die sie zur Welt gebracht hatte, so einfach zurückgelassen hatte – nein, das konnte Jenny nicht begreifen.

Sie wußte, sie würde nie eigene Kinder haben können. Doch sie sehnte sich nach Kindern, während Maybelle, die welche gehabt hatte, sie verschmäht hatte. Das erschien ihr schrecklich ungerecht.

Jennys Großtante Henrietta hatte ihr einmal gesagt, Gott habe mit ihr etwas Besonderes vor und deshalb hätte sie den Tag auf Faxon's Folly auch überlebt. Diese Bemerkung ging ihr jetzt durch den Sinn. Vielleicht hatte der Herr ihr eigene Kinder verwehrt, damit sie sich als Lehrerin um viele kümmern konnte. Oder aber, so wanderten ihre Gedanken weiter, er hatte sie ausersehen, zwei zu versorgen, deren Mutter sie nicht gewollt hatte …

Damit muß ich endlich aufhören! dachte sie erschrocken bei sich. Ich darf nicht in Tagträume wie Luke Morgan versinken.

Der Mann ist ein Verbrecher, um Himmels willen, und ich weiß besser als die meisten Menschen, wie brutal solche Männer sein können. Ich muß ihn endgültig vergessen.

Aber sich an diesen Entschluß zu halten war natürlich wesentlich schwerer, jetzt wo Jenny Kipp gesehen hatte. Wie mag wohl das andere Kind, Sarah Jane, sein? fragte sie sich. Das kleine Mädchen war heute nicht in die Schule gekommen. Ob es krank war? Jenny warf das Kerngehäuse ihres Apfels ins Gebüsch und beschloß, sich bei Kipp danach zu erkundigen.

Langsam packte sie ihre Sachen in den Korb. Dann, nachdem sie die Decke wieder zusammengefaltet hatte, schlenderte sie zu dem gefällten Baumstamm hinüber, auf den der Junge sich gesetzt hatte.

»Hallo, Kipp«, sprach sie ihn freundlich an. »Hast du etwas dagegen, wenn ich mich zu dir setze?«

Er schüttelte den Kopf, und nachdem sie ihre Decke über den Baumstamm geworfen hatte, setzte sie sich neben ihn. Er schaute sie gespannt an. Offenbar fürchtete er, am Morgen im Unterricht etwas verkehrt gemacht zu haben. Doch sie lächelte, um ihm die Angst zu nehmen.

»Ich wollte mich nach deiner Schwester Sarah Jane erkundigen«, sagte sie zu ihm und sah, wie er erleichtert aufatmete, ehe sein Gesicht verschlossener wurde. »Mir ist aufgefallen, daß sie heute nicht hier ist«, hakte Jenny behutsam nach, da ihr die Veränderung sofort auffiel. »Ist sie etwa krank?«

»Nein.« Kipp blickte auf seine verschrammten Schuhspitzen. »Pa meinte, sie bräuchte nicht in die Schule zu gehen. Er glaubt, sie würde nicht viel lernen, da sie nichts aufsagen kann und so. Außerdem könnte es sein, daß sich die anderen Kinder über sie lustig machen, da sie nicht reden kann.«

»Du meinst – sie ist stumm?« fragte Jenny erschrocken. Denn davon hatte sie nichts gehört.

»Ja, ich denke schon. Jedenfalls ist sie es jetzt.«

»Dann konnte sie mal sprechen?« erkundigte sich Jenny verblüfft.

»Ja, früher einmal, ehe Ma … ehe Ma … weggegangen ist.«

Stumm verarbeitete Jenny diese Neuigkeit. Kipp, das merkte sie sofort, hatte das Verlassenwerden wie den Tod der Mutter noch nicht überwunden. Und Sarah Jane hatte wohl einen noch größeren Schock erlitten. In dem Krankenhaus, in dem Jenny nach jenem Tag auf Faxon's Folly so viele Monate gelegen hatte, hatte sie zahlreiche Soldaten gesehen, die wie sie ein ernsthaftes Trauma davongetragen hatten. Eines der Symptome, das manche gezeigt hatten, war der Verlust der Sprache.

»Es gibt keine körperliche Ursache, warum deine Schwester nicht mehr sprechen kann?« wollte sie schließlich wissen.

»Nein, denke ich nicht«, erwiderte Kipp. »Pa ist mit ihr bei einigen Ärzten gewesen, aber keiner konnte etwas feststellen – jedenfalls nichts, das man mit Medikamenten heilen könnte. Einer von ihnen hat gemeint, es hätte etwas damit zu tun, daß Ma gegangen wäre, und Sarah Jane würde wieder sprechen können, wenn sie darüber hinweg sei. Aber ich ... ich denke, das hat sie nicht ... nicht geschafft ... ich meine, darüber hinwegzukommen.«

»Nun, vielleicht gibt es noch Hoffnung«, bemerkte Jenny tröstend. »Jetzt gehen wir wieder hinein. Danke, daß du dich mit mir unterhalten hast, Kipp.«

Den ganzen Nachmittag über und in den kommenden Wochen, wenn Jenny Kipp in der Schule sah, mußte sie an ihn und seine Schwester denken. Auf eine Art hatte Jenny das Gefühl, sie und die Kinder seien geistig verwandt – innerlich so zerrissen und vom Schicksal gezeichnet, wie sie alle drei waren. Jenny hatte ihre Großtante Henrietta und Cade gehabt, die sich in der schlimmsten Zeit um sie gekümmert hatten. Aber wer betreute Kipp und Sarah Jane? Luke? Lottie? Hatte einer von ihnen etwa die Zeit, die Geduld, das Verständnis und das Wissen, um für die beiden betroffenen Kinder da zu sein? Oder hatten sie einfach akzeptiert, was sie glaubten nicht ändern zu können, wie Reverend Thompkins es ihnen zweifellos geraten hatte?

Ich könnte den beiden helfen, dachte Jenny und lebte innerlich auf bei diesem Gedanken. Ich habe auf Faxon's Folly und im Krankenhaus in Atlanta mehr als genug Schreckliches gesehen, um ihnen beizustehen. Luke ... Luke kämpft mit seinen eigenen Dämonen, und Lottie ... nun, Lottie ist sehr fürsorglich, aber ich glaube, so etwas übersteigt einfach ihr Auffassungsvermögen. Kipp und Sarah Jane brauchen ein besonderes Verständnis, so wie ich es besitze. Ich werde mit Luke sprechen, nahm Jenny sich vor. Ich werde ihm klarmachen, daß er mir die Möglichkeit geben muß, den beiden Kindern zu helfen, um ihretwillen – und um meinetwillen. Ich kann das. Ich weiß, daß ich das schaffe. Noch heute abend fahre ich zu Lottie und werde nachhören, ob er zurück ist.

9. Kapitel

Die Sonne war fast schon am Horizont verschwunden, als Jenny sich mit dem Wagen zu Lotties Haus auf den Weg machte. Es war ein angenehmer Freitag abend, und das Pferd Blossom trabte langsam dahin, blieb hier und da stehen, um am Wegesrand etwas Gras zu fressen, trottete dann jedoch wieder vorwärts, wenn Jenny die Zügel spannte und die Stute erinnerte, daß sie ein Ziel hatten, das sie möglichst vor dem Dunkelwerden erreichen wollte.

Neben Jenny auf dem Sitz lag das Gewehr, das Moses bei dem Waffenschmied Mr. Ryland im Ort erworben hatte. Jenny mochte die langläufige Flinte nicht und hoffte, sie mußte sie nicht benutzen. Trotzdem hatte Moses darauf bestanden, daß Jenny sie zu ihrem Schutz mitnähme, da er sie nicht zu Lotties Haus begleitete.

Absichtlich hatte Jenny Moses zurückgelassen, damit er und Delcine ein paar Stunden für sich hatten. So wie Delcine ihn nämlich immer wieder musterte, wenn sie glaubte, niemand würde es sehen, war deutlich zu erkennen, daß sie den großen, schwarzen Mann in ihr Herz geschlossen hatte. Tagsüber war jedoch so viel Arbeit zu erledigen, daß Moses zweifellos nicht darauf achtete. Aber heute abend ... nun ja, vielleicht würde ihm endlich ihr Interesse auffallen, und er würde um sie werben. Jenny hoffte es jedenfalls. Delcine paßte zu Moses, und die beiden hatten es verdient, das Glück zu finden, was ihnen zugedacht sein mochte.

Es ist schon merkwürdig, wie sehr sich mein Leben verändert hat, dachte Jenny, während Blossom ohne Hast dahinzuckelte. Vor dem Krieg hätte sie nicht mal über Moses und Delcine nachgedacht. Für sie wären die beiden wenig mehr als gesichtslose Bedienstete gewesen, die sie als ebenso selbstverständlich hingenommen hätte wie das, was ihr an Essen vorgesetzt wurde, oder wie die Luft zum Atmen. Jetzt jedoch waren sie ihre besten Freunde, und Jenny schämte sich, daß sie jemals einen Sklaven besessen hatte, daß sie tatsächlich den Leuten geglaubt hatte, die behauptet hatten, Neger seien nicht viel besser als Tiere, wären dumm und müßten von ihren weißen Herren beaufsichtigt werden. Moses und Delcine waren intelligent und lernwillig. Daß sie in der Vergangenheit unwissend gewesen waren, war nicht ihre Schuld. Im Gegenteil, schuld waren jene, die die albernen Gesetze gemacht hatten, daß ein Negerkind nicht das lernen durfte, was jedem weißen Kind, gleichgültig aus welchen armen Verhältnissen es stammte oder wie sehr es geistig zurückgeblieben war, in der Schule beigebracht wurde. Jetzt, da sie es ihnen beigebracht hatte, besaßen Moses und Delcine die gleichen Grundkenntnisse wie sie. Jenny konnte sich noch genau an das stolze, zufriedene Lächeln erinnern, das über Moses Gesicht gehuscht war, als er zum ersten Mal mit seinem Namen unterschrieben hatte. Schulbildung für alle war einer der wenigen Vorteile, die der Krieg nach sich gezogen hatte.

Seit sie ihren Abschluß als Lehrerin gemacht hatte, war Bildung sehr wichtig für Jenny. Das war auch einer der Gründe, warum sie Lukes Tochter Sarah Jane unbedingt helfen wollte. Wenn das Kind sein Sprechvermögen durch einen emotionalen Schock verloren hatte, wie Jenny vermutete, war es falsch, die Ausbildung zu vernachlässigen. Außerdem konnte selbst ein Stummer lesen und schreiben lernen und sich mittels der Zeichensprache mit anderen verständigen. Für die Tauben war ein Handalphabet entwickelt worden, das wußte Jenny, und es wurde in speziellen Schulen unterrichtet. Es war nicht recht, daß Luke seiner Tochter, nur weil sie nicht sprach, die Mittel zur Bereicherung ihres Lebens verweigerte. Genau das wollte Jenny ihm sagen, falls er zu Hause war.

Ihr Puls beschleunigte sich ein wenig bei dem Gedanken. Sie hatte ihn jetzt schon seit einiger Zeit nicht mehr gesehen. Soweit sie wußte, mochte er noch nicht zurückgekehrt sein.

Die staubige Landstraße, die sich durch den Wald schlängelte, erschien ihr in dem Dämmerlicht unheimlich, da die längerwerdenden Schatten der Bäume ihr das Gefühl gaben, als würden die Zweige nach ihr greifen wollen. Ein leichter Wind kam auf. Die Blätter raschelten, so daß es wie Flüstern klang, als Jenny vorbeifuhr. Als dann noch in der Ferne eine Eule rief, schaute sie erschrocken auf. Du meine Güte, es war fast dunkel, und da saß sie hier und träumte vor sich hin, während Blossom praktisch auf der Stelle trat. Jenny richtete sich gerader auf, nahm die Zügel fester in den Griff und schnalzte mit der Zunge. Augenblicklich bewegte sich Blossom etwas rascher vorwärts. Der Wagen bog um eine Kurve, und zu Jennys Erleichterung kam Lotties Haus in Sicht.

Jenny bog in die Einfahrt und vertrieb ein paar empört gakkernde Hühner, als sie anhielt.

Eine besonders dreiste Henne mußte sie erst kräftig verscheuchen, bevor sie vom Wagen heruntersprang, die Bremse anzog und die Zügel über den Balken schlang, damit sie nicht verknoten konnten.

Sie suchte auf der Ladefläche nach Blossoms Futtertasche und hängte sie der Stute um. Dann stieg sie die Veranda hinauf und klopfte an der Tür. Gleich darauf erschien Lottie im Rahmen und strahlte übers ganze Gesicht, als sie Jenny draußen stehen sah.

»Was für eine Überraschung!« freute sich Lottie, als sie ihr die Tür öffnete. »Kommen Sie herein, Jenny, und setzen Sie sich zu uns. Schön, daß Sie uns besuchen. Ich habe schon überlegt, wann Sie das mal tun werden. Natürlich wußte ich, daß Sie sich erst einrichten mußten, ehe die Schule anfing, aber, lieber Himmel, Sie sollen sich doch nicht wie eine Fremde fühlen. Jed!« rief sie nach ihrem Mann. »Jed, es ist Jenny Colter, die neue Lehrerin. Komm her und begrüß sie.«

Ein großer, gutaussehender alter Mann trat aus dem Flur, während Lottie Jenny ins Empfangszimmer bat und ihr bedeutete, sich zu setzen.

Jebediah Morgans Haar war grau und seine Schultern bereits leicht gebeugt, aber er wirkte drahtig, und man sah ihm an, daß er seinen Lebensunterhalt mit Feldarbeit verdiente. Seine klaren blauen Augen funkelten vergnügt, als er Jenny gegenüberstand, und er strich sich nachdenklich über den Bart, während er sie freundlich lächelnd musterte.

»Nun, ich habe so viel über Sie gehört, daß es mir so vorkommt, als würde ich Sie bereits kennen, Miss Jenny«, gestand er ihr herzlich und schüttelte ihr die Hand. »Lottie hat mir schon oft von Ihnen erzählt, und Kipp spricht jeden Abend darüber, wie es so in der Schule gelaufen ist. Wie ich höre, haben Sie Paul Henshaw und LeRoy Pritchard bereits fest in der Hand und bemühen sich, Matthew McNabb in den Griff zu bekommen. Es klingt, als verstünden Sie sich auf Ihre Arbeit, Miss Jenny.«

Unwillkürlich errötete Jenny und senkte schüchtern den Kopf.

»Ich ... ich gebe mir Mühe, Mr. Morgan«, stammelte sie, und plötzlich fiel ihr ein, daß Jed Mitglied in der Schulkommission war.

»Das denke ich auch.« Er nickte. »Und alle sind sehr zufrieden. Nicht jeder wäre gleich mit diesen beiden Schwerenötern Paul und LeRoy fertig geworden, und Matt trägt eine schwere Last. Es ist fast ein Wunder, daß sie ihn nicht erdrückt hat. Er ist wirklich schwierig, der Junge. Festus ist vollkommen vernarrt in ihn und hat ihn verwöhnt, wenn Sie mich fragen. Unser Kipp ... na ja, er ist ein guter Junge. Sagen Sie, er macht Ihnen keine Schwierigkeiten, oder?« Jeds Augen verengten sich plötzlich, und Jenny erkannte, wo die Brüder Morgan ihr Durchhaltevermögen und ihren Wagemut herhatten. »Ich werde dem Jungen eine Tracht Prügel verpassen, wenn er sich nicht ordentlich verhält. Hier ist er immer sehr still, aber man weiß ja nie, was der Junge so hinter unserem Rücken anstellt. Es gab jedenfalls nichts, was meine fünf nicht ausgeheckt hätten. Kipp allerdings ... er hat es nicht leicht gehabt, und er ist nicht mehr so lebhaft, wie er war. Ich wünschte fast, er wäre etwas wilder.« Jeds Stimme klang wehmütig. »Es erscheint mir nicht gut, daß er so in sich gekehrt ist.«

»Ich weiß, was Sie meinen, Mr. Morgan, und Sie haben recht«, pflichtete Jenny ihm bei. »Kipp ist einer meiner besten Schüler, und ich halte große Stücke von ihm, aber er ist wirklich zu sehr in sich gekehrt. Das ist einer der Gründe, warum ich hergekommen bin ... das und ... und Sarah Jane.«

»Sary!« meldete Lottie sich zu Wort und wechselte einen besorgten Blick mit ihrem Mann. »Ist sie bis zur Schule gekommen und hat Sie belästigt? Ich weiß, sie läuft Kipp manchmal nach morgens, aber ich hatte keine Ahnung ...«

»O nein, Lottie!« beeilte Jenny sich, ihr zu versichern. »Das ist es nicht. Das meine ich nicht. Ich bin hergekommen, weil ich glaube, daß ich ihr helfen kann. Kipp hat mir erzählt, daß Sarah Jane stumm ist, aber bereits einmal sprechen konnte und daß die Ärzte meinen, es wäre eine emotionale und keine körperliche Ursache.«

»Ja, das stimmt.« Lottie seufzte. »Das arme Ding ist nie darüber hinweggekommen, daß Maybelle sie einfach so verlassen hat. An dem Abend muß irgend etwas passiert sein. Wir wissen bloß nicht, was. Die Ärzte meinen, Sary könnte sich für das Weggehen ihrer Mutter verantwortlich fühlen, weil sie etwas gesagt hat, was die Mutter zum Gehen veranlaßt hat, und deshalb würde sie seither nicht mehr sprechen. Jed und ich haben unser Bestes getan für das Kind, aber ... na ja, wir sind nur einfache Leute, Jenny, und wie Sie wissen, sind wir Fremden gegenüber nicht gerade sehr offen. Wir haben es nicht fertiggebracht, Sary nach Saint Louis zu schicken, zu einem der Spezialisten, die uns Bergbewohner sowieso schon für komisch halten.«

»Das verstehe ich«, erklärte Jenny. »Aber wissen Sie, wenn sie körperlich nichts hat, wenn sie nur verwirrt ist, darf doch ihre Ausbildung nicht vernachlässigt werden. Kipp hat mir erzählt, daß Luke meinte, es hätte keinen Sinn, Sarah Jane in die Schule zu schicken, aber das stimmt nicht! Sie kann genauso lernen wie jeder andere auch. Ich kann sie unterrichten und bin durchaus gewillt, das in meiner Freizeit zu machen, wenn es sein muß. Ich … ich habe einen emotionalen Schock erlebt, und es hat lange gedauert, bis ich mich davon erholt habe. In dem Krankenhaus, in dem ich war, habe ich eine Menge zu sehen bekommen, und ich war damals ebenso verstört und verwirrt, wie Sarah Jane es wohl jetzt ist. Ich kann ihr bestimmt helfen, wenn Sie mich lassen.«

»Nun, ich weiß nicht, Miss Jenny«, erwiderte Jed skeptisch und kratzte sich den Bart, während er über ihre Worte nachdachte. »Es ist wirklich nett von Ihnen, aber …«

»Bitte!« bedrängte Jenny ihn. »Geben Sie mir wenigstens die Möglichkeit, es zu versuchen. Das ist alles, was ich möchte. Es kann bestimmt nicht schaden, und ich bin wirklich überzeugt, daß ich ihr helfen kann.« Sie flehte mit ihrem Blick.

»Ich bin dafür«, erklärte Lottie, musterte Jenny aufmerksam und spürte, welche Überwindung es sie gekostet hatte, über ihre Vergangenheit zu sprechen. »Aber ich glaube nicht, daß Jed und ich diese Entscheidung allein treffen können. Sary ist Lukes Kind. Ich schätze, er hat das letzte Wort in der Angelegenheit.«

»Ja«, erwiderte Jenny und fühlte, wie ihr Herz eigenartig zu klopfen begann, als die Rede auf Luke kam. Obwohl sie sich vor einem Wiedersehen mit ihm fürchtete, freute sie sich seltsamerweise zum Teil richtig auf eine Begegnung. »Ist er denn hier?«

»Nein, er ist drüben auf seiner Farm. Manchmal geht er hinüber, wenn er … wenn er an die Vergangenheit denken muß«, erklärte Lottie. »Ich weiß nicht, ob ich ihn an Ihrer Stelle heute abend noch ansprechen würde, Jenny. Ich schätze, er trinkt das eine oder andere Glas, wenn er drüben ist.«

»Das macht mir nichts aus. Ich möchte mit ihm sprechen.« Jenny zog nicht in Erwägung, daß Luke wesentlich mehr als ein paar Schlucke trinken konnte. Da er ein Bandit war, glaubte sie, müsse er grundsätzlich wachsam bleiben. »Wenn Sie mir bloß sagen, wie ich dorthin komme, werde ich Sie nicht länger belästigen. Ich weiß, es wird allmählich spät, und Sie haben noch genügend zu erledigen.«

Zusammen traten sie auf die Veranda hinaus, und Jed beschrieb Jenny den Weg zu Lukes Farm Whispering Pines.

»Du meine Güte!« Lottie rang besorgt die Hände, als sie den Nachthimmel sah. »Ich habe gar nicht gemerkt, wie dunkel es schon ist. Jenny, Sie sollten vielleicht lieber nach Hause fahren. Mit Luke können Sie noch ein andermal sprechen.«

»Nein.« Jenny schüttelte den Kopf. Sie mußte sich heute abend mit ihm unterhalten. Denn am Morgen, sobald sie Zeit hatte, über ihr Handeln nachzudenken, mochte sie der Mut verlassen, den sie aufgebracht hatte, um Luke gegenüberzutreten. Dann würde sie nicht in die Lage kommen, Lukes Tochter zu helfen. »Sarah Jane hat bereits viel zuviel in der Schule verpaßt. Sie wird hart arbeiten müssen, um das aufzuholen, und ich möchte so bald wie möglich mit ihr anfangen.«

»Nun, dann lassen Sie mich Ihnen wenigstens eine Lampe holen«, beharrte Lottie, kehrte ins Haus zurück und brachte Jenny die Lampe. »Stellen Sie sie neben sich auf den Sitz dort«, riet sie ihr, während Jed ihr in den Wagen hinaufhalf. »Ich weiß, der Mond ist schon zu sehen, aber es hilft nicht viel, wenn Sie durch den Wald fahren. Zumindest sehen Sie mit der Lampe eher, wo Sie hinfahren. Halten Sie sich an die Hauptstraße, biegen Sie nicht ab.« Sie klang jedoch äußerst besorgt. »Ach, wenn doch nur Raif oder Billy Clay hier wären! Vielleicht solltest du sie begleiten, Jed, einfach zur Vorsicht.«

»Nein«, widersprach Jenny sofort. »Die Unannehmlichkeit möchte ich Ihnen auf keinen Fall machen. Ich schaffe es schon. Ganz bestimmt.«

»Können Sie denn mit dem Gewehr da umgehen, was Sie da haben?« fragte Jed ebenso besorgt, daß sie spät abends noch allein durch die Gegend fuhr.

»Ja«, antwortete Jenny und dachte an die vielen Stunden, die sie mit Cade verbracht hatte, um sich nach jenem Tag auf Faxon's Folly verteidigen zu können. »Ich benutze es zwar nicht gern, aber ich kann damit umgehen, falls es sein muß.«

Jeds Augen funkelten im Mondlicht.

»Na ja, dann können Sie wohl auf sich selbst aufpassen, denke ich«, versetzte er, wirkte jedoch nicht beruhigter. »Und Sie sind sicher, daß ich nicht neben Ihnen herreiten soll?«

»Ganz sicher«, bekräftigte Jenny nachdrücklich. »Ich weiß, Sie müssen sich noch um Ihre Tiere kümmern. Vielen Dank, Ihnen beiden. Ich bringe die Lampe morgen zurück, Lottie.«

»Zerbrechen Sie sich darüber jetzt nicht den Kopf, hören Sie? Wichtig ist, daß Sie sicher und wohlbehalten nach Hause kommen.«

»Das werde ich schon. Wiedersehen. Vorwärts, Blossom.«

Langsam fuhr Jenny den holprigen Feldweg zur Hauptstraße hinunter. Sie bog zunächst nach Osten ab, als wollte sie nach Hause, doch an der Kreuzung, die Jed erwähnt hatte, wandte sie sich in südliche Richtung.

Im Wald konnte sie tatsächlich kaum mehr etwas sehen. Immer wieder verschwand der Mond zwischen den Ästen und Zweigen. Jenny war richtig froh, daß Lottie daran gedacht hatte, ihr die Lampe mitzugeben, die ein flackerndes Licht in die Dunkelheit warf und den Weg erhellte. Auch war sie erleichtert, daß Blossom rascher dahintrottete. Fast schien es so, als wollte die Stute ihr Ziel auch so bald wie möglich erreichen.

Ein paarmal glaubte Jenny, die Augen eines Tieres im Gebüsch längs des Weges aufblitzen zu sehen, und einmal lief ein Kojote direkt vor ihr über den Weg. Sofort tänzelte die Stute nervös. Der Kojote beachtete sie jedoch gar nicht. Er hatte mehr Angst vor ihnen als sie vor ihm, und ebenso rasch wie er aufgetaucht war, verschwand er im Unterholz.

Ab und zu ertönte der Ruf einer Eule oder der Schrei eines anderen wilden Tieres. Jedesmal sah sich Jenny erschrocken um und fürchtete, sie würde von einem einsamen Wolf oder Bär angegriffen.

Schließlich atmete sie jedoch erleichtert auf, als sie das verwitterte Schild mit der Aufschrift *Whispering Pines* entdeckte. Das war Luke Morgans Farm.

Jenny bog in den überwucherten, mit Steinen übersäten Pfad ein, der sich durch den dichten Wald schlängelte. Während sie den Wagen behutsam die schmale Auffahrt hinauflenkte, dachte sie unwillkürlich, es sei verrückt von ihr gewesen, hierherzukommen.

Ganz offensichtlich war das Haus bereits seit einiger Zeit unbewohnt. Die wenigen Hektar, die für den Bau des Hauses gerodet worden waren, erstreckten sich wie eine kahle Wüste im Mondlicht vor ihr. Aber auf den umliegenden Feldern hatte die Natur bereits allmählich zurückerobert, was ihr einst mit Gewalt entrissen worden war.

Das Haus selbst war zerfallen. Das Dach und auch die Veranda hingen durch. Große Löcher klafften in den Wänden. Die Fenster hatten überraschenderweise Glasscheiben, von denen einige zersprungen waren. Dennoch leuchtete hinter einem davon ein Licht, und Jenny sah Luke dort sitzen.

Sie zügelte Blossom, und mit Lotties Lampe in der Hand trat sie vor die Haustür. Sie klopfte ein paarmal an, bekam jedoch keine Antwort. Deshalb umfaßte sie schließlich den Knauf und drehte ihn herum. Die Tür öffnete sich knarrend. Zögernd trat Jenny ein.

»Luke«, rief sie leise und versuchte es noch einmal etwas lauter: »Luke Morgan.«

Sie hörte, wie auf dem Küchenboden ein Stuhl zurückgeschoben wurde, und ganz plötzlich stand er am anderen Ende des schmalen Flurs.

Zuerst, als sie seine schemenhafte Gestalt sah, glaubte Jenny, er sei betrunken, furchtbar betrunken, und Angst erfaßte sie, als er ins Licht gewankt kam.

Sein blondes Haar war zerfahren und zerwühlt, sein Hemd aufgeknöpft, die Enden hingen locker aus der Hose und seine dichtbehaarte, muskulöse Brust bot sich ihrem erschrockenen Blick. In der einen Hand hielt er ein Glas mit selbstgebranntem Schnaps, das er an die Lippen hob. Er trank einen kräftigen Schluck und wischte sich den Mund mit dem Ärmel ab.

Luke blinzelte ein paarmal und schüttelte den Kopf, als ob er dann klarer sehen würde, mußte jedoch feststellen, daß Jenny immer noch da stand. Also war sie nicht nur eine Fiktion seiner Sehnsucht. Sie war echt, und sie war wirklich hier.

Wie oft hatte Luke in den vergangenen Wochen an sie gedacht und sich danach gesehnt, sie zu sehen. Nach ihrer anfänglichen Ablehnung hatte er sich von ihr ferngehalten, gewartet, bis sie sich eingelebt, an ihre Umgebung gewöhnt und erfahren hatte, daß er in Taney County als begehrenswerter Junggeselle galt. Er hatte sie nicht bedrängen wollen. Er hoffte, sie genügend eingeschüchtert zu haben. Bisher hatte sie niemandem etwas von ihm und seinen Brüdern erzählt. Den einen Pinkerton Detektiv, der nach dem Telegramm an die Ozark Mountain Eisenbahngesellschaft aufgetaucht war, um den Raubüberfall auf den Zug zu untersuchen, hatte die Morgan-Bande unauffällig aufgegriffen und zurückgeschickt.

Trotzdem hatte Luke häufig an Jenny denken müssen, und weil er, was Frauen betraf, mißtrauisch war, hatte er den Plan, sie für sich zu gewinnen, nicht aufgegeben. Nur weil sie mit einem Pinkerton Agenten leicht fertig geworden waren, bedeutete das nicht, daß sie auch den nächsten in die Flucht schlagen würden. Luke wußte jedoch, daß er es nicht leicht haben würde, was Jenny betraf. Bei ihr mußte er behutsam vorgehen, wie seine Mutter, nachdem sie Jenny kennengelernt hatte, ihn gewarnt hatte.

Luke hatte gleich gespürt, daß Jenny eine Dame war, wohlerzogen und aus gutem Hause, die feineren Dinge des Lebens gewohnt, auch wenn sie jetzt auf sich gestellt war. Sie hielt sich stolz und berührte nie mit dem Rücken die Lehne eines Stuhls. Sie hielt ihre Blechtasse, als wäre sie aus dem feinsten Porzellan. Ihre weißen Handschuhe, wenn auch abgetragen und mehrfach ausgebessert, waren immer tadellos sauber. Luke wußte, daß es so war, weil er sie oft genug heimlich beim Einkaufen und sonntags in der Kirche beobachtet hatte. Dabei war er sich wie ein verliebter Narr vorgekommen, daß er ihr nachspionierte. Hatte sie ihm nicht deutlich zu verstehen gegeben, daß sie nicht an ihm interessiert war?

Ja, was immer auch für Geheimnisse sie haben mochte, Jenny war eine Dame. Vor dem Krieg hatte sie sich in einer ganz anderen Welt bewegt als die, in der sie jetzt lebte, und zwar eine, in die Luke nur selten einen Einblick bekommen und nie kennengelernt hatte. Und obwohl sie allein stand und mittellos war, hatte sie nicht vergessen, wo sie herkam. Jenny war ein Opfer der Umstände. Sie hatte ihren Weg nicht freiwillig gewählt wie Luke. Und insgeheim befürchtete er, sie würde ihn verachten, ein Gefühl, das er noch nie erlebt hatte.

Bisher hatte er ein gesundes Selbstvertrauen besessen, wenn er Frauen umworben hatte. Sein gutes Aussehen, sein charmantes Lächeln und seine liebenswürdige Art hatten die Herzen zum Schmelzen gebracht, ihm Türen geöffnet, die anderen verschlossen blieben, und die kältesten Betten gewärmt. Was er im Leben bekommen hatte, war ihm zugeflogen. Aber Jenny ... nein, bei ihr würde es ihm nicht so ergehen. Es konnte sein, daß er sie gar nicht für sich gewinnen konnte. Der Gedanke erzürnte und verärgerte ihn. Luke war es gewohnt zu bekommen, was er haben wollte.

»Na?« begrüßte er sie und dehnte das Wort ein wenig. »Wenn das nicht die neue Lehrerin ist, die mich dabei erwischt, wie ich mich verdrücke.«

Jenny befeuchtete sich die trockenen Lippen. Dann wich sie verstohlen zum Eingang zurück.

»Ich ... ich glaube, ich sollte lieber gehen.« Sie schaute ihn erschrocken und angstvoll an. »Ich hatte keine Ahnung ...« Sie brach ab und holte tief Luft, ehe sie überhastig hervorstieß: »Ich sehe schon, ich komme zu einem ungünstigen Zeitpunkt. Entschuldigen Sie.«

Jenny wandte sich zum Gehen und sah ihren Weg plötzlich von Luke versperrt. Wie war es ihm gelungen, ihr so rasch zuvorzukommen? Ihr Herz klopfte heftig, als sie das eigenartige Funkeln in seinen Augen im Licht der Lampe sah.

»Weshalb so eilig, Jennilee?« erkundigte er sich leicht spöttisch. »Der Abend ist noch jung, und Sie sind gerade erst gekommen. Setzen Sie sich.« Er deutete zu einem der abgewetzten alten Sessel im Empfangszimmer hinüber. »Setzen Sie sich!« polterte er, als sie sich nicht vom Fleck rührte.

Jenny nagte unentschlossen an ihrer Unterlippe. Sicherlich wäre es besser, wenn sie ging, aber offenbar wollte Luke, daß sie blieb, jetzt, wo sie schon mal da war. Wäre sie mutiger gewesen, hätte sie versucht, sich an ihm vorbeizuzwängen, aber das schaffte sie nicht. Sie hatte Angst, daß er in seinem Zustand versuchen könnte, sie gewaltsam festzuhalten. Sie durfte es nicht zulassen, daß er sie anfaßte, jedenfalls nicht in seiner jetzigen Verfassung. Es ließ sich nicht vorhersagen, was er ihr antun mochte. Sie waren allein in der Hütte, und er war ein Bandit – ein verzweifelter, betrunkener Mann. Entmutigt erkannte Jenny, daß sie ihm hilflos ausgeliefert war. Meine Güte, warum war sie nur hergekommen?

Angstvoll ging sie zu dem Sessel hinüber, auf den er zeigte, und nahm Platz. Sie stellte die Laterne auf den kleinen Tisch, der daneben stand. Sie richtete sich gerade auf, straffte die Schultern und faltete die Hände im Schoß. Plötzlich fiel ihr ein, daß sie bereits vermutet hatte, Luke gehöre zu jenen Männern, die sich an der Angst einer Frau weideten, und so nahm sie sich vor, ihm nicht zu zeigen, wie groß ihre Angst vor ihm war. Er war wie ein Tier, und die leiseste Spur von Furcht mochte seine niederen Instinkte wecken.

Luke erriet ihre Gedanken, so als hätte Jenny sie laut ausgesprochen, und die Erkenntnis, daß sie ihn für einen solchen Mann hielt, machte ihn wütend, auch wenn er ihr durchaus den Anlaß gegeben hatte, zu dieser Schlußfolgerung zu kommen. Ein Lächeln huschte über sein Gesicht, als er bemerkte, wie sie sich straffte und sich mit den anderen kleinen Gesten Mut machte. Trotz seines Zorns empfand er ein gewisses Maß an Respekt und Bewunderung für sie. Jenny war allein mit einem angetrunkenen Verbrecher –, aber sie war nicht vor ihm weggelaufen. Eine solche geistige Haltung verstand er gut – er dachte nicht anders –, und deshalb fühlte er sich magisch zu ihr hingezogen.

Langsam durchquerte er den Raum und warf sich in den Sessel ihr gegenüber. Er nahm einen weiteren Schluck aus dem Glas in seiner Hand, hielt seinen Blick dabei aber auf ihr Gesicht gerichtet. Dann zündete er sich eine Zigarette an und sog kräftig daran.

»Warum sind Sie hergekommen, Jennilee?« fragte er.

Der Klang des Namens, den er ihr gegeben hatte, gefiel ihm, und er hatte ihn absichtlich erneut benutzt, weil er wußte, daß seine Unverschämtheit sie nervös machte. Ihre Finger bebten, und sie preßte sie fester zusammen, um das Zittern zu unterdrücken. Erneut befeuchtete sie ihre Lippen und wußte nicht recht, wo sie anfangen sollte. Ein wenig sehnsüchtig blickte sie auf das Glas in seiner Hand und dachte, sie könnte jetzt auch einen kleinen Schluck des selbstgebrannten Schnapses vertragen. Doch dann verwarf sie den Gedanken so abrupt, wie er ihr gekommen war. Damen mieden den Genuß starker alkoholischer Getränke. Die Wirkung war wenig geziemend und die Folgen eher unangenehm. Morgen früh würde Luke zweifellos heftige Kopfschmerzen haben.

»Es ... es geht um Sarah Jane«, gestand Jenny schließlich und wünschte sich, sie könnte ihren Blick von ihm lösen.

Die Art und Weise, wie er sich im Sessel ausgestreckt hatte und sie beobachtete, rieb ihr die Nerven auf. Sie holte noch einmal tief Luft und zwang sich, gelassen über das zu sprechen, was sie Jed und Lottie erzählt hatte. Luke hörte reglos zu. Seinem Gesicht konnte Jenny nicht ansehen, was er empfand. Ein- oder zweimal stockte sie, weil er keinerlei Reaktion auf ihre Worte zeigte, doch sie fuhr fort. Ihre Entschlossenheit, Sarah Jane zu helfen, war stärker als die Zweifel, ob Luke zustimmen mochte. Schließlich verstummte sie, saß erwartungsvoll da und überlegte, ob Luke ein einziges Wort von dem verstanden hatte, was sie gesagt hatte.

Als sie schon glaubte, er würde ihr keine Antwort geben, drückte er seine Zigarette aus, beugte sich im Sessel vor, bis seine Knie fast ihre berührten, und schaute ihr durchdringend in die Augen. Eine fast greifbare Spannung lag in der Luft, stark und bedeutungsschwer, so als müsse es jeden Moment zu einer Explosion kommen, die etwas Kühnes, Bedrohliches, etwas Unverschämtes, Aufregendes auslösen würde. Jenny wich zurück. Sie spürte, welcher Tumult in dem Mann tobte, der sie so eindringlich musterte.

»Welchen Schock haben Sie erlitten, Jennilee, daß Sie glauben, Sie könnten Sarah Jane helfen?« forschte Luke schonungslos.

»Was ist in Ihrer Vergangenheit passiert, daß Sie solche Angst vor Männern haben – und vor mir?«

»Ich ... ich habe keine Angst vor Ihnen, Luke«, log Jenny.

»O doch, die haben Sie«, entgegnete er und heftete seinen Blick auf ihre sanftgeschwungenen, sinnlichen Lippen. »Ich kann fast Ihr Herz schlagen hören«, sagte er, sein hageres, gebräuntes Gesicht nur wenige Zentimeter von ihrem entfernt, sein Atem streifte warm ihre erhitzten Wangen. »Ich kenne Ihre Gedanken so gut wie meine eigenen. Sie haben Angst davor, daß ich Sie wieder so anfasse wie an dem Abend im Hotel, daß ich zudringlich werde ... und Sie vielleicht sogar vergewaltige.« Lüstern betrachtete er ihren Körper und ließ seinen Blick schließlich auf ihren sich stark hebenden und senkenden Brüsten ruhen. »Sie lauschen in die Stille der Nacht, denken daran, wie allein und einsam wir hier draußen sind und daß niemand Sie hören wird, falls Sie schreien, nicht wahr, Jennilee?«

»Nein«, flüsterte sie erschrocken. »Nein.«

Aber sie wußte, daß er recht hatte. Jenny vermochte sich nicht länger zurückzuhalten. Mit einem leisen Aufschrei sprang sie hoch und lief hinaus.

Luke holte sie an der Tür ein, warf sie im letzten Moment wieder zu und stieß Jenny grob dagegen. Er stützte seine Hände zu beiden Seiten von ihr ab, so daß sie nicht entkommen konnte. Mit seinem schlanken, sehnigen Körper drängte er sich an sie. Deutlich spürte sie seine kräftigen Muskeln, das wilde Jagen seines Herzens und die Verspannung seiner Lenden. Verzweifelt wehrte Jenny sich gegen ihn und schlug mit ihren Fäusten auf ihn ein, aber er lachte bloß und ignorierte die Boxhiebe. Grob faßte er in ihr Haar und riß die Nadeln heraus. In leichten Wellen fiel es über ihre Schultern und reichte bis hinunter zu ihren schmalen Hüften.

Sie wimmerte mitleiderregend, als seine heißen Lippen ihren Hals streiften, auf ihrer Haut brannten und ein wahres Feuer in ihrem Innern entfachten.

»Sie können mit Sarah Jane gern machen, was Sie wollen«, raunte er mit belegter Stimme an ihrem Ohr, während ein warmer Schauer ihr den Rücken hinunterrieselte. »Aber meine Zustimmung hat einen Preis, Jennilee. Einen Kuß. Einen einzigen Kuß. Sind Sie gewillt, den zu bezahlen?« Er löste sich von ihr und musterte ihr angsterfülltes Gesicht. »Ich habe noch nie eine Frau vergewaltigt«, erklärte er. »Ich werde es auch nicht bei Ihnen tun, sosehr ich Sie auch begehre. Und ich begehre Sie sehr, Jennilee. Ich habe Sie vom ersten Augenblick an begehrt, als ich Sie sah. Einen Kuß. Das ist alles, was ich verlange.«

Jenny spürte ihr Herz bis zum Hals klopfen. Wie benommen starrte sie ihn an. Furcht und Faszination lähmten sie. Sie hatte bisher erst einen Mann geküßt, diesen Mann, und nie zuvor hatte jemand derartig aufregende, elektrisierende Dinge zu ihr gesagt wie Luke gerade. Sie empfand Angst und Verwirrung, fühlte sich jedoch gleichzeitig heftig erregt. Das war ein Gefühl, das sie bislang nicht kannte. Einerseits war sie merkwürdig aufgedreht und wollte sich am liebsten von ihm leiten lassen, um die Geheimnisse kennenzulernen, die es zwischen Mann und Frau gab. Doch andererseits hielt sie die lebhafte Erinnerung an jenen Tag auf Faxon's Folly innerlich zurück. Gern hätte sie es Luke erzählt, um ihm ihre Angst und Verwirrung, ihre Unsicherheit zu erklären. Vielleicht würde er sie dann gehen lassen, ihr Zeit geben, sich zu fangen und zu entscheiden, was sie tun wollte. Aber kein Wort wollte ihr über die Lippen kommen. Allein seine Gegenwart erwies sich als zu erschreckend, zu überwältigend. Seine Nähe raubte ihr den Verstand. Sie konnte keinen klaren Gedanken fassen, nur fühlen ...

»Luke«, hauchte sie und wollte mehr sagen. »Luke ...«

Er mißverstand ihre geflüsterten Worte als Zustimmung. Seine Augen verdunkelten sich vor Leidenschaft. Mit einem triumphierenden Aufstöhnen riß er sie an sich und preßte seine Lippen auf ihren Mund.

Die Berührung ihrer Lippen erschütterte Jenny, wie nichts es jemals in ihrem Leben getan hatte. Mächtige Empfindungen durchfluteten ihren Körper, strömten heiß durch ihre Adern. Zuerst konnte sie sich nicht von diesem Schreck erholen und bekam kaum mehr Luft.

Luke küßte sie drängend und genoß die Süße ihrer Lippen. Meine Güte, wie sehr er sie begehrte! Erregt strich er mit seiner Zunge über ihre Lippen, ehe er sie teilte, um das warme Innere zu erforschen.

Jenny umklammerte seine Arme, wollte ihn von sich schieben und hielt ihn dennoch fest. Ihr schwindelte, und ihr Herz raste, als er ihren Mund mit seiner Zunge erkundete, ihre empfindsamsten Stellen suchte und geschickt reizte, bis sie seinen Kuß schließlich erwiderte, sich wie im Fieber an ihn klammerte und sich mit dem ganzen Körper wie von selbst an ihn schmiegte.

Es schien so, als wäre die Zeit stehengeblieben und die Erde angehalten worden. Nichts als eine schwarze Leere schien zu existieren, in der sie beide herumgewirbelt wurden. Winzige Lichter, wie Sterne, blitzten hinter Jennys Augen auf, und sie hatte das Gefühl, zu fallen ... tiefer und tiefer und die Kontrolle über sich zu verlieren.

Sie fühlte sich wie aufgelöst, schlaff und biegsam wie eine Stoffpuppe. Mit einemmal schien ihr Körper kein Rückgrat mehr zu haben. Luke konnte sie zurückbiegen wie einen Halm und hielt sie sicher in seinen starken Armen, während er seine Lippen auf ihren Hals preßte und das feuchte Tal zwischen ihren Brüsten suchte. Ihre Beine wurden weich und sie klammerte sich unwillkürlich noch fester an ihn.

Sein warmer Atem streifte ihre Haut. Der Geruch nach Schnaps und Tabak stieg ihr in die Nase, als Luke sie so begierig küßte. Benommen merkte sie, daß er mit den Zähnen und der Zunge an ihren Knöpfen spielte und sie sogar geschickt öffnete. Vermutlich konnte Luke mit seiner Zunge einen Knoten in einen Zweig machen.

Ihre Brüste fühlten sich schwer an wie nie zuvor, und ihre Knospen zeichneten sich sichtbar unter ihrem Kleid ab, wie sie es bei Kälte taten – aber das war nicht der Fall. Ihr war heiß, und sie fühlte sich erregt.

Luke strich mit seinen Händen über Jennys Hüften, umfaßte ihre Taille und schob das Oberteil auseinander, so daß bis auf ihr spitzenbesetztes Unterhemd nichts mehr zwischen ihnen war.

Ungeduldig zerrte er an dem dünnen Stoff und zerriß ihn. Da erst kehrte ein Teil ihrer Vernunft zurück.

Lieber Himmel! Welcher Wahnsinn hatte sie gepackt? Sie wollte sich doch nicht etwa Luke Morgan hingeben, willentlich, wie eine gewöhnliche Frau von der Straße!? Gleich würde sie auf dem Boden liegen, und er würde ihre Röcke bis zu ihren Schenkeln hochschieben ... Bilder aus der Vergangenheit drängten sich ihr auf. Sie verwechselte Lukes Hände mit denen der gemeinen, gehässigen Männer, die laut gegrölt hatten und ... und ...

»Nein!« schrie Jenny und begann sich heftig zu wehren. »Nein, tun Sie das nicht! Tun Sie es nicht! Oh, bitte, tun Sie es nicht!«

Aber Luke war betrunken, überwältigt von der Leidenschaft und zu keinem klaren Gedanken mehr fähig. Jennys Flehen fiel ihm in seinem benommenen Zustand nicht mehr auf, und daß sie sich wand, um sich zu befreien, fachte sein Verlangen nur an.

Rücksichtslos zerriß er ihr Unterhemd und entblößte begehrlich ihre Brüste.

»Lieber Himmel, Luke, tun Sie das nicht!« kreischte Jenny, entwischte seinem Griff und verpaßte ihm eine kräftige Ohrfeige.

Tränen strömten ihr über die Wangen, als sie erneut nach der Tür griff und sie aufriß. Ohne es zu wollen, traf sie Luke mit der Kante am Kopf und zwang ihn in die Knie. Sie achtete nicht darauf, ob er verletzt war, sondern stolperte blindlings in die Dunkelheit hinaus, umklammerte den zerrissenen Stoff ihres Unterhemdes und versuchte, die Knöpfe ihres Oberteils zuzumachen.

Sie achtete so sehr darauf, sich wieder herzurichten, daß sie in der Finsternis stolperte, hinfiel und das Gelenk ihres verkrüppelten Beines in einer Wagenfurche umknickte. Stechende Schmerzen breiteten sich in ihrem Körper aus.

Drinnen raffte Luke sich auf. Jenny hatte ihn mit der Ohrfeige aus seinem Alkoholrausch gerissen und zur Vernunft gebracht. Du meine Güte! Was hatte er nur getan? Hätte Jenny sich nicht verteidigt, hätte er sie vergewaltigt! Er mußte vollkommen verrückt sein. Das hatte er auf keinen Fall gewollt – nicht bei Jenny. Niemals bei Jenny.

Die Ermahnung seiner Mutter, behutsam auf die junge Frau zuzugehen, hallte in seinen Ohren wider. Warum hatte er nicht auf sie gehört? Du lieber Himmel, warum hatte er das nicht getan? Ihm war selbst aufgefallen, daß etwas in Jennys Vergangenheit geschehen sein mußte, daß sie Angst vor Männern hatte – und er hatte sie deswegen auch noch aufgezogen, grausamerweise, als könnte er dadurch das Geheimnis lüften. Er hatte sie einfach gepackt und gelacht, als sie ihn gebeten hatte, sie nicht mit seinen wilden Küssen und Zärtlichkeiten zu quälen. Luke wurde übel. Was war er nur für ein Mann, daß er so etwas getan hatte? Ihm wurde schlecht, und er war über sich selbst empört. Was er gerade getan hatte, war nicht aus Selbsterhaltung geschehen, wie seine sonstigen Taten. Nein, heute abend hatte ihn die blanke Lust getrieben.

Luke ging durch den Kopf, daß er Jenny bereits verloren hatte, ehe er die Möglichkeit gehabt hatte, sie zu gewinnen, und eine heftige Enttäuschung machte sich in ihm breit. Plötzlich wurde ihm klar, daß er sie aus irgendeinem eigenartigen Grund brauchte. Er mußte sie finden, und zwar sofort, und irgendwie retten, was er verdorben hatte.

»Jenny!« rief er, und gleich darauf noch einmal lauter, als er in die Dunkelheit lief. »Jenny!«

Er stolperte über sie, und Sekunden später fühlte sie schokkiert sein Gewicht auf sich. Sie schrie und schluchzte hysterisch, hieb vergeblich mit ihren Fäusten auf ihn ein und versuchte, von ihm wegzurobben. Aber er zog sie in seine Arme und drückte ihren Kopf tröstend an seine Brust.

»Nicht doch!« raunte er ihr ins Ohr, während er sie beschwichtigend wiegte. »Jetzt ist alles gut. Es ist wirklich alles gut, Jenny, mein tapferes, kostbares Mädchen, es tut mir leid, so schrecklich leid. Ich weiß nicht, wie ich dazu gekommen bin, mich so zu verhalten. Jennilee, meine Jennilee, für nichts in der Welt würde ich dir weh tun wollen! Weißt du das denn nicht, meine Liebste?« flüsterte er. Die Koseworte kamen ihm ebenso selbstverständlich über die Lippen wie die persönliche Anrede. »Beruhige dich, mein Schatz. Beruhige dich.«

Sacht strich er ihr übers Haar und küßte ihr die Tränen von den Wangen, bis sie sich schließlich beruhigte, obwohl sie immer noch in seinen Armen zitterte und versuchte zu begreifen, was er zu ihr gesagt hatte. Nette Dinge, die unverständlicherweise bei ihr den Wunsch weckten, für immer von ihm in den Armen gehalten zu werden. Obwohl er sie so heftig hatte nehmen wollen, spürte Jenny, daß er sie mit seinem Leben beschützen würde – vor jedem und allem.

Dieses Wissen war eigenartig tröstlich, und Jenny hielt in ihrem verwirrten Zustand verzweifelt daran fest, als eine Reihe anderer Vorstellungen auf sie einprasselte.

In gewisser Weise kam es ihr gelegen, daß Luke ein Bandit war. Zumindest wußte sie, daß er Manns genug war, das zu verteidigen, was er sein eigen nannte. Es war zwar eine etwas seltsame Art, die Dinge zu betrachten, das wußte Jenny. Aber seit dem Bürgerkrieg war die Welt gesetzlos geworden. Dadurch herrschten überall Angst und Unsicherheit. War es nicht besser, in dieser neuen Welt einen Mann wie Luke zu haben, einer, der es wagte, seine eigenen Regeln aufzustellen, als einen, der Angst hatte, sich zu wehren? Sie dachte an die Männer, die sie in Atlanta gesehen hatte, schwach, gebrochen und der Träume beraubt, die sie für die Sache gehegt hatten. Dann schaute sie zu Luke auf, einem Rebellen, der sein Leben riskierte. Das Streifenbanner mochte sich ergeben haben – Luke hatte es nie getan und würde es nie tun.

Er war der Sohn eines armen Farmers, und vor dem Krieg hätte Jenny ihm nicht mal einen zweiten Blick geschenkt. Doch jetzt – heute brauchte sie vielleicht jemanden wie Luke. Ihre Mutter wäre entsetzt gewesen, hätte sie das gewußt, aber Rachael Colter war tot, und Jenny fühlte sich so allein …

Hatte Luke wirklich all die netten Dinge gemeint, die er gesagt hatte? Oder lachte er sich eins ins Fäustchen über ihre Naivität und Leichtgläubigkeit? Sollte letzteres der Fall sein, hätte Jenny es nicht ertragen können – nicht nach der Art und Weise, wie sie auf seine Küsse und seine Zärtlichkeiten reagiert hatte. Meinte Luke es wirklich ernst mit … mit ihr?

»Komm.« Er stand auf und hielt ihr seine Hand hin. »Ich bringe dich nach Hause.«

Leicht bebend richtete Jenny sich auf und lehnte sich haltsuchend bei ihm an.

»Mein Knöchel.« Sie verzog das Gesicht, als er sie fragend und mitfühlend ansah. »Ich habe ihn mir verrenkt, als ich hingefallen bin.«

Wortlos hob er sie auf seine Arme und trug sie zu ihrem Wagen.

»Warte hier«, verlangte er. »Ich hole die Laterne und mein Pferd.«

Wie betäubt saß Jenny auf dem Sitz. Körperlich wie gefühlsmäßig war sie zu erschöpft, um einen weiteren Fluchtversuch zu unternehmen. Mit zitternden Händen glättete sie ihr Unterhemd und knöpfte ihr Oberteil zu. Dann fuhr sie sich mit den Fingern durch das zerzauste Haar. Sie wünschte sich, sie könnte es wieder aufstecken. Doch ihre Haarnadeln lagen auf Lukes Küchenboden verstreut, und sie war zu müde, um sie sich zu holen. Allerdings hatte sie keine Ahnung, wie sie ihre äußere Erscheinung Moses und Delcine erklären sollte. Sie mußte sich etwas einfallen lassen. Falls Moses herausfand, was heute abend passiert war, würde er versuchen, Luke umzubringen – und der Neger hatte keinerlei Chancen gegen Lukes mächtige Armeepistole. Deshalb hatte sie auch keinem ihrer beiden Bediensteten etwas von Lukes nächtlichem Besuch im Hotel erzählt, obwohl sie zuerst erwogen hatte, über seine Drohungen zu sprechen.

Nach einer Zeit, die ihr wie eine Ewigkeit erschien, kehrte Luke schließlich mit der Laterne und seinem Pferd, Blaze, zurück, das er hinten an den Wagen band. Wortlos stieg er neben Jenny auf den Sitz, nahm ihr die Zügel aus der Hand und schnalzte der kräftigen Stute zu. Blossom, die sofort merkte, daß sie nicht von ihrer sanften Herrin geführt wurde, richtete aufmerksam ihre Ohren auf und trabte in angemessenem Schritt los.

Wenig später hielten sie vor Jennys Haus, und die Stille, die sich auf der Fahrt bedrückend zwischen ihnen ausgebreitet hatte, wurde noch beklemmender. Doch es blieb ihnen auch keine Zeit, etwas miteinander zu sprechen. Die Tür der Hütte ging auf, und

Licht erhellte die Dunkelheit, als Moses und Delcine mit Laternen in der Hand auf die Veranda hinausgeeilt kamen, beide sehr besorgt und erschrocken, als sie Jennys aufgelöste Erscheinung sahen.

»Oje! Miss Jenny!« rief Moses. »Wir haben uns solche Sorgen um Sie gemacht. Wo waren Sie denn, und was ist passiert?« Er schob seine Unterlippe kräftig vor, musterte Luke mißtrauisch und nahm eine drohende Haltung ein.

»Ich ... ich hatte einen Unfall«, berichtete Jenny wenig wahrheitsgemäß. »Es war dunkel, der Wagen ist in ein Schlagloch geraten und ich bin ... bin vom Sitz gefallen. Mr. ... Mr. Morgan ...«, Lukes Name wollte ihr nicht glatt über die Lippen gehen, »... kam zufällig vorbei und war so nett, mich nach Hause zu bringen.«

»Wirklich?« erkundigte sich Moses. Er zeigte sich erleichtert, hegte wohl aber doch Zweifel. Miss Jenny benahm sich ziemlich seltsam, aber sie mochte sich bei ihrem Sturz den Kopf gestoßen haben. »Sind Sie verletzt, Miss Jenny?«

»Ich habe mir nur den Knöchel verstaucht, das ist alles.«

»Ich bringe Sie nach drinnen«, bot Luke ihr an.

Jenny wollte protestieren, aber ehe sie ein Wort hervorbrachte, hatte er sie bereits auf die Arme gehoben, vom Wagen genommen und brachte sie schon ins Haus.

Als er sie auf das Sofa im Empfangszimmer legte, schaute er sich angenehm überrascht um und bemerkte, wieviel sich verändert hatte, seit er die Hütte zuletzt gesehen hatte. Ihm gefiel das warme, schlichte Dekor, das er als Jennys und Delcines Arbeit erkannte. Es war auffallend künstlerisch und schön, jedoch nicht protzig. Maybelle hätte diese einfachen Möbel, die Flickenteppiche und die gerüschten Gardinen verachtet, das wußte Luke. Denn alles, was nicht aus dem Osten stammte, war nicht gut genug für sie gewesen. Luke hingegen empfand den Raum als gemütlich und wohnlich, so wie er war. Hier an diesem Ort herrschten Glück und Liebe.

»Bitte, haß mich nicht, Jennilee ...« Er beugte sich zu ihr hinunter und flüsterte ihr ins Ohr. »Ich glaube, ich könnte es nicht ertragen, wenn du das tätest.«

Dann verabschiedete er sich von Moses und Delcine, tippte sich höflich an den Hut und verließ das Haus.

»Wo haben Sie Ihre Manieren gelassen, Miss Jenny?« erkundigte sich Delcine schockiert, nachdem Luke gegangen war. »Sie haben sich nicht mal bei Mr. Morgan dafür bedankt, daß er Sie nach Hause gebracht hat.«

»Was, das habe ich nicht getan? Tatsächlich. Ich ... mein Sturz muß mich doch mehr erschüttert haben, als ich dachte«, behauptete Jenny etwas dümmlich und vermochte Delcines durchdringendem Blick nicht zu begegnen.

»Nun, Sie können das schriftlich nachholen und ihm morgen gleich etwas Besonderes zu essen bringen lassen. Ein Glas von der Erdbeermarmelade, die wir gemacht haben, wäre nicht schlecht«, fuhr Delcine fort, während sie Jenny die Schuhe und Strümpfe auszog. »Moses, was stehst du da wie ein Narr herum? Nimm den Eimer unter der Spüle, füll ihn mit Wasser, gib etwas Salz hinein und mach ihn auf dem Herd warm. Wir müssen Miss Jennys Knöchel baden. Er ist stark angeschwollen.«

Delcine klang verärgert, aber als sie Moses ansah, lag die Liebe in ihrem Blick, und Moses, obwohl er vor sich hin schimpfte und sich beeilte, ihrer Aufforderung nachzukommen, wirkte ähnlich hingerissen. Bei diesem Anblick wurde Jenny ein wenig wehmütig zumute. Offenbar hatte ihr Plan, das Paar heute abend allein zu lassen, gewirkt. Auch wenn sie ihnen von ganzem Herzen Glück wünschte, spürte sie den Schmerz der Einsamkeit, und ungebetenerweise tauchte Lukes Gesicht vor ihrem geistigen Auge auf.

Bitte, haß mich nicht, Jennilee, hatte er sie angefleht. *Ich glaube, ich könnte es nicht ertragen, wenn du das tätest.*

Sie erinnerte sich daran, wie seine Lippen sich auf ihrem Mund und seine Hände sich auf ihren Brüsten angefühlt hatten. Ein Prickeln breitete sich in ihrem Körper aus, bei dem ungewohnten und verwirrenden Verlangen, das sie in seinen Armen empfunden hatte. Ihn hassen? Nein, das konnte sie nicht.

Obwohl sie sich das Gegenteil wünschte, fürchtete Jenny längst, daß sie sich statt dessen in ihn verliebt hatte.

10. Kapitel

Die Alpträume kehrten in jener Nacht zurück. Gedämpfte Stimmen hallten wie in weiter Ferne in Jennys Ohren wider.

Erneut stand sie am Rand der Kieseinfahrt, die zur Plantage ihres Vaters, Faxon's Folly, hinaufführte. Durch die Zweige der stacheligen Nadelbäume, der duftenden Magnolien mit ihren glänzendgrünen Blättern und der süßlichen, rosablühenden Mimosen konnte sie das Haus hoch und stolz in der Ferne aufragen sehen, das wie eine strahlendweiße Perle im Tal am Fuße der leicht hügeligen Berge lag, die sich als sanftgeschwungene Linie am weiten Horizont abzeichneten.

Die Morgenluft roch frisch und sauber, kräftig nach Wald, Erde und Tau, der im Gras glitzerte. Jenny atmete tief ein und genoß die Düfte des neuerwachten Lebens, der Frühlingsknospen an Bäumen und Blumen, gewachsen und gediehen auf dem absterbenden Laub und den vertrockneten Zweigen des Winters.

Die Welt war voll komplizierter Geheimnisse, und doch schienen es die einfachsten Rätsel: Geburt, Leben, Tod und Wiedergeburt, ein endloser Kreislauf, vollkommen und lückenlos. Gott hat alles sehr gut geplant, fand Jenny und wußte, daß es für alles, was existierte, auch das Gegenstück gab. Denn wie hätte es Schönheit geben können, wenn im Kontrast dazu keine Häßlichkeit existiert hätte?

Sie dachte über diesen tiefgründigen Zusammenhang nach, sicher, daß er eine besondere Bedeutung für sie hatte, als wäre es eine Antwort auf die Fragen, die die Menschen oft stellten, aber auf die man niemals eine richtige Antwort bekam.

Jenny griff nach einer Veilchenblüte und pflückte sie. Wie zart und zerbrechlich sie war, so weich und glatt wie Seide, ihre Farbe so kräftig und doch so blaß, als stamme sie direkt vom Regenbogen. Behutsam steckte sie die Blume hinter ihr Ohr, wandte sich zu Faxon's Folly um, das in der frühen Morgensonne wie eine Fata Morgana schimmerte.

Ihre Eltern saßen auf der Bretterschaukel der vorderen Veranda und schauten auf ihren Besitz. Ihr Bruder Niles, der eine Zigarre rauchte, lehnte an einer der ionischen Säulen, die die Veranda säumten. Seine Frau Honor hockte auf einer der Treppenstufen, umgeben von einer Gruppe aufmerksam lauschender Kinder, denen sie eine Geschichte erzählte. In der Nähe wiegten sich Dulcie und Fayrene lässig in ihren Schaukelstühlen vor und zurück, fächelten sich träge frische Luft zu und beobachteten ihre Ehemänner, Jennys Brüder Rushford und Prescott, die einen der heißblütigsten Hengste, die auf der Plantage gezüchtet wurden, zu zähmen versuchten. Jennys Schwestern Evangeline und Melantha spazierten mit ihren Ehemännern Joe Frank und Cade durch den Garten. Auf dem Rasen spielte Jennys Bruder Alex Krocket mit ihrer Schwester Bliss und deren Freundin Lonny Ridgeway.

Fast gleichzeitig schauten sie alle auf und sahen Jenny dastehen. Sie lächelten und winkten ihr, zu ihnen zu kommen. Sie raffte ihre Röcke und lief die gewundene Einfahrt zu Faxon's Folly hinauf.

Als sie die Hälfte des Weges zurückgelegt hatte, brach all das Entsetzliche durch, was sie in früheren Träumen bereits erlebt hatte. Angstvoll duckte sie sich und versuchte das aufzuhalten, was geschehen würde – aber das konnte sie nicht. Ein großes schwarzes Ungeheuer, das geradewegs aus der Hölle zu kommen schien, dem das Blut aus den Nüstern spritzte, machte plötzlich aus dem Dickicht der Bäume einen Satz auf sie zu, stieß sie um und trampelte sie nieder. Die Blume hinter ihrem Ohr fiel zu Boden und wurde in winzige Krümel zerdrückt. Verstreute Blüten und Blätter lagen auf dem Gras, zertreten von den scharfen Hufen des höllischen Biests, das es gewagt hatte, Gottes Werk zu spotten.

Lange Zeit blickte Jenny verständnislos auf die Reste des Veilchens. Eben noch war es hübsch und heil gewesen. Jetzt war es formlos, besaß weder Symmetrie noch Anmut. Tränen brannten ihr in den Augen über den Verlust, und Zorn auf den Zerstörer wallte in ihr auf.

Nur allmählich vermochte sie, die entsetzliche Wirkung des

Sturzes abzuschütteln und sich aufzuraffen. Aber als Jenny auf den Beinen stand, bemerkte sie, daß sie überall zerkratzt und mit blauen Flecken übersät war. Sie bekam kaum Luft. Schreckliche Schmerzen drückten ihre Rippen zusammen, ihre Beine waren gebrochen, und die Knochen stachen aus dem Fleisch. Blut rann an beiden Beinen herunter, roter als die fruchtbare Erde in Georgia, und Jenny rutschte in der warmen, dunklen Flüssigkeit aus, obwohl sie es schaffte, irgendwie bis Faxon's Folly zu gelangen.

Aber das Haus, das sie gekannt und so sehr geliebt hatte, war verschwunden. Statt dessen stand dort eine menschenleere Ruine. Beißender Rauch quoll aus den Fenstern, gelborangene Flammen verzehrten die Wände und das Dach.

Obwohl ihre zerfleischten Beine nicht mehr ein Teil ihres Körpers waren, begann Jenny zu laufen. Mit jedem Schritt, den sie der alten Plantage näher kam, wuchs ihre Panik.

Dort angekommen stieß sie auf ein Familienmitglied nach dem anderen. Als Jenny sie jedoch ansprach, hörten sie sie nicht, und als sie sie berührte, zu sich herumdrehte, um ihnen ins Gesicht zu schauen, hatte sie nichts als staubbedeckte Skelette vor sich.

Sie schrie und schrie, aber kein Laut kam über ihre Lippen. Wie gehetzt schaute sie sich um, suchte nach einer Fluchtmöglichkeit aus dieser unwirklichen Situation – fand aber keine. Geisterhafte Gestalten stiegen aus der Erde auf und umringten sie. Ihr Kreis zog sich enger und dichter um Jenny, so daß es immer schwerer für sie wurde, ihnen zu entkommen. In ihrer Nähe tauchte ein gemeiner, scheußlich aussehender Mann auf, der gehässig lachte, und der Teufel selbst stieg aus dem grauen, rauchgeschwängerten Himmel herab und holte mächtig mit seiner silbernen Sense nach ihr aus.

In einer Ecke ihres nebligen Gesichtsfeldes schwebte ihre Großtante Henrietta wie ein Gespenst, streckte vorwurfsvoll ihren Arm aus und deutete mit dem Finger geradewegs auf Jenny.

»Wo sind deine Schulbücher, Jennifer?« fragte die ältere Dame in ernstem, tadelndem Ton. »Du mußt fleißig für deine Prüfung lernen, wenn du sie bestehen und deine Lehrerlaubnis bekommen willst.«

Erschrocken starrte Jenny ihre Großtante an. Konnte sie nicht sehen, was um sie herum passierte? Kümmerte es sie denn nicht, daß alles, was ihnen lieb und teuer war, verschwunden war, daß jeder, den sie geliebt hatten, tot war?

Jenny öffnete den Mund und wollte sie um Hilfe bitten. Dann erkannte sie, daß Tante Hetta auch tot war. Ihre Leiche lag in einem schlichten Piniensarg. Die Händc hatte sie auf der Brust gefaltet, und eine Kamelie steckte zwischen ihren steifgewordenen Fingern. Es war niemand mehr da, der sie vor dem Teufel und seinen grauenhaften Gehilfen retten konnte.

Erneut versuchte sie davonzulaufen, aber sie hatte ihre verletzten Beine vorhin zu sehr strapaziert, und jetzt weigerten sie sich, eine einzige Bewegung zu machen. Die dämonischen Gestalten näherten sich ihr, streckten ihre Hände nach ihr aus …

In blankem Entsetzen schrie Jenny auf, schnellte im Bett hoch, das Herz klopfte ihr bis zum Hals, und ihr Nachthemd war vom Schweiß durchnäßt. Ihre Kerze war abgebrannt. Sie befand sich allein in der Dunkelheit. Angstvoll schrie sie erneut auf und gleich darauf noch einmal. Ihr Körper war wie erstarrt vor Furcht, und sie riß wie verrückt an der Bettdecke.

In wenigen Minuten war Delcine bei ihr, eine Öllampe in der Hand, um die Schatten der Finsternis zu vertreiben. Moses blieb im Türrahmen stehen. Das, was er in all den Jahren gelernt hatte, hinderte ihn daran, das Schlafzimmer einer weißen Frau zu betreten, aber besorgt schaute er Delcine an. Sie schüttelte stumm den Kopf, preßte die Lippen aufeinander und bedeutete ihm, nicht zu sprechen. Dann stellte sie die Lampe auf einen der Nachttische und nahm Jenny, die am ganzen Körper zitterte, behutsam in die Arme.

»Schon gut, Miss Jenny«, raunte sie ihr zu. »Das war nur ein schlimmer Traum. Es war nichts als ein schlimmer Traum«, beharrte sie leise, strich der jungen Frau übers Haar und wiegte sie beschwichtigend. »Es ist niemand hier, der Ihnen etwas antun kann. Sie sind jetzt in Sicherheit. Moses und ich sind hier, wir würden es nie zulassen, daß Ihnen einer etwas antut, ganz bestimmt.« Delcine schaute zu Moses hinüber. »Geh in die Küche und mach ihr eine warme Milch«, flüsterte sie. »Gieß einen Schluck Brandy hinein. Dann wird sie sich soviel beruhigen, daß sie wieder einschlafen kann.«

Moses nickte wortlos und verschwand, um Delcines Aufforderung nachzukommen. So gelang es ihnen, Jennys Jammern und Zittern zu beruhigen. Und nachdem sie eine neue Kerze angezündet und gegen die abgebrannte ausgetauscht hatte, deckte Delcine die junge Frau gut zu. Beide blieben noch einen Augenblick bei Jenny, bis sie sicher waren, daß sie eingeschlafen war. Auf Zehenspitzen verließen sie den Raum und zogen die Tür leise hinter sich zu.

Moses legte einen Arm um Delcines Schulter und drückte sie an sich.

»Ich schätze, mein armes kleines Lämmchen wird niemals den schrecklichen Tag überwinden«, flüsterte er mit rauher Stimme. »Es gibt einfach nichts, was ich tun kann, um ihr zu helfen. Aber ich wünsche mir so sehr, sie könnte endlich alles vergessen, Delcine. Wirklich, das wünsche ich mir.«

»Ich weiß. Ich weiß.« Delcine seufzte. »Du hast ein gutes Herz, Moses, auch wenn ich manchmal etwas anderes sage, wenn ich auf deine Aufmerksamkeit warte. Allein schon, daß du da bist, ist ein Trost für Miss Jenny – und für mich auch«, gestand sie scheu. »Aber ich denke, nach dem heutigen Abend weißt du das auch. Ich liebe dich, Moses, mehr als ich in Worten sagen kann, und ich bin stolz darauf, dich zum Mann zu haben.«

»Ich bin genauso stolz, dich zur Frau zu haben, Delcine«, erwiderte Moses. »Es mag ja eine Weile gedauert haben, bis ich gemerkt habe, daß du mich liebst, aber jetzt, wo ich es weiß, werde ich dir nie mehr Unrecht tun. Also, ich möchte dich auf jeden Fall heiraten, Mädchen. Sobald ich ein paar Dollars zusammengespart habe, um uns ein eigenes Haus zu bauen, will ich den Schritt mit dir wagen.«

»Pah!« schnaubte Delcine, aber ihre Augen funkelten vergnügt. »Du hast in deinem ganzen Leben noch keinen Pfennig gespart! Und ich werde nicht bis zum Jüngsten Tag warten, ehe ich dich heirate. Nein, warte, laß mich ausreden.« Sie wehrte Moses' Widerspruch ab. »So, wie ich das sehe, hat Mr. Luke Augen für Jenny – oh, ja, mir ist aufgefallen, wie er sie heute abend angeschaut hat. Männer sind solche Dummköpfe! Ich verstehe nicht, was sie ohne uns Frauen machen würden. Mr. Luke ist so wie du, Moses, fast blind, wenn es um seine Gefühle geht. Er weiß es noch nicht, aber er liebt Miss Jenny, und ich sage dir, früher oder später wird er sie zu seiner Frau machen. Ich nehme an, dann wird er sicher etwas von dem Geld, das er gestohlen hat, verwenden und ihr ein schönes, großes Haus auf seinem Grundstück bauen. Und wenn du ihn dann nett darum bittest, Moses, wird er uns sicher diese alte Hütte überlassen. Ich weiß, sie ist ziemlich heruntergekommen, aber da du handwerklich so geschickt bist, Moses, denke ich, wirst du es schaffen …«, sie konnte ein Auflachen kaum unterdrücken, »… es soweit zu renovieren, daß es mir genügt. Ja, laß uns noch ein bißchen warten und sehen, ob sich nicht alles von alleine regelt.«

Moses schüttelte ungläubig den Kopf.

»Nun«, erwiderte er. »Wenn das nicht eine Überraschung ist – Mr. Luke und Miss Jenny! Das hätte ich nie gedacht! Du meine Güte!« Dann bekam er plötzlich große Augen. »Soll das heißen, du glaubst etwa, das war es, was heute abend passiert war? Daß sie sich nähergekommen sind und nicht wollten, daß wir etwas davon merken? War Miss Jenny deshalb so aufgekratzt und ihr Haar so durcheinander?«

»Ich schätze schon. Aber sprich sie nicht darauf an, hörst du? Mr. Luke hat es schwer genug bei ihr. Schließlich muß er versuchen, ihr die Angst vor Männern zu nehmen, ohne daß du dich einmischst, zum Narren machst und vielleicht sogar erschossen wirst! Es wird Miss Jenny nichts schaden, geküßt zu werden, auch wenn ich glaube, daß Mr. Luke ein wenig zu zudringlich geworden ist. Es hat ihm hinterher leid getan, glaub mir. Ich habe bisher noch keinen Mann so betroffen dreinblicken sehen wie ihn, als sie in den Hof gefahren kamen. Außerdem wird seine Mama ein wenig auf ihn aufpassen. Sie mag Miss Jenny, und sicherlich wird sie darauf achten, daß Mr. Luke ehrbare Absichten hat. Jetzt haben wir genug darüber geredet. Es ist spät, und wir müssen morgen früh aufstehen. Geh jetzt zu Bett, hörst du?«

Der große, schwarze Mann senkte den Kopf und scharrte mit dem Fuß auf den Boden.

»Willst du ... willst du ... na ja, was ich meine ...«, stammelte Moses unbeholfen. »Mehr als alles auf der Welt würde es mir gefallen, wenn du ... wenn du zu mir kommst, Delcine ... das heißt ... wenn du willst.«

»Moses«, hauchte Delcine mit einem liebevollen, wissenden Lächeln und glücklich strahlenden Augen. »Du bist wirklich ein Dummkopf! Ich dachte schon, du würdest mich nicht mal danach fragen!«

Leise und engumschlungen gingen die beiden zu dem kleinen Vorbau, begannen sich langsam auszuziehen und genossen jeden herrlichen kostbaren Augenblick. Dann stiegen sie zusammen in das schmale Bett und drängten sich in der Dunkelheit dicht aneinander. Während Moses und Delcine sich zum ersten Mal leidenschaftlich liebten, schlief Jenny fest und träumte erneut.

Nur diesmal, als die Alpträume kamen und sie lautlos um Hilfe schrie, brauste ein heftiger, unsteter Westwind. Luke Morgan galoppierte auf seinem großen braunen Hengst Blaze durch den Wald zu ihr und hob sie auf seine Arme, um sie den Ängsten und Geheimnissen der Vergangenheit zu entreißen und weit davon wegzubringen.

Zweites Buch

Es weht ein unsteter Wind

11. Kapitel

Am Sonntag gingen Jenny, Moses und Delcine wie immer zur Kirche. Jenny war zwar aufgrund ihrer englischen Herkunft als Anglikanerin aufgewachsen, aber Tumbling Creek war so klein, daß es unter den Einwohnern, von denen die meisten Baptisten waren, nur eine Glaubensgemeinschaft gab. Dadurch war sie gezwungen, jeden Sonntag in einem Gottesdienst zu sitzen, der ganz anders abgehalten wurde, als sie es gewohnt war. In all den Monaten, die sie jetzt bereits im Ort lebte, hatte Jenny es nicht geschafft, sich mit der neuen Anbetungsart anzufreunden. Die anglikanische Messe war prunkvoll, verglichen mit dem baptistischen Gottesdienst, der dagegen nüchtern wirkte.

Jedesmal wenn sie Reverend Thompkins in seiner schlichten schwarzen Robe und dem gestärkten weißen runden Kragen sah, erinnerte sich Jenny wehmütig an die herrlich verzierten Gewänder und Stolen der Priester, die in Atlanta die Messe gelesen hatten. Dort hatte sie wenigstens auf einen Blick sagen können, um welches Kirchenfest im Jahreszyklus es sich handelte, denn die Farben der Gewänder hatten entsprechend der Feste gewechselt. Sie vermißte die tröstliche Vertrautheit der Eucharistiefeier, an der alle teilgenommen hatten, die Worte, mit denen alle, meist auswendig, dem Priester geantwortet hatten.

Jenny sehnte sich danach, sich an die Kommunionsbank zu knien, um den Segen zu empfangen und den süßen, mit Wasser verdünnten Wein aus dem silbernen Kelch, aus dem alle getrunken hatten, sowie die geweihte Hostie, die auf ihrer Zunge zergangen war. Hier in Tumbling Creek wurde ein Tablett mit kleinen Tassen, in denen Weintraubensaft war, und viele Stückchen hartes Brot dazu, das gekaut werden mußte, von Person zu Person gereicht.

Sie hätte gern den Duft von Weihrauch gerochen und das Läuten der Altarglocken während der andächtigsten Momente im Gebet gehört. Es erschien ihr eigenartig, bloß den Kopf zu senken, wenn sie betete, wo sie gewohnt war, sich hinzuknien und die Hände um den Rosenkranz zu falten. Außerdem folgte auf die Messe eine kurze Predigt. Hier in Tumbling Creek war die Predigt der ganze Gottesdienst.

Die religiöse Seite war ein Aspekt in ihrem Leben, an den Jenny glaubte, sich nie gewöhnen zu können.

Innerlich stöhnte sie auf, als sie sich auf eine der unbequemen Bänke der Schule setzte, und wunderte sich eigentlich nicht, daß ihre Schüler während des Unterrichts ständig unruhig hin- und herrutschten. Schon bald hatten sich alle versammelt, die dem Gottesdienst normalerweise beiwohnten, und Reverend Thompkins bedeutete ihnen, sich von ihren Plätzen zu erheben. Nachdem die erste Hymne gesungen worden war und sie sich wieder gesetzt hatten, bat der Reverend die versammelte Gemeinde, im Buch der Sprüche das dreizehnte Kapitel, Vers vierundzwanzig, in der Bibel aufzuschlagen. Anschließend trug er zwei Stunden lang seine Predigt vor.

»Wer nicht auch mal eine Tracht Prügel verabreicht, haßt seinen Sohn, aber wer ihn liebt, ist so einsichtig, ihn auch zu züchtigen!« donnerte der Reverend von der Kanzel und schlug mit der Faust auf die Platte, um seinen Worten Nachdruck zu verleihen.

Jenny, die mühsam versuchte, ein Gähnen zu unterdrücken, konnte sich denken, daß Abigail Crabtree ihm pflichtschuldigst berichtet hatte, sie hätte Matthew McNabb bei einer Schandtat beobachtet, für die sein Vater Festus es versäumt hatte, ihn zu tadeln. Es stimmte, daß Festus dem Jungen gegenüber zu nachsichtig war. Aber weder der Reverend noch Miss Abigail hatten nach Jennys Meinung das Recht, sich in die Angelegenheit einzumischen.

Die wenigen Male, als sie mit Festus über Matthews ärgerliches Verhalten gesprochen hatte, war sie bemüht gewesen, ihre Bemerkungen auf das zu beschränken, was der Junge in der Schule tat. Zweimal hatte sie eine Schlange in ihrem Schreibtisch gefunden. Zum Glück hatte es sich um harmlose Exemplare gehandelt, aber sie fürchtete, beim dritten Mal könnte es anders sein. Festus hatte ihr versprochen, mit Matthew zu reden, aber Jenny war klar, daß es wenig helfen würde. Der Junge war seit dem Tod seiner Mutter, die vor ein paar Jahren bei einem Wagenunfall ums Leben gekommen war, schwer erziehbar.

Festus, der den Wagen gefahren hatte, als er sich überschlagen hatte und seine Frau umgekommen war, machte sich selbst Vorwürfe wegen des Unfalls, der Matthew die Mutter entrissen hatte. Festus empfand es als seine Schuld, daß der Junge keine sanfte Führung mehr in seinem Leben hatte, und deshalb hatte er Matthew weit mehr Spielraum gelassen, als klug war.

Jeder wußte, warum Festus seinen Sohn so schonend behandelte und hatte Verständnis dafür, aber abgelehnt wurde der Junge trotzdem. Fast jeder im Ort war dann und wann zur Zielscheibe seiner boshaften Streiche geworden, und da die Leute wußten, daß Kipp Morgan ebenfalls seine Mutter verloren hatte und nicht zu so einem Unruhestifter geworden war, litt Matthew unter dem Vergleich. Trotzdem war Jenny überzeugt, daß der Junge nicht absichtlich Böses tat, sondern nur um Beachtung rang. Sie hoffte, Lacey Standish, die Schneiderin, die Festus etwas zögerlich umwarb, würde Matthew helfen können.

Jetzt, als Jenny den Jungen musterte, der mit finsterer Miene dasaß, seufzte sie unwillkürlich. Zweifellos merkte Matthew – dumm war er nämlich nicht –, daß die Predigt ihm und seinem Vater galt. Miss Abigail und Reverend Thompkins mußten in Zukunft sicherlich auf der Hut sein, davon war Jenny überzeugt. Rasch preßte sie ihr Taschentuch gegen die Lippen, damit niemand ihr plötzliches Lächeln sah. Ungewollt gingen ihr gleich ein paar Dinge durch den Kopf, wie Matthew sich rächen mochte. Im stillen fand Jenny, daß Miss Abigail einen Dämpfer verdient hatte, allein schon deshalb, weil sie jedem hinterherspionierte und das Leben zur Hölle machte! Die alte Hexe hatte bereits dem halben Ort erzählt, daß Luke Jenny den einen Abend nach Hause gefahren hatte. Den ganzen Morgen warf Rosanne Durrell, alias Velvet Rose, Lukes angebliche Geliebte, Jenny giftige Blicke zu.

Anstatt sie jedoch zu beunruhigen, schürten die Blicke der Prostituierten, sehr zu Jennys Verblüffung, insgeheim ihre Hoffnungen. Der Gedanke, daß Luke sie umwerben wollte, war schmeichelhaft und brachte ihr Herz zum Rasen, auch wenn ihr Glück vom Kummer getrübt war. Luke mußte ernsthaftes Interesse an ihr haben, wenn Velvet Rose so aufgebracht war, daß sie Jenny als Rivalin sah, denn die Prostituierte war auffallend hübsch. Heimlich beobachtete Jenny die Frau, stellte sich vor, wie Luke sie in den Armen hielt und empfand zu ihrem Entsetzen eine derartig heftige Eifersucht, daß sie ihr am liebsten die Augen ausgekratzt hätte. Obwohl Jenny nicht ganz sicher war, daß sie ihn für sich haben wollte, sollte Velvet Rose ihn auch nicht bekommen.

Unauffällig schaute Jenny sich im Raum um und suchte nach dem Mann, der ihre Gedanken beherrschte, fand ihn jedoch nicht. In der Kirche erschien er nur gelegentlich, und am Abend zuvor hatte es im Razorback Saloon eine Schlägerei gegeben. Sie hätte sich eigentlich denken müssen, daß er nicht da sein würde. Zweifellos befand er sich zu Hause und mußte seinen Kater auskurieren.

Orville Ascot begegnete ihrem Blick und nickte ihr in der für ihn weltmännischen Art zu. Jenny errötete und mußte an sich halten, um nicht zu kichern. Pflichtbewußt richtete sie ihre Aufmerksamkeit wieder auf Reverend Thompkins.

Orville Ascot, einer der Erben von Ascot & Sons, dem Möbelgeschäft im Ort, war ein schlaksiger Mann mit ständig geröteter Haut, dessen Adamsapfel merklich hüpfte, wenn er nervös oder aufgeregt war. Er war ein paar Jahre älter als Jenny, wirkte aber jünger. Sein Vater Cormick Ascot war äußerst enttäuscht von seinen beiden Söhnen, die er als Versager betrachtete und deshalb fortgesetzt lächerlich machte. Gaylord, der ältere der beiden Brüder, scherte sich nicht um die Vorwürfe des Vaters und ging munter seinen eigenen Interessen nach. Orville ordnete sich jedoch unter und klammerte sich an seine nach außen hin dümmlich und zerbrechlich wirkende Mutter Eunnonia, die in Wirklichkeit den Verstand und die Konstitution eines Ochsen hatte.

Die Ascots standen sich gut, denn ihr Möbelgeschäft war meilenweit das einzige. Cormick war ein ehrlicher, bodenständiger Geschäftsmann, der hart gearbeitet hatte, um etwas zu erreichen. Leider hatte er auf seinem Weg nach oben feststellen müssen, daß es Eunnonia an Bildung mangelte, und sie versuchte, diesen Mißstand auszugleichen, indem sie sich anmaßend verhielt und sich ein geziertes Gehabe angeeignet hatte, das sie irrtümlicherweise als Zeichen für ihre Zugehörigkeit zum *bon ton* hielt. Dieses Verhalten hatte sie Gaylord gnadenlos eingehämmert, bis er nicht mehr war als ein Snob und Dandy. Sehr zu seinem Nachteil versuchte Orville, seinen Bruder in allem nachzuahmen.

Die Kleidung, die bei Gaylord maßgeschneidert und elegant wirkte, paßte nicht zu Orville und sah albern aus. Die netten, geckenhaften Gesten, die so vornehm und anmutig waren, wenn Gaylord sie anwandte, verkümmerten zu einem unkontrollierten Gezappel, wenn Orville sie gebrauchte. Die witzigen und oft amüsanten Bemerkungen, die Gaylord Fremden und Bekannten gegenüber regelmäßig machte, klangen dumm und fast schon gemein, wenn Orville sie von sich gab. Er verstand nicht, warum seine Witze keinen Anklang fanden. Was immer er seinem Bruder nachmachte, tat er in guter Absicht, doch es blieb lächerlich. Keine ehrbare Frau im Ort schenkte Orville einen zweiten Blick, sehr zum Leidwesen seiner Mutter, und obwohl durch den Krieg ein gewisser Mangel an heiratsfähigen Männern entstanden war, hatte sich an dieser beklagenswerten Situation nichts geändert.

In der Vergangenheit hatte Eunnonia geweint und Gaylord angefleht, sich endlich zu binden und einen Erben zu zeugen, der die Ascot-Dynastie weiterführen könne – jedoch ohne Erfolg. Verächtlich hatte er sie gebeten, seine Jackenaufschläge loszulassen, ehe sie zerknitterten. Dann hatte er trocken bemerkt, daß ihre dramatischen Szenen einer schlechtgespielten Tragödie glichen. Er würde erst heiraten, wenn er dazu bereit wäre, hatte er ihr erklärt, und keinerlei Genörgel würde ihn vorher bis zum Altar bringen.

Dadurch erhoffte sich Eunnonia nun von dem armen Orville die ersehnten Enkel.

Gezwungenermaßen hatte sie ihn mit einer unwilligen Frau nach der anderen zusammengebracht. Doch jedesmal waren ihre schönen Pläne und Erwartungen von einer seiner dummen Bemerkungen oder seiner ungeschickten Bewegungen ruiniert worden. Welche Frau sollte sich schon geschmeichelt fühlen, wenn sie hörte, daß ihre Augen zwei Klumpen Kandiszucker glichen? Und welcher Frau würde es schon Spaß machen, wenn jemand ihr ständig ungeschickterweise auf ihre neuen Saffianlederschuhe trat? Solche Dinge hatte Orville gesagt und getan – und sogar schlimmere, sehr zu Eunnonias Verzweiflung.

Aber dann war Jenny Colter nach Tumbling Creek gekommen, und neue Hoffnung war in Eunnonia aufgekeimt. Die neue Lehrerin stammte aus gutem Hause, das war eindeutig. Aber sie sah unscheinbar aus und hatte ein verkrüppeltes Bein. Zweifellos würde sie sich glücklich schätzen, Orvilles Aufmerksamkeit auf sich zu ziehen. So jedenfalls hatte Eunnonia überlegt und Orville entsprechend angewiesen, die junge Frau zu umwerben.

Hätte Jenny gewußt, daß Eunnonia dem unglückseligen Orville wie ein Feldwebel befohlen hatte, was er tun sollte, um Jenny für sich zu gewinnen, sie wäre wütend geworden. Aber sie wußte es nicht. Deshalb bemühte sie sich jedesmal, wenn er sie angesprochen hatte, nett zu ihm zu sein, selbst wenn das bei seinem stumpfsinnigen Verhalten oft schwierig war.

Jenny seufzte erneut. Sie war überzeugt, daß Orville nach dem Gottesdienst draußen auf sie wartete, in der Absicht, sie zu bitten, mit ihm auf das gesellige Kirchenherbstfest zu gehen, das kommende Woche mit Basar veranstaltet wurde.

In den Ozarks war es Sitte, daß die Junggesellen, die auf Brautschau gingen, ob jung oder alt, vor allen anderen die Kirche verließen und sich vor der Tür in eine Reihe stellten. Sobald die Damen nach draußen kamen, konnten die Männer, die an den heiratsfähigen Frauen interessiert waren, sich mit ihnen unterhalten und eine Verabredung zu einem gemeinsamen Ausflug treffen. Wenn eine Frau fest mit einem jungen Mann liiert war, verlangte es die Etikette, daß kein anderer Freier sich ihr näherte – und ein Mann, der es wagte, diese ungeschriebenen Gesetze zu brechen, riskierte ein blaues Auge, eine aufgeschlagene Lippe oder gar Schlimmeres! Aber wenn eine Frau ungebunden war, durfte jeder Mann ihr seinen Arm anbieten und sie um das Vergnügen ihrer Gesellschaft bitten. Die Dame ihrerseits durfte sich aussuchen, ob sie annehmen wollte oder nicht. Witwen, Jungfern und junge Mädchen freuten sich gleichermaßen darauf, die Reihe abzuschreiten – vorausgesetzt natürlich, daß sie wußten, sie würden nicht dort entlangpromenieren, ohne ein Kompliment oder eine Einladung zu erhalten.

»Und jetzt wollen wir unsere Köpfe im Gebet senken«, verkündete Reverend Thompkins und holte Jenny mit einem Ruck in die Gegenwart zurück. »Amen.«

»Amen«, antworteten alle im Chor.

Mit hörbaren Seufzern der Erleichterung klappten die Versammelten laut ihre Gesangbücher zu und legten sie in die Tische zurück. Dann begannen alle auf einmal zu reden und zu rufen. Freunde und Nachbarn begrüßten sich, Vereinsmitglieder erinnerten sich an gemeinsame Unternehmungen, und die Kinder wurden ermahnt, sich zu benehmen, während alle langsam auf den Ausgang zustrebten, wo sie an der Tür stehenblieben und Reverend Thompkins einer nach dem anderen die Hand schüttelten und meist noch etwas zu seiner Predigt sagten.

Wie Jenny erwartet hatte, stand Orville Ascot draußen in der Reihe der jungen Männer. Seine Krawatte war zu eng gebunden, so daß sein Adamsapfel höher gerutscht war als sonst und sein Gesicht noch roter wirkte. In seinem Anzug sah er aus wie eine Vogelscheuche, denn seine Jackenärmel wie seine Hosenbeine waren zu kurz. Eine Strähne seines mausgrauen Haares fiel ihm in die Augen. Ungeduldig schob er sie zurück und wischte sich die öligen Hände an seiner Hose ab, ehe er Jenny die Hand reichte.

»Hallo, Miss Jenny.« Er strahlte sie an, denn abgesehen von seiner Mutter war sie die einzige Frau, die ihn jemals freundlich behandelt hatte. »Sie sehen hübsch aus. Es gibt keine Frau, die einen solchen Braunton tragen kann. Die Farbe sieht so aus wie ein Herbstblatt, wenn es sich zusammengerollt hat und verfällt, nicht wahr?« Einen Moment lang hielt er betroffen inne, dann stammelte er hastig: »Ich hätte ... ich hoffe, Sie werden mich zu dem Herbstfest diese Woche begleiten. Sonst, hat meine Mutter gesagt, muß ich mit meiner Nichte Louella hingehen. Und sie ist so schrecklich häßlich, daß niemand sie begleiten will, weil er ihr erst einen Kartoffelsack überstülpen müßte, damit niemand sie ansehen muß. Werden Sie mich begleiten, Miss Jenny? Ja?«

Die junge Frau hatte halbwegs gehofft und halbwegs befürchtet, daß Luke sie bitten würde, ihn zu begleiten, aber er war nicht in der Kirche gewesen, obwohl er gewußt haben mußte, daß alle Männer heute ihre Einladungen aussprechen würden. Nun, zumindest war sie bei Orville sicher. Er hatte nicht den Mut, ihr mehr als ein paar Sekunden die Hand zu halten, noch viel weniger, sie zu küssen, bis sie atemlos war und heftiges Verlangen spürte – so wie das bei Luke der Fall war. Außerdem würde niemand anders sie als Begleiterin haben wollen.

»Natürlich werde ich Sie begleiten, Orville«, stimmte Jenny zu und versuchte, sich ihre Enttäuschung nicht anmerken zu lassen.

Darum hätte sie sich gar nicht bemühen müssen, denn Orville bemerkte das sowieso nicht.

»Fein, danke, Miss Jenny«, freute er sich überschwenglich. »Bis Freitag abend dann, ... gegen fünf.«

Er war so aufgeregt, daß er nicht mal ihre Antwort abwartete, sondern praktisch über seine Füße stolperte bei der Eile, mit der er davonhastete, um seiner Mutter das Ergebnis der Einladung zu berichten.

»Das wäre prima, Orville«, rief Jenny und schüttelte betrübt den Kopf über seinen ungeschickten Annäherungsversuch.

Armer Orville! Lieber werde ich eine alte Jungfer, dachte Jenny, als einen Mann wie ihn zu heiraten! Ganz in Gedanken über sein Verhalten, wandte sie sich um und ging durch die Menge auf ihren Wagen zu. Dabei schaute sie sich nach Moses und Delcine um, die das Gebäude nach dem Gottesdienst mit ihr verlassen hatten. Obwohl sie einige Minuten nach ihnen Ausschau hielt, konnte Jenny sie nicht finden, und schließlich entschied sie sich, nach Hause zu fahren.

Sie raffte ihre Röcke und stieg auf den Wagen. Als sie fast oben war, hielt sie abrupt inne, da Luke Morgan auf dem Sitz saß.

»Morgen, Jennilee«, begrüßte er sie mit dem ihm eigenen Lächeln. Als sie nichts erwiderte, erkundigte er sich: »Willst du da so stehen bleiben, bis alle aus dem Ort deine Unterröcke gesehen haben, oder setzt du dich zu mir?«

Jenny errötete vor Entsetzen. Als ihr dann jedoch klar wurde, daß selbst ihre Knöchel zu sehen waren, beeilte sie sich, neben ihm Platz zu nehmen, während sie noch um Atem rang. Wie immer, wenn sie sich in Lukes Gegenwart befand, begann ihr Herz zu hämmern und ihr Puls wie verrückt zu jagen.

»Sie ... du hast mich erschreckt«, erklärte sie, um ihre Verwirrung zu überspielen.

»Habe ich das?« versetzte er neckend, als hätte er sie davor schon entdeckt, als sie sich in der Kirche umgesehen hatte.

Er schnalzte Blossom zu und ließ die Zügel auf den Rücken der Stute knallen, so daß das Tier wußte, wer die Führung übernahm. Rasch wurde der Wagen vorwärtsgezogen.

Jenny stieg erneut die Hitze ins Gesicht, als alle sich nach ihnen umsahen. Luke tippte sich jedoch höflich an den Hut, grüßte die Damen und pfiff fröhlich vor sich hin. Es schien ihm nichts auszumachen, daß sie die volle Aufmerksamkeit auf sich zogen, während er das Pferd geschickt durch die vielen Wagen steuerte, die auf dem Schulhof standen.

Sofort fiel Jenny auf, daß die geschwätzigeren Frauen bereits ihren Spekulationen nachhingen und sich hinter vorgehaltener Hand etwas zuzuraunen begannen. Eunnonia Ascot kochte vor Zorn. Ihre Brust hob sich vor Empörung, und der arme Orville blickte drein, als hätte ihm jemand einen Vorschlaghammer in den Magen gerammt. Miss Abigail hatte es so eilig, nach Hause zu kommen, um einen Blick durch ihr Fernglas werfen zu können, daß sie den Reverend fast mit ihrem Pferd und ihrer Kutsche niedergetrampelt hätte. Velvet Rose stürmte mit gesenkten Mundwinkeln beleidigt davon, als Luke nicht mal zu ihr hinüberschaute. Und da dies den anderen nicht verborgen blieb, wäre Jenny am liebsten im Erdboden versunken, denn einige der

Männer schmunzelten amüsiert, und einige ihrer zotigen Bemerkungen drangen bis an Jenny Ohren. Luke schien davon jedoch nichts zu hören. Er pfiff gelassen vor sich hin.

Scheu und verstohlen musterte Jenny ihn von der Seite und blickte dann auf ihre Hände, die sie verkrampft im Schoß hielt. Was mochte er denken? fragte sie sich. Und warum fährt er mich nach Hause? Darauf hätte sie gern eine Antwort gehabt, doch sie wagte es nicht, ihn anzusprechen, ehe sie die Hauptstraße erreicht hatten. Der überfüllte Schulhof war ein viel zu öffentlicher Platz für diese Unterhaltung. Jeder hätte etwas davon mitbekommen können, besonders, da sie sicher war, daß alle angestrengt lauschten.

Der Wagen ratterte an Horace Peabody vorbei, der seinen Buggy nur schwerlich aus einer tiefen Furche am Rand des Pfades bugsierte, der vom Schulhof auf die Straße führte. Als er sie aus den Augenwinkeln sah, musterte er sie verblüfft und sperrte den Mund auf, so daß Jenny sich nervös nach ihm umsah. Zum ersten Mal kam es ihr in den Sinn, über ihre Stellung in Tumbling Creek nachzudenken.

Luke war ein unverbesserlicher Bandit. Sie war eine Lehrerin. Die Leute im Ort mochten es nicht gerne sehen, daß sie sich nach einem Verbrecher verzehrte. Immerhin sollte sie den Kindern, die sie unterrichtete, ein Vorbild sein. Und war in der Stellenausschreibung nicht ausdrücklich »eine junge Frau von untadeligem Benehmen« verlangt worden? Konnte es passieren, daß sie Lukes wegen ihre Stelle verlieren würde?

Der Gedanke erschreckte sie. Wenn sie nämlich ohne Empfehlung entlassen werden würde, wie sollte es dann für sie, Moses und Delcine weitergehen?

Aber andererseits war Luke nicht ihr Verehrer, überlegte Jenny. Bisher hatte er sie zu nichts eingeladen. Er hatte sie jedoch geküßt – und sie hatte diesen Kuß mit einer Leidenschaft erwidert, von der sie nicht mal gewußt hatte, daß sie sie besaß. Oh, wenn sie sich bloß nicht so seltsam und verwirrt fühlen würde, sobald sie an ihn dachte! Wenn seine Nähe nur nicht eine so schwindelerregende Wirkung auf sie hätte wie ein Glas Wein! So wie er sich ihr gegenüber verhalten hatte, zuerst im Hotel und dann an dem einen Abend, sollte sie ihn nie mehr wiedersehen – aber sie brachte es nicht fertig, ihm das zu sagen.

Heimlich betrachtete sie ihn erneut und stellte fest, daß er sie ebenso musterte. Anzüglich lächelte er ihr zu, und sie errötete.

»Bist du mir noch böse wegen des einen Abends, Jennilee?« fragte er leise.

»Nein, ich ... ich glaube nicht«, antwortete sie im Flüsterton, so daß er es kaum verstehen konnte.

»Begleitest du mich dann diesen Freitag zum Fest?«

Bei der Bitte wurde es Jenny schwer ums Herz. Darauf hatte sie vorhin so gewartet. Jetzt verwünschte sie Orville Ascot und Luke – Orville, weil er sie als erster gefragt hatte, und Luke, weil er mit seiner Einladung so spät kam. Im ersten Moment überlegte sie, Orville zu sagen, daß sie ihn leider nicht begleiten konnte. Doch wollte sie ihn nicht kränken, ärgerte sich andererseits jedoch ein wenig über Luke und fand, es geschähe im recht, wenn sie ihn jetzt zurückwies. Beim nächsten Mal würde er nicht so lange warten, wenn er sie zu etwas einladen wollte – selbst wenn sie seine Einladung sowieso nicht annähme, wie sie sich energisch einredete. Dennoch erfaßte sie eine leise Furcht bei der Erwägung, Lukes Einladung zurückzuweisen. Er war ein Mann, der es gewohnt war zu bekommen, was er haben wollte. Vielleicht würde er Orville zum Duell herausfordern! Unsinn, sagte sie sich und zügelte ihre Phantasie, die mit ihr durchbrennen wollte. Allein der Gedanke, zwei Männer könnten sich ihretwegen – der unscheinbaren Jenny Zaunkönig wegen – streiten, war lächerlich! Sie war nicht der Typ Frau, für den Männer starben.

»Es tut mir leid, Luke«, entschuldige sich Jenny schließlich und hoffte, er würde nicht wütend werden. »Aber ich habe Orville Ascot bereits versprochen, mit ihm hinzugehen.«

»Ich verstehe«, erwidert Luke kurzangebunden und verstärkte den Griff um die Zügel. An seinem Kiefer begann ein Muskel zu zucken. »Ich wußte nicht, daß ihr beide ein Paar seid«, versetzte er in die angespannte Stille, die sich zwischen ihnen ausgebreitet hatte.

Er war gar nicht auf den Gedanken gekommen, daß auch andere sich um Jenny bemühen könnten. Jetzt stellte Luke fest, daß ihm die Vorstellung kein bißchen gefiel.

»Das sind wir auch nicht«, erwiderte Jenny rasch. »Ich meine ... er hat mich ein paarmal von der Kirche aus nach Hause begleitet, das ist alles.«

»Ich verstehe«, wiederholte Luke trocken – doch er konnte es nicht fassen.

Er kannte Eunnonia Ascot und konnte sich ausmalen, wie sie dachte. Keine Frau im Ort wollte ihren trotteligen Sohn haben. Aber Jenny, unscheinbar und ein Krüppel, würde sich zweifellos glücklich schätzen, einen Mann zu bekommen, selbst wenn es bloß Orville war – oder zumindest mußte Eunnonia sich das überlegt haben.

Dieser Gedanke jedoch regte Luke auf. Er hätte Feuer spucken können vor Zorn und vergaß völlig, daß er selbst einmal so über Jenny gedacht hatte. Wenn er heute an sie dachte, konnte er sich kaum erinnern, daß sie eigentlich nicht hübsch war. Statt dessen sah er ihr zartes Gesicht vor sich, die mit Sommersprossen übersäte Stupsnase und das Strahlen ihrer Augen, wenn sie lächelte. Er mußte an ihren Mut denken und ihre großmütige Einstellung, an die Art und Weise, wie sie einen Mann für sich einnahm, sich unaufdringlich in sein Herz stahl, so daß er kaum noch wußte, ob sie nicht schon immer zu ihm gehört hatte. Es war erschreckend für ihn, wenn er sich vorstellte, wie leer sein Leben ohne sie wäre. Weitaus weniger fiel ihm ein, daß sie hinkte. Ihr ungeschickter Gang war für ihn liebenswert, und Luke wünschte sich, sie in den Armen zu halten und vor den Grausamkeiten solcher Menschen wie Eunnonia Ascot zu beschützen. Verflixt, die snobistische alte Hexe hätte dafür ausgepeitscht werden müssen, daß sie es zu wagen glaubte, ihr tölpelhafter, stammelnder Sohn sei gut genug für Jenny!

Wortlos bog Luke mit dem Karren in die Einfahrt, die zur Hütte führte, und zügelte Blossom vor dem Haus. Zu ihrer Überraschung sah Jenny, daß sein Hengst Blaze am Geländer der Veranda angebunden war. Also mußte Luke hierhergeritten und zu Fuß zur Schule gegangen sein, um sie nach Hause bringen zu können.

Verwundert schaute sie ihn an, als er sie mit seinen starken, kräftigen Händen vom Wagen hob.

»Es war nett von dir, mich nach Hause zu bringen, Luke«, bedankte sie sich bei ihm und erschauerte leicht bei seiner Berührung. Im stillen wünschte sie sich unsinnigerweise, er möge sie nie mehr loslassen.

Er schaute ihr so fasziniert in die Augen, daß ihr fast der Atem stockte. Es lag so etwas Unergründliches, so ... Eindringliches in seinem Blick, daß sie nicht mehr in der Lage schien, einen klaren Gedanken zu fassen. Würde er sie erneut zu etwas einladen? Sicherlich wußte er, daß das Richtfest für ihre Scheune bald fällig war. Würde er sie umwerben und ihr sagen, daß er ihr Verehrer sein wollte? Viele aufregende Bilder schossen ihr durch den Sinn.

Schließlich sprach Luke. Seine Worte wirkten auf Jenny, als hätte er einen Eimer eiskaltes Wasser über sie ausgegossen. Anstatt mit ihren vergnüglichen Traumbildern wurde sie mit der harten Realität seines fordernden Auftretens konfrontiert.

»Geh nicht mehr mit Orville Ascot aus«, befahl er ihr tonlos mit einem scharfen Unterton in der Stimme.

»W-was?« stammelte Jenny erschrocken.

»Du hast gehört, was ich gesagt habe. Ich will nicht, daß du dich noch mal mit Orville Ascot triffst.«

Jenny war maßlos schockiert über seine Worte und regelrecht aufgebracht. Wie sehr hatte sie sich doch in ihm getäuscht! Der Mann war einfach unmöglich! Er besaß keine Manieren, kein bißchen Feingefühl, keine – rein gar nichts! Er trank viel zuviel, hatte sie brutal geküßt und sich Freiheiten bei ihr herausgenommen, an die kein anständiger Mann auch nur im Traum denken würde. Er war einfach heute an der Kirche aufgetaucht und hatte sie im ganzen Ort einer Menge Spekulationen ausgesetzt. Sie mochte sogar ihre Stelle seinetwegen verlieren. Mr. Peabody hatte jedenfalls nicht allzu begeistert dreingeblickt, als er Luke auf ihrem Wagen entdeckt hatte! Und jetzt erwartete er, daß sie ihm auf einen Befehl hin – weder von Begehren noch Liebe war die

Rede – wie selbstverständlich zu Füßen fallen mußte, ähnlich wie alle anderen törichten Frauen in Tumbling Creek! Welche Dreistigkeit dieser Mann besaß!

»Was geht es dich an, mit wem ich mich treffe, Luke Morgan?« brauste sie erzürnt auf. »Ich bin nicht dein Besitz! Du bist ja bloß wütend, weil Orville mich zuerst gefragt hat. Darüber bin ich froh, damit du es weißt. Mit dir wäre ich sowieso nicht hingegangen. Orville ist ... ist der netteste Mann, den ich kenne, und du bist ... du bist ein Bandit! Ich werde mich mit Orville treffen, wann immer es mir paßt. Du kannst mich nicht davon abhalten.«

»So? Kann ich das nicht, Jennilee?« Luke hob spöttisch eine Braue. Dann drängte er sie gegen den Wagen, so daß ihr Herz vor Angst bis zum Hals klopfte, und doch verspürte sie zugleich eine eigenartige Erregung. »Nun, das werden wir noch sehen«, murmelte er drohend, und ein teuflisches Grinsen huschte über sein Gesicht.

Jennys Puls hämmerte wie wild. Jeden Moment würde er sie küssen, dachte sie. Jeden Augenblick rechnete sie damit. Aber er tat es nicht, und zu ihrer immerwährenden Schande stellte sie fest, daß sie schrecklich enttäuscht war. Nicht nur das, sondern sie erkannte auch an dem plötzlichen Aufblitzen eines Lichtstrahls zwischen den Bäumen, wohin Miss Abigails Fernrohr gerichtet war. Die verschrobene Jungfer beobachtete sie. Du lieber Himmel! Was würde die alte Hexe Reverend Thompkins diesmal berichten?

»Nimm deine Hände von mir weg, Luke!« zischte Jenny ihn an und war betroffen über ihre aufwallenden Gefühle und die beschämende Vorstellung, daß der Reverend nächsten Sonntag seine Predigt direkt an sie richten würde. »Ich will dich nicht mehr wiedersehen!«

Unbeeindruckt lachte Luke auf.

»Das ist nicht dein Ernst, Jennilee«, erwiderte er gelassen. »Du bist jetzt bloß wütend, weil du nicht mit mir zu dem Fest gehen kannst. Ich wäre auch wütend, wenn ich diesen Trottel Orville begleiten müßte.«

»Also, du ... du ... ach, ich weiß einfach nicht mehr, was ich dazu sagen soll!« stieß Jenny verbittert hervor.

»Und da habe ich geglaubt, du wärst mir dankbar, weil ich dich von diesem Idioten befreit habe.« Luke schüttelte ungläubig den Kopf über ihr Verhalten, aber als er weitersprach, schwang eine deutliche Entschlossenheit in seiner Stimme mit. »Und ich werde es tun. Warte es ab. Freitag abend wirst du mit mir zu Abend essen, und Orville wird für dich nicht mehr als eine unangenehme Erinnerung sein.«

»Also, wenn ich das annehmen müßte ... würde ich ... würde ich Gift in dein Essen streuen!« erklärte Jenny rachsüchtig.

Luke legte den Kopf in den Nacken und lachte vergnügt auf. »Jennilee«, gluckste er und schaute sie dann ernst an. »Du bist eine Frau nach meinem Herzen. Ich glaube fast, du bist selbst eine kleine Banditin.«

Dann beugte er sich ohne Vorwarnung über sie und küßte sie zärtlich und viel zu schnell, so daß ihr keine Zeit blieb, sich zu wehren.

»Vermutlich hat dir das Vergnügen bereitet«, versetzte Jenny spitz, nachdem er sich von ihr gelöst und sie ihre innere Haltung wiedergewonnen hatte.

»Hat es auch«, erwiderte Luke selbstzufrieden. »Und ich möchte wetten, Crabby Abby ebenfalls.«

Daraufhin schwang er sich in den Sattel, winkte in die Richtung, wo sich das Fernrohr befand, und gab Blaze die Sporen.

»Freitag abend«, rief er Jenny noch einmal über die Schulter zu. »Am liebsten esse ich gebratenes Hühnchen und Buttermilchbiskuits – solche, die man mit Mehl backt, nicht mit Arsen!«

Verärgert schaute Jenny ihm nach, wie er in der Ferne verschwand, und fand, sie müsse verrückt gewesen sein, daß sie geglaubt hätte, sie sei in Luke Morgan verliebt. Allein der Gedanke war schon erschreckend. Sie haßte diesen Mann. Von ganzem Herzen.

Nun ... zumindest fast von ganzem Herzen.

12. Kapitel

Am folgenden Montag nach dem Unterricht blieb Jenny erwartungsvoll an ihrem Tisch sitzen, während ihre Zöglinge den Raum verließen. Dann lächelte sie dem einzelnen Kind, das geblieben war, aufmunternd zu.

»Du kannst Sarah Jane hereinholen, Kipp«, sagte sie freundlich zu ihm.

»Ja, Miss Colter«, antwortete der Junge, stand gehorsam auf und vergrub seine Hände in den Taschen, um seine Nervosität zu verbergen, bevor er zur Tür schlenderte.

Kipp wußte nicht, ob er glücklich darüber war, daß sein Vater Miss Colter die Erlaubnis gegeben hatte, Sary nach Schulschluß zu unterrichten, oder nicht. Natürlich wäre es schön für Sary, lesen, schreiben und rechnen zu lernen. Aber sie war so flatterhaft wie ein Schmetterling, und Kipp, der seine Schwester innig liebte, wußte genau, daß die Versuche, sie aus ihrem Schneckenhaus zu locken, für sie einen großen Aufruhr bedeuteten.

Er wußte nicht, warum Sary nicht mehr sprach, aber er war überzeugt, daß sie unter dem Verschwinden und dem Tod ihrer Mutter ebensosehr gelitten hatte wie er, und er wollte nicht, daß sie weiterem Kummer ausgesetzt war.

Es war schmerzlich genug zu wissen, daß ihre Ma sie nicht gewollt hatte, sie nicht wirklich geliebt hatte. Sie hatte es ihnen oft genug gesagt, wenn niemand anders da war, der es hören konnte, hatte ihnen vorgeworfen, daß sie ihre Figur ruiniert hätten und nur eine Last für sie wären. Kleine Tunichtgute hatte sie beide genannt, obwohl sie sich so sehr bemüht hatten, ihr zu gefallen. Sie würden es nie zu etwas bringen, hatte ihre Ma gespottet. Sie könnten nur arme Farmer werden oder nichtsnutzige Banditen, so wie ihr Vater. Sie würden in einer Hütte leben und im Dreck wühlen, um ihr Auskommen zu haben, oder sich ständig irgendwo verstecken müssen.

Wie oft hatten Kipp und Sary sich geduckt, wenn ihre Ma solche häßlichen Dinge gesagt hatte. Schlimmer noch aber war die

Zeit gewesen, wo sie sich mit Pa gestritten hatte, ihn unbarmherzig verspottet und ihm ins Gesicht gelacht hatte, wenn er wütend geworden war.

»Du hast mir versprochen, du würdest es zu etwas bringen, Luke Morgan!« hatte Ma gezischt, giftig und drohend. »Du wolltest deinen Juraabschluß machen und mich endlich aus diesem stinkigen Nest wegbringen. Du wolltest mit mir in ein schönes, großes Haus in Springfield oder Jefferson City oder Saint Louis ziehen. Du hast mir schöne Kleider versprochen und ein Dienstmädchen, das mich vorne und hinten bedient. Pah! Du bist mir vielleicht ein Ernährer! Du und deine grandiosen Pläne! Ich hätte auf meinen Bruder Tully hören sollen und dich niemals heiraten dürfen. Ich hätte mit ihm mitgehen sollen, wie er es gewollt hatte. Tully hatte Freunde – wichtige Freunde! Aus ihnen wird etwas werden. Das kannst du mir glauben!«

Ma hatte immer vieles haben wollen, vor allem teure Sachen. Sie hatte nie verstanden, daß der Krieg die Träume vieler Männer zerstört und nichts als Trümmer zurückgelassen hatte. Es war ihr ständiges Nörgeln, das Pa zum Stehlen geführt hatte. Aber da war es schon zu spät gewesen. Ma war weggelaufen und wenig später gestorben. Danach hatte Pa sich für nichts mehr interessiert. Er war mürrisch geworden, hatte angefangen zu trinken, und Kipp und Sary waren zu den Großeltern, Jed und Lottie, gebracht worden.

Doch seit Miss Colter in Tumbling Creek weilte, hatte Pa begonnen, sich weitaus mehr für sie zu interessieren. Er wollte wissen, was Kipp in der Schule machte, hörte sich an, was im Unterricht besprochen wurde, und war dafür, daß Miss Colter auch Sary unterrichtete. Kipp glaubte, sein Vater müsse Miss Colter gut leiden können. Jedenfalls kümmerte sich Pa auch um sein Äußeres. Noch erst heute morgen hatte er Grandma Lottie gebeten, seinen guten Anzug nachzusehen und zu reinigen, weil er am Freitag mit Miss Colter zu Abend essen wollte. Grandma Lottie summte seitdem fröhlich vor sich hin, und Kipp hatte schon überlegt, ob Pa Miss Colter wohl heiraten wollte. Ein wenig hoffte er es. Schön wäre es jedenfalls, eine richtige Familie zu haben, und Miss Colter war nett. Sie war ein bißchen scheu und mußte etwas Furchtbares mitgemacht haben, ähnlich wie Sary. Vielleicht konnte sie Sary tatsächlich helfen.

»Komm mit, Sary.« Kipp hielt seiner Schwester die Hand hin. »Du hast nichts zu befürchten. Miss Colter wirst du mögen, und sie wird dich auch nicht zwingen zu sprechen. Das hat sie versprochen.«

Sarah Jane schaute ihren Bruder ernst an, dann legte sie behutsam ihre kleine Hand in seine. Sie hatte Angst – aber nur ein wenig. Mit Fremden kam sie nicht zurecht. Aber Kipp würde sie nicht belügen. Er liebte sie. Und wenn er Miss Colter für nett befand, dann mußte sie es auch sein, überlegte Sarah Jane.

Langsam betraten die beiden Kinder die Schule, und als Jenny sie entdeckte, drehte sich ihr fast das Herz im Leib herum vor Mitgefühl, und ihr Hals war mit einemmal wie zugeschnürt. Tränen brannten ihr in den Augen, und nur mit Mühe konnte sie sie zurückhalten. Ihre so zaghaft aufgeflackerten Hoffnungen zerfielen zu Asche und hinterließen einen bittersüßen Geschmack in ihrem Mund, weil sie jetzt wußte, daß Luke auf keinen Fall an ihr interessiert sein konnte. Die ganze Zeit über hatte er sich einen grausigen Spaß mit ihr gemacht, damit sie ihn nicht verriet, so wie sie befürchtet hatte. Es konnte nicht anders sein. Sie war doch nur die unscheinbare Jenny Zaunkönig, und Lukes Frau mußte atemberaubend schön gewesen sein. Niemand mußte Jenny sagen, daß das hübsche kleine Mädchen, was da vor ihr stand, Maybelle Boothe Morgans winziges Ebenbild war.

Sarah Janes Haar war so blond und seidig wie Flachs und fiel ihr in weichen Wellen bis zur Taille. Ihre Haut war pfirsichfarben und frisch. Keine einzige Sommersprosse war zu sehen. Unter ihren sanftgeschwungenen flachsfarbenen Brauen leuchteten ihre dunklen, großen Augen wie zwei Amethyste. Die veilchenblauen Kristalle waren umringt von schwarzen Wimpern, die so schwer und dicht schienen, daß sie wie schneebeladene Tannenzweige wirkten. Ihre Nase war zierlich und fein geschnitten. Ihre rosigen Lippen waren so voll und sacht gerundet wie eine Knospe. Alles an dem Kind war schlank und anmutig.

Nie zuvor war Jenny sich so häßlich und unbeholfen vorgekommen wie in diesem Augenblick. Im Geiste stellte sie sich vor, daß ihr dunkelblondes Haar die Farbe von Matsch angenommen hatte. Ihre grauen Augen waren wie dunkle Scherben. Ihre Sommersprossen waren zu großen, scheußlichen Flecken angewachsen. Ihre Stupsnase hätte von einem Mops sein können, und ihre vollen Lippen waren ein roter Strich in ihrem Gesicht. Mit ihrem lahmen Bein bewegte sie sich so, als schleppe sie eine schwere Kugel mit einer Kette hinter sich her.

Nein, entschied sie entmutigt, sie hatte absolut nichts an sich, was einen Mann wie Luke, der eine so schöne Frau wie Maybelle gekannt, geliebt und geschätzt hatte, anziehen könnte.

Einen schrecklichen Augenblick lang wünschte Jenny sich, sie hätte ihm nicht angeboten, Sarah Jane zu unterrichten, um dem Kind zu helfen. Dann fiel ihr jedoch ein, daß dieses Mädchen, gleichgültig wie hübsch es war, inneren Kummer hatte. Schmerz und Trauer erfüllten es. Die Mutter, der es so ähnlich sah, hatte es im Stich gelassen. Was mußte das für ein Kreuz sein. Jedesmal wenn Sarah Jane in einen Spiegel guckte, mußte sie sich an Maybelle erinnert fühlen. Wenn Jenny daran dachte, wußte sie, was zu tun war. Sie wandte sich um und nahm ein Buch aus dem Regal hinter ihrem Schreibtisch. Dann stieg sie vom Podium herunter und trat in den Mittelgang des Schulraumes.

»Hallo, Sarah Jane«, begrüßte sie das kleine Mädchen leise. »Ich bin Miss Colter, aber ich finde, daß ihr beide, du und Kipp, mich während der privaten Unterrichtsstunden Jenny nennen könnt, denn ich hoffe, daß wir Freunde werden.« Sie erwähnte nicht, daß Sarah Jane nicht sprach. »Komm und setz dich zu mir.« Jenny deutete auf die harte Bank und rutschte hinein. »Du auch, Kipp. Heute möchte ich euch beiden eine Geschichte vorlesen, und ihr solltet die Worte sehen können, um etwas zu lernen. Es sind auch Bilder dabei.«

Als die Kinder neben ihr saßen, öffnete Jenny das Buch, das sie in Händen hielt, und achtete darauf, ihm den gebundenen Rücken nicht zu brechen, da es neu war und erst kürzlich mit einer Sendung, die man vom White River heraufgebracht hatte, gekommen war. Entschlossen blätterte sie das Buch durch, bis sie das Kapitel fand, das sie suchte.

»Diese Geschichte wurde von einem Mann namens Hans Christian Andersen geschrieben«, erzählte sie. »Es geht darin um einen Jungen wie dich, Kipp, und ein kleines Mädchen wie dich, Sarah Jane. Sie heißt Schneekönigin.«

Mit einfühlsamer Betonung, so daß jeder der Charaktere lebendig schien, begann Jenny vorzulesen, ließ ihren Zeigefinger unter den gedruckten Zeilen entlanggleiten und deutete auf die Worte, während sie sie laut aussprach.

Kipp und Sarah Jane hörten ihr aufmerksam und begeistert zu. Niemand hatte ihnen bisher eine Geschichte vorgelesen, und schon gar keine mit Bildern, obwohl Grandpa Jed ihnen jeden Abend Lügenmärchen erzählte. Seine Augen funkelten dabei so schelmisch, daß sie genau wußten, er hielt sie zum besten. Trotzdem gefielen ihnen Grandpa Jeds Geschichten, auch wenn sie nicht stimmten.

Es gab die, in der er sich auf einen Kampf mit einer Wildkatze eingelassen hatte.

»Na, die hättet ihr sehen müssen. Er hatte Schnurrbarthaare wie Schienennägel, spitze gelbe Fangzähne, die fast so lang waren wie meine Arme, und Klauen, schärfer als eine Rasierklinge. Er hat gefaucht und wie verrückt Feuer gespuckt. Aber ich habe mir den störrischen, alten Kater beim Schwanz gepackt, im Kreis herumgeschwungen und quer über Devil's Holler geschleudert!«

Und die, als er mit einem Bär gekämpft hatte.

»Das riesige, zottelige Biest war mindestens über sieben Meter groß. Und es hat so laut und mächtig gebrüllt, daß es mit seinem Atem eine Reihe Tannen niedergemäht hat. Es hat mit seiner Pfote nach mir ausgeholt, aber ich war viel zu schnell für es. Ich bin ihm auf den Rücken gesprungen, habe es bei den Ohren gepackt und seinen Kopf so kräftig hin- und hergeschüttelt, daß ihm die Zähne nur so aus dem Maul gefallen sind!«

Und die, als er ein Wildschwein gejagt hatte.

»Es war ein richtiges, gemeines, fettes Schwein, mit dem ich es da zu tun hatte. Also, es muß so schwer wie ein ordentlicher Felsbrocken gewesen sein, hatte kleine, kugelige Augen und Hauer wie Bowiemesser. Es kam direkt aus dem Wald auf mich zugerannt, hat mächtig geschnaubt und gequiekt. Aber ich habe nicht mal einen Muskel bewegt. Nein, ich habe es einfach bei der Schnauze gepackt und blitzschnell herumgedreht und ihm die Beine zusammengebunden, ehe es noch recht wußte, was mit ihm geschah.«

Gleichgültig wie lustig Grandpa Jeds Geschichten auch waren, sie ließen sich nicht mit der Geschichte vergleichen, die Miss Colter ihnen da vorlas. Darin ging es um eine Schneekönigin, die die schönste Frau der ganzen Welt war. Alles um sie herum bestand aus glitzernden weißen Schneeflocken. Dadurch strahlte sie so sehr, daß es einen blendete. Sie lebte in einem großartigen Palast aus Schnee, Eis und Wind. Er wurde von einem prachtvollen Regenbogen erhellt und farbigen Lichtern, die am Nordhimmel leuchteten. Aber obwohl die Schneekönigin zauberhaft schön war und große Reichtümer besaß, war sie nicht zufrieden, und anstatt herzlich, nett und großzügig zu sein, war sie kalt, grausam und egoistisch, denn ihr Herz bestand aus Eis.

Schließlich hatte Jenny die Geschichte beendet und klappte das Buch zu. Sie schaute Kipp und Sarah Jane an, die sie beide mit großen Augen musterten. Hoffnung zeichnete sich in ihren traurigen, nachdenklichen Gesichtern ab.

»Obwohl sie die schönste und reichste Dame der ganzen Welt war, war die Schneekönigin in Wirklichkeit böse, nicht wahr?« wollte Kipp wissen.

»Ja, Kipp, das ist richtig«, erwiderte Jenny ernst.

»Aber es war … es war nicht die Schuld des kleinen Jungen und des kleinen Mädchens, daß sie … daß sie grausam war, meine ich?« stammelte Kipp und schaute Jenny flehend an. »Ich meine … die Schneekönigin war schon böse, ehe die beiden in ihr Leben kamen, nicht wahr?«

»Ja, das war sie«, wiederholte Jenny und hielt den Atem an, als sie sah, wie Kipp und Sarah Jane allmählich zu verstehen begannen, warum sie ausgerechnet diese Geschichte zum Vorlesen ausgewählt hatte.

»Und ... es ... es spielte keine Rolle, wie sehr der kleine Junge und das Mädchen sich angestrengt haben, ihr zu gefallen, nicht wahr?« fuhr Kipp fort. »Sie ... sie hätte die beiden trotzdem nie ... nie wirklich liebgewonnen, oder?«

»Nein, Kipp, das hätte sie nicht. Aber dafür darf man die Schneekönigin nicht hassen oder ihr böse sein. Es war ihre Natur. Sie konnte niemand anders lieben als sich, versteht ihr, und deshalb war sie am Ende ganz allein. Mit Menschen wie der Schneekönigin müssen wir Mitleid haben, denn gleichgültig wie schön sie sind oder wieviel Geld sie haben, sie sind die unglücklichsten Menschen auf der Welt.«

Jenny verstummte und wartete ab, bis Kipp und Sarah diese Tatsache verarbeitet hatten. In dem Wunsch, die beiden zu trösten, legte sie behutsam ihren Arm um die Schultern der Kinder und zog sie an sich. Sie wehrten sich nicht gegen die Umarmung, wie Jenny halbwegs befürchtet hatte. Im Gegenteil, mit dem unschuldigen Vertrauen und Glauben, der nur Kindern und kleinen Tieren eigen ist, schmiegten sie sich an sie und saugten die dargebotene Liebe auf wie durstige Pflanzen den Regen. Eine tiefe Zufriedenheit erfüllte sie, machte sie fast atemlos, schenkte ihnen Freude und ließ sie staunen über das Zusammengehörigkeitsgefühl.

Vom Eingang der Schule her musterte Luke stumm ihre gesenkten Köpfe, die so dicht beieinander waren. Dann schlich er auf Zehenspitzen nach draußen. Er wollte sie nicht stören und empfand ein leises Schuldgefühl, so als wäre er in eine sehr intime Szene eingedrungen. Er war früher gekommen, um Kipp und Sarah Jane abzuholen, aber die Geschichte der Schneekönigin hatte ihn so sehr gefangengenommen, daß er im Flur stehengeblieben war und fasziniert Jennys melodiöser Stimme gelauscht hatte.

Luke hatte auch die Bedeutung der Geschichte verstanden, und jetzt standen ihm Tränen in den Augen, als ihm klar wurde, wie einfühlsam Jenny seinen Kindern gegenüber gewesen war, indem sie ihnen gezeigt hatte, daß sie keine Schuld an Maybelles Verhalten oder gar ihrem Tod traf. Mit welcher klugen Einsicht hatte Jenny erkannt, daß Maybelle eigentlich zu bemitleiden war und nicht zu verachten, denn sie wäre nie wirklich glücklich geworden. Er hätte nichts tun können, um daran etwas zu ändern. Das begriff Luke jetzt.

Wie sehr hatte er Maybelle für ihren Verrat gehaßt! Jetzt ließ dieses feindselige Gefühl nach. Traurig und beschämt erkannte er, daß er in seiner Bitterkeit nicht mal mehr die Bedürfnisse seiner Kinder gesehen hatte. Gleichgültig, was Maybelle getan hatte oder wie sie gewesen war, sie war Kipp und Sarah Janes Mutter, und die beiden hatten sie geliebt. Als sie ihre Zuneigung nicht erwidert hatte, waren die beiden zu der Überzeugung gekommen, sie nicht wert zu sein. Sie waren nicht alt genug gewesen, um zu erkennen, daß es an Maybelle und nicht an ihnen lag, warum die Mutter sie verlassen hatte.

Innerlich schimpfte Luke sich einen herzlosen Narren, weil er seinen Kindern nicht mehr Aufmerksamkeit geschenkt hatte. Er war so mit sich und seinem eigenen Verlust beschäftigt gewesen, daß er nicht bemerkt hatte, welch schreckliche Verwirrung und welch entsetzliches Schuldgefühl die verängstigten Kinder auf ihren schmalen, hilflosen Schultern trugen, nachdem Maybelle sie verlassen hatte und später gestorben war.

Aber Jenny hatte es erkannt – und Jenny hatte sich darum gekümmert. Sie hatte so großes Mitgefühl gezeigt, daß sie sich sogar den Gefahren einer Fahrt durchs Dunkle ausgesetzt hatte, damit sie mit ihm über seine Kinder sprechen konnte. Auch war sie so mutig gewesen, sich seinen betrunkenen Annäherungsversuchen auszusetzen und ihn anschließend sogar wieder zu beachten. Keine andere Frau von ihrer zarten Konstitution und guten Herkunft hätte das getan, nur um entschlossen Kipp und Sarah Jane ihre liebende Hand zu reichen.

Plötzlich begriff Luke, wie sehr er Jenny Colter bereits in sein Herz geschlossen hatte, sich mit jeder Faser seines Wesens, mit Leib und Seele, um sie kümmern wollte. Er mochte die Sommersprossen auf ihrer Nase und das Lächeln, bei dem ihr ganzes Gesicht mitstrahlte. Er bewunderte ihre Herzlichkeit und Loyalität, ihre Tapferkeit und ihr Durchhaltevermögen. Er wünschte sich, abends nach Hause zu kommen und von ihr empfangen zu werden, sehnte sich danach, daß sie ihn erwartete. Zu Anfang hatte er sich einfach entschieden, sie zu umwerben, damit sie ihn nicht verraten würde. Aber jetzt sah er, daß Jenny für ihn weitaus mehr war als eine geschwätzige Frau, der er nicht vertrauen konnte. Sie war die Luft, die er atmete. Sie war sein Leben. In seinem tiefsten Innern hatte Luke die Wahrheit bereits gespürt. Er hatte sie sich bloß nicht eingestehen wollen. Jetzt jedoch hätte er es am liebsten von allen Dächern aus verkündet.

Ich liebe dich, Jenny Colter! Ich liebe dich!

Zum ersten Mal in seinem Leben befiel Luke eine Furcht, bei der ihm fast das Herz stehenblieb. Er hatte Angst, Jenny zu verlieren, fürchtete, daß sie seine Liebe nicht erwiderte.

Als Bandit hatte sie ihn bezeichnet – und das zu Recht. Was hatte er, Luke Morgan, einer Frau wie Jenny Colter zu bieten? Er dachte an all das Gold, das er versteckt hatte, und wußte, wie wenig es ihm nützen würde, um sie zu gewinnen. Jennys Liebe konnte er sich nicht erkaufen. Die mußte er sich verdienen. Sie mußte entstehen durch gemeinsame Erlebnisse – wie miteinander lachen, sich in die Augen sehen, Worte zuflüstern, sich zärtlich umarmen, schweigend zusammensein und Erinnerungen schaffen. Sie mußte stark genug werden, um die guten wie die schlechten Zeiten durchzustehen –, was bei seiner Liebe zu Maybelle nie der Fall gewesen war.

Wie eigenartig, dachte Luke, daß er Maybelle, die er einmal geliebt hatte, jetzt bemitleidete, und Jenny, die er einmal bemitleidet hatte, jetzt liebte.

Um wieviel schwerer war es für ihn nun geworden, sie zu umwerben, nachdem er diese Erkenntnisse gewonnen hatte! Vorher hatte er nichts als Zeit zu verlieren gehabt – und möglicherweise sein Leben, falls sie ihr Wissen über ihn preisgab. Jetzt jedoch riskierte er auch Leib und Seele –, und das waren die Dinge, die wirklich zählten und die einen Mann zu dem machten, was er war.

Nun, nichts, was besitzenswert war, kam einem zugeflogen, hieß es. Luke war entschlossen, alles auf sich zu nehmen, um

Jenny Colter zu seiner Frau zu machen, selbst wenn er dafür ein Leben lang brauchen würde.

Er mußte es einfach tun. Denn mit einemmal war er felsenfest überzeugt, daß er nicht ohne sie leben konnte.

13. Kapitel

Sarah Jane saß sehr still neben ihrem Vater auf dem Wagen, während sie noch über die lehrreiche Geschichte der Schneekönigin und die Fragen, die Kipp anschließend gestellt hatte, nachdachte. Sie verstand jetzt, daß sie Mitleid mit ihrer Mutter haben mußte, und das hatte sie auch. Aber damit verringerte sich nicht ihre Furcht vor Maybelle oder dem finsteren, angsteinflößenden Mann, den sie nur als One-Eyed Jack kannte.

Sarah Janes Gedanken wanderten zurück zu jenem schrecklichen Tag, an dem ihre Mutter sie verlassen hatte. Pa war schon seit ein paar Wochen weg, und eigentlich erwarteten sie ihn auch nicht. Oft war er lange Zeit verschwunden, so daß Ma sich langweilte und unruhig wurde.

Ausgerechnet an diesem Tag hatte Ma plötzlich die Farm verlassen und gesagt, sie würde in den Ort fahren. Kipp und Sarah Jane waren allein zurückgeblieben. Zuerst hatten sie keine Angst gehabt. Draußen war es noch hell, und solange sie im Haus blieben, waren sie in Sicherheit. Doch allmählich wurden die Schatten der Dämmerung länger und die Dunkelheit zog herauf. Sie bekamen Hunger und wünschten sich, daß Ma wiederkam und ihnen etwas zum Abendessen machte, was sie allerdings nicht gern tat, den sie haßte Kochen. Aber sie kam nicht.

Schließlich schaute Kipp in den Küchenschränken nach und fand etwas Brot, Käse und Obst, das er für sie auf den Tisch stellte. Anschließend zündeten sie sich eine Öllampe an, setzten sich zusammen ins Wohnzimmer, redeten miteinander, sangen und spielten Schach, um sich die Zeit zu vertreiben.

Es wurde später und später, bis es vollkommen dunkel war und die Hütte von undurchdringlicher Finsternis umhüllt war. Draußen begannen die Wölfe und Kojoten zu heulen, und in der Ferne konnten sie das schrille Gekreische einer Wildkatze hören. Eine Eule schrie. Kipp und Sarah Jane schauten sich angstvoll an. Sie sprachen nur mehr im Flüsterton miteinander, als ob die Wesen der Nacht sie sonst hören könnten und wüßten, daß sie allein im Haus waren. Ihre Phantasie begann mit ihnen durchzugehen, während das Knarren und Knacken der Hütte die Stille füllte. Sarah Jane war überzeugt, es müsse ein Bär in der Küche sein. Vorsichtig, mit angstvoll klopfendem Herzen schlichen Kipp und sie auf Zehenspitzen den Flur entlang, um in die Küche zu spähen. Der Raum war leer, und die Kinder atmeten hörbar erleichtert auf.

Kipp meinte, das beste wäre, sie würden spülen und dann zu Bett gehen. Das taten sie auch. Doch beide konnten nicht einschlafen. Sie waren es nicht gewohnt, bei Licht einzuschlafen, aber sie hatten Angst, die Flamme zu löschen, hatten Angst vor der Finsternis, solange Pa nicht da war, um die Ungeheuer zu vertreiben, die im Schatten lauerten.

Sie lauschten den Geräuschen der Nacht, achteten auf das Knirschen der Wagenräder in der Einfahrt, an dem sie erkennen würden, ob ihre Mutter nach Hause gekommen war. Doch nichts tat sich.

Irgendwann waren sie zu müde, um länger wach zu bleiben. Ihre Lider wurden schwer, fielen zu, und der Schlaf übermannte sie.

Später wurde Sarah Jane plötzlich wach. Es war dunkel, weil die Flamme der Lampe durch einen Luftzug verloschen war, und sie konnte nichts sehen. Fröstelnd kletterte sie aus dem Bett. Der Boden war kalt unter ihren bloßen Füßen, und ihre Zähne klapperten. Leise zog sie die Vorhänge vor dem Bett ihres Bruders auseinander.

»Kipp«, flüsterte sie. »Kipp.«

Er antwortete ihr nicht, und obwohl sie ihm drängend ins Ohr flüsterte und ihn mehrmals kräftig schüttelte, murmelte er nur gereizt etwas Unverständliches im Schlaf und weigerte sich, aufzustehen.

Sarah Jane hatte ein Geräusch gehört – sie war fest davon überzeugt –, und es mußte laut gewesen sein, weil sie davon wach geworden war. Es mußte irgend etwas oder irgend jemand im Haus sein, mit Sicherheit! Sie wußte aber nicht, was sie machen sollte. Entsetzt und hilflos schaute sie sich um und beschloß, sich zu verstecken. Hastig zog sie Kipp die Decke über den Kopf, in der Hoffnung, niemand würde ihn bemerken. Dann huschte sie in das angrenzende Schlafzimmer ihrer Eltern, kletterte in den Schrank ihrer Mutter und zog die Tür hinter sich zu.

Sie wußte nicht, wie lange sie dort gehockt hatte, aber nach einiger Zeit hörte sie gedämpfte Stimmen, und ihr Herz begann zu hämmern. Wer immer oder was immer da draußen war, würde sie erwischen! Doch allmählich ließ ihr Schrecken nach und verwandelte sich in Freude. Es war Ma! Vorsichtig öffnete Sarah Jane die Schranktür einen Spaltbreit und spähte hinaus, um sich zu vergewissern. Das schwache silberne Mondlicht erhellte das Zimmer ihrer Eltern, und sie sah ihre Mutter in den Armen eines Mannes liegen. Zuerst glaubte Sarah Jane, es wäre ihr Vater, und fast hätte sie vor Freude laut aufgejubelt. Doch dann wandte der Mann sich um, und Sarah Jane sah sein Gesicht deutlich in dem schwachen Licht.

Erschrocken schnappte sie nach Luft, denn das war nicht Pa! Dieser Mann hatte pechschwarzes Haar, einen geschwungenen Schnäuzer und eine schreckliche Narbe in seinem finsteren Gesicht. Eine schwarze Klappe verdeckte eines seiner Augen.

Sarah Jane war tief betroffen, und ihr Magen rebellierte. Sie glaubte schon, sie müsse sich jeden Moment übergeben. Warum ließ ihre Mutter sich von einem fremden Mann küssen und hatte ihren Spaß daran? Ma hatte den Kopf in den Nacken gelegt und bot dem Mann ihren hellen Hals zum Küssen. Sie hatte die Augen geschlossen und lachte leise. Der Mann sagte zu ihr, sie sei die Dame seines Herzens, und Ma nannte ihn einen einäugigen Buben. Sie drängte sich ihm entgegen, als er ihr mit beiden Händen das Oberteil samt dem Unterhemd abstreifte, um ihre Brüste zu umfassen.

Sarah Jane wußte, sie hätte nicht zuschauen dürfen. Was hier geschah, war verkehrt, aber sie wußte nicht, wie sie sich aus dem Schrank stehlen und in ihr Bett zurückkehren sollte, ohne von Ma und dem Mann gesehen zu werden. Deshalb blieb sie, wo sie war, kniff fest die Augen zu und dachte nur, wie wütend Pa werden würde, wenn er erführe, was Ma da machte.

Bald schon drang das Knarren des Bettes und andere Geräusche an Sarah Janes Ohren. Geräusche, wie sie sie bei Ma und Pa gehört hatten, wenn Kipp und Sarah Jane nicht ins Schlafzimmer der Eltern durften. Sarah Jane war nicht sicher, was da ablief, aber sie wußte wohl, daß es nicht richtig war, wenn man nicht verheiratet war. Einmal hatte sie eine Unterhaltung zwischen ihrer Ma und ihren Freundinnen mitbekommen und gehört, daß Tammie Jo Watkins es gemacht hatte und in andere Umstände geraten war, was immer das bedeuten mochte. Sie mußte in Schande weggeschickt werden, weil sie keinen Ehemann hatte.

Macht Ma sich keine Sorgen, daß ihr das auch passieren kann? fragte sich Sarah Jane. Aber andererseits hatte Ma einen Ehemann. Deshalb mochte es etwas anderes sein. Bloß erinnerte sich Sarah Jane auch, daß Pa erzählt hatte, Mr. Peabody hätte seine Frau enterbt, weil sie es mit einem anderen Mann getan hätte, und damit kehrte ihre Besorgnis zurück.

Nach einiger Zeit verstummten das eigenartige Gestöhne und die Bewegungen. Ma und der Mann redeten wieder miteinander. Sarah Jane spitzte die Ohren, als der Name ihres Onkels Tully fiel. Sie mochte Onkel Tully nicht. Er war Mas Bruder, und er erzählte immer solche verrückten Geschichten wie Grandpa Jed. Aber in Onkel Tullys Geschichten ging es nur darum, daß er eines Tages reich und berühmt sein würde, weil er wichtige Freunde hatte. Pa behauptete, Onkel Tully sei ein Angeber und ein Narr. Pa mochte ihn auch nicht.

»Was ist nun, Maybelle, kommst du mit oder nicht?« fragte der Mann und zog damit erneut Sarah Janes Aufmerksamkeit auf sich.

»Was wäre die Herzdame ohne den einäugigen Buben?« erwiderte Ma und lachte.

Dann verließen beide das Bett und begannen sich anzuziehen. Zu Sarah Janes Bestürzung holte die Mutter eine Reisetasche unter dem Bett hervor. Sie stellte die Tasche auf einen Stuhl und trat an den Schrank. Sarah Jane blieb fast der Atem stehen. Gleich würde sie entdeckt werden. Sie verkroch sich unter Mas Kleidern, aber Ma sah sie trotzdem, zerrte sie aus dem Schrank und schüttelte sie so heftig, daß Sarah Jane schon glaubte, ihr müsse jeden Moment der Kopf abfallen.

»Was machst du da drinnen, du dummes, kleines Balg?« herrschte Ma sie an. »Wie lange spionierst du mir schon nach, du rotznasiges Miststück?«

»Ich ... ich habe dir nicht nachspioniert, Ma. Ehrlich!« protestierte Sarah Jane erschrocken.

Ma war außer sich. So wütend hatte Sarah Jane sie noch nie gesehen.

»Widersprich mir nicht!« donnerte Ma und schüttelte Sarah Jane erneut grob. »Du bist wie dein Pa - taugst zu nichts! Warum du überhaupt geboren werden mußtest, weiß ich nicht. Himmel!« schrie sie und wandte sich an den Mann. »Was machen wir denn jetzt? Diese dumme kleine Schnepfe wird Luke alles erzählen – ich weiß genau, daß sie das tun wird –, und er wird uns mit Sicherheit folgen – er und seine verdammten Brüder!« Sie stürzte sich erneut auf Sarah Jane. »Wenn du weißt, was gut für dich ist, wirst du kein Wort über mich verlieren und ... One-Eyed Jack. Hörst du? Ich werde dieses lausige Nest verlassen, und dein Pa und seine Verwandten können mich nicht daran hindern. Wenn du auch nur einem erzählst, was du heute abend gesehen hast und ich zurückkomme, werde ich dir ... werde ich dir die Zunge herausschneiden! Hast du mich verstanden, Sary?«

»Vielleicht sollten wir das lieber sofort machen, um ganz sicherzugehen, daß die kleine Hexe nicht reden kann«, versetzte der Mann und starrte Sarah Jane mit seinem einen Auge durchdringend an. »Was meinst du, Maybelle?« Er hob nachdenklich die eine Braue. »Ich habe keine Angst vor Luke Morgan, aber ich habe keine Lust, daß er und seine Brüder sich auf meine Fersen heften.« Er zog das Messer aus seinem Gurt und umfaßte schmerzhaft Sarah Janes Kiefer. »Streck mal deine Zunge heraus, Mädchen. Komm schon, streck sie raus!« befahl er ihr.

Zitternd vor Furcht weigerte sich Sarah Jane, seiner Aufforderung nachzukommen, aber er zwickte sie so lange in die Wangen, bis ihr schließlich keine andere Wahl blieb, als nachzugeben. Er hielt ihre Zunge zwischen seinen Fingern und preßte die scharfe Klinge auf die empfindliche Haut. Sarah Jane schmeckte Blut. Tränen traten ihr in die Augen, und flehentlich schaute sie zu ihrer Mutter auf. Zu ihrem Entsetzen grinste Ma, als ob sie sich an Sarah Janes Not weidete.

»Mach schon! Schneid sie ihr ab!« verlangte Ma. »Das geschieht der miesen Schlampe recht! Wie kann sie es wagen, uns so auszuspionieren?«

»Sei nicht albern, Maybelle«, bemerkte der Mann trocken. »Was glaubst du, wird Luke Morgan denken, wenn er nach Hause kommt und herausfindet, daß seinem Kind die Zunge abgeschnitten worden ist – und erfährt, daß du daneben gestanden und zugeguckt hast, wie es getan wurde, ja, mich sogar noch angetrieben hast?«

Ma erschauerte, blickte sich nervös um und faßte sich an den Hals.

»Das dachte ich mir«, fuhr der Mann nüchtern fort. Dann warf er Sarah Jane erneut einen finsteren Blick zu. »Diesmal lasse ich dich so davonkommen, Mädchen«, sagte er zu ihr. »Aber wenn du jemals wieder deinen Mund aufmachst, nur einer Menschenseele etwas zuflüsterst, werde ich zurückkommen und das tun, was ich vorhatte. Und jetzt verschwinde in dein Bett!«

Es dauerte drei Tage, ehe Grandpa Jed und Grandma Lottie zur Hütte kamen, um sie zu besuchen, und Kipp mit Sarah Jane allein im Haus antrafen. Bis dahin hatte Kipp begriffen, daß seine Mutter nicht mehr wiederkommen würde und daß Sarah Jane etwas Schreckliches erlebt haben mußte. Seit der Nacht, in der seine Ma gegangen war, hatte sie kein Wort mehr gesprochen.

Sarah Jane sagte nie wieder etwas. Es brach ihr fast das Herz, daß sie schweigen mußte, als ihr Vater und alle anderen, die sie liebte, sie verzweifelt baten, ihnen doch zu antworten. Aber sie dachte an One-Eyed Jacks schreckliche Drohung und schwieg.

Jetzt, nachdem sie die Geschichte über die Schneekönigin

gehört hatte und ihre Mutter etwas besser verstand, seufzte Sarah Jane wehmütig. Ob Miss Colter auch eine Geschichte über einen einäugigen Buben kannte? Das wäre wirklich schön. Vielleicht konnte Sarah Jane herausfinden, ob der böse Mann wirklich diese schrecklichen Dinge so gemeint hatte, die er gesagt hatte. Wenn er sie mit seiner gräßlichen Warnung nur hatte einschüchtern wollen, wäre es möglicherweise in Ordnung, wenn sie ab und zu etwas sagte. Bevor sie das jedoch nicht herausgefunden hatte, wagte Sarah Jane es nicht, ein Wort verlauten zu lassen.

Es war weitaus besser zu schweigen, als die Zunge mit dem scharfen Messer von One-Eyed Jack herausgeschnitten zu bekommen.

14. Kapitel

Zum fünften Mal in ebenso vielen Minuten riß Jenny sich ungeduldig die Haarnadeln und das pfirsichfarbene Band aus dem Haar. Sie würde es niemals hinbekommen! Oh, wenn nur Delcine, die am Nachmittag bei den Vorbereitungen für das Fest mit dem Basar half, nach Hause käme! Sie hätte Jenny dabei helfen können, das Haar aufzustecken und die Schleife zu binden. Delcine war sehr geschickt und hätte ihr mit wenigen Handgriffen die Strähnen zurechtgerückt, festgesteckt und das schmale Satinband hindurchgezogen. Gleichgültig wie sehr Jenny sich bemühte, sie brachte einfach nichts zuwege. Ihre Locken wirkten alle schief, und entweder hatte sie nachher ein zu großes Stück von dem Band übrig, so daß die Schleife um den Hals einer Kuh passen würde, oder aber ein zu kleines, so daß es für eine ordentliche Schleife nicht mehr reichte.

Nun, ich kann nichts anderes machen, entschied sie, als mein Haar offen lassen, es vorn und seitlich zurückkämmen, hochnehmen und die Strähnen so aufbinden, daß es als Lockenpracht den Rücken herabhängt. Es würde zwar aussehen, als wäre sie erst sieben Jahre alt, aber wenigstens brachte sie diese einfache Frisur mit Band und Schleife zuwege.

Mit vor Nervosität bebenden Fingern und Wut auf ihre Unfähigkeit, bürstete sie rasch ihre Locken durch, faßte das Haar von den Seiten und oben zusammen und befestigte es mit einem Lederband. Zu ihrem weiteren Verdruß stellte Jenny fest, daß sie die Pracht zu sehr nach vorn gezogen hatte. Es sah aus, als käme es wie ein kleiner Springbrunnen aus ihrem Kopf.

Wie verrückt zerrte sie an dem zusammengebundenen Haar, bis es geglättet war und flach am Hinterkopf lag. Anschließend schob sie das pfirsichfarbene Band hindurch und zog es dorthin, wo sie ihr Haar mit dem Lederstück zusammengebunden hatte. Dort verknotete sie es, um das Leder zu verdecken, und verschlang es zu einer Schleife, die einigermaßen ordentlich aussah. Nachdem sie das bewerkstelligt hatte, griff sie nach dem kleinen Handspiegel mit dem silbernen Griff, wandte sich zu dem Spiegel über der Kommode um und betrachtete das Ergebnis.

Ihr offenes Haar fiel in weichen Wellen locker bis zu ihren Hüften hinunter. Der Teil, den sie mit dem Band zusammengefaßt hatte, hing in der Mitte in kürzeren Locken herab. Die Schlaufen der Schleife lagen zu beiden Seiten oben auf der zusammengebundenen Pracht, während die Enden jeweils bis in die Locken reichten. Mit einem resignierten Seufzer biß Jenny sich auf die Unterlippe. Sie sah genauso aus, wie sie sich das vorgestellt hatte – wie ein Schulmädchen! Aber es mußte reichen. Es war schon spät, und ihr blieb nicht genug Zeit, etwas anderes auszuprobieren.

Sie drehte sich wieder um, legte den Handspiegel beiseite, griff nach ihrem Kamm und zog damit an ihren Schläfen ein paar Strähnen heraus, so daß ein paar dünne Locken ihre Wangen streiften. Kritisch musterte sie sich erneut im Spiegel.

Ihr pfirsichfarbenes Kleid war mehr für Frühling als für Herbst geeignet, doch es war das hübscheste, das Jenny besaß, und sie hatte weder Zeit noch Geld gehabt, ein neues zu schneidern. Was sie trug, hatte einen schlichten Schnitt, war am Hals hochgeschlossen, mit einem engsitzenden Oberteil, langen, schmalen

Ärmeln, einer schmalen Taille, deren Gürtel hinten im Rücken zu einer großen Schleife gebunden war, und einem weiten Rock, der aus vier Lagen Stoff bestand, jede weiter als die vorherige. Schmale Streifen elfenbeinfarbener Litze zierten den Halsausschnitt des Kleides und beide Ärmel von der Schulter bis zum Handgelenk. Das Oberteil hatte einen durchsichtigen, v-förmigen Einsatz, der aus zarter, feinster Spitze bestand und mit passender Litze umrandet war. Darunter war schwach und verführerisch der Ansatz Jennys voller Brüste zu sehen. Das Tal zwischen ihnen wurde von einer Knopfleiste mit acht winzigen Perlmuttknöpfen betont, die vom Hals bis zur Taille reichte. Wo die dritte und vierte Lage der Röcke aneinanderstießen, saß ein weiterer Streifen der aufwendig gearbeiteten Litze. Wenn sie sich bewegte, raschelten unter dem Kleid ihre beiden Unterröcke. Eigentlich wurde das Kleid mit Reifröcken getragen, aber die waren jetzt nicht mehr modern und würden es noch altmodischer erscheinen lassen, als es so schon wirkte.

Ein leichtes, wollenes Schultertuch, pfirsichfarbene Seidenstrümpfe, passende Saffianlederschuhe mit Handtasche sowie elfenbeinfarbene Handschuhe und ein elfenbeinfarbener Fächer vervollständigten das Ensemble.

Jenny wünschte sich, sie hätte einen dickeren Umhang, falls es am Abend wirklich kühler wurde, aber sie fand, ihr mehrfach ausgebesserter brauner Mantel sei nicht elegant genug, daß sie ihn hätte zu diesem Kleid anziehen können, und deshalb entschied sie, ihn nicht zu tragen.

Sie seufzte erneut. Ihr Kleid war auffallend unangebracht für die Jahreszeit. Am liebsten hätte sie eines ihrer schlichten, praktischen Kleider getragen, wie sie sie jeden Tag anhatte. Aber ihrer Ansicht nach war keines hübsch genug gewesen für ein solches Fest, und Jenny wollte an diesem Abend besonders gut aussehen. Immerhin schien selbst Orville Ascot seine Kleidung nicht gut genug zu sein, und er trug die teuersten Sachen in Tumbling Creek. Nur Abigail Crabtree kleidete sich besser als die Ascots.

Jenny musterte sich stirnrunzelnd im Spiegel.

Ich sollte es mir eingestehen, dachte sie verärgert. Orville interessiert mich nicht. Ich will bloß Luke Morgan imponieren, und er hat keinen Funken Interesse an mir. Seinetwegen mache ich mich lächerlich, und es wäre besser, ich würde ihn mir aus dem Kopf schlagen, anstatt mich zur Närrin zu machen und mein Herz samt meiner Stellung zu verlieren.

Entrüstet über ihre Gedanken, verzog sie das Gesicht und streckte ihrem Spiegelbild kindischerweise die Zunge heraus.

Was soll der Unsinn? Ich weiß doch, wie es hier in den Ozarks heißt: »Besser du tanzt mit dem Verehrer, der dich hinführt.« Und Orville begleitet mich auf das Fest.

Dennoch mußte Jenny daran denken, daß Luke versprochen hatte, mit ihr zu Abend zu essen. Sofort begann ihr Herz wie wild zu schlagen.

»Miss Jenny, ich bin wieder da.«

Hastig wandte Jenny sich bei Klang von Delcines Stimme um und lief ins Empfangszimmer hinüber.

»Hier bin ich, Delcine«, antwortete sie.

»Lieber Himmel, Miss Jenny!« Delcine strahlte übers ganze Gesicht vor Stolz und Freude. »Sie sehen aber vornehm aus. Drehen Sie sich mal!« Gehorsam folgte Jenny der Aufforderung, während Delcine die Hände gegen die Wangen legte und ungläubig den Kopf schüttelte. »Ehrlich, Miss Jenny«, sagte sie anerkennend, nachdem Jenny sich einmal um ihre eigene Achse gedreht hatte. »Ich kann mich nicht erinnern, wann Sie das letzte Mal so hübsch ausgesehen haben. Dem guten Orville Ascot werden vor Stolz die Knöpfe aufspringen, wenn er Sie sieht!«

Jenny errötete und senkte verlegen den Kopf. Sie hätte gern gewußt, ob es Luke ebenso erginge.

»Haben Sie Ihr Abendessen fertig?« erkundigte sich Delcine.

»Ja, aber Delcine, ich wollte eigentlich Schinken mitnehmen statt Hühnchen. Orville ... Orville mag lieber Schweinefleisch«, log Jenny. In Wirklichkeit hatte sie kein gebratenes Hühnchen mitnehmen wollen, weil Luke verlangt hatte, daß sie eines mitbringen sollte.

»Du meine Güte, Miss Jenny!« Delcine warf ihr einen vorwurfsvollen Blick zu. »Sie wissen doch, daß wir keine Schweine haben, und selbst wenn wir welche hätten, hätten wir es unmöglich für heute schlachten können. Außerdem gehörte die fette alte Henne in den Topf. Sie hat nur gefressen. Ja, Ma'am. Sie hat wochenlang kein Ei gelegt – oder wenn sie es getan hat, dann hat sie sie so gut versteckt, daß Moses und ich nichts finden konnten. Gut, dann wollen wir mal sehen, wie es geworden ist.« Delcine wandte sich zum Flur, der in die Küche führte.

»Es tut mir leid, daß ich Ihnen nicht helfen konnte«, fuhr sie fort und schaute sich nach Jenny um. »Aber Reverend Thompkins und Miss Abigail haben die Befehle ausgeteilt, als hätten sie eine Armee vor sich, und da habe ich es nicht gewagt, mich eher davonzustehlen, bis das letzte Band befestigt war. Sie können froh sein, daß Sie heute noch Unterricht hatten. Aber warten Sie, bis Sie die Stände zu sehen bekommen, Miss Jenny. Sie sehen alle sehr prächtig aus, wenn ich so sagen darf. Die Kirche wird viel Geld einnehmen, bei den schönen Sachen, die die Leute dort anbieten. Allein die Quiltdecken müssen eine Menge Arbeit gewesen sein. Lieber Himmel, Miss Jenny, ist das da in dem Korb Ihr Abendessen?«

»Ja, warum? Stimmt irgend etwas damit nicht?«

»Deswegen nicht. Ich bezweifle, daß ich es hätte besser machen können«, erklärte Delcine, als sie das Tuch, das über dem Korb lag, anhob und an den Gerichten schnupperte. »Aber Miss Jenny, Sie sollten Ihr Abendessen in die Pappschachtel packen, die ich auf den Tisch gestellt hatte.«

»In das alte Ding!« rief Jenny entrüstet. »Ich habe mich schon gewundert, wozu die gut sein sollte. Aber Delcine, sie sieht viel zu wackelig aus. Der Korb ist doch hübscher.«

»Das war dumm von mir, Miss Jenny«, erwiderte Delcine betroffen. »Ich habe ganz vergessen, daß Sie die Partys und Feste nicht miterlebt haben vor dem Krieg. Wären Ihre Schwestern hier, sie hätten gewußt, was angemessen ist. Sie haben Miss Henrietta in ihren Briefen ein über die andere Woche von den Grillfesten und Bällen berichtet, die sie besucht hatten. Erinnern Sie sich denn gar nicht daran, daß sie zu einem Versteigerungsessen gegangen sind?«

»Oh, Delcine.« Jenny schnappte erschrocken nach Luft. »Ich hätte den Karton verzieren sollen, nicht wahr? Damit Orville weiß, daß es meiner ist und er ihn bei dem Fest ersteigern kann!«

Du meine Güte! Kein Wunder, daß Luke so sicher gewesen war, als er behauptet hatte, er würde mit ihr zu Abend essen. Er wollte Orville bei der Versteigerung überbieten. Jetzt war Jenny davon überzeugt.

»Oh, Delcine. Was mache ich denn jetzt?« jammerte Jenny, und ihre Augen füllten sich schon mit Tränen. »Ich habe keine Zeit mehr, die Schachtel zu verzieren. Orville wird jeden Moment hier sein.«

»Keine Sorge, Miss Jenny. Wir werden uns etwas anderes einfallen lassen«, beruhigte Delcine und packte den Inhalt des Korbes in den Karton. Ihr Blick fiel auf das Band in Jennys Haar. »Haben Sie noch etwas von dem pfirsichfarbenen Band? Und was ist mit Ihrem alten Strohhut? Der mit den Seidenblumen?«

»Ja, ja!« Jenny nickte eifrig und verstand, was Delcine vorhatte. »Ich hole sofort die Sachen.« Jenny hastete in ihr Schlafzimmer und wühlte in der Truhe am Fuß ihres Bettes. Wenig später kehrte sie mit dem Band und dem Hut in die Küche zurück. »Oh, beeil dich, Delcine, beeil dich!« drängte sie und dachte aufgeregt, wie spät mag es sein?

»Schneiden Sie die Blumen von dem Hut ab«, schlug Delcine vor, während sie die Schachtel schloß und geschickt auf das Band stellte.

Sie zog den schmalen Satinstreifen an beiden Seiten hoch und verknotete ihn oben auf der Schachtel. Dann, als Jenny ihr ein paar der kleinen, bunten Seidenblumen reichte, legte sie diese direkt auf den Knoten. Nachdem sie die Stiele alle zu ihrer Zufriedenheit angeordnet hatte, verknotete sie das Band erneut und setzte eine Schleife darüber.

»Fein.« Delcine trat einen Schritt zurück, seufzte und betrachtete kritisch ihr Werk. »Es wird nicht die eleganteste Schachtel sein, denke ich, aber Unscheinbarkeit kann manchmal hübscher sein als eine Wagenladung Kostbarkeiten.«

»Danke, Delcine, danke!« Jenny umarmte die Freundin.

»Mußt du dich nicht jetzt auch fertig machen? Wenn ich mich nicht irre, ist es Moses, der da den Pfad heraufkommt.«

»Du lieber Himmel!« Delcine faßte nach ihrem Haar und glättete die Falten ihres Kleides. »Ich bin noch gar nicht umgezogen!«

»Benutz mein Schlafzimmer«, bot Jenny ihr an. »Der Spiegel ist zwar zerkratzt, aber du kannst dich gut darin sehen.«

»Danke, Miss Jenny«, rief Delcine ihr noch über die Schulter zu, ehe sie davoneilte.

Behutsam nahm Jenny die einfach dekorierte Schachtel mit dem Abendessen in die Hände. Sie ging damit in das Empfangszimmer, nahm ihre übrigen Sachen an sich und setzte sich aufs Sofa, um auf Orville zu warten.

Ein paar Minuten später traf er stolz mit der Kutsche der Ascots ein. Seine Mutter hatte sich offenbar bei dem unvermeidbaren Streit, wer nun an dem Abend das Gefährt benutzen durfte, mit ihm gegen seinen Bruder Gaylord verbündet. Sein Haar war noch naß vom Waschen oder aber, dachte Jenny bei sich, er hatte eine Menge Öl verwendet, um es zurückzukämmen. Seine Krawatte war zu eng gebunden, wie immer, und seine knöchernen Handgelenke lugten deutlich unter den Manschetten hervor, als er Jenny einen Herbstblumenstrauß überreichte.

Orville schluckte schwer, und sein Adamsapfel hüpfte gewaltig, ehe er es schließlich schaffte, etwas zu sagen.

»Sie sehen ... Sie sehen so hübsch aus wie ... wie ein Pfirsich, Miss Jenny«, stammelte er und errötete.

Das Kompliment konnte er gefahrlos bewerkstelligen, bei der Farbe ihres Kleides. Dennoch konnte Jenny sich kaum ein Lächeln verbeißen. Immerhin war es ein Wunder, daß er nicht hinzugefügt hatte: »Einen ohne Kern, meine ich.« Im stillen hatte sie damit gerechnet.

»Sie sehen auch gut aus, Orville«, erwiderte sie höflich, als er beim Einsteigen half.

Er schnalzte den Pferden zu, und die schönen, hervorragend gewachsenen Grauen setzten sich in Trab. Jenny hätte sich geehrt fühlen müssen, daß sie in einer richtigen Kutsche zum Fest fuhr, denn diese Wagen waren teuer, und es gab nur wenige davon in den Ozarks. Dennoch hätte sie alles dafür gegeben, hätte sie in Lukes Karren gesessen, der von zwei großen, kräftigen Tieren gezogen wurde, die nicht mal hätten leise treten können, wenn ihr Leben davon abgehangen hätte.

Im Geiste stellte sie sich vor, Luke würde sie und Orville auf der Hauptstraße anhalten. Anstatt sie auszurauben, würde Luke Orville zwingen, ihm den Platz in seiner Kutsche zu überlassen. Dann würde der Bandit zu Jenny einsteigen und mit ihr in den Wald fahren, um sie leidenschaftlich zu küssen und ihr seine Liebe zu erklären.

Bei dem Gedanken runzelte sie die Stirn. Ein Mann mit Lukes gesunder Lust würde sich damit sicherlich nicht begnügen. Als er betrunken war, hätte er sie fast vergewaltigt. Sie hatte keinen Grund, anzunehmen, daß er es nicht wieder versuchen würde, sollte er die Möglichkeit haben, und die durfte sie ihm einfach nicht bieten. Es wäre nicht nur eine Schande für sie und demütigend, da Luke nicht ihr Ehemann war, sondern weil er sie auch nicht liebte. Unter solchen Umständen von ihm genommen zu werden, wäre eine beschämende Erfahrung, selbst wenn er sanft mit ihr umginge – und Jenny, die sich an den Abend in seiner Hütte erinnerte, befürchtete halbwegs, daß er das tun würde. Nein, sie wollte nicht Lukes Bett teilen, gleichgültig, wie leer und einsam es in ihrem eigenen sein mochte. Eine gewisse Annehmlichkeit brachte die Tatsache, daß sie nicht verheiratet war, mit sich. Sie mußte nicht befürchten, von einem Mann genommen zu werden. Selbst einer wie Orville, sollte er es wie durch ein Wunder schaffen, sie zur Heirat zu bewegen, würde irgendwann seine Geduld mit ihr verlieren und seine ehelichen Rechte fordern.

Bei dem Gedanken fröstelte Jenny unwillkürlich, so daß Orville gleich mitfühlend fragte, ob ihr kalt wäre. Sie schüttelte verneinend den Kopf. Obwohl es bereits Herbst war und das Laub sich verfärbt hatte, war noch etwas von der Wärme des Sommers zu spüren, und die Nächte, wenn auch kühl, waren noch nicht unangenehm. Dennoch wickelte sie sich enger in ihr Schultertuch ein, gleichzeitig so, als ob sie jegliche Annäherungsversuche abwehren wollte.

Das Kirchenfest hatte bereits begonnen, als Jenny und Orville schließlich die Außenbezirke von Tumbling Creek erreichten. Zum erstenmal an diesem Abend freute sich Jenny, als sie sah, wie der kleine Ort sich verwandelt hatte. Nicht ein einziges Schaufenster war von dem Dekorationsteam unberührt geblieben. Riesige Papierblumen und Papierschlangen, alles in Herbstfarben gehalten, ließen die Straßen wie einen Herbstgarten wirken. Selbst die Geländer waren mit Bändern umwickelt. Hier und dort saß eine strohgefüllte Vogelscheuche auf den Gehwegen mit lustig aufgesticktem Gesicht und den Ernteschätzen in den Armen. Eine von ihnen hatte einen großen Kürbis im Schoß. Eine andere trug Mais im Arm. Überall waren Stände aufgebaut worden. Auf großen Schildern wurden die Waren angepriesen, und viele machten bereits gute Geschäfte. Mr. Henshaw hatte sein geräumiges Saatgutgeschäft geöffnet und einen Teil seiner Fläche freigeräumt für geselliges Beieinandersitzen, Essen und Tanzen. Dort hatten sich auch die meisten versammelt.

Orville schaffte es, die Kutsche zwischen verschiedenen anderen Wagen zu parken, die die staubige Hauptstraße füllten. Im Mietstall war bereits kein Platz mehr. Dann half er Jenny aus der Kutsche, und sie schritten den Holzsteg entlang auf die Lichter und das Gelächter zu.

Überall begrüßten Freunde und Nachbarn sie. Ab und zu blieben sie stehen, um mit jemandem ein paar Worte zu wechseln und sich die verschiedenen Angebote der Stände anzusehen.

Unaufhörlich suchte Jenny mit ihren Blicken dabei nach Luke, aber entweder war er noch nicht eingetroffen oder er hatte sich in den Razorback Saloon zurückgezogen, denn sie konnte ihn nirgends entdecken. Es betrübte sie, daß er nicht da war, und machte ihr bewußt, wie sehr sie sich darauf gefreut hatte, ihn wiederzusehen. Im stillen ärgerte sie sich darüber, daß sie sich nach seiner Gesellschaft sehnte. Es war nicht anständig von ihr, daß sie bereits überlegte, wie sie Orville entrinnen könnte, wo er doch so nett gewesen war, sie hierherzubringen. Um ihr wenig liebenswürdiges Verhalten wiedergutzumachen, hakte Jenny sich bei Orville ein. Er strahlte übers ganze Gesicht und wuchs über sich selbst hinaus.

Im Saatgutgeschäft stellte Jenny ihre Schachtel auf den Tisch, der zu diesem Zweck aufgestellt worden war, und stellte etwas betroffen fest, daß ihre Schachtel wohl die unscheinbarste war. Verglichen mit den anderen aufwendig geschmückten Stücken auf dem Tisch, wünschte sie sich fast schon, sie wäre gar nicht zu diesem Fest gekommen. Die Seidenblumen und die pfirsichfarbene Schleife hatten so hübsch ausgesehen, als Delcine sie vorhin angeordnet hatte. Doch jetzt neben den anderen Schachteln, die mit vielen leuchtenden Bändern und bunten Blumen, ausgestopften Satinherzen und flatternder Litze, winzigen Vögeln und kleinen Puppen, sowie anderen reizvollen Ornamenten geschmückt waren, wirkte sie nach nichts. Jennys Schachtel war die einzige, die nicht mit einem bunten Papier umhüllt war, und mit ihrer weißen Farbe war sie nicht zu übersehen.

Jenny seufzte. Nun, jetzt konnte sie nichts mehr daran ändern. Bürgermeister Drucker bat schon um die Aufmerksamkeit aller und hielt die erste der vielen Schachteln in die Höhe, damit alle sie sehen konnten.

»Meine Herren, aufgepaßt«, rief er. »Dieses wunderschöne rot-weiß-blaue Angebot wurde von einer Dame beigesteuert, die mehr von Politik versteht als ich.« Die Leute im Saatgutgeschäft brachen in schallendes Gelächter aus, da die Schachtel von der Frau des Bürgermeisters stammte. »Da ich wiedergewählt werden will und heute abend auch nach Hause kommen können möchte ...«, alle Anwesenden schmunzelten, »... werde ich gleich mit dem Bieten anfangen. Ein Dollar.«

»Ach, Sie können doch mehr geben, Bürgermeister«, rief jemand scherzhaft von hinten und hielt prompt zwei Dollar dagegen.

Es war ein ungeschriebenes Gesetz, daß ein Mann auf jeden Fall die Schachtel seiner Frau oder seiner Liebsten ersteigern mußte. Es war aber gleichzeitig die einzige Möglichkeit – und natürlich auch wünschenswert –, daß andere Männer vorgaben, sich für eine bereits vergebene Frau zu interessieren. So trieben mehrere der anwesenden Männer den Preis in die Höhe. Schließlich war der Bürgermeister zur Belustigung aller gezwungen, fünfzehn Dollar dafür zu bezahlen, daß er mit seiner eigenen Frau zu Abend essen konnte. Mrs. Drucker trat lächelnd und errötend an den Tisch, um die Schachtel entgegenzunehmen.

»Dieser hübsche Karton mit den zarten Rüschen wurde von einer Dame fabriziert, die mit Nadel und Faden ebenso geschickt umgehen kann wie mit einer Pfanne.« Der Bürgermeister fügte jedesmal ein paar Hinweise dazu, damit die Versammelten es leichter hatten, die Identität der Frau zu erraten. »Was bieten Sie mir, meine Herren, für dieses ›zugeschnittene‹ Abendessen?«

Bei seinem Wortspiel stöhnten alle auf, aber Lacey Standish, die Schneiderin des Ortes, strahlte dennoch, als Festus McNabb, der sie bislang so zaghaft umworben hatte, mehr und mehr für ihre Schachtel bot.

Schließlich sah Jenny zu ihrem Entsetzen, daß Bürgermeister Drucker ihre Schachtel hochhielt. Einen schrecklichen Moment lang, während alle Delcines Bemühung, mit den schlichten Seidenblumen und dem pfirsichfarbenen Band eine Dekoration zu zaubern, in Augenschein nahmen, wollte Jenny davonlaufen und sich verstecken. Aber natürlich tat sie nichts dergleichen. Stattdessen knirschte sie mit den Zähnen, verharrte geduldig und tat so, als kümmere es sie nicht, daß ihre Schachtel nicht so hübsch war wie die anderen.

»Also, ihr aufrichtigen jungen Männer werdet doch gerade besonders an dieser hier interessiert sein«, begann der Bürgermeister. »Aus sicherer Quelle – das heißt von meiner Tochter – weiß ich, daß diese Kunstlektion von einer intelligenten Frau geplant wurde, die ganz praktisch denkt. Was sagen Sie, meine Herren, zu dieser klassischen Kochkunst?«

Zur Freude der Menge trat Paul Henshaw vor und rief: »Fünfzig Cent.« Schallendes Gelächter brach aus, und Jenny errötete vor Verlegenheit. LeRoy Pritchard wollte sich nicht übertrumpfen lassen und bot: »Einen Dollar.« Vergnügt warf er seinem Klassenkameraden einen zufriedenen Blick zu. Die beiden Unruhestifter mußten Matthew McNabb überredet haben, den Scherz mitzumachen, denn er erklärte jetzt in übertriebener Euphorie, daß seine Lehrerin mindestens einen Dollar fünfzig wert sei. Jenny konnte sich ein Lächeln nicht verbeißen, auch wenn Orvilles Ohren knallrot geworden waren und seine Mutter sich drohend in die Brust warf.

»F-f-fünf Dollar«, stammelte Orville und warf den Jungens einen finsteren Blick zu.

»Zehn Dollar«, erwiderte Paul sofort.

Zu Jennys Entsetzen boten die Jungs immer höher, um Orville dazu zu bringen, daß er noch weitaus mehr für die weiße Schachtel ausgeben mußte, die Bürgermeister Drucker hochhielt. Diejenigen, die im Saatgutgeschäft versammelt waren, jubelten bei jedem neuen Gebot. Keiner unternahm einen Versuch, den dreisten Jungen Einhalt zu gebieten, obwohl jeder merkte, daß es ein Scherz war. Orville konnte es sich ja leisten, einen hohen Preis dafür zu zahlen, daß er mit Jenny zu Abend essen durfte.

»Fünfundzwanzig Dollar«, stieß Orville hervor, doch ein ärgerlicher Unterton schwang in seiner Stimme mit, da er so vor allen bloßgestellt wurde.

»Dreißig Dollar«, reagierte LeRoy Pritchard prompt und grinste.

Die Zuschauer warteten gespannt und amüsierten sich darüber, daß Orville in der Klemme steckte. Fast schon abweisend erklärte er: »Fünfzig Dollar« und warf seinen jugendlichen Konkurrenten einen strengen Blick zu, als wollte er sie warnen, noch einmal höher zu gehen.

Jenny musterte Orville nervös und merkte, daß er keinen Spaß verstand. Hoffentlich würden die Jungen aufhören, ihn zu quälen. Sie schaute beschwörend zu ihnen hinüber und schüttelte unmerklich den Kopf, als sie sah, daß Matthew McNabb erneut ein Gebot machen wollte. Die Kosten für Jennys Schachtel waren bereits höher als für alle anderen. Sie hätte sich freuen müssen, und insgeheim tat sie das auch, aber in diese Freude mischte sich Mitleid mit Orville. Es war wirklich nicht nett, daß er zur Zielscheibe der Jugendlichen wurde. Um ihn zu unterstützen, drückte sie sacht seine Hand.

»Gehen Sie nicht mehr höher, Orville«, flüsterte sie ihm zu.

»Paul und die anderen können nicht das zahlen, was sie geboten haben. Wenn sie höhergehen, ignorieren Sie sie einfach. Gegen sie gewinnen Sie auch so, davon bin ich überzeugt.«

»Das Gebot steht bei fünfzig Dollar ... meine Herren.« Der Bürgermeister musterte die abenteuerlichen Jungen, und seine Augen funkelten, als sie verschwörerisch die Köpfe zusammensteckten. »Höre ich da sechzig?«

»Hundert Dollar – in Gold«, ertönte da eine kühle, spöttische Stimme von hinten aus dem Raum.

Stirnrunzelnd schaute Jenny Matthew an. Dann merkte sie jedoch, daß er von diesem neuen Gebot ebenso überrascht war wie sie. Beklemmendes Schweigen breitete sich in dem Saatgutgeschäft aus. Die Zuschauer drehten sich um und reckten die Köpfe. Luke Morgan stand im Rahmen, die Daumen in seinen Gürtel gesteckt, die Hüften leicht provozierend vorgeschoben. Jenny schnappte erschrocken nach Luft und begann am ganzen Körper zu beben, als sie erkannte, daß er es gewesen war, der das letzte, unverschämt hohe Gebot ausgesprochen hatte. Er lächelte ihr triumphierend zu, und Orville zog die Brauen zusammen. Man stelle sich vor, Miss Jenny war gezwungen, mit einem gewöhnlichen Banditen zu Abend zu essen. Aber es gab nichts, was Orville hätte dagegen tun können. Unmöglich konnte er das Gebot überbieten – hundert Dollar und dann noch in Gold!

»Hundert Dollar zum ersten«, verkündete Bürgermeister Drucker und schlug mit seinem Hämmerchen auf die Theke. »Zum zweiten.« Wieder donnerte der Hammer auf Holz. »Verkauft an Luke Morgan«, erklärte der Bürgermeister mit einem letzten Schlag.

Langsam ging Jenny zu der kleinen Bühne hinüber, hatte dabei jedoch das Gefühl, ihre Beine würden jeden Moment unter ihr nachgeben. Sie nahm ihre Schachtel von Bürgermeister Drucker in Empfang. Ohne jemanden der Zuschauer anzusehen, die bereits aufgeregt miteinander zu flüstern begannen, schritt sie auf Luke zu und merkte kaum, daß Orville sie begleitete.

»Guten Abend, Jenny. Ascot.« Luke grinste, doch sein Blick richtete sich starr und herausfordernd auf Orville.

»Sie ... Sie hatten kein Recht, dazu ... Morgan«, stieß Orville haßerfüllt hervor. »Miss Jenny ist mit ... mit mir hergekommen, und ich ... ich werde mit ihr zu Abend essen!«

»Seien Sie ehrlich, Ascot, Sie haben verloren. Jetzt verschwinden Sie!« befahl Luke ihm gepreßt.

»Sehen ... sehen Sie das auch so, Miss Jenny?« fragte Orville, schluckte nervös und schaute sie beschwörend an.

Jenny begegnete seinem Blick und fühlte sich innerlich zerrissen. Er wirkte so sehr wie ein verlorener kleiner Hund, daß sie ihm nicht noch mehr weh tun wollte. Was würde geschehen, wenn sie sich weigerte, mit Luke zu Abend zu essen? Mußte die Kirche dann auf sein Geld verzichten? Sie wußte es nicht.

»Sie haben gehört, was ich gesagt habe, Ascot!« stieß Luke warnend hervor und legte seine Hände wie beiläufig auf seine Pistolen. »Verschwinden Sie.«

Jenny wußte nicht, ob Luke tatsächlich auf Orville schießen würde, aber sie wollte es lieber nicht so weit kommen lassen.

»Bitte, Orville.« Sie legte ihre Hand auf seinen Arm. »Ich möchte keine Schwierigkeiten bekommen.«

Zu ihrer Enttäuschung schüttelte Orville ihre Hand grob ab und stapfte, ohne ein weiteres Wort zu sagen, mit beleidigter Miene davon. Jenny blieb mit Luke allein zurück.

»Laß uns nach draußen gehen«, schlug er vor und bot ihr seinen Arm. »Ich glaube, für heute haben wir den Leuten genug Stoff zum Klatsch geboten.«

Wie benommen ließ Jenny sich von ihm führen. Was machte sie da nur? Ein unverbesserlicher Bandit hatte sie praktisch zu seiner Frau abgestempelt – in aller Öffentlichkeit –, und sie ließ ihn gewähren! Lieber Himmel, warum hatte sie seinem Gebot nicht widersprochen, ihn zurückgewiesen, etwas getan – irgend etwas! –, damit die Leute wußten, daß sie seine Aufmerksamkeiten nicht willentlich entgegennahm. Was mochten sie über sie denken, über sie reden? Und schlimmer noch, was würden Horace Peabody und die anderen Mitglieder der Schulkommission unternehmen angesichts Lukes Handeln?

»Was ist los, Jennilee? Du bist so still. Du ärgerst dich doch etwa nicht darüber, daß du jetzt mit mir zu Abend essen mußt, anstatt mit Orville, oder?«

»Doch, das tue ich«, erwiderte sie. »Was du getan hast, war nicht nett, Luke, und du weißt es. Außerdem bist du ein Bandit, und ich bin eine Lehrerin. Ich muß ein gewisses Vorbild abgeben, und du gibst dir alle Mühe, mich zu verhöhnen. Also, ich wäre nicht überrascht, wenn die Schulkommission mich feuert! Nach dem, was du heute abend hier gemacht hast, werden Mr. Peabody und die anderen mich kaum für besser halten als ... als Velvet Rose.«

»Red keinen Unsinn, Jennilee!« wies Luke sie zurecht. »Du bist nicht Velvet Rose, und ich habe noch nie gedacht, daß du so wärst. Es überrascht mich, daß du ihren Namen überhaupt erwähnst, da du doch eine Dame bist. Im übrigen wird dich niemand in dieser Stadt feuern, nur weil du mit mir zusammen gesehen worden bist. Ich gelte als gute Partie in Tumbling Creek, Bandit hin oder her. Außerdem ist mein Pa in der Schulkommission, und mein Bruder J. R. Die beiden werden schon dafür sorgen, daß dich niemand aus der Stadt jagt. Und was mein Nettsein angeht, nun ... ich habe noch nie behauptet, daß ich nett wäre. Jetzt laß uns ein Fleckchen suchen, wo wir uns zum Essen hinsetzen können. Ich habe einen ganz schönen Kohldampf.«

Luke schaute sich um, fand jedoch, daß es keinen Flecken gab, wo er mit Jenny wirklich allein wäre. Schließlich breitete er auf der Ladefläche seines Karrens eine Decke aus, und sie kletterten hinauf, um sich dort hinzusetzen. Jenny begann nur widerstrebend, den Inhalt der Schachtel auszupacken, da sie wußte, er würde mit Sicherheit triumphierend grinsen, sobald er sah, was sie zubereitet hatte.

»Ich verstehe nicht, warum du überhaupt ein Gebot gemacht hast«, bemerkte sie spitz und betrachtete die Seidenblumen und die pfirsichfarbene Schleife. »Es war die unscheinbarste Schachtel.«

»Na ja, ich bin kein großer Freund von aufwendigen Verpackungen«, entgegnete Luke. »Ich denke mal, es zählt mehr der Inhalt.«

Bei den Worten hielt Jenny plötzlich den Atem an. Ihr schien das Herz stehenbleiben zu wollen, denn ohne jede Vorwarnung hörte sie mit einem Mal eine liebliche Stimme aus der Vergangenheit, die ihr zuraunte: »Hör mal, Jenny, Aussehen ist nicht alles ... du bist innerlich schön, und das ist es, was wirklich zählt ... Jeder Mann, der es wert ist, weiß, daß Schönheit einer Rose gleicht. Nach einiger Zeit beginnt sie zu welken, und kein Mann will sich an den Dornen stechen. Warte es ab, und du wirst sehen ... eines Tages wird ein gutaussehender junger Mann deine Hand in seine nehmen und zu dir sagen: ›Jennifer Leigh Colter, ich liebe dich ...‹«

Zu ihrem Entsetzen sprangen ihr plötzlich Tränen in die Augen, und trotz der Tatsache, daß sie verzweifelt versuchte, sie zurückzuhalten, rannten sie ihr über die Wangen.

»Was hast du, Jenny?« fragte Luke erschrocken. »Habe ich etwas Falsches gesagt? Habe ich etwas verkehrt gemacht? Um Himmels willen, Frau! Was ist denn los?«

Ihr leises Aufschluchzen schnitt ihm ins Herz. Dann schniefte sie und suchte in ihrer Handtasche nach einem Taschentuch.

»Es tut mir leid«, entschuldigte sie sich. »Ich weiß nicht, was in mich gefahren ist. Es ist bloß so ... das, was du gesagt hast, hat mich so sehr an etwas erinnert, was mir mal jemand anders erzählt hat ... zu einer anderen Zeit, in einer anderen Welt ... ehe der Krieg alles zerstört hat, was schön war und liebenswert ...« Abrupt brach sie ab und biß sich auf die Unterlippe.

»Wer war das, Jenny – dieser Jemand aus deiner Vergangenheit?« Lukes Stimme klang harsch. Sein Atem ging schwer, und er biß die Zähne aufeinander, als er auf ihre Antwort wartete.

An wen immer sie auch denkt, der Mann muß ein unglaublicher Liebhaber gewesen sein, überlegte Luke. Wie sonst hätte Jennys Erinnerung an ihn so stark, so mächtig sein können, daß sie zu Tränen gerührt war, wenn er ihr ins Gedächtnis gerufen wurde. Luke wurde regelrecht von Eifersucht zerfressen. Mit diesem betrübten, sehnsüchtigen Blick hatte Jenny ihn noch nie angesehen. Was wußte er auch schon über sie? Er hatte sie für unberührt gehalten, für eine Jungfrau. Du meine Güte! Sie konnte vor dem Krieg ein Dutzend Liebhaber gehabt haben – und danach, als die Yankees sich alles genommen hatten, was sie haben wollten …

»Wer war er, Jenny?« drängte Luke beharrlich.

Sacht schüttelte Jenny den Kopf und lächelte zaghaft.

»Nicht er, Luke. Sie. Du hast mich an etwas erinnert, was meine Schwester Bliss einmal zu mir gesagt hat.«

»Ach so.« Plötzlich fühlte er, wie ihm die Luft ausging. Er kam sich dumm und albern vor. »Ich wußte nicht, daß du Angehörige hattest. Ich … ich habe wohl einfach geglaubt, du wärst eine Waise.«

»Nein.« Jenny antwortete sehr leise und war mit den Gedanken noch ganz in der Vergangenheit. »Mein Vater wurde von Überläufern der Yankees ermordet. Meine Mutter starb einige Zeit später an hohem Fieber und gebrochenem Herzen.«

»Hattest du Brüder?«

»Vier. Sie sind alle im Krieg gefallen.«

»Das tut mit leid, Jenny, aufrichtig leid.« Luke sprach weniger rauh und ehrlich bedauernd. »Das wußte ich nicht.«

»Nein, ich weiß, daß du keine Ahnung davon hattest. Hör mal, Luke, willst du jetzt etwas essen oder nicht?« Resolut verdrängte Jenny ihre Trauer und rang sich erneut zu einem Lächeln durch. Um weitere Fragen abzuwenden, bot sie Luke einen Teller mit Buttermilchbiskuits an. »In der Apotheke hatten sie etwas Arsen, und da habe ich diese hier extra für dich gebacken.«

Luke grinste breit, nahm sich eines und biß mit Appetit hinein. Genüßlich aß er es. Dann machte er plötzlich ein Geräusch, als würde er ersticken und hielt sich den Hals, als ob er erwürgt würde.

»Luke!« rief Jenny entsetzt. »Luke, was hast du?«

Er antwortete nicht. Statt dessen ließ er den halbaufgegessenen Biskuit fallen und schlug nach vorn, als wäre er tatsächlich vergiftet worden.

»Luke! Luke!«

In Panik kniete Jenny sich hin und horchte seine Brust ab, um herauszufinden, ob er noch atmete. Zu ihrer Empörung hörte sie ihn plötzlich amüsiert lachen. Sie zuckte zurück, als hätte sie einen Schuß abbekommen, und hockte sich auf ihre Fersen. Jenny bedachte ihn mit sämtlichen Schimpfwörtern, die ihr einfielen, dann schob sie ihm den Teller mit den Biskuits in den Schoß. Nachdem Luke sie alle aufgegessen hatte, stützte er sich auf seinen Ellenbogen und blinzelte ihr zu.

»Also, du hast vielleicht ein Temperament, Jennilee. Und was für Ausdrücke du kennst, nein«, stellte er tadelnd fest. »Du hast auf jeden Fall viel zuviel Zeit mit den drei Unruhestiftern in der Schule zugebracht. Wie ich höre, sind sie der Schrecken der Schule. Wieviel schlimmer kann ein einzelner Bandit sein, mein Schatz?«

Und dann, ehe sie merkte, was er vorhatte, zog er sie in seine Arme.

»Hör auf, Luke!« zischte Jenny, als er seine Nase an ihrem Hals rieb und ihr in der Dunkelheit, die nur noch von den Fackeln am Straßenrand erhellt wurde, ein warmer Schauer über den Rücken rieselte. »Jemand wird uns sehen.«

»Laß sie doch«, erwiderte er ungerührt. »Ich will dich, Jenny, mein Mädchen, und ich möchte, daß die ganze Welt es erfährt.«

Daraufhin küßte er sie so leidenschaftlich, bis der Boden unter ihren Füßen verschwand und Jenny das Gefühl hatte, zu fallen. Nur noch Luke war da, an dem sie sich festhalten konnte.

15. Kapitel

Am Ende war es nicht Jennys Furcht, sie könnten gesehen werden, die sie zur Besinnung brachte, sondern die entsetzlichen Bilder aus der Vergangenheit, die drohten, sie zu überwältigen. Lukes Lippen und Hände verwechselte sie mit denen der Männer, die ... die ...

»Nicht, Luke, bitte«, flüsterte Jenny und entzog sich seiner Umarmung.

Er richtete sich auf und musterte sie einen Moment lang nachdenklich. »Ich habe dich schon mal danach gefragt, Jenny.« Er hielt sich absichtlich zurück, seinen Kosenamen für sie zu benutzen. »Und jetzt frage ich dich noch einmal: Was hast du erlebt, daß du solche Angst vor Männern hast – Angst vor mir hast?«

»Bitte, Luke.« Sie wandte sich ab. Seinen durchdringenden Blick konnte sie nicht ertragen. »Ich ... ich will nicht darüber sprechen.«

Er blickte flüchtig auf die verstreuten Biskuits, dann sah er ihr ins Gesicht.

»Bist du vergewaltigt worden?« erkundigte er sich offen.

»Nein. Um Himmels willen, nein!« stieß sie hervor und errötete vor Scham, weil er mit ihr über solch ein Thema sprach.

Ihre Antwort war so nachdrücklich gewesen, Luke merkte sofort, daß es die Wahrheit war.

»Dann verstehe ich nicht ...«

»Bitte, Luke«, flehte Jenny ihn an. Ihre Stimme klang fast hysterisch. Sie biß sich auf die Unterlippe, um die heftigen Gefühle, die in ihr aufwallten, zu unterdrücken. »Laß es gut sein, bitte.«

»Also, wie du willst. Ich sehe gerade, du hast gebratenes Hühnchen mitgebracht, wie ich dich gebeten hatte.« Ein wenig Spott schwang in seiner Stimme mit, als er abrupt das Thema wechselte. »Was hast du denn noch in dem Wunderkasten?«

Erleichtert holte Jenny die übrigen Sachen aus der Schachtel, stellte Teller und Tassen hin und legte das Geschirr und die Servietten bereit. Sie bemühte sich, das Zittern ihrer Hände zu verbergen. Doch sie war überzeugt, daß Luke es trotzdem sah, auch wenn er nichts sagte. Dafür war Jenny ihm dankbar. Offenbar wollte er nicht weiter nachforschen. Er unterhielt sich charmant mit ihr, um sie aufzuheitern, was ihm auch schließlich gelang. Allerdings fiel ihm auf, daß die Anspannung ihres Körpers nicht so schnell nachließ.

Eine Menge Fragen lagen ihm auf der Zunge, aber Luke hielt sich zurück. Seine Mutter hatte ihn mehrmals gewarnt, bei Jenny nichts zu überstürzen. Jetzt erkannte er, daß das allein wohl kaum ausreichte. Was immer Jenny erlebt hatte, hatte ihr tiefe Wunden zugefügt, die möglicherweise nie vernarben würden und von denen sie ein fast greifbares Entsetzen vor Männern zurückbehalten hatte. Luke würde mehr aufbringen müssen als nur Geduld, um Jennys Herz zu gewinnen. Er würde Güte und Verständnis benötigen – was sie für Kipp und Sarah Jane aufgebracht hatte. Er mußte die Ursache für Jennys Furcht herausfinden, so wie sie den Grund für den Kummer seiner Kinder gespürt hatte. Nur dann konnte er ihr helfen. Nur dann konnte er ihr zeigen, daß der Liebesakt zwischen Mann und Frau nichts war, wovor sie sich fürchten mußte, sondern etwas, das sie genießen und voller Lust erleben durfte.

Wenn Luke etwas wollte, nahm er es sich ohne Zögern. Das war selbstverständlich für ihn. Doch jetzt ärgerte er sich darüber, daß er Jenny bedrängt hatte und sich von seinem Verlangen für sie mehr hatte leiten lassen als von seinem Verstand. Es schien so, als ob er die Verspannung seiner Lenden und das wahnsinnige Jagen seines Herzens nicht mehr bändigen könnte, sobald er in ihre Nähe kam. Aber er mußte sich darum bemühen. Sonst würde er sie verlieren. Das wußte er.

Luke stöhnte innerlich auf. Jenny würde viele Komplimente, Händchenhalten, sanfte Küsse und liebevolle Zärtlichkeiten brauchen, ehe sie sich einem Mann hingeben würde – wenn sie es überhaupt jemals tat –, und er wußte nicht, wie lange er seine heftigen Gefühle für sie zurückzuhalten vermochte, um ihr das zu bieten. Er sehnte sich doch nur danach, sie zu besitzen. Nun, er mußte sich einfach anstrengen. Etwas anderes blieb ihm nicht übrig. Luke liebte Jenny und wollte sie unbedingt heiraten, aber er spürte, sie würde bei niemandem ja sagen – und noch weniger bei ihm –, solange sie Angst vor dem Ehebett hatte.

Nachdenklich schaute er zu ihr hinüber und lächelte.

»Sag mir die Wahrheit«, verlangte er. »Hast du das Abendessen ganz allein zubereitet oder hat Delcine gekocht?«

»Ich habe es zubereitet, damit du es weißt«, erwiderte Jenny von oben herab. »Delcine hat geholfen, die Stände zu dekorieren.«

»Ich wollte nur sichergehen, daß ich der richtigen Person meine Komplimente ausspreche. Du hast ein großes Lob verdient, Jennilee«, bemerkte Luke und wischte sich mit der Serviette den Mund ab. »Ich kann mich nicht erinnern, wann ich zuletzt so gut gegessen habe – und das in so angenehmer Gesellschaft.«

Innerlich freute Jenny sich über seine Schmeichelei, aber das zeigte sie ihm nicht. Im Gegenteil, sie schnitt ihm eine Grimasse.

»Hoffentlich kommt das nicht deiner Mutter und deinen Schwägerinnen zu Ohren«, versetzte sie neckend. »Denn alle drei sind ausgezeichnete Köchinnen.«

»Aber nicht annähernd so eine angenehme Gesellschaft!« entgegnete Luke und griente. »Ich sehe schon, du hast noch nie bei meinen Eltern gegessen, wenn Kipp unaufhörlich redet oder J. R. einem schon einen finsteren Blick zuwirft, kaum daß man seine Frau einmal ansieht, oder wenn Toby so angestrengt über eine seiner verdammten neuen Erfindungen nachdenkt, daß er nicht mal merkt, ob er Gäste im Haus hat oder nicht!«

Jenny lachte.

»Ich bin gern mit deinen Verwandten zusammen«, erklärte sie nachdrücklich. »Ich bin eine große Familie gewöhnt und Kinder, die Lärm machen.«

Obwohl er sich hinterher darüber ärgerte, konnte Luke die Worte nicht zurückhalten, die ihm daraufhin unwillkürlich herausrutschten.

»Du müßtest verheiratet sein, Jennilee, und eigene Kinder haben.«

Jenny wurde kreidebleich, so als hätte er ihr eine Ohrfeige verpaßt. Denn bei allem, was sie in Betracht gezogen hatte, wenn sie über ihre eigenartige, aufkeimende Zuneigung zu Luke nachdachte, daran, daß sie keine Kinder bekommen konnte, hatte sie nicht gedacht. Natürlich würde ein Mann wie Luke so viele Söhne wie möglich haben wollen – und Töchter auch. J. R. und Tobias hatten bereits eine Reihe Kinder. Jenny holte tief Luft.

»Ich ... ich kann keine Kinder bekommen, Luke«, gestand sie ihm leise, wobei ihr fast das Herz zerbrach. »Ich hatte einen ... einen Unfall kurz nach dem Ende des Kriegs. Innere Verletzungen waren die Folge und ... und ich hatte beide Beine gebrochen. Das linke war … schwer zerdrückt. Es ist nicht wieder richtig verheilt.«

»Das tut mir leid, Jennilee. Zum Donnerwetter!« fluchte Luke und schüttelte den Kopf. »Heute abend muß ich mich wohl ständig entschuldigen, was? Wie schrecklich für dich. Ich weiß, du wärst eine wunderbare Mutter. Was du allein bei Sary in den wenigen Tagen, seit du mit ihr arbeitest, erreicht hast. Sie kann schon ihren Namen schreiben.« Lukes harte Züge wirkten sofort weicher, als er das erwähnte. »Du hättest ihr Gesicht sehen sollen, als sie es mir gestern abend gezeigt hat. Mein Gott! Ich hätte jeden Cent dafür hergegeben, den ich bislang gestohlen habe, hätte ich ihre Augen so zum Leuchten bringen können!«

Jenny empfand Mitleid mit Luke, als sie das hörte. Trotz seines Wagemuts, seines Spotts und seines Lachens wußte sie, daß sich bei ihm hinter der Maske, die er für den Rest der Welt aufsetzte, mindestens ebenso tiefe Wunden verbargen, wie sie sie davongetragen hatte. Manchmal, wenn seine Augen diesen gequälten Ausdruck annahmen und er so ermüdet wirkte wie jetzt, wollte sie ihn am liebsten in die Arme nehmen und ihm die Liebe gestehen, die sie in sich für ihn aufblühen fühlte.

»Sarah Jane liebt dich sehr, Luke«, sagte sie zu ihm. »Ich habe gesehen, wie ihre Augen aufleuchten, wenn nur dein Name fällt. Du bedeutest ihr und Kipp alles.«

»Ich denke schon. Aber nach Maybelles Tod bin ich ein wenig aus der Bahn geraten und habe die Verbindung zu Kipp und Sary verloren. Das war verkehrt. Ich weiß das heute. Aber ich scheine einfach nicht zu wissen, wie ich meinen Kindern ein guter Vater sein soll, Jenny. Ich weiß, daß sie mich brauchen. Himmel. Sie brauchen auch eine Mutter, aber sie haben nie eine gehabt. Du kannst so gut mit Kindern umgehen, Jenny. Ich habe gesehen, wie Kipp und Sary auf dich reagieren. Was kann ich tun, um das alles wieder bei ihnen gutzumachen?«

»Schenk ihnen Liebe. Verbring viel Zeit mit ihnen. Hör ihnen zu, nicht nur, was sie sagen, sondern auch, was sie nicht sagen. Kinder sind kleine Persönlichkeiten, Luke. Sie wünschen sich dasselbe wie alle anderen Menschen: nämlich Liebe, Verständnis,

Gesellschaft, Zugehörigkeitsgefühl, ein Zuhause, Zusammensein mit anderen und für sich sein. Das ist alles, was du wissen mußt. Auf alles andere kommen sie allein.«

Zärtlich nahm Luke Jennys Hand in seine.

»Was hat dich so weise gemacht, Jenny Colter?« fragte er. »Wie alt bist du? Neunzehn? Zwanzig? Einundzwanzig? Zu jung jedenfalls, um so viel Weisheit in dem hübschen Kopf angesammelt zu haben. Ja, ich sagte hübsch, und wag es ja nicht, mir zu widersprechen!« befahl er ihr streng. »Ich mag herzförmige Gesichter und Sommersprossen. Ich werde nicht zulassen, daß irgendwer etwas dagegen sagt!« Er hielt inne, dann fuhr er fort. »Meine Eltern sind auch hier, mit den Kindern. Was meinst du, Jennilee? Sollen wir sie suchen gehen und etwas mit Kipp und Sary unternehmen?«

»Ja, o ja, Luke!« rief Jenny. »Das würde mir mehr Spaß machen als alles andere auf der Welt, und ich bin überzeugt, die Kinder werden begeistert sein.«

»Dann machen wir das.« Luke hatte das Gefühl, er müsse platzen vor Glück. »Komm, Jennilee, wir laufen um die Wette zum Saatgutgeschäft!«

Die anderen Leute mußten sie für verrückt halten. Jenny war davon überzeugt, als sie, ungeschickt, und Luke, anmutig, den Gehsteg hinunterrannten, atemlos vor Lachen. Aber zum ersten Mal in ihrem Leben kümmerte es Jenny nicht, was die Leute dachten. Sollten sie doch starren. Sollten sie doch reden. Es interessierte sie nicht, solange Luke bei ihr war.

Wenn er sonst nichts getan hatte, so hatte er Jenny Freude gebracht, und allein dafür würde sie mit ihm bis ans Ende der Welt um die Wette laufen.

Schließlich fanden sie Jed und Lottie in der Menge, und nachdem Lukes Eltern von seinem Vorhaben erfuhren, überließen sie ihm gern die Kinder. Kipp und Sarah freuten sich so sehr, sie hüpften ungeduldig herum, und warteten nur darauf, daß es losging.

»Grandma Lottie hat gesagt, wie müßten bei ihr am Stand bleiben, damit sie auf uns aufpassen könnte, weil Grandpa Jed da drüben Maisschnaps trinkt und seinen alten Freunden Geschichten auftischt. Aber jetzt können wir uns doch auch alles ansehen, Pa, nicht wahr?« Kipp war ganz außer sich vor Begeisterung.

Die Worte seines Sohnes wirkten auf Luke wie ein Schlag in die Magengrube. Er durfte nicht daran denken, daß er diesen herrlichen Augenblick im Leben seiner Kinder versäumt hätte, würde er sich nicht so zu Jenny hingezogen fühlen. Denn normalerweise befände er sich jetzt drüben in Miss Rubys Bordell und läge mit Velvet Rose im Bett.

»Pa …« Luke wandte sich an Jed. »Meinst du nicht, deine Freunde sind deine Geschichte von der Wildkatze leid, oder ist es diesmal die Bärengeschichte?« Luke rang sich ein Lächeln ab, um seinen Kummer und seine Beschämung, was für ein schlechter Vater er war, zu verbergen.

»Na hör mal, mein Junge, ich bin nicht schlechter als die anderen«, protestierte Jed. »Potzblitz! Perkin Farlow hat seine angeberische Fischgeschichte schon öfter erzählt als Regen fällt – man sollte annehmen, ein Marshall hätte mehr Verstand –, und Andrew Watkins redet dauernd von einer Klapperschlange, die größer war als ein Alligator!«

»Pah!« Luke schnaubte verächtlich. »Toby und ich waren heute nachmittag bei Watkins draußen, und die Klapperschlange war bloß eine kleine alte Natter!«

»Mein Junge, du überraschst mich!« Jed schmunzelte. »Du darfst uns Alten doch nicht vorwerfen, wir würden mogeln. Nicht wahr, Miss Jenny? Macht euch davon, ihr zwei, ihr ruiniert mir den Abend. Ich bekomme gar nichts mehr von dem Selbstgebrannten.«

»Ihr habt gehört, was Jed gesagt hat. Bewegt euch schon, ihr alle!« mischte Lottie sich ein und strahlte übers ganze Gesicht. »Jenny, dieser dämliche Orville war außer sich, nach dem, was mit dem Abendessen passiert ist. Er ist schon nach Hause gegangen zum Schmollen. Aber machen Sie sich keine Sorgen. Luke wird Sie nachher sicher zur Hütte bringen.«

Orville! Jenny schlug sich erschrocken mit der Hand auf den Mund. Über all der Aufregung hatte sie ihn völlig vergessen.

»He!« raunte Luke ihr ins Ohr, als ob er ihre Gedanken erraten hätte. »Ich dachte, für heute abend wollten wir keinen schlechten Erinnerungen mehr nachhängen.«

»Orville ist keine schlechte Erinnerung. Er ist mein Begleiter!« jammerte Jenny betroffen.

»Jetzt nicht mehr.« Luke grinste jungenhaft. »Komm mit, wir verpassen sonst den ganzen Spaß.«

Gegen jedes bessere Wissen und seltsamerweise restlos glücklich wie nie zuvor, ließ Jenny sich von ihm mitreißen. Kipp und Sarah Jane folgten ihnen dicht auf den Fersen.

Sie zogen von einem Stand zum nächsten, bestaunten die feinen Handarbeiten, die überall feilgeboten wurden. Es gab herrliche Quiltdecken, aufwendig gehäkelte Schultertücher, kostbare Spitze und Litze und wunderschöne Puppen.

Luke wollte Sarah Jane eine von den Puppen kaufen. Ihre Augen weiteten sich vor Freude, als sie begriff, daß ihr Vater nur darauf wartete, daß sie sich die aussuchte, die ihr am besten gefiel. Es gab mehrere hübsche aus Porzellan mit zarten Gesichtern und reichhaltig verzierten Gewändern. Aber Sarah Jane deutete mit zitternden Fingern auf eine braunhaarige Stoffpuppe, die ein Baumwollkleid trug, fröhlich lächelte und Sommersprossen im Gesicht hatte. Luke verstand sofort, daß die Puppe sie an Jenny erinnerte. Jenny mußte es auch bemerkt haben, denn sie errötete und umarmte Sarah Jane.

An dem Stand, an dem Mrs. Kincaid bediente und deren Mann die Sägemühle besaß, suchte Kipp sich ein holzgeschnitztes Pferd aus.

»Es sieht aus wie Blaze, Pa, findest du nicht?« erkundigte sich der Junge hoffnungsvoll.

»Da hast du recht, mein Junge«, antwortete Luke und dachte daran, daß es eigentlich an der Zeit war, Kipp und Sarah Jane ein Pony zu geben.

Du meine Güte! Luke fluchte im stillen. Vielleicht hatten sie bereits eines. Sein Vater hatte ihn auf sein erstes Pony gesetzt, als er fünf Jahre alt gewesen war. Luke mußte mit Jed darüber reden und nachhören, ob er bei Kipp und Sarah Jane das gleiche getan hatte. Himmel! Luke fluchte erneut. Was war er für ein Dummkopf gewesen, die besten Jahre seines Lebens mit seinen Kindern so verrinnen zu lassen? Zum Glück hatte Jenny ihm rechtzeitig die Augen geöffnet.

Er schaute sie an und drückte ihr sacht die Hand. Sie lächelte. Dann entdeckte Luke einen Stand, dessen Regale mit Musikkästchen gefüllt waren.

»Warte hier einen Moment mit den Kindern, Jennilee. Ich habe etwas gesehen, was ich haben will«, sagte er.

Wenige Augenblicke später kehrte er mit einem der zierlichen kleinen Kästchen zurück und reichte es Jenny.

»Das ist für dich«, sagte er zu ihr.

Sie wollte es schon ablehnen, schwieg dann jedoch. Sie wußte nicht, was Luke für sie empfand, ob er sie wirklich mochte, wie sie im stillen hoffte, oder ob er sich nur mit ihr amüsieren wollte, wie sie halbwegs befürchtete. Der heutige Abend war sicherlich alles, was sie je mit ihm erleben würde, und an den wollte sie sich gern erinnern.

»Na gut«, willigte sie ein und nahm scheu das Geschenk entgegen. »Danke.«

Stumm betrachtete sie es, bemerkte die eingezeichneten Herzen und Blumen auf dem Deckel. Es paßt in meine Wohnung, zu den Möbeln und allem anderen, dachte sie. Deshalb hatte Luke es wohl auch ausgewählt.

Behutsam packte sie es in ihre Handtasche, und erst viel später, eine geraume Weile nach diesem herrlichen Abend und nachdem Luke sie nach Hause gebracht hatte und ihr einen Abschiedskuß gegeben hatte, öffnete sie den Deckel ihres Geschenks.

Da weinte sie vor Freude und Kummer zugleich. Denn das Musikkästchen, was sie da bekommen hatte, hatte sie an jenem Tag im Schulhaus in den Händen des alten Mannes gesehen. Es spielte die bittersüße Melodie von *»Plaisir d'Amour« – »Die Wonne der Liebe.«*

16. Kapitel

»Bist du bereit, Sarah Jane?« fragte Jenny und lächelte dem Mädchen aufmunternd zu.

In Sarahs Janes Blick lag Nervosität, aber sie nickte.

»Dann kannst du anfangen«, sagte Jenny.

Langsam öffnete Sarah Jane ihren Notizblock. Dann saß sie einen Moment lang reglos da und kaute nachdenklich auf dem dicken Ende ihres Bleistifts herum, während sie über die Aufgabe, die sie bekommen hatte, nachdachte. Heute sollte sie das ganze Alphabet aufschreiben, und die einzigen Buchstaben, die sie wirklich sicher war zu kennen, waren die ihres Namens. Doch zum ersten Mal in ihrem Leben hatte sie keine Angst. Wenn sie es nicht schaffte, würde Jenny sie alles noch einmal machen lassen. Jenny würde nicht die Stirn runzeln, sie wütend anschreien oder – was noch schlimmer war – ihr eine Ohrfeige geben und sie ein dummes, nichtsnutziges Balg schimpfen. Nein, Jenny würde freundlich lächelnd sagen: »Nun, das ist fast richtig. Sollen wir es noch einmal versuchen, Sarah Jane?« Dann würde sie ein neues Blatt in dem Notizbuch aufschlagen.

Aber Sarah Jane wollte es gleich beim ersten Mal können, um Jenny eine Freude zu machen. Deshalb strengte sie sich mächtig an.

Jenny schaute ihr geduldig zu, hielt den Atem an, wenn Sarah Jane zögerte, und atmete erleichtert aus, wenn das Kind es schaffte, den richtigen Buchstaben hinzuschreiben.

Schließlich war Sarah Jane fertig und gab ihr den Notizblock. Rasch glitt Jennys Blick über das Alphabet. A, B, C, … X, Y, Z!

»Oh, Sarah Jane, das ist wunderbar!« rief sie und umarmte das kleine Mädchen. »Das sind alle, alle sechsundzwanzig, und in der richtigen Reihenfolge!« Jenny griff nach ihrem Stift und zeichnete einen großen Stern auf Sarah Janes Papier, dann setzte sie noch unübersehbar 100 % hinzu. »Das mußt du mit nach Hause nehmen und unbedingt deinem Vater zeigen«, erklärte sie dem Mädchen. »Er wird sehr, sehr stolz auf dich sein!«

Sarah Jane lachte lautlos und klatschte begeistert in die Hände. Ein Lob für ihre Arbeit zu erhalten, war eine neue und überaus zufriedenstellende Erfahrung, über die Sarah Jane glücklich war. Hatte sie es doch geschafft, Jenny eine Freude zu bereiten. Kipp hatte recht behalten. Jenny war wirklich nett. Sie war auch die erste richtige Freundin, die Sarah Jane je gehabt hatte. Schüchtern reckte sie sich und gab Jenny einen leichten Kuß auf die Wange. Dafür wurde sie mit einer weiteren Umarmung und einem Kuß auf die Stirn belohnt. Sarah Janes Augen leuchteten auf. Wie gern hätte sie Jenny alles über One-Eyed Jack erzählt! Jenny, davon war Sarah Jane überzeugt, würde wissen, was sie gegen ihn unternehmen konnten. Aber noch während sie darüber nachdachte, verwarf Sarah Jane den Gedanken. Wenn Jenny etwas über den bösen Mann erfuhr, mochte er nach Tumbling Creek zurückkehren und ihr ebenfalls etwas zufügen! Das hätte Sarah Jane nicht ertragen können, nicht, wo Jenny so gut zu ihr gewesen war.

Das Kind und die Frau waren so in ihre Arbeit vertieft, daß es eine Weile dauerte, ehe sie den Fremden bemerkten, der hinten im Raum stand. Als er ihnen schließlich auffiel, klammerte sich Sarah Jane schutzsuchend an Jenny. Das kleine Mädchen fürchtete, One-Eyed Jack könnte ihre Gedanken erraten und einen Henker geschickt haben, der sie an seine gräßliche Warnung erinnern sollte.

Der Fremde war groß und kräftig. Er trug einen zerbeulten alten Hut, den er tief ins Gesicht gezogen hatte, so daß man gerade noch seine Augen sehen konnte. Bartstoppeln zierten seine unrasierten Wangen, und dem langen Mantel über seinem Anzug sah man deutlich an, daß er eine ziemlich weite Reise hinter sich hatte. Er war offen, und so wie er von seinen leicht vorgeneigten Schultern hing, verlieh er ihm eine gewisse Ähnlichkeit mit einem Raubvogel.

Sarah Jane erschauerte und versteckte ihr Gesicht, in der Hoffnung, der Mann möge sie nicht bemerken.

»Hallo, Ma'am.« Er wandte sich an Jenny, nachdem er sich höflich an den Hutrand getippt hatte. »Sind Sie Miss Colter?«

»Die bin ich«, erwiderte Jenny. Sie hatte auch Angst vor dem

Fremden, aber da sie spürte, daß Sarah Janes Furcht größer war als ihre eigene, war sie bereit, das Kind notfalls zu verteidigen.

»Das dachte ich mir. Ein Mann im Ort hat mir gesagt, ich würde Sie hier finden. Ich bin Gus Grissom von der Pinkerton Detektei, Ma'am.« Der Mann zog einen Ausweis aus der Tasche und kam auf Jenny zu, um ihn ihr offen zu zeigen. Er hatte auch nichts dagegen einzuwenden, als sie ihn an sich nahm, um ihn näher zu betrachten. »Ich würde Ihnen gern ein paar Fragen stellen.«

»Weswegen?« erkundigte sie sich, nachdem sie sich den Ausweis genauer angesehen und ihm zurückgegeben hatte.

»Wegen der Morgan-Bande, Ma'am. Ich habe gehört, Sie verstehen sich mit Luke Morgan.«

Jenny erstarrte und überlegte, wer ihm wohl etwas über ihre Beziehung zu Luke gesagt haben könnte.

Offenbar hoffte der Detektiv, von ihr mehr Informationen über die Morgans zu bekommen, aber Jenny war nicht sicher, daß sie ihm irgend etwas verraten wollte. Lukes Verhalten in letzter Zeit hatte sie in den Glauben gebracht, daß es ihm ernst war mit ihr, daß er sich nicht nur mit ihr amüsieren wollte oder schlimmer, nur zu ihr hingezogen fühlte, weil er einer jener Männer war, die sich an der Furcht einer Frau weideten. Wenn sie diesem Detektiv jedoch irgend etwas mitteilte, was sie über Luke und seine Familie wußte, würde sie zweifellos jegliche Gefühle zerstören, die Luke für sie empfand. Und tief in ihrem Herzen wußte Jenny, daß sie es nicht ertragen könnte – jetzt nicht, nicht nachdem er ihr das Musikkästchen geschenkt hatte, was eine tiefere Bedeutung hatte. Außerdem wollte sie Lukes Familie das nicht antun.

Deshalb wartete sie ab, was der Detektiv von ihr wissen wollte. Sollten seine Fragen harmlos sein, würde sie ihm wahrheitsgemäß antworten. Falls nicht, war sie gezwungen zu lügen.

»Ich ... ich kenne Mr. Morgan, ja«, gab sie zu, nachdem sie ihre Haltung wiedergewonnen hatte. »Aber nicht besonders gut. Ich lebe erst seit kurzem hier in Tumbling Creek.«

Sie drückte Sarah Jane sacht, um sie stumm zu warnen, daß sie sich still verhalten sollte. Auch wenn das Mädchen nicht sprechen konnte, mochte es eine unwillkürliche Bewegung machen, mit der es dem Detektiv verraten könnte, daß Jenny einer konkreten Antwort auszuweichen versuchte.

»Das verstehe ich zwar, Miss Colter, aber ich muß Sie um Ihrer eigenen Sicherheit willen warnen, mir zu sagen, was Sie über die Bande wissen. Luke Morgan und seine Brüder sind Banditen, die in mehreren Staaten und Gebieten wegen bewaffneten Überfalls und verschiedener anderer Verbrechen gesucht werden. Es handelt sich um gefährliche Männer, und leider haben sie es geschafft, jedem meiner Vorgänger zu entkommen. Mr. Allen Pinkerton, der Gründer und Präsident der Pinkerton Detektei, ist nicht besonders glücklich darüber, Ma'am. Er hat mich hergeschickt, damit ich mich um die Angelegenheit kümmere, und genau das habe ich vor. Es bedeutet auch, daß ich die Morgan-Bande verhaften werde.

Ich bin ziemlich sicher, daß die Brüder vor einigen Monaten den Überfall auf den Ozark Eisenbahn Express verübt haben, bei dem sie eine Ladung Gold gestohlen haben, das für die Börse in Kansas City bestimmt war. Wie ich gehört habe, waren Sie in dem Zug, als der Diebstahl passiert ist. Haben Sie einen der Verbrecher, die Sie ausgeraubt haben, wiedererkannt, Miss Colter?«

Jenny zuckte ein wenig zusammen, denn sie hatte geglaubt, der Vorfall sei längst vergessen. Nicht mal Marshall Farlow, der Gesetzeshüter des Ortes, hatte jemanden darüber befragt.

»Ich persönlich bin nicht ausgeraubt worden, aber, nein, ich habe keinen der Männer wiedererkannt, die den Zug angehalten haben«, berichtete sie fälschlicherweise und hoffte, daß sie nicht blaß geworden war. »Ich habe nur zwei Männer gesehen, und die trugen Halstücher vor ihren Gesichtern. Aber ich bin sicher, daß keiner von ihnen zur Morgan-Familie gehörte, Mr. Grissom. Diese Männer waren dunkelhaarig und dunkelhäutig, und die Morgan-Brüder sind alle blond.«

Der Detektiv musterte sie aufmerksam, und Jenny fürchtete schon, er ließe sich von ihren Halbwahrheiten nicht täuschen.

»Ist Ihnen klar, daß einen Flüchtigen zu schützen, indem Sie wichtige Informationen vorenthalten, ein Vergehen ist, Miss Colter?«

»Ja, natürlich. Mein Schwager ist einer der besten Anwälte in Atlanta. Ich versichere Ihnen, ich würde Ihnen helfen, wenn ich könnte, Mr. Grissom. Aber leider habe ich keinen der beiden Männer je wiedergesehen, und ich verstecke auf keinen Fall jemanden in meinem Keller. Sie können gern mein Haus durchsuchen, wenn Sie wollen. Da es Ihnen um Luke Morgan geht, würde ich Ihnen vorschlagen, sollten Sie ihn auf seiner Farm Whispering Pines aufsuchen. Falls Ihnen nicht schon jemand gesagt hat, wo sie liegt, kann ich das gern tun.«

Luke, wie Jenny wußte, war mit Sicherheit nicht dort. Sie wollte Gus Grissom nur so schnell wie möglich loswerden und hoffte, das auf diese Art zu schaffen, auch wenn ihre Angaben sich als nutzlos erweisen mochten.

»Dort bin ich bereits gewesen, Miss Colter, wie auch bei Mr. und Mrs. Jebediah Morgans Haus sowie denen von J. R. und Tobias Morgan. Ich habe nichts gefunden.« Die Stimme des Detektivs klang grimmig. »Ehrlich gesagt, beginne ich zu verstehen, warum meine Vorgänger ihre Aufgabe nicht erfüllen konnten. Niemand in Tumbling Creek scheint etwas über die Morgan-Bande zu wissen.«

»Nun, ich bin sicher, das ist verständlich, Sir«, erwiderte Jenny behutsam. »Die Morgans haben eine Menge Verwandte und Bekannte in den Ozarks. Sie sind alle für ihr hitziges Temperament und ihr gutes Gedächtnis bekannt. Ein Mann, der einmal etwas über sie gesagt hat, wurde geteert und gefedert. Niemand möchte ein solches Schicksal teilen. Ich auch nicht. Wenn Sie mich jetzt bitte entschuldigen, ich habe zu tun und muß mich um meine Arbeit kümmern.«

Nervös sortierte sie ihre Unterlagen. Dann öffnete sie erneut Sarah Janes Notizblock und gab vor, die Arbeit des Mädchens zu überprüfen. Hoffentlich fiel dem Detektiv nicht auf, daß sie bereits einen Stern und 100 % unter die Arbeit geschrieben hatte. Die Buchstaben verschwammen vor ihren Augen, und Jenny schluckte schwer. Sie wünschte sich inständig, daß Gus Grissom gehen möge. Statt dessen musterte er sie lange Zeit aufmerksam, ehe er sie erneut ansprach.

»Es wird Ihnen nichts nutzen, Ma'am, sich an Luke Morgan wegzuwerfen«, sagte er streng. »Früher oder später wird er entweder gefangen und gehängt werden oder erschossen. Entschuldigen Sie, daß ich das sage, Miss Colter, aber ... wo bleiben Sie dann? Denken Sie mal darüber nach, Ma'am. Sie sind unverheiratet und Lehrerin. Da er zu den Leuten in Tumbling Creek gehört, könnte es sein, daß es niemanden interessiert, welches Verhältnis Sie zu Luke Morgan haben. Aber sollten Sie jemals eine andere Stellung brauchen, könnte es passieren, daß andere Leute nicht so denken, wenn es darum geht, die Frau ... die Frau eines unverbesserlichen Banditen zu engagieren.«

»Wie können Sie es wagen, mich dermaßen zu beleidigen, Sir!« Jenny sprang verärgert auf. Hitze stieg ihr ins Gesicht. »Weder bin ich noch war ich jemals das, was Sie aus mir machen wollen in bezug auf Luke Morgan. Da Sie mir gegenüber so etwas erwähnen, sind Sie auch kein Gentleman! Ich muß Sie bitten, sofort dieses Grundstück zu verlassen! Moses!« rief sie erregt. »Moses!«

»Ja ... ja, Miss Jenny!« keuchte er, rang nach Luft und schaute sie besorgt an.

»Moses, sorg bitte dafür, daß dieser ... dieser Mann hier unser Grundstück verläßt und nicht wiederkommt«, verlangte sie eisig von ihm. Es schwang ein zorniger Unterton in ihrer Stimme mit, der, so hoffte sie, ihre Furcht verschleierte.

»Ja, Miss Jenny.«

Gus Grissom musterte Moses abschätzend und bemerkte die kräftige Schaufel, die der Neger in Händen hielt. Dann sah er Jenny an und schüttelte bedauernd den Kopf.

»Sie begehen einen schweren Fehler, Miss Colter, den Sie irgendwann einmal sehr bereuen werden.«

»Das glaube ich nicht, Mr. Grissom. Da irren Sie sich, Sir«, erklärte sie ihm hochmütig, während ihre Augen zornig funkelten. »Sie können überzeugt sein, daß ich Mr. Pinkerton persönlich von Ihrem tadelnswerten Verhalten unterrichten werde!«

Das machte Eindruck auf den Detektiv. Allan Pinkerton schätzte Frauen im allgemeinen hoch und hatte ein besonders weiches Herz für Damen von guter Herkunft, die in eine schwierige Lage geraten waren und sich ihren Lebensunterhalt verdienen mußten. Immerhin war die Pinkerton Detektei eine der ersten in den Vereinigten Staaten, die eine Frau eingestellt hatte. Nein, Mr. Pinkerton würde Gus' Vorgehensweise bei Miss Colter nicht gutheißen!

»Ich ... bedaure, daß Sie mich derart mißverstanden haben, Ma'am«, entschuldigte er sich. »Es tut mir leid, wenn ich Sie belästigt habe. Einen schönen Tag noch, Miss Colter.«

Jenny wartete, bis Gus Grissom nach draußen gegangen war, sich auf sein Pferd geschwungen hatte und den Weg zur Hauptstraße hinunterritt. Da erst nickte sie Moses zu.

»Folg ihm«, verlangte sie leise und zitterte innerlich. »Sobald er außer Sichtweite ist, spannst du Blossom vor den Karren und fährst zu Jed und Lottie hinüber. Erkundige dich, wo die Morgan-Brüder sind, und sorge dafür, daß Luke eine Nachricht erhält. Erzähl ihm, was passiert ist. Der Mann wird uns beobachten. Davon bin ich überzeugt. Ich will nicht, daß Luke herkommt und in eine Falle läuft. Er wird glauben, ich hätte sie ausgelegt.« Besorgt rang sie die Hände. »Laß mich nicht im Stich, Moses. Ich zähle auf dich.«

Obwohl ihm die Besorgnis anzusehen war, lächelte Moses.

»Das habe ich bisher nie getan, Miss Jenny, und das wird auch diesmal nicht passieren. Um Ihren Mann brauchen Sie sich keine Sorgen zu machen. Er ist in Sicherheit, das verspreche ich Ihnen.«

»Er ist nicht mein Mann, aber danke, Moses. Sarah Jane ...« Jenny wandte sich an das blasse Kind. »Für heute machen wir mit dem Unterricht Schluß. Du kommst mit mir zum Haus hinüber. Ich mache dir einen Kamillentee. Danach kann Moses dich nach Hause bringen, ja? Vergiß nicht deinen Notizblock, Schatz, und hab keine Angst, hörst du? Deinem Vater wird nichts passieren. Ich verspreche es dir. Schließlich ist er klüger als zehn von diesen Detektiven, die Pinkerton herschicken kann, und er kann den einen ebenso in die Flucht schlagen wie die anderen.«

Aber noch während sie die Worte aussprach, erfaßte Jenny Angst. Gus Grissom schien ihr nicht von der Sorte Männer zu gehören, die leicht aufgaben. Nein, er erinnerte sie allzu lebhaft an die Bluthunde, die ihr Vater einmal auf Faxon's Folly gezüchtet hatte. Diese Hunde hatten ihre Jagd so lange fortgesetzt, bis sie vor Erschöpfung tot umgefallen waren.

Innerlich beunruhigt faßte sie nach Sarah Janes Hand und machte sich mit ihr auf den Heimweg. Ein starker Wind kam auf, rüttelte die Zweige der Bäume und wirbelte mehrere vertrocknete Blätter auf. Gespenstisch tanzten sie durch die Luft. Die Böen erfaßten gnadenlos Jennys Röcke, als sie und Sarah Jane den schmalen, überwucherten Pfad entlangeilten. Dicke Regentropfen fielen auf sie herab, und kurz darauf waren sie völlig durchnäßt.

Jenny erschien es, als würde der unstete Wind sie spöttisch streicheln, ihr triumphierend ins Ohr flüstern und zurufen, sich von ihm mitreißen zu lassen, während er ihre sichere kleine Welt erschütterte. Der Regen kam ihr vor wie Tränen, mit denen die Vergangenheit abgewaschen wurde, so daß sie sich allein der Zukunft stellen mußte.

Plötzlich begriff sie das volle Ausmaß dessen, was sie getan hatte, und mit wachsender Beklemmung erkannte sie, daß sie einen Weg eingeschlagen hatte, auf dem sie nicht mehr umkehren konnte.

Es verstieß gegen das Gesetz, Informationen über ein Verbrechen oder einen Flüchtigen zu verschweigen. Indem sie Luke Morgan verteidigt hatte, war Jenny selbst zur Verbrecherin geworden und nicht viel besser als er!

17. Kapitel

Es war bereits spät, als es an der Tür des Anbaus klopfte. Jenny, Moses und Delcine, die am Küchentisch zusammensaßen und vor dem Schlafengehen noch einen heißen Tee zu sich nahmen, erschraken und schauten sich entsetzt an.

Damit er den Stuhl nicht über den Boden schrammte, stand

Moses behutsam auf und schlich sich zu einer der Schrankschubladen hinüber, aus denen er sich ein scharfes Schlachtermesser holte. Er hielt seinen Finger gegen die Lippen, bedeutete Jenny und Delcine zu schweigen und lief auf Zehenspitzen in den Anbau hinüber.

Erneut klopfte es. Diesmal lauter und drängender.

»Ich bin es, Luke, Jenny«, zischte eine gedämpfte Stimme. »Laß mich rein!«

»Mein Gott!« hauchte sie und starrte Moses vorwurfsvoll an, als sie an die Tür lief.

Der Neger war gekränkt, daß sie derart wenig Vertrauen zu ihm hatte, und schaute sie enttäuscht an.

»Miss Jenny, ich schwöre, ich habe Mister Luke die Nachricht persönlich überbracht und habe ihm ausdrücklich gesagt, daß er nicht hierherkommen soll, weil dieser Detektiv wahrscheinlich das Haus hier beobachtet. Aber Mister Luke ... er ist eben sehr halsstarrig. Ich habe gleich gemerkt, daß er nicht auf mich hören würde.«

»Das liegt daran, Moses, daß ich nicht hören wollte, was Sie mir gesagt haben.« Luke grinste vergnügt, als er in die Küche schlüpfte. »Drehen Sie den Docht an der Lampe herunter, Delcine, damit wir nicht so einen großen Schatten gegen den Vorhang werfen. Jemand, der uns beobachten sollte, kann so unmöglich erkennen, wieviel Personen im Raum sind.«

Er wandte sich an Jenny und verzehrte sie förmlich mit seinem Blick.

»Meine Güte, Luke, du Narr!« jammerte sie leise. »Wie konntest du nur heute abend herkommen? Ich habe dich gewarnt, das nicht zu tun. Mit Sicherheit ist dieser schreckliche Mensch da draußen im Wald und beobachtet das Haus.«

»Also, wenn das der Fall ist, leistet er beste Arbeit, weil wir ihn schon über eine Stunde verfolgen und keine Spur von ihm gefunden haben. Aber mach dir keine Sorgen, Süße. Raif und Billy Clay sind noch unterwegs. Sollte er sich irgendwo da draußen aufhalten, werden sie ihn schon finden. Er kann ebensogut das Haus meiner Eltern wie J. R.s oder Tobys beobachten. Ma ist mächtig wütend, daß dieser Geier hier aufgetaucht ist. Kate und Winona nicht minder.« Er schaute Moses an und zwinkerte ihm zu. Unwillkürlich mußte er daran denken, was der große schwarze Mann ihm erzählt hatte. Jenny hätte den Detektiv von oben herab behandelt und aus dem Klassenzimmer geschickt. »Ich habe gehört, du hast Mr. Grissom weggeschickt und ihm ein paar Flöhe ins Ohr gesetzt!«

Jenny errötete und brauste dann auf: »Also ich weiß nicht, warum ich das getan habe. Ich hätte ihn auf dem geraden Weg zu den Höhlen schicken sollen, die sich auf deinem Grund und Boden befinden, wie ich gehört habe. Ich bezweifle nicht, daß du dich dort den ganzen Nachmittag versteckt gehalten hast. Stimmt es?«

»Worauf du dich verlassen kannst. Es gibt keinen sichereren Ort. Meine Brüder und ich kennen diese Höhlen wie unseren Handrücken. Selbst wenn du mich verraten hättest, fürchte ich, hätte Mr. Grissom sich hoffnungslos verirrt, ehe er uns gefunden hätte. Einer dieser armen Kerle liegt da draußen begraben. Er ist in einen Abgrund gefallen und verhungert, ehe wir ihn schließlich gefunden hatten.« Lukes Stimme klang grimmig. »Eine schöne Art zu sterben, und wozu? Völlig umsonst! Hör mal, Jennilee«, fuhr Luke fort. »Ich habe nicht viel Zeit. Für die nächsten Wochen werde ich den Ort verlassen. Ich bin nur hergekommen, um mich von dir zu verabschieden. Ich konnte nicht gehen, ohne es dir zu sagen. Sobald ich kann, bin ich wieder da. Nicht daß du in der Zeit auf dumme Ideen kommst, was diesen Orville anbelangt, hörst du? Ich werde ihn auspeitschen, und ich … ich … was ich mit dir mache, werde ich mir noch überlegen. Vielleicht komme ich zu dir in den Unterricht und sorge für mehr Unruhe als Matthew und McNabb.«

Bei den Worten machte Jennys Herz einen unvernünftigen Satz. Er mußte sie gern haben. Zumindest ein wenig. Warum sonst hätte er sein Leben riskieren sollen, um sich von ihr zu verabschieden? Wenn er sich nur mit ihr amüsieren wollte, wäre er sicherlich nicht vorbeigekommen. Schließlich riskierte er, gefangengenommen zu werden. Sicherlich wäre er einfach auf und davon, ohne auch nur eine Sekunde zu überlegen, wie das auf sie wirken mochte?

»Wenn du das tust, werde ich dir mit meinem Lineal auf die Finger klopfen und dich zur Strafe in die Ecke schicken – mit einer Narrenkappe auf dem Kopf!« entgegnete sie schmunzelnd. »Ach, Luke. Sei vorsichtig, ja? Kipp und Sarah Jane brauchen dich so sehr. Sarah Jane hat heute das Alphabet aufgeschrieben, sämtliche Buchstaben und in der richtigen Reihenfolge. Sie wollte dir heute abend ihr Blatt zeigen. Sie war so stolz.«

Luke preßte die Lippen aufeinander.

»Auch das haben diese verfluchten Detektive vermasselt!« schimpfte er. »Teufel noch mal! Wie ich diese Bastarde hasse! – Entschuldige meine Ausdrucksweise. Eines Tages werde ich ihnen das heimzahlen, ganz bestimmt! Gib Sary einen Kuß von mir, Jennilee, und sag ihr, daß ich bald nach Hause komme. Hörst du den Eulenschrei? Das ist Raif. Verdammt, ich bin so außer mir, daß ich diesen Detektiv umbringen könnte, wenn ich ihn sehe!«

Lukes Augen verfinsterten sich plötzlich, und seine Stimme klang heiser, als er Jenny sehnsüchtig musterte. Er würde sie vermissen – mehr als er jemals für möglich gehalten hatte.

»Aber du wirst ihn nicht umbringen, nicht wahr?« flüsterte sie, als sie zu ihm aufschaute. »Mrs. Zee hat mir gesagt, ihr hättet bisher niemanden umgebracht.«

»Nun«, begann Luke und hätte Jenny am liebsten die ganze Wahrheit über sich erzählt. Sie hatte ein Recht darauf. Aber er hatte keine Zeit mehr. »In gewisser Weise hat Zenobia recht, Jenny. Wir bringen niemanden um, der seine Waffe nicht zuerst auf uns richtet und keine Chance hat, zu beweisen, daß er der bessere Schütze ist. Ich habe Männer umgebracht, eine Reihe sogar. Allerdings hauptsächlich im Krieg. Denk ja nicht, ich hätte es noch nie getan, Jenny«, stieß er warnend hervor.

»Ich bin ein Bandit, wie du mich mehrmals erinnert hast, und wenn du dich entschließen solltest, mich herzulocken, um mich dem Gesetz zu übergeben, bekämst du eine hübsche Belohnung von tausend Dollar für deine Mühe.

Du kannst es dir überlegen, während ich weg bin, Jenny. Für

dich springt dabei mehr raus, als wenn du schweigst – selbst wenn ich darauf bestehe. Mach dir keine Sorgen um mich. Was ich an dem Abend im Hotel gesagt habe, war nicht so gemeint. Ich will dich nicht als Komplizin mit ins Gefängnis bringen. Wenn also dieser Detektiv wiederkommt und dich befragt, sag ihm die Wahrheit.«

Luke schaute zu Moses und Delcine hinüber, die stumm am Tisch saßen und alles mitbekamen: Lukes ernstes, besorgtes Gesicht ebenso wie die Liebe, die sich in Jennys Augen widerspiegelte.

»Ihr beide paßt gut für mich auf sie auf«, befahl er ihnen. »Laßt es nicht zu, daß sie ihr Leben meinetwegen wegwirft.«

Anschließend küßte er Jenny rasch, eindringlich und sehnsüchtig, löste sich widerstrebend von ihr und verschwand in die Nacht hinaus.

Von der Tür des Anbaus aus schaute Jenny ihm nach, sah, wie Raiford aus dem Schatten auftauchte und ihm entgegenkam. Die beiden Männer saßen rasch auf und ritten davon. Bald schon wurden sie von der Dunkelheit im Wald verschluckt. Im stillen drängte Jenny sie vorwärts, damit sie entkamen. Da sie nach einiger Zeit noch immer nicht das laute Geschrei eines Verfolgers hörte, atmete sie erleichtert auf. Heute abend würde Gus Grissom seine Beute wohl nicht mehr einholen. Aber sicherlich bekam er eine andere Chance, und das nächste Mal hatte Luke vielleicht nicht mehr so viel Glück. Jenny klopfte das Herz bis zum Hals, wenn sie daran dachte, daß er gehängt werden könnte oder durch einen gezielten Schuß verbluten würde. Sie konnte nicht verstehen, wie Kate und Winona die schreckliche Ungewißheit, ob ihren Männern etwas zugestoßen war oder nicht, Tag für Tag und Nacht für Nacht aushielten.

Würde Luke tatsächlich zu ihr zurückkehren, wie er versprochen hatte, oder würde er statt dessen in einem Piniensarg gebracht werden – wie so viele, die Jenny geliebt hatte? Sie wußte es nicht und sie glaubte nicht, daß sie stark genug war, diese Spannung zu ertragen.

Sie ging zu Bett, konnte aber nicht schlafen. Der Wind, der bereits den ganzen Abend wehte, verstärkte sich, und der feine Nieselregen wuchs zu gewaltigen Wassermassen, als die Schleusen des Himmels sich öffneten.

Die alte Hütte erzitterte in dem Sturm und Unwetter, das an Fenstern und Türen rüttelte. Der Regen trommelte so heftig gegen das gegerbte Leder, das als Fensterscheiben diente, daß Jenny aufstehen und die Fensterläden schließen mußte. Die Tropfen hämmerten auf das Dach, und der ohrenbetäubende Lärm war alles andere als beruhigend. Sie konnte nur an Luke denken, der sich bei dem Unwetter draußen in der Dunkelheit zurechtfinden mußte. Donner grollte, und Jenny verkroch sich unter der Decke. Es blitzte heftig, und gleich darauf krachte es so mächtig, daß sie wußte, eine der hohen Pinien im Wald mußte getroffen worden sein. Der Regen ließ nicht nach, und Angst schlich sich in ihr Herz. Überschwemmungen waren in den Ozarks keine Seltenheit. Wenn das Unwetter nicht nachlassen sollte, konnte es passieren, daß die Flüsse, Bäche und Quellen anstiegen und über ihre Ufer traten.

Zum ersten Mal, seit sie in Tumbling Creek angekommen war, wünschte Jenny sich, ihr Haus stünde höher. Sie dachte an Lukes Farm Whispering Pines. Das Grundstück reichte bis zum White River, und sie überlegte schon, ob die abbruchreife Hütte am Morgen noch stehen würde. Sicherlich hatte Luke auf einer Anhöhe gebaut. Jenny versuchte, sich zu erinnern, ob das der Fall war oder nicht, aber sie hatte sein Haus nur das eine Mal im Dunkeln gesehen. Sie konnte sich nicht erinnern, und sie wußte auch nicht, warum es so wichtig sein sollte, daß sie es konnte – außer daß sie hoffte, Lukes Farm würde eines Tages ihr Zuhause werden.

Ihr Zuhause! Vorfreude erfaßte sie bei dem Gedanken. Sie stellte sich vor, mit Luke, Kipp und Sarah Jane auf Whispering Pines zu leben. Ein glückliches Bild bot sich ihr. Sie sah, wie sie kochte und putzte, den Kindern abends eine Geschichte vorlas und beim Schein der Lampe eines von Lukes Hemden flickte. Dann gingen Kipp und Sarah Jane zu Bett, und sie war allein mit Luke. Er sah sie vom anderen Ende des Raumes an, und Jenny erschauerte. Sie vermochte nicht, die Szene weiter auszuschmücken. Sie wußte, daß ihr Schlafzimmer dahinter lag, aber sie brachte es nicht fertig, hineinzugehen, gleichgültig wie gern sie das wollte. Ihre Erinnerung an Liebe, wie sie sein sollte, war überschattet von dem schrecklichen Ereignis an jenem fürchterlichen Tag auf Faxon's Folly. Die tiefen Wunden, die es bei ihr an Körper und Seele hinterlassen hatten, waren noch nicht vernarbt.

Jenny dachte daran, wie Luke sie am Abend geküßt hatte, ehe er gegangen war, und sehnte sich danach, erneut seine Lippen auf ihrem Mund zu spüren. Aber sie erinnerte sich auch an jenen Abend, als er sie in seinem betrunkenen Zustand bedrängt und wild geküßt hatte, als er das Oberteil ihres Kleides samt ihrem Unterhemd zerrissen hatte. Sie wußte, daß er eine brutale Seite besaß, die sie immer an die Bilder der Vergangenheit erinnern würde, die ihr unvergeßlich waren, sie quälten und solche Angst bei ihr erzeugten.

Sie liebte Luke, das erkannte Jenny wohl, aber sie konnte ihm niemals all das geben, was er am Ende von ihr verlangen würde. Was sie von jenem Tag auf der Plantage im Gedächtnis behalten hatte, war noch viel zu lebendig. Die Zeit hatte die Wunden noch nicht verheilt. Aber vielleicht vermochte Luke das zu schaffen – wenn sie ihm die Chance dazu gab. Jenny wußte es nicht. Sie wußte nur, daß sie sich mehr und mehr zerrissen und verwirrt fühlte, mehr als je zuvor in ihrem Leben.

Sie lauschte dem Heulen des Sturms, der erst allmählich nachließ und schließlich zu einem leisen Seufzen verebbte. Wie schon am Nachmittag stellte Jenny sich vor, er würde ihr etwas zuflüstern, spöttisch, liebevoll, herausfordernd und triumphierend – wie Luke, eine Mischung vieler verschiedener Gefühle, die sie unaufhörlich lockten und von ihr verlangten, daß sie alles gab, wovor sie sich so fürchtete.

18. Kapitel

Die Tage nach Lukes Abschied vergingen langsam, einer ähnelte dem anderen, und an dieser Gleichförmigkeit erkannte Jenny, wieviel er ihr bedeutete und wie sehr er ihr Leben mit seiner Gegenwart ausgefüllt hatte. Sie vermißte ihn mehr, als sie für möglich gehalten hätte, und dieses fremdartige Sehnen, das sie verspürt hatte, als er sie geküßt hatte, verstärkte jetzt einen körperlichen Schmerz, der sich nicht lindern ließ.

Sie redete sich ein, es sei sinnlos. Trotz ihrer Gefühle für ihn oder seiner für sie, würde nichts aus ihrer Beziehung werden, solange sie nicht gewillt war, sich ihm restlos hinzugeben –, aber auch das half nichts. Innerlich hoffte sie, daß sich doch noch alles zum Guten wendete.

Mittlerweile war es morgens, wenn sie aufstand und sich für die Schule zurechtmachte, ziemlich dunkel und auch kalt. Jenny fröstelte, während sie sich wusch, und trocknete sich jedesmal hastig ab. Delcine erwärmte zwar immer das Wasser, aber in Jennys Schlafzimmer befand sich kein Ofen, und die Wärme vom Kamin im Wohnzimmer reichte nicht bis in die hintersten Winkel der Hütte. Rasch schlüpfte sie in ihre Kleidung und ging erleichtert in die gemütliche Küche hinüber.

Starker schwarzer Kaffee kochte bereits auf dem Herd, und nachdem sie sich eine Tasse eingeschenkt hatte, nippte Jenny genüßlich daran, während sie wie jeden Morgen überlegte, ob Luke es warm haben und sich in Sicherheit befinden mochte. Sie hatte keine Nachricht von ihm und wußte auch nicht, wo er sich aufhielt.

Nachdem sie ihren Kaffee getrunken hatte, stellte Jenny die Blechtasse auf den Tisch. Dann trat sie in das Empfangszimmer, um ihre Sachen an sich zu nehmen. In der Ecke dort stand bereits der kleine Tannenbaum, den Moses Anfang der Woche gefällt hatte und der Weihnachten aufgestellt werden sollte. Jeden Abend bastelten Delcine und sie den Schmuck, mit dem er verziert werden würde: winzige Puppen und Stofftiere, Pappsterne und Papierketten. Sie wollten auch eine Preiselbeer- und Popcornschnur, Lebkuchenmänner und Zuckerstangen hineinhängen. Jenny strickte sogar für jeden ihrer Schüler hübsche kleine Beutel, die mit Süßem gefüllt wurden. Wenn die Kinder die Bonbons gegessen hatten, konnten die Beutel danach für Murmeln oder Kartenspiele benutzt werden.

Jenny schaute auf die Uhr auf dem Kaminsims und sah, daß sie sich beeilen mußte, wenn sie nicht zu spät kommen wollte. Schnell ging sie nach draußen zum Wagen, mit dem Moses gerade um die Ecke kam. Sie zog die Schultern hoch, als ihr der kalte Wind entgegenwehte, und hastete zu dem Gefährt.

Sie musterte den dunkelgrauen Himmel und betrachtete interessiert den frostigen Boden. Ob es wohl schneien würde? Wie mochte das sein? Kälter als in Atlanta war es schon. Zum Glück hatten sie wenigstens die Scheune fertigbekommen, so daß die Tiere bei dem Wetter nicht ungeschützt waren. Jenny fröstelte. Leider hatte Luke von dem Aufbau der Scheune nichts mitbekommen. Sie hatte gehofft, daß er es zuwege bringen würde, die erste Party, die sie in ihrem Haus veranstaltete, zu besuchen, aber das war ihm nicht gelungen. Seine Abwesenheit hatte ihre Freude über das Ereignis ein wenig geschmälert.

Als sie in der Schule ankam, läutete Jenny mehrmals die Glocke. Dann entfachte sie ein Feuer im schmiedeeisernen Ofen. Inzwischen waren alle eingetroffen, und der Unterricht begann.

Jenny hörte dem Lesen ihrer Schüler nur mit halbem Ohr zu, korrigierte Fehler automatisch und lobte diejenigen, die sich wirklich Mühe gaben. Doch in Gedanken weilte sie bei Luke. Deshalb fiel ihr kaum auf, daß Matthew McNabb, der wohl merkte, wie geistesabwesend sie war, nicht mehr aufpaßte. Mit einem scharfen Taschenmesser schnitt der Junge vorsichtig ein quadratisches Loch in die Seiten des Gesangsbuchs in seinem Schreibtisch. Das Buch war dick, deshalb dauerte es eine Weile, ehe er erreicht hatte, was ihm vorschwebte. Aber Matthew hatte Geduld und war bereit zu warten, bis er seine Rache an Crabby Abby ausüben konnte, dafür daß Reverend Thompkins ihn und seinen Vater in den Mittelpunkt seiner Predigt gerückt hatte.

Matthew grinste teuflisch. Crabby Abby saß während der Andacht jedesmal an seinem Platz. Was würde sie für eine Überraschung erleben, sobald es Frühling war!

Heimlich schaute er zu Jenny hinüber. Ob sie sein Machwerk bereits erspäht hatte? Nein, sie träumte wohl in den Tag hinein. Das tat sie in letzter Zeit häufig. Sie mußte verliebt sein, entschied Matthew und dachte daran, wie sein Vater in letzter Zeit ständig an Lacey Standish dachte. Nun, vielleicht würde sein Alter genug Mut aufbringen und die Schneiderin um ihre Hand bitten. Matthew hoffte es jedenfalls. Er mochte Lacey. Das einzige Mal, als er versucht hatte, ihr einen Streich zu spielen, hatte sie ihm mit ihrem Nadelkissen auf den Kopf geklopft und gedroht, ihn mit ihrem Maßband zu fesseln. Sie war so ähnlich wie Miss Colter. Unfug ließ sie nicht durchgehen, aber sie war kein Spielverderber.

Matthew musterte erneut verstohlen Jenny, die er inzwischen bewunderte. Er erinnerte sich noch daran, wie sie ihn angesehen hatte, als der Reverend ihm und seinem Vater die Predigt gewidmet hatte. Sicherlich würde sie sich über die Rache amüsieren, die er sich für Crabby Abby ausgedacht hatte. Fleißig schnitt er weiterhin heimlich an dem Buch herum.

Es schneite, als der Unterricht zu Ende war, und Moses kam, um Jenny abzuholen. Verwundert betrachteten sie die weißen, kristallenen Flocken, hoben ihnen ihr Gesicht entgegen und hielten ihre Hände auf. Als sie schließlich die Hütte erreichten, war Delcine schon draußen und stapfte kichernd durch das dichte Pulver. Jenny und Moses stiegen vom Wagen und gesellten sich zu ihr. Lachend und quietschend liefen sie alle drei im Garten herum, bewarfen sich mit Schneebällen und ließen sich rücklings zu Boden fallen, um »die Engel« zu machen, von denen Jennys Schüler gesprochen hatten. Sie bauten einen Schneemann, wie Jennys Schüler es ihr beschrieben hatten. Die Kinder hatten sich gewundert, daß sie noch nie Schnee gesehen hatte, und waren hellauf begeistert gewesen, daß sie Jenny in etwas belehren konnten.

Als der Schneemann fertig war, setzte Jenny ihm einen alten Hut auf und hängte ihm einen Schal um, der Moses gehörte, worauf Delcine behauptete, er sähe jetzt aus wie Moses. Aber für Jenny, die ebenfalls verliebt war, gab es nur einen Mann, dem er ähnlich sehen konnte. Wo mochte Luke sein? Ob er auch so an sie dachte wie sie an ihn?

Weit entfernt in den Black Hills des Dakota Territory schüttete der Mann, dem Jennys Gedanken galten, die Reste seines Kaffees ins Lagerfeuer und streckte seine Hände über die einladenden Flammen aus. Er schaute sich aufmerksam um. Obwohl er und seine Brüder sich dieses Versteck gut ausgesucht hatten, ließ seine Wachsamkeit nie nach. Die Schlucht, die sie umgab, bot ihnen Sicherheit, und Luke war überzeugt, daß ihnen kein Detektiv gefolgt war, aber dieses Wissen nahm ihm nicht die Sorge, sondern verstärkte sie eher. Die Black Hills gehörten den Sioux Indianern, und die reagierten auf Eindringlinge nicht besonders freundlich.

»Was für eine schreckliche Art, Weihnachten zu verbringen«, bemerkte er trocken und sprach damit den Gedanken aus, der seine Brüder auch beschäftigte.

»Ja. Das ist es!« pflichtete Raiford ihm niedergeschlagen bei und hätte gern gewußt, ob Emmalou Ivey einen anderen Verehrer gefunden hatte, der mit ihr die Festlichkeiten in Powder Springs besucht, die dort stattfanden.

»Es ist eine Schande, daß wir nicht nach Hause können«, bemerkte Tobias. »Ma ist sicher schwer enttäuscht – ganz zu schweigen von unseren Frauen und den Kindern.«

Die anderen stimmten ihm betrübt zu, aber keiner von ihnen konnte etwas dagegen tun. Luke, der ein wenig von den anderen entfernt dastand, verschränkte die Arme vor der Brust und versuchte damit, die beißende Kälte etwas abzuwehren.

Diese verdammten Detektive sollten doch in der Hölle schmoren. Für ihn wäre es das erste Weihnachten mit Jenny gewesen – und er durfte es nicht mir ihr verbringen. Luke juckte es in den Fingern, den Detektiv zu erwürgen, der sich wie ein Bluthund an die Fersen der Morgans geheftet hatte, seit sie aus Tumbling Creek geflüchtet waren. Bisher hatten die Brüder kaum mehr als den Namen des Mannes ausfindig gemacht und wußten, daß er gute Arbeit leistete, da er ihnen unbarmherzig gefolgt war. Zweimal hatten sie versucht, ihn in einen Hinterhalt zu locken, aber der umsichtige Detektiv war ihnen nicht in die Fallen gegangen, die sie für ihn ausgelegt hatten.

Luke preßte verärgert die Lippen aufeinander. Im Moment hätte er alles dafür gegeben, um bei Jenny zu sein, hätte sogar seine Vergangenheit ungeschehen gemacht, wenn das möglich gewesen wäre, damit er nicht mehr davonlaufen und sich wie ein Tier vor Menschen wie Gus Grissom, die ihn gnadenlos jagten, verstecken mußte.

Was mochte Jenny jetzt machen? Vermutlich Unterricht geben. Verflixt! Wie schön es auf dem Fest gewesen war und wie herrlich sie sich auf dem Basar amüsiert hatten! Sie war ihm gegenüber aufgetaut. Luke hatte es gespürt, und er ärgerte sich, daß er nicht mit ihr zusammensein konnte, um ihr näherzukommen. Statt dessen war er gezwungen gewesen, aus der Stadt zu fliehen. Hätte er dort bleiben können, hätte er Jenny mit Aufmerksamkeiten überschütten und sie umwerben können. Vielleicht wäre es ihm jetzt schon gelungen, ihr Herz zu erobern.

Doch so würde sie sich ihm gegenüber sicher wieder verschließen, sollte er nach Tumbling Creek zurückkehren – falls er das je konnte –, und er würde von vorn anfangen müssen. Da sollte ein Mann sich nicht die Haare raufen!

Warum nur war er Bandit geworden? Aufgewachsen war er in dem Glauben an Gesetz und Ordnung und nicht an Verstöße dagegen. Was hatte ihn und seine Brüder so verändert? Luke wußte es nicht, aber sie hatten begonnen, sich mit der Waffe durchzuschlagen – und würden durch sie vielleicht auch sterben.

Der Krieg hatte sie alle verändert. Der grausame Überfall auf den Ort Lawrence war ein Wendepunkt in seinem Leben gewesen. An der Weggabelung seines Lebens hatte er sich für die gesetzlose Richtung entschieden. Unwillkürlich dachte er an jenen Tag, erinnerte sich an das Geschehen und überlegte, was hätte passieren können, wenn er nicht mit Colonel Quantrill aus der Stadt geritten wäre – und weitergeritten wäre, nachdem sein befehlshabender Vorgesetzter längst in Tennessee gefallen war …

19. Kapitel

Lawrence, Kansas, 1863

Wenn man seine kleine, schmale Statur und den scharfen Blick seiner blaßgraublauen Augen sah, mit dem er sich ständig aufmerksam umschaute, als ob er einen Raum voll aufsässiger Kinder vor sich hatte, konnte man leicht auf den Gedanken kommen, daß Colonel William Clarke Quantrill vor dem Krieg Lehrer gewesen war. Aber niemand hätte vermutet, so überlegte Luke, während er seinen befehlshabenden Offizier musterte, daß der Mann jetzt der Führer einer Guerilla-Truppe von Soldaten war, die zu den Konföderierten gehörten. Nein, man mußte Quantrill und seine Vergangenheit kennen, um zu verstehen, wie er es geschafft hatte, vierhundertfünfzig Mann hinter sich zu scharen, die ihm willig quer durch Missouri zur Grenze nach Kansas folgten.

Trotz seines schmächtigen Körperbaus war Quantrill hart, drahtig und klug. Er war nicht immer Lehrer gewesen. Früher einmal hatte er seinen Lebensunterhalt als Berufsspieler verdient, und sein ausdrucksloses Gesicht sowie die stählernen Nerven, die ihm am Pokertisch von Nutzen gewesen waren, dienten ihm heute im Umgang mit seinen Männern. Da er gern auf Jagd ging, konnte er gut schießen, und nur wenige in seiner wilden Truppe taten es ihm im Umgang mit Pistole und Gewehr gleich.

Während er in Lawrence bei John Sarcoxie, dem Sohn von Häuptling Sarcoxie der Delaware Indianer, gelebt hatte, hatte er sich Charlie Hart genannt und die Fähigkeiten, die er brauchte, um die Truppe zu führen, verfeinert. Da er sich schnell langweilte, hatte er begonnen, häufig die North Ferry Landing zu besuchen, wo sich Faulenzer, Herumtreiber, Unruhestifter und gefährliche Verbrecher sammelten. Dort hatte er sich zu einer Bande von Grenzgängern gesellt, die für eine Belohnung davongelaufene Sklaven aufspürten und zu ihren rechtmäßigen Besitzern in Missouri zurückbrachten. Während dieser Zeit hatte

Quantrill es geschafft, seine wahre Gesinnung vor den stark gegen die Sklaverei eingestellten Bürgern zu verbergen, die erst etwas von seinen Eskapaden erfahren hatten, als er verhaftet und deswegen angeklagt wurde. Es war ihm jedoch gelungen, vor Beginn des Verfahrens zu entkommen, und da er sich nicht um das Gesetz scherte, war er aus der Stadt geflohen.

Luke, der darüber nachdachte, fand, daß Quantrills Autorität so gesehen nicht unverständlich war. Aus aufsässigen Kindern wurden oft unbändige, bösartige Männer, die wie Kinder eine strenge Führung brauchten. Der ehemalige Lehrer besaß die Fähigkeit dazu – wie diejenigen, die versucht hatten, ihn zu hintergehen, sehr rasch erfahren hatten – zu ihrem eigenen Pech.

Heute, drei Jahre später, führte Quantrill seine zusammengetrommelten Plünderer nach Lawrence, dem Bollwerk des Freien Staates Kansas zurück.

Vor fünfzehn Tagen waren zweihundert Mann von Überläufern der Union in Missouri umgebracht worden. Einige Zeit später war eine Gruppe Frauen, die mit verschiedenen Männern von Quantrills Truppe in Verbindung gebracht wurden, von General Thomas Ewing, einem Befehlshaber der Union, der in Kansas City stationiert war, verhaftet worden. Dem Gerücht nach standen die Frauen im Verdacht, Spitzel der Rebellen zu sein und sollten deshalb vernommen werden. Ehe sie jedoch befragt werden konnten, war das baufällige alte Gebäude in der Grand Avenue, das als ihr Gefängnis diente, während eines Unwetters eingestürzt. Bei diesem Unglück waren mehrere Personen umgekommen. Drei der Opfer waren Schwestern des Bloody Bill Anderson, des Mannes, der als Quantrills rechte Hand galt.

Für diese beiden Vorfälle wollten die berüchtigten Bushwhackers, wie die Guerilla-Truppe bei ihren Feinden genannt wurde, die Rache des Südens ausüben.

Lawrence hatten sie zu ihrem Ziel erklärt, weil es das Hauptquartier der Jayhawkers von Kansas war, Sympathisanten mit den Nordstaatlern, die in Wirklichkeit mehr aus einer Gruppe von Raufbolden bestand, die die Politik als Ausrede benutzten, um unverzeihliche Verbrechen und Morde hinter der Grenze von

Missouri zu begehen. Lawrence galt einerseits als Versammlungsort der Red Legs, wie die Jayhawkers auch genannt wurden, und war zugleich der Knotenpunkt, von dem aus sie die gestohlenen Güter vertrieben. Der Kopf dieser ganzen Aktionen war General Jim Lane, unter anderem zusammen mit Jennison und Montgomery.

Quantrills Raiders, wie sie in letzter Zeit öfter bezeichnet wurden, wollten General Lane und so viele seiner Männer wie möglich bei einem Angriff auf die Stadt umbringen.

Als sie sich der Grenze von Kansas näherten, umklammerte Luke die Zügel seines großen rotbraunen Hengstes Blaze fester. Er schaute zu J. R. hinüber, der in eine Unterhaltung mit Frank James und Coleman sowie Jim Younger vertieft war.

Frank blickte nicht allzu glücklich drein, aber Luke wußte, das hatte nichts mit dem bevorstehenden Überfall zu tun. Frank war wütend, weil sein hitziger Bruder, der fünfzehnjährige Jesse, nicht hatte mitkommen dürfen. Luke begriff nicht, warum Frank deswegen so außer sich war. Es war schließlich nicht so, als wäre das eine persönliche Angelegenheit gegen Jesse gewesen. Quantrill hatte befohlen, daß sämtliche jungen Rekruten in Missouri bleiben sollten. Raiford und Billy Clay mußten auch zu Hause warten. Ehrlich gesagt, war Luke froh darüber. Raiford war so wütend wie Jesse James, und Billy Clay konnte seinen Mund nicht halten. Beide reizten Luke oft genug.

»He, J. R.«, rief er und lächelte vergnügt, als sich alle vier Männer in ihren Sätteln nach ihm umdrehten. »Wie weit noch, ehe wir eine Pause machen?«

J. R. blinzelte in die gleißende Nachmittagssonne und den sandigen Staub, der vor ihnen von den Pferdehufen aufgewirbelt wurde.

»Noch anderthalb Kilometer vielleicht«, erwiderte er unwirsch und nahm seine Unterhaltung mit Frank James und den Youngers wieder auf.

Luke schimpfte vor sich hin. Es war heiß genug, um auf den Steinen Spiegeleier zu braten. Sein Mund war wie ausgetrocknet und schmeckte nach Sand, trotz des roten Tuches, das er sich vor das Gesicht gebunden hatte. Schweiß rann ihm den Nacken hinunter. Das Hemd klebte ihm auf der Haut. Er sehnte sich nach einem kühlen Schluck aus seiner Trinkflasche und überlegte einen Moment, ob er aus der Formation ausscheren und seinen Durst löschen sollte. Aber er wollte sich keine scharfen Bemerkungen von J. R. anhören, daß es ihm an Disziplin mangele, ganz zu schweigen von der Rüge vor aller Augen, die er bekommen mochte, falls Quantrill ihn erwischte. Letzteres war nicht unwahrscheinlich, da dem Colonel nur selten etwas entging. Deshalb biß Luke die Zähne aufeinander und preschte vorwärts. Im Gegensatz zu einigen anderen, die eher ohnmächtig auf ihren Sätteln zu hängen schienen, konnte er durchaus noch anderthalb Kilometer aushalten. Aber das hieß ja nicht, daß es ihm gefiel.

Er murmelte etwas Unverständliches vor sich hin und starrte auf Quantrills Rücken.

Tobias, der neben ihm ritt, musterte ihn durch seine Brille.

»Das solltest du lieber nicht den Colonel hören lassen«, tadelte er. »Es kann sein, daß er dich eine Woche lang in den Hintern tritt.«

»Es ist aber die Wahrheit«, entgegnete Luke erbost. »Er behandelt uns wie ein paar Stück Vieh, zum Donnerwetter! Es wundert mich direkt, daß er die Nachzügler dort hinten nicht auspeitscht.« Er deutete mit dem Daumen auf den Schwanz der Truppe, wo ein paar der frisch dazugekommenen Männer offenbar nicht mit Quantrills Tempo mithalten konnten.

»Keine Sorge«, versetzte Tobias trocken. »Der Colonel wird ihnen schon den richtigen Schliff verpassen, sobald wir die Grenze erreicht haben. Diejenigen, die nicht mithalten können, werden ihre Marschpapiere schneller bekommen, als du gucken kannst. Wart es ab. Bei dieser Mission können wir keine Faulpelze brauchen.«

»Das kannst du ruhig laut sagen!« bestätigte ein anderer, Larkin Skaggs, der sich zu ihnen gesellte. »Der Colonel hat gerade noch gesagt: ›Ein bißchen mehr Schwung. Wir planen einen Überfall und keine verfluchte Teeparty!‹«

Luke schnaubte verächtlich. Er mochte Skaggs nicht. Der

Mann war ein brutaler Dieb und Mörder, der seine Mutter für einen Penny erschießen würde. Da er mit dem Mann nicht sprechen wollte, gab Luke Blaze die Sporen und galoppierte vor. Skaggs fühlte sich gekränkt, seine Augen funkelten gefährlich.

»Was zum Teufel hat er denn?« fuhr er Tobias mürrisch an. »Er benimmt sich gerade so, als hätte er was gerochen, was ihm stinkt.«

Tobias lächelte geheimnisvoll.

»Ich schätze, das warst du, Larkin«, erwiderte er, ehe sein Pferd vorwärtsdrängte.

Skaggs verfluchte alle beide, während er ihnen nachsah. Aber er machte keine Anstalten, ihnen zu folgen, wie er es normalerweise getan hätte, um ihnen eine Entschuldigung abzunötigen. Luke konnte mit den Navy Colts, die er trug, schneller reagieren als eine Klapperschlange, und Tobias' Talent im Umgang mit Sprengstoff war bereits eine Legende. Skaggs gefiel der Gedanke nicht, daß er wie ein Tier niedergeschossen werden könnte, sollte er Luke herausfordern, oder aber im Nu ins Jenseits befördert werden würde, sollte er sich mit Tobias anlegen. Außerdem hielten die Morgans zusammen, und wenn er sich mit einem von ihnen auf einen Kampf einließ, hatte er gleich alle fünf Brüder im Genick. Die ältesten drei mochten sich durch Quantrills Anwesenheit etwas zurückhalten, aber Raiford war ein Verrückter. Bei ihm konnte man nicht sagen, was er machen würde, und Billy Clay war dumm genug, ihm in allem zu folgen.

Erzürnt spuckte Skaggs in den Staub, machte kehrt und ritt die Reihen ab, um den Befehl des Colonels an diejenigen weiterzugeben, die lernen mußten, sich danach zu richten, sonst drohte ihnen was!

Am Spätnachmittag, in der Nähe von Aubrey, überquerten Quantrill und seine Mannschaft die Grenze von Missouri nach Kansas. Inzwischen war es brütendheiß, und keiner hatte mehr Geduld. Der Colonel merkte, daß seine Leute an den Punkt geraten waren, wo sie jeden Moment aufeinander losgehen konnten, und gab das Kommando zum Anhalten.

»Wir sind jetzt in Kansas, Männer«, bemerkte er, damit auch jene Bescheid wußten, die noch nicht an einem Überfall teilgenommen hatten.

»Wurde aber auch Zeit, Colonel«, brüllte jemand von hinten.

Gelächter ertönte, und ein paar Jubelrufe liefen durch die Reihen. Quantrill runzelte die Stirn.

»Wir machen eine kleine Rast«, fuhr er fort, als hätte es keine Unterbrechung gegeben. »Dann geht es weiter. Morgen früh in der Dämmerung müßten wir Lawrence erreichen.« Er wandte sich an einen seiner Offiziere. »Lieutenant Gregg.«

»Ja, Sir?«

»Suchen Sie diese Männer für mich.« Quantrill reichte ihm eine Namensliste. »Ich will sie sprechen.«

»Ja, Sir. Sofort, Colonel.«

Während Quantrill den Männern, die er als Spitzel nach Lawrence schicken wollte, Anweisungen gab, kühlte Luke sich mit dem Wasser aus seiner Feldflasche ab.

Das köstliche Naß rann ihm über das blonde, sonnengebleichte Haar in den Nacken und benetzte sein Hemd. Er seufzte erleichtert und wischte sich mit dem Halstuch Gesicht und Nacken ab. Danach nahm er einen kräftigem Schluck aus der Feldflasche und genoß es, wie ihm das Wasser den Hals hinunterlief. Er hätte gern noch einen weiteren Schluck getrunken, doch er verschloß die Feldflasche, da er wußte, daß einem schlecht wurde, wenn man bei der sengenden Hitze zu viel trank. Er hängte die Feldflasche an seinen Sattelknauf und setzte sich auf einen Felsen in der Nähe, um sich eine Zigarette zu drehen.

Sorgfältig verteilte er ein wenig Tabak aus seinem Beutel auf das Papier, rollte es, knickte geschickt den einen Rand um und befeuchtete ihn mit der Zunge, ehe er ihn zuklebte. Er zündete sich die Zigarette an und sog kräftig daran. Dabei sah er, daß Coleman Younger langsam auf ihn zukam.

Luke grinste. Obwohl Cole sich rasch mit Frank James angefreundet hatte, müßte auch er es leidgeworden sein, sich Franks Geschimpfe länger anzuhören, daß er Jesse in Missouri zurücklassen mußte.

»Himmel, man wird ja gebraten!« bemerkte Cole unnötigerweise, als er sich neben Luke niederließ. »Jetzt kann ich mir vorstellen, wie ein Truthahn sich an Thanksgiving fühlen muß.«

Der rothaarige Cole »stellte sich ständig irgend etwas vor«. Diejenigen, die ihn kannten, behaupteten, sie würden ihn in der Dunkelheit an dem einen Wort erkennen.

»Ja«, erwiderte Luke. »Es gibt nichts Schlimmeres, als im August in Kansas zu sein. Manchmal glaube ich, es ist der Lieblingsort des Teufels.«

Cole lachte auf.

»Diese verfluchten Jayhawkers werden das auch glauben, wenn wir mit denen erst mal fertig sind. So wütend habe ich den Colonel noch nie gesehen.«

»Ich auch nicht«, nickte Luke. »Aber andererseits passiert es nicht jeden Tag, daß diese verdammten Red Legs zweihundert von unseren Leuten umbringen – ganz zu schweigen von den Frauen, die lebendig begraben wurden, als das Gebäude eingestürzt ist.«

»Das war ein Unglück, Luke«, entgegnete Cole.

»Ich weiß, aber versuch das mal den anderen zu erklären.« Luke deutete auf die übrigen Männer, die sich in dem provisorischen Lager aufhielten. »Manche von ihnen haben ihre Freundin bei dem Unglück verloren. Außerdem wäre es nicht passiert, hätten die zuständigen Behörden in Kansas City die Frauen nicht eingesperrt – oder zumindest in ein besseres Gefängnis gesteckt. Jemand muß doch gewußt haben, daß das baufällige, alte Gebäude nicht mehr sicher war.«

»Vermutlich schon«, versetzte Cole. »Nun, der Krieg ist die Hölle. Ich werde froh sein, wenn das alles vorbei ist.«

»Was willst du dann machen?« erkundigte sich Luke neugierig, denn die Frage hatte er sich schon selbst gestellt und bisher noch keine Antwort darauf gefunden.

Cole zuckte mit den Schultern und lächelte bedauernd.

»Ein Rebell bleiben, stelle ich mir vor. Von etwas anderem verstehe ich nichts.«

»Ich auch nicht, Cole«, erwiderte Luke nachdenklich und sog an seiner Zigarette. »Leider nicht.«

Captain J. A. Pike vom Neunten Freiwilligencorps in Kansas, der Kompanie K, schaute bei der Unruhe draußen vor seiner Tür irritiert auf. Was zum Teufel war denn da los? Wer immer es da wagte, ihn bei seinem frühen Abendessen zu stören, hatte hoffentlich einen guten Grund dazu!

»Ja, Sergeant, was ist?« bellte er, als der Eindringling die Tür öffnete und sich ihm vorstellte.

»Es tut mir leid, daß ich Sie stören muß, Sir, aber ich dachte, Sie sollten wissen, daß ungefähr einen knappen Kilometer vom Posten entfernt ein großes Aufgebot gesichtet worden ist«, erklärte der nervöse Offizier.

»Konföderierte?« erkundigte sich Pike scharf und hob eine Braue.

»Wir wissen es nicht, Sir. Sie tragen keine Uniform.«

»Wie viele sind es denn?«

»Vier- bis fünfhundert.«

Alarmiert sprang der Captain auf und warf seine Serviette auf den halbleeren Teller. Er hatte nicht annähernd genug Männer, um gegen eine solche Übermacht anzukommen, und das gefiel ihm nicht. Doch er wußte gleich, daß die unbekannte Truppe nicht zur Unionsarmee gehörte. Sonst wäre er darüber informiert worden.

»Geben Sie Alarm, Sergeant«, wies er schließlich an und entschied sich, der Sache nachzugehen, gleichgültig ob er genug Leute hatte oder nicht. »Wir sehen uns das an.«

Luke musterte die blauuniformierten Unionsarmisten, die sich wie Säulen in der Ferne in der Prärie aufreihten. Seine Muskeln spannten sich an. Das Blut rauschte ihm vor Aufregung durch die Adern. Ob es zum Kampf kam?

»Nicht angreifen, außer sie schießen!« wurde Quantrills Befehl von vorn durch die Reihen gegeben. »Nicht angreifen, außer sie schießen!«

Captain Pike war zu weit weg, um die Worte zu verstehen, aber es war ihm gleich klar, daß die Kavallerie keine feindseligen Absichten auf seinen kleinen Trupp hatte. Erleichtert hielt er sich ebenfalls zurück, von den Waffen Gebrauch zu machen, und rechtfertigte diese Entscheidung mit der Begründung, daß er nicht sicher wisse, um wen es sich bei der unbekannten Truppe handelte. Farbige Röcke waren rar und teuer. Viele Soldaten mußten sich mit den erdnußbutterfarbenen selbstgewebten Sachen begnügen, die diese Männer hier auch trugen. Soweit Pike wußte, mochten sie eine der zur Unionsarmee gehörenden irregulären Corps sein, und auf die wollte er sicherlich nicht das Feuer eröffnen, um dann hinterher feststellen zu müssen, daß er einen gravierenden Fehler begangen hatte.

»Es scheint so, als wollten sie nach Olathe oder Lawrence«, überlegte er laut. »Gefreiter«, rief er einem seiner neuen Rekruten zu, der sofort gerannt kam und zackig grüßte. »Nehmen Sie ein Pferd und reiten Sie zu dem nächsten Posten. Melden Sie dem Befehlshaber dort, was wir gesehen haben. Vielleicht weiß er, wer diese Männer sind und ob es einen Grund gibt, daß wir uns um sie kümmern müssen oder nicht.«

»Ja, Sir, Captain.«

Der junge Gefreite, wie so viele andere namenlose, gesichtslose Soldaten, die die Reihen einer Armee füllen, wartete geduldig auf Beförderung und wollte sich bemerkbar machen. Allerdings war er auch die höllische Hitze in Kansas nicht gewohnt, bei der einer der hier Ansässigen ebensowenig daran gedacht hätte, mehrere Kilometer in halsbrecherischer Geschwindigkeit durch das unebene, weitläufige Gelände zurückzulegen, wie er es gewagt hätte, seine einzige Wasserquelle zu verschmutzen. Der Gefreite trieb sein schnell erschöpftes Tier über die Flint Hills, bis ihm der Schaum vor dem Mund stand, es schwer keuchte und naßgeschwitzt war. Schließlich vermochte es keinen Schritt mehr weiterzugehen, brach zusammen und verendete.

Es dauerte zwei Stunden, ehe der Gefreite zu Fuß den nächsten Posten erreichte, nur um festzustellen, daß er genauso unterbesetzt und uninformiert war wie sein eigener. Der Befehlshaber schickte Boten nach Fort Leavenworth und Fort Riley, aber bis dahin war es schon zu spät.

Die Morgendämmerung brach über Lawrence herein. Quantrill und seine Guerillas warteten draußen vor der Stadt.

Quantrill grinste hämisch, als er sich die Berichte anhörte, die ihm Lieutenant William H. Gregg abgab. Er war gestern abend mit fünf anderen Männern vorgeschickt worden, die Umgebung zu erkunden und dafür zu sorgen, daß die Stadt nicht von ihrem Kommen unterrichtet wurde. Jetzt war es Quantrill klar, daß sie Lawrence im Spaziergang einnehmen konnten.

Die Verteidigung der Stadt oblag dem Vierzehnten Kavallerieregiment von Kansas, einem buntgewürfelten Haufen neuer Rekruten, von denen die meisten auf der anderen Seite des Kaw River stationiert waren, und dem Zweiten Regiment Farbiger, einer Gruppe entflohener Sklaven, die kaum als Soldaten bezeichnet werden konnten. Darüber hinaus hatte der Bürgermeister von Lawrence, Brigadegeneral George W. Collamore, dummerweise per Erlaß sämtliche Waffen und Munition der Stadt eingesammelt und im zentralen Arsenal verschlossen, so daß nur wenige Bürger der Stadt bewaffnet waren.

»Tretet näher, Männer ...«, Quantrill winkte seine Offiziere zu sich, »... und hört her! Das sind jeweils Ihre Bereiche«, erklärte er und verteilte handgezeichnete Lagekarten von Lawrence, die in feste Bereiche eingeteilt waren und auf denen die Ziele schon deutlich markiert waren. »Auf jeder Straße, die aus der Stadt führt, will ich einen Posten stationiert haben, und die Fähre, die zu dem militärischen Stützpunkt nach Kaw führt, muß abgeschnitten werden. Niemand darf entkommen. Bringt jeden Mann um, den ihr seht, auch Jungen. Denkt dran: Der Trommeljunge von heute ist der Soldat von morgen. Manche Truppen suchen so verzweifelt Rekruten, daß sie jetzt sogar schon Vierzehnjährige nehmen. Versucht jedoch die Männer, die auf der Liste stehen, zuerst zu bekommen. Das sind diejenigen, die wir wirklich wollen.

Schändet mir keine Frauen. Wir sind Gentlemen der Südstaaten – keine Vergewaltiger. Und bringt keine kleinen Kinder um, wir sind auch keine Kindermörder. Das war es. Jetzt steigt auf und laßt uns losreiten!«

Es war fünf Uhr morgens, und die Sonne ging gerade am Horizont auf, als die Bushwhackers Lawrence erreichten. Sie waren ein furchterregender Anblick, wie sie leise durch die Außenbezirke der Stadt ritten, von Süden kamen und kühn die Hauptstraße, Massachusetts Avenue, hinauftrotteten. Quantrill ritt auf seinem Rotbraunen an der Spitze der Truppe. Neben ihm befanden sich Bloody Billy Anderson, dessen Zügel seines Pferdes mit Skalpen, Zeichen für errungene Siege der Vergangenheit, geschmückt waren, und George Todd, der vor sich hin schimpfte, was er den »verdammten Niggerdieben« von Lawrence antun würde.

Es herrschte absolute Stille, denn die meisten Einwohner schliefen noch – ahnungslos, daß dies ihr letzter Tag sein würde.

Luke fröstelte bei dem Gedanken. Töten machte ihm keinen Spaß und schon gar nicht, wenn die Opfer hilflos und ahnungslos waren. Er mußte daran denken, daß die zweihundert Menschen aus Missouri, die vor fünfzehn Tagen von den aufrührerischen Unionisten ermordet worden waren, ebenfalls keine Ahnung gehabt hatten, was auf sie zukam. Das stärkte seinen Entschluß.

Kurz bevor Quantrill und seine Männer die Geschäftsregion von Lawrence erreichten, gab der Colonel einen einzelnen Schuß ab. Das war das Signal für eine andere Abteilung, mit der Ermordung einiger Föderalisten zu beginnen, die, da es an besseren Unterkünften mangelte, in der Berley Street auf den vorderen Verandas verschiedener Häuser schlummerten.

Fast gleichzeitig erreichte die Hauptabteilung der Streitmacht eine große Lichtung, auf der zahlreiche Zelte aufgeschlagen waren. Es war das Lager des Zweiten Regiments der Farbigen. Die Neger, die ihre Reihen füllten, hatten keine Chance. In wenigen Minuten wurden sie alle niedergeschossen von den Plünderern und Konföderierten, die rasche Arbeit leisteten, um jeglichen Alarm, der sonst hätte ausgelöst werden können, zu unterbinden.

Dann, mit dem wilden Rebellengeschrei, für den der Süden berühmt war, jagten Quantrill und William Gregg die Straße hinunter. Der Colonel feuerte nach links und der Lieutenant nach rechts. Das Gemetzel war eröffnet.

Es war ein Morgen, an den Luke sich für den Rest seines Lebens bis in jede Einzelheit erinnern sollte. Denn nie wieder bekam er so ein wahnsinniges Blutbad zu sehen wie an jenem Tag.

Ehe die Bewohner der Stadt merkten, was geschah, preschte die Bande durch Lawrence, zerrte die Bürger aus ihren Betten und schoßen sie kaltblütig nieder.

Während der ersten Welle des brutalen Angriffs hastete eine Gruppe von Soldaten zum Haus des Bürgermeisters und wollte ihn gefangennehmen. Nachdem sie seine Haustür eingetreten hatten, nahmen sie seine erschrockene Frau fest und verprügelten sie entgegen der Anordnung Quantrills, nachdem sie ihnen vorgelogen hatte, ihr Mann sei nicht zu Hause. Schließlich drohten sie ihr, sie umzubringen, wenn sie ihnen nicht sagen würde, wo ihr Mann sich aufhielt. Brigadegeneral Collamore stieg, ungeachtet der Angstschreie seiner Frau, aus einem der hinteren Fenster und versteckte sich zusammen mit einem Nachbarn, Pat Keefe, der im Garten hinter ein paar Büschen hockte, im Brunnen unter dem Haus. Dort erstickten die beiden Männer, wie auch ein weiterer Freund der beiden, Captain J. G. Lowe, der ein paar Minuten später zu ihnen hinunterstieg, an austretenden giftigen Gasen.

Die Angreifer, die nichts vom Schicksal des Bürgermeisters wußten und über sein Entkommen erzürnt waren, steckten das Haus in Brand. schließlich stürmten sie mit dem wilden Schrei »Jip-Jip-Jäh«, der das Kennzeichen aller wurde, die Quantrill folgten, davon und galoppierten hinter dem Colonel her.

Als sie sich anschließend vor dem Eldridge Hotel versammelt hatten, das Quantrill zu Anfang als Hauptquartier hatte benutzen wollen, stand Captain A. R. Banks, der oberste Marshall von Kansas, bereits auf dem Balkon und schwenkte ein weißes Bettlaken zum Zeichen der Kapitulation.

Nachdem Quantrill sämtliche Bewohner ausgeraubt hatte, gab er ihrer Forderung, sie statt zu töten gefangenzunehmen, nach und schickte sie unter schwerer Bewachung zum City Hotel, das von Nathan Stone geführt wurde, einem Mann, mit dem der Colonel befreundet war und bei dem er oft bewirtet worden war, wenn er sich in Lawrence aufgehalten hatte. Quantrill befahl seinen Männern, das Eldridge Hotel abzubrennen, und schlug sein Hauptquartier bei seinem alten Freund auf. Dort traf der Colonel auf eine Verwandte von Nathan, Miss Lydia Stone, die in Tränen ausgebrochen war, weil ihr einer von den Guerillas ihren Diamantring gestohlen hatte. Ihre Beschreibung paßte auf den Dieb Larkin Skaggs. Da der Ring ein Geschenk von Quantrill an die Frau war, die ihn während einer entkräftenden Krankheit gepflegt hatte, war er wütend über den Diebstahl.

»Captain Morgan«, wandte er sich gepreßt an Luke, der gerade in der Nähe stand und auf weitere Anweisungen wartete, »... suchen Sie Larkin Skaggs und bringen Sie ihn persönlich her. Ich will Miss Lydias Ring zurückgebracht sehen.«

»Ja, Sir, Colonel.«

Luke grüßte zackig. Dann öffnete er die Tür und stürmte nach draußen, um Skaggs zu finden.

Die vergangene Nacht hatte keine Erleichterung von der Hitze gebracht, und jetzt, nachdem der Tag angebrochen war, war es noch drückender und so schwül, daß Luke kaum Luft bekam, als er Blaze durch das nach wie vor stattfindende furchtbare Handgemenge auf den Straßen drängte. Das beklemmende Gefühl, ersticken zu müssen, wurde durch den beißenden Rauch verstärkt, der wie eine schwarze Wolke über Lawrence waberte. Gleich bei der ersten Angriffswelle war das Stadtarsenal erobert worden, gefolgt von mehreren Sprengstoffexplosionen. Luke lächelte grimmig. Tobias hatte gute Arbeit geleistet. Er spürte es an seinen Augen, die tränten, und an seinen Lungen, die brannten. Suchend ließ er seinen Blick über die tobende Menge schweifen und sah sich nach Skaggs um, aber der Mann war nirgends zu finden.

Luke zog die Lagekarte aus seiner Brusttasche, die Quantrill ihm vorhin gegeben hatte. Vielleicht konnte er daran ausmachen, wo sich Skaggs mit seinen Leuten aufhielt. Obwohl ihm die Striche und Straßennamen vor den rotumränderten Augen verschwammen, betrachtete Luke aufmerksam das Blatt und schaffte es schließlich, etwas zu erkennen. Fluchend faltete er die Karte zusammen. Skaggs' Kommando befand sich auf der anderen Seite der Stadt, doch bedeutete das nicht, daß Skaggs bei ihnen war. Der Mann widersetzte sich bekannterweise häufig den Befehlen.

Luke trieb Blaze vorwärts, die Zügel zwischen den Zähnen, die Pistolen gezogen, bereit zu schießen, falls notwendig. Aber erstaunlicherweise wurde er weitgehend ignoriert, als er sich einen Weg durch das todbringende Getümmel und Gewühl bahnte.

Es ist der reine Wahnsinn, dachte er. Rechts und links von ihm wurden Männer niedergeschossen, doch niemand beachtete ihn. Sie waren alle vollkommen verrückt. Luke sah, wie ein Mann in seiner Haustür aus nächster Nähe niedergeschossen wurde. Sein Mörder, den es nach mehr Blut dürstete, jagte dem Mann weiterhin Kugeln in den Körper. Wenige Augenblicke später bemerkte er die brandneuen Stiefel, die der Tote trug, stieß einen Jubelschrei aus und riß sie der Leiche von den Füßen.

Überall, wo Luke hinschaute, passierte das gleiche. Die männlichen Bürger von Lawrence wurden mit vorgehaltener Waffe aus ihren Häusern gezerrt und erschossen. Schlimmer noch war der Anblick einiger hilfloser Männer, denen die Hände auf dem Rücken gefesselt worden waren und die in die auflodernden Flammen geworfen wurden, die überall in der Stadt aufflackerten. Hier und da wankten menschliche Fackeln aus den Feuern, die aber sogleich von den betrunkenen Bushwhackers in die Flammen zurückgestoßen wurden. Diese hatten längst den Saloon gestürmt und kannten, zusätzlich angeheizt durch unmäßigen Alkoholkonsum, weder Gnade noch Vernunft.

Als wären sie außer sich wie im Fieber, zertrümmerten die Rebellen Schaufensterscheiben, traten Türen ein, räumten Geschäfte und Häuser leer, gleichgültig, was sich darin befand, und brannten die Gebäude nieder.

Frauen weinten und schrien hysterisch, versuchten ihre Habseligkeiten zu retten oder zu den Leichen ihrer Ehemänner vorzudringen, wurden aber von Quantrills Männern zurückgedrängt. Kinder kreischten vor Angst. Luke sah einen ermordeten Jugendlichen auf der Straße liegen. Sein Körper war durchlöchert von Kugeln. Der Junge konnte kaum älter als elf gewesen sein.

Luke drehte sich der Magen um. Dieses brutale Abschlachten hatte nichts mehr mit Rache zu tun. Es war der reinste Alptraum.

»Luke! Luke Morgan!«

Als er in dem Lärm seinen Namen rufen hörte, drehte er sich im Sattel um und ließ seinen Blick an den Reihen der Häuser entlanggleiten, um herauszufinden, von wo der Ruf gekommen war. Unglaublicherweise entdeckte er Coleman Younger, der sich bemühte, ein großes Klavier durch eine Tür nach draußen zu bringen. Daneben stand eine besorgt dreinblickende Frau, die stumm ihre Hände rang und auf die Flammen blickte, die an ihrem Haus hochzüngelten.

»Ich könnte mir vorstellen, daß du mal von deinem Pferd steigst und mir hilfst«, rief Cole Luke zu, als dieser auf den Hof ritt.

»Himmel!« schimpfte Luke. »Bist du total durchgedreht, Cole?«

»Ja, dieses ganze Morden macht mich krank. Ich habe es satt. Versteh mich nicht falsch. Aber meine Güte, Luke! Genug ist genug! Ich bin nicht dafür geschaffen, Frauen und Kinder umzubringen – oder ihnen das Dach über dem Kopf wegzubrennen. Irgend so ein Arschloch hat diese arme Dame tatsächlich dazu gezwungen, daß sie ihr Haus anzündet. Zum Donnerwetter! Ich kann es einfach nicht fassen! Hilfst du mir jetzt, das Klavier nach draußen zu schaffen, oder nicht?«

Luke war äußerst froh, daß noch jemand anders ähnlich dachte wie er und schob seine Suche nach Larkin Skaggs vorübergehend auf. Er saß ab und wollte Cole helfen, das schwere Instrument in Sicherheit zu bringen. Leider konnten nicht mal Cole und er zusammen es bewegen. Sie schafften es jedoch, ein paar der Möbel zu retten, die sie auf einen freien, sicheren Platz neben dem Haus stellten. Dort war das Gras fast einen Meter hoch und erschwerte ihnen das Gehen. Luke stolperte auf dem Rückweg prompt über einen aufgerollten Teppich, der in dem Präriegras versteckt war. Als ihm das passierte, ertönte aus dem Teppich ein lautes Aufstöhnen.

»Ach du je! Haben Sie sich weh getan?« rief die Frau, Mrs. Fisher, unnatürlich schrill und kam Luke aufgeregt zu Hilfe.

Ihr Blick glitt besorgt zu der Beule, die jetzt deutlich in der Mitte des Teppichs sichtbar wurde. In ergreifender Weise versuchte sie, dies mit ihren Röcken zu verbergen.

»Nein, Ma'am.« Luke stand auf und klopfte sich ab. »Aber ich fürchte, Ihrem Teppich geht es nicht so gut. Wollen Sie nicht nachsehen, während Cole und ich aufpassen«, fuhr er in neutralem Ton fort. »Das ist sicher ein sehr wertvoller Teppich, und wir wollen nicht, daß etwas dran kommt, nicht wahr, Cole?«

»Nein, das wollen wir nicht«, bestätigte Cole und schaute Luke offen an.

Mrs. Fishers Augen füllten sich mit Tränen der Erleichterung, als sie zu den beiden Männern aufsah.

»Wie heißen Sie?« erkundigte sie sich mit bewegter Stimme.

»Luke Morgan, Ma'am.«

»Coleman Younger.«

»Mein Mann – Reverend Fisher – und ich danken Ihnen für sein Leben. Wir werden Ihre Freundlichkeit nicht vergessen und immer für Sie beten.«

»Das ist sehr nett von Ihnen, Ma'am.« Luke räusperte sich und wurde plötzlich verlegen. Er schämte sich dafür, daß die Frau Angst vor ihnen gehabt hatte und jetzt eine so überwältigende Dankbarkeit zeigte, da sie wußte, sie würden ihren Mann, der in dem Teppich versteckt war, nicht ermorden. »Nun, ich glaube, ich muß jetzt weiter. Cole, du hast nicht zufällig Larkin Skaggs gesehen, oder? Quantrill will ihn sehen. Er hat Miss Lydia Stone einen Ring gestohlen, und der Colonel ist stinkwütend auf ihn.«

»Ja, den Schuft habe ich gesehen. Er hat ein Kind beraubt. Ein Kind, verdammt! Der Junge hatte nur ein Zehncentstück, und Skaggs hat ihn dafür erschossen. Dann hat er den kleineren Bruder des Jungen in ein brennendes Haus geschleudert.«

Luke schloß die Augen und dachte an die von Kugeln durchlöcherte Leiche des elfjährigen Jungen, die er gesehen hatte.

»Danke, Cole«, sagte er, preßte verbittert die Lippen aufeinander und schwang sich in den Sattel. »Bis dann.«

Kurz darauf entdeckte Luke Skaggs und ein paar andere Männer, die eine Seitenstraße hinunterrannten. Sofort gab Luke seinem Pferd die Sporen, galoppierte ihnen nach und zügelte Blaze abrupt, als er sie in eines der Häuser laufen sah. Rasch saß er ab und folgte ihnen. Dort fand er Skaggs, der drei zu Tode erschrockene Frauen mit seiner Pistole bedrohte.

»Wo hast du ihn versteckt, alte Hexe?« schnauzte er gerade eine von ihnen an, als Luke sich einen Weg durch die umstehenden Männer bahnte. »Wir wissen, daß er hier drinnen ist. Wir haben ihn hineingehen sehen. Also, wo ist er? Fang lieber an zu reden, du dummes Weibsstück, sonst prügle ich es aus dir raus.«

»Ich weiß nicht, von wem Sie sprechen«, behauptete die Frau, Mrs. Reynolds, tapfer und griff sich mit einer Hand an den Hals, als könne sie die Boshaftigkeit, die von Skaggs ausging, damit abwehren. »Mein Mann, Doctor Reynolds, ist verreist. Es ist niemand da außer mir, den beiden Damen hier und der Tante meines Mannes.« Sie deutete auf eine vierte Gestalt, die Luke bisher noch nicht bemerkt hatte. »Bitte«, fuhr sie mit zitternder Stimme fort, »... gehen Sie und lassen Sie uns allein. Wie Sie sehen können, geht es der Tante meines Mannes überhaupt nicht gut.«

Die alte Dame, um die es ging, saß in einem Rollstuhl. Ihre Haube war ein wenig verrutscht, ihr Schal straffte sich über ihren Schultern und ihrem flachen Busen. Sie wirkte in der Tat sehr blaß und krank. Neben ihr, auf einem Tisch, standen eine Reihe Medizinfläschchen und Löffel. Luke musterte die Sachen desinteressiert, ehe er merkte, daß sämtliche Flaschen voll waren und keiner der Löffel gebraucht. Daraufhin betrachtete er die alte Dame aufmerksamer und konnte das bewundernde Grinsen für die drei trickreichen Damen nur schwer unterdrücken, als er den schwachen Schatten der Bartstoppeln im Gesicht der Tante bemerkte. Luke hätte sein Leben darauf verwettet, daß die alte Dame in Wirklichkeit der gute Doktor selbst oder aber einer seiner Freunde war.

»Skaggs«, meldete sich Luke zu Wort und brach damit die angespannte Atmosphäre im Raum. »Der Colonel will dich sehen. Auf der Stelle! Und hoffentlich hast du Miss Lydia Stones' Diamantring bei all dem Krawall nicht verloren, weil er ein persönliches Geschenk von Quantrill an die Dame war. Er ist gar nicht glücklich darüber. Das nächste Mal, wenn du jemanden ausraubst, solltest du dich lieber vorher vergewissern, ob es keine Freunde des Colonels sind – oder keine wehrlosen Kinder.« Er legte seine Hände fast wie beiläufig auf seine Colts und musterte ihn eisig.

»Halt dich zurück, Morgan! Diese vier Biester verstecken hier irgendwo einen Mann, und ich werde ihn finden. Bestell Quantrill, daß ich gleich komme.«

»Kommt nicht in Frage«, knurrte Luke. »Der Colonel hat mir befohlen, dich persönlich ins City Hotel zu bringen, und genau das werde ich tun – so oder so.«

Skaggs musterte Luke aufmerksam und überlegte fieberhaft. Sein Blick verfinsterte sich. Er hatte seine Pistole bereits in der Hand, und Lukes Waffen steckten noch im Holster. Dieser Hundesohn! Für wen zum Teufel hält er sich? dachte Skaggs haßerfüllt. Diesen Schuft müßte er auf der Stelle niederschießen. Sicherlich konnte nicht mal Luke Morgan so schnell ziehen.

»Willst du um dein Leben wetten?« erkundigte sich Luke spöttisch und leise.

Ein eigenartiger Schauer rieselte Skaggs bei den Worten über den Rücken. Verflucht, es war geradezu so, als hätte Luke seine Gedanken gelesen. Nervös befeuchtete Skaggs seine Lippen und steckte seinen Revolver langsam in sein Holster zurück.

»Laßt uns gehen!« forderte er die anderen Männer mürrisch auf. »Um diese Huren können wir uns später kümmern.« Den eingeschüchterten Frauen warf er einen mörderischen Blick zu und merkte sich im Geiste ihre Gesichter, damit er sie später wiedererkennen würde.

Mit weiteren obszönen Flüchen, die für die Ohren der Damen wenig angebracht waren, verließen er und die anderen das Haus. Luke tippte sich lächelnd an den Hut und verabschiedete sich höflich von den drei Frauen, die sichtlich aufatmeten.

»Meine Hochachtung, die Damen, und Ihnen auch, Sir.« Luke nickte der Gestalt in dem Rollstuhl zu. Ohne ein weiteres Wort zu verlieren, verabschiedete er sich und ging zur Tür hinaus.

Im City Hotel traf Luke Quantrill zu Pferd an, bereit aufzubrechen. Er gab an seine Offiziere den Befehl aus, den Rest der

Truppe so schnell wie möglich einzusammeln. Diejenigen, die sich weigerten, seinem Befehl Folge zu leisten und das Schlachtfeld zu verlassen, würden der Unionsarmee ausgeliefert, die sich inzwischen in halsbrecherischer Geschwindigkeit Lawrence näherte.

Schließlich hatten sich die Bushwhackers versammelt und zogen zu den Außenbezirken der Stadt.

Larkin Skaggs, wütend darüber, daß er den gestohlenen Ring abgeben mußte, wartete, bis Quantrill ein gutes Stück die Straße hinuntergeritten war, ehe er sich von den anderen absonderte und zum City Hotel zurückkehrte. Dort bedrohte er Miss Lydia Stone, schoß um sich und verletzte ihren Verwandten Nathan, ehe er daran gehindert werden konnte. Aber ein kleiner Junge mit einem Gewehr, der Bruder der beiden, die Skaggs vorher für zehn Cents ermordet hatte, schaffte es, ihn mit einer Kugel zu erwischen, so daß er gefährlich im Sattel schwankte. Als er schließlich sein Gleichgewicht verlor und vom Pferd stürzte, brachte ihn ein Indianer vom Stamm der Delaware um und skalpierte ihn unter den jubelnden Zurufen der Stadtbewohner, die sich um ihn versammelt hatten.

Die Räuberbande hielt nur einmal an, ehe sie Lawrence ganz verließ: Beim Haus von General Jim Lane, der, obwohl er das Hauptobjekt ihres Angriffs gewesen war, den Rebellen auf wundersame Weise entkommen war, stoppte Quantrill die Truppe.

Kühl musterte Quantrill Mrs. Lane, die tapfer aus dem Haus kam, um sie höflich zu begrüßen. Unbeugsam begegnete sie dem vernichtenden Blick des Colonel.

»Viele Grüße an Ihren Mann, Madam«, knirschte Quantrill und konnte das triumphierende Lächeln auf ihrem Gesicht kaum ertragen. »Bestellen Sie ihm, ich würde mich freuen, ihn wiederzusehen.«

»Das werde ich machen, Sir«, erwiderte sie eisig und fügte aufreizend hinzu: »Es tut mir leid, daß es ihm nicht gelungen ist, sich heute morgen mit Ihnen zu treffen.«

Zornig preßte der Colonel die Lippen aufeinander. In scharfem Ton befahl er seinen Leuten, weiterzureiten. Die Konföderierten verfielen in Galopp und ließen die zerstörte Stadt hinter sich. Sie hatten hundertfünfundachtzig Männer an diesem Tag umgebracht und hundertvierundfünfzig der besten Gebäude in Lawrence zerstört, was umgerechnet ein Verlust von eineinhalb Millionen Dollar war.

Es war gerade mal mittags.

Die Guerillas hielten sich gen Süden und überquerten den Wakarusa Fluß auf der Blanton's Bridge. Nachdem sie durch Prärie City gekommen waren, zogen sie sich in die sicheren Sni Hills in Missouri zurück. Unterwegs wurden einige von Quantrills Soldaten von den Delaware geschnappt und skalpiert. Die Indianer verfolgten sie erbarmungslos. Andere, zu verletzt, um mitzuhalten, wurden kaltherzig zurückgelassen und von den nach Rache dürstenden Föderalisten umgebracht, die ihnen nachjagten. Vier der Männer wurden gefangengenommen und in der Nähe der kleinen Stadt Lone Jack gehängt. Ein Schild mit der Warnung »Nicht abnehmen!« wurde an ihre Leichen geheftet.

Zwei Jahre später war der Krieg vorbei und Colonel William Clarke Quantrill tot. Aber Luke und seine Brüder – wie auch andere – ritten weiter, und indem sie das taten, stellten sie sich gegen das Gesetz.

20. Kapitel

Black Hills, Dakota Territory, 1870

Die Eiseskälte, die Luke im Gesicht verspürte, holte ihn in die Gegenwart zurück. Im Geiste hatte er den Sommer erlebt und sengende Hitze. Jetzt jedoch schneite es, aber er konnte am immer dunkler werdenden Himmel erkennen, daß es noch schlimmer werden würde. Er und seine Brüder mußten einen Unterschlupf finden – und zwar schnell.

Da sie sich durch jahrelange Erfahrung ohne viel Worte verständigen konnten, löschten die Morgans ihre Lagerfeuer, sammelten ihre Sachen ein und verstauten sie an ihren Sätteln. Dann stiegen sie auf ihre Pferde und begannen sich noch weiter in die Black Hills zurückzuziehen.

Es war unwahrscheinlich, daß sie bei diesem Wetter von Sioux Indianern überfallen würden, aber dennoch blieben die Brüder wachsam. Besser sie waren übervorsichtig als leichtsinnig. Außerdem mochte ihnen der Detektiv noch auf der Spur sein, auch wenn sie davon nichts bemerkt hatten und eigentlich glaubten, er hätte die Verfolgung aufgegeben. Doch sie konnten sich auch irren. Soweit sie beurteilen konnten, schien er zu der hartnäckigen Sorte zu gehören.

Es war furchtbar kalt, und ein eisiger Wind fegte gnadenlos durch die Schluchten. Bei jeder Böe hatten die Morgans das Gefühl, von zahllosen Nadeln gestochen zu werden. Mehrmals waren sie gezwungen, eine Pause einzulegen, abzusitzen und ihre Handschuhe über die Nasen ihrer Pferde zu halten, damit das Eis an den Nüstern der Tiere auftaute und sie wieder frei atmen konnten.

Während die Brüder schweigend weiterritten – bei dem Sturm war es fast unmöglich, sich zu verständigen —, überlegte Luke, warum er an jenem schicksalhaften Tag überhaupt mit Quantrill nach Lawrence geritten war. Wie so viele andere Männer es getan hatten, hätte Luke nach Hause zurückkehren können, um anschließend in die Politik zu gehen, wie er vorgehabt hatte. Warum nur hatte er das nicht getan?

Damals hatte er Maybelle geliebt. Nur allmählich, während des Krieges und danach, hatte er erkannt, wie egoistisch und raffgierig sie eigentlich war. Dennoch hatte er sie begehrt. Zu der Zeit hatte er nichts von ihrer Untreue gewußt. Niemand in Tumbling Creek hatte gewagt, ihm zu erzählen, daß sie sich in seiner Abwesenheit mit den Feinden eingelassen hatte, weil er als Soldat in den Krieg gezogen war und keiner ihn zusätzlich belasten wollte. Später hatten die Leute Angst gehabt vor seinem Temperament und seiner Geschicklichkeit im Umgang mit den Armeecolts. Nur J. R. und Tobias hatten ihn auf Maybelles Betrug hingewiesen. Aber Luke wollte ihnen nicht glauben, und die drei Brüder waren aneinandergeraten. Fast wäre ihre gute Beziehung daran in die Brüche gegangen, hätten J. R. und Tobias sich nicht schließlich entschuldigt und die Angelegenheit mit einem Schulterzucken auf sich beruhen lassen.

Dennoch war Luke aufgefallen, daß seine Brüder seine Frau verachteten. Die Saat, an ihr zu zweifeln, war gelegt, keimte und wuchs. Er begann, Maybelle nachzuspionieren und entdeckte schließlich die schreckliche Wahrheit. Als er sie wegen ihrer Niedertracht zur Rede stellte, zeigte sie sich unerschrocken und lachte nur spöttisch, obwohl Furcht in ihren Augen aufflackerte. Wütend hatte er ihr eine Ohrfeige verpaßt, damit ihr das Lachen verging, aber sie hatte ihn weiter verhöhnt, hatte es sogar gewagt, ihn aufzufordern, sie für ihr Vergehen zu bestrafen. Angewidert und voll Abscheu hatte er sich abgewandt. Seine Liebe und sein Verlangen schmeckten wie Asche im Mund.

Inzwischen war der Krieg vorbei, und überall tauchten die Yankees auf, rissen die Herrschaft über den Süden an sich, erhoben Grundsteuern, um die Rebellen zu enteignen und die Besitztümer an die Neger zu verteilen. So hatte J. R. eines Abends mit der Faust auf den Tisch gehauen und geschworen, er würde sich das nicht länger gefallen lassen. Die Brüder hatten nicht gezögert, seinem Plan, eine Nordstaatenbank zu überfallen, zuzustimmen. Sie hatten es geschafft, damit ihre Farm zu retten, aber jetzt hatte sie der Nervenkitzel des Banditenlebens gepackt, und sie begannen auf ihre Art, Krieg gegen »Recht und Ordnung« der Yankees zu führen.

Irgendwo im Hinterkopf wußte Luke, daß der Weg, den er und seine Brüder gewählt hatten, ihm eines Tages eine Kugel oder einen Strick bescheren würde. Aber wie alle Verbrecher hatte er sich eingeredet, er würde nicht erwischt werden, und sobald sie so viel Geld hatten, daß sie bis an ihr Lebensende versorgt waren, würden sie mit ihren gesetzlosen Unternehmungen aufhören – ohne daß jemals irgendwer von ihrer Vergangenheit erfuhr.

Luke hatte es zu etwas bringen wollen, um Maybelle zu beweisen, daß sie sich in ihm irrte und er ihr doch etwas bieten konnte. Er hatte seinen Anteil an den gestohlenen Gütern gehortet, in der Absicht, seiner Frau eines Tages das große Haus zu bauen, das sie sich wünschte, und ihr dann den Einzug darin zu verweigern. Sollte sie ihn dann auf Knien anflehen, würde er sie verspotten – wie sie es bei ihm getan hatte.

Aber Maybelle hatte nicht so lange gewartet, bis Luke seinen Plan in die Tat umsetzen konnte. Statt dessen hatte sie ihn und die Kinder verlassen, war mit einem anderen Mann durchgebrannt und hatte Luke der Lächerlichkeit preisgegeben. Als er von ihrem Tod in einem Bordell von St. Louis benachrichtigt wurde, hatte er sich seiner Rache beraubt gefühlt. Der brennende Wunsch, das letzte Wort zu haben, hatte ihn dazu gebracht, ihre Leiche nach Hause zu holen und sie auf der kleinen Farm zu begraben, die sie so verachtet hatte.

Heute bedauerte er seine Vergangenheit. Wie ein Tier gejagt zu werden, ständig auf der Flucht zu sein und sich verstecken zu müssen, sich von dem zu ernähren, was die Natur bot, und immer weiterzuziehen, ob er Hunger hatte oder Durst, ob er schwitzte oder fror, ob er müde war oder nicht, war kein Leben für einen Mann. Luke wollte sich niederlassen, Zeit mit seinen Kindern verbringen und vor allem Jenny an seiner Seite haben – für immer. Er mußte dafür sorgen, daß sein Leben in geordnete Bahnen kam und er sie heiraten konnte, selbst wenn er sich dafür stellen und einer Verhandlung unterziehen mußte.

Luke straffte sich entschlossen. Wenn er nach Hause kam – falls er es schaffte –, würde er seine Fehler wiedergutmachen und Jennys Herz erobern. Das allein zählte jetzt noch.

Er zwang sich dazu, die Zügel fest in der Hand zu halten, obwohl er zum Umfallen müde war. Jennys Gesicht tauchte vor seinem geistigen Auge auf, lotste ihn weiter, und so fand er die Kraft, Blaze durch das Schneegestöber vorwärtszudrängen.

21. Kapitel

Tumbling Creek, Missouri, 1871

Die dicke, weiße Schneedecke, die den kahlen Boden unter sich begraben hatte, schmolz dahin, als jetzt der Frühling Einzug hielt und die Sonne jeden Tag etwas kräftiger wurde. Ihre warmen Strahlen vertrieben das Grau am Winterhimmel, bis ein blasses Blau sich endlos über den Horizont wölbte. Hier und dort zeigten sich die ersten dunklen Flecken frischer Erde. Der Matsch gab unter Jennys Stiefeln nach, als sie wieder zu Fuß den gewundenen Pfad zur Schule hinüberging. Es wuchsen bereits die ersten grünen Sprößlinge. Die Blumen bekamen Knospen und öffneten wagemutig ihre Blüten trotz des Frostes, der noch herrschte, eine stumme Erinnerung an den Winter.

Vögel begannen zu zwitschern, zuerst leise, als ob sie sich fürchteten, die Stille des Waldes zu brechen, dann lauter, als die Zweige und Äste der Bäume knarrten und die Last des Schnees abschüttelten. Die gefrorenen Bäche und Quellen tauten auf, das Eis zerbrach, und das langunterdrückte Plätschern des Wassers war wieder zu hören. Krachend lösten sich Eiszapfen, wo immer welche hingen, und fielen hörbar zu Boden, wo ihre kristallenen Formen kleiner und kleiner wurden, bis alles, was von ihnen übrigblieb, eine kleine Pfütze war. Wasser rann in stillen Bächen von den sich langsam entfaltenden Blättern und den immergrünen Zweigen, sammelte sich an den Spitzen, von denen die Tropfen leise auf nasses Gras, weiches Moos und Ranken herabfielen.

Die Tiere krochen aus ihren Winterbehausungen, sogen die frische Luft ein und nahmen die Wunder des Frühlings wahr. Zögernd setzten sie ihre Pfoten oder Hufe voreinander, sanken im feuchten Erdreich ein und hinterließen deutliche Spuren, sobald sie hungrig nach Beute suchten oder einfach nur herumsprangen, weil sie froh waren, sich aus ihren Quartieren wagen zu können.

Mit dem Einzug des Frühlings gab es eine Menge Arbeit. Wie die Tiere des Waldes, schaute auch Jenny sich in ihrer Umgebung um. Das Dach und die Wände der Hütte mußten repariert werden, wo sie im Winter von Unwettern und Schnee beschädigt worden waren. Teile des Zauns, von den mächtigen Stürmen und den heftigen Schneewehen eingedrückt, mußten erneuert werden. Bäume mußten gefällt und in kleine Holzscheite gehauen werden, um den Brennvorrat aufzufüllen, der während der kalten Monate verbraucht worden war. Moses' gleichmäßiges Hämmern und die rhythmische, scharrende Bewegung seiner Beine, mit der er den Wetzstein drehte, um seine Axt zu schärfen, vermischten sich mit den fernen Geräuschen aus dem Wald.

Einmal hielt Jenny den Atem an, als Moses, nachdem er die Leiter hinaufgeklettert und auf das nasse Dach gestiegen war, ausrutschte und fast heruntergestürzt wäre. Ängstlich rief sie ihm zu, vorsichtiger zu sein.

Sie und Delcine hatten im Haus viel zu tun. Der Frühjahrsputz erforderte eine Menge Zeit. Die Schränke mußten geleert, sauber geputzt und neu gefüllt werden. Die Winterkleidung und die Bettsachen wurden sorgfältig zusammengefaltet und mit süßlich duftenden Blütensäckchen in die beiden Zederntruhen gepackt, damit sich keine Motten einnisteten. Frühlingskleidung und Laken wurden herausgeholt und gelüftet, die Fensterläden geöffnet und die mit Häuten ausgekleideten Fenster gewaschen und getrocknet. Die Möbel mußten entstaubt, die Teppiche nach draußen gebracht und ausgeklopft werden. Und natürlich mußte auch der Fußboden vom Matsch und den vertrockneten Blättern, die sie während der kalten Jahreszeit hineingeschleppt hatten, gereinigt werden.

Sobald das alles erledigt war, mußte der Garten gehackt werden, soweit Moses ihn vergangenen Herbst umgepflügt hatte, damit sie mit der Aussaat beginnen konnten.

Alles schien bereits so herrlich und dauerhaft zu sprießen, daß Jenny und die beiden schwarzen Menschen, die im tiefsten Süden geboren und aufgewachsen waren und wenig Ahnung vom Verlauf der Jahreszeiten im Norden hatten, nicht die subtilen Hinweise erkannten, die den Bewohnern der Ozark Mountains sagten, daß der Winter noch nicht vorüber war.

Die Einheimischen spürten sofort den eisigen Hauch in der Luft. Sie sahen, wie die jungen Blätter sich wieder zusammenrollten und die ersten Blumen sich neigten, als wollten sie sich vor einer weiteren Kältewelle ducken. Ihnen fiel auch das blasse Blau am Himmel auf, das in den folgenden Tagen nicht kräftiger wurde. Sie bemerkten auch, daß die Igel noch nicht aus ihrem Winterschlaf erwacht waren und keine Insekten durch die Luft schwirrten. Nachdem sie den Holzvorrat im Haus aufgefüllt hatten, verschlossen sie wieder ihre Türen und zogen sich mit ihren Maiskolbenpfeifen in die warmen Stuben zurück, um noch ein wenig zu warten, bevor sie sich erneut nach draußen wagten.

Die Farmer begannen mit der Aussaat, aber als die ersten Pflanzen, egal ob Obst oder Gemüse, gekeimt und Wurzeln geschlagen hatten, deckten sie die jungen Schößlinge für die Nächte mit kräftigen Faßhälften zu, um sie vor dem Frost zu schützen. Gleichzeitig beobachteten sie besorgt den Himmel und achteten auf das verräterische Grau. Der Winterweizen, der sich bereits auf den weiten Feldern wiegte, mochte das überstehen, besonders da es sich bei der Sorte um eine hartstielige Variante türkischen Ursprungs handelte, die von russischen Mennoniten nach Amerika gebracht worden war und im Herbst gesetzt wurde. Aber andere Setzlinge waren nicht so widerstandsfähig. Besonders die Tomaten würden leicht erfrieren.

Jenny wußte jedoch nichts von alledem, denn im milderen Klima des tiefen Südens wuchs alles im Überfluß, sobald der Frühling kam – sofern es nicht von Insekten gefressen oder Krankheiten befallen wurde und der Boden gut war. Plötzliche Kälteeinbrüche waren selten.

Deshalb bat sie, sobald die Arbeit im Haus getan war, Moses und Delcine, Blossom vor den Wagen zu spannen und in die Stadt zu fahren, um die nötigen Sachen zu kaufen.

Der Himmel war leicht bewölkt, aber es war Anfang April, ein Monat also, in dem der Regen willkommen war und erwartet wurde. Deshalb dachten sich Jenny und ihre beiden Bediensteten nichts dabei, als sich in der Ferne schwere Wolken auftürmten. Einen Frühlingsschauer würde es geben, das war alles, und obwohl Jenny vorschlug, die beiden sollten vielleicht besser warten, bis er vorbei war, ehe sie sich auf den Weg machten, war es den beiden wohl lieber, mal die Enge der Hütte verlassen zu können. Im Winter hatten sie wenig Gelegenheit gehabt, für sich zu sein und wollten daher die Fahrt zur Stadt ungern aufschieben. In der Hoffnung, daß sie nicht zu naß werden würden, winkte Jenny ihnen noch nach, bis sie aus ihrem Blickfeld verschwunden waren. Dann schlüpfte sie in ihren alten braunen Mantel, nahm ihre Tasche an sich und machte sich auf den Weg zur Schule.

Sie war überrascht, als sie plötzlich merkte, wie dunkel es geworden war, und überlegte, ob sie nicht hätte darauf bestehen sollen, daß Moses und Delcine im Haus blieben. Es schien sich ein richtiges Unwetter zusammenzubrauen. Besorgt musterte Jenny den Himmel. Er hatte eine eigenartig graue Farbe angenommen, und die Wolken, die vorhin nach Regen ausgesehen hatten, wirkten jetzt erschreckend und bedrohlich, massig und schwer, von fedrigen, weißen Streifen durchzogen.

Jenny fröstelte ein wenig und merkte, daß die Temperatur stark gefallen war, als sie die Schule erreichte und die Tür öffnete. Sie betrat den Raum, legte ihre Bücher und Papiere auf den Schreibtisch und begann, in dem schmiedeeisernen Ofen ein Feuer zu entfachen. Rasch fing das Zündholz Flammen, und nachdem sie ein paar Holzscheite aufgelegt hatte, brannte ein kleines Feuer. Sie schloß die Tür des Ofens und rieb sich die Hände warm.

Von draußen war kein Laut zu hören, so als hätte sich eine dicke Decke über das Schulhaus gelegt und es in einen Kokon der Stille gehüllt. Jenny wunderte sich schon, wo ihre Schüler blieben, denn, obwohl es noch früh war, trafen um diese Zeit im allgemeinen die ersten Kinder ein. Aber als sie aus einem der Fenster nach draußen schaute, sah sie, daß der Schulhof leer war.

Verblüfft ging sie in den Flur des Gebäudes, löste die Glockenschnur und zog ein paarmal kräftig daran. Der Klöppel schlug hart gegen die Eisenglocke und brachte sie zum Läuten, aber niemand erschien, und als der letzte Schlag verhallt war, merkte Jenny, daß ein brausender Sturm aufgekommen war, bei dem vermutlich niemand die Glocke gehört hatte.

Ein kalter Schauer rann ihr plötzlich über den Rücken, und so schnell sie konnte, hastete sie den Gang hinunter zum Podium hinten im Raum. Dort stand eine Schüssel Wasser auf einem kleinen Tisch in der Ecke, mit der sie rasch das Feuer im Ofen löschen konnte. Dann zog sie ihren Mantel über und griff nach ihrer Tasche.

Inzwischen war der Wind so stark, daß er ihr die Tür mehrmals aus der Hand riß, ehe Jenny es schaffte, sie zuzumachen und sie zu verriegeln. Sie wurde fast umgepustet, als sie die Treppe hinunterstieg, obwohl sie das Geländer umklammerte, um nicht hinzufallen.

Von jedem unerbittlichen Windstoß nach vorn gepeitscht, lief sie den Pfad zur Hütte hinunter und war kaum im Haus, als die ersten Schneeflocken wie eine Horde Geister auf das Land herabfielen.

Jenny hatte instinktiv begriffen, daß das kein gewöhnlicher Sturm war. Wie in Trance legte sie ihre Bücher und Papiere auf einen Stuhl, hastete wieder nach draußen und holte sich so viele Holzscheite von dem Stapel, wie sie tragen konnte. Mehrmals lief sie hin und her, achtete nicht darauf, daß ihr Körper bald schon wie taub war von der Kälte und der Erschöpfung, und spürte nicht den Schmerz, als sie einmal stolperte und hinfiel, sich Hände und Knie an der rauhen Rinde der Holzstücke aufschrammte, die sie unfreiwillig verstreut hatte.

Schließlich, als es bereits kräftig schneite, der Wind wütend ums Haus heulte und der Holzstapel draußen fast geplündert war, machte Jenny die Tür zu. Danach schloß sie die Fensterläden und entfachte ein Feuer im Wohnzimmer und eines in der Küche.

Anschließend setzte sie sich fröstelnd hin und überlegte, wie es wohl Moses und Delcine ergangen sein mochte.

Ihre Fahrt in die Stadt begann zunächst vielversprechend. Es machte ihnen nichts aus, daß sich der Himmel zuzog. Weder Moses noch Delcine störte das bißchen Regen – solange sie zusammen waren. Sie liebten Jenny beide sehr, aber den ganzen Winter mit ihr in der Hütte zusammengepfercht zu sein, war nicht leicht für sie gewesen. Die wenigen Augenblicke tagsüber, in denen sie sich hatten lieben können, während Jenny in der Schule unterrichtete, erschienen ihnen zu kurz, denn sie waren stolz auf ihre Arbeit und hätten ein schlechtes Gewissen bekommen, wenn sie sich vor ihren Pflichten gedrückt hätten. Abends war es unmöglich gewesen, für ein paar Stunden in den Wald zu huschen, wie sie es im Herbst getan hatten, denn im Winter war es zu kalt, und der Schnee lud nicht ein, sich auf den Boden zu legen. Manchmal hatte Delcine sich des Nachts in den Anbau geschlichen, war zu Moses ins Bett gekrochen und hatte sich bei ihm aufgewärmt, aber das kam nicht allzuoft vor, da Jenny einen unruhigen Schlaf hatte und manchmal zu den seltsamsten Zeiten durchs Haus lief.

Obwohl Moses und Delcine sich nicht für ihre Beziehung schämten, wollten sie sie auch nicht ihrer Herrin so vor Augen halten, da sie spürten, es würde sie kränken – nicht weil sie den beiden das Glück mißgönnte, sondern weil sie einsam war und sich ausgeschlossen und allein fühlen würde, sobald sie merkte, daß die beiden ein Paar waren. Aus dem Grund hatte Delcine Moses auch vorgeschlagen, mit der Heirat noch zu warten. Sobald Jenny versorgt war, einen Mann hatte, würden sie den Schritt zum Altar wagen.

Bis dahin gaben sie sich mit der Situation zufrieden und saßen jetzt nebeneinander auf dem Wagen. Delcine schob ihre Hände bei Moses in die Taschen und summte fröhlich vor sich hin.

Sie war froh, in die Stadt fahren zu können. Obwohl Missouri ursprünglich als Sklavenstadt in die Union aufgenommen worden war, hatte die Mehrheit der Bürger in Tumbling Creek keine Sklaven gehabt und hauptsächlich für die Sache mitgekämpft, weil sie sich nicht von Fremden – und schon gar nicht von den Yankees – sagen lassen wollten, wie sie ihre Angelegenheiten zu regeln hatten. Moses und Delcine wurden in der Stadt freundlich behandelt, auch wenn niemand sie mit »Mister« oder »Miss« ansprach.

»Ich hoffe bloß, Mister Henshaw erinnert sich noch an das Saatgut, das er Miss Jenny vergangenes Jahr zugesagt hat«, bemerkte Moses und brach damit die kameradschaftliche Stille zwischen ihnen. »Und wir dürfen nicht die Blumenableger vergessen, die Miss Standish Miss Jenny versprochen hat. In dem Garten wächst bis jetzt nichts als Gras und Bäume. Mit ein paar Blumen wird es gleich schöner aussehen.«

»Ich werde sie abholen«, bot Delcine an. »Ich muß sowieso zu Miss Standish. Miss Jenny braucht ein paar neue Hüte und Kleinigkeiten fürs Frühjahr, auch wenn sie meint, das sei nicht nötig. Ihre Garderobe ist in einem erbärmlichen Zustand. Sie wird Mister Luke nicht auf sich aufmerksam machen, wenn sie nicht etwas für ihr Äußeres tut. Ich weiß, daß sie ihm gefällt, aber es wäre nicht schlecht, wenn sie ihm einen Schubs in die richtige Richtung gibt.«

»Wie du das bei mir gemacht hast?« Moses sah sie an und schmunzelte.

Delcine feixte.

»Nun, das ist die Wahrheit. Männer wissen nicht, was sie wollen. Das ist nun mal so, und es liegt an der Frau, ihnen den Weg zu zeigen.«

»Du bist ganz schön eingebildet, Mädchen«, neckte Moses sie. »Woher willst du wissen, daß du mir nicht so lange nachgelaufen bist, bis ich dich eingefangen habe?«

Delcine errötete.

»Pah!« machte sie ungläubig, aber Moses erkannte, daß sie sich darüber freute. »Wenn ich gewartet hätte, bis du dich entschieden hättest, wäre ich eine alte Jungfer geworden!«

»Tatsächlich?« fragte Moses, und seine dunklen Augen funkelten schelmisch.

»Ja, ganz gestimmt. Und jetzt treib mal das faule Pferd da an. Der Himmel gefällt mir nicht. Er hat so eine merkwürdige Farbe, und ich möchte nicht in ein Gewitter kommen.«

»Nach einem Gewitter sehen die Wolken aber nicht aus«, erwiderte Moses und musterte nun auch besorgt das dunkler werdende Firmament. Delcine fröstelte plötzlich und merkte, wie sehr die Temperatur gesunken war. »Vorwärts, Blossom. Vorwärts!«

Sie hatten zwei Drittel des Weges nach Tumbling Creek hinter sich, als die ersten Schneeflocken fielen und ein heftiger Wind durch die Berge fegte. Doch da sie wußten, daß sie der Stadt näher waren als der Hütte, preschten sie entschlossen weiter. Moses benutzte die Peitsche, um die Stute anzutreiben. Das tat er sonst nicht, aber nur so schaffte er es, das Pferd zum Galopp zu bewegen.

Sie waren nicht weit gekommen, als Blossom auf einem nassen Stück ins Rutschen geriet und stolperte. Gleichzeitig stieß eines der Wagenräder gegen einen Felsen, was den Wagen aus der Bahn warf, so daß sie beide fast heruntergefallen wären. Mit einem gewaltigen Ruck landete der Karren in einer Vertiefung, und die hintere Achse zerbrach, so daß der Wagen in den Graben längs der Landstraße fiel. Moses und Delcine, die noch versuchten, ihre Balance zu halten, wurden durch den Aufprall von den Sitzen geschleudert. Delcine rollte über den weichen, feuchten Boden und erlitt, bis auf einen momentanen Schock durch den Aufprall, der ihr den Atem raubte, keinerlei Verletzungen. Moses jedoch fiel nach hinten auf die Ladefläche, wo er sich heftig den Kopf an der Kante des Wagens stieß. Benommen lag er da und rührte sich nicht. Blut rann aus der Wunde in der Nähe seiner Schläfe.

»Moses! Moses!« schrie Delcine, raffte sich auf und stolperte entsetzt zu ihm hinüber. Der starke Sturm hätte sie beinahe zu Boden gedrückt.

Ihr Mantel zerrte heftig um ihre Beine. Sie war überzeugt, Moses sei tot. Zu ihrer Erleichterung jedoch stellte sie fest, als sie ihn erreichte, daß er noch atmete. Aber er war bewußtlos und konnte ihr in keiner Weise helfen. Sie nagte auf ihrer Unterlippe und dachte angestrengt nach.

Der Wagen war unbrauchbar, so schräg wie er dalag, mit der zerbrochenen Hinterachse und dem einen schiefstehenden hinteren Rad, von dem die Kappe fehlte. Den Karren mußten sie zurücklassen. Aber Blossom, die mit in den Graben gerissen worden war, hatte sich zitternd aufgerichtet und stand zwischen den Deichseln. In der Hoffnung, daß das Pferd sich kein Bein verstaucht hatte, als es gestürzt war, befreite Delcine das Tier und führte es an den Zügeln um den Wagen herum zur Rückseite.

Dort band sie Blossom an das unversehrte Hinterrad, damit die Stute nicht weglaufen konnte. Dann nahm sie ihr das schwere Geschirr ab und ließ ihr nur das Zaumzeug. Anschließend stieg sie auf die Ladefläche des Wagens und suchte in Moses' Taschen nach dem kleinen Messer, das er immer bei sich trug.

Trotz ihrer tauben Hände schnitt Delcine die langen Lederriemen ab, bis sie kurz genug für sie waren, um damit das Tier von dessen Rücken aus führen zu können. Sie knotete die vier Enden zusammen, die noch am Zaumzeug hingen, und schlang sie dem Pferd um den Hals. Einen der übriggebliebenen Riemen, der am Wagenrad festgemacht war, verband sie mit dem Zaumzeug, so daß Blossom nicht weglaufen konnte.

»O Gott, gib mir Kraft«, flehte sie laut, als sie sich hinter Moses stellte, ihn unter den Armen faßte und ihre Hände über seiner Brust verkreuzte.

Schwer keuchend zerrte Delcine den großen schwarzen Mann langsam an das andere Ende der Ladefläche. Sie öffnete die Klappe und drehte Moses auf den Bauch. Dann zog sie am Zaumzeug der Stute, bis das Tier dicht neben dem hinteren Ende des Karrens stand, so daß sie Moses auf dessen breiten Rücken hieven konnte. Danach stieg sie auf, trieb es langsam vom Wagen weg und schob Moses' Körper dabei so lange zurecht, bis er richtig vor ihr lag und seine Arme und Beine jeweils an den Seiten herabhingen. Sie beugte sich vor und mußte sich immens recken, um den nutzlosen Riemen vom Zaumzeug zu entfernen, damit die Stute nicht mehr am Wagenrad angebunden war. Endlich konnte Delcine Blossom die Fersen in die Flanken drücken und auf die Stadt zureiten.

Hinterher vermochte sie sich an den lebensgefährlichen, mühseligen Ritt nach Tumbling Creek nicht mehr zu erinnern. Als sie Doc Mercers Haus erreicht hatte, war sie laut schreiend zur Tür gerannt und hatte mit fast erfrorenen Händen wie wild dagegen gehämmert. Nur schwach merkte sie noch, daß sie plötzlich in der warmen Praxis des erschrockenen Arztes gesessen hatte, der sie nach drinnen gebracht hatte, ehe sie zu Boden gesackt war. Folgsam trank sie die große Menge Brandy, die er ihr einflößte, ehe ihr schwarz vor Augen wurde und sie glücklicherweise in Ohnmacht fiel. Ihre letzten Gedanken galten Moses, der verletzt auf dem Untersuchungstisch des Arztes lag, und Jenny, die sich ganz allein in der Hütte im Wald befand.

22. Kapitel

Wichita, Kansas, 1871

»Ich sage euch, den verfluchten Detektiv von Pinkerton sind wir los – wir haben seit Wochen keine Spur mehr von ihm gefunden –, und wir brauchen das Geld, das die Kutsche transportiert«, beschwor Raiford finster seine drei älteren Brüder.

»Dämpf gefälligst deine Stimme, du Trottel!« herrschte J. R. ihn an und schaute sich in der Schankstube des Buckhorn Hotel um, das von Henry Vigus und seiner Frau geführt wurde. »Willst du etwa, daß dich jemand hört?«

Raiford reagierte ärgerlich. »Ich bezweifle ernsthaft, ob du mich hören kannst – bei dem Höllenlärm, den die Musikbox macht!« Er deutete mit dem Daumen auf das laute Instrument. »Himmel! Man kann ja nicht mal mehr seine eigene Gedanken hören, – wie soll da jemand unsere Unterhaltung belauschen?«

»Da hat er recht, J. R.«, bemerkte Luke trocken und musterte amüsiert den lärmenden Kasten. »Warum gehen wir nicht nach draußen, wo es leiser ist?«

Da die Brüder sich einig waren, schoben sie ihre Stühle vom Tisch zurück und verließen das langgestreckte, niedrige, einstöckige Hotel.

Es hatte geregnet, und die Straßen waren matschig. Der Schlamm wurde aufgewühlt und durch jedes vorbeilaufende Pferd und vorbeifahrenden Wagen verspritzt. Die tiefen Wagenfurchen und Schlaglöcher hatten sich mit Wasser gefüllt und erschwerten es, durch die Stadt zu gehen, ohne total verdreckt zu werden.

Offiziell 1870 gegründet, war Wichita eine neue Stadt ohne die erforderliche Einwohnerzahl, um als drittklassige Stadt zu gelten. Aber der Fortschritt hatte eingesetzt, und in den Straßen herrschte trotz des Matschs rege Geschäftigkeit.

An der Mündung des Big und Little Arkansas River gelegen, auf dem Chisholm Trail, hatte die Stadt einmal den Armeeaußenposten, der hinterher als Camp Davidson, Camp Butterfield und Camp Beecher bekannt wurde, beherbergt. Diese waren jedoch 1869 aufgegeben worden. Jetzt war Wichita ein beliebter Rastort für Viehtreiber, die ihre Herden nach Abilene, weiter nach Norden bringen wollten.

Da es ein relativ rauher und unzivilisierter Ort war, sahen die meisten Gebäude plump aus, besonders die ursprüngliche Kirche, die gleichzeitig als Schule diente. Das Gebäude war aus grobgehauenen Baumstämmen gezimmert, anstatt aus den sonst üblichen glatten Brettern. Außerdem waren die Stämme nicht übereinandergeschichtet worden, sondern nebeneinander aufgestellt, so daß die Wände aussahen wie eine Palisade. Es hatte ein Grasnarbendach, das so schwer war, daß das Gebäude bereits leicht unter seinem Gewicht nachgab. Luke, der die Kirche aus der Ferne betrachtete, fand, daß die beiden schlanken Holzkreuze, die zu beiden Seiten des Daches aufragten, und die kleinen, hochangesetzten Glasfenster nicht zu dem Gebäude paßten. Jenny wäre mit Sicherheit empört gewesen.

Als er und seine Brüder die Straße hinunterschlenderten – es gab noch keine Gehsteige –, ließ er seinen Blick über den Rest der Stadt schweifen. Obwohl er kein großes Interesse an Raifords Vorschlag hatte, eine der vielen Postkutschen auszurauben, die durch den Ort kamen, so wußte er doch, daß sie keine Mittel mehr hatten und sich kaum mehr viel länger mit den paar Münzen durchschlagen konnten, die sie noch hatten.

Vor kurzem hatte es ein Feuer gegeben, bei dem das W. P. Rouse Porzellanwarengeschäft und John Peytons Sattel- und Zaumzeugladen gebrannt hatten, aber Luke entdeckte noch eine Reihe anderer Geschäfte, deren Schaufenster die Hauptstraße der Stadt säumten. Es gab eine ganze Reihe Schilder: Lebensmittel, Blechwaren, Haushaltswaren und Getränke. Außerdem gab es ein Restaurant mit einem Zigarrengeschäft, und gleich daneben befand sich das zweistöckige Southern Hotel, mit dem sich sein Konkurrent, aus dessen Haus die Brüder gerade herausgekommen waren, nicht vergleichen konnte. Dann war da das Haus, das sich City Laundry nannte, und das von einer jungen hübschen Witwe geführt wurde, Catherine McCarty, deren ältester Sohn Henry sich später William Bonney nennen sollte und der als Billy the Kid ein weitaus bekannterer Bandit wurde als die Morgans.

Das beeindruckendste Gebäude von allen war das große Empire House, erbaut von William »Dutch Bill« Greiffenstein gerade im vergangenen Jahr. Der Hauptteil des Hotels war drei Stockwerke hoch und die Vorderfront und die Seiten mit zahlreichen gleichmäßig abgeteilten Glasfenstern versehen. Mehrere Kamine ragten aus dem seitlich abgeschrägten und obenauf quadratisch flachen Dach. Der hintere Anbau sah ähnlich aus, war nur kleiner, denn er hatte zwei Etagen. Eine breite Veranda lief an der Vorderseite des Gebäudes entlang. Dort hielten oft die Kutschen der Cannon Ball Linie, die zwischen Wichita und Dodge City verkehrte. Eines dieser Gefährte wollte Raiford ein Stück außerhalb der Stadt »kurz anhalten«.

Luke war sich nicht sicher, ob das ein so guter Plan war. Der Detektiv von Pinkerton, Gus Grissom, schien wohl der Jagd müde geworden zu sein, aber trotzdem hatte Luke ein ungutes Gefühl. Denn sie vermuteten nur, daß er aufgegeben hatte. Außerdem war Wichita trotz seines rasanten Wachstums kein gesetzloser Ort. Neben einer freiwilligen Feuerwehrmannschaft gab es hier bereits eine organisierte Polizeiabteilung, und vor kurzem war ein neuer Marshall, Mike Meagher, ernannt worden. Er verdiente fünfundsiebzig Dollar im Monat und sollte seine Arbeit gut machen. Es existierten Verordnungen, nach denen Trunkenheit und der Gebrauch von Schußwaffen innerhalb der Stadtgrenze verboten waren. Auch das Spielen unterlag Einschränkungen. Darüber hinaus gab es sogar ein Gesetz gegen zu hohe Geschwindigkeit. Jeder, der in übertriebenem Tempo auf einem Pferd oder mit einem Maultier durch die Straßen jagte, mußte fünfundzwanzig Dollar Strafe zahlen.

»Nun, was meint ihr? Sollen wir eine der Kutsche überfallen oder nicht?« fragte J. R. gepreßt, nachdem die Brüder sich in der Stadt umgesehen hatten.

»Ich wüßte nicht, was wir sonst machen sollen«, meinte Tobias düster. »Es gibt keine Bank, keine Post, und Eisenbahnschienen sind auch nicht in Sicht. Dafür müßten wir schon bis nach Newton reiten und dort den Santa-Fé-Zug anhalten. Jedenfalls müssen wir uns für irgend etwas entscheiden. Wir haben gerade noch genug, um unser Hotel zu bezahlen. Wenn wir es verlassen, ohne die Rechnung zu begleichen, wird Mr. Vigus uns das Gesetz auf den Hals hetzen. So oder so wird uns der verdammte Marshall verfolgen, und dann hätte ich wenigstens gern ein paar Scheine in meiner Tasche.«

»Ich auch«, meldete sich Billy Clay.

»Luke, was ist mit dir?« wandte sich J. R. an ihn.

»Ich werde mich wohl anschließen müssen, wenn ihr die Kutsche überfallen wollt«, erwiderte Luke wenig begeistert. »Probleme wird es damit sicher keine geben. Bloß anschließend das Wegkommen ist nicht so einfach. Wir müßten durch die Stadt zurück und von der Douglas Avenue aus über den Fluß.«

»Nein.« Raiford schüttelte den Kopf. »Das habe ich schon überprüft. Wir können uns nach Süden halten in Richtung El Paso – das liegt etwa fünfzehn Kilometer von hier entfernt – und ihn dort überqueren.«

»Also gut. Dann sind wir uns einig«, erwiderte J. R. »Laßt uns ins Hotel zurückkehren und einen Plan entwerfen. Ich habe Hunger, und Mrs. Vigus ist eine gute Köchin.«

Das war tatsächlich der Fall und einer der Hauptgründe, warum sich das Buckhorn Hotel trotz seiner weniger ansprechenden Erscheinung ziemlicher Beliebtheit erfreute. Die Morgans kehrten in die Schänke zurück und beachteten Mrs. Vigus' Ermahnung, sich die schmutzigen Stiefel draußen abzuklopfen. Anschließend grüßten sie die Besitzerin höflich und bestellten das Abendessen. Ihr behagliches Essen wurde nur einmal kurz unterbrochen, als einer der Bürger, Jack Ledford, sich an der lärmenden Musikbox vergriff, über die Raiford sich vorher schon aufgeregt hatte, und sie mit einem gezielten Schuß zum Verstummen brachte.

Als sie den lauten Knall hörten, sprangen die Morgans auf und griffen nach ihren Waffen, setzten sich dann jedoch wieder, als sie merkten, daß nur die Musikbox mit einem kläglichen Jammerlaut ihr Leben ausgehaucht hatte – Mr. Ledfords Zielscheibe.

Nach dem Essen zogen sich die Brüder in ihr Zimmer auf der Rückseite des Hotels zurück, wo sie ihren Plan zum Überfall auf die Cannon Ball Kutsche schmiedeten.

Von Anfang an ging alles schief. Der Morgen, der so herrlich begonnen hatte, mit Sonnenschein und einem klaren blauen Himmel, an dem nur wenige weiße Wolken hingen, entwickelte etwas später schon bald dicke Wolken und Regen. Zuerst war es nur ein Nieseln, doch dann wurden die Tropfen heftiger.

Die riesige ebene Prärie, die sich endlos in sämtliche Richtungen erstreckte und deren Weitläufigkeit nur vereinzelt von ein paar Pappeln unterbrochen wurde, war noch feucht von dem kurzen Schauer des Vortages. Jetzt wurde der Boden matschig, so daß die Hufe der Pferde einsanken, als die Morgans ihre Tiere über die Ebene trieben.

Aus der Ferne sahen die Brüder aus wie Geisterreiter, unheimlich in dem dunkelgrauen Licht, ihre langen, hellen Staubmäntel fest um sich gewickelt, so daß sie formlos erschienen und fast durchsichtig wirkten in dem strömenden Regen. Schwache, unregelmäßig geteilte Blitzadern zerschnitten den Himmel und erhellten die Männer für kurze Augenblicke, so daß sie wie in Zeitlupe durch das wogende Präriegras zu jagen schienen. Das Geräusch des kräftigen Getrappels ihrer starken Pferde vermischte sich mit dem Donner. Fast schien es so, als würden die Tiere die Erschütterungen des Himmels verursachen, die so ein mächtiges Echo hatten.

Kein Wunder, daß der Kutscher und sein Schütze, als sie die

Morgans in der Ferne entdeckten und im Galopp auf sich zustürmen sahen, die Brüder einen Moment lang für Erscheinungen aus der Hölle hielten.

Erschrocken feuerte der Schütze wie wild auf die herannahenden Gestalten, aber er konnte nicht gut zielen und verfehlte sie. Er bekam Angst, denn für ihn hatte es so ausgesehen, als würden seine Kugeln geradewegs wie Butter durch das Ziel gehen. Seine Hände zitterten, während er sich bemühte, so schnell es ging, die Waffe nachzuladen. Der Kutscher fluchte und schlug gnadenlos mit der Peitsche auf das Gespann ein, um es in dem unaufhörlichen Regen auf Geschwindigkeit zu halten, in der Hoffnung, die Barrikade der Männer zu durchbrechen.

Aber der Boden war uneben und rutschig. Die hohen, mit Eisen beschlagenen Räder der Kutsche rumpelten gefährlich krachend durch die schlammigen Fahrrinnen und über die Schlaglöcher. Das Gefährt schwankte mal nach der einen Seite, mal nach der anderen, so daß die entsetzten Fahrgäste von ihren Sitzen gewirbelt wurden. Schließlich schaffte der Wagen es nicht mehr. Mit einem lauten Knirschen zerbrach die Stange des Geschirrs und löste sich von der Kutsche. Das panische Gespann, so plötzlich von jeder Last befreit, raste wie ein Pfeil davon und zog die Holzstange hinter sich her. Die Kutsche jedoch, ohne Halt und Führung, machte einen scharfen Schwenk, geriet unweigerlich ins Wanken und fiel donnernd auf eine Seite.

Beide, der Kutscher wie der Schütze, wurden bei dem Sturz des Gefährtes hochgeschleudert. Der erste schlug mit dem Kopf auf einen Felsen und wurde bewußtlos, der letztere landete mit gebrochenem Arm auf dem steinigen Boden. Die Fahrgäste im Innenraum, obwohl sie ein paar Schrammen und blaue Flecken hatten, waren nicht nennenswert verletzt. Einer versuchte die Tür aufzustoßen, doch sobald er die schemenhaften Gestalten der Morgans näher kommen sah, ließ er davon ab.

Hastig durchwühlten die Brüder das Gepäck – die Postsäcke und die anderen Gegenstände, die bei dem Unfall verstreut worden waren. Schließlich fanden sie den metallenen Geldkoffer, den sie suchten. Er war schwer und mit einem Vorhängeschloß versehen. Mit einem gezielten Schuß öffnete Luke den Deckel, dann füllten er und seine Brüder sich ihre Satteltaschen mit dem Inhalt.

»Laßt uns machen, daß wir wegkommen!« brüllte J. R. in dem Lärm des Unwetters, und da die anderen einer Meinung mit ihm waren – keiner wollte bei dem Regen Zeit damit verschwenden, die Fahrgäste auszurauben –, saßen die Männer auf und ritten nach Südosten auf die kleine Stadt El Paso zu.

Doch diesmal war ihnen der Detektiv Gus Grissom dicht auf den Fersen. Seit mehreren Wochen hatte er die Brüder entschlossen verfolgt. Sie waren klug, die Morgans, das mußte er ihnen lassen. Wäre er selbst nicht so gerissen gewesen, wäre er in eine der vielen Fallen getappt, die sie ihm gestellt hatten. Aber Gus war kein Hitzkopf und auch kein ehrgeiziger Ruhmsucher. Er besaß Geduld, war gründlich und bereit, auf die richtige Gelegenheit zu warten. Er hatte die Brüder jetzt dabei beobachtet, wie sie das Verbrechen begangen hatten, und nun konnte er sie festnehmen.

Gus nahm durch die Richtung, die sie eingeschlagen hatten, an, daß die Banditen nach El Paso wollten, wo sie wahrscheinlich den Arkansas River überqueren würden, um nach Hause zu gelangen. Grimmig lächelnd gab er seinem Pferd die Sporen. Er würde vor ihnen in der Stadt sein und sie dort mit dem Marshall und einem Aufgebot an Männern empfangen.

Luke zog scharf die Luft ein und knirschte heftig mit den Zähnen, um nicht aufzuschreien, als erneut eine heftige Schmerzwelle von seiner Bauchwunde durch seinen Körper zuckte.

Er wußte nicht mehr, wie lange er schon im Sattel saß, vornübergebeugt hing er da, todmüde und von Qualen zerrissen. Es kam ihm wie eine Ewigkeit vor. Doch er wußte, daß seit dem furchtbaren Zusammenstoß in El Paso nicht mehr als ein paar Tage vergangen sein konnten.

Die Morgans waren entkommen, wie immer, aber gegen einen hohen Preis. J. R. hatte zwei Schüsse abbekommen – einen in den Arm, den anderen ins Bein. Eine Kugel hatte Raifords Schädel gestreift, und Tobias war die Brille heruntergefallen und in dem Handgemenge zertrampelt worden. Fast blind ohne sie, mußte er jetzt auf seinem Pferd geführt werden. Nur Billy Clay war unversehrt davongekommen. Vermutlich, weil er als einer der ungefährlichsten von den Fünfen galt.

Die Bande hatte es geschafft, den Fluß zu überqueren und über die Grenze von Missouri zu gelangen. Der Regen, der bei dem Überfall so hinderlich gewesen war, erwies sich später als wertvoll, denn er wusch sämtliche Spuren der Morgans weg, so daß die Verfolgung erschwert wurde. Als die plötzlichen Schauer jedoch nachließen, verfluchten sie den Matsch, in dem die Hufabdrücke deutlich sichtbar blieben. Sie mußten zurückreiten, Blätter und Zweige über ihre Spuren streuen – alles Taktiken, mit denen sie den Feind irreführten, die aber Zeit kosteten. Und Zeit hatten die Brüder nicht, besonders nicht, weil ihnen die Verfolger dicht auf den Fersen waren. Sie mußten so schnell reiten, wie sie konnten, um die Höhlen in den Ozarks Mountains zu erreichen, wo sie sich verstecken und dem Gesetz entkommen konnten.

Das hatten sie jedoch nicht geschafft. Denn schon bald wurde klar, daß Luke mit dem mörderischen Tempo nicht mithalten konnte. Seine Wunde, wenn auch nicht tödlich, war schlimm und bedurfte dringend der Behandlung eines Arztes.

»Ihr … müßt mich zurück … zurücklassen«, hatte er zu J. R. gesagt, der sich bei ihm erkundigte, wie es ihm ging. »Reitet weiter. Ihr kennt … die Abmachung.«

Sie hatten lange schon unter sich ausgemacht, daß ein Bruder nicht die Leben der anderen gefährden durfte. Lukes Zustand war eine Gefahr. Ohne ihn konnten die anderen schneller vorwärtskommen und dafür sorgen, daß sie den Gesetzesvertretern entkamen, die sie verfolgten.

J. R. schnitt der Gedanke, Luke zurücklassen zu müssen, ins Herz. Er würde allein den Verfolgern gegenüberstehen, sollten sie ihn einholen, aber natürlich war J. R. auch klar, daß sie keine andere Wahl hatten. Die Bande mußte entweder Luke im Stich lassen oder sie würden alle gefangengenommen werden.

»Viel Glück, Luke«, hatte J. R. ihm gewünscht, sich vernehmlich geräuspert und nicht mehr sagen können.

Dann hatte er seinem Pferd die Sporen gegeben und sich zu den anderen gesellt.

Lukes einzige Rettung lag in der Möglichkeit, daß die Gesetzeshüter nicht merken würden, wo sich die Spuren trennten oder, falls es ihnen auffallen sollte, sie lieber den Rest der Bande festnehmen wollten als nur ihn alleine. Er unternahm keinen Versuch mehr, seine Spuren zu verwischen, hoffend, daß die Verfolger sich tatsächlich auf seine Brüder konzentrierten statt auf ihn.

Die Sicht verschwamm ihm vor Augen, und nur mit großer Anstrengung konnte er etwas erkennen. Er glaubte, in der Nähe von Tumbling Creek zu sein, aber sicher war er sich nicht. Unaufhörlich hatte sich der Himmel, nachdem der Frühlingsmorgen bewölkt angebrochen war, verdunkelt, so daß es unter dem frischen grünen Blätterdach des Waldes fast Nacht schien. Was Luke durch die Zweige vom Firmament sehen konnte, hatte jetzt eine seltsame graue Farbe angenommen, die von weißen, fedrigen Streifen durchzogen war. Die Luft wurde kühl, die Temperatur sank innerhalb von wenigen Minuten spürbar herab. Es kam Wind auf, und Luke fröstelte.

Er war in den Ozark Mountains geboren und aufgewachsen. Er wußte sofort, was das bedeutete. Ein heftiger Schneesturm bahnte sich an und würde ihn unbarmherzig verschlingen. Er mußte eine schützende Behausung suchen. Sollte es ihm nicht gelingen, sehr bald eine zu finden, würde er erfrieren.

Da entdeckte er in der Ferne ein Licht, und als die ersten Schneeflocken auf ihn herabrieselten, steuerte er mit letzter Kraft in die Richtung des leuchtenden Kleckses in der Finsternis. Allein durch seine eiserne Willenskraft schaffte er es, sich im Sattel zu halten.

Schließlich erreichte er die Hütte, aus der das Licht fiel. Luke musterte ungläubig das Haus und glaubte zuerst, er müsse träumen oder sich bereits im Delirium befinden. Doch dann interessierte ihn das nicht mehr. Er glitt vom Rücken seines Hengstes und stolperte auf die Veranda, wo er mühselig an die Tür klopfte.

»Jenny!« keuchte er heiser. »Jenny! Ich bin es, Luke! Ich bin es! Um Himmels willen, laß mich rein!«

Dann, wie eine Vision, das weiche, braune Haar vom warmen Schein der Öllampe umrahmt, stand sie da. Ihre grauen Augen weiteten sich entsetzt, und sie streckte ihm ihre Arme liebevoll entgegen, um ihn aufzufangen, als er fiel.

DRITTES BUCH

Bisher unerzählte Geschichten

23. Kapitel

Tumbling Creek, Missouri, 1871

Lukes Gewicht brachte Jenny ins Wanken, denn obwohl er geschmeidig war, war er groß und obendrein muskulös. Einen Moment lang fürchtete sie schon, sie könnte es nicht verhindern, daß er zu Boden stürzte. Dann gewann sie ihr Gleichgewicht und schaffte es, ihn halb über den Boden schleifend ins Schlafzimmer zu zerren, wo sie ihn mit dem Oberkörper aufs Bett hievte.

Zuerst, als sie ihn vor der Tür hatte stehen sehen, hatte sie ihn wie einen Geist angestarrt. Doch als sie nun seine Füße angehoben und ihn endlich vollends aufs Bett geschoben hatte, erschrak sie zutiefst.

Luke sah furchtbar aus. Sein unrasiertes Gesicht hatte jegliche Farbe verloren, abgesehen von seiner Nase, die rot war vor Kälte, und seinen blauverfärbten Lippen. Seine Hände waren fast steifgefroren, die Finger wie Krallen verkrampft, und obwohl er jetzt bewußtlos war, lockerten sie sich nicht. Entsetzt bemerkte Jenny, daß sein Mantel blutverschmiert war.

Sie wußte, sie durfte nicht in Panik geraten, wenn sie ihm helfen wollte. Also holte sie ein paarmal tief Luft, um ihre erregten Nerven zu beruhigen, und bemühte sich um klare Vernunft. Rasch und wesentlich ruhiger lief sie ins Wohnzimmer.

Dort stocherte sie in dem Feuer, bis es fast unerträglich heiß wurde. Ihr war klar, daß Luke auf jeden Fall warm gehalten werden mußte. Dann zog sie sich ihren Mantel über, und so gewappnet gegen Sturm und Kälte, ging sie nach draußen und führte Blaze in die neue Scheune hinüber. Dort nahm sie dem Pferd Zaumzeug und Sattel ab, rieb es kräftig trocken, warf ihm eine Decke über, damit ihm warm wurde, und sorgte dafür, daß es zu fressen bekam. Die ganze Zeit über jedoch weilte sie mit ihren Gedanken bei Luke und machte sich Sorgen um ihn. Er brauchte ihre unmittelbare Hilfe. Doch sie war überzeugt, er würde ihr nie verzeihen, wenn sie Blaze draußen in dem Schneesturm hätte erfrieren lassen.

Nachdem sie sich so gut sie konnte um das Tier gekümmert hatte, kehrte sie ins Haus zurück, wo sie Wasser in einem Topf zum Kochen auf den Herd setzte. Dann suchte sie in den Schränken nach frischen Tüchern und Laken, einer Flasche Karbolsäure und Brandy.

Als sie ins Schlafzimmer zurückkehrte, stellte sie erleichtert fest, daß Luke, der zwar unnatürlich still dalag, noch atmete, wenn auch sehr flach. Geschickt befreite sie ihn von dem verschmutzten Mantel, knöpfte ihm das Hemd auf, öffnete seinen Gürtel und seine Hose. Obwohl sie bereits gesehen hatte, daß er verletzt war, war Jenny nicht auf den Anblick vorbereitet, den seine scheußliche Wunde bot. Sie biß sich auf die Unterlippe. Derartige Verletzungen hatte sie im Krankenhaus in Atlanta gesehen und wußte, daß es sich um eine Schußwunde handelte. Behutsam faßte sie mit ihrer Hand hinter Lukes Rücken und tastete ihn ab. Zu ihrem Kummer war seine glatte Haut unversehrt. Das bedeutete, die Kugel befand sich noch in seinem Bauch.

Verzweifelt preßte sie die Lippen aufeinander. Luke brauchte einen Arzt – und zwar dringend. Aber Jenny wußte auch, daß sie bei dem Sturm die Stadt nicht erreichen würde, falls sie es wagte, Blaze zu satteln und sich auf den Weg zu machen. Sie würde die Kugel selbst herausholen müssen. Andernfalls würde Luke sterben.

Die Operation würde Zeit in Anspruch nehmen, und in der Zwischenzeit mußte sie etwas für sein erfrorenes Gesicht und seine erstarrten Hände, vielleicht auch für seine Füße tun.

Hastig zog Jenny Luke aus. Ihre tiefe Sorge um sein Wohlergehen war stärker als ihr anerzogenes Schamgefühl. Sie hatte im Krankenhaus eine Reihe Männer zu sehen bekommen, die mehr oder weniger angehabt hatten, und jetzt war nicht der rechte Zeitpunkt für altjüngferliche Bedenken.

Seine Füße waren, wie sein Gesicht und seine Hände, weiß mit ein paar graugelben Flecken dazwischen. Fieberhaft begann Jenny zu überlegen, was sie tun sollte. Die Winter in Georgia waren immer mild gewesen, doch sie hatte mal von jemandem gehört, der fast erfroren wäre. Hatte man da nicht gesagt, man sollte Gliedmaße, die taub vor Kälte geworden waren, mit Schnee einreiben? Nein, das konnte unmöglich stimmen, überlegte Jenny, denn dadurch würde die Haut noch kälter werden. Wärme war das, was Luke brauchte, langsame Wärme, so wie im Frühling die Sonne den Winterboden durch ihre Wärme auftaute.

Sie ging in die Küche und tauchte mehrere Tücher in das kochendheiße Wasser auf dem Herd. Mit den durchnäßten Tüchern kehrte sie ins Schlafzimmer zurück und wickelte sie Luke um Hände und Füße. Sie bedeckte auch vorsichtig sein Gesicht damit, achtete aber darauf, daß er noch atmen konnte. Danach warf sie ein paar weitere Scheite aufs Feuer im Wohnzimmer, ehe sie in ihrer Kommode eine Schere, eine kräftige Nadel und einen starken Faden suchte.

Diese Utensilien legte sie neben die Waschschüssel, die sie sich auf den Nachttisch stellte. Dann öffnete sie die Flasche Karbolsäure und goß etwas davon in die Schüssel. Nachdem sie sich auf den Bettrand gesetzt hatte, tunkte sie ein Tuch in die Flüssigkeit und begann damit, Lukes Wunde behutsam, aber gründlich auszuwaschen. Die Verletzung war, wie sie erkannte, nicht so schlimm, wie sie zuerst angenommen hatte. Es schienen keine inneren Organe verletzt zu sein. Lukes Mantel und sein Ledergürtel hatten den Schuß wohl etwas abgedämpft. Beide wiesen ein einzelnes Loch auf, so wie der Taillenbund seiner Hose und der Zipfel seines Hemdes. Dennoch war die Kugel ins Fleisch eingedrungen und mußte entfernt werden.

Jennys Hände begannen zu zittern, als sie die Schere in die Karbolsäure tunkte und desinfizierte, bevor sie vorsichtig damit die häßliche Wunde abtastete.

Schweiß stand ihr auf der Braue und der Oberlippe, als sie merkte, wie das feuchte Fleisch wässerte und nachgab, wo sie es mit der Schere berührte. Im stillen dankte sie Gott, daß Luke bewußtlos war und nicht die grausigen Schmerzen spüren konnte, die sie ihm bereiten mußte. Es kostete Jenny eine Menge Überwindung, weiterzumachen und nüchtern darauf zu achten, was sie tat. Sie versuchte sich zu erinnern, wie die Ärzte im Krankenhaus vorgegangen waren. Sobald sie hatte aufstehen können, aber noch nicht so weit genesen war, daß sie entlassen werden konnte, hatte sie oft bei Operationen geholfen. Denn andere Patienten hatten wesentlich mehr Hilfe gebraucht als sie. Allerdings hatte sie natürlich nie irgendeinen chirurgischen Eingriff vorgenommen, und Jenny fürchtete, sie könnte Luke weitaus mehr schaden als nutzen, mit dem, was sie tat.

Da! War sie das? Zögernd drückte sie mit der Scherenspitze auf den harten Punkt, den sie schließlich gefunden hatte. Dann öffnete sie die Schere und griff damit sorgfältig nach dem Stück Blei.

Langsam … ganz langsam, sagte sie sich, während sie sich bemühte, nicht zu zittern.

Unwillkürlich hatte Jenny die Luft angehalten und atmete erst aus, als sie die Kugel auf den Nachttisch fallen ließ. Dann barg sie ihr Gesicht in beiden Händen und begann am ganzen Körper zu beben. Erst nach einer Weile gelang es ihr, ihre Haltung wiederzugewinnen. Erneut säuberte sie die Wunde mit Karbolsäure. Dann, nachdem sie Nadel und Faden in die Flüssigkeit getunkt hatte, nähte sie die Wunde mit kleinen, sauberen Stichen zu. Kleine rote Tropfen sickerten aus der Verletzung, aber das erschreckte Jenny nicht, denn sie wußte, daß es besser war, wenn das Blut aus der Wunde herauslief.

Luke wird dort eine Narbe zurückbehalten, dachte sie und betrachtete kritisch ihre Stiche. Zum ersten Mal gönnte sie sich einen genaueren Blick auf seinen nackten Körper. Er war wohlproportioniert, sehnig und muskulös gebaut. Seine Brust war mit dichten, dunkelblonden Locken bedeckt, die über dem Bauch zu einem Streifen zusammenliefen, der bis hinunter zu dem Büschel zwischen seinen Schenkeln reichte. Jenny errötete, als ihre Augen über seine Männlichkeit wanderten. Im Augenblick wirkte sie kein bißchen bedrohlich. Doch Jenny erinnerte sich, wie sie sich an dem Abend angefühlt hatte, als er betrunken gewesen war, sie an sich gedrückt und so ungestüm geküßt hatte. Sie erschauerte und vermutete, daß dieses Teil seines Körpers wahrscheinlich anders aussah, wenn er erregt war. Hier und da hatte er bereits ein paar Narben auf seinem Oberkörper. Da würde ihm die eine mehr sicher nichts ausmachen.

Sie faltete eines der Leinentücher zusammen, um ein Polster für Lukes Wunde daraus zu machen. Dann legte sie ihm einen Verband um den Bauch an, den sie stramm anzog. Er hatte sich bisher nicht geregt. Bei dem hohen Blutverlust, den er erlitten hatte, war das kein Wunder. Und sicherlich befand er sich noch in einer Art Schockzustand.

Jenny entfernte die inzwischen abgekühlten Tücher von Gesicht, Händen und Füßen. Im Anbau suchte sie einige Socken von Moses und nahm ein Paar alter Arbeitshandschuhe mit. Drei Paar Socken streifte sie Luke über die Füße und zog ihm die Handschuhe an. Anschließend wickelte sie ihn in die Laken und legte ihm zusätzlich zwei Wolldecken über.

Mehr konnte sie nicht tun für ihn. Jetzt hieß es warten. Emotional ausgelaugt und körperlich erschöpft, schenkte Jenny sich ein kleines Glas Brandy ein und trank es aus. Das hatte sie gebraucht, und zum ersten Mal machte sie sich keine Gedanken über dieses unschickliche Handeln. Sie setzte sich in den Schaukelstuhl, den Moses ihr während der langen Wintermonate gebaut hatte, als es nicht viel zu tun gab. Trotz ihrer Sorge, ob Luke durchkommen würde, verspürte Jenny einen tiefen inneren Frieden, den sie seit Jahren nicht mehr erlebt hatte, und nach einiger Zeit schlief sie ein, in dem Gefühl der Sicherheit und Geborgenheit.

Luke war bei ihr – bei ihr. Eigenartigerweise schien es so, als sollte es so sein.

Sie waren allein, abgeschnitten vom Rest der Welt, denn es schneite unaufhörlich, bis die Schneewehen so hoch waren, daß es unmöglich war, sich hindurch zu wagen, ohne das Risiko einzugehen, in dem strahlenden Weiß zu versinken und zu sterben.

Sehr zu Jennys Erleichterung, denn sie fürchtete immer, sein

Zustand könnte sich verschlimmern, während sie schlief, wachte Luke ein paarmal in den kommenden Stunden auf, zwar mit hohem Fieber und ohne sich orientieren zu können, aber er lebte. Jedesmal flößte sie ihm ein paar Schlucke Brandy und Wasser ein, bevor er wieder in einen ohnmachtsähnlichen Schlummer fiel. Nur einmal erkannte er sie. Da packte er sie am Arm und krächzte »Jenny«, ehe er die Augen schloß und erneut in sein Delirium versank.

Jenny fühlte sich schrecklich, wie eine Lauscherin, da sie gezwungenermaßen seine Fieberphantasien mitbekam, aber sie brachte es nicht fertig, von seiner Seite zu weichen. Mehrmals stöhnte er auf und schrie, da wußte sie, daß er in seinem verwirrten Zustand die Zeit erlebte, die er mit Maybelle verbracht hatte, sowie den Krieg. Furchtbare, unzusammenhängende Teile haßerfüllter Streitigkeiten, Erlebnisse aus Schlachten und von Überfällen kamen heiser über seine Lippen. Das waren Dinge, die Jenny sich wünschte, nie gehört zu haben, außer daß sie ihn jetzt in einem neuen Licht sah.

Kein Wunder, daß der Ausdruck seiner Augen so alt und müde wirkte. In Lukes Vergangenheit gab es, wie sie sich gedacht hatte, viel Schmerz – und Brutalität – ähnlich wie bei ihr. So wie sie hatte er zu viel gesehen, war darüber entsetzt gewesen und hatte es überlebt, nur um davon in qualvollen Erinnerungen und Alpträumen verfolgt zu werden. Jenny fühlte mit ihm, und Tränen brannten ihr in den Augen. Sie war nicht die einzige, die durch die Grausamkeit des Krieges nicht heilen wollende Wunden erlitten hatte.

Jetzt verstand sie auch, warum die Morgans, obwohl sie Banditen waren, nur jemanden umbrachten, wenn sie sich dazu genötigt sahen und glaubten, der andere hätte eine Chance, sie auch umzubringen. Sie erkannte, daß Lukes Temperament durch Sanftmut gemildert wurde, so wie sie es auch empfunden hatte, und sie begriff, warum sie sich so sehr zu ihm hingezogen fühlte. Gleichgültig wie er auch sein mochte, trotz seiner Unzulänglichkeiten würde Luke niemals bei so etwas mitwirken, wie es an jenem Tag auf Faxon's Folly geschehen war. Und sollte sie ihm jemals von ihrer Vergangenheit berichten, würde er sofort wissen, welches Entsetzen und welche Grausamkeiten sie an jenem Tag erlebt hatte, der sie heute noch in den Klauen hielt und dem sie sich, sosehr sie sich auch anstrengte, nicht zu entziehen vermochte. Es war sogar möglich, daß er ihr helfen konnte, dies alles zu überwinden, überlegte Jenny. Kein anderer Mann wäre jemals dazu fähig.

Luke würde verstehen, daß sie Zeit brauchte, Bestätigung, das Gefühl der Sicherheit und Geborgenheit und vor allem Liebe. Er würde ihr das alles geben – und mehr, denn soviel er auch von ihr verlangen mochte, er würde ihr alles geben, wozu er fähig war. Das erkannte sie deutlich. Er war betrogen worden und wußte, wie schmerzlich das war. Die nächste Frau, die er sich auswählte, mußte ihm ihr Herz und ihre Treue schenken, wie Luke ihr seine bieten würde. Zwischen ihnen würde es keine Zweifel geben, kein mangelndes Vertrauen.

Dennoch wagte Jenny nicht zu glauben, sie würde diese Frau sein, obwohl sie es von ganzem Herzen hoffte. Sie liebte ihn – innig –, davon war sie jetzt überzeugt. Endlich gestand sie es sich ein und freute sich darüber. Das Gefühl, sich dagegen wehren zu müssen, hatte sich verloren. Es gab keinen Grund dazu. Sie hatte noch nie einen Grund gehabt, sich gegen ihre Gefühle zu stemmen. Hätte sie das doch früher erkannt!

Leise stand sie auf und erneuerte das kühle Tuch auf Lukes heißer Stirn. Sie beugte sich über ihn und küßte ihn, ein wenig schockiert über ihren eigenen Mut, auf den Mund.

»Du schaffst es, mein Lieber«, flüsterte Jenny gegen seine Lippen. »Du schaffst es.«

Sie klammerte sich eine Zeitlang an ihn, als ob sie ihn allein durch ihre Willenskraft am Leben halten könnte. Dann öffnete sie die Schublade ihres Nachttischs und holte ihre Bibel heraus. Damit setzte sie sich in den Schaukelstuhl. Damals, als sie im Krankenhaus von Atlanta auf dem Weg der Besserung gewesen war, hatte Jenny im Beten Trost gefunden. Liebevoll strich sie mit den Fingern über den rauhen, abgegriffenen Ledereinband, das verblaßte, ausgefranste Seidenband, das als Lesezeichen diente, und die goldumrandeten Seiten mit den Eselsohren. Langsam schlug sie das Buch auf und blätterte willkürlich auf irgendeine Seite, anstatt eine bestimmte Stelle zu suchen. Auf diese Art hatte sie immer Trost gefunden, denn so fand sie Worte, die sie nicht schon auswendig konnte, weil sie sie so oft gelesen hatte. Es war dann eher so, als spreche Gott selbst zu ihr – auch wenn er nicht immer sagte, was sie zu hören wünschte.

Bei dem Gedanken schmunzelte Jenny in sich hinein.

Einmal, als Kind, hatte sie ihre Mutter gefragt, ob Gott denn nun wirklich jedes einzelne Gebet hören und darauf reagieren würde, gleichgültig wie kurz es sei. Rachael Colter hatte ihr versichert, daß er das auf jeden Fall täte, aber manchmal gefielen denen, die beteten, seine Antworten nicht.

Jenny blickte auf die Seite, die sich von allein aufgeschlagen hatte, und fand das dreizehnte Kapitel des Ersten Korintherbriefs. Im flackernden Licht der Öllampe begann sie zu lesen:

»Liebe erträgt alles, glaubt alles, hofft alles, überdauert alles ... Und so dauern Glaube, Hoffnung und Liebe fort, diese drei. Die größte davon ist die Liebe.«

Ja, dachte Jenny, das ist wahr.

Dann klappte sie betroffen die Bibel zu und lauschte angestrengt den Klängen, die plötzlich ihre Aufmerksamkeit auf sich zogen. Da war es wieder! Nein. Es war verhallt. Es mußte an ihrer Einbildungskraft gelegen haben. Dennoch hätte sie schwören können, daß der unstete Wind den klagenden Klang der Melodie des Musikkästchens, das der Einsiedler gefertigt hatte, mit sich trug. Leise hatte sie die süße, wehmütige Weise von *»Plaisir d'Amour«* vernommen. Aber das konnte nicht sein, denn das Kästchen stand auf ihrem Nachttisch, und der Deckel war geschlossen. Stirnrunzelnd schüttelte Jenny den Kopf, um sich von der unsinnigen Vorstellung zu befreien. Dann schaute sie erneut liebevoll zu dem Mann hinüber, der ihr das Musikkästchen geschenkt hatte.

24. Kapitel

»Du hast mir das Leben gerettet«, sagte Luke dankbar und musterte Jenny aufmerksam. Sie sah blaß und erschöpft aus. Schatten lagen unter ihren Augen, als ob sie seit ein paar Tagen nicht mehr richtig geschlafen hätte.

»Nein.« Lächelnd schüttelte sie den Kopf. »Du hast allein durch deinen Willen überlebt, Luke. Ich habe dir bloß die Kugel herausgenommen und die Wunde gesäubert, damit keine Infektion entsteht.«

»Trotzdem ist das mehr, als die meisten für einen Mann wie mich, einen Banditen, getan hätten«, beharrte er. »Auf meinen Kopf ist ein Preis ausgesetzt, verstehst du, tot oder lebendig. Die meisten Leute hätten sich die Chance auf die Belohnung nicht entgehen lassen. Warum hast du das getan, Jenny?«

Weil ich dich liebe, dachte sie. Ich liebe dich! Aber sie sprach die Worte nicht laut aus, sondern lachte nur erzwungen fröhlich auf.

»Ich konnte dich doch nicht einfach sterben lassen, Luke«, erklärte sie. »Stell dir mal vor, wie peinlich das für mich gewesen wäre, wenn ich jemandem hätte erklären müssen, daß du in meinem Bett gestorben bist.«

Seine Augen funkelten amüsiert.

»Ja, das kann ich natürlich verstehen«, räumte er ein. »Ich wäre aber sicherlich von allen Männern in Taney County darum beneidet worden!« Er lachte leise, und Jenny errötete. »Auf jeden Fall wäre es ein weitaus besserer Abgang gewesen als durch eine Bleikugel, das mußt du zugeben.«

»Ich weiß nicht, wovon du sprichst«, lenkte sie verlegen ab. »Wenn du dich für solche unschicklichen Themen stark genug fühlst, kannst du dich auch hinsetzen, etwas Suppe essen und dich rasieren lassen. Du siehst nämlich schon aus wie der Einsiedler!«

»Wirklich?« fragte Luke und rieb sich über die Bartstoppeln. »Na ja, er ist ein guter Mensch, auch wenn er ein bißchen exzentrisch ist. Er ist der Aufpasser der Berge, wie er sagt, und das schon solange wie ich mich erinnern kann. Ich wüßte gern, wie alt er ist. Er muß uralt sein, weil er schon nicht mehr jung war, als ich ein Kind war. Ja, er ist etwas merkwürdig, das stimmt. Manchmal, wenn man ihn reden hört, bekommt man das Gefühl, er sei tatsächlich ein Hirte Gottes oder so etwas.«

»Nun, das ist er vielleicht auch«, erwiderte Jenny leise und erinnerte sich, daß sie geglaubt hatte, die Melodie des Musikkästchens an jenem Abend zu hören, als sie in der Bibel gelesen hatte. Es war schon eigenartig gewesen, wie deutlich und wirklich ihr die Melodie erschienen war, fast so, als hätte der Wind sie gerufen und als wäre der Klang nur für ihre Ohren bestimmt gewesen. Und dieses Lied ... es kam ihr fast so vor, als ob es eine besondere Bedeutung für sie hatte. »Komm, ich klopfe dir mal die Kissen auf. Glaubst du, du kannst allein essen?«

»Wer weiß.« Luke stöhnte. »Ich fühle mich wie ein neugeborenes Fohlen – ziemlich schwach. Wie lange bin ich hier, Jennilee?«

»Vier Tage.«

»Donnerwetter! Wie hast du es geschafft, für mich zu sorgen? Ich meine ... wo du doch unterrichtest und so ... das war bestimmt nicht leicht. Moment mal ... du bist schon den ganzen Morgen hier. Warum bist du nicht in der Schule? Was ist heute überhaupt für ein Tag?«

»Montag, aber ich glaube nicht, daß irgendwer heute zur Schule kommt, Luke. Du warst nicht draußen. Erinnerst du dich nicht an den Schneesturm? Müßtest du eigentlich. Du warst fast zu Tode erfroren. Die Schneewehen waren stellenweise fast zwei Meter hoch. Jetzt scheint zwar die Sonne, aber es wird noch ein paar Tage dauern, bevor der Schnee geschmolzen ist und die Straßen wieder frei sind.«

»So schlimm, ja? Hmm, lecker, die Suppe schmeckt gut. Hast du sie gekocht?«

»Ja, ob du es glaubst oder nicht, das habe ich getan.«

»Warum sollte ich das nicht glauben?«

»Für einen kranken Mann stellst du auf jeden Fall eine Menge Fragen.« Jenny warf ihm einen gespielt strafenden Blick zu, schniefte gekränkt und reckte ihre Nase. »Wie du dich vielleicht erinnerst, hast du mir keine Komplimente für meine Kochkünste gemacht, als du zuletzt eine Kostprobe davon bekommen hast. Im Gegenteil kann ich mich erinnern, daß du fast erstickt bist ...«

Luke grinste.

»Ach ja, die Arsenbiskuits. Wie konnte ich die vergessen? Damit darfst du mich jederzeit wieder vergiften, Jennilee.«

»Also, das könnte ich tun – falls du dich nicht benimmst«, warnte sie ihn. »Jetzt lasse ich dich in Ruhe deine Suppe essen. Ich muß mir eine Schaufel suchen und mal nachsehen, ob ich mir einen Weg bis zur Scheune freiräumen kann, damit ich nach den Tieren sehen kann. Dein Pferd ist übrigens auch dort drinnen. Es war ziemlich erschöpft, als du hier ankamst. Aber ich habe es kräftig abgerieben, und die paarmal, als ich nach ihm gesehen habe, ehe es zu schwer war, bis zur Scheune zu gelangen, schien es ihm gutzugehen.«

»Da bin ich aber froh«, gestand Luke ihr. »Ohne Blaze, glaube ich, hätte ich es nicht bis nach Hause geschafft. Aber ... wo ist Moses?« Er hob fragend und verwundert eine Braue. »Du solltest keinen Schnee schaufeln.«

»Irgendwer muß es machen, und Moses ist nicht da. Wir kommen aus Georgia, weißt du? Schnee sind wir nicht gewohnt – noch viel weniger einen Schneesturm –, besonders nicht im Frühling. Wir dachten, es würde bloß regnen, und Moses und Delcine sind in die Stadt gefahren.« Jenny runzelte besorgt die Stirn. »Hoffentlich sind sie bis dahin gekommen, bevor der Sturm ausbrach.«

»Soll das heißen, wir sind ganz allein hier?« erkundigte sich Luke und grinste sofort anzüglich.

»Ja, sicher. Ich dachte, das hätte ich bereits gesagt.« Dann bemerkte Jenny seinen Gesichtsausdruck. »Aber du brauchst dir keine falschen Hoffnungen zu machen, Luke Morgan«, versetzte sie streng und ein wenig erschrocken. »Du bist noch viel zu krank, um das Bett zu verlassen.«

»Aber Jennilee«, neckte er sie leise und musterte sie belustigt. »Ich hatte nicht daran gedacht, es zu verlassen.«

Sie errötete, betroffen über seinen Scherz. Ohne Vorwarnung begann ihr Herz zu rasen, und sie wandte sich ab, so daß er ihren Gesichtsausdruck nicht sehen konnte.

»Deine Suppe wird kalt«, ermahnte Jenny ihn. »Du mußt sie essen, damit du deine Kräfte wiederbekommst.«

»Ich bin bereits dabei. Es kommt nicht oft vor, daß ich mit einer Frau eingeschneit bin, und ich möchte das Beste daraus machen!« erklärte Luke.

Drei Tage später hatte Luke sich so weit erholt, daß er in der Lage war, sich allein anzuziehen und zu rasieren, eine Arbeit, die bislang Jenny übernommen hatte. Sie hatte gelegentlich ihren Vater oder einen ihrer Brüder rasiert, wenn einer von ihnen krank gewesen war. Zuerst war Luke deswegen ein wenig nervös, doch nachdem sie ihm versprochen hatte, ihn nicht dabei zu verletzen, hatte er nachgegeben und sie den Bart wegschaben lassen, der ihm während der Krankheit gewachsen war. Zu Lukes Überraschung hatte Jenny ihn nicht ein einziges Mal geschnitten.

Sie ist eine sehr tüchtige Frau, fand er und dachte daran, daß sie ihm die Kugel aus der Wunde geholt hatte und mit seinen Erfrierungserscheinungen fertig geworden war. Ihr hatte er es zu verdanken, daß er lebte – und seine Hände wie seine Füße wieder gebrauchen konnte.

Luke runzelte die Stirn. Jetzt erkannte er deutlicher als je zuvor, daß er sein Banditenleben aufgeben mußte. Bei der Schießerei in El Paso wäre er fast ums Leben gekommen. Es schien ihm ein Wunder, daß er es bis nach Hause geschafft hatte, und nur Jennys tatkräftiger und umsichtiger Pflege hatte er es zu verdanken, daß er durchgekommen war. Beim nächsten Mal mochte er nicht so viel Glück haben. Außerdem wollte Luke Jenny zu seiner Frau machen und nicht zu seiner Komplizin. Sie hatte sich schon selbst belastet, indem sie Gus Grissom belogen hatte. Jetzt half sie einem Flüchtigen und versteckte ihn bei sich. Der Himmel wußte, wo das noch enden sollte, wenn sie so weitermachten.

Geliebte Jenny. Wie sehr Luke sie in sein Herz geschlossen hatte. Mehr als alles andere wünschte er sich, sie zu heiraten, aber noch bat er sie nicht darum, seine Frau zu werden. Trotz der wachsenden Nähe in den vergangenen Tagen fiel ihm deutlich auf, daß Jenny nach wie vor diese tiefliegende Angst gegenüber Männern zu überwinden hatte, und deshalb befürchtete er, sie könne seinen Heiratsantrag ablehnen.

Als sie den Verband seiner Wunde hatte wechseln müssen, hatte sie sich unangenehm und peinlich berührt gefühlt. Sie war sichtlich erleichtert gewesen, als sie damit fertig war und ihn nicht mehr anfassen mußte.

Luke hatte keine Ahnung, welche Sehnsucht allein seine Nähe bei Jenny geweckt hatte und wie sehr sie sich hatte zurückhalten müssen. Mehr als einmal war sie versucht gewesen, ihm ihre Liebe zu gestehen. Nur schwer hatte sie sich davon abhalten können, es nicht zu tun.

Er war ihr dankbar, das merkte sie, weil sie ihm das Leben gerettet hatte. Aber er liebte sie nicht, und Jenny konnte es nicht ertragen, ihre Freundschaft zu zerstören, indem sie mehr von ihm verlangte, als er bereit war zu geben. Wenn er sie nicht wollte, wäre eine Ablehnung von ihm schmerzlich und peinlich für sie gewesen.

Ich brauche Zeit, dachte Jenny. Zeit, um Luke zu zeigen, daß ich ihn mag und die Seine werden will. Aber gerade an Zeit fehlte es ihr. Die Sonne war von Tag zu Tag kräftiger und wärmer geworden. Der Schnee schmolz rascher. Morgen schon würden die Straßen befahrbar sein. Jenny hatte sich bereits entschieden, auf Blaze in die Stadt zu reiten, um herauszufinden, wie es Moses und Delcine ergangen war.

»Du bist aber vorsichtig, nicht wahr?« hatte Luke besorgt gefragt, als sie ihm ihren Entschluß mitteilte, daß sie sich sein Pferd ausleihen wollte. »Ich weiß, daß du dir Sorgen um die beiden machst, aber Blaze läßt sich nicht leicht führen, und es wird noch dauern, bis die ganzen Schneeverwehungen geschmolzen sind.«

»Ich schaffe das schon«, behauptete Jenny, obwohl sie insgeheim daran zweifelte, daß sie mit dem Hengst fertig werden würde.

Seit jenem Tag auf Faxon's Folly hegte sie eine unbestimmbare

Furcht vor Pferden. Sie war auch seither nicht mehr geritten. Das war sicherlich mit ein Grund, warum Moses die träge, aber gutmütige Blossom ausgesucht hatte, als er bei Mr. Pritchard den Wagen mit dem Pferd erstanden hatte.

»Geh kein Risiko ein«, wies Luke sie an. »Wenn die Straßen nicht passierbar sind, mach kehrt und komm zurück.«

»Das werde ich tun.«

Im stillen amüsierte Jenny sich. Hatte er doch ganz wie ein herrischer Ehemann geklungen. Es tat ihr jetzt schon leid, daß ihr Beisammensein bald zu Ende war. Als sie sich an dem Abend mit Luke im Wohnzimmer aufhielt, kam sie sich tatsächlich wie eine Ehefrau vor. Sie flickte sein von der Kugel zerrissenes Hemd, während er eine alte Zeitung las. Zwischendurch schaute sie zum Sofa hinüber, auf dem er lag, und hätte gern gewußt, was er so dachte. Zweifellos war er froh, wenn er endlich die Enge der Hütte verlassen konnte. Sicher, er war nett zu ihr gewesen, aber sicherlich langweilte er sich in ihrer Gesellschaft.

Sie war in den vergangenen Tagen ganz anders gewesen als sonst, hatte viel geredet, sich bemüht, etwas Witziges und Fröhliches zu sagen, ihn mit Anekdoten und Spielen zu unterhalten. Sie hatten Schach gespielt und Kartenspiele gemacht, um sich die Zeit zu vertreiben. Sobald das Fieber gesunken war, hatte Luke sich, sehr zu Jennys Verwunderung und Erleichterung, ziemlich schnell erholt. Er hatte wohl, so glaubte sie, mehr unter Schock gestanden und unter dem Blutverlust gelitten als etwas anderes, als er ihr in die Arme gesunken war. Jedenfalls verheilte seine Wunde ohne Komplikationen. Das beruhigte sie sehr, denn sie hatte schon befürchtet, daß ihre Operation sich als unzulänglich erweisen und Wundbrand einsetzen mochte.

Jenny war überrascht, daß Luke bereit war, ihr sein Pferd zu leihen. Aber natürlich mochte auch er Moses und Delcine und verstand, daß sie um deren Wohl besorgt war.

Luke hatte seinerseits nur zugestimmt, Jenny den Hengst zu leihen, weil er wußte, wie starrköpfig sie sein konnte. Vermutlich wäre sie zu Fuß nach Tumbling Creek gegangen, wenn es sein mußte. Er wünschte, er hätte sich schon so erholt, daß er für sie in die Stadt hätte reiten können, aber selbst wenn er schon aufstehen und herumgehen konnte, fühlte er sich noch nicht kräftig genug, um auszureiten. Auf Blaze war Jenny einigermaßen sicher, obwohl der Hengst manchmal etwas störrisch war. Selbst wenn sie herunterfallen sollte, würde das Pferd nicht davonlaufen und sie im Stich lassen. Das schlimmste, was im Grunde passieren konnte, war, daß sie plötzlich mit ihrem süßen Hintern mitten in einer Schneewehe landen mochte. Ihr Stolz wäre dann ein wenig verletzt, aber mehr nicht.

Bei dem Gedanken mußte Luke grienen. Lieber Himmel! Er wünschte sich, es hätte geschneit und geschneit – und nie wieder aufgehört! Er wünschte sich, Jenny und er wären für immer hier eingeschneit. Sie war so lustig und fröhlich in den vergangenen Tagen gewesen, hatte sich mit ihm unterhalten und gelacht. Manchmal hatte er sie so gern in die Arme nehmen wollen, daß er ihrem Blick hatte ausweichen und so tun müssen, als wäre sie nicht da, sonst hätte er ihr seine Liebe und sein Verlangen gestanden.

Verstohlen spähte er hinter der Zeitung hervor.

O Jenny, dachte er, was muß ich tun, um dich ganz für mich zu gewinnen? Er seufzte. Vielleicht würde jemand von droben auf ihn herabschauen und – es möglich machen.

Luke hatte keine Ahnung, daß tatsächlich ein Paar Augen auf ihn gerichtet waren – und zwar welche, die sich hinter Miss Abigails Teleskop befanden. Die ältliche Jungfer hielt ihr Fernglas in Händen und richtete es mit diebischer Freude auf Jennys Hütte.

Es war Freitag nachmittag, als Jenny die Tür von Doc Mercers Praxis bedauernd hinter sich schloß. Gern hätte sie noch mehr Zeit mit Moses und Delcine verbracht, aber sie mußte nach Hause gelangen, ehe es dunkel wurde. Sie war erleichtert, daß ihre beiden Bediensteten die Stadt erreicht und einen Unterschlupf gefunden hatten, ehe der Schneesturm seine volle Kraft entwickelt hatte. Aber es tat ihr unendlich leid, daß Moses sich bei dem Unfall verletzt hatte. Er hatte eine kleine Gehirnerschütterung erlitten und sich den Rücken angestaucht. Doc Mercer war der Ansicht, er sollte zumindest noch eine Woche lang das Bett hüten. Natürlich hatte Jenny zugestimmt, daß Delcine solange bei ihm in Tumbling Creek bleiben sollte.

»Macht ihr beide euch keine Sorgen um mich«, hatte Jenny nachdrücklich verlangt. »Ich komme bestens zurecht, bis es Moses so gutgeht, daß ihr zusammen zurückkommen könnt.«

»Es tut mir wirklich leid, Miss.« Moses brachte das aus einer Mischung zwischen Klagen und Entschuldigung heraus. »Aber ich kann mich mit diesem elenden Rücken nicht bewegen.«

»Das ist nicht schlimm«, hatte Jenny ihm versichert. »Bleib hier bei Doc Mercer und ruh dich aus, solange es sein muß. Ich will, daß du wieder gesund wirst. Rückenverletzungen heilen nicht so schnell, und wenn du zu früh aufstehst, wird alles nur noch schlimmer. Delcine, wenn einer von euch irgend etwas braucht, holt es euch und bestellt beim Geschäft, daß es auf meine Rechnung geht.«

»Danke, Miss Jenny. Wir wissen das zu schätzen.«

»Also dann.« Jenny lächelte fröhlich, als sie sich auf den Rückweg machte, und hoffte, daß Delcine nicht fragen würde, wie sie eigentlich in die Stadt gekommen war. »Bis bald.«

Zum Glück war Delcine so mit Moses' Zustand und dem Unfall beschäftigt, daß sie sich keine Gedanken machte, wie Jenny wohl nach Tumbling Creek gekommen sein mochte, und als es Delcine auffiel, daß Jenny ja kein Transportmittel gehabt haben konnte, war es zu spät, sie danach zu fragen. Sie war schon weg.

Jenny ging hinüber zum Wagenmachergeschäft, um sich zu erkundigen, wann Mr. Fairley den beschädigten Wagen reparieren konnte, den Jenny unterwegs auf der Straße hatte liegen sehen. Er antwortete, daß es ein paar Tage dauern würde, ehe er hinfahren konnte, um sich darum zu kümmern. Jenny bat ihn, alle Arbeiten daran auszuführen, die nötig sein sollten, und ihn für Moses und Delcine bei Doc Mercer abzuliefern, wenn er fertig war.

»Gern, Miss Colter«, antwortete Mr. Fairley. Er musterte sie prüfend, kaute auf seinen Tabak herum und erkundigte sich vorsichtig: »Ist das nicht Luke Morgans Pferd, das Sie da haben?«

»Ja, er hat von meinem Schwierigkeiten erfahren und mir Blaze heute morgen geliehen«, erwiderte Jenny und hoffte, daß ihre Wangen keine verräterische Farbe annahmen.

Plötzlich war ihr nämlich bewußt geworden, daß sie bereits über eine Woche mit diesem Mann allein verbracht hatte – mit einem Banditen – und daß ihr Ruf, falls jemand das herausfinden sollte, ruiniert wäre. Es spielte keine Rolle, daß Luke die meiste Zeit nicht im vollen Besitz seiner Körperkräfte gewesen war. Es reichte aus, daß er überhaupt bei ihr gewesen war –, gleichgültig in welchem Zustand er sich befunden hatte. Die Leute würden sich fragen, warum er nicht zu seinen Eltern geritten war, die kaum anderthalb Kilometer von Jennys Hütte entfernt wohnten. So würde das Gerede über sie anfangen.

Daran hätte sie vorher denken solle, rügte sich Jenny selbst, ehe sie in die Stadt geritten war. Aber sie hatte sich so gefreut, daß Luke auf dem Weg der Besserung war, und sich gleichzeitig Sorgen gemacht, wie es Moses und Delcine gehen mochte, daß sie an nichts anderes gedacht hatte. Jetzt, da sie nicht wußte, wer sie noch auf Lukes Hengst gesehen haben mochte, wollte sie so schnell wie möglich Tumbling Creek verlassen.

Aber das sollte ihr nicht gelingen. Jenny hatte sich kaum zu Lukes Pferd umgewandt, als Horace Peabody, Reverend Thompkins und Abigail Crabtree aus dem Hotel Van Buren kamen, wo sie bei einer Tasse Tee eine äußerst hitzige Diskussion geführt hatten. Mr. Peabody war entsetzt und empört gewesen, Reverend Thompkins selbstgefällig und schockiert, Miss Abigail erfreut und unnachgiebig. Luke Morgan, dieser bekannte, nichtsnutzige Bandit, weilte seit dem Schneesturm im Haus der Lehrerin und hatte es bislang noch nicht verlassen. Mr. Peabody mußte sie auf der Stelle entlassen, und Reverend Thompkins mußte Sonntag eine entsprechende Predigt halten, bevor andere arme alleinstehende Frauen auf Irrwege gerieten.

»Sehen Sie! Da ist sie ja – das angeschlagene Schiff!« rief Miss Abigail mit Trompetenstimme die Straße hinunter und deutete auf Jenny. »Ahoi, Miss Colter! Ahoi. Drehen Sie bei und werfen Sie den Anker. Wir wollen an Ihre Seite anlegen und mit Ihnen sprechen.«

Zuerst wollte Jenny flüchten, denn sogleich blieben mehrere Bewohner, die Miss Abigails dröhnende Stimme kaum überhören konnten, stehen, um zu sehen, was da los war. Alle starrten Jenny an und die drei, die alarmierend rasch und zielgerichtet auf sie zustürmten.

Zutiefst erschrocken und mit klopfendem Herzen entschied Jenny, daß sie keine andere Wahl hatte, als die bevorstehende Konfrontation zu ertragen.

Angeschlagenes Schiff, hatte Miss Abigail sie genannt. Lieber Himmel, die alte Hexe mußte sie beobachtet haben und wußte, daß Luke sich seit Tagen bei ihr im Haus aufhielt! Jennys Ruf war ruiniert. Restlos ruiniert.

»Ich habe Ihnen wohl den Wind aus den Segeln genommen, was?« erkundigte sich Miss Abigail, die ständig in der Sprache eines Seemanns redete, selbstzufrieden, als sie Jenny erreichte. »Das dachte ich mir. Was tun Sie an Bord von Luke Morgans Pferd, junge Frau? Nun sagen Sie uns das schon. Stimmt es etwa nicht, daß er seit einer Woche in Ihrer Hütte schläft? Was? Keine Antwort. Sie widersprechen dem Vorwurf nicht? Zu Recht, würde ich sagen, denn selbst ein einäugiger Papagei kann sofort erkennen, daß Sie schuldig sind. Ich habe detaillierte Eintragungen in mein Logbuch gemacht, und ich weiß, daß Sie die nicht widerlegen können.« Sie wandte sich an Mr. Peabody und Reverend Thompkins, die Jenny ungläubig musterten. »Da. Was habe ich Ihnen gesagt? Schuldig! Noch ein paar Schüsse vor ihren Bug, und sie ist erledigt. Nun, Männer, was steht ihr da noch tatenlos herum? Verdammte närrische Landkrabben! Ihr kennt eure Pflicht! Holt sie kiel und hängt sie am nächsten Nock auf! Wir haben einen sauberen Hafen hier!«

»M … Miss Colter«, stammelte Mr. Peabody, »… stimmt das?«

»Natürlich!« donnerte Miss Abigail. »Sie hat einen Piraten zu ihrem Käpt'n gemacht und sich endlich zu ihrer wahren Fahne bekannt.«

Jenny war so entsetzt und hatte solche Angst, ihre Stellung zu verlieren, daß sie nicht wußte, was sie tun sollte. Miss Abigails Gerede war zwar verwirrend, aber sie hatte verstanden, was die verschrobene Jungfer sagen wollte, und erkannte allzu deutlich, daß sie gefeuert werden würde. Das durfte sie nicht zulassen. Sie nahm all ihren Mut zusammen und verteidigte sich hastig.

»Sie können mit Ihrem Fernglas nicht alles sehen, Miss Abigail«, erklärte sie kühl, obwohl ihre Stimme leicht bebte. »Luke Morgan ...« Sie hielt inne und holte tief Luft, ehe sie überstürzt hervorstieß: »Luke Morgan ist mein Mann, und ich glaube nicht, daß er sehr glücklich darüber sein wird, wenn er hört, wie Sie mich heute behandelt haben!«

Dann, ehe jemand noch etwas sagen konnte, bestieg sie Blaze, gab dem Hengst die Sporen und galoppierte davon.

Ihre drei selbsternannten Richter schauten ihr mit großen Augen und weitaufgerissenen Mündern nach. Mr. Peabody verzog ärgerlich das Gesicht. Dann klopfte er unruhig mit dem Fuß auf die Straße und wandte sich an Miss Abigail.

»Nun, Abby, diesmal haben Sie sicherlich die Katze zwischen die Tauben gesetzt. Ich wäre nicht überrascht, wenn Jed und J. R. Morgan meinen Rücktritt aus der Schulkommission verlangen. Das ist dann Ihre Schuld, wissen Sie das? Ich hätte nie auf Sie hören sollen. Sie und Ihr verdammtes Teleskop! Wenn ich dieses vermaledeite Ding in meine Finger kriege, werde ich es ... werde ich es über Bord werfen! Ich wußte gleich, daß Miss Colter eine Dame ist. Ich verstehe gar nicht, wie ich Ihrem Geschwätz gegen sie nur zuhören konnte, Abby. Meine Güte, was habe ich bloß getan? Was habe ich da getan?«

Mr. Peabody wäre verwundert gewesen, wenn er gewußt hätte, daß Jenny sich in dem Moment genau die gleiche Frage stellte.

Sie war froh, daß Blaze ein gut erzogenes, wenn auch manchmal eigensinniges Pferd war. Denn hätte sie ihre Aufmerksamkeit besonders auf das Tier richten müssen, hätte sie es wohl kaum geschafft. Sie war so aufgebracht wegen dem, was im Ort passiert war, daß sie kaum einen klaren Gedanken fassen konnte.

Was hatte sie getan? Was hatte sie da bloß getan?

Nachdem sie derart hart an sich gearbeitet hatte, um eine ruhige und beherrschte Persönlichkeit zu werden und ein normales Leben führen zu können, hatte sie eine solche Angst überfallen, sie könnte ihre Stellung verlieren und ohne Empfehlung weggeschickt werden, daß sie, ohne lange nachzudenken, reagiert hatte. Sie hatte nicht bedacht, welche Auswirkungen ihr Verhalten haben mochte. Sie hatte sich nur mit der einzigen Möglichkeit schützen wollen, die ihr in diesem Augenblick der Verzweiflung in den Sinn kam.

Luke Morgan ist mein Mann, hatte sie gesagt.

Nun, das war er nicht – und vermutlich würde er es auch nie sein. Das einzige, was Jenny damit erlangt hatte, war eine kleine Atempause, ehe sie sich den Folgen der Lüge stellen mußte. Natürlich konnte sie nicht mehr in Tumbling Creek unterrichten. Sobald sich herausstellte, daß sie nicht nur eine gefallene Frau war – zumindest in den Augen der Leute –, sondern auch eine Lügnerin, war es zweifelhaft, ob irgendwer, selbst Freunde wie Lottie, zu ihr halten würden. Tatsächlich konnte sie sich wohl glücklich schätzen, wenn sie nicht mit Schimpf und Schande davongejagt wurde!

Heiße Tränen des Zorns und der Wut auf ihre eigene Dummheit brannten Jenny in den Augen. Ärgerlich wischte sie sie weg und war erzürnt, daß sie nicht damit fertig wurde. Ohne wirklichen Anlaß war ihr Leben mit einemmal verpfuscht.

Mindestens noch eine Woche würde es dauern, bis Moses aufstehen konnte. Bis dahin wuchs die Rechnung bei Doc Mercer. Panik erfaßte Jenny. Wie sollte sie die bezahlen, wenn sie keinen Job und auch kein Einkommen mehr hatte? Selbst wenn sie sich um eine andere Stelle bewarb, wer würde sie unter diesen Umständen nehmen? Sie war ihrer Ehre beraubt. Niemand wollte jemanden wie sie auf seine Kinder aufpassen lassen.

Jenny dachte an ihre Hütte im Wald und wie sehr sie und Moses und Delcine sich angestrengt hatten, damit sie bewohnbar wurde. Jetzt war all ihre Arbeit umsonst gewesen. Das Haus gehörte der Schulkommission, und sobald Jenny ihre Entlassung bekommen hatte, mußte sie ausziehen.

Sie verfluchte Crabby Abby aufs heftigste – und Luke gleich mit ihr, denn auf irgendwen mußte sie ihren Zorn richten. Offensichtlich war er doch die Wurzel allen Übels. Denn seit sie in

Tumbling Creek eingetroffen war – und schon davor im Zug –, hatte er ihr nur Schwierigkeiten gemacht. Er hatte sie verspottet, bedroht, geküßt und Gefühle in ihr geweckt, die sie gar nicht wahrhaben wollte. Er hatte ihr den inneren Frieden geraubt und eine fremdartige Sehnsucht in ihr erzeugt. Gegen ihren Willen und jedes bessere Wissen hatte sie sich in Luke verliebt. Sicherlich war es ihr Wunschdenken, das sie dazu gebracht hatte, ihn in dem Augenblick ihrer Verzweiflung zu ihrem Mann zu erklären.

Ihr wurde übel, und übermächtige Furcht beschlich sie, je näher sie der Hütte kam. Bis jetzt war Luke ihr Freund gewesen. Aber mit dem, was sie heute angerichtet hatte, hatte sie wohl alles zerstört, was sich zwischen ihnen an Vertrautheit und Kameradschaft entwickelt hatte. Er würde entsetzt sein, was sie gesagt hatte. Für ihn mußte es schließlich so aussehen, als hätte sie ihn zum Narren gemacht – wie sich selbst auch. Das würde er ihr nie verzeihen. Maybelle hatte ihn schon in aller Augen lächerlich gemacht, auch wenn er dafür bemitleidet worden war. Was würde er über Jenny denken, wenn er erfuhr, was sie heute getan hatte?

Jenny malte sich aus, wie er sie durchdringend, hart und gefühllos mustern würde, wie sie es ein- oder zweimal erlebt hatte, und hätte ihren Verlust am liebsten beweint. Bittere Tränen rannen ihr über die Wangen, und erneut wischte Jenny sie sich wütend weg. Luke sollte nicht sehen, daß sie geweint hatte. Wenigstens Respekt sollte er von ihr behalten, wenn auch sonst nichts mehr zwischen ihnen bleiben würde.

Nachdem sie in den Hof gelangt war und Blaze in die Scheune gebracht hatte, steckte Jenny ihr vom Wind zerzaustes Haar frisch auf und ärgerte sich, daß ihre Hände dabei bebten und ihr Puls zu rasen begann. Ihr Rock war auch zerknittert, weil sie ihn hatte hochziehen müssen, um reiten zu können. Besorgt strich sie die Falten glatt und wünschte sich, sie sähe nicht so unordentlich aus.

Sie atmete mehrmals tief durch und zählte bis zehn, um ihre Nerven zu beruhigen. Dann ging sie langsam auf das Haus zu. Eine ungute Ahnung beschlich sie, und sie schaffte es nicht, sich davon zu befreien, gleichgültig wie sehr sie sich anstrengte. Ihr

Herz und ihre Seele fühlten sich an wie entblößt. Sie rechnete förmlich damit, daß Luke ihr das Leben entreißen würde. Jenny mußte sich überwinden, um die Hütte zu betreten.

Zu ihrer Verwunderung sah sie, daß die Lampen bereits angezündet waren, denn es dämmerte bereits. Doch das war ihr in ihrer furchtbaren Bedrängnis kaum aufgefallen. Luke saß auf dem Sofa und reinigte seine Armeecolts. Jenny erschrak ein wenig bei ihrem Anblick und überlegte verrückterweise, ob er sie erschießen würde, wenn er erfuhr, was sie gemacht hatte. Natürlich würde er das nicht tun, aber im tiefsten Inneren hoffte sie geradezu, er würde es tun, weil sie sich im Moment wünschte, sie wäre tot.

»Gott sei Dank, da bist du ja!« Luke stand auf und kam auf Jenny zu, als sie die Tür leise hinter sich schloß und haltsuchend dagegenlehnte. Plötzlich waren ihre Knie weich, und sie fürchtete schon, die Beine könnten unter ihr nachgeben. »Es war schon so spät, daß ich anfing, mir Sorgen um dich zu machen.«

Darauf konnte sie nichts erwidern. Ihre schreckliche Zunge, die ihr vorhin so flink zu Diensten gewesen war, rührte sich jetzt nicht. Jenny konnte Luke nur stumm anstarren, wollte sich ihm an den Hals werfen und Trost in seinen Armen suchen. Erinnerte sie sich doch noch gut daran, wie es sich an dem Abend auf seiner Farm angefühlt hatte, von ihm gehalten zu werden, Trost in seinen Worten und seinen Gesten zu finden. Nach dieser Geborgenheit sehnte sie sich jetzt, obwohl sie wußte, daß sie sie nicht bekommen würde.

Wie gut Luke aussieht, dachte sie, und ihr Zorn auf ihn war im Nu verflogen. Ihr Herz machte einen freudigen Sprung, als sie ihn anschaute. Sein Haar schimmerte golden im Licht der Lampen, und trotzdem seine Sommerbräune in den Wintermonaten sichtlich verblaßt war, war seine Haut von Natur aus dunkler als ihre. Er trug das Hemd, das Jenny ihm gestern abend geflickt hatte. Es betonte das Blau seiner Augen, so daß sie in dem hageren Gesicht noch ausdrucksvoller wirkten. Wie sehr sehnte sie sich danach, eine Hand gegen seine Wange zu legen und ihn ein letztes Mal zu küssen, wie sie es getan hatte, als er krank und bewußtlos in ihrem Bett gelegen hatte, ehe er sich enttäuscht von ihr abwandte und jeglicher Funken von dem, was er für sie empfand, erstickt war durch ihr gedankenloses Verhalten. Doch sie tat nichts dergleichen.

Allerdings mußte sie eine unbeabsichtigte Bewegung gemacht haben. Es mochte auch ein leiser Verzweiflungslaut über ihre Lippen gekommen sein, denn plötzlich trat Luke auf sie zu und schaute sie besorgt an. Er legte seine Hände auf ihre Arme und musterte sie prüfend.

»Was hast du, Jennilee?« fragte er. »Was ist passiert?«

Fast wäre sie in dem Moment zusammengebrochen. Der Gedanke, daß sie diesen Namen nie wieder hören würde, versetzte ihr einen Stich, und der Kummer wurde so groß, daß sie sich dagegen wehrte.

»Faß mich nicht an!« Jenny schluchzte laut auf und wandte sich schuldbewußt ab. »Ich ... ich kann es nicht ertragen, wenn du das tust.«

Luke war so verblüfft über ihre unerwartete Ablehnung, die er, wie sie merkte, falsch verstand, daß er seine Hände sofort sinken ließ und einen Schritt von ihr zurückwich, als ob sie ihn körperlich verletzt hätte.

»Was ist denn?« fragte er erneut. Doch diesmal klang seine Stimme gepreßt und weniger sanft als eben.

Jenny wußte, daß sie ehrlich sein mußte, gleichgültig wie schwer ihr das fiel. Das war das mindeste, was er verdient hatte. Daher nahm sie all ihren Mut zusammen.

»Oh, Luke«, flüsterte sie und schluckte. »Ich habe ... ich habe etwas Furchtbares gemacht, und es tut mir ... tut mir so leid ... es tut mir sehr leid ...« Die Stimme versagte ihr. Sie glaubte nicht, daß sie weiterreden konnte.

Aber als Luke sie abwartend ansah, verwirrt seine Stirn runzelte, holte Jenny tief Luft und zwang sich, fortzufahren. So kurz wie sie konnte, schilderte sie ihm, was in Tumbling Creek passiert war, und schrak nicht davor zurück, ihm zu erzählen, was sie gesagt hatte. Was sie getan hatte, war verkehrt gewesen, und das war allein ihre Schuld.

Schließlich hatte sie alles erzählt und senkte beschämt den Kopf. Sie konnte den verächtlichen Blick nicht ertragen, mit dem Luke sie bedenken würde. Schweigend wartete sie auf seinen Zorn und seinen Unmut. Deshalb war sie ziemlich erschrocken, als er plötzlich laut auflachte. Bei dem Klang seiner amüsierten Stimme schaute sie auf und sah, daß er den Kopf in den Nacken gelegt hatte und aufrichtig belustigt schien. Aus ihrer augenblicklichen Erleichterung wurde jedoch Verwirrung.

Sie konnte nicht ahnen, wie sehr er sich über das Geschehene freute. Das, was Luke sich am meisten ersehnt hatte und wovon er nicht wußte, wie er es erreichen sollte, war ihm jetzt in den Schoß gefallen. Jenny erschauerte ein wenig, denn in seinen Augen glomm ein eigenartig triumphierendes Licht, das sie nie zuvor gesehen hatte, und als er schließlich aufhörte zu lachen, verdutzte sie sein amüsiertes Lächeln noch mehr.

»Wie gern hätte ich Crabby Abbys Gesicht gesehen!« erklärte Luke vergnügt. »Sie muß dreingeschaut haben wie ein ertrinkender Seemann, der weiß, daß er ertrinkt.«

Zögernd lächelte Jenny, als sie daran dachte, wie das alte Scheusal dagestanden hatte. Tatsächlich hatte sie ausgesehen, als hätte sie in eine unreife Zitrone gebissen.

»Dann bist du ... du mir gar nicht böse?« erkundigte sie sich vorsichtig.

»Donnerwetter, nein!« Luke schaute sie aufmerksam an. Ob sie überhaupt ahnte, wie sehr er sie begehrte und wie wunderbar das Geschehene ihm entgegenkam? »Zieh nicht deinen Mantel aus. Ich fühle mich gesund genug und kann ein Stück Weg zurücklegen, wenn ich nicht zu sehr durchgerüttelt werde. Wir reiten zur Farm meiner Eltern hinüber, damit sie wissen, daß es mir gutgeht. Mein Wagen steht bei ihnen. Wir spannen meine Zugpferde an, fahren zur Kreisstadt und suchen einen Friedensrichter, der uns traut. Wenn wir uns beeilen, sind wir vor der Andacht am Sonntag morgen zurück.«

»W ... w... was?« stammelte Jenny und vermochte nicht zu fassen, was er gesagt hatte.

»Du hast mich richtig verstanden«, erwiderte Luke leise, trat näher an sie heran und stützte sich mit den Händen zu beiden Seiten von ihr ab, so daß sie ihm nicht ausweichen konnte. »Ich will dich, Jennilee.« Seine Stimme klang heiser und belegt. Sein Atem streifte warm ihr Gesicht. »Das weißt du doch. Ich habe es dir schon mehrmals gesagt. Jetzt wirst du mein werden ... mein allein.«

Besitzergreifend ließ er seinen Blick über ihren Körper schweifen, genoß es, als könnte er sie bereits unter sich fühlen. Sein Herzschlag beschleunigte sich vor Erregung. Seine Lenden verspannten sich vor Erwartung.

»Aber Luke, wir ... wir können doch nicht heiraten«, flüsterte Jenny und sämtliche Farbe wich ihr aus dem Gesicht.

»Warum nicht?« Er senkte seine Stimme, sprach noch leiser und war ihr dabei ganz nah. »Hast du Angst, ich könnte dich um etwas berauben, Jennilee?«

Ja, wollte sie schreien. Du wirst mir Herz und Seele stehlen und mir nichts dafür geben. Aber sie hatte bereits vor ein paar Tagen, als Luke noch krank und bewußtlos gewesen war, entschieden, daß es sie nicht kümmerte, wenn sie nur ein paar glückliche Momente mit ihm erleben würde, an die sie sich hinterher für immer erinnern könnte.

»Nein, es ist bloß ... es kommt alles so plötzlich. Bist du dir sicher? Ich meine ... daß du mich heiraten willst? Du weißt, ich ... ich kann keine Kinder bekommen, Luke«, erinnerte sie ihn.

»Nun, ich habe bereits zwei«, erwiderte er. »Das ist wohl für einen Mann genug. Noch weitere Einwände?«

»Ja.« Sie nickte und wollte, daß er wirklich alles erfuhr. »Ich bin nicht nur unscheinbar und verkrüppelt, Luke, ich habe auch Narben ... schlimme Narben, nicht nur in der Seele, sondern ... sondern auch am Körper.«

Luke zuckte mit den Achseln.

»Wer hat das nicht? Genug der Proteste. Du wärst nicht in dieser verzwickten Lage, wenn ich nicht wäre. Dich da wieder herauszuholen ist das mindeste, was ich für dich tun kann, nachdem du mir das Leben gerettet hast. Ich habe mir auch schon alles gut überlegt. Niemand muß erfahren, wann unsere Hochzeit stattgefunden hat. Ich werde sagen, daß wir das für uns behalten wollten, damit diese verdammten Agenten von Pinkerton dich nicht belästigen. Deine Stelle ist dir sicher, obwohl du nicht unbedingt weiter unterrichten mußt, wenn du nicht willst. Ich habe genug Geld gespart, um dich zu ernähren, ebenso wie Moses und Delcine. Das einzige, was du dafür tun mußt, ist, dich mir hingeben, Jenny.« Er ließ seinen Finger über ihre Wange bis hinunter zu ihrem Hals streifen. »Das ist doch kein so hoher Preis, oder, Schatz?«

»Ich weiß es nicht.« Sie schüttelte den Kopf. »Ich weiß es wirklich nicht.«

Es geschah alles viel zu schnell. Sie konnte nicht klar denken, solange er in ihrer Nähe stand, seine Schenkel an ihre preßte und der spürbare Beweis seiner Erregung gegen das Herz ihrer Weiblichkeit pochte. Leidenschaft verdunkelte seine Augen, und noch ehe Jenny seine wahre Absicht erkannte, faßte Luke unter ihr Kinn und hob ihr Gesicht an. Er beugte sich über sie, verschloß ihr mit seinen Lippen den Mund und hielt sie fest, daß sie ihm nicht ausweichen konnte, selbst wenn sie gewollt hätte. Doch Jenny wollte es gar nicht mehr. Sie erkannte, daß ihr Schicksal auf Gedeih und Verderb mit diesem Mann verknüpft war, selbst wenn er nicht einmal von Liebe gesprochen hatte, als er sie geküßt und zärtlich gestreichelt hatte. Er nahm Besitz von ihrem Körper, obwohl er ihm bereits gehörte und er das Recht hatte, damit zu machen, was er wollte.

Er teilte ihre bebenden Lippen mit seiner Zunge, plünderte fast gewaltsam ihren Mund und erkundete ihn bis in den hintersten Winkel. Da Jenny zugestimmt hatte, ihn zu heiraten, würde sie nie erfahren, wie sich die Lippen eines anderen Mannes anfühlten, aber das wollte sie auch nicht. Sie liebte Luke, und er wollte sie, begehrte sie so sehr, daß er sie heiraten wollte, um sie vor der Schande zu bewahren, die er unwillentlich über sie gebracht hatte. Es war nicht das, was sie sich erhofft hatte, aber es war zumindest etwas.

Er verschlang sie förmlich mit seinen Lippen, bedeckte ihr Gesicht über und über mit kleinen Küssen, bis ihr schwindelte und sie glaubte, in Ohnmacht fallen zu müssen. Hastig schob er ihren Mantel beiseite und öffnete die Knöpfe ihres Kleides. Ihr Hemd war nur ein dünnes Hindernis, das er mit einem Griff überwand, und schon umfaßte er ihre bloßen Brüste und strich mit seinen Daumen über ihre Knospen, die sich vor Erregung aufrichteten und verhärteten.

Jenny scheute vor Lukes Verlangen zurück, hatte immer noch schreckliche Angst vor dem endgültigen Akt der Hingabe, aber irgendwie würde sie es schaffen, diese Furcht zu überwinden. Wenn sie ihn heiratete, würde er eine Ablehnung nicht mehr akzeptieren.

Der Gedanke wurde noch durch die Tatsache verstärkt, daß er sie plötzlich losließ. Schwer keuchend, als bekäme er kaum noch Luft und müsse seine Beherrschung erst wiedererlangen, stieß Luke mit barscher Stimme hervor: »Das werde ich von dir verlangen, Jenny, wenn du mich heiratest. Das … und noch mehr. Du solltest dir ganz sicher sein, daß du es geben willst, denn falls nicht, werde ich es mir trotzdem nehmen –, und ich werde nicht darauf verzichten, auch wenn du mich dafür verachten solltest. Ist dir das klar?«

Sie nickte. Sprechen konnte sie nicht, denn Luke hatte ihr den Atem geraubt und sie ziemlich schwach gemacht. Sie bebte am ganzen Körper gleichzeitig vor Leidenschaft und Furcht.

»Dann laß uns gehen«, sagte er leise.

Benommen ließ Jenny sich von ihm ihrem Schicksal entgegenführen.

25. Kapitel

Was für eine kurze, ja, fast verstohlene Trauung es war! Kein bißchen so, wie Jenny es sich von Kindheit an ausgemalt hatte. Sie hatte immer davon geträumt, eines Tages die breite Treppe von Faxon's Folly im elfenbeinfarbenen, spitzenbesetzten, seidenen Hochzeitskleid ihrer Mutter, das einen durchsichtigen Schleier hatte und mit winzigen Perlen besetzt war, herabzuschweben. Statt dessen trug sie das einfache, bläulichviolette Kleid und den Hut, in dem sie Tumbling Creek verlassen hatte. Nur ihren abgetragenen alten, braunen Mantel legte sie über einen Stuhl in Mr. Bodkins' Wohnzimmer.

Mr. Bodkins, der Friedensrichter, war ein hagerer Mann mittleren Alters, der dem Paar kaum Fragen stellte und während der Zeremonie gähnte, so gelangweilt war er. Offenbar war er es gewohnt, zu den ungewöhnlichsten Uhrzeiten geweckt zu werden, um Hochzeiten durchzuführen, und sicherlich wollte er die Trauung einfach so schnell wie möglich hinter sich bringen, um in sein Bett zurückzukehren. Er warf nur einen flüchtigen Blick auf die Heiratserlaubnis, die Luke mit Waffengewalt von einem erschrockenen Beamten, der noch spät im Kreisgebäude arbeitete, erzwungen hatte. Dann unterzeichneten Mr. und Mrs. Bodkins sowie deren Schwester, Miss Venable, als Trauzeugen des Paares die Heiratsurkunde und bestätigten damit, daß Jenny Lukes rechtmäßige Frau war.

Immer noch benommen von dem ganzen Geschehen, blickte sie auf den Ehering an ihrer linken Hand. Sie hatte keine Ahnung, wo Luke ihn herhatte, obwohl sie irrigerweise annahm, daß er ihn gestohlen hatte. Erzählt hatte er ihr nur, daß sie nicht befürchten müsse, er hätte seiner ersten Frau gehört, denn das wäre nicht der Fall. Jenny ahnte nicht, daß Luke ihn vor einiger Zeit schon gekauft hatte, in der Hoffnung, daß Jenny ihn eines Tages annehmen würde.

Der Ring war aus Antikgold mit Blumenranken verziert, bei denen Blütenblätter und Blätter filigran geformt waren. Ein einzelner Diamant saß in der Mitte der größten Blüte, und zwei Diamantensplitter ruhten auf den Blättern zu beiden Seiten. Jenny fand ihn hübsch und war froh, daß er nicht Maybelle gehört hatte.

Mr. Bodkins unterbrach Jennys Gedanken, als er sich bei dem Paar erkundigte, ob sie fotografiert werden wollten. Luke schüttelte den Kopf. Jenny tat es leid, daß sie außer dem Ring nicht mal ein kleines Andenken an den Tag haben würde, aber ihr war natürlich klar, daß es für Luke äußerst gefährlich war, sich fotografieren zu lassen. Sollte es durch Zufall in die Hände der Pinkerton Detektei fallen, würde es reproduziert und in sämtlichen Zeitungen sowie auf allen Suchpostern im Land abgedruckt werden. Luke konnte erkannt und identifiziert werden von jemandem, der ihm übel wollte. Die Agentur ließ regelmäßig die Fotos sämtlicher bekannter Gauner aussenden. Mit der Sammlung war 1859 begonnen worden. Es wurden die Namen und die Bilder der meistgesuchten Männer in den Vereinigten Staaten und ihren angrenzenden Gebieten darin festgehalten. Zweifellos stand Luke auch auf der Liste, aber sein Foto war nicht dabei –, und Jenny wußte, es war besser so.

Es war bereits ziemlich spät. Deshalb verließ das Paar, nachdem es sich bei Mr. und Mrs. Bodkins sowie Miss Venable für die Umstände und die Mühe bedankt hatte, das Haus des Friedensrichters und machte sich auf den Weg zum Hotel. Dort hatte Luke für die Nacht ein Zimmer gemietet. Er schloß die Tür auf, zündete eine Lampe an und überprüfte, ob man von dem Zimmer einen Ausblick über die Stadt hatte und rasch die Hintertreppe erreichen konnte, falls er flüchten mußte. Dann ließ er Jenny allein. Er wollte sich um das Gespann und den Wagen kümmern, den er in den Mietstall gebracht hatte. Anschließend käme er zurück.

Sie nickte dankbar. Ihr Hals war plötzlich wie ausgetrocknet vor Nervosität, denn sie wußte, daß er ihr in Wirklichkeit liebenswürdigerweise ein wenig Zeit und Freiraum lassen wollte, damit sie sich auf ihre Hochzeitsnacht vorbereiten konnte. Jenny wußte seine Rücksichtnahme zu schätzen. Nicht jeder Mann wäre unter den Umständen so großzügig gewesen, und sie war erneut überrascht von den tiefen Gefühlen, die sie für Luke empfand. Kein Wunder, daß sie sich in ihn verliebt hatte.

Langsam legte sie ihren Mantel und ihren Hut ab, ordnete beides über einen Stuhl. Dann zog sie ihr Kleid und die Unterröcke aus. Diese Kleidungsstücke hängte sie sorgfältig in den Schrank, damit sie am Morgen nicht zerknittert waren. Sie hatte keinen Umhang oder ein Nachthemd mit, da sie in Hast und Eile Tumbling Creek verlassen hatten. Auch war sie innerlich so aufgewühlt gewesen, daß sie nicht daran gedacht hatte, eine Tasche zu packen. Deshalb ließ sie ihr Unterhemd und ihre lange Unterhose an. Sie war froh, daß sie schlank war und kein Korsett tragen mußte. Jenny war nicht eitel – ihre Unscheinbarkeit ließ eine solche Schwäche nicht zu –, und sie sah auch keinen Sinn darin, sich so eng einzuschnüren, daß sie keine Luft mehr bekam, nur damit ein Mann ihre schmale Taille bewunderte.

Aus dem Krug auf der Kommode goß sie Wasser in eine Schüssel und wusch sich mit dem Schwamm. Dann zog sie die Nadeln aus ihrem Haar und kämmte es so gut es ging mit ihren Fingern. Sie spülte sich den Mund und trank ein Glas Wasser. Im stillen wünschte sie sich, sie hätte etwas Kräftigeres.

Wie als Antwort auf ihren Wunsch, erschien Luke schließlich mit einer Flasche Brandy in der Hand. Ihm stockte der Atem, als er Jenny sah. Der fast durchsichtige Baumwollstoff ihrer Unterwäsche schmiegte sich an ihren Körper und deutete ihm, wenn auch verhalten, ihre verführerischen Reize an. Das Haar reichte ihr bis über die Taille hinunter. Luke sehnte sich danach, die weichen, braunen Wellen anzufassen und die seidigen Strähnen durch seine Finger gleiten zu lassen. Sie war jedoch so blaß, daß ihre Sommersprossen über der Nase und auf den Wangen mehr auffielen denn je. Die Augen hatte sie weit und ängstlich aufgerissen. Auch mied sie es, seinem Blick zu begegnen.

»Ich ... dachte, wir sollten ein ... ein wenig feiern«, erklärte er verlegen und stellte den Alkohol auf den Tisch. »Ist es dir hier drinnen zu kalt, Jenny? Ich kann ein Feuer im Kamin machen.«

»Das wäre schön«, erwiderte sie so verlegen wie er.

Die Frühlingsluft war recht frisch, und Jenny fröstelte ein wenig, da sie nichts anderes trug als ihre Unterwäsche. Aber sie wußte, daß es nicht nur der kühle Lufthauch war, den sie spürte. Sie fürchtete sich vor dem, was auf sie zukam, sobald sie zu Bett gingen, und obwohl sie sich in der vergangenen halben Stunde wiederholt gut zugeredet hatte, daß Luke nicht wie jene Verbrecher an dem Tag auf Faxon's Folly war, stieg die Furcht in ihr auf. Sie klapperte mit den Zähnen, und sie biß sie fest aufeinander, um nicht in Hysterie auszubrechen.

Sobald das Feuer munter im Kamin prasselte, öffnete Luke den Brandy und schenkte zwei Gläser ein, eines davon reichte er Jenny.

»Dir ist kalt«, stellte er fest und bemerkte, daß sie leicht bebte. Er knöpfte sein Hemd auf, zog es aus und legte es ihr über die Schultern. »Setz dich und trink deinen Brandy.« Er deutete auf die beiden Sessel an dem Tisch. »Gleich wird dir warm.«

Luke öffnete seinen Waffengurt und hängte ihn über den Bettpfosten. Dann tat er nichts Bedrohenderes, als sich in dem Sessel Jenny gegenüber auszustrecken und sich Stiefel und Socken auszuziehen. Da begann sie sich ein wenig zu entspannen. Er drehte sich eine Zigarette, zündete sie an und sog kräftig daran. Schweigend nippte Jenny an ihrem Brandy und fühlte, wie der Alkohol ihr heiß die Kehle in den Magen hinunterrann, wo sich eine angenehme Wärme ausbreitete. Lukes absichtlich beiläufiges Geplauder beruhigte sie überdies. Er schien nicht der Mann, der sie gewaltsam nehmen würde. Zwischendurch antwortete Jenny auf seine Bemerkungen, und allmählich, nach etwas Brandy und einer ablenkenden Unterhaltung, fühlte sie sich in seiner Gesellschaft wohler, fast so wie in den Tagen, die sie gemeinsam in ihrer Hütte verbracht hatten.

Doch sie wußte, es würde nicht für immer bei diesem Geplänkel bleiben, und im Moment verstummte auch Lukes heiteres Gelächter. Er wurde ernst und beugte sich über den Tisch. Behutsam nahm er ihre Hände in seine.

»Jenny.« Er sprach leise: »Jenny.« So wie er ihren Namen aussprach, klang er wie ein zärtliches Streicheln, und sie versuchte nicht, sich ihm zu entziehen, denn seine Berührung, so sanft sie war, so bestimmt war sie auch. »Ich weiß, es gibt etwas in deiner Vergangenheit – nein, ich will dich nicht danach ausfragen.« Er bemerkte sogleich ihre Abwehr. »Ich weiß bloß, daß du aus irgendeinem Grund schreckliche Angst vor dem intimen Akt hast, der zwischen Mann und Frau stattfindet. Ich weiß nicht, wieso, aber ich will nicht, daß diese Angst zwischen uns steht – nicht heute abend oder irgendeine andere Nacht. Du bist jetzt meine Frau, und ich begehre dich.

Aber ich möchte auch, daß du weißt, ich würde dir nie weh tun, Jenny, auf keinen Fall absichtlich. Beim ersten Mal schmerzt es immer ein wenig. Daran läßt sich nichts ändern, aber das geht rasch vorbei, und was danach kommt, ist höchst vergnüglich, wenn du es zuläßt. Verstehst du?«

»Ja«, flüsterte sie mit halberstickter Stimme.

Die plötzliche Angst und Furcht in ihrem Blick hätte ihn beinahe davon abgehalten, weiter auf sie zuzugehen. Doch Luke wußte genau, man konnte seine Ängste nur besiegen, wenn man sich damit auseinandersetzte. Deshalb stand er auf und hielt ihr seine Hand hin.

»Dann komm!«

Mit schwerem Herzen folgte Jenny seiner Aufforderung und ließ sich von ihm zum Bett führen. Dort streifte er ihr sein Hemd von den Schultern, warf es beiseite und schlug die Decke zurück. Er wartete, bis sie sich hineingelegt hatte, dann löschte er das Licht der Lampe und zog sich im Feuerschein des Kamins die Hose aus. Als er sich zu ihr legte, gab die Matratze unter seinem Gewicht spürbar nach.

Jenny war so angespannt, daß sie sich wie erstarrt anfühlte, als Luke sie anfaßte. Wäre sie aus Glas gewesen, wäre sic zweifellos zersprungen, dachte er. Sie hielt auch ihren Atem an, als ob sie kein Geräusch machen dürfte, um nicht die Aufmerksamkeit auf sich zu ziehen.

»Dreh dich um, Schatz«, flüsterte er. »Ich massiere dir den Rücken.«

Zögernd, als fürchte sie einen Überfall von hinterrücks, legte sie sich auf den Bauch und entspannte sich ein wenig, als Luke ihre Muskeln im Rücken zu kneten begann. Doch nach einiger Zeit, als das alles war, was er tat, begann sie sich wohler und sicherer zu fühlen. Ihre Spannungen ließen nach. Sie vermochte auch wieder gleichmäßig zu atmen und schloß die Augen. Es fiel ihr schwer, wachsam zu bleiben, als müsse sie flüchten können, da der Brandy sie wärmte und Lukes geschicktes Massieren sie beruhigte.

Ermuntert küßte er sie sacht, rieb seine Nase an ihrem Haar

und in ihrem Nacken. Dann drückte er ihr viele kleine Küsse auf die Wirbelsäule, während er weiter ihren Rücken streichelte. Jetzt faßte er auch nach ihren Hüften und ihren Schenkeln, berührte ihre Waden. Er massierte ihr die Füße und beschrieb mit seinem Daumen Kreise auf ihrem Spann. Er küßte ihre Zehen und sog daran, bis Jenny von dem Wohlgefühl, das er damit bei ihr erzeugte, aufstöhnte. In ihrem ganzen Körper breitete sich ein wohliges Schweregefühl aus, das sie jeder Energie zu berauben schien. Dennoch griff ein feines Prickeln in ihrem Inneren um sich.

Langsam drehte Luke Jenny herum, so daß sie wieder auf den Rücken zu liegen kam. Die ganze Zeit über küßte und streichelte er sie, rieb ihr die Arme und die Hände, strich mit seinen Daumen über ihre Handflächen, streifte jeden einzelnen Finger, ehe er einen nach dem anderen mit seiner Zunge berührte und mit Küssen bedachte. Er strich über ihre Beine, ließ seine Hände mehrmals über ihre Hüften und ihre Taille wandern, ehe er ihre Brüste umfaßte. Zärtlich streichelte er die beiden Halbkugeln und berührte dabei nur sacht die aufgerichteten Knospen, die unter ihrem Unterhemd sichtbar waren.

In dem Moment öffnete Jenny erschrocken ihre Augen, aber ehe sie etwas einwenden konnte, verschloß Luke ihr die Lippen mit seinem Mund. Dabei faßte er in ihr Haar und hielt sie fest, damit sie sich ihm nicht entziehen konnte. Er legte sich über sie und drückte sie mit seinem Gewicht in die Matratze. Er fühlte ihren Herzschlag, der ganz zu seinem paßte.

Seine Zunge schnellte vor, um die Umrisse ihrer Lippen nachzufahren, dann drängte er sie, sich ihm zu öffnen. Sanft drang er in das warme Innere, erkundete ihren Mund und kostete von der Süße, die sie so widerstrebend gab, bis sie schließlich seinen Kuß erwiderte und nicht länger fähig war, sich ihrer Liebe zu ihm zu entziehen. Unwillkürlich verstärkte Luke den Druck seiner Lippen, wurde fordernder, als er den Kuß begierig vertiefte und verstärkte sein Zungenspiel, bis sie atemlos war. Schließlich löste er sich von ihr, küßte ihre Lider, ihre Schläfen und ihr Haar, um ihr jeden klaren Gedanken zu rauben. Er streifte ihr Ohr und knabberte spielerisch an ihrem Ohrläppchen. Dabei raunte er ihr leise Worte zu, die Jenny nur halbwegs hörte und deren Bedeutung sie nur schwach verstand, so sehr war sie mit den Gefühlen beschäftigt, die er in ihr geweckt hatte.

Sein Atem war warm, roch nach Brandy und Tabak. Seine Hände spürte sie plötzlich überall. Er berührte sie, streichelte sie, erregte sie und erzeugte ein Verlangen bei ihr, daß sie sich unwillkürlich an ihn schmiegte, ihm entgegendrängte, ihn begehrte und gleichzeitig vor ihm davonlaufen wollte, ehe er sie vollkommen in seinen Bann ziehen konnte.

Schon verschloß er ihr wieder den Mund, forderte sie zum Zungenspiel auf, bis es ihr so erschien, als wollte er sie für immer nur küssen, als könnte er damit ihre Furcht verbannen und ihre Abwehr schmelzen, als würde sie Wachs in seinen Händen, als könnte er sie formen wie er wollte. Jenny fühlte sich hilflos. Sie besaß weder Kraft noch Energie, vermochte sich nicht zu rühren und mußte seinen Angriff auf ihre Sinne widerstandslos über sich ergehen lassen. Sie wimmerte ein wenig, sehnte sich nach Gnade, einer Atempause, doch die bekam sie nicht.

Luke preßte seine Lippen auf ihren Hals, wo er einen Moment verweilte, ehe er nach und nach die erogenen Zonen erkundete. Mit den Zähnen streifte er ihre Haut, erzeugte elektrische Ströme in ihrem Körper, bis Jenny sich unter ihm wand und erschauerte. Ungeduldig hantierte er an dem Band ihres Unterhemdes, zerrte daran und zerriß es fast, ehe er es aufbekam. Luke zog ihr das fast durchsichtige Kleidungsstück aus und entblößte ihre Brüste.

Bei dem leidenschaftlichen Blick, mit dem er sie betrachtete, erschauerte Jenny unwillkürlich, und von einer unguten Vorahnung erfüllt, wollte sie sich hastig bedecken. Doch Luke nahm ihre Arme beiseite und beugte sich über ihre reifen, verlockenden Knospen. Mit der Zunge umkreiste er immer wieder eine Spitze nach der anderen, bis eine feine Woge der Erregung sie durchflutete.

Ihr Herz klopfte wild. Jenny glaubte, es müsse jeden Moment zerspringen. Ihr Puls jagte und dröhnte ihr bis in die Ohren. Ihr Hals war wie ausgetrocknet, und ihr wurde schwindlig, so als wäre sie bei heißem Wetter eine zu weite Strecke gerannt. Sie hatte nicht gewußt, daß es so sein würde, daß ihre Abwehr immer stärker bröckelte, bis ihre Verletzlichkeit freigegeben war – und daß es sie gar nicht störte.

Eigenartigerweise hatte sie das Gefühl, der Boden unter ihr sei verschwunden und sie fiele in eine dunkle schwarze Leere, wo es weder Zeit noch Raum gab und nur Gefühle herrschten, urtümlich, natürlich, primitiv. Wie von selbst schlang sie ihre Arme um Lukes Hals, faßte in sein blondes Haar und zog ihn fester an sich, als er an ihrer Knospe zu saugen begann, seine Zähne ihre Spitze berührten und ihr ganz seltsam zumute wurde, daß sie sich bis ins tiefste Innere erschüttert fühlte. Er preßte seine Lippen auf das Tal zwischen ihren Brüsten, ehe er sich über die andere Seite beugte und sie ebenso liebkoste wie die erste. Immer und immer wieder strich er mit den Lippen und der Zunge darüber, während er ihre vollen Brüste umfaßte und die jeweils andere Knospe mit dem Daumen umkreiste.

Tief im Herzen ihrer feuchten Weiblichkeit fühlte Jenny einen Funken aufflackern, der zu einer Flamme anwuchs und sich zu einem wahren Feuer in ihrem Inneren entwickelte, das sie zu verzehren drohte. Ein leiser Aufschrei kam über ihre Lippen, als Luke ihr Unterhemd tiefer schob und seine Lippen auf ihren Bauch preßte.

»Nein«, wehrte sich Jenny leise und wand sich in seinen Armen. »Nein, bitte, ich will nicht, daß du mich siehst.«

»Aber warum nicht?« fragte Luke verwundert und mit belegter Stimme. »Ich will dich aber ganz sehen.«

»Nein, das mußt du nicht.« Jenny schüttelte den Kopf, und Tränen brannten ihr in den Augen. »Ich … ich habe dir doch gesagt, daß ich Narben habe, Luke, schreckliche, häßliche Narben …«

»Das kümmert mich nicht«, versicherte er ihr und fühlte, wie sie sich erneut verspannte. »Es macht mir nichts aus, Jenny, Liebling. Sie können nicht schlimmer sein als meine.«

Er umfaßte ihren Brustkorb, fand den seltsam gebogenen, schmalen Wulst, der sich dort unter ihren Brüsten auf ihrer Haut wölbte, als hätte dort ein Steigbügel tief ins Fleisch geschnitten. Sanft küßte Luke die weiße Narbe, strich mit der Zunge über den Bogen.

»Sie sieht aus wie eine Mondsichel«, meinte er, »... und ist viel hübscher als meine. Narben sind interessant, denn jede hat ihre eigene Geschichte. Eines Tages mußt du mir sie erzählen. Wirst du das tun, Jenny?«

»Ich ... ich weiß es nicht. Vielleicht.« Sie sprach so leise, daß er sie fast nicht verstand.

Luke ließ seine Hände tiefer gleiten, streifte ihr das Hemd und die lange Hose über die Hüften hinunter. Dabei küßte er jedes bißchen Haut, das sichtbar wurde, und beruhigte sie mit Worten, als er sah, daß ihre Furcht erneut wuchs.

»Entspann dich, Jenny ... hab keine Angst. Ich tue dir nicht weh. Hmm. Du duftest so gut wie Geißblattblüten. Meine Brüder und ich haben die Blüten jedes Frühjahr ausgesaugt ... herrlich, köstlich.«

Sie hatte noch mehr Narben am Bauch. Winzige, blasse und schwache Punkte, die wie Sterne verstreut waren – oder von den Nieten stammen mochten, wie sie sich an handgearbeiteten Ledersätteln befanden. War es das, was sie verursacht hat? überlegte Luke, als er zärtlich seine Lippen auf jede einzelne drückte.

Er fühlte, wie Jenny bebte, als er ihr die Unterwäsche über die Schenkel und ihr Knie herunterzog, um sie ganz davon zu befreien. Zum ersten Mal sah Luke ihre Beine. Beide waren mit Narben übersät, das linke war schrecklich zugerichtet und verformt. Wie hatte es überhaupt verheilen können? fragte er sich, denn es sah ganz so aus, als wäre es total zerquetscht gewesen. Jemand mußte sich sehr viel Mühe gegeben haben, es zu retten, und Jenny konnte froh sein, daß es so gut verheilt war.

Wahrscheinlich hat sie Monate damit verbracht, um wieder gehen zu lernen, dachte Luke und bewunderte von ganzem Herzen ihre Willenskraft und ihre Tapferkeit, die sie aufgebracht hatte, um mit diesem Problem fertig zu werden.

Dann fiel ihm mit einemmal auf, wie reglos Jenny dalag. Sie wagte es kaum, Luft zu holen, und ihm wurde klar, daß sie jetzt erwartete, er würde sich abgestoßen fühlen und sich von ihr abwenden. Statt dessen beugte sich Luke über sie und tat das, was er vorhin auch gemacht hatte – er küßte jede Narbe, jede Vertiefung an ihren langen Beinen, die mal schön und anmutig gewesen sein mußten. Es schmerzte ihn, daß sie diesen Verlust hatte hinnehmen müssen.

»Jenny, oh, Jenny«, hauchte er. »Zuck nicht vor meiner Berührung zurück. Mich stößt nicht ab, was ich sehe. Ist dir nicht klar, daß diese Beine, was immer sie erlitten haben, ein Zeugnis für deine Kraft und deinen Mut sind? Weißt du, wie viele Soldaten ich mit solchen und schlimmeren Narben während des Kriegs gesehen habe? Hast du eine Ahnung, wie viele dieser Männer einfach aufgegeben haben, dem Schmerz und den Qualen ihrer Körper erlegen sind – und starben? Schäm dich nie deiner Beine, Jenny, hörst du. Sie zeigen, daß du eine Kämpfernatur bist, so wie ich.«

Die Tränen, die in ihren Augen gestanden hatten, liefen ihr bei seinen Worten über die Wangen. Sie konnte nur schwer begreifen, daß dieser Mann, so gutaussehend und maskulin anziehend, sie liebte, daß er ihr Mann war. Noch schwerer jedoch war es für sie zu verstehen, daß er so liebevolle Dinge zu ihr sagte, obwohl er sich doch von ihrer Unscheinbarkeit und den Narben hätte angeekelt abwenden müssen.

»O Luke, Luke«, flüsterte sie, als er ihr die Tränen von den Wangen küßte.

Er lag über ihr, schob ihre Schenkel auseinander, so daß Furcht in ihr aufkam, die schrecklichen Bilder der Vergangenheit vor ihren Augen auftauchten und diesen Augenblick zerstörten. Sie konnte ihn deutlich spüren, spürte seine Männlichkeit und bekam Angst.

»Nicht Luke, bitte nicht«, flehte Jenny, während er rhythmisch über ihre Weiblichkeit streichelte, vorsichtig an den flaumigen braunen Locken zupfte und sachte ihre Scham rieb, wo der geheime Kern verborgen war.

»Warum?« fragte Luke und schaute ihr in die ausdruckslosen Augen, die von Furcht erfüllt waren. »Wen siehst du, Jenny? Sag es mir. Erzähl ruhig«, drängte er sie.

»Ich ... ich kann nicht. Ich weiß es nicht. Es sind Geister ... scheußliche Geister.«

»Dann denk nicht an sie«, befahl er ihr. »Erinner dich an glückliche Zeiten, Jenny, nur an glückliche. Wie das Kirchenfest, die Arsenbiskuits. Ah, ja, da mußt du lachen, siehst du?« neckte er sie, rieb seine Nase an ihrem Hals und küßte sie.

Geschickt, während sie sich entspannte, drang er mit seinen Fingern in sie und erkundete die feuchte Wärme. Jenny schnappte erschrocken nach Luft, als er sie so intim anfaßte, und hätte sicherlich gegen das Eindringen protestiert, aber in dem Moment verschloß Luke ihr den Mund mit seinen Lippen, um jeglichem Einwand zuvorzukommen.

»Ich werde dir nicht weh tun«, wiederholte er gegen ihre Lippen in heiserem Flüsterton. »Hab keine Angst.«

Er teilte mit seiner Zunge ihre Lippen, drang in sie und ahmte mit seiner Zunge die Bewegungen seiner Finger nach, mit denen er sie für sich bereitmachte. Sein Daumen glitt über den kleinen Hügel ihrer Sehnsucht, brachte ihr Fleisch zum Glühen und zum Pochen. Unwillkürlich bog sich Jenny ihm entgegen und wand sich unter ihm, ohne zu wissen, was sie wollte. Aber instinktiv spürte sie, daß Luke ihr die Erfüllung dessen bringen konnte. Sie wurde feucht, wo er sie berührte, und sie errötete wegen des Beweises ihrer Leidenschaft für ihn. Die Geister der Vergangenheit waren vergessen.

Jenny konnte keinen klaren Gedanken mehr fassen, sich an nichts mehr erinnern. Sie konnte nur noch fühlen und wurde von den stürmischen Empfindungen mitgerissen, die sie durchfluteten, als triebe ein starker Wind sie vor sich her. Sie spürte es am ganzen Körper, hatte das Gefühl, in Flammen zu stehen, und konnte nicht verhindern, daß ihr wärmer und wärmer wurde, bis das Feuer der Leidenschaft sie förmlich zu verschlingen drohte.

Sie erschauerte und stöhnte, befeuchtete ihre Lippen und vermochte die überwältigenden Gefühle in ihrem Innern nicht länger zurückzuhalten. Ihr war so, als müsse sie jeden Moment zerbersten, so heftig wirkten die unbekannten Empfindungen auf sie, bedrängten sie und erzeugten eine starke Benommenheit bei ihr.

Mit einer Art Urinstinkt spürte Luke, daß sie bereit war, ihn zu empfangen. Die Spitze seiner Männlichkeit suchte sie, fand sie und drang in sie. Jenny hatte damals auch innere Verletzungen erlitten, wie er wußte. Deshalb konnte sie kein Kind bekommen. Also erwartete er auch nicht, das feine Häutchen, das Zeichen für ihre Jungfräulichkeit, zu finden. Es war auch nicht da. Dennoch war sie eng und schmal und hatte mit Sicherheit vor ihm noch keinen Mann gehabt.

»Ganz kurz wird es weh tun, mein Schatz«, flüsterte er. »Mehr nicht, das verspreche ich dir.«

Er bebte vor Leidenschaft, und es kostete ihn ungeheure Mühe, sich zu beherrschen, als er ganz in sie eindrang. Jenny hatte das Gefühl aufgespießt, von ihm gesprengt zu werden. Wie mit einem scharfen Schwert durchschnitt es sie, und sie schrie überrascht und erschrocken auf. Aber Luke flüsterte beschwichtigende Worte gegen ihre Lippen und hielt sie mit seinem Körper fest, als sie sich aufbäumte und ihm damit unwissentlich half, restlos von ihr Besitz zu ergreifen.

»Pst. Pst. Gleich ist der Schmerz vorüber«, raunte er beruhigend.

Eine Zeitlang verhielt Luke sich still und wartete, bis sie sich an das Gefühl gewöhnt hatte, ihn in sich zu haben. Erst dann begann er sich behutsam zu bewegen, entzog sich ihr und stieß wieder in sie, kräftig, so daß das Spiel seiner Muskeln im Rücken und an den Armen, mit denen er sich abstützte, um sie nicht zu erdrücken, deutlich zu sehen war.

Am Anfang wehrte Jenny sich gegen ihn, aber jetzt, da sie erkannte, daß sie ihm hilflos ausgeliefert war, gab sie auf und nahm die angenehmen Gefühle wahr, die er bei ihr damit weckte. Der grausame Schmerz, der sie vorhin fast verzehrt hatte, war jetzt weg, als hätte Luke eine Leere in ihr ausgefüllt, hätte die Flammen, die ihren Körper wie ein beißendes Lauffeuer erfaßt hatten, gelöscht.

Sie klammerte sich an ihn, schlang die Arme um seinen

Rücken, so daß sie seine Muskeln unter ihren Händen fühlen konnte, als er tief in den innersten Kern ihrer Weiblichkeit drang. Wie von selbst bog sie sich ihm entgegen. Er umfaßte ihre Hüften und unterstützte ihre Bewegung.

Jenny merkte, wie sich ganz langsam etwas in ihr aufbaute, das immer mächtiger wurde, als flöge sie auf den Rand eines Felsens zu und könnte nicht verhindern, dort hinunterzustürzen. Unwillkürlich wehrte sie sich dagegen, weil sie das Gefühl bekam, sie würde die Kontrolle über sich verlieren, und nachdem sie sich dagegen gewehrt hatte, schaffte sie schließlich, es zu unterdrücken. Doch dann entglitt es ihr wieder. Sie hielt sich an Luke fest, merkte, wie er sich straffte und spürte, wie er am ganzen Körper erschauerte, als er seinen Orgasmus erlebte und sich mit einem gutturalen Aufstöhnen in sie ergoß. Ein leises, enttäuschtes Schluchzen kam über ihre Lippen, als sie erkannte, daß es vorbei war, daß nichts mehr passieren würde. Sie fühlte sich irgendwie betrogen, so als hätte sie etwas versäumt, etwas, das sie nicht ganz hatte erlangen können.

Allmählich zog sich Luke zurück und lächelte sie zärtlich an im flackernden Feuerschein. Er spürte, daß sie im Gegensatz zu ihm ihren Höhepunkt nicht erreicht hatte.

»Beim nächsten Mal wird es besser, Jennilee«, sagte er zu ihr. »Da wirst du nicht solche Angst haben und so verspannt sein. Ich verspreche dir, daß du dann das volle Ausmaß deiner Weiblichkeit kennenlernen wirst.«

Was er damit sagen wollte, verstand sie nicht. Erst viel später, nachdem sie die Flasche Brandy geleert hatten, das Feuer im Kamin erloschen war und Luke sie ein drittes Mal nahm, lernte Jenny die Freuden der Liebe kennen.

Hinterher weinte sie vor Glück und vermochte nicht mehr zu begreifen, warum sie sich vor dem Mann, der so friedlich neben ihr schlief, gefürchtet hatte.

26. Kapitel

Es fühlte sich merkwürdig an, aufzuwachen und festzustellen, daß sie mit Luke das Bett teilte. Zuerst erschrak Jenny, als sie sich in seinen Armen wiederfand, und stieß einen unterdrückten Schrei aus. Sie machte eine rasche Bewegung und mußte erst herausfinden, was sie da so einengte. Dann fiel es ihr wieder ein, und Hitze stieg ihr in die Wangen, als sie daran dachte, was in der vergangenen Nacht geschehen war. Natürlich. Luke, ihr Mann, lag neben ihr. Es war schön, fand Jenny, Seite an Seite mit ihm aufzuwachen und seinen Körper in ihrem Rücken zu fühlen. Er hatte eine Hand in ihrem Haar, und die andere umfaßte ihre Brust.

Bei dem Gedanken, was diese Hände erst vor kurzem mit ihr gemacht hatten, errötete Jenny. Ihr wurde warm, und ein Prickeln durchflutete sie. Kein Wunder, daß ihre Schwestern sich immer so darauf gefreut hatten, das Bett mit ihren Männern zu teilen. Die Gefühle und Empfindungen, die Luke vor wenigen Stunden bei ihr geweckt hatte, ließen sich mit nichts vergleichen, was Jenny bisher erfahren hatte, und sie spürte beschämt, daß sie es kaum erwarten konnte, erneut von ihm geliebt zu werden und wenn nur, um ganz sicherzugehen, daß sie die herrlichen Empfindungen, die sie mit ihm erlebt hatte, nicht geträumt hatte.

War sie tatsächlich eine so lüsterne Frau, die ihre Beine für ihn gespreizt und sich schließlich so hemmungslos unter ihm gewunden hatte? Hatte sie ihm wirklich ihre Nägel in den Rücken gegraben, als sie in Ekstase geraten war, und ihn mit heiserer Stimme ermuntert? Ungläubig schüttelte sie den Kopf und fürchtete halbwegs, sie müsse sich die ganze Sache in ihrer Trunkenheit eingebildet haben.

Behutsam löste sich Jenny aus Lukes Umarmung und hoffte, ihn nicht zu wecken. Er brauchte seinen Schlaf. Trotz seiner Beteuerungen wußte sie, daß die weite Fahrt zur Kreisstadt für ihn anstrengend gewesen war und ihre Leidenschaft nicht so gut für seine Verletzungen sein konnte. Am liebsten hätte sie sich seine Wunde angesehen, gab sich aber mit einem Blick auf den Verband zufrieden und war erleichtert, als sie feststellte, daß er nicht blutdurchtränkt war, wie sie halbwegs befürchtet hatte. Ihre Stiche hatten gehalten, und die Narbe war nicht aufgebrochen.

Rasch wusch Jenny sich und betrachtete sich dabei im Spiegel. Es kam ihr beinahe unwirklich vor, daß ihr Körper noch genauso aussah und sich rein äußerlich nicht verändert hatte. Irgendwie hatte sie erwartet, daß man es ihr ansehen müsse. Selbst ihre Narben waren noch da und nicht etwa durch Lukes Küsse verschwunden. Allerdings störten sie Jenny nicht mehr so sehr wie vorher. Sie waren in der Tat Zeichen ihres Lebensmutes, wie Luke gesagt hatte. Nie wieder würde sie sich ihrer schämen. Auch ihre Brüste hatten die gleiche Form wie vorher, trotzdem Luke sie massiert und geküßt hatte. Und bis auf den kaum merklichen Schmerz zwischen ihren Schenkeln, eine Erinnerung daran, daß Luke ihr die Jungfräulichkeit genommen hatte, schien ihre Weiblichkeit unberührt, als hätte er nie die flaumigen Locken gestreichelt, die geheimen Stellen gefunden und wäre nie in ihre dunkle, feuchte Spalte eingedrungen.

»Du bist bei Tageslicht genauso schön wie in der Dunkelheit.« Lukes belegte Stimme riß sie aus ihren Gedanken.

Jenny wirbelte herum, errötete, zog sich hastig das Unterhemd über und schlüpfte in ihre Kleidungsstücke.

»Was hast du es so eilig, Süße?« fragte Luke und lächelte amüsiert. »Du bist doch nicht etwa immer noch schüchtern nach der vergangenen Nacht, oder?«

»Ein bißchen schon«, gestand Jenny. »Es ist alles so neu für mich und ... fremd.«

»Aber auch wunderbar, hoffe ich.«

»Ja, das auch«, gab sie scheu zu. »Was macht deine Verletzung, Luke? Ich habe mir schon Sorgen deswegen gemacht.«

»Besser, denke ich, trotz unserer ... na ja, Aktivitäten vergangene Nacht. Hast du Hunger, Schatz? Sollen wir nach unten gehen und uns etwas zum Frühstück holen?«

Jenny nickte, schluckte schwer und wandte sich ab, als Luke aufstand, um sich zu waschen und anzukleiden. Damit er nicht auf die Idee käme, sie ignoriere ihn etwa, beschäftigte sie sich damit, das Zimmer aufzuräumen und ihre Sachen zu packen. Sie achtete auch darauf, daß nichts liegenblieb. Dennoch konnte sie es nicht verhindern, daß ihr Blick ein- oder zweimal zu ihrem Mann hinüberhuschte, der vor der Kommode stand. Einmal begegnete sie dabei Lukes Blick im Spiegel. Jenny blieb fast das Herz stehen, als ihr klar wurde, daß dieser anziehende Mann wirklich zu ihr gehörte – und sie zu ihm.

Sie frühstückten im Speisezimmer des Hotels, gingen dann zum Mietstall hinunter und holten dort ihr Gespann und ihren Wagen ab. Im Nu, so schien es, befanden sie sich auf dem Rückweg nach Tumbling Creek, die Hochzeitsurkunde als Beweis ihrer Eheschließung in Lukes Tasche.

Während der Fahrt unterhielten sie sich, um möglichst viel über den anderen zu erfahren. Luke hatte behauptet, es würde komisch aussehen, wenn sie nicht mal die Lieblingsfarbe oder das Lieblingsessen des anderen kannten. Abigail Crabtree würde sie bestimmt ausfragen, um sich zu überzeugen, daß sie tatsächlich miteinander verheiratet waren. Es stellte sich heraus, daß Luke Blau am besten gefiel und Jenny lieber Violett mochte. Beiden schmeckte Apfelkuchen mit Vanilleeis. Sie fanden heraus, daß sie noch andere Dinge gemeinsam hatten und kamen auf den fröhlichen Gedanken, daß sie weitaus besser zusammenpaßten, als sie gehofft hatten.

Es war bereits dunkel, als sie Tumbling Creek erreichten. Deshalb machten sie sich gleich auf den Weg zu Jennys Hütte. Nach einem späten Abendbrot liebten sie sich bis weit in die Nacht hinein und schliefen mit einem glücklichen Lächeln ein. Keinen von beiden interessierte es, was der Morgen bringen mochte.

Reverend Thompkins war ziemlich nervös, denn trotz Abigail Crabtrees fester Behauptung, Jenny hätte bloß gelogen, sie wäre nicht mit Luke verheiratet, sondern wollte nur ihre Stellung und ihren Ruf retten, war der Reverend nicht überzeugt davon, daß das seine Richtigkeit hatte. Das Verhalten der Brüder Morgan war unvorhersehbar, und es war durchaus möglich, daß Luke die junge Frau geheiratet hatte und das geheim hielt. Sollte das der

Fall sein, wäre er bestimmt nicht besonders begeistert, daß seine Frau als unzüchtig bezeichnet worden war. Reverend Thompkins legte keinen Wert darauf, Lukes Zorn auf sich zu ziehen. Deshalb, um ganz sicherzugehen, hatte er zwei Predigten für den heutigen Sonntag vorbereitet. In der ersten sprach er sich aufs schärfste gegen Sünde und Unzucht aus – die würde er halten, falls Miss Abigail mit ihrer Annahme über die Lehrerin recht hatte. In der zweiten drehte sich alles um die Hochzeit zu Kanaan – die würde er halten, sollte er darauf stoßen, daß Miss Abigail nicht alles wußte, wie sie gern glaubte!

In dem Moment, als Reverend Thompkins Luke und Jenny in den Kirchhof fahren sah, war er froh, daß er vorsichtshalber eine zweite Predigt ausgesucht hatte, denn so wie Luke dreinblickte, war es ganz offensichtlich, daß der Bandit die Angelegenheit ein für allemal klären würde.

Die Hand bereits zum Gruß ausgestreckt, eilte der Reverend auf die Ankömmlinge zu und wollte jeglicher Unannehmlichkeit gleich aus dem Weg gehen.

»Guten Morgen, Luke. Miss Jenny. Ich hatte gehofft, Sie beide heute morgen zu begrüßen. Ich ... ich wollte mich für mein Verhalten neulich in der Stadt entschuldigen. Es scheint, es hat da wohl ein Mißverständnis gegeben ...« Er brach erwartungsvoll ab.

»Auf jeden Fall, Robert«, erklärte Luke kühl und verächtlich. »Ich bin sicher, Sie hatten nicht die Absicht, meine Frau zu beleidigen ...«

»O nein, Luke. Nein, Sir!« versicherte der Reverend sofort. »Wie gesagt, es war ein Irrtum. Warum sollte ich um alles in der Welt Mrs. Morgan beleidigen? Ehrlich, es tut mir aufrichtig leid, daß das passiert ist. Ich wußte ja nicht ...«

»Nein, natürlich nicht«, räumte Luke ein und mußte sich bei dem entsetzten Gesichtsausdruck des Reverend ein lautes Auflachen verkneifen. Doch dann dachte Luke daran, was Jenny heute morgen hätte erdulden müssen, wäre er nicht dagewesen, um sie zu heiraten und zu beschützen. Er biß die Zähne aufeinander. »Wir haben unsere Ehe geheimgehalten, Robert«, erklärte er, »...

weil wir nicht wollten, daß diese verdammten Agenten von Pinkerton Jenny ebenso belästigen wie Kate und Winona. Da jetzt aber sozusagen die Katze aus dem Sack ist, würden wir uns freuen, wenn Sie es heute morgen offiziell verkünden und uns Ihren Segen geben.«

»Das werde ich herzlich gerne tun«, erwiderte der Reverend und schob einen Finger in seinen Kragen, als ob er ihm zu eng säße und ihm die Luft zum Atmen nähme.

Er war mehr als erleichtert, daß er eine zweite Predigt vorbereitet hatte, und wünschte sich, er dürfte diese Schnüfflerin, Miss Abigail, für ihre Spioniererei und Einmischerei erwürgen. Nun, sie würde heute ihre wohlverdiente Strafe bekommen.

Reverend Thompkins konnte nicht ahnen, wie recht er damit hatte. Matthew McNabb hatte es endlich geschafft, ein großes Loch in das Gesangbuch zu schneiden, das er gegen dasjenige austauschen wollte, welches Miss Abigail normalerweise benutzte. Vorhin war er in die Kirche geschlichen und hatte, nachdem er sich verstohlen umgesehen hatte, um sicherzugehen, daß ihn niemand beobachtete, eine dicke Kröte mit hervorquellenden Augen aus seiner Tasche geholt. Er hatte die unglückliche Kreatur in das ausgehöhlte Buch gesteckt, es geschlossen, in den Schreibtisch gelegt und Miss Abigails Exemplar herausgenommen. Anschließend hatte er sich davongemacht und war zu seinem Vater und Lacey Standish zurückgekehrt. Jetzt, da er sicher war, er konnte nicht der Tat beschuldigt werden, machte sich Matthew nur Sorgen, daß die arme Kröte genug Luft bekäme. Er runzelte die Stirn. Hätte er nicht ein paar Löcher in den Buchdeckel stechen sollen? Doch jetzt war es zu spät. Alle gingen bereits in die Kirche.

Jeder setzte sich an seinen Platz. Das Stimmengewirr verstummte, als Reverend Thompkins erklärte, er hätte noch vor der Andacht etwas zu sagen. Die überraschendste Neuigkeit davon war, daß Luke Morgan und Jenny Colter in aller Stille geheiratet hatten und das jetzt offiziell bekanntgeben wollten. Mehrere der Versammelten schnappten laut hörbar nach Luft, und alle drehten sich um, reckten sich, um das Paar sehen zu können. Bei der plötzlichen Aufmerksamkeit wurde Jenny verlegen, und Luke legte beschützend einen Arm um sie.

Nachdem die aufgeregten Stimmen verstummt waren, gab der Reverend den beiden seinen Segen. Dann bat er die Versammelten aufzustehen und die Seite 314 im Gesangbuch aufzuschlagen. Miss Abigail, die etwas kurzsichtig war, griff in den Schreibtisch hinein, holte ihr Exemplar heraus und hielt es sich dicht unter die Augen, während sie es öffnete. Die Kröte, geblendet von dem plötzlichen Tageslicht, in dem sie die Freiheit erkannte, machte einen kräftigen Satz und sprang Miss Abigail ins Gesicht, ehe sie auf ihren Busen herabfiel und zu Boden stürzte, wo sie für einen Augenblick verblüfft und benommen hockenblieb. Miss Abigail stieß mehrere schrille Schreie aus, ehe sie ins Wanken geriet, sich an den Hals faßte und in Ohnmacht fiel. Dabei hatte sie noch das große Glück, daß Horace Peabody sie auffing. Ohne die Unruhe zu bemerken, die sie ausgelöst hatte, hüpfte die Kröte davon. Mr. Peabody schnalzte entsetzt mit der Zunge und legte Miss Abigail auf die Bank. Halbherzig wedelte er ihr mit seinem Taschentuch vor dem Gesicht herum.

Ein paar der Kinder entdeckten rasch die davonspringende Kröte und zeigten sie ihren Eltern. Die Anwesenden brachen in schallendes Gelächter aus, als sie den Grund für Miss Abigails Ohnmacht erkannten. Jeder der hier Versammelten hatte aus dem einen oder anderen Grund den Wunsch, zu erleben, wie Miss Abigail von ihrem hohen Roß heruntergeholt wurde. Deshalb vermochte niemand seine Freude zu verhehlen, daß ausgerechnet eine Kröte das bewerkstelligen konnte.

Für Luke war das die Gelegenheit, mit Jenny unbemerkt davonzukommen. So konnte er ihr die anschließenden Fragen, die ihr mit Sicherheit ein paar der neugierigeren Mitglieder ihres Geschlechts stellen mochten, ersparen. Er faßte sie bei der Hand und führte sie inmitten des Lärms und Aufruhrs rasch den Gang hinunter.

Matthew McNabb, der in einer der letzten Reihen gleichmütig auf seinem Sitz saß, strahlte auf, als Jenny ihm im Vorübergehen amüsiert und verschwörerisch zuzwinkerte.

27. Kapitel

Den ganzen Sommer über arbeitete Luke zusammen mit seinen Brüdern und Moses, der inzwischen von seinen Verletzungen genesen war, an dem großen Haus, wie sie das gemeinsame Heim nannten, das er für Jenny baute. Es stand auf der Kuppe eines kahlen Hügels auf seinem Besitz, so daß der Blick darauf nicht von Bäumen verdeckt war, und es war das erste, was man in der Ferne sah, wenn man in die Einfahrt bog, die zu Lukes Farm Whispering Pines führte.

In den Augen der Bewohner der Ozarks war es ein wirklich stattliches Wohnhaus, denn es hatte zwei Etagen und war anstatt der üblichen grobgehauenen Balken aus glatten Brettern gezimmert, die sie in Mr. Kincaids Sägemühle gekauft hatten. Die äußere Fassade war schlicht und ungestrichen, denn Jenny hatte sich gewünscht, daß das Haus in die Umgebung paßte wie die Bauten in Tumbling Creek und es entgegen Lukes Vorschlag nicht weiß gestrichen haben wollen. Beide Etagen hatten breite, einladende Veranden, die ums ganze Haus herumliefen, und sämtliche hohen, schmalen Fenster mit Glasscheiben hatten Fensterläden. Zusätzlich waren die Türen und die Fenster mit richtigen Fliegenfängen versehen, damit in den Sommermonaten eine kühle Brise durch das Haus wehen konnte.

Innen, in der unteren Etage, befand sich eine Eingangshalle und zwei Wohnzimmer – eines für Besuch und ein kleineres, gemütlicheres für die Familie – eine Mischung aus Bibliothek und Arbeitszimmer für Luke, ein Eßzimmer, eine geräumige Küche mit Frühstücksecke und Vorratskammer und ein kleines Bad. Oben waren fünf Schlafzimmer und drei weitere Bäder.

Jenny konnte es kaum erwarten, daß das Haus fertig wurde. Luke hatte ihr freie Hand und ein entsprechendes Budget für die Innenausstattung gelassen. Vorhänge und Teppiche, Gardinen und Möbel sowie die Öllampen, die in jedem Zimmer aufgehängt werden sollten, hatte sie bereits bestellt.

Noch mehr als Jenny freuten sich Kipp und Sarah Jane auf das

Haus. Sie begleiteten sie bei zahlreichen Einkäufen und waren begeistert, als sie sich die Dinge aussuchen durften, die in ihre Zimmer kommen sollten. Daß jeder ein Zimmer für sich haben würde, war für die beiden Kinder eine Neuigkeit. Bisher hatten sie immer eines zusammen gehabt. Kipp wünschte sich eine braunblaugemusterte Quiltdecke für sein neues Bett. Sarah Jane suchte sich eine bunte Decke im Blümchenmuster aus, das zu ihrer immer anwesenden Stoffpuppe paßte.

Delcine war auch sehr beschäftigt. Sie stattete Lukes altes Haus neu aus. Er hatte es ihr und Moses gegeben. Sobald sie eingerichtet waren, wollten die beiden den Schritt in die Ehe wagen. Luke und Jenny würden ein großes Fest zur Einweihung des Hauses und zur Hochzeit beider Paare veranstalten.

Manchmal fühlte sich Jenny so glücklich, daß sie sich in den Arm kniff, um sicherzugehen, daß es alles Wirklichkeit war. Luke lebte jetzt mit ihr in dem Haus, das der Schulkommission gehörte, aber Kipp und Sarah Jane wohnten noch bei Lottie und Jed, da für die Kinder bei Jenny im Haus kein Platz war. Bald jedoch würden sie alle zusammen in dem neuen Haus wohnen und eine richtige Familie sein. Jenny konnte es kaum glauben. Immer noch beschlich sie das Gefühl, sie würde eines Morgens aufwachen und feststellen müssen, sie hätte alles nur geträumt.

Nur eine dunkle Wolke trübte ihr neugewonnenes Glück, und das war der Gedanke an den Detektiv der Agentur Pinkerton, Gus Grissom. Luke war zu Ohren gekommen, daß der Mann sich ein Bein gebrochen, ernstliche Erfrierungserscheinungen erlitten und sich während des Schneesturms eine Lungenentzündung zugezogen habe und zur Genesung nach Hause gefahren sein sollte. Dennoch fürchtete Jenny, daß der Mann, sobald er sich erholt hatte, nach Tumbling Creek zurückkehren würde, um ihren Mann gefangenzunehmen. Luke tat ihre Ängste ab. Er würde sich mit der Angelegenheit erst auseinandersetzen, wenn er davorstand. Aber Jennys Angst, daß Luke eines Tages verhaftet werden könnte, brachte sie auf allerlei Ideen, wie sie das wirkungsvoll umgehen könnten.

»Toby könnte etwas Sprengstoff hochgehen lassen oder so, damit es so aussieht, als hätte es einen Unfall gegeben. Dann könnten Kate, Winona und ich behaupten, ihr wärt alle umgekommen«, schlug sie hoffnungsvoll vor. »Wir könnten eine Beerdigungsandacht für dich und alle halten, und keiner wüßte etwas.«

»Jenny ...«, Luke lächelte nachsichtig und schüttelte bedauernd den Kopf, »... hast du eine Ahnung, wieviel Banditen einen solchen Plan bereits gefaßt oder sogar ausgeführt haben? Das funktioniert nicht. Früher oder später stellt es sich irgendwie heraus, daß der Tote in Wirklichkeit noch lebt, und dann tauchen diese verdammten Agenten von Pinkerton erneut auf und schnüffeln herum, um die Wahrheit zu ermitteln.«

»Na ja«, fuhr sie wenig erschüttert fort. »Vielleicht können wir Mr. Grissom bestechen, daß er unsere Aussagen bestätigt.«

Da mußte Luke laut lachen.

»Jennilee«, erklärte er amüsiert. »Ich glaube, du bist im Herzen eine echte Banditin! Offenbar weißt du wirklich nicht sehr viel über die Agentur Pinkerton. Allan Pinkerton ist ein Verrückter. Sein einziges Ziel im Leben ist es, Verbrecher zu fangen. Glaubst du nicht, daß er daran gedacht hat, seine Männer könnten sich bestechen lassen, um ihm falsche Berichte abzuliefern? Sei ganz sicher, selbst wenn Mr. Grissom sich kaufen lassen würde, wäre es nur eine Frage der Zeit, bis die ganze Sache aufflöge. Sobald ein Bandit umkommt, werden Abgesandte der Agentur hingeschickt, um die Leiche vor der Beerdigung eindeutig zu identifizieren – und zu fotografieren. Falls sie bereits begraben sind, sobald die Nachricht von ihrem Tod das Hauptbüro erreicht, werden die Särge ausgegraben und geöffnet, damit der Identifikationsprozeß durchgeführt werden kann. Die Bilder werden in sämtlichen Zeitungen veröffentlicht und den einzelnen Gesetzeshütern zugeschickt, um die Identität zu bestätigen.«

»Du meine Güte! Das ... das ist ja scheußlich«, wehrte Jenny schockiert ab.

»Das mag sein, aber es ist eine verdammt wirkungsvolle Methode, Verbrecher davon abzuhalten, daß sie sich etwas ausdenken, um dem Gesetz zu entkommen, so wie du das jetzt versuchst«, stellte Luke gelassen fest. »Nein, Jennilee. Für mich gibt es nur eine Möglichkeit, mein Verbrecherleben zu beenden. Ich muß mich stellen und ein ordentliches Verfahren über mich ergehen lassen. Der Gedanke gefällt mir zwar nicht besonders, aber ich bezweifle ernsthaft, daß der Gouverneur mir Amnestie gewährt, was die einzige andere Alternative wäre.«

»Nun, das weißt du nicht, solange du nicht darum bittest«, erklärte Jenny. »Jedenfalls könnte es nicht schaden.«

»Nein, das mag sein«, pflichtete Luke ihr bei. »Trotzdem ... ich halte nicht viel von Gouverneur Brown. Er scheint nicht allzusehr daran interessiert, etwas durchzusetzen. Die sechsundzwanzigste allgemeine Versammlung wurde auf den vierten Januar anberaumt, aber sie hat kaum zweieinhalb Monate getagt, da wurde sie auf den sechsten Dezember verschoben. Die wichtigsten Angelegenheiten waren zu der Zeit noch nicht bearbeitet – oder schlimmer noch – gar nicht erwähnt worden.« Luke klang empört. »Der Sommer ist fast vorüber, und ehe du dich versehen hast, ist es Winter – ohne daß irgendwelche entscheidenden Probleme vom Staat gelöst wären. Ich sage dir, Jenny, früher oder später werden die Leute die Regierung von Missouri leid sein. Sie werden nach unverbrauchtem Nachwuchs rufen.«

Als sie hörte, wie ernst und leidenschaftlich Luke über dieses Thema sprach, legte Jenny ihr Strickzeug beiseite.

»Vor dem Krieg hast du Jura studiert, nicht wahr, Luke?« erkundigte sie sich. »J. R. hat mir erzählt, daß du in die Politik gehen wolltest.«

»Ja, wollte ich auch, aber dazu ist es jetzt ein bißchen zu spät.«

»Das glaube ich nicht. Wenn wir den Gouverneur dazu bringen können, dir die Amnestie zu gewähren oder dich freizusprechen, falls du dich einem Verfahren unterziehst, könntest du dich wählen lassen. Du und deine Brüder, ihr seid doch praktisch Helden hier im Süden von Missouri. Ich bin überzeugt, mit etwas Unterstützung und einer entsprechenden Kampagne könntest du ohne Schwierigkeiten eine Wahl gewinnen.«

»Glaubst du wirklich, Jenny?«

»Aber natürlich. Wenn J. R. als dein Wahlmanager fungiert und Toby sich um das Budget und den Rest kümmert, wie kannst du dann verlieren? Raiford besitzt ein natürliches Verkaufstalent. Er kann die Leute ansprechen und Werbung verteilen. Und Billy Clay … nun, er kann vielleicht Botengänge übernehmen. So hast du gleich ein ganzes Team Helfer zusammen.«

»Ja, das stimmt.« Luke tat so, als interessiere ihn das nicht so besonders, doch Jenny merkte ihm an, daß er im stillen begeistert war.

»Weißt du was«, fuhr sie fort. »Nach unserer Einweihungsfeier, wenn Moses und Delcine sich in ihrem neuen Haus eingerichtet haben, werde ich mit dem Zug nach Jefferson City fahren und mich für dich beim Gouverneur einsetzen. So mußt du nicht dein Leben riskieren, falls er ablehnt. Was hältst du davon, Luke?«

»Ich halte das für Zeitverschwendung, Jenny«, erwiderte er rauh und verbarg sich hinter seiner Zeitung.

»Nun …« Sie hob die Schultern. »Es ist meine Zeit, die ich da verschwende, oder?«

Sie nahm ihre Stickerei zur Hand, summte vor sich hin und lächelte glücklich.

Die Einweihungsfeier war ein großer Erfolg. Am Nachmittag waren Moses und Delcine zusammen über einen auf dem Boden liegenden Besen gesprungen, wie es bei ihren Vorfahren Sitte gewesen war, und anschließend von Reverend Thompkins getraut worden. Er hatte sich eifrig bemüht, sein Verhalten an jenem schicksalhaften Tag, als er von Abigail Crabtree beeinflußt gewesen war, wiedergutzumachen.

Jetzt standen die beiden Paare auf der Veranda und hießen die Gäste, die mit ihren Kutschen und Wagen vorgefahren kamen, willkommen.

»Guten Abend, Sir, Missus.« Moses nickte den eintreffenden Freunden zu. »Lassen Sie mich Ihren Wagen in den Hof bringen. Mister Luke und Miss Jenny werden sich sehr freuen, Sie hier zu sehen.«

Delcine, die Umhänge und Geschenke entgegennahm, war verwundert und sehr gerührt, als sie feststellte, daß viele der liebevoll verpackten Geschenke für sie und Moses waren. Mehr als einmal wurde ihr ein Päckchen mit Dankesworten und Glückwünschen in die Hand gedrückt.

»Eine Kleinigkeit für Sie und Ihren Mann, meine Liebe. Ich bin Ihnen sehr verbunden, daß Sie sich die Zeit genommen haben, den Saum für mich umzunähen, Delcine. Ich bezweifle, ob selbst Miss Lacey es besser gemacht hätte.«

Oder: »Delcine, ich war ja so froh, daß Sie Johnnie das Knie verbunden haben, als er in der Schule von der alten Eiche gefallen ist. Ich wollte Ihnen und Moses eine Kleinigkeit schenken. Alles Gute auch zu Ihrer Hochzeit, meine Liebe.«

Oder: »Ich glaube nicht, daß wir so gut ohne Sie durch den Winter gekommen wären, nachdem Emmett mit seinem kranken Bein liegen mußte. Es war wirklich nett von Moses, für uns Holz zu hacken. Hier ist eine Kleinigkeit als Zeichen unserer Dankbarkeit, Delcine. Wir hoffen, daß Sie beide sehr glücklich miteinander werden.«

Schwatzend und lachend schwirrten die Damen und Herren ins Haus, angelockt von dem warmen Licht, das in der Dämmerung hell leuchtete, sich mit dem Aufblitzen der Glühwürmchen vermischte, die zwischen den duftenden weißen Blüten der Geißblattranken vor der Veranda tanzten.

Im Haus ertönte laute, lebhafte Musik, Hände klatschten und Füße stampften. Die Saiten der Geigen und Banjos erklangen, mischten sich melodiös mit dem Zupfen der Mandolinen, dem Hämmern auf den Hackbrettern, dem Jammern französischer Harfen, dem Summen jüdischer Harfen und dem Klopfen der Löffel auf den Knien. Die Baßharmonie entstand durch die leisen Töne eines mit Katzendarm bespannten Brettes über einem Waschzuber und dem Hauchen über ein Schnapsglas. Rhythmisch dazu abgestimmt war das Schaben von Fingerhüten auf einem alten metallenen Waschbrett.

Diejenigen, die Holzpantinen trugen, hatten einen Kreis gebildet und drehten sich mit ihren Partnern. Dabei stampften sie rhythmisch auf den Holzboden.

Im Eßsaal waren die langen, schweren Tische bis zum Bersten beladen. Es gab zwei Punschbowlen, von denen die eine deutlich nach selbstgebranntem Schnaps schmeckte, und viele Teller mit den verschiedensten Speisen. Zu beiden Seiten eines großen, glasierten Schinkens stand eine Platte mit gebratenem Geflügel. Beilagen gab es im Überfluß: Kartoffelpüree, grüne Bohnen, süßen Mais, Erbsen und gebratene Okraschoten. Eine Soßenschale war bis zum Rand mit dickflüssiger weißer Soße gefüllt, und die Brotkörbe enthielten Buttermilchbiskuits. Kuchen und Pie standen auf dem Sideboard zusammen mit einer Kristallschale gezuckerter Erdbeeren und einer kleinen Silberkanne mit Sahne.

Die Türen, die vom Eßsaal in die Küche führten, schwangen in ihren geölten Angeln, so wie die Frauen und jungen Mädchen kamen und gingen. Manche von ihnen trugen gefüllte Platten, um nachzufüllen, was verspeist worden war, und andere Tabletts mit benutzten Tellern und Tassen.

Diejenigen Herren, die bereits von allem gegessen hatten, waren draußen auf der Veranda versammelt, die Luft um sie herum dunstig vom blauen Rauch ihrer Zigarren, mit denen sie die Damen und die Moskitos gleichermaßen vertrieben. Die lebhaften Stimmen der Männer hoben und senkten sich, während sie sich die jüngsten Witze und wildesten Geschichten erzählten, die sie in Gegenwart ihrer Frauen und Töchter nicht erwähnen würden.

Drinnen hatten sich die Frauen, die sich nicht um die Erfrischungen kümmerten, in eine Ecke des Wohnzimmers zurückgezogen und tauschten den neuesten und ältesten Klatsch und Tratsch aus, während sie darauf achteten, daß die Kinder nicht etwa heimlich zu der mit Schnaps angereicherten Punschbowle schlichen.

Es war warm und drückend für diesen Spätsommerabend. Da nicht die leiseste Brise wehte, mußten sich die Damen ständig mit ihren Palmetto-Fächern und parfümierten Taschentüchern kühle Luft zufächeln. Die jüngeren unter ihnen baten ihre Verehrer, mit ihnen einen Spaziergang durch den Garten zu machen, wo es mit Sicherheit kühler war.

Nachdem sie den letzten ihrer Gäste empfangen hatten, nahm Luke Jenny bei der Hand und führte sie in das größere Wohnzimmer, in dem die Möbel bis an die Wände geschoben worden waren, damit die Musiker und Tänzer Platz hatten. Er fand, daß sie heute abend in dem neuen rosa Kleid aus Organza, das Lacey Standish ihr vor ein paar Wochen geschneidert hatte, besonders hübsch aussah. Ihre bloßen Schultern schauten aus dem gerüschten Oberteil hervor. Von der gegürteten Taille fiel der Rock bauschig weit bis zu ihren Knöcheln hinunter, so saß nur ihre Saffianlederschuhe darunter hervorlugten. Das lange braune Haar hing ihr offen bis zur Taille, so wie es Luke am besten gefiel, und war mit einer rosa Schleife nach hinten gebunden. Das goldene herzförmige Medaillon, das er ihr zur Hochzeit geschenkt hatte, hing an einem Samtband um ihren Hals.

Vergnügt holte Luke ein Geschenk aus einer Ecke, in der er es zuvor versteckt hatte, und reichte es Jenny. Sie freute sich und errötete. Neugierig öffnete sie es und hielt ein Paar Holzpantinen in Händen.

»Zieh sie an«, forderte er sie auf, »... und laß uns tanzen.«

»Aber ich ... ich kann das nicht«, protestierte sie, ein wenig betroffen, daß er so etwas überhaupt vorschlagen konnte, wo er doch wußte, daß sie humpelte.

»Natürlich kannst du das.« Er überging ihren Einwand. »Wenn der alte Pop Sweeney mit seinem Holzbein aufsteht und tanzt, wirst du das doch auf deinen zwei Beinen auch schaffen.«

Jenny verbiß sich jeglichen weiteren Einwand, der ihr über die Lippen kommen wollte, denn es stimmte, daß Pop Sweeney mit seinem Holzbein ebenso munter mithüpfte wie die anderen in ihren Holzpantinen. Wie unhöflich hätte es gewirkt, wenn sie sich nur ihrer Behinderung wegen zurückgehalten hätte. Jenny streifte die Schuhe ab und schlüpfte in die Pantinen. Bald schon sprang und tobte sie so ausgelassen herum wie die anderen, bis sie außer Puste kam. Zu ihrer Erleichterung sprach sie niemand auf ihre ungelenken Bewegungen an. Statt dessen schien jeder bemüht, ihr die Schritte beizubringen, und alle zeigten sich begeistert, daß sie mitmachte. Luke strahlte übers ganze Gesicht, als er sie herumwirbelte und dann augenzwinkernd an Kipp abgab, der ihn an die Taille geklopft hatte, da er ihm noch nicht bis zur Schulter reichte. Luke verneigte sich vor seiner begeisterten

Tochter, während Jenny vor Kipp einen Knicks machte, bevor sie miteinander weghopsten.

Schließlich war Jenny total erschöpft und trat an den Tisch mit den Erfrischungen. Dankbar nahm sie das Glas Apfelwein entgegen, das Delcine ihr reichte, und ließ sich auf einen Stuhl daneben sinken, während sie sich frische Luft zufächelte.

»Nun, Miss Jenny ...«, Delcine schaute sich nach den Gästen um, »... ich glaube, das Fest ist ein voller Erfolg.«

»Ja, das ist es, nicht wahr? Ist es nicht schön, daß auch die Kinder teilnehmen dürfen? Ich halte das für einen netten Brauch. Als Luke mir davon erzählte, war ich ganz überrascht. Wir durften daheim in Georgia nicht auf solchen Festen dabeisein.«

»Hier in Tumbling Creek ist es wirklich schön«, stimmte Delcine ihr zu. »Ich bin froh, daß wir hierhergezogen sind und bleiben werden.«

»Ich auch«, erwiderte Jenny und seufzte. »Es ist wundervoll, wieder eine Familie zu haben. Jetzt komme ich mir fast schon wie zu Hause vor, weißt du? Aber andererseits ist es ein Teil des Südens, und ob nun gut oder schlecht, ich denke, daß jeder an seinen Wurzeln hängt.«

In dem Moment stimmten die Musiker ein mitreißendes Stück an und, stolz auf ihre Heimat, stimmte Jenny mit den anderen in den Gesang ein. Es waren mehrere Strophen, aber eine davon gefiel ihr am besten:

»Oh, ich bin ein guter Rebell, das bin ich wirklich.
Um ihr Land der Freiheit scher' ich mich nicht.
Dagegen hab' ich gekämpft und wünschte mir, wir hätten gesiegt.
Ich will keine Gnade für das, was ich getan.
Dreihunderttausend Yankees liegen starr im Staub des Südens.
Dreihunderttausend haben wir geschafft, ehe uns verließ die
Kraft.
Sie starben am Fieber, am Stahl und Blei des Südens.
Ich wünschte nur, wir hätten drei Millionen erwischt.«

Darauf folgte eine rührende Version von »Dixie«, nach der die Männer sich kräftig räusperten und die Frauen sich die Augen betupften.

Wie selbstverständlich sammelten die geladenen Gäste anschließend ihre Sachen ein, um sich auf den Heimweg zu machen. Leise verabschiedeten sie sich voneinander. In ihr Stimmengewirr mischte sich das Spielen der Musiker, das Zwitschern der Vögel, das Zirpen der Grillen und das Quaken der Frösche in der Ferne.

Nachdem alle gegangen waren, verriegelte Luke die Haustür, legte seinen Arm um Jennys Taille und ging mit ihr zusammen die Treppe nach oben ins Schlafzimmer. Im Dunkeln kleideten sie sich aus, schlüpften unter die Decken und während sie sich in leidenschaftlicher Umarmung aneinanderschmiegten, wickelte Luke sich Jennys langes braunes Haar um den Nacken und gestand ihr, daß er sie liebte.

28. Kapitel

Es schien kaum möglich, aber es war dennoch so. Luke liebte sie. Jenny war so glücklich – sie glaubte, förmlich zerspringen zu müssen. Ihr Mann liebte sie! Er hatte es gestern abend gesagt, und auch sie hatte ihm flüsternd ihre Liebe gestanden. Damit war ein wunderbarer Tag auf wunderbare Art zu Ende gegangen.

»Guten Morgen, mein Schatz. Bist du wach?« erkundigte sich Luke leise, drängte sich dichter an Jenny und rieb seine Nase an ihrem Hals.

»Ja, und du auch?« erkundigte sie sich und kuschelte sich in seine Arme.

»Ja. Aber ich finde, wir sollten noch nicht aufstehen. Es ist noch sehr früh. Was meinst du, Jennilee? Interessiert es dich, was die Vögel und die Bienen und dein Mann so wissen?«

»Könnte sein.« Sie lächelte. »Als Lehrerin muß ich schließlich ständig etwas dazulernen, damit ich im Bilde bin.«

»Wirklich?« wollte er wissen und ließ seine Hände aufreizend über ihren Körper gleiten. »Also, ich habe einen großen Fundus an Wissen, den du dir vielleicht aneignen möchtest. Aber ich warne dich, es wird Jahre dauern, ehe du alles erlernt hast.«

»Das soll mir recht sein. Ich habe alle Zeit der Welt. Bring mir ruhig bei, was du weißt«, forderte Jenny ihn auf, wandte sich ihm zu und bot ihm einladend ihre Lippen zum Kuß.

Luke streifte ihren Mund mit seinem. Im Licht der Morgendämmerung streichelte er zärtlich ihr herzförmiges Gesicht, betastete es Stück für Stück, als wäre er blind und entdecke sie zum ersten Mal mit seinen Händen, so als würde er sie noch gar nicht kennen.

»Du bist so schön«, raunte er. »So schön war noch keine Frau für mich und wird auch nie eine sein. Ich liebe dich, Jenny, ich liebe dich.«

Er küßte sie auf die süßen, zarten, bebenden Lippen, die seiner Zunge, als sie vorschnellte und über ihre vollen Lippen strich, eifrig Einlaß gewährten. Ausgiebig kostete er das warme Innere ihrer Mundhöhle. Nie würde Luke genug von ihr bekommen, gleichgültig wie oft er sie küßte, liebkoste und nahm. Immer würde er sich nach mehr sehnen.

Er küßte sie auf die Wangen, die kecke Spitze ihrer mit Sommersprossen übersäten Nase, ihre Lider, ihre Schläfen, die seidigen Locken ihres braunen Haares. Mit beiden Händen faßte er in die langen Strähnen und wickelte sie sich um den Hals. Er liebte es, sie anzufassen und sich an ihrem Duft zu berauschen. Aufseufzend barg er sein Gesicht in der Fülle, die wie ein Wasserfall auf dem Kissen ausgebreitet war. Mit der Zunge strich er über Jennys Ohr, ließ sie über die Muschel schnellen, bis Jenny wohlig erschauerte. Er flüsterte ihr Worte der Liebe und des Verlangens zu. Sein Atem streifte warm ihre Haut.

Liebevoll umfaßte er ihre Brüste, massierte sie sanft, bis ihre dunklen Spitzen sich regten und aufrichteten. Luke beugte sich über sie, küßte die Knospen und umkreiste sie mit der Zunge, bis Jenny aufstöhnte und das feine Prickeln durch ihre Adern rinnen fühlte. Er glitt tiefer, drückte einen Kuß auf ihren Nabel, umkreiste ihn ebenfalls mit der Zunge und brachte Jenny zum Lachen. Mit vielen kleinen Küssen bedeckte er ihre Schenkel, bis sie sich wollüstig wand. Dann beugte er sich über das Herz ihrer Weiblichkeit und suchte die dunkle, verborgene Spalte darin.

Er fühlte, wie ihr Fleisch unter den Berührungen seiner Lippen und den Zärtlichkeiten seiner Zunge pulsierte. Aufreizend drang er mit seinen Fingern in sie, um die Leere zu füllen, die, wie er wußte, dort brannte. Geschickt rieb er mit seinem Daumen über den kleinen runden Punkt ihres Verlangens, der am Rand des Tals, das er mit seiner Männlichkeit ausfüllen wollte, anschwoll. Nur schwer konnte er seine Leidenschaft zügeln, als Jenny leise wimmerte, in sein Haar faßte und ihn dichter an sich zog.

»Jetzt, Liebster, jetzt«, flüsterte sie heiser und ohne sich ihrer Sehnsucht zu schämen. Luke zögerte keine Sekunde.

Er rollte sich über sie und tauchte in das feuchte, lockende Innere. Er fühlte, wie die heißen Wogen in ihr aufwallten, ihn umschlossen, so daß es für ihn war, als würde er in ihr ertrinken, ganz in ihre brodelnden Tiefen hineingesogen werden. Wie die Wellen gegen den Strand schlugen, so bog sich Jenny ihm entgegen, um seine kräftigen Stöße zu empfangen, ihre Hüften lustvoll gegen seine stemmte.

Schließlich lagen sie wohlig erschöpft und engumschlungen da. Ihre Körper glänzten von dem feinen Schweiß, der ein Zeugnis ihrer Leidenschaft war. Ihre Herzen schlugen im gleichen Rhythmus. Ihr Atem ging gleichmäßig. Schließlich schliefen sie in inniger Umarmung ein.

Spät am Vormittag wachten sie wieder auf, aber diesmal blieben sie nicht liegen, denn sie hörten, daß Kipp und Sarah Jane sich in ihren Zimmern bereits regten. Und von unten aus der Küche klang Delcines Gesang, die bereits für alle das Frühstück bereitete.

Luke und Jenny, deren Liebe zueinander ihnen anzusehen war, wuschen sich und kleideten sich an, dann gesellten sie sich zu den anderen an den Eßtisch. Da es noch ein paar Wochen dauerte, bis der Unterricht wieder begann, hatte Kipp um Erlaubnis gebeten, mit Moses aufs Feld gehen zu dürfen, und Sarah Jane deutete mit Gesten an, daß sie Delcine beim Backen helfen wollte.

Jenny lächelte. Sie war überglücklich, daß die Kinder sich in ihrem neuen Zuhause so wohl fühlten und sich freuten, wieder eine Familie zu sein. Obwohl sie natürlich ihre Großeltern vermißten, waren sie froh, endlich wieder mit ihrem Vater zusammenzusein und Jenny als Mutter zu haben.

»Nun«, sagte Luke, »Jenny und ich werden in den Ort fahren und alles einkaufen, was uns noch fehlt.«

Nachdem das beschlossen war und sie gefrühstückt hatten, ging jeder seiner Arbeit nach. Die Fahrt nach Tumbling Creek war angenehm. Allerdings empfand Jenny, als sie an der alten Hütte vorbeikam, ein wenig Wehmut. Das Unkraut wucherte bereits, und das Gras stand hoch. Luke schüttelte den Kopf, als er ihren betroffenen Gesichtsausdruck bemerkte.

»Pa muß Horace Bescheid sagen, Jenny«, meinte er. »Auch wenn das Haus jetzt leersteht, muß es nicht so herunterkommen. Ich weiß, wie sehr du, Moses und Delcine euch angestrengt habt, es zu renovieren.«

»Danke, Luke«, erwiderte sie ernst und freute sich über sein Verständnis. »Es schmerzt mich schon, wenn es so aussieht. Immerhin war es mein Zuhause.«

In Tumbling Creek ging es sehr geschäftig zu. Jeder bereitete sich auf die Ernte im Herbst und die Pflanzzeit, die darauf folgte, vor. Da in Mr. Henshaws Saatgutgeschäft ein ziemliches Gedränge herrschte, entschied sich Jenny, zu Miss Laceys Schneiderin hinüberzugehen und für Sarah Jane einen Stoff auszusuchen. Luke nickte, und Jenny ging hinüber. Draußen traf sie Jed und Lottie, und Lottie, als sie erfuhr, wo Jenny hinging, begleitete sie und überließ Jed sich selbst.

Seit Luke und Jennys Hochzeit waren die beiden noch vertrauter miteinander geworden. Lottie hatte ihre geheimgehaltene Heirat aufs energischste verteidigt und behauptet, sie hätte die ganze Zeit davon gewußt.

»Also, Abby«, hatte Lottie der neugierigen Abigail Crabtree gegenüber entschieden erklärt, »... was glauben Sie, warum Jed und ich die ganze Zeit zu Jenny gehalten haben? Natürlich wußten wir, daß sie Lukes Frau ist. Sie denken doch nicht etwa, meine

Jungs wären bloß so bei ihr gewesen und hätten ihr den Garten gemacht, oder? Und natürlich wollten Jed und J. R., daß sie die Stellung als Lehrerin bekam. Dafür ist die Familie doch da, oder nicht? Um sich untereinander zu helfen, wenn es nötig ist. Wenn Sie nicht Ihren großen Mund aufgerissen hätten, hätte nie jemand etwas davon erfahren müssen. Aber ich schätze, früher oder später wäre die Katze sowieso aus dem Sack gekommen. Jetzt wird die arme Jenny ebenso von diesen idiotischen Pinkerton Detektiven belästigt werden wie Kate und Winona!«

Während sie den Gehweg entlangschlenderten, sprach Lottie noch einmal über die Feier vom Vortag und erwähnte, wie gut es Jed und ihr gefallen hätte und wie schön es für Luke und Jenny wäre, selbst wenn sie Kipp und Sarah Jane sehr vermissen würden.

Jenny lächelte.

»Lottie, du weißt doch, daß ihr beide jederzeit herzlich willkommen seid auf Whispering Pines. Ich muß euch nicht extra einladen. Die Kinder haben sich so über die Ponys gefreut, die ihr ihnen zum Umzug geschenkt habt. Ich hatte schon fast befürchtet, sie würden bei euch bleiben wollen.«

Lottie lachte fröhlich.

»Nun, das war das mindeste, was wir ihnen geben konnten, da Luke fand, daß sie allmählich reiten lernen sollten.«

Die beiden Frauen plauderten noch miteinander, als sie Miss Laceys Geschäft betraten. Dort blieben sie fast eine Stunde, um sich Stoffe und Schnittmuster anzusehen. Als sie weggingen, hob Jenny ihre Hand an den Rand ihres Hutes, um in der grellen Nachmittagssonne alles besser erkennen zu können. Da entdeckte sie Velvet Rose, wie sie Arm in Arm mit einem Mann daherstolzierte, den Jenny bisher noch nicht gesehen hatte. Doch er hatte etwas an sich, was ihr das Gefühl verlieh, sie müsse ihn kennen.«

»Lottie ...« Sie stieß ihre Schwiegermutter in die Seite. »Wer ist der Mann da, der mit Velvet Rose da geht?«

Zu Jennys Überraschung musterte Lottie ihn abweisend und preßte mißbilligend ihre Lippen aufeinander.

»Du lieber Himmel«, grummelte sie. »Ich habe keine Ahnung, daß er wieder da ist! Das ist Maybelles Bruder, Tully Boothe. Hoffentlich begegnet Luke ihm nicht. Er kann ihn nicht ausstehen, aber ob es ihm nun paßt oder nicht, Tully wird die Kinder seiner Schwester sehen wollen – er ist ihr Onkel. Leider – und das gibt Schwierigkeiten. Komm, Jenny, tu so, als hättest du nichts bemerkt.«

Das war jedoch nicht einfach, da das Paar die beiden Frauen bereits bemerkt hatte. Velvet Rose flüsterte Tully etwas zu, und er musterte Jenny aufmerksam, als könnte er nicht glauben, was er über sie gehört hätte. Leicht verärgert öffnete Jenny ihren Sonnenschirm, so daß die beiden sie nicht mehr sehen konnten. Sie wußte, daß Velvet Rose ihr nicht gut gesonnen war, weil sie Luke geheiratet hatte – ja, diese Frau haßte sie sogar dafür. Denn von dem Tag an, als Luke Jenny begegnet war, hatte er Velvet Rose nicht einmal in Miss Rubys Bordell besucht. Daher ließ sich schwer einschätzen, was Velvet Rose über sie erzählen würde. Jenny war klar, daß sie vor nichts zurückschrecken würde, um für Genugtuung zu sorgen.

Allerdings konnte Jenny wenig gegen ihre üble Nachrede unternehmen, und außerdem interessierte es sie nicht, was Maybelles Bruder über sie dachte. Jenny wünschte sich nur, sie könnte sich erinnern, warum ihr sein Gesicht so bekannt vorkam und warum sie das Gefühl hatte, sie würde ihn kennen, obwohl sie sicher war, daß sie ihn bis zum heutigen Tag nie gesehen hatte.

Die Alpträume kehrten in jener Nacht zurück, und irgendwie waren sie erschreckender als sonst. Jenny hatte sie schon seit einiger Zeit nicht mehr gehabt. Sie wachte schreiend auf, riß an ihren Decken und erkannte Luke nicht, als er versuchte, sie zu trösten. Er war entsetzt, nicht nur über ihre heftige Abwehrreaktion auf ihn, sondern auch über die Tatsache, daß die Kerze in ihrem Zimmer während der Nacht im Ständer verglommen war. Er hatte das Gefühl, das sei die Ursache für Jennys Kummer. Hastig stand er auf und zündete eine Lampe an, aber das Licht half nichts. Jenny schrie gequält weiter und starrte blicklos in die

Ferne, als ob er gar nicht da sei. Ein Vorkommnis, das aus ihrer Erinnerung emporgestiegen war, schien sie im Bann zu haben.

Kipp und Sarah Jane, wach geworden durch die Unruhe, klopften furchtsam an die Schlafzimmertür und wollten wissen, was passiert war. Luke wies seinen Sohn an, zu dem kleinen Haus hinüberzulaufen, wie sie Moses' und Delcines Heim nannten, um die beiden zu holen.

»Beeil dich, mein Sohn! Beeil dich!« drängte Luke. »Sary, kannst du nach unten in die Küche gehen und Wasser für Tee aufsetzen?«

Das kleine Mädchen nickte mit angstvoll aufgerissenen Augen und huschte davon, um die Bitte ihres Vaters zu erfüllen, und rätselte, was mit ihrer geliebten Jenny nicht stimmte.

Zu Lukes Erleichterung trafen schließlich Moses und Delcine ein. Moses, gewohnt in einer solchen Situation zu handeln, machte etwas Milch auf dem Herd warm, während Delcine beschwichtigend auf Jenny einredete, bis deren Schreien und Schluchzen allmählich nachließ und sie sich still, wenn auch zitternd im Bett unter die Decke kauerte.

»Das ist alles meine Schuld«, murmelte Luke. »Ganz allein meine Schuld. Die verdammte Kerze ist ausgegangen ...«

»Pst, Mister Luke«, unterbrach Delcine ihn. »Das hat nichts damit zu tun, also müssen Sie sich auch nicht die Schuld geben, hören Sie? Das liegt nur an Miss Jennys Vergangenheit, etwas, das vor über sieben Jahren geschehen ist. Damit hatten Sie nichts zu tun. Um genau zu sein, haben Sie Miss Jenny bisher weitaus mehr geholfen als irgendeiner der Ärzte in Atlanta.«

Kipp und Sarah Jane, besorgt um das Wohl ihrer Stiefmutter, traten näher ans Bett. Wenn ihr Vater so aufgebracht war, mußte etwas nicht stimmen.

»Wird ... wird Jenny sterben?« wollte Kipp wissen und sah seinen Vater angstvoll an.

»Nein, Kind«, versicherte Delcine dem Jungen und nahm ihn in den Arm. »Sie hat nur einen schlimmen Traum gehabt, das ist alles. Ihr beide könnt jetzt wieder ins Bett gehen, ja? Moses wird euch zudecken und eine Geschichte erzählen. Morgen ist alles wieder in Ordnung, und Miss Jenny wird wieder die alte sein, das verspreche ich euch.«

»Gut«, entschied Kipp, nahm Sarah Jane bei der Hand und führte sie aus dem Zimmer. Allerdings drehte sie sich ein paarmal noch nach Jenny um, um sicherzugehen, daß Jenny nicht verschwunden war.

»Mister Luke, wenn Sie Miss Jenny einfach etwas von der warmen Milch mit dem Schuß Brandy darin geben, kann sie schlafen«, erklärte Delcine ihm. »Ich gucke noch mal nach den Kindern, ehe ich gehe. Wenn Sie irgend etwas brauchen, rufen Sie mich.«

»Danke, Delcine. Ich bin froh, daß Sie und Moses heute abend so rasch gekommen sind und geholfen haben.«

»Machen Sie sich deshalb keine Gedanken. Das haben wir gern gemacht. Was meinen Sie, wie oft wir in der Vergangenheit Miss Jenny beistehen mußten, Mister Luke. Ein Mensch, der so etwas überlebt hat, was sie hinter sich hat, muß einfach hin und wieder Alpträume haben.«

»Was ist passiert, Delcine? Was hat sie denn erlebt, daß sie solche Wunden davongetragen hat?« erkundigte sich Luke und konnte die Ungewißheit nicht länger ertragen.

Delcine schüttelte bedauernd den Kopf.

»Mister Luke ...« Sie seufzte. »Ich würde es Ihnen gern erzählen, aber ich war nicht dabei an dem Tag. Außerdem denke ich, das ist Miss Jennys Angelegenheit. Sie werden sie selbst danach fragen müssen. Wenn sie dazu bereit ist, wird sie Ihnen alles erzählen, was damals vor so vielen Jahren war. Dann verstehen Sie vielleicht, warum sie so ist, wie sie ist, und Sie können ihr zeigen, wie sie diese Geister los wird.«

»Ich will Jenny ja helfen, Delcine. Sie ahnen nicht, wie sehr ich ihr helfen will. Ich liebe sie doch.«

»Das weiß ich«, antwortete Delcine leise und ging auf die Tür zu. »Das weiß ich. Gute Nacht, Mister Luke.«

Sie waren ein Stück vom Haus entfernt und standen im Wald auf einer winzigen Lichtung mitten unter hohen, knorrigen Bäumen.

Es war ein einsamer Ort, fremden Blicken durch die federartigen, grünen Zweige der Pinien, Zedern und früchtetragenden Eichen entzogen. In der Nähe entsprang eine klare Quelle, die leise vor sich hin plätscherte. Gras, Moos und Rankpflanzen bedeckten den Boden wie ein dichter Teppich, aus dem hier und dort bunte Wildblumen hervorschauten. Dazwischen ragten seltsame Felsformationen in tierähnlichen Formen auf.

Wortlos sank Jenny auf einen davon, der aussah wie ein Reh, das die Beine unterm Körper liegen hatte, als ob es schliefe. Sie legte ihre Arme um den Hals des Steintieres, atmete tief die wohlriechende Luft ein, denn auch Geißblatt wuchs hier wild. Dann wandte sie sich Luke zu, der sie stumm anschaute. Sein Verlangen nach ihr stand ihm deutlich im Gesicht geschrieben.

Sie schaute ihm in die himmelblauen Augen und wußte ganz genau, warum er mit ihr hierher gegangen war. Wie selbstverständlich, ohne miteinander zu sprechen – Worte waren zwischen ihnen nicht vonnöten – begannen sie sich im Licht der untergehenden Sonne auszuziehen, bis sie schließlich beide nackt waren. Jenny breitete ihre Arme aus.

»Liebe mich, Luke«, flüsterte sie. »Liebe mich.«

Eine weitere Einladung brauchte er nicht. Da er sie begehrte, drückte er sie in das weiche Gras und nahm sie, umhüllt vom rotglühenden Schein der Abendsonne, die am Horizont in der Ferne versank. Das Feuer ihrer Leidenschaft loderte heftiger als jede himmlische Flamme. Ihr Liebesglück würde nie abnehmen, sondern die Grenzen von Zeit und Raum überdauern.

Anschließend lagen sie still nebeneinander, flüsterten sich zärtliche Worte zu, wie alle Paare es tun. Doch schließlich, als er merkte, daß sie dazu bereit war, bat er sie:

»Erzähl mir von den Geistern deiner Vergangenheit, Jenny.«

Eine Zeitlang starrte sie reglos ins Nichts, als gehe sie weit zurück, in eine andere Zeit, an einen anderen Ort. Dann wandte sie sich ihm langsam zu.

»Ich werde dir erzählen, an was ich mich erinnere«, erwiderte sie leise. »Aber es sind Bruchstücke, nur halbe Erinnerungen. Ich kann mir wohl vorstellen, was passiert sein muß, nach dem, was andere vermuten, wie es abgelaufen ist. Aber vieles liegt bei mir im Dunkeln, und dadurch entstehen die Alpträume.«

Mit einer fast unheimlich wirkenden Distanz begann sie zu schildern, was sie wußte. Ihre Stimme klang ihr selbst fremd. Und während sie Luke von jenem Tag auf Faxon's Folly berichtete, rätselte Jenny wie immer, was wirklich geschehen war – und vor allem: warum?

29. Kapitel

Während Jenny von ihrem Geburtsort berichtete, konnte Luke sich, obwohl er ihn nie gesehen hatte, vorstellen, wie es dort ausgesehen haben mußte: urtümlich und herrlich, trotz all der Narben, die der Krieg hinterlassen hatte, und von neuem Leben, das langsam aufzublühen begann, erfüllt. Er erfuhr auch viel über Jennys Familie, in der es Liebe und Geborgenheit gegeben hatte, den stillen Mut, den auch sie besaß und der ihr die Kraft gab, nach jenem Tag auf Faxon's Folly ihr Leben weiterzuführen. Luke streckte sich im Gras aus und lauschte ihr aufmerksam mit gesenktem Blick. Allein der Klang von Jennys Stimme sagte ihm alles, kein noch so leiser Unterton entging ihm, als sie ihm die Geschichte ihrer Vergangenheit erzählte ...

Wie ein blutrotes Meer, dessen bewegungslose Wellen für immer erstarrt waren, als ob sie im Augenblick ihres höchsten Standes von einem Maler auf Leinwand gebannt worden wären, erstreckte sich der fruchtbare Lößboden von Nord Georgia über die wogenden Hügel, die aus der weitläufigen Landschaft aufragten. Tropfen, die Reste eines Frühlingsschauers vom Morgen, schimmerten wie Diamanten auf dem Boden und zeigten sämtliche Farben, die sich im Regenbogen über dem Himmel spannten. Dort zog eine tiefe Morgenröte auf, die sich sacht ausbreitete, um die Welt zu wecken.

Eine schwache, kühle und feuchte Brise wehte durch den dichten, jungen Wald in der Ferne, schüttelte die grünen Zweige der rauschenden Nadelbäume und der knorrigen Eichen, die mit Moos bewachsen waren. Unter dem grünen Laubdach seufzten weitausladende rosa Holzapfelbäume neben schwachduftenden weißen Hartriegeln, goldgelben Regenbäumen und silberglänzenden Birken. Kräftige Efeustränge kletterten an rauhen, alten Stämmen empor und klammerten sich fest, während darunter eine Menge Farn seine zarten Blätter ausbreitete, die wie Federn aus dem dichten Moos, das den Wald bedeckte, herausragten. Dazwischen wuchsen zahlreiche Wildblumen, stark ineinander verschlungen. Ihre leuchtenden Farben strahlten um die Wette mit dem verblassenden roten Bogen am Himmel.

In dem dunklen Sumpfgebiet dahinter duckten sich dornige Büsche an den Ufern des schlammigen Flusses, der sich einen Weg durch die Landschaft bahnte. Das leise Plätschern der Wellen vermischte sich wohltuend mit dem Rauschen der sanften Brise.

Hier und da ertönten die lebhaften Rufe der Spottdrosseln und das rhythmische Zirpen der Heuschrecken, die sich harmonisch in den Chor der Stimmen des Waldes fügten.

Aus der Ferne betrachtet, wirkte die ruhige Szenerie wie ein Paradies. Frisch und einladend lockte sie mit ihrer wilden Schönheit, die auf geheimnisvolle Weise auf die heftigen Gefühlsregungen hindeutete, die sich hinter der friedlichen Fassade verbergen mochten.

Erst wenn man näher kam, sah man, wie übel dieser Garten Eden zugerichtet war.

Die gefrorenen Hügel der zinnoberroten Erde gingen auf keine natürliche Entwicklung zurück, wie sie durch jahrelange Frühjahrsschauer entstehen, die eine erfrischende Erlösung für den Boden bedeuten. Statt dessen waren die unebenen Kämme durch die scharfen, mit Eisen beschlagenen Hufe der Kavalleriepferde, als sie donnernd vorgedrungen waren, gewaltsam aus dem Boden gestampft worden. Mit dazu beigetragen hatten auch die zahlreichen aggressiv vorwärtsmarschierenden Fußtruppen, die tiefeinschneidenden Räder der schwerbeladenen Nachschubkarren und der massiven Eisenkanonen.

Beim Anblick der Zerstörung, die hier stattgefunden hatte, konnte man die Regentropfen, die jetzt in der aufgehenden Sonne rot glänzten, für Blut halten, das vergossen worden war, als die Landschaft von schweren Kanonenkugeln, zahlreichen Gewehrschüssen, von Schwertkämpfen und Bajonettstichen auseinandergerissen worden war. Man konnte sich vorstellen, daß die Schreie Tausender toter und sterbender Soldaten, die den Boden als Schlachtfeld benutzt und für immer gezeichnet hatten, im Wind hallten.

Es gab Orte im Wald, wo die Bäume zerschossen und verbrannt waren, ihre schwarzen Überreste deutlich sichtbar zwischen dem Grün aufragten. Stellenweise waren die Efeuranken von den Stämmen gerissen, wie die Arme einer Frau von ihrem Geliebten. Plätze, wo die feenhaften Farne und bunten Blüten zertreten worden waren, weil die Männer, die in die absolut häßlichste aller Betätigungen verwickelt waren, keine Augen mehr für ihre Schönheit hatten.

Hier und da gab es Einschnitte im Dickicht, wo die verwobenen Zweige verbogen und abgebrochen waren, ehe die wahnsinnigen Regimenter sich in das Schlachtgetümmel gestürzt und um ihr Leben gekämpft hatten. Der schlammige Fluß, der jetzt so verträumt dahinplätscherte, war einmal rotgefärbt gewesen, als die Schreie der bekannten Rebellen und der Yankees hier erklungen waren.

Die Spottdrosseln und die Heuschrecken hatten zu der Zeit geschwiegen, aus Angst vor den schrecklichen Dingen, die ihre ruhige Zufluchtsstätte in ein tumultartiges Chaos stürzten und in ein Todesfeld verwandelten.

Nahm man alles noch näher in Augenschein, konnte man sehen, daß die Straße, die hindurchführte, sich gebrochen durch die Zerstörung schlängelte, als wäre sie verwirrt von der schrecklich zugerichteten Umgebung und hätte die Richtung verloren. Folgte man dem Pfad bis an sein Ende, erreichte man schließlich Faxon's Folly.

In einem weitläufigen Tal gelegen, schien die alte Plantage zunächst unberührt von der Vernichtung, die sie umringte. Wie eine weiße Perle strahlte das Haus hell im frühen Morgenlicht, seine vier hohen ionischen Säulen standen wie Wächter da, die einen Schatz unter der rotgoldenen Morgensonne hüteten.

Das Haus war vor über einem Jahrhundert von Faxon Colter im wiederbelebten klassischen Stil erbaut worden, der zu der Zeit erst eine kleine Gefolgschaft errungen hatte. Es hatte kein bißchen Ähnlichkeit mit den übrigen unscheinbaren, weiträumigen Gutshäusern gehabt, die hier und da in der Umgebung zu sehen waren.

Die Leute hatten gelacht und die Köpfe geschüttelt über Faxons Dummheit, als sie die stolzen Säulen von der breiten Veranda bis zu dem erhabenen, dreikantigen Giebel aufragen sahen. Faxon's Folly hatten sie das Haus genannt und behauptet, es werde einstürzen wie die griechischen Tempel, denen es ähnlich sah. Aber Faxon, ein gelehrter und weitgereister Mann, mit dem Wissen und der Schönheit der altertümlichen Geschichte vertraut, hatte die Skeptiker ignoriert und seinen Willen durchgesetzt. Als das Haus schließlich fertig war, hatte er ihm, wie um die Spötter zu verhöhnen, den Namen gegeben, den sie ihm bereits verpaßt hatten.

Selbst aus seinem Grab heraus konnte Faxon Colter noch als letzter lachen. Towering Oaks, Shadybrook, Hunter's Point, Magnolia, Piney Ridge ... sämtliche Nachbarplantagen waren nicht mehr da. Doch Faxon's Folly stand noch.

Aber der Preis fürs Überleben war hoch gewesen.

Von den anmutigen, rosa blühenden, farnblättrigen Mimosenbäumen, die ehemals die Kieseinfahrt gesäumt hatten, standen nur noch Stümpfe. Die Stämme waren von den Yankees für Lagerholzfeuer abgeschlagen worden. Die hübschen Blumenbeete, die den Besucher und müden Reisenden so fröhlich begrüßt hatten, waren durch die Pferde, Maulesel, Wagen und Kanonen der Yankees niedergetrampelt worden. Nur ein paar einzelne Blumen nickten noch verloren in der Brise. Das Haus selbst war verschmiert von Ruß und hatte Risse und Löcher von den Granaten der Yankees davongetragen. Der Giebel war auf eine Seite heruntergesackt, wo eine der stützenden Säulen abgetrennt worden war. Die Säule selbst neigte sich gefährlich, so als würde sie auch bald von der Veranda abbrechen. Die schräggestellten Läden, die die Fenster umrahmt hatten, waren aus den Wänden gerissen worden und ebenso für Feuer benutzt worden wie die Mimosen. Viele der Glasscheiben waren zerschlagen oder fehlten ganz.

Im Haus, in der Eingangshalle, klaffte ein riesiges Loch, wo einmal der kristallene Kronleuchter gehangen hatte, der bis aus dem fernen Frankreich importiert worden war. Er war von beutemachenden Yankees heruntergerissen und weggeschleppt worden. Hier und da befanden sich hellere Stellen an der verblaßten Tapete, wo früher Ölgemälde und Fotografien gehangen hatten. Die meisten Möbel waren verbrannt worden und was übriggeblieben war, wies Zigaretten- und Alkoholspuren der Yankees auf. Auf den abgewetzten Teppichen waren die Abdrücke der Stiefel und Sporen zurückgeblieben. Denn trotz heftigen Einwands der Colters war Faxon's Folly eine Zeitlang als Hauptquartier der Yankee-Offiziere und ihrer Adjutanten benutzt worden. Deshalb stand das Haus überhaupt noch.

Das jedoch war nichts verglichen mit dem, was ein Stück vom Haus entfernt zu sehen war.

Das schwarze, schmiedeeiserne Tor, das einmal den Friedhof verschlossen hatte, war jetzt verschwunden, aber bis auf dies war das Stück Land weder verunstaltet noch vernachlässigt. Die Grabsteine aus Granit bewachten die Gräber, die die Frauen des Südens liebevoll pflegten und über denen sie viele Tränen vergossen. Ihre Toten waren alles, was ihnen von der Vergangenheit geblieben war. Dafür hatten die verdammten Yankees gesorgt. Doch das würden ihnen die Herzen der Südstaatler nie verzeihen. Niemals.

Zu viele Männer waren gestorben. Zu wenige kamen nach Hause –, und viele von denen, die nach Hause zurückkehrten, wurden in Piniensärgen gebracht, um ihre letzte Ruhe neben den Angehörigen zu finden, die schon vor ihnen gestorben waren. Sie ahnten nicht, wie es denen erging, die sie hinterließen, deren Herzen gebrochen und deren Leben zerstört waren.

Von den sieben tapferen jungen Männern, die in jenem Sommer 1861 Faxon's Folly verlassen hatten, schmuck und stattlich in ihren neuen grauen Uniformen mit den glänzenden Knöpfen, kam nur einer vier Jahre später zurück. Aber das war einer mehr, als viele andere Familien erwarten konnten, und deshalb freuten sich die jungen Frauen, trotz aller Tränen, die sie vergossen hatten, als sie langsam vom Friedhof zur Veranda des Hauses hinüberschritten.

Aus der Ferne betrachtet boten die Colter-Schwestern ein trautes Bild an diesem Aprilmorgen, wie sie da draußen zusammen auf der Veranda saßen. Aber wie bei der Landschaft und der Plantage fiel einem erst beim genaueren Hinsehen auf, daß an dem Bild etwas nicht stimmte. Die dunklen Musselinkleider, die die Frauen trugen, waren aus der Mode und mehrfach ausgebessert, und die Sohlen ihrer flachen Saffianlederschuhe waren mit Pappe verstärkt. Ihre getönte Haut, früher einmal so blaß, samtig und eifrig vor den Elementen der Natur geschützt, war der Beweis, daß sie heute viele Stunden draußen in der Sonne verbrachten. Auch ihren Händen sah man an, daß sie damit hart arbeiten mußten, um zu überleben – sie waren rot und rauh, ihre Fingernägel abgebrochen.

Das Leben auf Faxon's Folly war für die Schwestern nicht leicht gewesen, seit der Krieg alles zerstört hatte, was sie je gekannt hatten. Früher waren sie bedient, umsorgt und über die Maßen verwöhnt worden. Ihre Wünsche waren befriedigt und ihre Streiche von ihrem nachsichtigen Vater belächelt worden. Bestraft worden waren sie nur sehr selten und wenn überhaupt, dann nur von ihrer weichherzigen Mutter, die ihnen nie lange böse sein konnte. Von den großen Brüdern waren sie angebetet und beschützt worden. Jetzt jedoch mußten sie, allein gelassen und verarmt, selbst das Gemüse pflanzen, das Unkraut rupfen und die Baumwolle vom Feld ernten wie gemeine Arbeiter, um ihren mageren Lebensunterhalt zu decken – und schätzten sich noch glücklich.

Wie hatten sie sich alle gefreut, ausgelassen gesungen und geklatscht, während sie ihre vier Brüder und die Ehemänner ihrer drei Schwestern verabschiedet hatten, als sie in den Krieg gezogen waren. Niemals hätten sie sich an jenem Tag träumen lassen, daß nur einer von ihnen zurückkommen würde. Waren ihre Männer nicht die besten und tapfersten überhaupt? Nun, sie würden doch im Nu diese feigen Yankees besiegen, und was gäbe es danach für Grillfeste, Partys und Bälle!

Aber so war es nicht gekommen.

Niles war der erste gewesen, der gefallen war – bei Shiloh. Rushford war bei der Belagerung von Vicksburg von einem Scharfschützen der Yankees erschossen worden. Prescott war bei Lookout Mountain, außerhalb von Chattanooga umgekommen, und Alex war während einer Explosion bei Peachtree Creek getötet worden, als Sherman auf Atlanta zumarschiert war. Joe Frank hatte sein Leben bei Five Forks verloren, wo Lees Armee schwer zerschlagen worden war, und Lonny war im bekannten Gefängnis der Yankees, Rock Island Prison, an einer Lungenentzündung gestorben.

Alle lagen jetzt auf dem Friedhof bei Faxon's Folly begraben – bis auf Alex. Von ihm war nicht genug übriggeblieben, um es in einen Piniensarg zu legen.

Nur Cade kam nach Hause.

So wie der Morgen Einzug hielt, ließ allmählich die kühle Brise nach. Die Sonne stieg höher am Himmel und trocknete die letzten Regentropfen, so daß der Tag heiß und schwül blieb, die Landschaft überflutet.

Die temperamentvolle, verwegene Evangeline, die nie lange stillsitzen konnte, sprang auf und begann unruhig auf der Veranda auf und ab zu gehen. Dabei fächelte sie sich unaufhörlich mit ihrem aus Palmenblätterstreifen geflochtenen Fächer kräftig frische Luft zu.

Mit fünfundzwanzig war sie die älteste der vier Colter-Schwestern, und bis Joe Frank Hunter ihr Herz und ihre Hand gewonnen hatte, die meistumworbene junge Frau in ganz Nord Georgia.

Es war leicht zu erkennen, warum. Selbst in dem alten, abgetragenen und verblichenen Kleid sah sie mit ihrem leuchtendkupfernen Haar, das sie zu einem Knoten aufgesteckt hatte, atemberaubend aus. Ihre Haut, von der Sonne gebräunt, bildete einen sichtbaren Kontrast zu den grünen Augen, in denen deutlich die Lebenslust zu erkennen war. Sie besaß eine schlanke, biegsame Figur, so anmutig geformt wie ein Sanduhrglas. Kühn und schön – das war Evangeline. Selbst Joe Frank hatte es nie geschafft, ihre leidenschaftliche Natur zu zähmen.

Als die Leichen von Niles, Rushford und Prescott nach Hause gebracht worden waren und ihre Eltern zu entsetzt gewesen waren, um die notwendigen Vorkehrungen zu treffen, war es Evangeline gewesen, die dafür gesorgt hatte, daß ihre Brüder ein ordentliches Begräbnis bekamen. Evangeline hatte auch auf einem Grabstein für Alex bestanden, obwohl seine Überreste bei Peachtree Creek verstreut lagen.

Nachdem eine Bande plündernder Yankees Kingston Colter kaltblütig niedergeschossen hatte, war Evangeline zu dem Versteck in seinem Arbeitszimmer geeilt, in dem sie ihre Waffen und die Munition verborgen hatten, damit sie weder den diebischen Yankees noch den herrischen Rebellen in die Finger fielen. Sie hatte die Bodenbretter aufgerissen, sich eines der Gewehre geschnappt, es geladen und war damit zurück in die Halle gerannt. Dort hatte sie die Reste einer eingeschlagenen Fensterscheibe auf der Vorderseite des Hauses weggehauen und die Soldaten vertrieben. Drei Männer hatte sie dabei sogar erschossen.

Rachael Colter war schließlich einer langen Krankheit erlegen und ihrem Mann ins Grab gefolgt. Mammy war auch gestorben, vor Erschöpfung, nachdem sie ihre Herrin so lange gepflegt hatte. Wiederum war es Evangeline, die ohne Zögern die Führung auf Faxon's Folly übernahm.

Nachdem der letzte der Neger davongelaufen war und die Schwestern allein auf der Plantage zurückgelassen hatte, war es Evangeline, die die Schultern straffte, die Ärmel aufrollte und mit einem kampflustigen Funkeln in den Augen an Arbeiten heranging, die sonst nur jene erledigten, die sie ihr ganzes Leben bedient und versorgt hatten.

Die anderen waren zuerst entsetzt gewesen, aber sie hatten sich Evangelines Willen gebeugt wie Gräser im Sturm, als sie alle ihren furchtbaren Zorn spüren ließ. Bald schon, die behüteten, unbeschwerten Tage ihrer Jugend waren vergessen, teilten sie sich die harten Arbeiten, von denen inzwischen ihr tägliches Leben und Wohlergehen abhing.

Selbst als sie dann die Nachricht erhalten hatte, daß Joe Frank gefallen war, zeigte Evangeline sich unerschütterlich. Später auf ihrem Zimmer hatte sie im stillen um ihren geliebten Mann geweint, damit ihre Schwestern nicht ihre tiefe Trauer sahen. Sie waren nicht so stark wie sie, glaubte sie, und wenn sie stolperte, würden die anderen auch stürzen. Deshalb bettete sie Joe Frank auf Faxon's Folly zur letzten Ruhe und hoffte, er würde verstehen und ihr verzeihen, daß sie ihn nicht auf Hunter's Point begrub, das von den Yankees dem Erdboden gleichgemacht worden war. Danach klammerte sie sich an ihre Kinder, Little Joe und Garnet, und nahm den Kampf ums Überleben wieder auf.

Nur Cade kam nach Hause.

Bei dem Gedanken preßte Evangeline bitter die Lippen aufeinander. Warum konnte es nicht Cade getroffen haben statt Joe Frank? Kaum ging ihr das jedoch durch den Sinn, als sie sich dafür schämte. Sie wußte schließlich, was es bedeutete, eine Witwe zu sein. Dieses Los würde sie keiner Frau wünschen, am wenigsten ihrer eigenen Schwester. Aber trotzdem beneidete sie Melantha heute ungemein!

Wenigstens hatte sie Little Joe und Garnet zum Trost. Das war mehr, als den meisten geblieben war.

Beide Schwägerinnen, die Frau von Rushford und die von Prescott, waren kinderlos. Dulcie hatte eine Totgeburt gehabt, und Fayrene war gerade mal mit Prescott verheiratet gewesen, als er umgekommen war. Nach dem Tod ihrer Ehemänner waren die beiden zu ihren eigenen Familien gegangen. Nur Niles Frau Honor, die keine nahen Verwandten hatte, war auf Faxon's Folly geblieben. Sie war jetzt drinnen, paßte auf ihre drei Kinder, Evangelines zwei und Melanthas kleines Mädchen, Zoe Beth, auf, die ihre morgendlichen Pflichten erfüllten. Alex war nicht verheiratet gewesen. Evangeline konnte das jetzt nur als Segen betrachten. Dadurch war eine Frau weniger, die ihn betrauerte, und ein Bauch weniger auf Faxon's Folly, der gefüllt werden mußte.

Sie seufzte müde. Zum Glück konnte ihr Cade, sobald er hier war, ein wenig von der schweren Last abnehmen. Es würde guttun, wieder einen Mann im Haus zu haben, auch wenn es Melanthas Mann war und nicht ihrer. Seit dem Tod ihrer Eltern und ihrer Brüder war es ihr so leer vorgekommen. Außerdem war Melantha, die immer schon ein wenig schwermütig gewesen war für Evangelines Geschmack, in letzter Zeit viel zu sehr in sich gekehrt und grüblerisch.

Schweigend musterte sie ihre dreiundzwanzigjährige Schwester und überlegte, was Melantha denken mochte. Das ließ sich schwer sagen, denn im Gegensatz zu Evangeline, der man jede Regung im Gesicht ablesen konnte, wirkte Melantha verschlossen und undurchschaubar. Dennoch besaß sie eine eigenwillige Schönheit und hatte, ehe sie Cade Brackett geheiratet hatte, mit Evangeline um die Verehrer gewetteifert.

Melanthas Haar, das sie im allgemeinen offen in einem Haarnetz trug, war dunkelbraun und hatte einen weichen Rotschimmer, sobald das Licht darauffiel, so wie jetzt. Irgendwie war es ihr gelungen, ihren hellen Teint besser zu erhalten als ihre Schwestern. Er hatte eine elfenbeingleiche Farbe, die in starkem Kontrast zu ihren dunklen, unergründlichen grünen Augen stand. Sie war groß und schlank wie Evangeline, besaß jedoch statt der biegsamen Anmut eine leicht distanzierte Eleganz.

Das geheimnisvolle Lächeln, das die Männer immer so reizend gefunden hatten, huschte jetzt über ihre Lippen, als sie an ihren Mann Cade dachte. Nicht einmal hatte sie daran gezweifelt, daß er wiederkommen würde. Cade war überaus wachsam, genau wie sie. Er war in der Lage, sich so unbemerkt zu bewegen wie eine Fledermaus am Nachthimmel und sich ebenso geschickt auf sein Opfer zu stürzen. Er war nie ein Hitzkopf gewesen wie Joe Frank oder ein sanftmütiger Träumer wie Lonny. Nein, Cade war stets kühl und klug vorgegangen, so wie Melantha es getan hatte, als sie ihn sich auserkoren hatte.

Und jetzt kam er nach Hause.

Über die Aussicht freute Melantha sich. Mit Cade an ihrer Seite würde ihr die harte Arbeit bei weitem nicht so viel ausmachen. Himmel, er würde Faxon's Folly im Nu auf Vordermann bringen. Dann konnten sie und ihre Schwestern sich vielleicht ein paar neue Kleider und Schuhe leisten, und die Kinder würden nicht ständig hungern müssen. Jeder von ihnen konnte sich mal etwas ausruhen, besonders Bliss, die bei ihrem Zustand eigentlich gar nichts tun dürfte, die aber trotzdem auf der Plantage ebenso tüchtig mit anfaßte wie jeder andere.

Besorgt schaute Melantha ihre schwangere jüngere Schwester an. Bliss wirkte müde, erschöpft. Dennoch lächelte sie vergnügt, als Melantha sie ansah. Nichts konnte Bliss' sonniges Gemüt trüben. Sie war so fröhlich wie eine Lerche im Frühling. Gleichgültig wie deprimiert oder müde sie sein mochte, sie schaffte es auf jeden Fall, dem Leben eine frohe Seite abzugewinnen.

Als Evangeline sie zu der täglichen Knochenarbeit angetrieben hatte, war es Bliss gewesen, die alle zum Lachen brachte, während sie sich mit den äußerst schwierigen und unbekannten Arbeiten abgemüht hatten. Ihre Unfähigkeit, mit solch einfachem Werkzeug wie Hacke und Schaufel umzugehen, hätte sie sicher entmutigt, wenn Bliss sich nicht über ihre Ungeschicktheit lustig gemacht und sie gegen ihren Willen zum Lachen gebracht hätte. Obendrein hatte sie ihnen auch damit geholfen, einen Teil ihrer Trauer zu lindern.

»Ehrlich!« Ihre Augen hatten gefunkelt vor Vergnügen. »Also, wenn Papa uns jetzt sehen könnte, wären wir mit Sicherheit verraten und verkauft. Du warst noch zu jung für solche Eskapaden, Jenny, aber erinnert ihr euch noch an die Zeit, als wir uns diese exotischen Kostüme angezogen haben und nach unten geschlichen sind, um damit in Mamas Maskenball zu platzen? Ich glaube, wir haben an dem Abend mehr Baumwolle in unsere BH-Körbchen gestopft, als wir heute am Tag gepflückt haben!«

Feixend hatten sie ihr zugestimmt und waren dann plötzlich in schallendes Gelächter ausgebrochen, als sie sich daran erinnerten, wie entsetzt Rachael Colter gewesen war, als sie sie mit ihren übertrieben aufgebauschten Busen erspäht hatte. Natürlich hatte sie die Mädchen nach oben geschickt und mit ihnen kräftig geschimpft. Doch das hatte nur wenig Wirkung auf sie gehabt.

»Du als Wikingerkönigin und du – nein! Was für ein schauerliches Kind du bist, Melantha, wirklich. Das sieht dir ähnlich, dich als Vampirkönigin zu verkleiden. Ist das mein schwarzes Bombasinkleid? Macht nichts. Was habt ihr euch bloß dabei gedacht? Wenn Bliss nicht so klein wäre, hätte ich euch kaum bemerkt. Zum Glück seid ihr mir rechtzeitig aufgefallen. Was hätte ich sonst gemacht, wenn die Hunters oder die Ridgeways oder sonst jemand euch erkannt hätte?« Allein bei der Vorstellung hatte sich Rachael Colter heftig kühle Luft zugefächelt, aus Furcht, sie könne einen ihrer Ohnmachtsanfälle erleiden. »Dich und Melantha kann ich ja verstehen, Evangeline. Aber dich, Bliss! Tüll – in deinem Alter!«

»Aber Mama, ich bin die Feenkönigin«, zwitscherte die siebenjährige Bliss daraufhin fröhlich und ruderte so begeistert mit ihren Armen in der Luft herum, daß ihr die in das Kleid gestopfte Baumwolle herausfiel und auf dem Boden landete.

Ja, Bliss war auf ihre Art unbezähmbar.

Ihr reizendes Gesicht, das von einer rotgoldenen Lockenpracht umrahmt war, verlieh ihr selbst mit neunzehn Jahren noch das Aussehen einer spitzbübischen Elfe. Ihre blaßgrünen Augen, groß und belustigt, verstärkten den Eindruck noch, wie auch ihre kleine, kindlich zierliche Figur, der man die fortgeschrittene Schwangerschaft um so deutlicher ansah.

Ihre älteren Schwestern fürchteten sehr, daß sie keine leichte Geburt haben würde, und verfluchten im stillen den Captain, der Laurence Ridgeway einen Urlaubsschein gegeben hatte, so daß er seine junge Frau besuchen konnte.

Es paßte zu diesem verantwortungslosen Lonny, auf Urlaub nach Hause zu kommen, seine Frau zu schwängern, sich anschließend von den Yankees gefangennehmen zu lassen und an Lungenentzündung zu sterben – und Bliss mit den Folgen seines Besuches im Stich zu lassen. Bliss jedoch war glücklich, daß ihr ein Teil von Lonny geblieben war, und Evangeline und Melantha hatten ein zu weiches Herz, um ihr offen und ehrlich die sehr zutreffende Meinung über ihren toten Mann zu sagen.

So saß Bliss denn auch zufrieden da und umstickte ein Taufkleid für ihr Baby. Sie war völlig ahnungslos, was ihre Schwestern über Lonny dachten und welche Ängste sie um sie hatten. Bliss freute sich, daß Cade nach Hause kam und war Melantha auch nicht gram, daß er den Krieg überlebt hatte und nicht ihr geliebter Lonny. Zum Trost blieb ihr das Kind. Jetzt schon spürte sie das gelegentliche Ziehen, an dem sie erkannte, daß die Wehen nicht mehr fern waren. Aber da die Krämpfe noch nicht sehr kräftig waren und sie wußte, daß es beim ersten Baby eine langwierige Angelegenheit sein konnte, sah Bliss keinen Anlaß, jetzt schon Aufhebens zu machen und Melanthas Freude einen Dämpfer auszusetzen.

So war von den Schwestern, die an dem Morgen auf der Veranda versammelt waren, nur eine unglücklich: Jenny.

Nicht daß sie Evangeline um ihre Kinder beneidete oder Melantha um ihren Mann und das kleine Mädchen oder Bliss um ihr Baby, das sie erwartete. Das war nicht der Fall. Es störte sie bloß, daß das Leben nicht gerecht war.

Ihre beiden älteren Schwestern hatten entsprechend ihrem Alter ein turbulentes Jahr gehabt mit Grillpartys, Bällen und vielen Verehrern. Und jetzt, wo sie sechzehn war, kurz vor dem Erwachsenwerden, hatte der Krieg ihr alles verdorben! Ihre Tage verbrachte sie mit nichts anderem als harter Arbeit. Sie hatte nicht mal einen Mann vorzuweisen – weder tot noch lebendig – und auch kein Kind zum Trost. Vermutlich würde sie auch nie eines haben. Der verhaßte Krieg hatte sämtliche jungen Männer dahingerafft, die sich auf Faxon's Folly hätten melden können, und diejenigen, die überlebt hatten, waren zu erschöpft, als daß sie für irgendeine Tändelei hätten angesprochen werden können.

Jenny hatte sich nie etwas vorgemacht und etwa geglaubt, sie könne einen so gutaussehenden Mann wie Joe Frank oder einen so klugen wie Cade oder einen so romantisch veranlagten wie Lonny anziehen. Aber unter all den Männern, die vor dem Krieg auf Faxon's Folly ständig zu Besuch gewesen waren, hätte sie bestimmt auch einen gefunden. Jetzt wetteiferten selbst die attraktivsten Frauen um die Aufmerksamkeit der am wenigsten begehrenswerten Männer – und welche Chance hatte da Jenny?

Es war schon schlimm genug, die jüngste von acht Geschwistern zu sein. Da all ihre Brüder so gut aussahen, daß ihnen die Frauen praktisch zu Füßen lagen, und all ihre Schwestern so hübsch waren, daß die Männer sich um sie rissen, sie selbst jedoch unscheinbar und fehl am Platz wirkte ... na ja, es war einfach nicht gerecht!

Unscheinbare Jenny Wren, so hatte Papa sie genannt und geschmunzelt, als er sie an dem Tag ihrer Geburt gesehen hatte – dabei war es geblieben.

Was die Sache noch verschlimmerte, war die Tatsache, daß es stimmte. Das gute Aussehen, das alle Colters mitbekommen hatten, und das rote Haar wie die grünen Augen waren ein Vermächtnis ihres Vorfahren Faxon. Bei Jenny schien nichts mehr davon übrig zu sein.

Ihr Haar war hellbraun wie die Pekannuß, ohne Rotschimmer, und ihre großen Augen waren grau, ohne eine Spur von Grün. Durch die Sonne war sie braungebrannt. Ihre Sommersprossen traten deutlich hervor und ließen sich weder mit Buttermilch, Zitronensaft, zerdrückten Gurken, Erdbeersaft noch anderen Mischungen, wie Mammy sie in der Vergangenheit hergestellt hatte, abschwächen. Jennys Lippen waren zu voll für das herzförmige Gesicht, und obwohl sie größer war als die zierliche Bliss, besaß sie weder Evangelines Anmut noch Melanthas Eleganz. Tatsächlich war Jenny meist recht ungeschickt. Sie schämte sich deswegen und wurde leicht verlegen.

Schlimmer noch war, daß sie entsetzlich schüchtern war, und sobald ein Mann, der nicht zur Familie gehörte, sie ansprach, errötete sie und begann zu stottern.

Wäre sie schon alt genug gewesen, um bei dem Spaß mitzumachen, den ihre Schwestern sich zum Kostümball ihrer Mutter erlaubt hatten, wäre sie sicher die Mauerblümchenkönigin gewesen.

Sie fand das äußerst deprimierend. Niemand besuchte sie. Das war nie der Fall gewesen und würde auch nie passieren. Sie seufzte und hatte das Gefühl, die Last der ganzen Welt auf ihren kleinen Schultern zu tragen. Da sie jedoch Melantha nicht die Freude verderben wollte, bemühte sie sich, ihren Mißmut zu verdrängen.

In dem Moment tauchte ein Mann auf, der die gewundene Einfahrt heraufkam. Die Schwestern wollten ihm schon erfreut entgegenlaufen, doch schon während sie sich dazu anschickten, erstarben ihre freudigen Ausrufe, denn es war nicht Cade. Es war nur ein Fremder, einer von den vielen schmalgesichtigen, restlos erschöpften Rebellen, die nach Hause wollten und auf Faxon's Folly Rast machten, um sich etwas Wasser zu erbitten oder eine Kleinigkeit zu essen.

Mit solchen Männern teilten die Schwestern immer, was sie besaßen, gleichgültig wie wenig es war und abgesehen davon, daß sie selbst fast nichts übrighatten.

Sehr zu Evangelines Erleichterung wollte der Fremde jedoch nur etwas Kühles zu trinken. Nachdem er seinen Durst mit dem Wasser, das sie ihm aus dem Brunnen gepumpt hatte, gestillt hatte, bedankte er sich höflich und setzte seinen Weg fort.

»Ein Gentleman«, bemerkte Evangeline, nachdem er gegangen war. Einen Moment lang verhärtete sich ihr Blick. »Männer wie er hätten nicht von diesen widerlichen Yankees wie Hunde davongejagt werden dürfen. Ich glaube, das regt mich am meisten auf – daß unsere tapferen Jungs von diesem Abschaum geschlagen wurden. Also, ich glaube nicht, daß es in der gesamten Armee der Nordstaaten auch nur einen Gentleman gibt.«

»Der Yankee-Offizier gestern in der Stadt hat uns jedenfalls wie den letzten Dreck behandelt. Das steht fest.« Melantha kochte vor Zorn und preßte die Lippen aufeinander. »Diese Yankeebrut! Kein Mann der Südstaaten hätte zwei schutzlose Frauen auf eine solch unverschämte Art und Weise angesprochen. Wirklich. Der Mann hatte Nerven! Also, wenn Cade dagewesen wäre, er hätte diesen nichtsnutzigen Schurken auf der Stelle umgebracht«, erklärte Melantha überzeugt.

Gestern hatten sie und Evangeline ihren armseligen Maulesel vor den wackeligen alten Karren gespannt – beides hatten sie im Wald gefunden – und waren damit nach Jonesboro gefahren, um ein paar Lebensmittel zu erstehen, die sie unbedingt brauchten, aber nicht in ihrem Garten anbauen konnten.

Obwohl das Geld der Konföderierten praktisch wertlos war, hatten sie gehofft, wenigstens ein kleines Stück Schinken dafür zu bekommen – falls es welchen zu kaufen gab. Fleisch war ziemlich rar und viel zu teuer zur Zeit. Auch brauchten sie Milch für die Kinder.

In Jonesboro hatten sich die beiden Schwestern vorsichtig einen Weg durch die Massen der blauuniformierten Soldaten und den zerlumpt gekleideten Zivilisten gebahnt. Die meisten waren um den Marktplatz versammelt gewesen. Plötzlich hatte ihnen ein Yankee-Offizier den Weg versperrt.

Noch jetzt, als Melantha daran dachte, rieselte es ihr kalt über den Rücken, und sie bekam Gänsehaut auf ihren Armen.

Er war groß und muskulös gewesen, hatte langes, rabenschwarzes Haar, buschige Koteletten und einen herabhängenden Schnäuzer. Auf den ersten Blick hatte er sie an einen wilden, wolligen Büffel erinnert. Obwohl sie ihn nie zuvor gesehen hatte, war ihnen beiden gleich klar gewesen, daß er ein Mann war, vor dem man sich fürchten mußte, einer der vielen berüchtigten Yankee-Offiziere, die der Schrecken des Südens waren.

Er hatte Melantha kaum beachtet. Nur Evangeline hatte er kühn gemustert. Mit einem spöttischen Lächeln um seine vollen, lüsternen Lippen hatte er seine Daumen in seinem Gürtel gehakt und sich absichtlich herausfordernd vor sie hingestellt.

»Na, so was ...«, er hatte leicht gedehnt gesprochen, was sie überrascht hatte. Denn eigentlich hatten sie damit gerechnet, daß er in dem harschen und knappen Tonfall der Nordstaatler reden würde, »... wen haben wir denn da?«

»Wenn wir bitten dürften, Colonel« hatte Evangeline frostig reagiert, obwohl sie innerlich bereits vor Zorn bebte und ein ungutes Gefühl nicht abzuschütteln vermochte. »Sie versperren uns den Weg.«

»Tatsächlich?« hatte er gefragt und dann höhnisch gelacht. »Die Damen ganz allein? Ja, das sehe ich doch«, hatte er genickt, als die Schwestern sich stumm ihre Furcht signalisiert hatten.

Vor dem Krieg wäre gleich eine Reihe der Südstaaten-Gentlemen ihnen zu Hilfe gekommen, aber jetzt war niemand da, der sie vor der unerwünschten Annäherung dieses Mannes schützte. Was sollten sie tun?

»Ich würde mich glücklich schätzen, die Damen zu ihrem Ziel zu bringen«, hatte der Yankee gewagt, ihnen mit spöttischer Höflichkeit anzubieten. Dann hatte er seinen Blick lüstern über Evangelines Figur gleiten lassen und schließlich auf ihre sich stark hebenden und senkenden Brüste gestarrt. »Sie sehen so aus, als könnten Sie einen Mann gebrauchen.«

Die beleidigende doppelte Bedeutung seiner Worte war ihr nicht entgangen.

»Machen Sie Platz, Colonel!« hatte sie ihn angefaucht. Ihre grünen Augen hatten gefunkelt, und ihre Wangen waren erhitzt.

Nach einer spannungsgeladenen Ewigkeit war der Mann beiseite gegangen, um sie vorbei zu lassen.

Melantha hatte erleichtert aufgeatmet, denn sie hatte bemerkt, wie Evangelines Ungeduld über das unziemliche Betragen des Yankees mit jeder Minute, die verstrich, wuchs, und sie fürchtete sich schon vor den Folgen, falls er sie weiter belästigen sollte. Melantha hätte ihn mit einem eisigen, verächtlichen Blick zum Schweigen gebracht, aber sie wußte, daß Evangeline durchaus fähig war, den Offizier körperlich anzugreifen. Und tatsächlich hatte Evangeline, nachdem sie an ihm vorbeigefahren waren, sich umgedreht und dem Mann, sehr zu Melanthas Bedauern, absichtlich vor die Stiefel gespuckt.

Zorn war ihm ins Gesicht gestiegen, als seine Freunde, die das Ereignis beobachtet hatten, gejohlt und schallend gelacht hatten. Mordlust hatte sich in seinem stahlharten Blick widergespiegelt. Er hatte seine Hände zu Fäusten geballt, und einen Moment lang hatte Melantha befürchtet, er würde ihre Schwester tätlich angreifen. Hastig hatte sie Evangeline mit sich gezerrt und war mit ihr in die dichtgedrängte Menge eingetaucht, die sich um den Marktplatz tummelte.

»Mir ist es egal, wenn wir hungern müssen. Ich gehe nicht wieder in die Stadt, Evangie«, erklärte Melantha jetzt. »Und du auch nicht – nicht solange die Yankees da sind, besonders nicht dieser Colonel. Meine Güte, ich wünschte, du hättest ihn nicht gereizt, Evangie. Ich habe ein paar der Dinge gehört, die sie sich über ihn erzählen, und nachdem wir ihn gestern in der Stadt gesehen haben, glaube ich, daß die schrecklichen Geschichten über ihn wirklich stimmen. Mir wird ganz kalt. Also, ich glaube, der Mann würde seine eigene Mutter umbringen, wenn er es für notwendig hielte. Er ist durch und durch niederträchtig! Wenn Cade nach Hause kommt, kann er für uns nach Jonesboro gehen. Bis dahin müssen wir uns eben mit dem begnügen, was wir haben.«

»Nun, hoffentlich kommt Cade bald.« Evangeline seufzte. Sie hatte selbst ein ungutes Gefühl bei diesem Yankee-Offizier und gab Melantha im stillen recht. In die Stadt konnten sie vorläufig nicht mehr fahren. »Die Kinder brauchen Milch. Oh, wenn wir doch nur eine Kuh hätten. Und etwas Speck für das Gemüse. Damit wäre uns schon geholfen. Zum Henker mit den Yankees! Zum Teufel mit ihnen!«

»Evangie!« tadelte Bliss sie schockiert. »Mama hätte solche Reden nicht geduldet, und wenn Mammy hier gewesen wäre, sie würde dir den Mund mit Seife ausspülen. Wenigstens haben wir zu essen, auch wenn es wenig ist, und sicherlich ist das mehr, als die meisten Leute behaupten können.«

Am liebsten hätte Evangeline ihre Schwester geschüttelt. Sie liebte Bliss, aber manchmal war ihre ewig optimistische Sehweise schier unerträglich. Selbst als Lonny gestorben war, hatte Bliss den Brief mit der Nachricht gelassen aufgefaltet und tatsächlich gesagt, wenigstens sei er friedlich und unter Freunden eingeschlafen – als ob das Rock Island Prison ein Luxuskurort gewesen wäre.

Nun ja. Es hatte keinen Sinn, sich zu streiten und Melantha den Tag zu verderben, fand Evangeline. Außerdem wäre Bliss nur gekränkt gewesen und hätte erklärt, sie könne nicht verstehen, was es helfen sollte, wenn man ständig über die Probleme grübeln würde, die sie auf Faxon's Folly hatten, weil es doch nichts ändern würde und vielen anderen Leuten noch wesentlich schlechter ginge. Und das, dachte Evangeline mit einem erneuten Seufzer, war die Wahrheit. Mit Trauer konnte sie kein Unkraut rupfen und mit Mutlosigkeit keine Baumwolle pflücken.

»Evangie ...« Jenny schaute auf. »Ich wünschte, du würdest endlich aufhören, auf und ab zu gehen und mal hier mit anfassen.

Mellie und ich könnten etwas Hilfe beim Aufziehen dieser Kissenhüllen brauchen. Bliss hast fast keinen Faden mehr, und ihr fehlt nur noch ein kleines Stückchen, um das Kleid fertigzunähen.«

»Na gut«, gab Evangeline widerstrebend nach. »Aber ich finde es immer noch schlimm, daß wir Mamas schöne Handarbeit so auseinandernehmen müssen.« Sie starrte stirnrunzelnd auf die Kissenbezüge und deren aufwendige Muster, die Melantha und Jenny sorgsam aufzogen.

»Sei nicht böse, Evangie«, bat Jenny. »Du weißt ebensogut wie ich, daß Mama, wenn sie noch leben würde, es selbst vorgeschlagen hätte. Schade, daß das Taufkleid von Little Joe und Garnet bei dem Granatfeuer auf Hunter's Point verbrannt ist. Es war ein so schönes Kleid.«

»Ja, das war es, nicht wahr?« stimmte Evangeline zu. Dann befahl sie entschlossen: »Gut, Mellie. Gib mir eine der Kissenhüllen. Diese verd ... verflixten Yankees sollen nicht auch noch Bliss' Baby um etwas bringen.«

Der spannungsgeladene Augenblick, in dem Evangeline sich vielleicht mit ihrer Schwester gestritten hätte, war vorbei, und bald schon unterhielten sich die Schwestern friedlich miteinander, während sie arbeiteten.

Der Tag zog sich in die Länge. Aus dem Morgen wurde allmählich Nachmittag, und die Wärme der Frühjahrssonne schien auf die Frauen hernieder und machte sie schläfrig. Aber keine von ihnen kam auf den Gedanken, sich mit den Kindern nach oben zurückzuziehen, die jetzt ihren Mittagsschlaf machten. Die Schwestern wollten alle auf der Veranda bleiben und auf Cades Heimkehr warten.

Erneut lächelte Melantha vor sich hin.

»Ehrlich«, sagte sie. »Ich bin so aufgeregt. Ich fühle mich wie ein junges Mädchen, das hier auf ihren ersten Verehrerbesuch wartet und halbwegs fürchtet, daß er nicht kommt.«

»Nun, das wird er aber, und das weißt du auch. Was kannst du dich glücklich schätzen, Mellie! Du und Evangie und Bliss! Ich wünschte, ich hätte einen Verehrer«, bemerkte Jenny wehmütig.

Dann wurde sie blaß und bereute ihre Worte. »Oh, Evangie, Bliss, es tut mir leid. Wie grausam und gedankenlos von mir ...« Sie brach ab und nagte an ihrer Unterlippe.

»Schon gut, Jenny«, erwiderte Bliss freundlich in das bedrückende Schweigen, das sich ausgebreitet hatte. »Wir wissen alle, was du meinst. Joe Frank und Lonny sind zwar tot, aber wenigstens wurden Evangie und ich umworben und waren verheiratet. Wir haben unsere Erinnerungen daran. Arme Jenny. Du hast niemanden, nicht wahr? Nicht mal eine Medaille, eine Haarlocke und ein paar Briefe, mit einem verblaßten Band zur Erinnerung in den einsamen Nächten, wenn man sich wünscht, man könnte sterben. ...«

Tränen brannten Bliss in den Augen, und als schämte sie sich dafür, beugte sie sich über ihre Handarbeit, damit die anderen es nicht sahen.

Evangeline wurde es schwer ums Herz, und es tat ihr leid, daß sie sich vorhin über ihre Schwester geärgert hatte. Bliss' heitere Art war nur eine Fassade. Sie versuchte auf ihre Weise mit den schrecklichen Nachwirkungen des Krieges zurechtzukommen. Sie trauerte nicht weniger um Lonny als Evangeline über den Verlust ihres Joe Frank. Und eigenartigerweise war es keine Genugtuung für Evangeline, daß Bliss weinte, sondern bekümmerte sie mehr, als sie für möglich gehalten hätte. Trotz ihrer eigenen Tränen rang sie sich ein Lächeln ab und legte tröstend einen Arm um die Schultern ihrer jüngeren Schwester.

»Wo ist das fröhliche Gesicht, das wir alle an dir kennen und so lieben?« fragte sie und umarmte Bliss. »Jennys Situation ist doch nicht aussichtslos, oder?« Evangeline tat mit Absicht so, als mißverstehe sie den Grund für Bliss' Tränen. »Ich weiß zwar, daß sie keinen Rotschimmer in ihrem Haar hat und auch nicht die grünen Augen wie alle Colters, aber sicherlich gibt es irgendwo einen Mann, der auch braune Locken mag und gern in graue Augen schauen möchte.«

»Das stimmt.« Melantha pflichtete Evangeline sofort bei, um Bliss aufzuheitern. »Also, ich kann mich erinnern, daß Bubba Henry mir mal gesagt hat, Brünette wären absolut reizend.«

Selbst als sie diese Lüge aussprach, fühlte Melantha sich zwischen der Trauer ihrer Schwestern und ihrem eigenen Glück hin- und hergerissen. Es tat ihr leid, daß Joe Frank und Lonny es nicht geschafft hatten, aber sie hätte sich auch nicht gewünscht, daß an Cades Stelle einer von ihnen heimgekommen wäre. War das nun egoistisch? War es gemein von ihr, sich zu freuen, daß Cade nicht auf dem Friedhof neben den Ehemännern ihrer Schwestern lag? Meine Güte, warum konnten sie nicht alle nach Haus kommen? Nicht nur Cade, sondern auch Joe Frank und Lonny und Niles und Rushford und Prescott und Alex? Warum konnten nicht Papa, Mama und Mammy noch leben und die Dinge sein, wie sie vor dem Krieg gewesen waren? Jetzt weinte Bliss und Jenny, die arme Jenny ... auch. Bliss hatte recht. Jenny hatte niemanden, nicht mal eine Erinnerung. Ihre Mädchenzeit war zu Ende gewesen, bevor sie begonnen hatte.

»Brünette absolut reizvoll? Oh, Mellie, das hast du dir nur ausgedacht«, wehrte Jenny ab und bemühte sich, die bedrückende Atmosphäre zu vertreiben, die sie unabsichtlich erzeugt hatte. »Vielleicht Mädchen wie Randa Kay Wilding, das mag ja sein – aber bestimmt nicht so sommersprossige wie ich.« Sie verzog das Gesicht. »Wer will schon jeden Morgen beim Frühstück eine unscheinbare gescheckte Henne vor sich sehen?«

»Hör mal, Jenny, Aussehen allein ist nicht alles«, erklärte Bliss und begann sehr zur Erleichterung ihrer Schwestern wieder zu lächeln. »Selbst wenn du nicht das hübscheste Mädchen in Nord Georgia bist, so bist du doch im Innern schön, und das allein zählt. Denk an Letty Hamilton. Bis auf Evangie ist Letty die auffallendste Schönheit in der Grafschaft – und wer will sie haben? Sie hat eine giftigere Zunge als eine Mokassinschlange und ist gemeiner als ein Alligator. Sie hat Grant Beauregard in die Trinkerei getrieben, und Skeeter Ingham hat sich ihretwegen zwei Monate nach der Hochzeit erschossen.«

Bliss' rotblonde Locken bebten, als sie verächtlich den Kopf schüttelte. Sie hatte einmal für Skeeter geschwärmt, obwohl er nie einer ihrer Verehrer gewesen war, und sie hatte Letty Hamilton nie verziehen, daß sie ihn frühzeitig ins Grab genörgelt hatte.

»Das ist die Wahrheit, Jenny« fuhr Bliss fort, nun wieder ganz tapfer und standhaft. »Ein Mann, der es wert ist, weiß, daß Schönheit wie eine Rose ist. Nach einiger Zeit verblüht sie, und niemand will sich an den Dornen stechen.

Wart es ab, dann wirst du es sehen. Die Yankees können uns nicht für immer unterdrücken. Sobald das alles vorbei ist, wird der Süden wie ein Phönix aus der Asche auferstehen, und es wird wieder Grillfeste, Partys und Bälle geben. Die Verehrer werden wieder nach Faxon's Folly kommen. Und eines Abends wird ein gutaussehender junger Mann deine Hand in seine nehmen und sagen: ›Jennifer Leigh Colter, ich liebe dich. Willst du mich heiraten?‹ Das Leben wird wieder fröhlich, wunderbar und herrlich sein, so wie es vor dem Krieg war.«

Aber das war nicht der Fall – und sie wußten es alle. Nichts würde jemals wieder so sein, wie es gewesen war.

Nur Cade kam nach Hause.

30. Kapitel

Ob das stimmte? Jenny dachte über Bliss' Worte nach. Konnte es tatsächlich sein, daß es irgendwo einen Mann gab, den ihr unscheinbares Äußere nicht stören würde? Der sie um ihrer selbst willen lieben und schätzen würde, so wie sie es sich wünschte?

Sie seufzte. Das schien ihr einfach nicht möglich. Schönheit mochte eine Äußerlichkeit sein, aber es zog einen Mann an – und hielt ihn fest. Nein. Bliss irrte sich. Wenn es so einen Mann gab, würde Jenny ihn niemals finden und jetzt, nachdem die meisten der jungen Männer des Südens im Krieg umgekommen waren, schon gar nicht mehr.

»Hört mal! Da kommt jemand!« rief Melantha, sprang erfreut auf und unterbrach Jennys Grübelei.

Im ersten Moment, noch ganz in Gedanken, verstand das jüngere Mädchen nicht sofort die Aufregung der Schwester. Dann, als Jenny sah, daß Melantha ihre Röcke raffte und erwartungsvoll loslaufen wollte, fiel es ihr wieder ein. Natürlich. Cade kam nach Hause. Jenny stand auch auf, legte die Handarbeit beiseite und trat an den Rand der Veranda. Natürlich freute sie sich für Melantha, vermochte aber ihre eigene Betrübnis nicht zu unterdrücken. Verträumt lehnte sie sich an eine der Säulen und stellte sich wehmütig vor, daß es ein Verehrer für sie wäre, der da die Einfahrt von Faxon's Folly heraufgeritten kam. Ihr Traum war abrupt zu Ende, als Evangelines Augen sich plötzlich verdunkelten und sie verzweifelt nach Melantha rief.

»Nein!« schrie Evangeline. »Nein, Mellie, das ist er nicht! Komm zurück! Komm zurück!«

Dann stürmte sie hinter ihrer Schwester her. Jenny starrte den beiden restlos verwirrt nach und hätte gern gewußt, was denn nun los war.

»O Gott!« murmelte Bliss und wurde aschfahl. Lauter sagte sie: »Yankees! Es sind Yankees! Wo würde Cade auch ein Pferd herbekommen?«

Das begriff Jenny sofort. Die Soldaten der Rebellen kamen zu Fuß nach Hause und konnten sich glücklich schätzen, wenn sie Stiefel hatten, aber keiner von ihnen besaß ein Pferd. Der gleiche Gedanke kam auch Melantha, noch als Evangeline ihr nachlief. Im selben Moment tauchte eine Gruppe der verhaßten, blauuniformierten Soldaten hinter den Bäumen auf und kam die gewundene Kieseinfahrt, die nach Faxon's Folly führte, heraufgaloppiert. Erschrocken musterten die Frauen die näher kommende Gruppe Männer und überlegten, was sie wollen würden. Der Krieg war vorbei, aber dennoch bekam jede Frau der Südstaaten beim Anblick eines Yankee-Soldaten einen gewaltigen Schreck. Plötzlich war Melanthas Mund wie ausgetrocknet, und ihr Körper wie erstarrt.

»Lieber Himmel!« hauchte sie. »Das ist der Colonel, Evangie – der aus der Stadt!«

Die Schwestern sahen sich entsetzt an. Sofort dachten sie an die grausamen Geschichten, die sie über den Mann gehört hatten. Sie erinnerten sich an das rohe, höhnische Gesicht und seine bedrohliche Erscheinung bis in jede erschreckende Einzelheit. Er war kein Gentleman, sondern ein Lump der niederträchtigsten Sorte. Instinktiv erkannten sie, daß er ihnen etwas antun wollte.

»Beeil dich!« befahl Evangeline, obwohl beide schon so schnell sie konnten zum Haus zurückliefen. »Wir müssen uns Papas Gewehre holen. Bliss! Jenny!« Sie winkten ihnen wie verrückt zu. »Geht nach oben und holt die Kinder. Flüchtet mit ihnen in den Wald und versteckt euch! Macht schnell! Versteckt euch! Schnell!«

Die beiden jüngeren Mädchen hasteten ins Haus, wußten zwar nicht, was geschah, spürten aber am Entsetzen ihrer Schwestern die Gefahr. Es waren schon öfter Yankees auf der Plantage gewesen, aber diesmal war ihr Auftauchen anders. Sonst hätte Evangeline nicht verlangt, daß sie sich verstecken. Böses hielt Einzug auf Faxon's Folly. Jenny konnte es fühlen. Sie spürte die Gänsehaut, und es prickelte in ihrem Nacken. Selbst die Nachmittagsluft schien plötzlich erdrückend. Jenny hatte das Gefühl, förmlich vor Angst ersticken zu müssen.

Im Haus sahen sie dann, daß die Frau ihres verstorbenen Bruders Niles, Honor, die den Tumult mitbekommen hatte, bereits ihren ältesten Sohn, den zehnjährigen Niles Colter III., geweckt hatte. Trey, wie sie ihn liebevoll nannten, half den übrigen verschlafenen und verwirrten Kindern aufzustehen und führte sie nach unten. Honor selbst holte bereits Kingston Colters versteckte Waffen mit der Munition unter den Fußbodenbrettern des Arbeitszimmers hervor.

Evangeline warf die Eingangstüren zu und verriegelte sie. Dann begann sie zusammen mit Melantha und Honor die Gewehre zu laden. Bliss und Jenny liefen zur Hintertür hinaus und drängten die Kinder in den Wald.

Von Trey geführt rannten die Kinder mit. Jenny folgte ihnen und fürchtete halbwegs, daß sich jeden Moment ein Schuß aus dem schweren Revolver ihres Vaters, den Evangeline ihr hastig in die Hände gedrückt hatte, lösen konnte. Auf dem Weg in den Wald hob sie die kleine Zoe Beth, Melanthas Tochter, auf den Arm, da sie Schwierigkeiten hatte, mit dem Rest der Gruppe mitzuhalten. Das Kind und die Waffe tragen war schwierig, aber

Jenny schaffte es irgendwie. Bliss, die durch ihre Schwangerschaft ungelenk war und sich hinter ihnen herschleppte so schnell sie konnte, bildete das Schlußlicht. Sie atmete schwer von der ungewohnten Anstrengung, und schon nach wenigen Metern hatte sie das Gefühl, sie hätte Seitenstiche. Ein heftiger Schmerz durchzuckte sie. Dann verzog sie das Gesicht und wurde trotz ihrer Sonnenbräune bleich. Sie stolperte, krümmte sich vor Schmerzen und schrie schrill auf. Wie ein Messer zerschnitt ihr Schrei die angespannte Nachmittagsluft.

»Jenny!« keuchte sie. »Jenny!«

Jenny wandte sich um und sah, wie ihre Schwester stolperte und dann zu Boden stürzte.

»Trey!« rief Jenny. »Trey! Nimm Zoe Beth und bring die anderen in den Wald. Sucht ein Versteck und bleibt dort, bis wir euch holen kommen. Beeilt euch!«

»Aber, Tante Jenny, was ist mit dir und Tante Bliss?« fragte der Junge und zeigte sich sichtlich besorgt.

»Wir holen euch ein. Lauft vor. Macht schnell!« drängte Jenny ihn erneut und rannte zurück zu Bliss. »Bliss, was ist? Was hast du?«

»Das ... Baby«, stieß Bliss gepreßt hervor und biß die Zähne aufeinander, als eine erneute Wehe einsetzte. »Das Baby ... kommt.«

»O mein Gott!« murmelte Jenny entsetzt. »Lieber Himmel, Bliss. Nicht jetzt. Nicht jetzt!«

»Ich weiß. Es tut mir leid, aber ich ... ich kann es nicht ändern.«

»Du mußt aufstehen.« Jenny bemühte sich, gelassen zu bleiben und ihre aufsteigende Panik zu beherrschen. »Hörst du, Bliss? Du mußt aufstehen. Wir können nicht hierbleiben.«

»Ich weiß. Hilf mir«, stöhnte Bliss und reichte ihr eine Hand.

Rasch zog Jenny Bliss auf die Füße, stützte sie so gut sie konnte, während sie mit ihr in den Schutz des Waldrandes eintauchte. Bliss biß sich so fest auf die Lippen, um nicht aufzuschreien, daß sie blutete. Sie war so blaß, daß Jenny fürchtete, sie würde jeden Moment ohnmächtig werden. Am Waldrand schon verlor sie das Fruchtwasser, mit einem Aufschrei sank sie in die Knie und war nicht mehr fähig, aufzustehen.

Jenny schauderte es. Sie hatte Bliss noch nie in solch einem Zustand gesehen, und sie hatte wenig Ahnung über Geburten. Außerdem dachte sie beklommen daran, welche Sorgen sich Evangeline und Melantha gemacht hatten, weil sie glaubten, Bliss würde keine einfache Geburt haben. Nie in ihrem Leben hatte Jenny sich so hilflos gefühlt. Sie schaute sich gehetzt um, als erwarte sie, daß auf wundersame Weise Hilfe auftauchte, aber es war niemand da, der ihr beistehen konnte. Der nächste Arzt war in Jonesboro, und Mammy, die gewußt hätte, was zu tun war, lebte nicht mehr.

»Ich muß zum Haus zurückgehen und jemanden zu Hilfe holen«, brachte Jenny heiser heraus, denn sie hatte Angst. Dort lauerte etwas unbestimmbar Böses und wartete nur darauf, sie in seine Fänge zu bekommen.

Doch hinter ihrem scheuen Äußeren verbarg sich bei Jenny eine Menge stiller Mut. Sie straffte tapfer ihre Schultern und wollte zum Haus zurückgehen.

»Nein! Nein! Laß mich nicht allein!« schrie Bliss und umklammerte die Hand ihrer Schwester. »Ich ... ich kann es nicht ertragen, wenn du mich allein läßt!«

»Aber ... aber, Bliss«, stammelte Jenny. »Ich weiß nicht, was ich machen soll.«

»Du mußt nichts machen ... gar nichts«, keuchte Bliss. »Evangie hat gesagt ... es würde lange dauern. Bis dahin ... sind die Yankees sicher schon weg, und Evangie kann mir dann helfen.«

Widerstrebend gab Jenny Bliss' Bitten nach und bemühte sich, sie den Umständen entsprechend so bequem wie möglich zu betten. Dann konnte sie nichts weiter tun als warten – und die schreckliche Angst, die sie beide erfaßt hatte, verdrängen.

Es schien unmöglich, daß der angenehme Nachmittag, der eben noch mit Glück und Erwartung erfüllt gewesen war, sich nun plötzlich in einen Alptraum verwandelt hatte. Aber es war so. Der schreckliche Colonel hatte dafür gesorgt. Finster und kräftig, war er der Teufel in Person, als er seine Männer auf die Plantage zutrieb.

Vor dem Haus stieg er ab, warf seine Zigarre weg und zerquetschte sie absichtlich stark mit dem Stiefel im Sand. Dann schlenderte er die Eingangstreppe hoch und klopfte heftig gegen die Türen.

»Mrs. Hunter!« schrie er. »Mrs. Hunter, kommen Sie mit Ihren Schwestern sofort heraus. Sie sind alle verhaftet.«

»Aufgrund welcher Anklage?« wollte Evangeline kühl aus einem der Flurfenster wissen, obwohl sie innerlich vor Furcht zitterte.

Der Colonel zuckte nicht mal mit der Wimper, als er einen langen schwarzen Gewehrlauf durch eine zerbrochene Scheibe auf sein Herz gerichtet sah.

»Wegen der Ermordung eines Yankee-Offiziers und zweier Soldaten. Ist das die Waffe, mit der Sie meinen Bruder umgebracht haben, Sie Hexe?« fragte er gefährlich leise.

Bei dem kränkenden Wort wurde Evangelines Gesicht flammendrot. Einen Yankee-Offizier und zwei Soldaten ... Sie dachte an den Tag, als die Bande plündernder Yankees kaltblütig ihren Vater niedergeschossen hatte. Da hatte sie drei von ihnen aus Vergeltung getötet. War etwa der Bruder dieses Mannes darunter gewesen? Aber so ging es schließlich im Krieg zu, oder nicht?

»Dieses Gewehr hat viele Yankee-Schurken erwischt, Colonel«, erwiderte sie. »Und es wird bestimmt noch mehr erwischen, wenn Sie nicht von meinem Grund und Boden verschwinden. Und zwar sofort«, verlangte sie, spannte den Abzugshahn und hoffte, daß er und seine Männer tatsächlich abrücken würden, wenn sie nur kühn genug auftrat.

»Also, Mrs. Hunter, ich glaube, Sie leisten Widerstand«, versetzte er.

»Nur wenn Sie tatsächlich einen Haftbefehl haben, Colonel, was ich bezweifle, leiste ich Widerstand. Ich verteidige mich nur gegen eine Horde wilder Schurken. Glauben Sie nicht, Sie könnten mich mit Ihrer erfundenen Mordanklage zur Närrin halten. Sie und Ihre Männer haben rechtlich hier nichts zu suchen. Der

Krieg ist vorbei, und das ist Privatbesitz. Sie sind widerrechtlich eingedrungen, Colonel, und ich bitte Sie nicht zu gehen, sondern ich befehle es Ihnen.«

»Ich brauche keinen Haftbefehl, um Sie festzunehmen, Mrs. Hunter«, erklärte er, und ein grausames Grinsen huschte über sein Gesicht. »Im Süden gilt das Kriegsrecht. Sie und Ihre Schwestern müssen sofort herauskommen, sonst müssen wir ins Haus eindringen und Sie herausholen.«

»Tu, was er sagt, Evangie«, flüsterte Honor halbschluchzend. Sie war kreidebleich vor Angst. »Wir wollen doch keine Schwierigkeiten haben. Denk an die Kinder! Ich bleibe hier, und wenn Cade kommt, werde ich ihm sagen, was passiert ist. Er ist Rechtsanwalt. Er wird wissen, was zu tun ist. Sicher holt er euch im Handumdrehen aus dem Gefängnis.«

»Sei nicht albern, Honor!« tadelte Melantha sie ungeduldig. »Du glaubst doch nicht etwa, daß der Mann uns tatsächlich ins Gefängnis bringt, oder? Nein. Das ist ... Das ist nur ein Vorwand, mit dem er uns aus dem Haus locken will, damit er und die anderen uns ... uns ...«

»Oh, Mellie!« Honor schnappte erschrocken nach Luft und jammerte. »Du glaubst doch nicht etwa ...«

»Doch, das glaube ich«, entgegnete Melantha. Dann überlegte sie: »Evangie hat nur die Soldaten erschossen, die Papa umgebracht haben, und wenn die Yankees uns dafür hätten verhaften wollen, hätten sie es längst getan. Ich sage dir, der Mann da draußen will nichts anderes als den Tod seines Bruders rächen. Wir kennen die Geschichten. Wir wissen genau, was er für ein Typ ist.«

»Ja, das wissen wir«, bekräftigte Evangeline, und das Herz drehte sich ihr im Leibe um. »Mein Gott, ich wünschte, Cade wäre schon hier.«

»Nun machen Sie schon, Colonel!« beschwerte sich einer der Soldaten, der offenbar zu viel getrunken hatte. »Wir verschwenden unsere Zeit. Laßt uns das Haus in Brand stecken. Damit holen wir die Huren schneller raus als mit Schießen.«

»Ja!« pflichteten ihm die anderen eifrig bei. Sie dürsteten bereits nach Blut – und nach mehr.

»Nein!« brauste der Colonel auf, und seine Augen funkelten wütend, als er zu seinen Männern herumwirbelte. »Wollt ihr etwa, daß jemand den Rauch sieht, ihr Idioten, und Alarm schlägt? Alles zu seiner Zeit, Jungs. Alles zu seiner Zeit.« Er wandte sich wieder zu Evangeline um, die am Fenster stand. »Ich habe nicht den ganzen Tag Zeit, Mrs. Hunter. Kommen Sie jetzt raus oder nicht?« fragte er und dehnte seine Worte ein wenig.

Hätte Evangeline nur die geringsten Zweifel an seinen wahren Absichten gehabt, wären sie jetzt schon ermordet worden. Er war betrunken, so betrunken wie der Rest seiner gemein aussehenden Truppe und nur von seiner Vergeltungssucht getrieben. In dem Moment wußte sie, daß er sie alle umbringen wollte. Melantha hatte recht. Die Geschichten, die sich über ihn erzählt wurden, reichten, um einem das Blut in den Adern gefrieren zu lassen.

Statt einer Antwort auf seine Frage, drückte Evangeline den Abzugshahn ihres Gewehrs durch. Darauf war er vorbereitet und preßte sich gegen die Eingangstüren, so daß ihr Schuß nur ein Teil vom Rahmen absprengte. Dann, indem er dem Kugelhagel, der folgte, auswich, rollte er sich über die Veranda und rannte zu seinem Pferd. Mit einem lauten Schrei eröffneten er und seine Männer das Feuer auf die drei Frauen.

Am Anfang galoppierten die Soldaten wie wild um das Haus. Das Donnern der Hufe ihrer guttrainierten Kavalleriepferde vermischte sich mit ihren ohrenbetäubenden Schreien und ihrem wüsten Gelächter. Die Schüsse krachten über die Ebene. Das alte Haus erzitterte, sobald eine Kugel gegen die Wände prallte, und eine Zeitlang fürchteten die drei Frauen, es könnte tatsächlich einstürzen. Stumm beteten sie, daß es den Ansturm aushielte, während sie beschlossen, sich zu trennen. Es waren zu viele Türen und Fenster, die bewacht werden mußten.

Wie verrückt begannen sie Kingston Colters Waffen eine nach der anderen abzufeuern, mit fliegender Hast luden sie die Patronen nach und starrten entsetzt auf den wachsenden Stapel der leeren Munitionsschachteln, die in den Räumen verteilt lagen.

Schließlich, nachdem die Frauen es geschafft hatten, vier der

Yankees zu erschießen, zogen sich die Männer zurück, um einen neuen Angriff vorzubereiten.

Zu Fuß schlichen sie sich bis ans Haus, nutzten Bäume und Büsche als Deckung. Diesmal waren die Soldaten still, gespenstisch still, als ob sie genau wüßten, daß ihr vorheriger überlauter Angriff zusammen mit diesem neuen unheimlichen die Nerven der Frauen bis zum Zerreißen spannen würde. Sie kannten solche kalten, berechnenden Schlachttaktiken nicht.

Während die Frauen sich vorher verzweifelt verteidigt hatten, standen sie jetzt angstvoll da, hielten den Atem an und lauschten auf jedes kleine Geräusch. War das eine Tür, die da in den Angeln knarrte, oder war das ein Fensterrahmen, der hochgeschoben wurde? Waren das Stiefel, die oben im Flur zu hören waren, oder klirrten da Sporen auf dem Küchenboden? Jedes vertraute Ächzen des alten Hauses schreckte sie auf und brachte ihre Herzen zum Jagen. Das Haus, einmal heiß und innig geliebt, erschien ihnen jetzt ebenso feindlich wie die Männer da draußen.

Evangeline, die sich im Wohnzimmer geduckt hatte, verspürte das verrückte Bedürfnis zu kichern, um die nervenaufreibende Stille zu unterbrechen, und vermochte nur mit äußerster Mühe ein hysterisches Auflachen zu unterdrücken.

Angespannt und aufmerksam huschte sie wie eine Krabbe über den Teppich, spähte durch die Tür und winkte Melantha, die die Treppe heruntergekrochen kam, zu sich.

»Hol Honor«, bat Evangeline leise. »Wir verbarrikadieren uns in Mamas Ankleidezimmer. So müssen wir nur einen Eingang bewachen.«

»Nein«, widersprach Melantha und schüttelte den Kopf. »Du hast die Männer vorhin gehört. Wenn der Colonel sie nicht mehr im Griff hat, werden sie das Haus in Brand stecken. So verbrennen wir mit Sicherheit. Ich möchte lieber hier unten bleiben. Es könnte uns gelingen, noch zu entkommen.«

»Glaubst du das wirklich, Mellie?«

»Nein, aber wir müssen es versuchen.«

»Oh, Mellie! Mellie! Du hättest mit den anderen in den Wald

gehen sollen!« schluchzte Evangeline. »Ich hätte dich dazu zwingen müssen. Um deinetwillen – und um Cades willen.«

»Sei still, Evangie, sei still! Ich wäre nicht gegangen, gleichgültig, was du gesagt hättest. Ich hätte Cade doch hinterher nie mehr unter die Augen treten können. Er haßt Feiglinge.«

Beiden Frauen wurde klar, daß sie bereits miteinander redeten, als wären sie dem Tod geweiht, aber keine von ihnen wollte sich diese Tatsache eingestehen. So einfach wollten sie nicht aufgeben, noch nicht. Aber sie wollten sich voneinander verabschieden – für alle Fälle.«

»Ich liebe dich, Mellie«, flüsterte Evangeline mit halberstickter Stimme.

»Ich liebe dich auch, Evangie.« Melantha umarmte die Schwester. »Ich bin froh, daß wir Schwestern waren.«

Plötzlich krachte es in der Küche. Die beiden Frauen sprangen auf und umklammerten ihre Pistolen, bereit zu feuern. Sie hatten längst die Gewehre des Vaters beiseite gelegt, da sie keine Munition mehr für die Waffen hatten. Gleich darauf fielen ein paar Schüsse, dann erklangen erschreckenderweise Hiebe, Kleider wurden zerrissen und das Schlimmste von allem waren Honors schmerzerfüllte Hilfeschreie. Evangeline wollte zu ihr eilen, doch Melantha hielt sie zurück.

»Wir können nichts mehr für sie tun«, erklärte die jüngere Frau dumpf und ausdruckslos, wie unter Schock. »Entriegel die Eingangstüren, Evangie. Vielleicht können wir entkommen, während sie ... während sie ...«

»Nein«, erwiderte Evangeline, und jeglicher Mut verließ sie, als sie sich von einem der hohen Fenster seitlich der Eingangstüren abwandte. »Sie haben ein paar Männer vorne postiert ...«

Honors Schreie verstummten. Die plötzliche Stille tat fast weh, wirkte unheildrohend. Evangeline preßte die Lippen aufeinander.

»Jetzt, Mellie«, zischte sie und zog Melantha ins Wohnzimmer hinüber. »Komm mit hinters Sofa.«

Ihr Mund war wie ausgetrocknet, ihr Herz raste. Die beiden Schwestern hockten sich hinter die dünne Barrikade, warteten,

warteten ... Eine Ewigkeit verstrich, so schien es ihnen, während sie den entsetzlichen Stiefelschritten lauschten, die sich durchs Haus bewegten. Dann stürmten die Soldaten ohne Vorwarnung in den Raum. Die Frauen feuerten sofort hinter dem zerschlissenen alten Sofa hervor. Zwei Männer fielen, aber es kamen andere, schrien triumphierend, überzeugt, daß sie den Sieg errungen hatten.

Schließlich merkte Evangeline an dem dumpfen Klicken des Abzugshahns, daß die Pistole leer war. Fluchend griff sie nach der letzten Munitionsschachtel, nur um feststellen zu müssen, daß nichts mehr darin war. Das schreckliche Schweigen von Melanthas Revolver sprach für sich.

Es blieb ihnen nichts als Furcht und Verzweiflung.

»Hurra!« heulte einer der Männer und lachte hämisch. »Die Weiber haben keine Patronen mehr! Die Weiber haben keine Patronen mehr! Kommt, wir holen sie uns, Jungs.«

Einen zeitlosen Augenblick lang schauten sich die Frauen an. Dann standen sie auf, groß und stolz, als der Mob näher trat.

Die Soldaten waren schrecklich, rochen nach Schweiß, Schießpulver und Alkohol. Der Colonel hatte sie wohl extra ausgesucht, um die gemeinsten von den Gemeinsten bei sich zu haben. Den Gedanken, daß diese Kerle sie anfassen würden, ihre Lippen auf ihren Mund pressen mochten, sie mit Gewalt packen könnten, konnte Melantha nicht ertragen. Diese Männer würden sie nicht bekommen. Auf keinen Fall. Sie hatte sich eine Kugel aufgehoben.

»Cade. Oh, Cade.« Sie sprach jedes einzelne Wort deutlich aus, setzte sich kühl die Pistole an die Schläfe und drückte ab.

»Scheiße! Scheiße!« fluchte jemand, während alle verblüfft sahen, wie die eine Seite von Melanthas hübschem Gesicht sich gräßlich verzog und Blut und Gehirn in sämtliche Richtungen spritzten, als wäre es von einem Vorschlaghammer getroffen worden.

Ihr Körper zuckte krampfartig, als sie hinfiel, und lag dann reglos da. Im ersten Moment starrten alle wie gelähmt auf die zusammengesackte Gestalt. Doch schließlich wandten sich alle Augen Evangeline zu.

»Verdammt!« stieß sie hervor. Ihre Stimme wurde schrill. »Verdammt!«

Mit den Fingernägeln kratzte sie dem Colonel über sein grinsendes Gesicht, als er sie brutal an sich riß.

Jenny mußte Hilfe holen. Sie wußte es. Bliss' Wehen folgten wesentlich schneller aufeinander, als sie erwartet hatten, und jetzt stimmte irgend etwas nicht. Das Baby lag nicht richtig. Jenny konnte einen winzigen Fuß sehen, wo der Kopf hätte sein müssen. Bliss hatte Schmerzen, kreischte und schrie so laut, daß sie bestimmt kilometerweit zu hören war. Es ging nicht anders. Trotz der häßlichen Worte, der anhaltenden Schießereien, der markerschütternden Schreie und zuletzt der erschreckenden unheildrohenden Stille, die jetzt von dem Haus ausging, mußte Jenny sich zwingen, zurückzukehren. Vielleicht waren die Yankees weg. Sie hoffte es inständig.

Zögernd und trotz der Wärme der Sonne fröstelnd verließ sie den Schutz des Waldes und zwang sich, einen Fuß vor den anderen zu setzen, um nach Faxon's Folly zu gelangen.

Die erste, die sie sah, war Evangeline. Aber nein – Jenny blieb wie erstarrt stehen –, die armselige Kreatur konnte nicht ihre kühne, wunderschöne Schwester sein. Evangeline war jung und ungestüm und dürstete nach Leben. Diese arme Frau war tausend Jahre alt, gebeugt und gebrochen, und die Leere in ihrem Blick glich der Starre einer Toten. Trüb und leblos hing ihr Haar verknotet und zerzaust herab – wie bei einer Wahnsinnigen. Ihr Kleid war zerrissen, beschmutzt und blutverschmiert. Sie sah aus, als hätte sie die Hölle durchgemacht. Ihr Gesicht war zerschnitten, verquollen und verunstaltet. Ihre Beine, die nackt hervorguckten, wo ihr Kleid, ihre Unterröcke und ihre lange Unterhose weggerissen worden waren, schienen zu schwach, sie zu tragen, als sie wie benommen über den Hof stolperte, von der scharfen Spitze eines Bajonetts vorwärtsgetrieben. Sie stolperte, fiel der Länge nach ins Gras und klammerte sich mit den Fingern an den Boden – und dann an den schmutzigen, gemeinen, häßlichen Soldaten, der sie herumdrehte und ihr laut grölend die Beine spreizte.

»O Gott!« Jenny bewegte automatisch die Lippen. »O Gott.« Dann krümmte sie sich und erbrach.

Die Schreie, als jemand sie entdeckte, hörte sie kaum, und nur wie durch einen eigenartigen Nebelschleier sah sie den großen schwarzen Hengst, der sich von den Männern löste, die auf dem Rasen versammelt waren, und wie in Zeitlupe auf sie zugaloppiert kam, den Teufel persönlich auf dem Rücken. Sein silberner Säbel glitzerte, wo das Sonnenlicht ihn traf und dem scharfen Bogen des Messers folgte, als es auf sie herniedersauste.

Ohne es zu merken, hob Jenny instinktiv den schweren Revolver ihres Vaters und feuerte.

Ein schriller, unmenschlicher, gequälter Schrei zerriß die Luft. Das Pferd machte einen Satz, stieg hoch und sackte schwer auf die Hinterbeine. Blut spritzte aus seiner Brust und seinen Nüstern und benetzte Jennys Gesicht und Hände. Ein erneuter Schrei ertönte, vermischte sich gräßlich mit dem des Tieres. Nur schwach wurde Jenny bewußt, daß der entsetzliche Laut aus ihrem eigenen Mund stammte.

Schaum bildete sich vor dem Maul des Hengstes, als er sich mit aufgerissenen Augen und wild schnaubend erstaunlicherweise wieder aufrichtete und sich vorwärtsbewegte. Zwei Schritte. Drei. Dann gaben seine Knie nach, und er fiel hin.

Wie gelähmt sah Jenny ihn umfallen, seinen schweren Körper herumrollen und sie, hilflos wie sie war, unter sich begraben, so daß die Sonne für sie verschwand.

»Lieber Himmel, ist alles in Ordnung, Colonel?« erkundigte sich einer der Männer besorgt und rannte zu seinem Kommandanten, um ihm auf die Füße zu helfen. »Das war ein Sturz, Sir. Sie können froh sein, daß Sie nicht umgekommen sind. Wären Sie nicht abgesprungen, hätte das Pferd Sie plattgewalzt!«

»Ja«, erwiderte der Colonel und warf einen Blick auf das tote Tier.

Es tat ihm ein wenig leid um den Hengst. Er war ein gutes Pferd gewesen und hatte ihm bestens gedient. Es würde schon eine Weile dauern, bis er ein zweites solches Tier fände und trainiert hätte.

»Hier ist Ihr Hut, Colonel. Ich habe ihn für Sie abgeklopft«, bemerkte der Mann, Williams, und musterte seinen Vorgesetzten nervös, denn er wußte, daß der Colonel imstande war, jegliche Anzeichen von Respektlosigkeit auf der Stelle hart zu bestrafen.

»Danke. Ist die Schlampe da tot?« Der Colonel deutete auf die kleine, zerdrückte Gestalt, die halb von dem Pferd verdeckt war.

»Ja, Sir. Ich kann jedenfalls keinen Puls mehr fühlen.« Williams zuckte mit den Achseln und stand von der flüchtigen Untersuchung auf.

»Schade. Moffatts Stengel wird nicht müde«, bemerkte der Colonel trocken. »Es ist fast schon ein Wunder, daß er nicht abgefallen ist. Es wird ihm leid tun, daß er von der nichts gehabt hat.

Gehen Sie, Williams, sammeln Sie die Männer. Sagen Sie Boothe, er soll die Hälfte hierherbringen – und die Frau, falls Moffatt sie nicht inzwischen totgefickt hat – und mitkommen. Ich denke, der Rest der Verwandten wird sich im Wald versteckt haben. Sagen Sie Deacon und den anderen, sie sollen in der Zwischenzeit schon mal hier aufräumen. Ich will nicht einen einzigen Knopf hinterlassen! Sorgen Sie dafür, daß jeder das versteht, Williams, denn ich werde jeden, der sich nicht an den Befehl hält, persönlich erschießen. Habe ich mich klar ausgedrückt?«

»Ja, Sir.«

»Gut. Binden Sie unsere toten Soldaten auf ihre Pferde, damit wir sie mitnehmen und begraben können, wo uns niemand irgendwelche Fragen stellt. Sobald alles erledigt ist, räumen Sie das Haus leer – falls Sie irgendwelche Wertgegenstände finden – und dann stecken Sie es in Brand.«

»Ja, Sir.«

»Ach, Williams, nehmen Sie Satan meine Zügel ab und lösen Sie den Sattel. Dann fangen Sie Purdys Wallach für mich ein. Er braucht ihn nicht mehr. Seine Leiche können Sie auf den Maulesel binden, den Jake hinten gefunden hat.«

»Aber, Colonel! Purdy wäre absolut außer sich, wenn er das wüßte!«

»Unsinn, er ist tot. Also merkt er nichts davon, oder? Und jetzt bewegen Sie sich, Lieutenant!«

31. Kapitel

Der Krieg war vorbei, und Cade Brackett war auf dem Weg nach Hause. Nein, nicht nach Hause, denn Towering Oaks war sein Zuhause, und es stand nicht mehr. Eine verkohlte, schwarze Ruine war alles, was von dem einstmals wunderschönen Herrenhaus übriggeblieben war. Aber er kehrte zurück nach Nord Georgia, zu Melantha und ihrer Tochter Zoe Beth, und das reichte jedem Mann, der wie Cade die Schrecken durchlebt und überlebt hatte, Dinge gesehen, die ihn früh altern hatten lassen.

Es würde guttun, noch einmal jung zu sein, und wenn es auch nur für kurze Zeit wäre, den Kopf wie ein Kind auf die Brüste seiner Frau zu legen, damit sie den Schmerz und die schrecklichen Alpträume, die ihn quälten, lindern konnte. Vielleicht konnte er dann weinen, endlich die Tränen vergießen, die sich tief in seinem Herzen und seiner Seele angesammelt hatten. Die Tränen für all diejenigen, die er geliebt – und verloren hatte: seine Jugendfreunde, einen nach dem anderen, bis keiner mehr übrig war; sein Elternhaus, das von den Yankees abgebrannt worden war; seine Eltern, die von einem furchtbaren Fieber dahingerafft worden waren, das die Gegend heimgesucht hatte.

Diese Wunden peinigten Cade bis ins tiefste Innere. Manchmal erschien es ihm so, als würden sie nie heilen, und selbst wenn sie es täten, würden Narben zurückbleiben – und die Erinnerungen. Letzteres war am schlimmsten, denn er konnte die Augen schließen und sich die Ohren zuhalten, wenn er die Außenwelt nicht mehr ertragen konnte. Aber die Erinnerungen … nein, denen konnte er nicht so leicht entfliehen.

Der Zug, mit dem er nach Südatlanta fuhr, holperte dahin, die Räder ratterten rhythmisch auf den Schienen.

Zu viele sind tot. Zu viele sind tot, sangen sie unaufhörlich in Cades Ohren.

Müde rieb er seine Schläfen und versuchte, die gräßlichen Worte zu verdrängen.

Manchmal fühlte er sich derart zerrissen, er mochte kaum

glauben, daß er noch lebte, und in solchen Momenten verstand er nicht, warum er nicht umgekommen war. Warum war er nicht wie so viele andere gefallen? Es reichte nicht, daß er sich sagte, es läge daran, daß er klug und nüchtern war. Er hatte andere Soldaten gekannt, auf die das auch zutraf, gute Männer, tapfere Männer, die mit ihm gegessen, neben ihm geschlafen und an seiner Seite gekämpft hatten. Sie alle waren tot. Besaß er etwas, das ihnen gefehlt hatte? Oder lag es an einem großen Plan, den ein weitaus Mächtigerer als er ersonnen hatte? Cade wußte es nicht. Zum ersten Mal in seinem Leben vermochte er nicht mehr die Geheimnisse der Welt zu ergründen.

Das richtete der Krieg bei einem Menschen an. Er weckte Selbstzweifel und warf Fragen auf, wo vorher keine gewesen waren.

Er war nie besonders religiös gewesen, aber jetzt glaubte er, daß es tatsächlich einen Gott gab, der das Schicksal der Menschen bestimmte. Cades Ansicht nach war dieser Gott der Gott, der Hiobs Seele an den Teufel verspielt hatte. Was hatte der arme Hiob getan, daß er solche Qualen erleiden mußte? Was hatten all die anderen je getan, die Johnnys der Südstaaten und die Billys der Nordstaaten?

Der Neger neben ihm musterte ihn stumm und hätte gern gewußt, was er dachte. Mister Cade war immer ein eigenartiger Mensch gewesen, still und nachdenklich, fand Moses. Aber Miss Mellie liebte ihn, und aus dem Grund hätte der große Farbige sein Leben für seinen Begleiter gegeben.

Moses gehörte mit Leib und Seele den Colter-Schwestern. Er war ihnen damals als Stallbursche zu Weihnachten geschenkt worden und schließlich zur Stellung des Pferdeknechts aufgestiegen. Er hatte ihnen die Pferde gesattelt, solange er sich erinnern konnte. Später, als sie erwachsen wurden, hatte er sie in ihrem Buggy zu Grillfesten, Partys und Bällen kutschiert, hatte mit einem Ohr ihren gekicherten und geflüsterten Geheimnissen gelauscht. Er hatte mitbekommen, wie sie sich verliebt hatten. Als der Krieg ausgebrochen war, hatte er sie gegen die unerwünschten Annäherungsversuche der Yankee-Offiziere, die auf Faxon's

Folly stationiert waren, verteidigt. Als die Blauröcke ihm ein Gewehr in die Hände gedrückt hatten und ihn mit in den Kampf gezogen hatten, ihm erklärten, er sei frei, war er davongelaufen und hatte sich auf den Rückweg zu ihnen gemacht. Es war jedoch nicht einfach gewesen, durch die Fronten zu kommen, und schließlich war Moses zu seiner Zufriedenheit in all dem Aufruhr auf Cade gestoßen und hatte Melanthas Ehemann seine Dienste angeboten.

Mister Cade würde ihn versorgen. Davon war Moses überzeugt. Die Bracketts hatten ihre Sklaven immer gut behandelt. Mister Cade würde ihn nicht hungern lassen, wie es das Schicksal so vieler freigewordener Neger war, da sie nicht gewohnt waren, sich selbst zu versorgen.

»Mister Cade. Mister Cade.« Moses stieß seinen Begleiter in die Seite, um ihn aus seinen Gedanken zu reißen. »Wir sind da, Sir.«

Langsam stand Cade auf und klopfte das Stroh von seiner Hose, das auf dem Boden des Transportwaggons ausgebreitet war. Der Zug bremste bereits ab, ein Pfiff ertönte, Dampf wurde abgelassen, und die Bremsen quietschten, als die Räder auf den Schienen knirschend langsamer wurden. Mit einem Ruck, der Cade ins Wanken brachte, kaum daß er stand, hielt der Zug an.

Es gab keinen Bahnsteig, denn der Bahnhof in Atlanta war Opfer von Shermans blutigem Marsch zum Meer geworden und mußte erst wieder aufgebaut werden. Cade sprang auf den Boden mitten in die verkohlten Trümmer der ehemaligen Bahnhofsstation hinunter.

Er atmete tief ein und begriff, daß es kein Traum war, daß er tatsächlich in der Heimat angekommen war, denn nirgends war die Morgenluft so herrlich wie in Nord Georgia, feucht vom Tau und angereichert mit dem Duft der Pinien, Wildblumen und der fruchtbaren roten Erde.

Suchend glitt sein Blick über die Menge, die sich zwischen den deutlich sichtbaren Fundamenten drängte, das einzige, was von den vielen ehemaligen Geschäften und Läden längs der Eisenbahnschienen übriggeblieben war. Aber nirgends war Melantha zu sehen.

»Sie wird nicht hier sein, Mister Cade«, bemerkte Moses, der zu ihm getreten war »Sie haben die Route nach Jonesboro noch nicht fertiggestellt, und selbst wenn sie es hätten, ist es von Faxon's Folly ein weiter Weg zu Fuß nach Jonesboro. Ich glaube nicht, daß Miss Mellie noch ein Pferd hat, Sir. Vermutlich ist nicht mal mehr ein alter Esel auf dem Gut. Außerdem haben sie keinen Wagen mehr. Die Yankees haben fast alles zu Brennholz zerschlagen.«

»Ja, da hast du sicherlich recht, Moses«, erwiderte Cade und schüttelte den Kopf, als müsse er sich von etwas befreien. »Ich weiß nicht, was ich mir dabei gedacht habe.«

»Bessere Zeiten, Mister Cade. Bessere Zeiten, Sir.«

»Ja, das war mal der Fall. Nun, dann wollen wir uns auf den Weg machen. Ich möchte gern vor Einbruch der Dunkelheit zu Hause sein.«

Zu Hause? Ja, wo immer Melantha auf ihn wartete, war sein Zuhause.

Ihm wurde warm ums Herz, und er warf das kleine Bündel, das er bei sich trug, über die Schulter, und schritt fast munter die staubige Straße hinunter, die nach Jonesboro und Faxon's Folly führte.

Nichts, nicht mal die schrecklichen Anblicke während des Krieges, hätten Cade auf das vorbereiten können, was er und Moses auf der alten Plantage vorfanden.

Als erstes sahen sie den Rauch, der in grauen Wolken zum Himmel aufstieg, und weil Rauch für einen Soldaten gleichbedeutend war mit Kanonen und Schießpulver, Feuer und Tod, begannen die beiden Männer trotz ihrer müden Füße zu rennen.

Es war die vollkommene Stille, die ihnen auffiel, kaum daß sie die Plantage erreicht hatten, denn bis auf das Knistern der Flammen, die an den Seiten des Hauses zum Dach emporzüngelten, herrschte Totenstille. Glückliche Stimmen, die sie begrüßten, oder das Rufen und Lachen spielender Kinder war nirgends zu hören.

Entsetzt stürmten Cade und Moses die Treppen hinauf und hasteten durch die offenen Türen in das alte Haus.

Drinnen schlug ihnen eine so große Hitze entgegen, daß sie sich rückwärts fast wieder nach draußen gedrückt fühlten. Doch sie hielten ihr stand. Der Rauch war allerdings so dicht, daß sie kaum etwas sehen konnten. Rasch rissen sie sich die Halstücher ab und banden sie sich um die Gesichter, um sich vor den beißenden, ätzenden Schwaden zu schützen, die sie zu ersticken drohten.

Sicherlich hatten die Frauen die Kinder rechtzeitig in Sicherheit bringen können. Ganz bestimmt. Aber warum waren sie dann nicht draußen auf dem Rasen gewesen?

»Du siehst oben nach«, bestimmte Cade. »Ich gucke hier unten.« Dann rief er: »Mellie! Mellie!« – immer wieder, so laut er nur konnte.

Er fand sie im Wohnzimmer, aber sie sah nicht so aus wie die Melantha, die er gekannt und so sehr geliebt hatte. Eigentlich erkannte er sie nur an dem dichten, dunkelroten Haar, das um die Reste ihres Kopfes hing. Eine geraume Weile vermochte Cade nichts anderes zu tun, als versteinert neben der Leiche zu knien, unfähig zu glauben, daß sie wirklich tot war.

Schließlich weinte er, aber Melantha war nicht da, um seinen Schmerz zu lindern. Sie würde nie wieder da sein. Seine Schultern zuckten mit jedem heftigen Aufschluchzen. Es kümmerte ihn nicht mal, daß sich das Feuer ausbreitete und den Raum um ihn herum zu verzehren begann. Er hustete, als der Rauch durch sein Halstuch drang und ihm in die Nase stieg. Er schnappte nach Luft. Seine Lungen brannten. Aber dennoch schien er sich nicht bewegen zu können.

Seine Frau war tot. Sie hatte sich selbst erschossen, aus einem ihm unbekannten Grund. Die Pistole hielt sie noch in den erkalteten Fingern.

»Oh, Mellie, warum? Warum?« stöhnte Cade gebrochen auf – aber er erhielt keine Antwort.

Als Moses in das Wohnzimmer kam, blieb er bei dem Anblick, der sich ihm bot, wie angewurzelt stehen. Dann liefen ihm dicke Tränen über die Wangen, und er kniete sich neben Cade.

»Lieber Himmel«, murmelte Moses und hatte das Gefühl, sich

übergeben zu müssen. Er preßte sein Tuch fester gegen das Gesicht. »Lieber Himmel, mein Lamm. Mein armes, kleines Lämmchen. O nein, Mister Cade, was ist hier bloß geschehen? Oben war niemand, deshalb bin ich wieder heruntergekommen und wollte ... wollte Ihnen helfen, die anderen zu suchen. Ich habe Miss Honor in der Küche gefunden.« Er brach ab, hustete und fuhr dann krächzend fort: »Sie war ... sie war ... also, ich hätte sie nicht erkannt, Mister Cade. Bloß ihr Haar ... es war so hübsch und blond wie seidige Maisfäden. Ich ... ich habe versucht, sie herauszuholen, aber das Feuer ist zu stark ... ich konnte sie nicht retten. Aber das spielt auch keine Rolle mehr. Sie ist sowieso schon tot. Oh, lieber Himmel, Mister Cade, was ist hier bloß passiert?«

»Ich weiß es nicht, Moses. Ich weiß es nicht«, erwiderte Cade tränenüberströmt.

»Mister Cade, wir müssen machen, daß wir hier rauskommen«, sagte der Neger drängend, dem der Rauch bereits in den Augen brannte und dem die Lungen schmerzten. »Ich wäre fast nicht mehr bis nach unten gekommen, weil die Stufen nachgegeben haben. Ich schätze, das Dach wird jeden Augenblick einstürzen. Mister Cade, haben Sie mich gehört?« fragte Moses besorgt und wurde lauter.

Die offenen Türen des Wohnzimmers waren bereits in Brand, wie auch die Vorhänge an den Fenstern. Wenn die beiden Männer das Verlassen des Hauses noch hinauszögerten, würden sie in einem brennenden Inferno eingeschlossen sein.

Cade schüttelte den Kopf und schaute sich um. Plötzlich wurde er sich seiner Umgebung bewußt. Moses hatte recht. Sie mußten sofort weg. Hastig hob Cade Melantha auf seine Arme und stolperte mit ihr durch die Eingangshalle.

Draußen angekommen, legte er die Leiche seiner Frau behutsam ins Gras und entdeckte zum ersten Mal die frischen Abdrücke von Pferdehufen, die im Boden zurückgeblieben waren. Er wandte sich an Moses.

»Wenn die anderen nicht im Haus waren, dann müssen sie woanders sein. Sieh mal die Spuren.« Er deutete auf die Abdrücke in dem feuchten, aufgeweichten Boden. »Es muß wohl eine Bande von Plünderern hier gewesen sein.« Cade schauderte bei dem Gedanken. Unter der Vielzahl der Deserteure hatten beide Armeen, die Konföderierten wie Unionisten, zu leiden gehabt. Es gab etliche Banditen, die durch die Lande streiften, wie auch verzweifelte, gefährlich gewordene Neger, die die Yankees von der Sklaverei befreit hatten. »Vielleicht haben sich die anderen in den Wäldern versteckt«, überlegte Cade, obwohl der Unterton, der in seiner Stimme mitschwang, wenig Hoffnung verriet, daß der Rest überlebt hatte. Ihm wurde schwer ums Herz, als er an seine kleine Tochter Zoe Beth dachte. Hatte sie rechtzeitig entkommen können – im Gegensatz zu Melantha? »Wir müssen die Umgebung absuchen, Moses.«

»O nein, Mister Cade, ich ... ich glaube nicht, daß ich das kann, Sir. Es läßt sich nicht vorhersagen, was wir antreffen. Miss Honor zu finden ... und Miss Mellie war schlimm genug. Aber, du meine Güte, wenn meinen anderen Lämmern so etwas zugestoßen ist und vor allem den kleinen Kindern ... also, Mister Cade, mein Herz ist schon zerbrochen, an dem, was ich gesehen habe. Ich kann nichts mehr ertragen.«

Cade legte dem schluchzenden Neger eine Hand auf die Schulter.

»Ich weiß, wie du dich fühlst, Moses. Glaub mir, ich weiß es. Aber solange ... solange es eine Chance gibt, daß die anderen – die anderen noch leben, müssen wir nach ihnen suchen. Das verstehst du doch, oder?«

»Ja, Sir Mister Cade.« Der große Schwarze nickte, wischte sich über die Augen und schniefte. »Beachten Sie mich nicht. Ich habe bloß solche Angst, das ist alles. Ich ... ich habe es Ihnen eben nicht gesagt, weil sie so traurig bei Miss Mellie saßen, aber Miss Honor – Miss Honor ... also, sie ist ... geschlagen worden, Sir, und – wer immer das war ... also, der – der hat sie auch vergewaltigt, Mister Cade.«

»Mein Gott!« stieß Cade entsetzt aus. »Mein Gott. Kein Wunder, daß Mellie sich erschossen hat. Lieber wäre sie gestorben, als sich ... oh, meine tapfere Seele.« Er schaute zärtlich und betroffen zugleich auf die Leiche seiner Frau. »Meine liebe, tapfere Seele. Bin ich froh, daß dir wenigstens das erspart geblieben ist.«

Dann, mit Furcht im Herzen, machten er und Moses sich auf den Weg, nach den anderen zu suchen.

Zuerst fanden sie Evangeline auf einer der Wiesen am Haus. Cade mußte nicht in Moses plötzlich aschfahles Gesicht schauen, um zu erkennen, daß sie ein weitaus schlimmeres Schicksal erlitten hatte, wenn das möglich war, als Honor. Der Neger sank ins Gras und übergab sich. Cade selbst war gezwungen, sich an einen Baumstamm zu lehnen, während er gegen die bittere Galle ankämpfte, die ihm im Hals hochstieg.

Wer in Gottes Namen kann solcher Brutalität fähig sein? fragte er sich. Und warum? Was hatten sie jemals getan, daß sie so etwas verdient hatten? Sie waren alle anständige, liebevolle Menschen gewesen. Warum hatte Gott es zugelassen, daß sie so leiden mußten?

»Was für ein Gott bist du?« begehrte Cade zornig auf und schüttelte seine Fäuste gen Himmel. »Was für ein Gott bist du?«

Dann barg er sein Gesicht in beiden Händen und bemühte sich, seine Fassung wiederzugewinnen.

Nach einer Weile drängte er grimmig vorwärts. Er ging an dem toten, schwarzen Hengst vorbei, aber das Tier interessierte ihn nicht, und er war viel zu benommen, um Jennys teilweise unter dem Pferd verborgenen Körper zu sehen. Er lief weiter, entdeckte Bliss, die am Waldrand lag, den Bauch aufgeschlitzt, den ungeborenen Sohn mit einem Bajonett erstochen.

Inzwischen konnte Cade nichts mehr schockieren, nichts mehr fassungsloser machen. Er wußte nur noch eines, daß er kaum den nächsten Schritt zu tun wagte, daß er es nicht mehr ertragen konnte, weiterzugehen. Aber er mußte. Er mußte wissen …

Lieber Gott, die Kinder. Die Kinder!

Er übergab sich wieder und wieder, bis nichts mehr in seinem Magen war. Wie betäubt stolperte er aus dem Wald und wollte nichts als einen stillen Zufluchtsort suchen, wo er sich hinlegen und das bißchen Verstand, das ihm noch geblieben war, festzuhalten vermochte.

»Mister Cade!« Moses Stimme zerschnitt die unheimliche Stille wie ein Hoffnungsstrahl, der in vollkommene Finsternis dringt. »Mister Cade! Kommen Sie, helfen Sie mir. Das Pferd muß weg. Miss Jenny liegt darunter und, gnädiger Gott, Sir, sie lebt! Sie lebt noch!«

Viertes Buch

Die Herzen der Banditen

32. Kapitel

Tumbling Creek, Missouri, 1871

Ihre Geschichte war beendet, und Jenny verstummte. Der Gedanke, warum alleine sie nicht beachtet worden war, beschäftigte sie erneut. Natürlich war es ein Wunder, daß sie trotz ihrer Verletzungen überlebt hatte. Als der große, schwarze Hengst des Colonel auf sie gefallen war, war Jenny schier zerquetscht worden. Dabei mußte sie sich noch glücklich schätzen, daß sie nicht das gesamte Gewicht des riesigen, schweren Tieres hatte tragen müssen. Wäre das passiert, wäre sie sicherlich auf der Stelle gestorben. Doch die Verletzungen waren auch so schon schwer genug.

Durch die Wucht des Aufpralls hatte sie eine Gehirnerschütterung und mehrere gebrochene Rippen gehabt. Das Gewicht des Pferdes hatte ihr ernsthafte innere Verletzungen im Beckenbereich zugefügt und beide Beine zerdrückt. An ihren weiblichen Organen hatte sich durch diese Verwundungen eine Menge Narbengewebe gebildet, und der alte Doc Whitting im Krankenhaus von Atlanta hatte ihr gesagt, daß sie deshalb vermutlich nie ein Kind bekommen würde. Am rechten Bein hatte sie einen einfachen Bruch gehabt, der nach dem Schienen leicht verheilt war. Aber ihr linkes Bein war mehrfach gesplittert gewesen, und die Knochen waren nicht wieder richtig zusammengewachsen, so daß es für immer entstellt blieb. Jenny hatte Glück gehabt, daß kein Wundbrand eingesetzt hatte, denn dann hätte das Bein amputiert werden müssen.

Sie schloß die Augen und dachte an die schrecklichen Dinge, die sie gesehen hatte, an die Bilder, die sich unauslöschlich in ihr Gedächtnis gegraben hatten, als Cade sie auf die Arme hob und von Faxon's Folly wegbrachte.

War dieser arme, auseinanderklaffende Körper am Waldrand tatsächlich einmal die heitere Bliss gewesen? Und diese leblose Form übersät mit tiefen Stichen und blauen Flecken … war dieses Häuflein Mensch einmal die lebenshungrige Evangeline gewesen? Und wessen dunkelrotes Haar hing da um eine Masse herum, die mal ein Gesicht gewesen war – Melanthas?

»Denk nicht mehr daran, Jenny«, befahl Luke ihr leise und faßte nach ihrer Hand. »Das waren keine Menschen. Das waren Tiere, wilde Tiere. Mein Gott!« Er bemühte sich, nicht an den Überfall auf Lawrence zu denken, den er mit Quantrills Truppe mitgemacht hatte. »Du mußt deine Schwestern im Gedächtnis behalten, wie sie vor dem Tag aussahen, Jenny. Sie würden es nicht anders wollen, ebensowenig wie sie sich wünschen würden, daß du dich ihretwegen grämst.«

»Ich weiß«, murmelte Jenny. »Ich weiß. Aber es ist … es ist so schwer, das zu vergessen, Luke. Bisher hat es keinen Tag in meinem Leben gegeben, an dem ich nicht von diesen Erinnerungen heimgesucht wurde. Immer wieder versuche ich herauszufinden, was an jenem Tag wirklich passiert ist, als Faxon's Folly überfallen wurde – und warum. Wenn ich das nur wüßte. Wenn ich mich erinnern könnte, glaube ich, würden die Alpträume aufhören, Luke. Das schlimme ist, daß ich es nicht weiß. Mir kommt es so vor, als hätte ich Evangeline, Mellie und Bliss und … und die Kinder irgendwie im Stich gelassen.«

»Dennoch kannst du nicht ständig darüber nachgrübeln, Jenny«, sagte Luke. »Was immer passiert ist, wird sich dir weiterhin entziehen, wenn du so krampfhaft versuchst, dich daran zu erinnern. Bemüh dich, nicht mehr daran zu denken. Eines Tages, wenn du am wenigsten damit rechnest, wird die Erinnerung vielleicht zurückkehren, und dann weißt du genau, was passiert ist.«

»Glaubst du das wirklich, Luke?«

»Ich weiß es. Solche Dinge habe ich während des Kriegs beobachtet. Was an jenem Tag auf Faxon's Folly geschehen ist, war so furchtbar, daß du es verdrängt hast. Wenn du innerlich bereit bist, dich damit auseinanderzusetzen, wirst du es merken, und wie von selbst wird sich dann ergeben, was da war. Bis dahin, Jenny, solltest du nicht mehr darüber nachdenken. Ich liebe dich, das weißt du, und es schmerzt mich, wenn ich sehe, wie du dich quälst. Ich wünschte, ich hätte dich nie gebeten, es mir zu erzählen.«

»Nein, das war richtig«, erklärte Jenny entschieden. »Ich merke schon, daß ich mich besser fühle, nachdem ich es dir gesagt habe. Es gleicht einer eiternden Wunde, die nicht zur Ruhe kommt. Du hast mir geholfen, sie zu öffnen, damit ein Teil des Eiters abfließen kann. Danke, Luke. Aber jetzt sollten wir uns wohl lieber auf den Heimweg machen, oder?« Jenny wechselte abrupt das Thema. »Es ist schon spät, und ich muß mich beeilen, wenn ich meine Taschen packen und rechtzeitig am Bahnhof sein will, um den Zug nach Jefferson City zu bekommen. Komm, wer zuerst unten ist!«

Gouverneur Benjamin Gratz Brown, von seinen Freunden und Verwandten Gratz genannt, war fünfundsechzig Jahre alt. Verheiratet mit der ehemaligen Mary Ginn und Vater von zwei Söhnen und fünf Töchtern, war er einer der Gründer und Chefredakteure des *Missouri Democrat,* einer bekannten Zeitung seit 1854. In Missouri war er schon lange politisch aktiv, und nur wenige waren seinen Schmähreden gegen die Sklaverei entkommen. Er hatte sich dafür stark gemacht, daß Missouri vor dem Ausbruch des Bürgerkriegs nicht aus dem Staatenbund austrat. Während des Krieges hatte er als Colonel bei den Freiwilligen, dem Vierten Regiment der Unionsarmee, gedient und hatte die Organisation der Föderalen Miliz unterstützt. Wie Jenny humpelte er, da er bei einem Duell mit Thomas C. Reynolds 1856 einen Schuß in der Nähe des Knies abbekommen hatte.

Jenny, die diese Dinge überdachte, während sie darauf wartete, ob der Gouverneur sie empfangen würde oder nicht, hielt es nicht für sehr wahrscheinlich, daß er Luke Amnestie gewähren oder eine Freilassung auf Bewährung geben würde, sollte ihr Mann sich zu seinen Verbrechen bekennen und vor einem Gericht verantworten. In seiner Abschiedsrede hatte Gouverneur Brown unter anderem vorgeschlagen, die große Jury abzuschaffen und die Verbrecher statt dessen von Staatsanwälten formell anzuklagen. Dadurch würden die Anklagebeschlüsse überflüssig und die Kosten für die Strafprozesse reduziert sowie das rechtliche System insgesamt vereinfacht werden.

Jenny glaubte, daß Gouverneur Brown Luke nicht nur als Rebellen und Südstaatler betrachten würde, sondern ihn auch als Kostenfaktor für den Staat bewertete – den man wegstreichen konnte. Die Tatsache, daß sie selbst aus Georgia stammte und ihre Familie Sklaven gehalten hatte, verschlimmerte ihre Befürchtungen noch.

»Mrs. Morgan, der Gouverneur ist bereit, Sie zu empfangen«, sagte ein Sekretär und riß Jenny aus ihren Gedanken. »Wenn Sie bitte mitkommen wollen.«

Wie Jenny befürchtet hatte, war Gouverneur Brown ihrem Fall nicht gewogen, und zu ihrem Verdruß mußte sie mit einer schlechten Nachricht nach Hause zurückkehren. Luke hatte recht gehabt. Nach Jefferson City zu fahren, war verschwendete Zeit gewesen.

»Doch du mußt nicht verzweifeln, mein Lieber«, sagte sie zu ihm. »Soweit ich gehört habe, will Gouverneur Brown sich nächstes Jahr um die Vizepräsidentschaft bewerben. Ob er nun gewinnt oder verliert, er wird nicht mehr länger in Missouri bleiben. Sobald der neue Gouverneur im Amt ist, werde ich es noch mal versuchen.«

Luke lächelte nur trocken und meinte, sie solle tun, was sie für richtig halte.

Das Jahr 1872 verlief geradezu ruhig, denn die Morgan-Bande, durch Lukes Argumente überzeugt, hatte sich entschieden, ihr gesetzloses Handeln einzustellen und sich zu bemühen, wieder ein bürgerliches Leben zu führen. J. R. und Tobias hatten sich Sorgen gemacht, was aus ihren Familien werden sollte, falls die Brüder gefaßt wurden. Aber sie hatten bislang keinen Einspruch gegen das Banditenleben einlegen wollen und waren jetzt erleichtert, daß auch Luke dagegen war. Raiford erklärte, er könnte entweder das Banditenleben weiterführen oder es sein lassen, aber

Emmalou wäre es lieber, wenn er es aufgäbe. Der einzige, der von der Entscheidung nicht begeistert war, war Billy Clay. Er schimpfte vor sich hin, daß er nicht seßhaft werden und wie die anderen das langweilige Leben eines Farmers führen wollte.

In dem Jahr gerieten mehrere Eisenbahngesellschaften, deren Aktien fälschlicherweise ausgegeben und vom Staat genehmigt worden waren, in Zahlungsschwierigkeiten. Durch diese Konkurse erlitt Missouri schätzungsweise einen Schaden von fünfundzwanzig Millionen Dollar, den die Steuerzahler ausgleichen mußten.

Die Angelegenheit hätte Jenny eigentlich kaum interessiert, wenn dadurch nicht Tully Boothe, Maybelles Bruder, nach Tumbling Creek zurückgekehrt wäre. Sie hatte ihn nicht mehr gesehen seit jenem Tag in der Stadt, als er mit Velvet Rose an seiner Seite über die Straße spaziert war. Später am Nachmittag war er noch nach Whispering Pines gekommen, um die Kinder zu besuchen, aber Jenny war nicht zu Hause gewesen, und Luke hatte ihn weggeschickt, ehe sie zurückkam. Deshalb erschrak sie, als sie die Tür auf das heftige Klopfen hin öffnete und Maybelles Bruder auf der Veranda vor sich stehen sah.

»Nun, hallo«, meinte er, nahm seinen Hut nicht ab und musterte Jenny ziemlich respektlos von Kopf bis Fuß. Ein spöttisches Lächeln huschte über sein Gesicht. »Ich glaube nicht, daß wir uns kennen. Ich bin Tully Boothe, Lukes Schwager.«

»Ex-Schwager, meinen Sie, nicht wahr?« erkundigte sich Jenny kühl und begegnete ruhig seinem Blick.

Seit ihrer Hochzeit mit Luke hatte sie eine ganze Portion Selbstbewußtsein dazugewonnen, und ihre tiefverwurzelte Furcht vor Männern war bis auf eine leichte Nervosität in Gegenwart solcher, die sie nicht kannte, verschwunden. Aber dieser Mann war kein Fremder. Jetzt, wo sie ihn aus der Nähe sah, hatte Jenny mehr als zuvor das Gefühl, sie müsse ihn kennen.

»Ja, das ist wohl richtig«, antwortete er auf ihre Frage. Grinsend spuckte er ein Stück Kautabak aus und wischte sich den Mund mit dem Ärmel ab. »Nun, wollen Sie mich nicht ins Haus bitten? Immerhin bin ich trotzdem Kipp und Sarys Onkel, wissen Sie.«

»Ja, ich weiß«, entgegnete Jenny.

Da sie wußte, daß Luke Maybelles Bruder bestimmt nicht im Haus haben wollte, trat sie nur widerstrebend beiseite. Luke arbeitete zusammen mit Moses auf dem Feld, aber Jenny rechnete damit, daß die beiden jeden Moment zum Abendessen kamen. Sie mußte sich nicht mit Tully herumschlagen, wenn Luke sich selbst darum kümmern konnte.

»Wollen Sie sich nicht setzen?« Jenny deutete auf einen der Sessel im Besuchszimmer. »Kipp und Sarah Jane sind mit ihren Ponys ausgeritten. Sie müssen jeden Moment heimkommen, wenn Sie warten möchten. Ach, Delcine ...« Sie schaute auf, als die Mulattin lautlos hereinkam, »... das ist Tully Boothe, Maybelles Bruder. Würdest du uns bitte etwas zu trinken bringen?«

»Whiskey für mich, wenn Sie haben«, verlangte Tully dreist.

»Gern, Miss Jenny.« Delcine runzelte mißbilligend die Stirn.

Tully grinste erneut.

»Ich glaube nicht, daß das gelbbraune Weibsbild allzuviel von mir hält«, bemerkte er, nachdem Delcine gegangen war.

Ich halte auch nicht viel von Ihnen, wollte Jenny am liebsten sagen, aber aus Höflichkeit hielt sie den Mund.

»Nun, Mr. Boothe, was bringt Sie nach Tumbling Creek?« fragte sie statt dessen.

»Sagen Sie ruhig Tully – ich werde Sie auch Jenny nennen. Immerhin sind wir praktisch miteinander verwandt.« Die Vertrautheit behagte Jenny überhaupt nicht, aber sie machte keinen Einwand. Ihrer Ansicht nach hatte es keinen Sinn, sich auf einen Streit einzulassen. Der Mann würde gleich wieder gehen. »Ich bin bloß auf der Durchreise«, fuhr er fort. »Das letzte Mal, als ich hier war, habe ich Sie leider verpaßt. Deshalb wollte ich Sie heute mal besuchen und die Frau, die den Platz meiner Schwester an Luke Morgans Seite einnimmt, kennenlernen.«

»So kann man das sicherlich nicht sagen, Mr. Boothe«, stellte Jenny in eisigem Ton klar. »Soweit ich weiß, hat Maybelle bereits jegliche Ansprüche auf meinen Mann freiwillig aufgegeben, ehe sie starb.«

Tullys farblose Augen funkelten.

»Sie haben eine spitze Zunge, Jenny«, bemerkt er. »Das muß ich schon sagen. Aber andererseits habe ich noch keine Lehrerin kennengelernt, die keine hatte. Von wo kommen Sie eigentlich? Ich kann mich gar nicht erinnern, daß hier in der Gegend Colters wohnen, und das ist doch Ihr Mädchenname, oder nicht?«

»Ja. Ich bin auf einer Plantage in der Nähe von Atlanta in Georgia geboren und aufgewachsen. Faxon's Folly hieß sie.«

Jenny wußte nicht, warum sie den Namen erwähnte, außer daß Luke ihr geraten hatte, sie solle über ihre Vergangenheit sprechen als wäre sie selbstverständlich, damit die tiefen Wunden heilen konnten. Zu ihrer Überraschung zuckte Tully leicht zusammen und musterte sie einen Augenblick lang aufmerksam, ehe er seinen sorglosen Gesichtsausdruck wiederfand, den er bis dahin zur Schau getragen hatte. Der flüchtige Augenblick ging so rasch vorbei, daß Jenny fast in den Glauben geriet, sie hätte sich das nur eingebildet. Sie war jedoch überzeugt, daß das nicht der Fall war. Aus irgendeinem Grund war Tully mit Faxon's Folly vertraut. Aber ... warum? Es war kein Ort, von dem er so ohne weiteres gehört haben konnte. Mehr als zuvor hatte Jenny das Gefühl, diesen Mann zu kennen.

»Waren Sie jemals in Georgia, Mr. Boothe?« erkundigte sie sich, und ihr Herz begann plötzlich heftig zu schlagen.

»Tully«, erinnerte er sie. »Und die Antwort lautet: ja. Ich habe unter General Sherman in der Unionsarmee gedient. Wie Sie sich vorstellen können, bin ich dadurch nicht allzu beliebt hier in den Bergen. Ich habe mehrere Vorstöße in das Gebiet gemacht, Nachrichten überbracht und verschiedene andere ... Befehle meiner Vorgesetzen ausgeführt«, erklärte er, und Jenny begriff, daß er als Spion gearbeitet hatte. »Ich habe zu einer Abteilung gehört, die in Atlanta stationiert war, nachdem die Stadt sich ergeben hatte.«

Jennys Hoffnungen wurden durch die offenbar wahrheitsgemäße Antwort zunichtegemacht. Es war natürlich möglich, daß sie ihm in Atlanta während des Wiederaufbaus mal auf der Straße begegnet war. So ließe sich erklären, warum sie glaubte, ihn zu kennen. Es mochte sogar sein, daß er während des Krieges auf Faxon's Folly gewesen war, als es das Hauptquartier verschiedener Yankee-Offiziere und deren Stellvertreter gewesen war. Etliche Soldaten waren damals gekommen und gegangen, und Jenny hatte keinem von ihnen besondere Aufmerksamkeit geschenkt. Es gab keinen Grund anzunehmen, daß sich hinter der Angelegenheit mehr verbarg. Dennoch beunruhigte Tully sie. Doch sie wußte einfach nicht, warum.

War er einer von denen gewesen? überlegte sie. Einer der Männer auf Faxon's Folly an jenem Tag? Verzweifelt bemühte sich Jenny um die Erinnerung, aber wie immer schien sie wie ausgelöscht. Schließlich sagte sie sich, daß sie sich bei dieser Geschichte wie an einen Strohhalm klammerte. Tully stieß sie ab, aber das mochte daran liegen, daß er Maybelles Bruder war und Luke ihn nicht leiden konnte. Sie durfte es jedoch nicht zulassen, daß die Phantasie mit ihr durchging. Auch konnte sie ihn nicht nur wegen ihrer persönlichen Vorurteile Männern gegenüber verdächtigen und ohne Grund verurteilen.

»Tully, was machst du denn hier?« Luke blieb stehen, als er ins Haus kam und seinen Ex-Schwager im Wohnzimmer sitzen sah. »Ich dachte, ich hätte dir bei deinem letzten Besuch deutlich zu verstehen gegeben, daß du hier nicht erwünscht bist.«

»Na, hör mal, Luke, du hast doch nicht etwa geglaubt, daß ich das ernst nehme?« Tully musterte ihn ausdruckslos. »Es ist wohl selbstverständlich, daß ich mich um Maybelles Interessen kümmere, wo sie es selbst nicht mehr kann, oder?«

»Wirklich?« Luke hob skeptisch eine Braue. »Ich hätte gedacht, deine eigenen Interessen wären dir wichtiger, Tully. Aber du warst immer jemand, der an alles gedacht hat. Der unverheiratete Onkel kümmert sich um die Kinder seiner verstorbenen Schwester – besonders weil ihr Vater ein bekannter Bandit ist –, das paßt gut in deinen Lebenslauf, nicht wahr, Tully? Immerhin willst du in der Politik Karriere machen, oder?«

»Das siehst du vollkommen falsch, Luke«, widersprach Tully ihm gespielt gekränkt.

»Sehe ich das falsch? Glaubst du? Nun, dann verzeih mir, Tully. Dann bin ich wohl schlecht informiert worden. Willst du etwa behaupten, du wärst nicht Senator Taggarts rechte Hand? Du bist nicht zusammen mit deinem Chef, dem Kriegshelden ...«, Lukes Stimme triefte vor Sarkasmus, »... in die illegale Ausgabe zahlreicher gefälschter Eisenbahnaktien verwickelt, obwohl ihr beide euch habt brillant aus der Affäre ziehen und vor einer gerechten Strafe drücken können? Anschließend warst du nicht – um dein Ansehen bei den Leuten zu retten – an der Auslösung des Massakers beteiligt, das vergangenen Mittwoch in Gunn City passiert ist?«

»Ich weiß nicht, wovon du sprichst«, behauptete Tully kühl. »Wenn du mich jetzt entschuldigst. Ich merke schon, ich bin hier nicht willkommen. Ich bin nur hergekommen, um Mrs. Morgan meine Aufwartung zu machen und Kipp und Sary zu besuchen. Deine Vorwürfe will ich mir nicht anhören, Luke. Du hast mir immer gern irgend etwas vorgehalten, und dabei hast du es gerade nötig.« Er wandte sich an Jenny. »Auf Wiedersehen, Mrs. Morgan. Es war mir ein Vergnügen. Sicherlich sehen wir uns noch mal zu einem anderen Zeitpunkt in zivilisierterer Gesellschaft wieder.«

Dann verabschiedete er sich, unbeeindruckt von der Verachtung und der Abneigung, die in Lukes Augen aufgeflammt waren. Unwillkürlich machte Luke eine Bewegung, als wollte er seine Pistolen ziehen, doch dann hielt er sich zurück, und es gelang ihm, seine Gefühle unter Kontrolle zu bringen.

Obwohl es unhöflich war, bemühte sich Jenny nicht, Maybelles Bruder zur Tür zu geleiten. Da er sich praktisch selbst eingeladen hatte, konnte er ebenso allein wieder gehen. Sie war viel zu verwundert über Lukes Anschuldigungen und machte sich im stillen Gedanken, ob sie wahr sein könnten.

Vor ein paar Tagen, am 24. April, hatte es einen gewaltigen Aufstand und ein blutiges Gemetzel in der Nähe von Gunn City, einer kleinen Stadt in Missouri, auf der Eisenbahnstrecke von Kansas nach Texas, gegeben. Der Zug, der Richtung Osten fuhr und von Harrisonville nach Holden unterwegs war, hatte ungefähr dreißig Fahrgäste transportiert, unter ihnen General Joe Shelby, Richter J. C. Stephenson, Staatsanwalt James C. Cline und sein Sklave, Mr. Thomas E. Detro.

Stephenson und Cline, beide an dem Aktienbetrug beteiligt, waren verhaftet worden und sahen einem Gerichtsverfahren entgegen. Aber das sollte nicht stattfinden. Mehrere unbekannte Aufrührer, die nur darauf aus waren, die Gemüter der Steuerzahler (die ohnehin schon empört waren, daß sie den Verlust durch den Betrug aufbringen sollten) zu erhitzen, waren nach Gunn City gereist, um einen Aufstand anzuzetteln.

Diese Männer hatten Barrikaden aus Felsen, Bohlen und Steinen auf den Schienen errichtet. Der Zug war gezwungen anzuhalten, und ehe der Zugführer die Lokomotive zurücksteuern konnte, wurde der Waggon von einer Ladung Kugeln durchlöchert. Keiner war bei dem Angriff verletzt worden, aber der Zug mußte stehenbleiben. In diesem Moment war er von siebzig bis achtzig bewaffneten Schurken angegriffen worden, die alle Masken trugen.

Mehrere der Räuber waren in die Lokomotive gedrungen und hatten den Zugführer sowie den Heizer mit vorgehaltener Waffe gefangengenommen. Andere hatten den Zug umstellt und weiterhin unter Beschuß genommen. Fluchend und drohend hatte der Mob verlangt, daß Staatsanwalt Cline sich sehen ließe. Tapfer, aber unnützerweise war Cline aus dem Gepäckwagen auf die Plattform getreten und auf der Stelle kaltblütig niedergeschossen worden.

Danach hatten die Männer die Waggons gestürmt, die Türen eingetreten und die Fensterscheiben zerschlagen, während sie verkündeten, sie wollten alles in Brand stecken. Die wehrlosen Fahrgäste waren entsetzt gewesen.

»Wo sind die Aktienbetrüger?« hatte einer aus der Bande gefordert. »Gebt uns die Aktienbetrüger heraus!«

Jemand hatte Richter Stephenson in einem der Waggons entdeckt, ihn erschossen und nach draußen gezerrt. Andere, die in den Postwaggon eindrangen, hatten Mr. Detro gefunden. Bereits während der Schießerei war er schwerverwundet und neben die Gleise geworfen worden, wo er verblutete.

Nur General Joe Shelby entkam. Als er hörte, daß die Aufrührer nach ihm riefen, hatte er ihnen gelassen geantwortet: »Hier bin ich. Wenn ihr mich haben wollt, müßt ihr mich holen.« Er hatte sich geweigert, seinen Sitzplatz zu verlassen. Nachdem die Männer heftig miteinander argumentiert hatten, ließen sie ihn laufen.

Gouverneur Brown, als er von dem Vorfall erfuhr, sandte sofort Captain Phelans Kompanie von Kansas City nach Cass County, um den Vorfall zu untersuchen, und schickte zusätzlich Adjutant Albert Sigel in die Stadt, damit er die Fakten sammelte. Der Gouverneur hatte außerdem die Bildung einer Kommission unter der Leitung von Colonel John F. Philips aus Sedalia und Colonel F. M. Cockrell aus Warrensburg veranlaßt, um die öffentliche Unruhe in den Griff zu bekommen.

Bisher mußte die Identität der Anführer noch aufgedeckt werden, und da die Männer maskiert gewesen waren, schien es unwahrscheinlich, daß sie jemals gefangengenommen und bestraft werden konnten.

Jenny hätte gern gewußt, was Luke dazu veranlaßte, Tully des Aufruhrs zu beschuldigen. Neugierig sah sie ihren Mann an.

»Luke, glaubst du wirklich, Tully hätte zu dem Mob in Gunn City gehört?«

»Ja«, erwiderte er. »Der ganze Vorfall riecht nach seiner Handschrift, und er ist früher schon immer nach Hause gelaufen, sobald er etwas ausgefressen hatte.« Luke schnaubte verächtlich. »Selbst als wir noch Kinder waren, hat er uns irgendwelche Streiche gespielt und ist zu seinen Eltern geflüchtet, ehe wir ihn uns schnappen konnten. Dort klebte er dann am Rockzipfel seiner Mutter wie ein Waschlappen und verhöhnte uns, weil wir nichts tun konnten, solange seine Mutter in der Nähe war. Die alte Dame ist inzwischen tot, aber Tully braucht sie auch nicht mehr. Heute hat er wichtige Freunde, zumindest behauptet er das. Ich schätze, Senator Taggart ist wichtig genug, aber ich würde nicht mit ihm befreundet sein wollen … mit diesem verdammten Yankee! Im Süden wurde er nicht umsonst der Schlachter genannt.«

Jenny schaute alarmiert auf.

»Was … was hast du gesagt?« fragte sie.

»Ich sagte, im Süden wurde Sly Taggart nicht umsonst der Schlachter genannt. Wieso?«

»Was, ich … ich weiß es nicht«, stammelte Jenny verwirrt. »Es … es hat mich nur an irgend etwas erinnert, das ist alles.«

»Kann ich mir vorstellen«, erwiderte Luke. »Es gibt wohl keinen Rebellen, der sich nicht an den Namen erinnert. Komm, mein Schatz, ich bin halbverhungert, und es riecht so, als hätte Delcine das Essen schon auf dem Tisch. Hmm. Gebratenes Hähnchen. Mein Lieblingsgericht. Hast du ein paar Biskuits dazu gebacken?«

»Nein«, entgegnete Jenny spitz, obwohl ein Lächeln über ihr Gesicht huschte. »Die Apotheke hatte schon zu!«

»Wie unpraktisch«, erklärte Luke, legte einen Arm um ihre Taille und rieb seine Nase an ihrem Ohr. »Wir hätten Tully ein paar von den Arsenplätzchen anbieten können und wären ihn ein für allemal los gewesen!«

»Luke!« tadelte Jenny ihn.

»Du hast ja recht«, erwiderte er und lachte. Er war jedoch nicht im geringsten beschämt. »Gift ist viel zu gut für solche wie ihn! Ach, Delcine. Das Glas mit Whiskey da auf dem Tablett war sicher für Mr. Boothe gedacht, oder? Kluge Frau … Sie haben sich Zeit gelassen, es zu servieren. Was sollten wir diesen guten Schnaps auch an einen wie ihn verschwenden!«

»Nein, Mister Luke.« Delcine griente verschmitzt. »Ich habe mir gedacht, Sie würden früher oder später zurück sein, um ihn wegzuschicken. Der hier ist aus Ihrem privaten Schatzkästchen für den Fall, daß Sie den üblen Nachgeschmack, den so ein Parasit hinterläßt, hinunterspülen wollen.«

»Delcine, erinnern Sie mich daran, Ihnen eine Lohnerhöhung zu geben«, bemerkte Luke, und seine Augen funkelten anerkennend.

»Ja, Sir, das werde ich tun«, versetzte sie amüsiert. »Miss Lacey hat ein neues Kleid in ihrem Schaufenster, und es hat meine Größe!«

33. Kapitel

Anschließend sahen sie Tully nicht wieder, obwohl eine Abteilung von Captain Phelans Kompanie später in Tumbling Creek auftauchte. Nach den Fragen, die sie den Leuten stellten, vermutete Jenny, daß Luke wohl recht gehabt hatte und Tully etwas mit dem Gunn City Massaker, wie die Leute den Vorfall inzwischen nannten, zu tun haben mußte. Aber der allgemeine Unmut in der Bevölkerung gegenüber den ermordeten Männern war so groß, daß niemand bereit war, der Regierung zu helfen, obwohl hohe Belohnungen für jegliche Informationen, die zur Verhaftung der Anführer beitrugen, ausgesetzt waren. Und so wurden die Initiatoren nicht gefaßt.

Gouverneur Brown war, wie Jenny vorausgesehen hatte, von den liberalen Republikanern als Vizepräsident aufgestellt worden. Er verlor diese Wahl und zog sich nach St. Louis zurück, um seine Anwaltskanzlei fortzuführen. 1873 übernahm ein neuer Gouverneur, Silas Woodson, die Regierung in Missouri. Er war der erste Demokrat, der nach dem Krieg in ein solches Amt gewählt wurde.

Jenny hegte wenig Hoffnung, daß er einer Amnestie für Luke gewogener wäre als Gouverneur Brown, und sie begann allmählich daran zu zweifeln, daß sie und Luke jemals ein normales Leben führen würden. Obwohl die Morgan-Bande keinerlei Überfälle mehr verübte, wurden sie in der Öffentlichkeit verschiedener Verbrechen beschuldigt. Wenn sich eine Tat nicht der James-Younger-Bande zuordnen ließ, wurde sie automatisch zum Werk der Morgans, selbst wenn ein solcher Überfall, der tags zuvor auf der einen Seite des Landes verübt wurde, einen, der tags darauf auf der anderen Seite des Landes geschah, eine Täterschaft unmöglich machte.

Zweimal waren Luke und seine Brüder gezwungen, die Flucht zu ergreifen, als sich Gesetzeshüter in Tumbling Creek zeigten und nach den berüchtigten Morgans suchten. Die Brüder entkamen wie sonst auch. Sie kannten sich schließlich in den Bergen und den Höhlen der Ozark-Region besser aus als irgend jemand anders. Doch Jenny hatte keine ruhige Minute, solange ihr Mann wie ein Tier gejagt wurde.

Erneut nahm sie die lange Fahrt nach Jefferson City auf sich und kehrte erneut mit der Erkenntnis heim, daß sie ihre Zeit verschwendet hatte. Gouverneur Woodson war noch entschiedener in seiner Ablehnung als Gouverneur Brown, sich mit ihrem Ansinnen zu befassen. Die einzige Möglichkeit, die Luke blieb, schien, sich einem Gerichtsverfahren zu stellen und das Risiko einzugehen, vom Richter und der Jury verurteilt zu werden.

Jenny nagte angstvoll an ihrer Unterlippe, wenn sie darüber nachdachte. Es wäre schon schwer genug für ihn, den Gerichtssaal lebend zu erreichen. Hitzige Jugendliche und ruhmsuchende Gesetzeshüter würden nichts lieber tun, als von sich sagen zu können, sie hätten Luke Morgan erschossen. Und nach einem Gerichtsverfahren, sollte Luke nicht freigesprochen werden, gab es kaum eine Möglichkeit, ihn zu befreien. Wenn es den Morgans nicht gelang, ihm zur Flucht zu verhelfen, mochte er mit Sicherheit gehängt werden.

Aus diesem Grund wurde beschlossen, Luke sollte sich als erster stellen. Nur so konnten seine Brüder versuchen, ihn zu befreien, falls nicht alles nach Wunsch lief. Sollte Lukes Gerichtsverfahren jedoch erfolgreich sein, konnten die anderen sich später auch noch stellen.

»Ich glaube, wir sollten Gus Grissom verständigen«, erklärte Luke, als er mit den anderen die Einzelheiten des Planes durchsprach. »Er war verdammt gut in seinem Job und schien ehrlich. Ich glaube nicht, daß er der Typ ist, der mir eine Kugel in den Rücken jagen würde oder es zuließe, daß jemand anders es tun könnte.«

»Nun, Luke«, brummte J. R. »Es ist dein Hals, den du riskierst. Wir tun, was immer du von uns verlangst. Wenn du willst, daß Gus Grissom dich verhaftet, dann lassen wir ihn kommen.«

»Ich könnte ihm eine Nachricht zukommen lassen, indem ich die Pinkerton Detektei verständige«, bot Jenny an. »So können wir die Dinge vielleicht länger geheimhalten. Die Leute würden sicherlich vermuten, daß etwas nicht stimmt, wenn einer von euch ein Telegramm an die Detektei aufgibt.«

»Da hat sie recht«, pflichtete Tobias ihr bei. »Je unauffälliger die Sache bleibt, desto größer sind Lukes Chancen, lebend zu einem Verfahren gebracht zu werden.«

»Also gut, Jenny. Du gibst das Telegramm an Gus Grissom auf«, beschloß Luke. »Du bist die Lehrerin, deshalb überlassen wir dir auch die Formulierung des Textes.« Er lächelte sie ermunternd an und sah, wie blaß und erschöpft sie wirkte. »Keine Sorge, mein Schatz«, raunte er ihr zu. »Es wird schon alles gutgehen, glaub mir.«

Aber Jenny war sich da nicht so sicher, und als sie abends neben Luke im Bett lag, sprach sie mit ihm noch einmal über ihre Angst.

»O Luke«,wisperte sie und hielt ihn fest an sich gedrückt. »Ich liebe dich so sehr. Ich weiß nicht, was ich tun soll, wenn dir etwas zustößt.«

»Pst! « beschwichtigte er sie im Flüsterton. »Du mußt keine Angst haben, Jennilee. Mir wird nichts passieren, das verspreche ich. Wenn es mir gelingt, daß sie die Gerichtsverhandlung in Taney County oder Springfield abhalten, werde ich es schaffen, das weiß ich.«

»Und wenn nicht?«

»Dann muß ich mir einfach etwas einfallen lassen. Jedenfalls bin ich es leid, immer nur davonzurennen.«

»Oh, Luke!« stieß Jenny leise hervor. »Vielleicht sollten wir diesen verrückten Plan lieber vergessen. Wir können Kipp und Sarah Jane mitnehmen und woanders hingehen ... nach Mexico oder Südamerika ...«

»Nein, Jenny.,« Luke schüttelte den Kopf. »Missouri ist meine Heimat. Hier bin ich geboren und aufgewachsen. Alles, was ich liebe, befindet sich hier. Ich werde mich nicht vertreiben lassen, als wäre ich ein Wiesel, das in einen Hühnerstall eingebrochen ist. Ich bin ein Morgan, kein Feigling, verdammt! Und das bedeutet mir etwas.« Er schaute ihr ins Gesicht und fuhr etwas ruhiger fort: »Ich liebe dich, Jenny. Ich will, daß du stolz auf mich bist und darauf, wie ich bin ... du sollst dich nicht meiner schämen müssen.«

»Ich bin stolz auf dich, Luke! Das weißt du doch!« protestierte sie. »Ich weiß, daß du kein Feigling bist, und ich habe auch nie angenommen, daß du einer wärst.«

»Nein, ich weiß. Aber, na ja, ... du bist eine Dame, von Geburt und der Erziehung her, meine Liebe«, beharrte Luke. »Und ich bin bloß ein Bandit, wie du mir so oft in der Vergangenheit gesagt hast. Es kommt für jeden Mann einmal die Zeit im Leben, wo er anfängt, über manches nachzudenken und sich wünscht, er hätte vieles anders gemacht. Er sieht die Fehler, die er gemacht hat, und er will es in Zukunft besser machen, besonders um seiner Frau und der Kinder willen. Den Punkt habe ich erreicht, Jenny. Ich muß mich entweder stellen und klaren Tisch machen oder ich werde mein Leben mit ständiger Flucht verbringen, und du weißt, für was ich mich entschieden habe.«

»Ja, und ich unterstütze dich auch so gut ich kann«, erklärte Jenny entschlossen. »Aber ich will nicht zusehen müssen, wie du stirbst, Luke! Das kannst du nicht von mir verlangen! Wenn es so weit kommt, mußt du mir versprechen, daß wir woanders ein neues Leben anfangen. Mir macht es nichts aus, wie wir leben oder wohin wir gehen – solange wir zusammen sind. Das ist das einzige, was mir wichtig ist.«

»Ich weiß, Jenny«.« Luke zog sie in seine Arme und küßte sie zärtlich. »Ich weiß. Also gut, mein Banditenschatz. Wenn es anders verläuft als wir hoffen, werde ich auf dich hören. Aber verlang nicht von mir, daß ich aufgebe, solange ich noch eine Möglichkeit sehe, die Sache zu gewinnen.«

»Nein, das tue ich nicht.«

»Komm. Lieb mich«, drängte er, brach das Thema ab, und Jenny, die ihre Furcht für den Augenblick verdrängte, gab sich ihm in seiner alles verzehrenden Leidenschaft hin.

Langsam las Jenny sich noch einmal das Telegramm durch, das sie aufgesetzt hatte und Gus Grissom an die Adresse der Pinkerton Detektei in Chicago schicken wollte. Es erschien ihr klar und deutlich. Dennoch war sie nicht sicher, ob der Detektiv die Bedeutung verstehen würde, obwohl sie mit ihrem Mädchennamen unterzeichnet hatte, in der Absicht, daß er sich bestimmt an sie erinnern würde und der Name Morgan nicht telegrafiert werden mußte.

14. JUNI 1873
AN MR. GUS GRISSOM
C/O PINKERTON DETEKTEI
CHICAGO, ILLINOIS

HABE NEUIGKEITEN ÜBER GEMEINSAMEN FREUND STOP WÜRDE SIE GERN MIT IHNEN BESPRECHEN STOP KÖNNEN WIR UNS TREFFEN STOP ERWARTE IHRE ANTWORT STOP

JENNY COLTER

»Bist du fertig, Jenny?« fragte Luke aus dem Telegrafenkäfig. »Stokes wird gleich aus seiner Mittagspause zurückkommen. Wir müssen uns beeilen.«

»Ja, in Ordnung. Hier ist es.« Sie schob ihm das Blatt Papier über die Theke durch das Fenster zu. »Bist du sicher, du kannst mit diesem Ding da richtig umgehen?« erkundigte sie sich skeptisch und musterte den Telegrafen. »Was passiert, wenn du einen Fehler machst? Wird dann nicht die Meldung verstümmelt?«

»Nein. Keine Sorge. Ich habe das schon öfter gemacht«, versicherte Luke ihr. »Man muß nur den Morsecode dafür kennen. Vertrau mir. Also gut. Ich fange an.«

Vorsichtig begann er in unterschiedlichem Rhythmus zu klikken und zu klacken, während Jenny ihm unruhig zuschaute und fürchtete, er könnte die Nachricht durcheinanderbringen oder Mr. Stokes ins Büro zurückkehren, ehe er fertig war. Zum Glück passierte weder das eine noch das andere. Bald schon traten sie und Luke auf den Gehweg hinaus und schlossen die Bürotür hinter sich.

»Tag, Stokes.« Luke nickte dem Telegrafenmann gleichmütig zu, der die Straße herauf auf sie zugeeilt kam, den Schlüsselbund aus der Tasche zog und sich verwirrt am Kopf kratzte, als er merkte, daß die Tür nicht abgeschlossen war.

»Ich werde wohl allmählich schon etwas senil«, bemerkte Mr. Stokes zu Luke und Jenny. »Ich hätte schwören können, daß ich abgeschlossen habe, ehe ich zum Essen ging. Aber gut.« Der Telegrafenmann zuckte mit den Achseln. »Es liegt ja nichts drin, was sich zu stehlen lohnt.« Er musterte Luke stirnrunzelnd.

»Nein, das glaube ich auch nicht«, erwiderte Luke. Seine Augen funkelten vergnügt, als er und Jenny ihren Weg die Straße hinunter fortsetzten und sich bemühten, ernst zu bleiben.

»Oh, Luke!« konnte Jenny sich schließlich nicht länger zurückhalten, als sie um die nächste Ecke bogen. »Ehrlich. Ich mußte mir auf die Zunge beißen, damit ich nicht laut auflache, als ich den Blick des armen alten Mr. Stokes gesehen habe. Glaubst du, er weiß, daß du das Schloß aufgebrochen hast?«

»Vermutlich. Zweifellos wird er den ganzen Nachmittag rätseln, was ich wohl gestohlen haben könnte. Warte, bis die Nachricht von Gus Grissom für dich kommt. Dann wird Stokes wissen, daß ich ein Telegramm verschickt habe, das er nicht lesen sollte, und er wird nicht begeistert sein. Er haßt es nämlich, wenn er die Ereignisse in der Stadt nicht lückenlos mitbekommt, so wie Crabby Abby!«

»Na ja.« Jenny seufzte, und ihr Kichern verebbte. »Ich bin mir immer noch nicht sicher, ob wir ihm hätten vertrauen können, die Nachricht weiterzusenden. Wer weiß, ob du alles richtig gemacht hast.«

»Natürlich habe ich das.« Luke grinste, wußte er doch, daß sie ihn nur necken wollte. »Warte es ab, und du wirst es sehen. Wenn die Pinkerton Detektei ihn nicht erreichen kann, wird Gus Grissom selbst antworten. Zweifellos hat er meinen Brüdern und mir verziehen, daß wir ihm während des Schneesturms entkommen sind. Er wird sich denken, daß wir ihm was schuldig sind.«

Genau das dachte der Detektiv, als er Jennys Nachricht erhielt. Gus Grissom starrte verblüfft auf das Telegramm, das er in der Hand hielt, sog genüßlich an seiner dicken Zigarre und dachte über die Worte nach, die da auf dem Papier standen. War es möglich, daß Miss Colter ihre Meinung geändert hatte und doch noch bereit war, gegen die Morgan-Bande auszusagen? Nein. Der Detektiv schüttelte den Kopf. Das mochte er irgendwie nicht glauben. Er hatte Gerüchte gehört, daß Luke Morgan die Lehrerin in Tumbling Creek geheiratet haben sollte. Falls Miss Colter tatsächlich Lukes Frau war, würde sie kaum wollen, daß er dem Gesetz übergeben wurde. Nein. Das Telegramm mußte etwas anderes zu bedeuten haben, aber sosehr Gus sich auch bemühte, er konnte sich nicht vorstellen, was es sein sollte. Obwohl Miss Colter ihn allein treffen wollte, glaubte er auch nicht, daß sie der Lockvogel für einen Hinterhalt wäre.

Bedächtig faltete er das Blatt Papier und steckte es in seine Tasche. Dann setzte er sich hin und überlegte, was er ihr antworten könnte. Schließlich, nach mehreren fruchtlosen Versuchen, die als zusammengeknüllte Papierkugeln im Korb landeten, war er mit dem, was er aufgesetzt hatte, zufrieden. Er kaute auf dem Bleistiftende herum und las die Antwort noch einmal durch.

17. JUNI 1873
AN: MISS JENNIFER COLTER
TUMBLING CREEK, MISSOURI

KÖNNEN UNS AM 24. JUNI UM 3 UHR AN DER SCHULE TREFFEN STOP KOMME ALLEIN STOP

GUS GRISSOM

Nachdem er noch ein paar Minuten über die Nachricht nachgedacht hatte, strich Gus schließlich AM und UM weg, da er fand, diese beiden Worte seien nicht nötig und er müsse nicht unbedingt dafür bezahlen. Dann klopfte er seine Taschen ab, um sicherzugehen, daß er seine Brieftasche bei sich hatte, und ging in die Halle des Hotels hinunter, in dem er in Saint Louis abgestiegen war. Er ließ seinen Zimmerschlüssel am Empfang zurück und ging nach draußen, um das Telegrafenbüro zu suchen.

Sobald er das Telegramm nach Tumbling Creek abgeschickt

hatte, nahm er seine Mahlzeit im Restaurant ein und kehrte auf sein Zimmer zurück, wo er sich zur Nacht schlafen legte. Erneut grübelte er, was Miss Colter von ihm wollen könnte. Es wäre nett, die Morgan-Bande verhaften zu können, überlegte Gus. Während des Schneesturms hatten die Brüder es geschafft, ihm und dem Verfolgertrupp, den er zusammen mit dem Marshall aufgestellt hatte, zu entwischen. Gus hatte sich verirrt und wäre beinahe in den Ozarks erfroren. Drei Zehen und zwei Finger hatten ihm amputiert werden müssen, als Folge der Erfrierungserscheinungen. Zum Glück war die Hand, mit der er schoß, nicht betroffen gewesen. Ja, so wie er es sah, standen die Morgans in seiner Schuld. Er wäre nur zu glücklich, diese einzufordern. Gus war nach Saint Louis geschickt worden, um die James-Younger-Bande ausfindig zu machen, aber er glaubte, sein Boß, Allan Pinkerton, würde nicht aus der Haut fahren, sollte er statt dessen die Morgan-Brüder bringen.

Die Schule war leer, weil die Unterrichtszeit des Frühjahres zu Ende war. Aber wenn sie hierherkam, empfand Jenny immer eine gewisse Liebe und Geborgenheit, als ob dieser Ort für sie etwas Besonderes wäre. Sie wußte, warum der alte Einsiedler so oft hierherkam und Stunden im Zwiegespräch mit Gott verbrachte. Es herrschte friedliche Stille, und das schwache Nachmittagslicht der Sonne fiel durch die offenen Fenster herein und beleuchtete jedes Staubkorn, das von dem Bretterboden aufwirbelte. In der Ferne raunte die Brise durch die Zweige der Bäume. Die Insekten summten, und die Vögel zwitscherten. Diese Geräusche zusammen mit der Wärme des Raumes erzeugten ein Gefühl, das zum Träumen verleitete. Jenny wäre fast eingeschlafen, so entspannend war es hier, aber sie hielt sich wach und dachte daran, daß sie aufmerksam bleiben mußte.

Es war drei Uhr. Gus Grissom würde jede Minute hier sein, und sie mußte ihn überzeugen, daß er Luke erlaubte, sich zu stellen. Allein der Gedanke daran nahm Jenny fast den Atem. Denn sollte Luke sich geirrt haben und der Detektiv zu der Sorte gehören, die ihm am liebsten hinterrücks erschießen würden, mochte er nicht so lange bleiben, daß er ein Verfahren bekommen konnte.

»Miss Colter.«

Jenny wandte sich um. Gus Grissom hatte einen so leisen Schritt, daß sie ihn nicht hatte kommen hören, aber sie hätte die Pferdehufe auf dem Kiesweg hören müssen. Sie schaute aus dem Fenster und sah, daß er sein Tier nur wenige Meter weiter angebunden und, da er einen Hinterhalt fürchtete, sich an die Schule herangeschlichen hatte. Sie lächelte.

»Ich heiße jetzt Mrs. Morgan«, erklärte sie.

Gus nickte.

»Das habe ich gehört, aber ich war mir nicht sicher, ob es stimmt.«

»Nun ... wollen Sie sich nicht setzen?« Jenny räusperte sich und deutete auf eine der vielen Bänke. »Wir haben eine Menge zu besprechen, Mrs. Grissom, da sollten wir gleich anfangen.«

Dann, nachdem sie tief Luft geholt hatte, begann sie, ihm die Gründe anzuvertrauen, die sie dazu bewogen hatten, ihn nach Tumbling Creek zu bitten.

Sie strebten ihrem besonderen Ort in den Bergen zu, an dem Jenny Luke die Geschichte ihrer Vergangenheit erzählt hatte, an dem sie miteinander gelacht, sich Geheimnisse anvertraut und geliebt hatten, und den sie als ihren ganz persönlichen Platz betrachteten.

Es bedurfte nicht der Worte zwischen ihnen, denn sie kannten sich so gut und waren sich so nah, daß ihre Herzen und ihre Gedanken manchmal wie eins waren. Heute war so ein Moment in ihrem Leben. Beide wußten, es konnte das letzte Mal sein, daß sie sich liebten.

Deshalb waren sie hierhergekommen, hatten die Zuflucht unter den Tannen und Zedern und Eichen gesucht, die sie wie hohe, alte und majestätische Wächter umgaben, darauf bedacht, daß sie nicht gestört werden würden. Luke schob die schweren grünen Zweige auseinander, um Jenny den Weg zu bahnen, die vor ihm her den geschützten Ort betrat. Dann ließ er die Zweige zurückschnellen, die sie vom Rest der Welt nun verbargen.

Von Sehnsucht erfüllt, begannen sie, sich gegenseitig auszuziehen. Ihre Finger bebten vor Erwartung, als sie Knöpfe und Schnüre öffneten, sich ihrer Kleidungsstücke entledigten, bis sie im Licht der verglühenden Sonne nackt voreinander standen.

Ihr Bett war das herrlich weiche Gras und Moos, die sich schlängelnden Ranken und Wildblumen, die unter ihnen nachgaben, genauso wie die Grashalme sich legten, so daß sich die Formen ihrer Körper darin abdrückten. Blütenblätter regneten herab und verteilten sich auf dem Boden, so daß ihr Duft in der Luft lag. Zärtlich preßte Luke Jenny auf den Boden, betrachtete sie liebevoll und ließ seinen Blick über jede Rundung, jede Stelle ihres Körpers gleiten, die er inzwischen kannte, geliebt und berührt hatte. Hier und da traten die weißen Narben der Vergangenheit auffallend hervor. Aber für Luke war sie die schönste Frau, die er je gesehen hatte. Tief in ihrem Innern besaß sie so viel Wärme und Fürsorge, daß sie davon schier glühte, und wenn sie ihn anlächelte, strahlte sie übers Gesicht, so wie die aufgehende Sonne das Licht in die Welt bringt. Ihre Augen unter den halbgeschlossenen Lidern hatten die Farbe des Morgentaus, und sie schimmerten wie Kristalle, ehe sie sich vor Leidenschaft verdunkelten und sie ihre Lider senkte, um sie in Erwartung seines Kusses zu schließen.

Er verschloß ihr die Lippen mit seinem Mund, kostete von ihr, teilte sie mit seiner Zunge und suchte Einlaß in das süße Innere, das ihn begierig aufnahm. Er streichelte sie überall, wo er sie nur berühren konnte, da er genau wußte, wie er sie erregen und ihr Vergnügen bereiten konnte. Denn das waren die Dinge, für die er sich am meisten Zeit und Geduld gelassen hatte – wie kein anderer Mann es vielleicht je getan hätte. Das empfand Jenny instinktiv, und dafür liebte sie ihn um so mehr.

Sie stand wie in Flammen und erschauerte von den Gefühlen, die sie packten, als ob sie Fieber hätte und zugleich Schüttelfrost. Überall am Körper, wo sie Lukes Hände spürte, brannte ihre Haut, und es war ihr kalt zugleich. Federleicht strich er über die dunklen Spitzen ihrer Brüste, bis sie sich verlangend aufrichteten. Dann ließ er seine Finger über ihren flachen Bauch hinabgleiten und schob sie zwischen ihre Schenkel, streichelte die flaumigen, weichen Locken und teilte die samtigen Falten, die unter seiner Berührung heiß und schlüpfrig wurden.

Als ob sie nicht genug von ihm bekommen könnte, erkundete Jenny ihn ihrerseits. Ihre Hände glitten über das seidige, blonde Haar auf seiner Brust, das zu einer schmalen Linie bis hinunter zwischen seine Flanken reichte und dort ein dichtes dreieckiges Fell bildete. Hier richtete sich der Schaft unter den Zärtlichkeiten ihrer Hände auf, und sie erschauerte erneut vor Erwartung und Erregung bei dem Gedanken, welche Macht sie in diesem Moment über ihn hatte.

Dann öffnete sie willig ihre Beine, zeigte ihm ihre Begierde. Kraftvoll stieß er in sie, fühlte, wie sie ihn umschloß und tief in sich aufnahm, sein Verlangen verstärkte. Er stöhnte und murmelte etwas gegen ihre Lippen und ihr Haar, uralte Laute und Worte, die Jennys Leidenschaft steigerten.

Ihr leises Aufschreien vermischte sich mit Lukes Stöhnen und erfüllte die Stille des Waldes mit einer Melodie, die sämtliche Lebewesen kannten. Ein warmes, prickelndes Kribbeln begann sich von ihrem Innern auszubreiten, durchflutete sie und schwoll an, bis sie das Gefühl hatte, sie müsse zerspringen von dieser Kraft, und im selben Moment erreichte sie ihren Höhepunkt, der jede Faser ihres Körpers erfaßte, bis er ganz allmählich abnahm. Fast gleichzeitig erlebte auch Luke seine Erfüllung und gab sich ganz dem atemraubenden Gefühl hin.

Anschließend, im Nachhall dieser Vereinigung lagen sie reglos da, klammerten sich aneinander, hielten sich engumschlungen, bis sie sich langsam entspannten. Jenny kuschelte sich an Lukes Brust, und so schliefen sie in inniger Umarmung ein.

34. Kapitel

Bald schon sprach sich herum, daß Luke Morgan gefangengenommen worden war, und als sie mit dem Zug von Tumbling Creek nach Springfield fuhren, wo Luke ins Gefängnis gehen und die Verhandlung stattfinden sollte, war Jenny gerührt, die vielen Zuschauer längs der Bahnlinie zu sehen, die ihrem Mann Respekt zollten. Sie sah alte Männer, die gebeugt dastanden und die Hüte ergeben vor ihr Herz hielten, während der Zug, in dem sie und Luke saßen, vorbeiratterte; Frauen mit betrübten Gesichtern, die ihre Kleinkinder hochhielten, damit diese später sagen konnten, sie hätten gesehen, wie Luke Morgan ins Gefängnis gebracht wurde; Kinder, die ihnen winkten, mit großen verwunderten Augen und gleichzeitig begeistert, daß sie eine lebende Legende zu sehen bekamen.

Tränen der Rührung stiegen Jenny bei diesem Anblick in die Augen. Diese armen, einfachen, gewöhnlichen Leute, zumeist Farmer, für die Luke eine Art Held war und für den sie mitlitten, spendeten seinem Wagemut Applaus und bejubelten seine Siege über die Reichen und Mächtigen. Seine Gefangennahme stellte für sie das Ende einer Ära dar, einer besonderen Lebensweise, die nie wieder möglich sein würde, so daß noch andere Augen außer Jennys feucht wurden. Dennoch zeichnete sich auch Hoffnung auf ihren Gesichtern ab. Ihr Anführer mochte gefaßt worden sein, aber er hatte nicht aufgegeben. Er würde nie aufgeben, denn selbst der Tod konnte seinen tapferen Geist nicht brechen, würde niemals die rebellische Ader in ihm, die ihn auf diesen Weg gebracht hatte, zähmen.

Sänger stimmten Balladen über Lukes Raubzüge an und sangen sie, während der Zug an ihnen vorbeirollte. Sie riefen ihm aufmunternde Worte zu, damit er wußte, daß sie jeden seiner Schritte verfolgten, daß sie an ihn dachten.

Luke selbst war sehr bewegt von der offensichtlichen Zuneigung, die sie ihm entgegenbrachten. Er stand stundenlang draußen auf der kleinen Plattform des privaten Waggons, in dem sie reisten, damit die Leute ihn sehen konnten. Er lächelte und winkte, bis Jenny sicher war, ihm müßte das Gesicht durch die dauernde Muskelanspannung weh tun und der Arm ihm schier abfallen. Sie war überzeugt, daß er einen brillanten Politiker abgeben würde.

Sie wußte, er würde bei dem Vorschlag, in die Politik zu gehen, laut auflachen. Aber in seinen Augen würde die Sehnsucht nach einer solchen Aufgabe aufblitzen, wie das immer bei ihm der Fall war, wenn er sich etwas besonders wünschte.

Die Sonne strahlte auf ihn hernieder und brachte sein Haar zum Leuchten, wie er da auf der Plattform stand. Es sah aus, als wäre es aus gesponnenem Gold – mit wenigen silbernen Fäden durchzogen, besonders an seinen Schläfen, die bereits leicht ergraut waren. Jenny bemerkte, daß die Fältchen um seine Augen sich vertieft hatten.

Da erst wurde ihr bewußt, wieviel sie schon gemeinsam erlebt hatten. Und doch kam es ihr so vor, als wäre es erst gestern gewesen, daß sie in dem Zug nach Tumbling Creek gesessen und angstvoll ihren Blick gehoben hatte, um Luke anzusehen. Gleich auf diesen ersten Blick hin schien ihr der Atem zu stocken und das Verlangen sich in ihr zu regen. Nach dieser Begegnung war sie nie wieder die gleiche gewesen.

Wie Jenny es so oft in der Vergangenheit gemacht hatte, streckte sie auch jetzt eine Hand aus, um ihn zu berühren, damit sie sicher sein konnte, daß er da war, ein Teil von ihr, so wie sie ein Teil von ihm war, jetzt und für immer. Luke wandte sich um und lächelte sie an. Es war dieses warme, herzliche Lächeln, das sie so gut kannte und so sehr an ihm liebte. Da wußte sie, gleichgültig, was vor ihnen lag – nichts konnte jemals ihre Liebe zerstören. Das, was sie miteinander verband, war unerschütterlich und währte ewiglich.

Als er ihre Hand zärtlich umschloß, konnte sie die Kraft und Sanftmut spüren, die er besaß. Sie erkannte, daß dies sein wirklicher Kern war, der Grund, warum all diese Leute am Wegesrand standen. Sie brauchten genau wie Jenny einen Helden wie Luke, jemanden, der ihre schillernden Träume und die nüchterne Realität zugleich verkörperte. In Lukes Augen lag beides, der Blick des jugendlichen Visionärs wie auch der des weisen Alters.

»Ich liebe dich«, flüsterte Jenny ergriffen und glücklich, daß dieser Mann allein ihr gehörte.

»Ich liebe dich auch«, murmelte Luke und wollte sie an sich ziehen, auf die Lippen küssen, sie fest in den Armen halten.

Gus Grissom, der direkt hinter ihnen stand, räusperte sich vernehmlich und schaute weg, als hätte er an etwas sehr Intimem und Besonderem teilgehabt.

Es war ein Verfahren, über das noch Jahre danach gesprochen wurde, ein Verfahren, das Eltern ihren Kindern schilderten und über das diese Kinder später ihren Nachkommen berichteten.

Zeitungsleute kamen selbst von New York in der Hoffnung auf ein Interview mit Luke, Jenny oder Gus Grissom, der über Nacht als der Mann berühmt geworden war, der Luke Morgan gefangengenommen hatte.

Der Gerichtssaal war bis zu den letzten Reihen besetzt. Sämtliche Zuschauer waren zuvor gründlich untersucht worden, ehe sie den Saal betreten durften, denn kein Gesetzesmann wollte, daß Luke entkommen konnte oder dem Henker vorenthalten wurde, indem er möglicherweise von einem übereifrigen, gesetzesverachtenden Bürger ermordet wurde. Für diese Vorsichtsmaßnahmen war Jenny dankbar, denn das nahm ihr einen Teil ihrer Furcht.

Es dauerte fast eine Woche, bis die Jury ausgewählt war, aber am Ende war Buzz Sawyer damit zufrieden. Einige der Männer waren dem Fall des Banditen gewogen, sehr zum Leidwesen des Staatsanwaltes von Missouri und des Vertreters für die Ozark Mountain Eisenbahngesellschaft.

Das Verfahren selbst dauerte drei Wochen, aber als die Anhörung vorbei war, zweifelte niemand mehr an dem Ergebnis. Es gab keine wirklichen Beweise, die die Verfolger vorlegen konnten. Der Staat schaffte es nicht, auch nur einen einzigen Zeugen zu finden, der Luke als Zugräuber identifiziert hatte. Und Jenny, der einzige Mensch, der eine solch vernichtende Erklärung hätte abgeben können, lehnte eine Zeugenaussage ab. Die Jury beriet sich weniger als eine Stunde und kehrte dann mit dem Urteil »In allen Anklagepunkten nicht schuldig« zurück. Die Zuschauer im Gerichtssaal jubelten.

Ende August war Luke ein freier Mann.

Seine Brüder warteten nicht lange damit, sich selbst zu stellen und ebenfalls einem Gerichtsverfahren zu unterziehen. Sie wurden genauso freigesprochen.

Schon Weihnachten konnte die Familie sich zum Essen zusammensetzen, ohne fürchten zu müssen, daß sie an den Feiertagen von einem der Gesetzeshüter oder einem der Pinkerton Detektive aufgescheucht werden würden. Lottie war so glücklich, daß sie Freudentränen vergoß und Jenny mehrmals umarmte, um ihr ihre Dankbarkeit zu zeigen. Sie war ganz fest der Ansicht, daß allein Jenny Luke dazu angeregt hatte, um seine Ehrlichkeit zu kämpfen. So war auch seinen Brüdern der Weg geebnet worden, wieder in das Leben der ordentlichen Bürger zurückzufinden.

Kipp und Sarah Jane strahlten, als sie erfuhren, daß ihr Vater nicht mehr so häufig »verreisen« würde, und Jed war schlichtweg stolz, als er hörte, daß Luke sich dem Jurastudium widmen und in die Politik gehen wolle.

»Ich will mir einen Sitz im Senat des Staates holen«, erklärte Luke. »Falls ich gewinne, hoffe ich einen Gesetzesentwurf einbringen zu können, durch den Banditen ein Anrecht auf Amnestie bekommen. Ich glaube nämlich, das könnte, mehr als alles andere, bei der Verbrechensbekämpfung in Missouri helfen. Die James und die Youngers würden sicher auch aussteigen, wenn sie nicht glauben würden, sie müssen den Rest ihres Lebens im Gefängnis verbringen oder, was noch schlimmer ist, sie würden gehängt für ihre Vergehen. Ich weiß, daß sie nicht mal die Hälfte der Verbrechen begangen haben, die ihnen zur Last gelegt werden. Diese verdammten Groschenromane sind nicht gerade besonders hilfreich, da sie blutrünstige Geschichten über Banditen verbreiten und den Leuten das Gefühl geben, das wäre die Wirklichkeit.«

»Das stimmt«, bekräftigte Billy Clay mißmutig. »Ich wünschte, ich hätte so viele Banken ausgeraubt, wie in den Geschichten behauptet wird. Ich wäre heute ein reicher Mann statt eines bekehrten Verbrechers, der jetzt als Farmer arbeiten muß.«

Die anderen lachten alle.

»Billy Clay«, begann Luke. »Wie wäre es, wenn du etwas Aufregenderes tun könntest? Wenn Pa dich zeitweise entbehren kann, nehme ich dich in mein Wahlkampfteam auf.«

»Wirklich, Luke? Ist das dein Ernst?«

»Natürlich. Was meinst du dazu, Pa? Kannst du ihn und Raif eine Zeitlang entbehren?«

Jed zupfte nachdenklich an seinem Bart und machte ein ernstes Gesicht, doch seine Augen funkelten.

»Nun, Luke, ich weiß nicht«, versetzte er schließlich zögernd. »Ich hatte eigentlich daran gedacht, daß die beiden Frank und Fred, die allmählich sehr alt werden, ersetzen sollten.«

»Aber, Pa.« Billy Clay grinste. Frank und Fred waren die Maultiere auf der Farm. »Du willst uns wohl auf den Arm nehmen. Du weißt ganz genau, daß Luke ein Wahlkampfteam braucht, wenn er die Wahl gewinnen will, und du weißt auch, er ist auf jede Hilfe angewiesen, die er bekommen kann.«

»Ich weiß, mein Sohn«, pflichtete Jed ihm bei. »Das sollte auch nur ein Scherz sein. Zum Donnerwetter! Wir werden alle mithelfen, damit Luke gewählt wird. Selbst die beiden Kleinen hier können Werbezettel austeilen.«

»Ja, dürfen wir, Pa? Ja, bitte?« bettelte Kipp.

»Natürlich, mein Junge«, stimmte Luke zu. »Gut, da es so aussieht, als hätte ich mein ganzes Wahlkampfhelferteam schon hier versammelt, wollen wir nicht gleich ein paar Pläne schmieden und dann die Geschenke öffnen?«

»Ja! Ja!« riefen die Kinder begeistert und rannten ins Wohnzimmer zum Weihnachtsbaum hinüber. Der Rest der Familie folgte ihnen lächelnd.

Hätte Jenny geahnt, wie sehr Lukes neue Karriere auch sie mit ins Rampenlicht der Öffentlichkeit zog, wäre sie nicht so darauf versessen gewesen, ihn zu unterstützen, damit er in die Politik geht. Aber im nachhinein konnte sie nichts mehr dagegen unternehmen. Die Lawine war losgetreten. Sie wurde von den Aktivitäten wie von einem Wirbelwind mitgerissen und sehnte sich schon bald atemlos nach Erholung und Stille – aber die fand sie nirgends.

Im Anschluß an den Unterricht hastete sie jeden Tag nach Hause, um Luke und den anderen bei der Wahlkampagne zu helfen. Es mußten Handzettel und Reden geschrieben werden, Kosten zusammengerechnet und überprüft sowie eine schier endlos erscheinende Reihe anderer Details erledigt werden. Jenny machte es nichts aus, diese Sachen zu übernehmen. Es waren andere Pflichten, wovor sie sich gerne gedrückt hätte.

Und zwar handelte es sich dabei um Abendessen und Kaffeekränzchen, von denen sie viele in Lukes Vertretung allein besuchen mußte, in der Hoffnung, daß die Damen, mit denen sie sich unterhielt, Einfluß auf die Stimme ihrer Männer hatten und diesen nutzen würden. Es gab auch Partys und Bälle, mehr als genug, um den Ausgleich zu schaffen für das, was sie in ihrer Jugend verpaßt hatte.

Lacey Standish und Delcine waren ständig mit Nähen und Säumen beschäftigt, denn Luke hatte nachdrücklich erklärt, Jenny könne unmöglich zweimal dasselbe Kleid anziehen. Jenny hingegen hielt das für Unsinn. Als sie jedoch bei einem der größeren Empfänge hörte, wie zwei Frauen sich geringschätzig über das Kleid einer dritten unterhielten und empört feststellten, es sei dasselbe, das sie vor ein paar Wochen in der Oper getragen hätte, war sie froh, daß Luke darauf bestanden hatte, sie solle sich ständig neu einkleiden.

In dem ganzen Trubel war es fast ein Wunder, daß Jenny noch einen klaren Gedanken fassen konnte. Sie prägte sich die Namen der reichen, mächtigen Männer und deren Frauen ein, die Einfluß auf Lukes Wahlkampagne hatten. Viele von den Frauen verfolgten mit Adleraugen, ob sie den Anforderungen standhalten konnte. Denn es kam nicht selten vor, daß eine Frau die politische Karriere ihres Mannes gefährdet oder gar gestoppt hatte – zumindest wurde Jenny das bei so etlichen Gelegenheiten zu verstehen gegeben.

Lukes Gegner, der derzeitige Amtsinhaber, Senator Sly Taggart, war unverheiratet. Aber die wenigen Male, die Jenny ihn bei verschiedenen Empfängen gesehen hatte, war er jedesmal mit einer anderen hübschen, jungen Dame am Arm erschienen, die politische Verbindungen besaß. Verglichen mit diesen Damen kam sich Jenny allerdings vor wie ein Zaunkönig im Wettstreit mit einem Pfau. Luke behauptete dann, es läge an ihrem Denken, sie würde mit jedem Tag schöner werden. Trotzdem fühlte sie sich so schlicht und unscheinbar wie ein linkischer Bücherwurm. Sie wußte so wenig über die Spitzen der Gesellschaft. Allerdings bemühte sie sich, das so rasch sie konnte zu lernen. Senator Taggarts Begleiterinnen hingegen schienen mit jedem gut Freund zu sein und stets über sämtliche Neuigkeiten bestens im Bilde, gleichgültig ob es sich um Geheimnisse oder offene Skandale handelte.

Luke riet Jenny, sich zu entspannen und sich nicht solche Sorgen zu machen. Jeder, der sie bisher kennengelernt hatte, mochte sie. Sie sei ein wesentlicher Motor für seine Karriere. Ihre Zweifel verließen sie leider trotzdem nicht, und sie gab sich um seinetwillen noch mehr Mühe. Luke war weitaus klüger und sah viel besser aus als Senator Taggart, fand sie natürlich nicht ganz unvoreingenommen. Bei der Beurteilung über Slys Charakter war sie zu dem Schluß gelangt, daß er mehr gemein und hinterlistig war als intelligent. Allein seine Erscheinung wirkte eigenartig beunruhigend auf sie. Die schwarze Augenklappe, die er über dem linken Auge trug, und die zackige Narbe auf seiner Wange verliehen ihm ein finsteres Aussehen. Jenny konnte sich einfach nicht vorstellen, daß irgendwer ihn anziehend fand, obwohl es offensichtlich eine Reihe Frauen gab, auf die das zutraf. Jedesmal scharten sich viele Damen um ihn und seinen Stellvertreter Tully Boothe.

Es machte Luke sichtlich Spaß, gegen den Arbeitgeber seines Ex-Schwagers anzutreten, aber Jenny konnte diese Begeisterung nicht teilen. Je öfter sie Tully sah, desto unsympathischer wurde er ihr. Sie konnte sich gut vorstellen, daß jemand, der fähig war, einen blutigen Aufstand anzuzetteln, sicherlich auch verschiedene andere gemeine Taten ausführen würde. Die kalte, abschätzende Art, mit der beide, Sly und Tully, sie und Luke die wenigen Male, die sie sich begegneten, behandelten, störte Jenny nicht. Sie fürchtete nur, daß die beiden ein böses Spiel gegen ihren Mann ausheckten. Die Ängste erwähnte sie Luke gegenüber, aber er grinste nur sarkastisch.

»Um mir eine Nasenlänge voraus zu sein, müßte Tully Boothe schon sehr früh aufstehen, Jenny«, erklärte er kühl. »Ich komme jederzeit gegen ihn an. Und was Senator Taggart betrifft ... also, ich bezweifle, daß seine Weste weißer ist als meine. Wenn er ein bißchen Dreck werfen will, darf er sich bloß nicht wundern, daß ich nicht der einzige bin, der schmutzig wird.«

Jenny wäre sicher beunruhigter gewesen, wenn sie gewußt hätte, daß die beiden Männer mehr an ihr als an Luke interessiert waren. Aber da sie davon nichts wußte, entschied sie, daß ihr Mann wohl klug genug sei, die Sache selbst in die Hand zu nehmen, und daß möglicherweise die Phantasie mit ihr durchginge.

Dennoch fröstelte sie ein wenig, als sie erneut überlegte, was Tully Boothe an sich hatte, das sie jedesmal aufs neue unangenehm berührte.

35. Kapitel

»Es tut mir aufrichtig leid, Luke, aber ich bezweifle, daß einer der übrigen Herren, die Sie noch erwarten, in der Lage sein wird zu kommen. Die Nachricht ist gerade über den Telegrafen gekommen: Heute werden keine Züge mehr fahren, abgesehen von denen, die schon unterwegs sind, und die werden mit Sicherheit nicht anhalten. Der gesamte Staat wird zur Zeit von einer immensen Heuschreckenplage heimgesucht, und die Eisenbahnschienen sind inzwischen durch die zerquetschten Tiere so glatt, daß die Züge durch die Bahnhöfe schlittern.«

»Hör mal, Zachary«, wandte Luke ein. »Ich bin eine Menge Lügenmärchen gewohnt, aber die Geschichte setzt ja wohl allem die Krone auf.«

»Lügenmärchen! Das ist keine Erfindung, Luke, ich schwöre es Ihnen! Es ist die reine Wahrheit!« behauptete der Fahrkartenverkäufer. »Wenn Sie mir nicht glauben wollen, gehen Sie zu Stokes Telegrafenbüro und fragen Sie ihn. Er wird es Ihnen bestätigen.«

»Himmel, Zachary! Sie wollen mich wirklich nicht an der Nase herumführen? Ich habe ein Haus voller Gäste. Wir wollen ein Grillfest geben für ein paar meiner Wahlkampfunterstützer und deren Frauen. Werden wir wirklich von einer Heuschreckenplage heimgesucht – alles, was wir haben, ist von diesen Insekten bedroht?«

»Nun, das weiß ich nicht, Luke«, räumte der Fahrkartenverkäufer ein und kratzte sich am Kopf. »Ich vermute schon, daß die Geschichten ein bißchen übertrieben sind. Aber gehen Sie doch zu Stokes hinüber und lassen Sie sich zeigen, was er bekommen hat, wenn Sie ganz sichergehen wollen.«

»Nein, ich glaube Ihnen. Ich mache mich besser auf den Rückweg.« Luke bestieg den neuen Buggy, den er sich angeschafft hatte, und nahm die Zügel der beiden braunen Pferde, die er ebenfalls kürzlich gekauft hatte, in die Hand. »Sollte doch noch der Rest meiner Gäste eintreffen, wäre ich Ihnen äußerst verbunden, Zachary, wenn Sie Pritchard bitten könnten, ihnen ein Gespann und einen Wagen zu überlassen. Beschreiben Sie ihnen den Weg zu meiner Farm. Und bestellen Sie Pritchard, ich werde meine Rechnung begleichen, wenn ich ihm den Wagen mit den Pferden zurückbringe.«

»Selbstverständlich, Luke.«

Die Grillparty war in vollem Gang, als Luke zu Hause ankam. Unter den hohen Pinien und Eichen schützte ein riesiger, weißer Baldachin die Gäste auf der Wiese vor der sengenden Sommersonne. Eine kühle Brise wehte durch die Zweige der Bäume, brachte den Stoff der Zeltplane sacht zum Flattern und ließ die langen, weißen Schmuckbänder fröhlich durch die Luft pendeln.

Auf der einen Seite des Gartens war eine niedrige, breite Holzbühne für die Musiker errichtet worden, die auf den in mehreren Reihen hintereinander angeordneten Bänken saßen und eine beschwingte Melodie auf ihren Instrumenten spielten. Etliche junge Paare tanzten und stampften kräftig mit ihren Schuhen auf den Holzboden. Ihr lautes Rufen und vergnügtes Lachen hallte in der Nachmittagsluft wider.

Lange Tische waren auf der anderen Seite der Wiese aneinandergestellt und mit weißen Tischdecken, die mit roten, weißen und blauen ineinandergeflochtenen Bordüren verziert waren, geschmückt worden. Platten und Schüsseln, hochbeladen mit den verschiedensten Leckerbissen, standen darauf, so daß die Holzbeine der Böcke unter dem Gewicht zu ächzen schienen. Es gab Apfelwein und Limonade sowie eine Bowle mit prickelndem Fruchtsaft.

Alle schienen sich so großartig zu amüsieren, daß es Luke leid tat, die Festlichkeit unterbrechen zu müssen, doch er hielt es für seine Pflicht, die Gäste über die Heuschreckenplage zu informieren. Deshalb betrat er die Bühne, bedeutete den Musikern, ihr Spiel zu unterbrechen, und bat um Ruhe. Er lächelte Jenny zu, die sich unaufdringlich in seiner Nähe postiert hatte. Dann berichtete er seinen Gästen, was er soeben in der Stadt erfahren hatte. Nachdem er ausgeredet hatte, gab es eine kurze Diskussion. Alle waren der gleichen Ansicht und fanden, die Berichte über die Insekten seien sicherlich stark übertrieben. Trotz der Entscheidung, daß die Party nicht abgebrochen werden sollte, vermochte Luke sich einer unguten Ahnung nicht zu erwehren. Er nickte den Musikern zu, und sie stimmten das nächste Stück an. Jenny runzelte ein wenig besorgt die Stirn.

»Luke, ich möchte die Gerichte abdecken lassen«, meinte sie. »Für alle Fälle. Es wäre doch schrecklich, wenn das ganze Essen verdorben würde. Wenn tatsächlich ein Schwarm Heuschrecken auftauchen sollte, können wir alles nach drinnen bringen.«

»Das klingt vernünftig, mein Schatz«, erwiderte er. »Ich werde mit Moses und ein paar weiteren Männern schon mal die Möbel im Wohnzimmer an die Wand rücken.«

Keiner von ihnen konnte sich in ihrer Unwissenheit vorstellen, was auf sie zukam. Erst als die Heuschrecken da waren, merkten sie, was es bedeutete. Anfangs hörten sie ein Summen, ein leises drohendes Geräusch, das allmählich lauter wurde und schließlich wütend die Musik übertönte. Dann sahen sie sie: Millionen und

Abermillionen von ihnen, Heuschrecken, wohin sie sich auch wandten. Der Himmel war schwarz vor Insekten, so dicht waren ihre Körper aneinandergepreßt. Sie bildeten eine einzige hellgraugrüne Wolke, die fast weißlich erschien, da die Sonnenstrahlen von den durchsichtigen Flügeln der Tiere reflektiert wurden. Wie Nebel ging die Insektenherde langsam über der Landschaft nieder.

Wie schwere, dicke Regentropfen fielen die Heuschrecken vom Himmel. Sie landeten auf den Bäumen, den Büschen, den Blumen und den Grashalmen, bis praktisch die gesamte Gegend von ihnen bedeckt war, wie von einem zehn Zentimeter hohen Teppich, der vorwärtswaberte. Die Tiere fraßen blitzschnell alles, was grün war.

Frauen und Kinder schrien und kreischten. Sie rannten ins Haus und versuchten, den Massen von Insekten zu entkommen. Jenny sah, wie eine der Damen, die ein weißes Kleid trug, das mit grünen Blumen bedruckt war, stolperte und in ihrer Hast hinfiel. Sofort stürzten sich gierig surrende Massen von Heuschrecken auf sie, fraßen alle grüngefärbten Stoffflecke ihres Kleides, so daß es hinterher voller Löcher war. Ein paar Jungs, Kipp war mit dabei, bemerkten es, zeigten mit den Fingern auf die Frau und lachten. Normalerweise hätte Jenny Kipp ermahnt, aber da es das erste Mal war, daß er sich wie andere Kinder seines Alters benahm, wollte sie ihm seinen harmlosen Spaß nicht verderben. Deshalb befahl sie ihm nur, der Frau aufzuhelfen, damit sie ins Haus kam, und dafür zu sorgen, daß sie sich umziehen konnte.

Dann rannte Jenny wieder in den Garten und sammelte mit einigen Dienstboten Platten und Schüsseln ein. Das Summen der Heuschrecken kreischte in ihren Ohren, aber das Geräusch, das sie machten, wenn sie auf dem Boden landeten, war wesentlich gräßlicher. Jedesmal hörte es sich an, als ob sie die Erde aufbrechen wollten. In diesen Mengen waren die Heuschrecken so schwer, daß die Zweige unter ihrem Gewicht nachgaben und abbrachen. Weizen und Maisfelder wurden dem Erdboden gleichgemacht und in wenigen Stunden bis auf eine paar karge Stoppeln weggefressen. Gemüsegärten wurden vernichtet und in atemberaubender Geschwindigkeit kahl wie im Winter.

Niemand hatte jemals so etwas gesehen. Sie konnten von Glück sagen, daß sie auf Whispering Pines waren, denn Jenny und Luke hatten an sämtlichen Fenstern und Türen Fliegengitter. Nur so konnten sie die Insekten aus dem Haus halten. Andere Menschen hatten diesen Schutz nicht.

Sobald dic Heuschrecken alles Grün, was sie sahen, gefressen hatten, machten sie sich über andere Nahrungsmittcl her sowie über Holz, Leder und Stoff. Sie stürzten sich auf die Verkleidungen der Hütten und Scheunen, fraßen die Griffe von Werkzeugen. Sie verschlangen Sättel und Harnische. Sie bissen sich durch Quiltdecken, Wolldecken, Laken und Mäntel, einfach durch alles, was die Leute zum Abdecken ihrer Lebensmittel und Vorräte benutzten. Nachts arbeiteten die Heuschrecken daran, in Häuser einzudringen, leerten die Speisekammern und Schränke, zerstörten die Möbel und zerfledderten die Vorhänge.

Es dauerte Tage, ehe die Insekten weiterzogen. Bis dahin jedoch war Jenny mit den Nerven fix und fertig. Sie hatte ein Haus voller Gäste versorgen müssen und wünschte sich fast, die Heuschrecken wären auch das Ende der politischen Laufbahn ihres Mannes. Doch statt daß der Vorfall ihm geschadet hätte, schien er seine Befürworter in ihrer Ansicht zu bestärken. Sie sahen in ihm einen Mann, der selbst noch angesichts einer solchen Krise einen kühlen Kopf bewahrte. Jenny zweifelte nicht daran, daß Luke, wenn diese Männer allein zu entscheiden hätten, die bevorstehende Wahl gewinnen würde.

Luke verlor jedoch. Es schien kaum glaublich nach all der Mühe, die sie hineingesteckt hatten, aber es war so. J R., als er die Nachricht erhielt, war so enttäuscht, daß er seine Zigarre unabsichtlich in seiner halbvollen Kaffeetasse ausdrückte anstatt im Aschenbecher. Tobias schüttelte ungläubig den Kopf und bestand darauf, Luke solle verlangen, daß die Stimmen erneut nachgezählt würden. Raiford knirschte mit den Zähnen und fluchte ohne Unterbrechung. Er beschuldigte Senator Taggart, auf irgendeine Art die Urnen mit zusätzlichen Stimmen gefüllt zu haben, um das Wahlergebnis zu verfälschen. Billy Clay saß finster auf einer leeren Kiste im Hauptquartier und stimmte knurrend zu, wenn jemand etwas sagte. Jenny räumte die Hörner weg, in die sie nicht hatten blasen können, und das Konfetti, das nicht verstreut werden würde. Nur Luke war der einzige, der nicht niedergeschmettert oder betroffen reagierte.

»Zum Donnerwetter!« schimpfte er ungehalten. »Ihr benehmt euch alle, als ob ich gestorben wäre. Es macht nichts, daß ich verloren habe. Es war das erste Mal, daß wir versucht haben, eine Wahlkampagne zu führen. Wir haben sicherlich Fehler gemacht, aber das ist nicht schlimm. Nächstes Mal werden wir mit der gewonnenen Erfahrung wissen, was zu tun ist. Wir werden neue Ideen entwickeln und uns etwas Besseres einfallen lassen. So wissen wir zum Beispiel, daß wir unser Betätigungsfeld ausweiten, das Spektrum verbreitern und mehr reisen müssen. Wir werden uns unseren eigenen Waggon besorgen und mit den Eisenbahngesellschaften einen Zeitplan abstimmen, damit wir auch auf dem kleinsten Bahnhof in der Umgebung anhalten können. Als erstes müssen wir diese Wahl vergessen, alles neu zusammenstellen und gleich mit den Vorbereitungen für die nächste beginnen. Da wir diesmal mehr Zeit haben, um die Sache zu planen und andere Ideen einbringen können, werden wir sicherlich mehr Erfolg haben.«

»Ich finde, Luke hat recht.« Jed nickte ernst. »Zuerst muß man die Füße ins Wasser stecken, ehe man schwimmen lernen kann. Dieser Senator Taggart, gleichgültig was wir persönlich von ihm halten, hatte ein paar ausgezeichnete Vorschläge. Niemand verbietet uns, seine Ideen auszuschlachten und sie uns zunutze zu machen. Wir sollten uns gleich hinsetzen, solange wir noch alles frisch im Kopf haben, und ein paar Punkte aufschreiben. Jenny, Mädchen, nimm dir einen Stuhl und such dir ein Blatt und einen Stift. Du kannst das, was uns einfällt, gleich aufschreiben, damit wir hinterher noch wissen, was wichtig ist.«

»Gern, Papa Jed«, stimmte sie zu, und ihre Augen leuchteten auf, als er ihr verschmitzt zuzwinkerte. Er mochte den Kosenamen, den sie ihm gegeben hatte. »Das werde ich machen. Also … laß mal sehen. Luke, ich halte den Backwettbewerb, den Senator

Taggarts Komitee gesponsert hat, für eine gute Idee. Dadurch wurden eine Menge Frauen angesprochen, und der anschließende Verkauf der Kuchen und Torten hat eine Menge Geld eingebracht. Lottie, Kate, Winona und ich könnten auch so etwas organisieren.«

»Das stimmt«, pflichtete er ihr bei. »Schreib es auf, Schatz.«

Diese Planungen waren Balsam auf ihre enttäuschten Seelen. Ziemlich rasch war die allgemeine Niedergeschlagenheit vergessen. Die gesamte Familie beschäftigte sich emsig mit dem Plan für Lukes Wahlkampftour 1876.

Wenige Kilometer nördlich von Tumbling Creek, in Jefferson City, saß der siegreiche Amtsinhaber, Senator Sly Taggart, der seinen Sieg hätte ausgelassen feiern können, statt dessen mit einem verbissenen Zug um den Mund in seinem Büro.

»Verdammt noch mal, Tully!« schimpfte er. »Ich habe mich nicht jahrelang abgemüht, die fetten, angeberischen alten Ärsche und ihre dummen, hirnlosen Weiber zu umwerben, nur um von deinem dämlichen Ex-Schwager aus dem Amt verdrängt zu werden! Wenn Moffatt nicht so geschickt gewesen wäre und die Wahlurnen gefüllt hätte, wie er das getan hat, wäre das jetzt nicht mehr mein Büro. Ich will dir in aller Deutlichkeit sagen, Tully, daß ich nicht besonders begeistert darüber bin.«

»Nein, Sly, das verstehe ich«, erwiderte Tully ein wenig nervös.

»Luke Morgan macht uns Schwierigkeiten«, fuhr Sly kalt fort. »Und seine Frau ist eine noch größere Bedrohung. Wir müssen sie unbedingt loswerden. Irgendwie muß das möglich sein. Sonst schaffen sie es früher oder später, meiner politischen Karriere ein Ende zu setzen – und damit deiner auch, Tully! Diese verdammte Hure! Ihr habe ich das zu verdanken, eindeutig! Moffatt, geh, trommel die anderen zusammen, damit wir einen Plan entwerfen können. Ich will, daß wir uns so bald wie möglich um Mrs. Morgan kümmern.«

36. Kapitel

Ein Stück außerhalb von Tumbling Creek lag ein großer kahler Hügel, der allen in der Umgebung als Big Bald bekannt war. Er fiel zwischen den bewaldeten Bergen und Felsen, die ihn umgaben, deutlich auf, denn auf seinem glatten, breiten Plateau stand nicht mal ein einzelner Baum oder Strauch. Nur Gras und Steine bedeckten seine Oberfläche.

Das war ein idealer Treffpunkt – zumindest glaubten das die dreizehn Männer, die sich dort an einem Winterabend im Januar 1875 versammelten. Denn in dem schwachen Licht des silbrig glänzenden Vollmonds erlaubte ihnen gerade eben diese Kahlheit auf kilometerweite Entfernung in jede Richtung jemanden zu entdecken, der versuchen sollte, sich ihnen zu nähern und sie auszuspionieren. Das war besonders deshalb wichtig, weil die Männer nicht belauscht werden wollten.

Sie waren eine rücksichtslose Gruppe, die letzten der hartgesottenen Männer, die Senator Sly Taggart im Krieg befehligt hatte. Heute abend hatten sie sich auf den Ruf ihres Anführers hin versammelt, um unter dem Mantel des Guten üble Taten zu begehen. Die meisten Menschen wären über solche Moralverdrehungen entsetzt gewesen. Aber dies hier waren keine gewöhnlichen Männer, und sie hatten sich längst daran gewöhnt, skrupellos zu handeln. Jetzt warteten sie schweigend auf das, was Sly ihnen zu sagen hatte.

Er schaute sie an, dachte daran, wie weit er mit ihnen gekommen war – und sie mit ihm. Es war schwer zu glauben, fand er, daß er in einer alten, wackeligen Zwei-Zimmer-Hütte außerhalb von Powder Springs in Missouri als Sohn eines armen, verkommenen Farmers und seiner resignierten, schlampigen Frau groß geworden war. Hätte er nicht etwas unternommen, um den Lauf seines Schicksals zu ändern, wäre er inzwischen in die Fußstapfen seines Vaters getreten und hätte versucht, dem ausgelaugten Boden, der nichts Brauchbares mehr hergab, seinen Lebensunterhalt abzuringen. Wie klug war es doch von ihm gewesen, den

Krieg zu seinem Vorteil zu nutzen und sich in den Reihen der Unionsarmee nach oben zu arbeiten. Im Anschluß an seine ehrenvolle Entlassung war er nach Hause zurückgekehrt, um sich für ein Amt zu bewerben und hatte einen Sitz im Senat des Staates gewonnen. Bald darauf stellte er sich zur Gouverneurswahl in Missouri, und nach dem Ablauf seiner Amtszeit wollte er sich von seiner Partei zum Kandidaten für das Amt des Präsidenten der USA aufstellen lassen. O ja, er hatte große Pläne, und davon sollte ihn nicht etwa ein nichtsnutziger Bandit und dessen dämliche Schlampe von einer Frau abhalten.

»Also, Männer.« Sly wandte sich nun der kleinen Versammlung zu. »Ihr wißt, warum wir uns hier getroffen haben. Als anständige, gesetzestreue Bürger sind wir es leid, daß in Missouri keine rechte Ordnung herrscht, daß die Marshalls und Sheriffs vor ihrem eigenen Schatten Angst haben ... Banditen wie die James-Younger-Bande die Umgebung unsicher machen ... und bekannte Verbrecher wie Luke Morgan sich offiziell zur Wahl stellen. Heute abend wollen wir einen ersten Schritt dagegen tun, indem wir die Gesetzeshüter Liga gründen. Ihr werdet die Gründungsmitglieder der Gruppe sein, und es wird eure Pflicht sein, zusätzliche Kräfte zu rekrutieren. Wir wollen einen Geheimbund schließen, um uns von dem Ungeziefer zu befreien, das uns plagt. Wir werden Regeln und Maßnahmen aufstellen, Losungsworte ausgeben und ähnliches, alles eben, was wir brauchen, um uns aneinander zu binden und gegenseitig identifizieren zu können. Das ist auch besonders wichtig für zukünftige Mitglieder. Wir werden einen Eid schwören, und wer erst einmal Mitglied der Liga ist, wird es bis zu seinem Tod bleiben. Also ...«, Sly öffnete eine aufwendige Schriftrolle, die mit einem roten Band zugeschnürt war, »... ich möchte, daß ihr alle eure Hand hebt und mir folgenden Eid nachsprecht:

›Ich schwöre, in Gegenwart von Gott und diesen Zeugen, daß ich niemals irgendwelche Geheimnisse dieses Bundes verraten oder Teile davon an irgendwelche Personen in der Außenwelt weitergeben werde. Es sei denn, ich bin durch eine strenge Prüfung oder in irgendeiner rechtmäßigen Art davon unterrichtet, daß sie rechtlich ermächtigt sind, diese Informationen zu erhalten. Ferner stimme ich den Regeln und Maßnahmen des Bundes zu, werde mich daran halten und den Anordnungen meiner Vorgesetzten oder entsprechend benannten Kameraden, unter deren Befehlsgewalt ich zu der Zeit stehe, Folge leisten. Ich werde nie jemanden als Mitglied vorschlagen oder meine Zustimmung zu dessen Aufnahme in den Bund geben, von dem ich annehmen muß, daß er es nicht wert ist. Ich werde aber auch nicht aus rein persönlichen Gründen gegen die Aufnahme von jemandem stimmen. Ich werde jeglichen Diebstahl, der mir bekannt wird, weitermelden und keinerlei Informationen über jemanden unterschlagen, nur weil derjenige mit mir verwandt ist. Ebensowenig werde ich jemanden aus rein persönlicher Feindseligkeit wegen irgend etwas bezichtigen.

Ich werde sämtliche Zeichen von rechtmäßigen Kameraden anerkennen und darauf reagieren und ihnen jederzeit die Hilfe gewähren, die sie brauchen, soweit ich dazu in der Lage bin oder die Situation meiner Familie es zuläßt. Ich werde keinen Kameraden absichtlich verletzen oder betrügen oder dergleichen zulassen, wenn es in meiner Macht steht, es zu verhindern.

Sollte ich mit Absicht und wissentlich gegen diesen Schwur verstoßen, unterwerfe ich mich der Gerichtsbarkeit von zwölf Mitgliedern dieses Bundes, selbst wenn ihre Entscheidung lauten sollte, Tod durch den Strang. So wahr mir Gott helfe.‹«

Sly hielt einen Moment inne und wartete, bis alle diese Wort verstanden hatten. Dann fuhr er fort:

»Unseren ersten Überfall werden wir kommenden Samstagabend machen. Ziel ist das Haus von Elijah P. Mulvaney, einer der Männer, die Luke Morgans Wahlkampagne unterstützt haben. Das ist alles.«

Es schien wirklich so, als wäre niemand mehr sicher. Slys bekannte Gruppe der Nachtreiter, die von allen als die »Baldknobbers« bezeichnet wurden, nachdem die Nachricht über den entstandenen Geheimbund und ihren Treffpunkt durchsikkerte, versetzten die Bürger von Taney County in Angst und

Schrecken. Niemand wußte, wer die maskierten Männer waren, aber alle waren sich darin einig, daß sie nicht von diesen selbsternannten Wächtern aus ihrem Bett geschleift werden wollten, die bereits mehrere Besitztümer niedergebrannt, einige ihrer Opfer verprügelt und einen Mann, der versucht hatte zu fliehen, um ihrem Haß und ihrer Rachsucht zu entgehen, sogar gehängt hatten.

Die Masken, die sie trugen, wirkten unheimlich. Sie waren aus schwarzem, braunem oder grauem Stoff gefertigt und bedeckten das Gesicht. Das untere Ende dieser Art Mütze steckte der Träger in seinen Kragen. Für Augen, Nase und Mund wurden kreisrunde Löcher ausgeschnitten, die mit einem kräftigroten Faden mit Knopflochstich umkäntelt wurden. Oben auf den Masken waren zwei achtzehn Zentimeter lange Hörner aus Stoff befestigt, die mit Holz oder Kork gefüllt waren, damit die Hörner standen. An der Spitze von jedem Horn war eine violette Quaste befestigt. Wer von den Männern noch schrecklicher aussehen wollte, hatte sich mit weißer Farbe zusätzliche Kreise und Streifen auf die Maske und die Hörner gezeichnet, so daß sie aussahen wie des Teufels Helfershelfer. Außerdem trugen sie ihre Mäntel von innen nach außen gekehrt, um ihre Identität noch besser zu verstecken. Sie trugen Karabiner, Revolver und Ruten bei sich.

Nur wenige der Bürger wagten es, den Nachtreitern furchtlos entgegenzutreten, obwohl die Wächter auf die Banditen wenig Eindruck machten, die sie doch zu ihrem Hauptziel erklärt hatten. Die Meinung der Öffentlichkeit stand weitaus mehr auf der Seite der James-Younger-Bande. Im vergangenen Jahr hatten Detektive der Agentur Pinkerton einen der Brüder Younger, John, erschossen, der nur an der Hälfte der Überfälle, die die Brüder gemacht hatten, beteiligt gewesen war, und im Januar hatten übereifrige Detektive der Agentur Pinkerton, Eisenbahndetektive und Gesetzeshüter aus Clay County, das Haus von Frank und Jesse James Mutter, Zerelda Samuel, umstellt und eine dreiunddreißig Pfund schwere Bombe durchs Fenster hineingeworfen. Hinterher hatten die Männer behauptet, das sei bloß ein Mittel gewesen, um die Bewohner auszuräuchern, damit sie das

Haus verließen. Statt dessen war die Bombe explodiert, hatte den neunjährigen Archie Peyton Samuel getötet, Frank und Jesses Halbbruder, und der Mutter den rechten Arm weggerissen.

Luke hatte darauf bestanden, daß er und Jenny aus Anteilnahme nach Clay County reisten, um bei der Beerdigung des Jungen anwesend zu sein. Obwohl sie zunächst dagegen war, da die James-Younger-Bande auch Leute umgebracht hatte, fügte sich Jenny doch schließlich dem Wunsch ihres Mannes und sah so zum ersten Mal Frank und Dingus James, wie Jesses Verwandte und Freunde ihn nannten.

Auf der Rückfahrt, als der Zug in den Bahnhof von Springfield, eine der vielen Haltestellen, fuhr, sah Jenny den widerwärtigen häßlichen Mann, der sie in so vielen Nächten während der vergangenen Jahre in ihren Alpträumen verfolgt hatte. Zuerst schüttelte sie ihren Kopf, als könne sie dann klarer sehen. Sie mochte ihren Augen nicht trauen, weil der Mann so lachte, wie er damals an jenem Tag auf Faxon's Folly gelacht hatte, und sie dachte schon, sie würde wieder phantasieren. Dann aber wurde ihr allmählich klar, daß der Mann tatsächlich leibhaftig auf dem Bahnhof stand, und da wich ihr sämtliche Farbe aus dem Gesicht. Heftig umklammerte sie Lukes Arm, weil sie fürchtete, sie müsse sich jeden Moment übergeben.

»Jenny! Was hast du, Liebes?« fragte er sofort besorgt, als er ihr aschfahles Gesicht sah und das Entsetzen in ihren Augen. »Was ist denn?«

»Luke«, hauchte sie. »Da ... das ... das ist er! Der Mann ... der ... an dem Tag ... Evangie ...«

»Wo?« fragte Luke scharf und verstand zu ihrer Erleichterung trotz der unzusammenhängenden Worte sofort, was sie meinte.

»Da.« Sie deutete zitternd zu ihm hinüber.

»Fahr nach Hause, Jenny«, befahl Luke und preßte seine Lippen aufeinander. »Ich komme nach, sobald ich kann.«

»Nein, Luke! Bitte! Warte!« rief sie.

Doch es war schon zu spät. Er war bereits den halben Gang des Wagens hinuntergelaufen, mit sicherem Schritt, obwohl der Zug sich bereits in Bewegung gesetzt hatte und an Geschwindigkeit zunahm, während er aus dem Bahnhof fuhr. Das Herz klopfte ihr bis zum Hals, als Jenny ihm hilflos nachschaute und ihn nicht zurückhalten konnte. Sie schnappte entsetzt nach Luft, als sie sah, wie er auf die Plattform des Waggons rannte, hinuntersprang und sich auf dem Boden abrollte, als er landete. Dann sprang er unverletzt auf und sprintete zum Bahnhof zurück. Jenny konnte nichts mehr sehen, da der Zug die Stadtgrenze hinter sich gelassen hatte und die bewaldeten Berge ihr die Sicht versperrten. Aufgewühlt nagte Jenny an ihrer Unterlippe. Sie konnte gar nicht anders als nach Tumbling Creek fahren, warten, sich den Kopf zerbrechen und Sorgen um Luke machen. Halbwegs hoffte sie, er würde etwas über ihre Vergangenheit herausfinden, doch zugleich fürchtete sie sich davor.

Es dauerte drei Tage, ehe Luke nach Tumbling Creek zurückkehrte. Bis dahin war Jenny ein einziges Nervenbündel, auch wenn sie nach außen hin ruhig und beherrscht wirkte. Sie wollte wissen, was ihr Mann in Erfahrung gebracht hatte, doch gleichzeitig hatte sie schreckliche Angst davor, weil ihr das schwarze Nichts im Kopf entrissen werden mochte und sie sich mit etwas befassen mußte, wovor sie sich am meisten fürchtete.

»Nun?« fragte sie schließlich.

Luke schüttelte den Kopf.

»Er hieß Harmon Moffatt und hat zugegeben, daß er an dem Tag mit auf Faxon's Folly war, aber mehr als das wollte er nicht sagen. Ich habe versucht, es aus ihm herauszukriegen, aber da hat er plötzlich durchgedreht und wollte mich umbringen. Es tut mir leid, aber ich … ich mußte ihn erstechen, Jenny. Er ist tot.«

Sie fröstelte ein wenig und wandte sich ab. Mehr wollte sie gar nicht wissen, denn sie hatte eine Menge Geschichten gehört, mit welcher mörderischen Fähigkeit er das Messer zu handhaben verstand. Er wurde deswegen mehr gefürchtet als wegen seiner Fähigkeit mit seinen Navy Colts, und obwohl er in dem Fall aus Notwehr gehandelt hatte, fiel es ihr schwer zu akzeptieren, was er getan hatte.

Da sie ihn nicht anschaute, fiel Jenny nicht auf, wie ein Schatten über Lukes Gesicht huschte und er seine Gedanken vor ihr verbarg. Hätte sie es gesehen, hätte sie gewußt, daß er sie angelogen hatte, weil er ihr ersparen wollte, was er herausgefunden hatte. Eventuell mochte das, was er erfahren hatte, nicht viel mit Jenny zu tun zu haben. Andererseits aber konnte es auch eine Menge bedeuten.

Harmon Moffatt hatte eine Fahrkarte nach Jefferson City in seinem Mantel gehabt, einen Hotelschlüssel in seiner Tasche sowie einen alten Handzettel von Senator Taggarts Wahlkampagne. Luke wollte diese Dinge überprüfen. Nachdem er seine Eindrücke überdacht hatte, war er auf den Gedanken gekommen, daß Moffatt für Sly Taggart gearbeitet hatte. Luke erinnerte sich, den häßlichen Mann ein paarmal gesehen zu haben. Er war nicht der Typ, der sich in der Öffentlichkeit präsentieren konnte, so wie Tully, aber er gehörte zu der Sorte Männer, die private Angelegenheiten besorgen – besonders solche Dinge, die in Hinterzimmern und dunklen Gassen getätigt wurden.

Luke wollte ein paar Dinge genauer wissen, nicht Jennys wegen, sondern für sich selbst. Er wußte nicht, warum, aber er hatte ein ungutes Gefühl in der Angelegenheit. Die Geschichte von Jennys Vergangenheit paßte in ein ganz bestimmtes Muster. Er hatte bereits ähnliche Geschichten während des Krieges gehört, bei denen es sich um furchtbare Gerüchte handelte. Denen zufolge hatte eine der Unionsarmee angeschlossene Gruppe, solche wie die, die Sly Taggart unter sich hatte, den Mann befehligt, der im Süden als Schlachter bekannt war. Gab es eine Verbindung zwischen diesen Dingen und der Tatsache, daß Moffatt für den Senator gearbeitet hatte? Luke wußte es nicht. Er wußte nur, daß er es herausfinden mußte. Sollte es tatsächlich Sly Taggarts Bande von Brandschätzern gewesen sein, die Jennys Familie vernichtet hatte, und der Senator sich an sie erinnern und sie erkennen, würde er sie umbringen müssen, damit sie ihn nicht verklagen und seine weniger rühmliche Vergangenheit aufdecken konnte und somit seine Karriere ruinieren würde. Sly hatte Jenny ein paarmal während der Wahlveranstaltungen gesehen. Vielleicht plante er jetzt schon ihren Tod. Bei dem Gedanken wurde Luke kalt.

»Jenny, ich muß morgen nach Jefferson City«, sagte er zu ihr. »Ich werde mich bemühen, nicht zu lange wegzubleiben. Willst du in der Zwischenzeit nicht mit Kipp und Sary meine Eltern besuchen? Du weißt, sie mögen es, wenn du kommst.«

»Ja, in Ordnung. Das kann ich sicherlich machen, obwohl ich nicht verstehe, warum du ständig nach Jefferson City reisen mußt, Luke. Die Pläne für die nächste Wahl laufen wunderbar, und du brauchst dich vor dem nächsten Jahr nicht um das Amt zu bewerben.« Dann, als sie merkte, daß er ihr gar nicht zuhörte, lächelte sie trocken. »Luke Morgan, du interessierst dich gar nicht dafür, was ich sage«, warf sie ihm vor und lachte laut auf, als er sie erschrocken anschaute. »Ach, vergiß es! Ich gehe jetzt nach oben und sage den Kindern, sie sollen etwas zusammenpacken!«

»Ja, tu das«, erwiderte Luke. »Tu das.«

Nachdem sie den Raum verlassen hatte, atmete er erleichtert auf. Wenigstens war Jenny im Haus seiner Eltern in Sicherheit. Ihm drehte sich das Herz in der Brust herum, wenn er daran dachte, daß sie in Gefahr war. Sollte ihr etwas zustoßen, würde er das niemals verwinden.

37. Kapitel

In seiner Sorge um Jennys Wohlergehen hatte Luke eine wichtige Tatsache vergessen: Seine Eltern hatten nämlich diese Woche vorgehabt, Jeds Cousin, Gilbert, in Stone County zu besuchen. Anstatt also sicher bei Jed und Lottie untergebracht zu sein, war Jenny allein in dem großen Haus, das Luke für sie gebaut hatte, nur Kipp und Sarah Jane waren bei ihr, sobald Moses und Delcine abends nach Hause gegangen waren. Hätte Luke das gewußt, wäre er verrückt geworden vor Sorge. Doch so setzte er seine Untersuchung in Jefferson City fort, in dem festen Glauben, daß Jenny bei seinen Eltern gut versorgt sei.

Daher hatte er keine Ahnung, daß die Baldknobbers eines Abends nach Whispering Pines kamen, ihre Gesichter unter ihren gräßlichen Masken verborgen, ihre Mäntel von innen nach außen gekehrt, um ihre Identität zu verstecken.

Als sie eintrafen, saß Jenny im Wohnzimmer. Sie las ein wenig und versuchte sich abzulenken, damit sie Luke nicht so furchtbar vermißte. Die Kinder waren bereits oben im Bett und schliefen. Im Haus war es sehr still. Die Räume schienen größer und leerer als am Tag. Mit dem Einbrechen der Dunkelheit wirkte alles irgendwie erschreckend und angsteinflößend. Es knarrte und ächzte, jedes kleine Geräusch klang so, als ob jemand auf der Etage über ihr entlangschlich oder die Treppe herunterkam. Wäre Luke dagewesen, hätte Jenny die Geräusche im Haus nicht bemerkt, aber weil sie allein war und es schon finster war, ging die Phantasie mit ihr durch und spielte ihr einen Streich.

Ihre Nerven waren bis zum Zerreißen gespannt, als die maskierten Männer auftauchten und sie in panische Angst versetzten. Sie wußte, daß die Baldknobbers bereits die Häuser verschiedener Leute überfallen hatten, die Lukes Wahlkampagne finanziell unterstützt hatten. Es gab noch genügend Menschen, die ihn als Banditen verurteilten, obwohl er sich einem ordentlichen Gerichtsverfahren unterzogen hatte. Aber Jenny hätte nicht gedacht, daß die Nachtreiter so weit gehen würden und tatsächlich Luke und seine Familie angriffen. Obwohl sie heute gesetzestreuer waren als in der Vergangenheit, so waren die Morgan-Brüder immerhin noch gefürchtet. Die Einwohner der Ozarks hatten schließlich ein gutes Gedächtnis und vergaßen nicht so schnell, was einmal war. Irrigerweise hatte Jenny gehofft, das biete ihr und den Kindern einen gewissen Schutz. Jetzt wußte sie, daß dem nicht so war.

Als sie die Pferdehufe in der Einfahrt hörte, dachte Jenny zuerst, Luke sei aus einem unbekannten Grund früher nach Hause gekommen, als sie erwartet hatte. Sofort stand sie auf, legte das Buch beiseite und lief erfreut den Flur hinunter zur Eingangshalle. Sie hatte fast die Haustür erreicht, als der erste Stein durch die Fensterscheibe ins große Wohnzimmer und das Eßzimmer flog. Sofort duckte sie sich und preßte sich gegen die Wand, während die Glassplitter in sämtliche Richtungen spritzten.

Daraufhin ertönten Schreie, lautes Rufen und die gebrüllte Forderung, sie solle auf die Veranda kommen und sich zeigen.

Jennys Herz begann zu rasen. In dem Moment wurde ihr klar, was ihre Schwester Evangeline an jenem Tag auf Faxon's Folly ausgestanden hatte. Vorsichtig wagte sich Jenny auf Zehenspitzen an eines der Fenster und spähte nach draußen. Da fand sie ihren schlimmsten Ängste bestätigt. Eine Gruppe maskierter Männer zu Pferd hatte sich in einem Halbkreis aufgereiht und wartete auf sie. Hätte sie sich nicht so erschrocken, wäre ihr aufgefallen, wie merkwürdig es war, daß sie nicht nach Luke riefen, fast so, als wüßten sie, daß er nicht zu Hause war. Sie wußte nur, daß sie allein war, bis auf zwei kleine Kinder, für die sie zu sorgen hatte, und draußen warteten die berüchtigten Baldknobbers auf sie.

Zitternd lief sie in Lukes Arbeitszimmer hinüber, wo sie mit bebenden Fingern den Waffenschrank öffnete, sich eines seiner Gewehre herausholte und lud. Dann atmete sie tief durch, lief zur Eingangstür und bereitete sich noch einmal tief durchatmend darauf vor, daß sie den Nachtreitern gegenübertreten mußte – und öffnete die Tür.

Es waren dreizehn Mann, eine Unglückszahl! Aber Jenny erkannte keinen von ihnen bei dem flackernden Licht der Fackeln, die sie bei sich trugen. Nichts an ihnen verriet auch nur im geringsten ihre Identität. Selbst ihre Stimmen waren gedämpft und verfremdet hinter den Masken. So gab sie es bald auf zu hoffen, daß sich ein mitfühlender Freund hinter einem dieser Kostüme verbarg.

»Was wollen Sie?« fragte sie und bemühte sich, das leichte Zittern in ihrer Stimme zu verdrängen. Gleichzeitig richtete sie ihre Waffe auf den Mann, den sie für den Anführer hielt.

»Sie, Mrs. Morgan«, erwiderte er spöttisch.

Es schwang etwas in seiner Stimme mit, das Jenny einen kalten Schauer über den Rücken rieseln ließ. Sie hatte das Gefühl, sie hätte die Stimme bereits genauso gehört, wie sie jetzt klang. Erneut dachte sie unheimlicherweise an Evangeline und bekam noch mehr Angst.

Doch sie versuchte, sich zu fangen. Der Krieg war vorbei, und diese Männer hier waren keine Plünderer der Yankees, sondern übereifrige Bürger, die Gesetz und Ordnung wiederherstellen wollten. Sicherlich würden sie ihr nichts antun. Bestimmt nicht.

»Sie haben kein Recht, hierherzukommen, Männer«, erklärte sie beherrscht und bekam ihre Gefühle nun gut unter Kontrolle. »Außerdem sind Sie unerlaubt eingedrungen. Ich fordere Sie auf, das Grundstück umgehend zu verlassen, sonst bin ich gezwungen, jemanden zu Marshall Farlow zu schicken.«

Die Baldknobbers amüsierten sich bloß – so wie damals der Mann Evangeline ausgelacht hatte. Jenny merkte, wie die Furcht sie erneut packte, denn es war so, als erlebe sie den Alptraum ihrer Vergangenheit. Mühselig kämpfte sie gegen die Panik, die sie drohte zu überwältigen.

Sie straffte ihren Rücken, als der Anführer der Bande absaß und auf sie zuschlenderte. Es lag eine geradezu greifbare Drohung in seiner Haltung, die nicht zu übersehen war.

»Nicht. Bitte nicht«, bat Jenny. Sie spürte die Gewalt, die von ihm ausging, und wich einen Schritt zurück.

Trotz Jennys Flehen kam der Mann stetig näher. Und plötzlich wußte sie, daß er die Absicht hatte, ihr etwas anzutun, genau wie damals die Männer auf Faxon's Folly absichtlich geplündert und gemordet hatten. Das Böse lag jetzt in der Luft, so wie damals auch. Jenny spürte es überdeutlich.

Entsetzt drückte sie den Abzug des Gewehrs und geriet durch die Wucht des mächtigen Rückstoßes, den der Schuß auslöste, ins Wanken. Die Kugel bohrte sich in den Boden und wirbelte eine Staubwolke hoch. Der Anführer hielt inne, aber an dem breiten Loch um seinen Mund war deutlich zu erkennen, daß er hämisch grinste, so als kümmere ihn Jennys Warnschuß nicht im geringsten. Offensichtlich glaubte er nicht, daß sie tatsächlich auf ihn schießen würde, obwohl sie es ihm angedroht hatte.

»Kommen Sie nicht näher!« warnte sie. »Ich will Sie nicht erschießen müssen. Aber ich werde es tun.«

Der Mann lachte nur, ein leises, gemeines Kichern, bei dem es Jenny eiskalt wurde. Sie bekam eine Gänsehaut, die sich rasch über den ganzen Körper ausbreitete, und einen schrecklichen Augenblick lang fürchtete sie fast, sie müsse sich übergeben. Doch dann schaffte sie es, sich zusammenzureißen und erneut mit dem Gewehr zu zielen. Sie war Luke Morgans Frau und würde ihrem Mann keinen Grund liefern, daß er sich ihrer schämen mußte.

Der Anführer verlagerte sein Gewicht ein wenig und wurde etwas vorsichtiger, als er das kämpferische Aufblitzen in Jennys Augen sah. Vielleicht würde sie doch auf ihn schießen. Er erinnerte sich an eine Frau, die es vor langer Zeit versucht hatte und dabei mehrere seiner Männer getroffen hatte, ehe er sie geschnappt und brutal verprügelt hatte. Er wurde wachsamer und ging vorsichtiger auf Jenny zu. Dabei bewegte er sich wie ein Jäger, der seine Beute umkreist.

Sie achtete so sehr auf ihn, damit er sie nicht plötzlich überrumpeln konnte, daß sie nur wie aus weiter Ferne merkte, daß Kipp und Sarah Jane sich auf die Veranda hinter sie geschlichen hatten, nachdem sie durch das Zerschmettern der Scheibe und das laute Rufen geweckt worden waren. Jetzt traten sie schutzsuchend näher an sie heran. Sie klammerten sich an ihren Rock und spähten um sie herum zu dem Mann, der wie ein bösartiges Ungeheuer vor ihnen aufragte. Obwohl sie Angst hatten, galt ein großer Teil ihrer Sorge Jenny. Die Aufmerksamkeit des Mannes war auf sie gerichtet, und beide Kinder, die Jenny sehr liebten, wollten ihr unbedingt helfen. Unvermittelt hastete Kipp mit einem wilden »Jipp-Jipp-Jääh«-Ruf an ihr vorbei und stürmte auf den Anführer zu, um ihm den Kopf in den Magen zu rammen.

Der Mann, der auf einen solchen Angriff nicht vorbereitet war, stöhnte und stolperte rückwärts. Beinahe wäre er hingefallen, doch es gelang ihm noch, sich zu fangen. Dann reagierte er jedoch rasch, schlug mit der Faust zu und traf Kipp seitlich am Kopf, so daß der Junge zu Boden fiel.

»Kipp!« Jenny schrie auf. »Kipp!«

Zu ihrer Erleichterung sprang der Junge sofort auf und schien nur im ersten Moment benommen. Aber dann stürzte er sich zu ihrem Entsetzen erneut mit rudernden Armen auf den Anführer.

»Lassen Sie meine Stiefmutter in Ruhe!« brüllte Kipp und trommelte mit seinen Fäusten wirkungslos auf den Mann ein. Der schien sich jetzt über die Schläge des Jungen zu amüsieren. »Lassen Sie meine Stiefmutter in Ruhe oder ich bringe Sie um!«

Schließlich war der Anführer das Spiel leid und versetzte Kipp einen mächtigen Fausthieb gegen den Kiefer. Der Junge flog nach hinten, stürzte zu Boden und überschlug sich. Diesmal stand er etwas langsamer auf und schüttelte den Kopf, als wäre er schwer benommen. Jenny fürchtete, daß ein dritter Schlag zu viel für den Jungen war.

»Lauf, Kipp! Lauf!« befahl sie ihm. »Lauf Hilfe holen!«

Der Junge erkannte, daß das das beste war. Allein vermochte er nicht gegen die Nachtreiter anzukommen. In der Hoffnung, daß die Bäume und die Dunkelheit ihn verschlucken würden, lief er auf dem Waldrand zu. In seiner Hast stolperte er zuerst, fing sich jedoch rasch wieder.

»Laßt ihn nicht entkommen!« schnauzte der Anführer seine Männer an. »Laßt ihn nicht entkommen!«

Dann verfluchte er ihre träge Reaktion, zog seine Pistole und feuerte auf Kipps kleine, hin- und herhuschende Gestalt. Der erste Schuß verfehlte ihn, und ehe der Mann einen weiteren abgeben konnte, drückte Jenny in fieberhafter Hast den Abzug ihres Gewehrs. Sofort fühlte sie schmerzhaft den Rückstoß an ihrer Schulter, während die Kugel durch den langen Lauf jagte, der auf den Anführer gerichtet war. Aber es war schon eine sehr lange Zeit her, seit sie mit Cade geübt hatte, und Jenny vermochte nicht mehr so gut mit dem Gewehr umzugehen. Ihre Hände zitterten, und anstatt den Mann in die Brust zu treffen, wie sie beabsichtigt hatte, erwischte sie ihn am Bein. Er brüllte wütend auf, als ihn die Kugel traf, und faßte mit der Hand auf die Wunde, aus der das Blut bis zu Jenny hinüberspritzte.

Sie spürte die warme, klebrige Flüssigkeit kaum auf ihrer Haut. Zu sehr galt ihre Aufmerksamkeit einem anderen Mitglied der Bande, das auf einem kräftigen Wallach saß und Kipp hinterherritt. Erneut hob sie ihr Gewehr und feuerte. Diesmal traf sie ihr Ziel, und der Nachtreiter plumpste aus seinem Sattel, so daß

Kipp unverletzt davonkam. Der Anführer entriß Jenny die Waffe und verprügelte sie so heftig damit, daß sie auf die Knie fiel.

Die Vergeltung, die sie erleiden mußte, machte ihr nichts aus. Kipp war in Sicherheit und vermochte vielleicht Hilfe zu holen. Das reichte ihr. Jenny hoffte bloß, daß sie und Sarah Jane noch lebten, bis Hilfe eintraf.

»Du verdammte Hexe!« brüllte der Mann und schlug erneut zu. »Ich sollte dich auf der Stelle umbringen!«

Der nächste Schlag war noch brutaler als die anderen, und der Griff des Gewehrs zerbrach. Verärgert warf der Anführer die untaugliche Waffe weg, riß Jenny hoch und schüttelte sie wütend, ehe er sie zu seinem Pferd hinüberstieß. Sie stolperte und fiel hin, und als Sarah Jane, die sich geduckt hatte, mutig vorlief, um ihr aufzuhelfen, schlug der Mann das kleine Mädchen, daß ihm die Lippe aufplatzte und es rücklings stürzte.

»Hören Sie auf!« schrie Jenny. »Lassen Sie das! Sie kann nichts tun. Sie ist stumm! Hören Sie? Sie ist stumm, sie hat, seit sie ihre Mutter verloren hat, nichts mehr gesprochen.«

Zu Jennys Entsetzen begann der Anführer laut aufzulachen. Immer noch grinsend bückte er sich zu Sarah Jane hinunter und flüsterte ihr ins Ohr:

»Du hältst auch besser weiterhin deinen Mund, du dämliches kleines Biest«, zischte er. »Ich habe dich nicht vergessen, weißt du. Und wenn du nicht tust, was ich dir befehle, werde ich zurückkommen, so wie ich es versprochen habe, und dir mit Sicherheit die Zunge herausschneiden!«

Sarah Jane erstarrte, als sie die böse Stimme vernahm, die sie jahrelang verfolgt hatte. Er war es! One-Eyed Jack! Ja, jetzt erkannte sie auch, daß eines seiner Augen hinter der Maske von einer schwarzen Augenklappe bedeckt war. Leichenblaß vor Furcht begann sie am ganzen Körper zu zittern und fiel ohnmächtig zu Boden.

»Sary!« kreischte Jenny verzweifelt. »Sary! Oh, was haben Sie mit ihr gemacht, Sie Schuft?«

Schon wollte sie zu Sarah Janes regloser Gestalt laufen, doch da riß der Mann sie mit stählernem Griff am Arm zurück.

»Sie hat nichts«, grinste er. »Sie ist bloß in Ohnmacht gefallen, sonst nichts. Jetzt steigen Sie schon auf, Sie Hexe, es sei denn ... Sie wollen, daß ich das Kind doch noch umbringe.«

Er zückte seine Waffe und richtete sie auf Sarah Jane.

»Nein«, stammelte Jenny. »Es ist ... ist bloß, ich verstehe nicht ... nicht. Was haben wir gemacht, daß wir so dafür büßen müssen? Wohin bringen Sie mich? Was wollen Sie von mir?«

»Alles zu seiner Zeit, Mrs. Morgan. Immer hübsch der Reihe nach.«

Damit hob der Anführer sie auf sein Pferd, saß hinter ihr auf und brachte den nervös tänzelnden Hengst unter Kontrolle, während er sie mit einer Hand, deren Finger sich tief in Jennys weiches Fleisch gruben, hart umfaßte. Dabei streifte er mit seinem Daumen ihre Brust.

Jenny erstarrte, während der Mann hinter ihr seinen Männern kurze Kommandos zurief, ihnen befahl, sich zu beeilen, da Kipp zweifellos inzwischen Hilfe gefunden haben würde, die bald einträfe. Hastig hoben die Männer die Leiche des Nachtreiters auf, den Jenny erschossen hatte, und nachdem sie sein Pferd eingefangen hatten, legten sie ihn über den Sattel. Sie banden ihm die Handgelenke und die Fußgelenke zusammen, damit er nicht herunterfallen konnte. Dann verwischten sie sorgfältig sämtliche Spuren, hoben ein oder zwei abgebrannte Fackeln auf, die auf den Boden geworfen worden waren, und rissen ein Stück Stoff von einem Dornenbusch, an dem einer von ihnen mit seinem Mantel hängengeblieben war. Danach ritten sie noch einmal kurz und quer über den gesamten Hof, so daß die Abdrücke, wenn überhaupt, schwer voneinander zu unterscheiden waren. Jenny wußte, es würde kaum möglich sein, ihnen zu folgen, und sie schluchzte im stillen auf, als ihr klar wurde, daß niemand sie wohl je wiederfinden würde.

Unheimlicherweise hatte sie das Gefühl, diesen Augenblick schon mal erlebt zu haben, während sie die Baldknobbers beobachtete, und ihr wurde klar, daß es so ähnlich auch an dem Tag auf Faxon's Folly zugegangen sein mußte, als nichts zurückgeblieben war, woran Cade und Moses hätten erkennen können, wer ihnen das Leid zugefügt hatte und warum. Die Männer hatten auch damals sämtliche Spuren ihres gewaltsamen Eindringens auf der Plantage verwischt. Jenny fröstelte bei dem Gedanken, und ihre Angst stieg.

Der Abend erschien ihr irreal. Das konnte nicht sein. Das konnte nicht ihr widerfahren – nicht wieder!

Sie überlegte, wer der Mann sein mochte, der sie gefangengenommen hatte, aber er hatte nichts an sich, das ihr bekannt vorkam oder einen Hinweis auf seine Identität gab. Jenny erschauerte in seinen Armen. Irgendwie erschien es ihr schlimmer, von jemandem entführt zu werden, den sie nicht mal kannte. Was wird er mir antun? fragte sie sich und verdrängte den Gedanken rasch wieder. Sie wollte nicht darüber nachdenken, sich nicht an Evangeline und das erinnern, was sie erlitten hatte, ehe sie gestorben war.

Mein Gott, betete Jenny lautlos, wenn er mich umbringt, dann laß es ihn rasch tun. Laß nicht zu, daß er mich quält ...

Sie biß sich auf die Unterlippe, um nicht aufzuschreien und umklammerte den Sattelknauf fester, als der Anführer seine Sporen tiefer in die Flanken seines Tieres grub, den Hengst vorwärts in die finstere Nacht hineindrängte, sich von den übrigen Baldknobbers trennte, die sich stillschweigend in kleinere Gruppen auflösten.

Allein. Ich bin mit ihm allein! Jenny wurde von grenzenlosem Entsetzen gepackt. Ihr wurde noch schmerzlich bewußter, wie eisern der Mann sie umfaßt hielt und wie spürbar nachdrücklich sein Daumen auf der Spitze ihrer Brust ruhte.

Oh, Luke. Luke!

Aber es gab keine Antwort auf ihren stummen Schrei. Um sie herum waren nur die Wälder, und die Dunkelheit verschluckte sie, als sie Whispering Pines weit hinter sich ließen.

38. Kapitel

Der Ritt war ein einziger Alptraum durch die Schwärze der Nacht, aber als der Himmel am Horizont heller wurde, bekam Jenny noch mehr Angst. Denn jetzt sah sie, daß sie zu den hohen Felsen unterwegs waren, die die Grenze nach Arkansas markierten, steile, zerklüftete Felsvorsprünge, bekannt als Mörderfelsen.

Während des Bürgerkriegs zwischen den Staaten hatten die hohen Felsen als Hauptquartier für die Banden der Bushwhackers, die von Alf Bolin angeführt wurden, gedient. Von ihrem hochgelegenen Versteck aus hatten die Plünderer sich auf den Weg gemacht und zahlreiche Soldaten der Konföderierten, die die kurvenreiche Straße von Little Rock nach Springfield passieren mußten, hinterrücks ermordet. Es wurde behauptet, daß ein Rebell, der es schaffte, dort den White River nach Arkansas zu überqueren, sicher war. Sehr zum Verdruß der Unionsarmee hatte sich mehr als einmal herausgestellt, daß es tatsächlich so war. Frustriert von Alf Bolins blutigen Erfolgen bei seinen Überfällen, hatte der Norden schließlich eine hohe Kopfgeldsumme auf ihn ausgesetzt und eines Tages den gräßlichen Beweis für seinen Tod durch einen Yankee-Soldaten erhalten.

Doch selbst jetzt war der Schrecken der Mörderfelsen unter den Einwohnern der Ozarks noch nicht vergessen. Nachdem sie sowieso erschöpft und entmutigt war, vermeinte Jenny schon, das Blut von den Felsen tropfen zu sehen, die so bedrohlich in der Ferne vor ihr aufragten.

Der Mann hinter ihr war in der Nacht erschreckend still gewesen, weigerte sich auf ihre Fragen eine Antwort zu geben, sprach nicht mal mit ihr und gab auch kein Kommando. Er hatte sie einfach nur durch die dunklen Schlitze seiner Maske angestarrt, die insgesamt so schwarz war, daß es ihr so vorkam, als hätte er gar keine Augen und sei ein Gespenst, das aus dem Grab aufgestiegen war. Die weißen Ringe um die Augenlöcher verstärkten diese unheimliche Wirkung noch.

Jetzt zügelte er den Hengst und bedeutete Jenny mit gezückter

Pistole, daß sie absteigen sollte. Dabei ließ er keinen Zweifel daran, daß er sie erschießen würde, sollte sie einen Fluchtversuch wagen.

Steif von dem Ritt glitt sie vom Rücken des Tieres hinunter. Jeder Knochen schmerzte, und sie fühlte sich, als wären ihr alle Glieder ausgerenkt worden. Die Muskeln taten ihr weh, und der Rücken schien von blauen Flecken übersät. Sie bezweifelte, daß sie hätte laufen können, selbst wenn ihr Leben davon abhinge.

Erschöpft sank sie zu Boden und beobachtete mit Beklemmung, wie der Mann seinen Mantel auszog, um ihn auf die rechte Seite zu wenden, und dann seine Maske abnahm.

»Senator Taggart!« rief Jenny und erkannte ihn sofort.

»Richtig.« Er lächelte grimmig.

»Was hat das zu bedeuten?« verlangte Jenny mehr aufgebracht als eingeschüchtert.

Der Senator schüttelte zuerst ungläubig den Kopf und lachte dann spöttisch auf.

»Sie erkennen mich nicht mal, nicht wahr?« fragte er. »Ich habe meine Karriere und meinen Hals umsonst riskiert. Absolut umsonst!« wiederholte er gallig. »Sie Hexe! Warum sind Sie nicht zusammen mit den anderen gestorben – wie es eigentlich der Fall hätte sein sollen?«

»Was meinen Sie damit, ich kenne Sie nicht? Ich ... ich sollte tot sein? Wovon reden Sie? Wie die anderen? Welche anderen? Ich ... ich verstehe das nicht«, stammelte Jenny verwirrt.

»Nein, das tun Sie nicht – Pech für Sie«, erwiderte Sly, und ein sarkastisches Grinsen huschte über sein Gesicht. »Wenn ich gewußt hätte, daß Sie mich nicht erkannt haben, hätte ich mir nicht einen so aufwendigen Plan ausgedacht, um Sie zu ermorden. Ich habe während der gesamten Wahlkampagne überlegt, warum Sie mich nicht angeklagt und bloßgestellt haben. Mir war nicht bewußt, daß ich mich so sehr verändert habe. Oder vielleicht habe ich mich gar nicht verändert«, räumte er ein. »Es ist möglich, daß Tully doch recht hatte. Kann es sein, daß Sie sich gar nicht an mich erinnern?«

»Erinnern? An was erinnern?« erkundigte sich Jenny verblüfft.

»An jenen Tag auf Faxon's Folly«, erwiderte Sly unbeeindruckt, als er sich neben sie setzte.

Auf diese unerwartete, schockierende Antwort röchelte Jenny entsetzt auf. Und dann fiel ihr plötzlich ein, daß sie das Gefühl gehabt hatte, sie würde Tully Boothe kennen. Sie hatte sich nicht geirrt! Er war an jenem Tag da gewesen. Und Sly Taggart ... Aber sie konnte sich in keiner Weise an den braungebrannten, scheußlich aussehenden Senator erinnern. Sicherlich hätte sie ihn erkannt, wenn er dabei gewesen wäre. Jenny schloß die Augen, versuchte sich jenen Tag ins Gedächtnis zu rufen, und mit einemmal war es so, wie Luke vorhergesagt hatte. Die Vergangenheit brach wie eine Sturmflut über sie herein – so als wäre sie zu jener Zeit dort auf der Plantage.

Sie sah einen dunklen, verschwommen wirkenden Dämon zu Pferd, der auf sie zugeprescht kam und einen silbernen Säbel schwang. Sie sah, wie sie den schweren Revolver ihres Vaters hob und feuerte, wie das Blut aus der Wunde des Hengstes spritzte, das Tier stolperte und hinfiel, ihr die Sicht auf die Sonne nahm und sie unter sich begrub...

»Sie waren das!« schrie Jenny gequält auf. »Sie haben auf dem Pferd gesessen! Aber ... warum?«

Warum? überlegte Sly. Tja. Warum. Wegen Orin. Alles, was er je getan hatte, hatte er wegen Orin getan. Orin. Der schon die ganzen Jahre erkaltet in seinem Grab lag.

Wie hatte es alles angefangen? Sly überlegte, dachte nach ... und kehrte an den Anfang zurück. Was hatte ihn bis hierher geführt?

Dann antwortete er und überschüttete Jenny mit seinem ganzen aufgestauten Haß und Zorn. Sie wurde das Ziel seines Rachedurstes.

»Das ist eine lange Geschichte«, erwiderte er. »Aber Sie gehen nirgends mehr hin. Also kann ich Ihnen die Wahrheit erzählen.«

Sein Geburtsname war Silas Taggart, erklärte er, aber alle seine Freunde – und auch seine Feinde – nannten ihn Sly, ein passender Spitzname, da er tatsächlich so klug war, wie der sprichwörtliche Fuchs. Er mußte klug sein – als Sohn einer ständig erschöpften

Mutter und eines kräftigen, brutalen Vaters, der ihn regelmäßig verprügelte. Im Alter von zwölf Jahren lief er von zu Hause, aus Powder Springs, in Missouri, weg. Er bedauerte nur, daß er seinen jüngerem Bruder, den achtjährigen Orin, zurücklassen mußte, da er die Masern hatte und zu krank war, um mitzukommen.

Er würde niemals, solange er lebte, den bekümmerten und angstvollen Blick seines Bruders vergessen, als er erfuhr, daß Sly weggehen wollte.

»Laß mich nicht im Stich, Sly«, hatte Orin gefleht und den Arm seines Bruders umklammert. »Pa wird mich doppelt so hart verprügeln, wenn du nicht mehr da bist und dich gegen ihn wehrst. Ich weiß, daß er das tun wird, und ich ... ich werde das nicht aushalten, Sly. Der liebe Himmel weiß, es ist so schon schwer genug. Aber ich werde nicht den Mut haben, davonzulaufen wie du. Ich ... ich brächte es nicht fertig, Ma mit diesem Schwein allein zu lassen.«

Orin war von Anfang an ein Muttersöhnchen gewesen, obwohl Sly nicht begreifen konnte, was er in der alten, verhärmten Frau sah. Immerhin war es nicht so, als versuche sie ihre Söhne jemals vor dem Zorn des Vaters zu schützen. Nein, sie verkroch sich in eine Ecke und heulte, bis Zeb Taggart ihr auch ein paar Ohrfeigen verpaßte, sie dann mit ins Schlafzimmer zerrte und die Tür hinter sich zuwarf. Anschließend war durch die dünnen Wände das heftige Knarren der alten strohgefüllten Matratze zu hören und kurze Zeit danach Zebs betrunkenes Schnarchen.

Sly verzog sein Gesicht.

»Hör zu, Orin«, sagte er. »Ich kann nicht bleiben. Wenn ich das tu' werden Papa und ich uns gegenseitig umbringen. Das weißt du. Ich bin jetzt fast so groß und kräftig wie er, und manchmal juckt es mich mächtig in den Fingern, den alten Bastard zu erwürgen. Ich kann mich kaum beherrschen. Aber ich werde das wiedergutmachen – ich schwöre es dir –, und eines Tages werden wir wieder zusammensein, so wie jetzt. Hier, ich will, daß du mein Taschenmesser nimmst. Paß gut darauf auf und denk an mich, wenn du es benutzt.«

»Mensch, Sly, danke.« Orins tränenüberströmtes Gesicht erhellte sich ein wenig. »Das werde ich wie ein Goldstück hüten, das verspreche ich dir.«

»Tu das. Und schreib mir ab und zu, hörst du? Und vergiß nicht, ich warte, daß du eines Tages zu mir kommst, sobald du kannst.«

Trotz aller Hoffnungen, die Sly gehegt hatte, wurde sein Leben nicht leichter, nachdem er die Hütte seiner Familie verlassen hatte. Arbeit gab es im Süden nur wenig, wo Arbeit nicht bezahlt werden mußte, solange die Menschen Sklaven hatten. Obwohl Sly für ein paar Pennys die niedrigsten Arbeiten verrichtet hätte, konnte ihn niemand gebrauchen. Da er ein kräftiger, heranwachsender Junge war, zwang ihn der Hunger bald zum Stehlen, denn er weigerte sich zu betteln. Allein der Gedanke daran erinnerte ihn bitter an das Winseln seines Vaters den Eigentümern des Landes gegenüber, wenn die Zeiten hart waren und sie nicht mal die Miete bezahlen konnten.

Zuerst handelte es sich bei Slys Diebstählen um Kleinigkeiten – ein paar Ähren Mais vom Rand des Feldes, ein Hühnchen aus einem schlecht bewachten Stall, einen Kuchen von einer hinteren Veranda, wo er zum Abkühlen auf das Geländer gestellt worden war. Aber als er diese Dinge entwendet hatte, ohne erwischt zu werden, wurde er kühner und machte sich an gewagtere Taten.

Als er fünfzehn war, hatte Sly bereits den ersten Menschen, einen Lebensmittelhändler, umgebracht. Der war durch das Einwerfen der Fensterscheibe an seinem Geschäft aufgewacht, hatte nach seiner Schrotflinte gegriffen und Sly damit gedroht, den Marshall zu verständigen. Während des darauffolgenden Kampfes hatte Sly dem Händler mit einem leeren Gurkenfaß den Kopf eingeschlagen, erleichtert die Kasse ausgeräumt, Lebensmittel gestohlen und war mit diesen Schätzen in die Nacht geflüchtet.

Ein paar Monate später hatte er die erste Frau vergewaltigt, ein vierzehnjähriges Mädchen auf einer abseits gelegenen Farm. Gleich mißtrauisch bei seinem Erscheinen und instinktiv auf der Hut, war sie ins Haus gerannt, hatte die Tür verriegelt und sich geweigert, ihn hineinzulassen. Sie wollte ihm nicht mal eine

Mahlzeit geben, denn dafür hätte sie entweder die Tür oder ein Fenster öffnen müssen, und sie war allein auf der Farm. Ihre Eltern waren weg, und ihre Brüder arbeiteten auf den weit entlegenen Feldern. Hungrig und wütend hatte Sly gewartet, bis sie sicher war, er wäre gegangen, bevor sie nach draußen kam, um ihre Wäsche zum Trocknen aufzuhängen. Da hatte er sie gepackt und in die Scheune geschleift, sie verprügelt und zweimal vergewaltigt. Danach hatte er ihr den Hals aufgeschlitzt. Sie würde schließlich sein Gesicht nie vergessen und eine genaue Beschreibung von ihm abgeben können, so daß die Gesetzeshüter ihn finden konnten, denen er, spätestens nach dem Vorfall mit dem Lebensmittelhändler, für immer aus dem Weg gehen mußte. Obwohl er Angst hatte, jeden Moment könnten die Angehörigen des Mädchens auftauchen, hatte er das Haus geplündert. Er fand das hartverdiente gesparte Vermögen unter den Fußbodenbrettern, packte sich ein paar Lebensmittel ein und nahm ein paar saubere Kleidungsstücke mit, ehe er seinen Weg zufrieden fortsetzte.

Sly suchte immer nach Geld, gleichgültig, wie sehr er unter Zeitdruck stand, denn das war etwas, das er seinem geliebten Bruder Orin, den er niemals vergaß und mit dem er regelmäßig in Kontakt stand, schicken konnte. Wenn die gestohlenen Mittel Orins Los erleichterten, war es Sly das Risiko wert. Er bemühte sich immer sehr, den Schatz in einem vollkommen wertlosen Geschenk zu verstecken, damit sein Vater ihn nicht finden konnte. Sly zweifelte keinen Augenblick daran, daß Zeb Taggart, wenn er von Orins geheimem Einkommen erführe, es ihm wegnehmen und in Alkohol anlegen würde. Einmal höhlte Sly extra eine indianische Holzstatue aus, um sie mit Münzen zu füllen. Ein anderes Mal stopfte er den Schwanz eines Waschbären mit Dollarscheinen. In seinen Briefen schrieb er seinem Bruder dann, wo er die Sachen finden würde. Schreiben konnte er seinem Bruder, was er wollte, denn weder Zeb noch seine Frau Maudie konnten lesen. Aber Sly und Orin beherrschten das, da sie die wenigen Male, die sie die kleine Schule mehrere Kilometer von ihnen entfernt besuchen durften, gut aufgepaßt hatten.

So lebte Sly, bis der Krieg zwischen den Staaten ausbrach – einsam, als Spieler und Verbrecher, ständig auf der Jagd, aber nie nahm er sich mehr, als er zum Auskommen brauchte. Daß dazu mehrmals Vergewaltigung, Diebstahl, bewaffnete Raubüberfälle und Mord gehörten, machte Sly längst nichts mehr aus. Das Leben hatte ihm keine andere Chance gelassen, oder zumindest glaubte er das. So wie er es sah, tat er nichts anderes, als sich das zu nehmen, was ihm zustand.

Als der Krieg schließlich eine große Kluft in die Mason-Dixon-Linie riß, wurde Sly, der immer schon ehrgeizig gewesen war, klar, daß die langersehnte Gelegenheit vor der Tür stand. Hier war seine Chance, sich von seinem »Kleinhandel« zu befreien, zu profitieren und etwas aus sich zu machen. Wenn alles so lief, wie er es sich erträumte, konnte er seine unrühmliche Vergangenheit begraben und so reich und mächtig werden, daß ihm, selbst wenn seine Taten jemals entdeckt werden sollten, das Gesetz nichts mehr anhaben konnte. Da er nie zögerte, wenn sich ihm eine Chance bot, griff er mit beiden Händen zu.

Der Süden würde niemals den Krieg gewinnen. Davon war Sly überzeugt. Er war zu träge und dekadent, hatte sich ganz der Baumwolle hingegeben, ließ sich von seinen schwarzen Mammys verwöhnen, war dick und faul durch die Arbeit, den Schweiß und die Tränen seiner Negersklaven. Der Süden mochte intelligenter sein, die gebildeteren Offiziere haben – Visionäre in Virginia und Gelehrte in South Carolina. Aber es war die rauflustige, kaltblütige Hinterlist, die man in den Slums im Norden, an den Küsten im Osten und in der Prärie des Mittleren Westens lernte, die am Ende siegen würde. Und Sly hatte die harte Schule des Überlebens glänzend gemeistert.

Es war auf einer Versammlung in Chicago, bei der er zum ersten Mal die Möglichkeit witterte, sich durch eine schmale Öffnung in eine bessere Welt zu zwängen. Er starrte in die freudigen Gesichter von ein paar Jugendlichen, die alle riefen, jubelten und sangen. »Wir versammeln uns um die Fahne, Jungs, wir versammeln uns erneut und tragen den Schrei nach Freiheit in die Welt.« Er schmunzelte hämisch vor sich hin.

Gott und Vaterland konnten ihm gestohlen bleiben. Im Krieg

ließ sich Geld verdienen – Macht und Auszeichnungen konnten jene Männer erringen, die es verstanden, Schlachten zu gewinnen. Sein Vater mochte ein armer Farmer sein, der im Dreck scharren mußte, um seinen Lebensunterhalt zusammenzukratzen, aber er, Sly, würde sich nie damit zufriedengeben. Ruhm und Vermögen erwarteten ihn da draußen, und er beabsichtigte, sich beides zu holen. Immerhin ging es im Krieg um nichts anderes als um Brutalität, und mit Brutalität kannte er sich bestens aus.

Entschlossen reihte er sich in die Schlange der jungen Männer ein, um der Unionsarmee beizutreten.

Sein Aufstieg in den Reihen der Armee war kometenhaft. Er war so kompetent wie Sheridan, so gnadenlos wie Sherman, und er konnte Grant unter den Tisch trinken. Darüber hinaus besaß er etwas, das die drei Generäle nicht hatten: Sly kannte weder Moral noch Skrupel. Wenn Schlachtengewinnen bedeutete, daß er senile alte Männer ebenso erschießen mußte wie junge Soldaten, verängstigte Frauen vergewaltigen wie unschuldige Kinder mit dem Bajonett erstechen, dann würde er das tun. Sein Ehrgeiz kannte keine Grenzen, und nachdem er am Befehlen Geschmack gefunden hatte, schwand der letzte Rest jeglichen Gewissens, das er vielleicht mal besessen haben mochte.

Bis zu dem Zeitpunkt, als er in den Rang eines Colonel befördert wurde, hatte Sly genügend Orden gesammelt, um zehn Uniformen damit zu behängen. Auf dem Schwarzmarkt hatte er sich ein Vermögen in Gold gescheffelt und gleichzeitig einen harten Kern von Männern um sich geschart, die ebenso rücksichtslos waren wie er – sein geliebter Bruder Orin an der Spitze.

Die Geschichten über ihre grausamen Raubzüge wurden sich überall erzählt. Weit und breit und bis in den Süden hinein hatte Sly den zweifelhaften Ruf des Schlachters. Die Soldaten der Rebellen spuckten angewidert aus, wenn sie den Namen hörten. Frauen zuckten schon beim Hörensagen zusammen und dachten angstvoll an die furchtbare, unaussprechliche Schande, die er ihnen antun konnte. Kleine Kinder zitterten abends unter ihren Decken, überzeugt, Sly sei der unberechenbarste und mordlüsternste »Schwarze Mann« aller Zeiten.

Mit siebenunddreißig war er auf dem Höhepunkt seiner militärischen Laufbahn angekommen und verlangte unaufhaltsam nach Höherem.

Die führenden Kräfte in Washington mochten ihre Stirn runzeln und sich untereinander über die scheußlichen Gerüchte, die ihnen über Slys grausame Feldzüge und andere verschiedene, weniger rühmliche Aktivitäten zu Ohren kamen, unterhalten. Aber da ihm nichts Konkretes nachgewiesen werden konnte, waren sie gezwungen, ihre Ansichten für sich zu behalten. Denn Colonel Taggart gewann seine Schlachten. Wie er das zustande brachte war ebenso unwichtig, wie es unklar war. Er war ein Held der Unionsarmee, wie auch die Männer, die ihm folgten und sich über ihr Vorgehen und die Behandlung der Opfer ebenso ausschwiegen wie Sly. Sie profitierten ja von seinem Ruhm. Im besten Fall war es eine unangenehme Angelegenheit, im schlimmsten war es unerträglich, darüber genauer nachzudenken.

Eines Tages jedoch kamen seine Männer aufgeregt zurück, um ihm eine haarsträubende Geschichte zu erzählen.

»Wir wollten uns Vorräte besorgen, Colonel, so wie Sie befohlen hatten, und da stießen wir auf die Plantage – Faxon's Folly nennen die Leute sie hier in der Gegend. Sie wirkte verlassen, und hinterm Haus fanden wir einen Gemüsegarten – den Mais hatten wir schon von der Straße aus gesehen –, deshalb sind wir dichter ran. Ach, verdammt. Kaum waren wir vor dem Haus angekommen, als dieser alte, grauhaarige Greis herausgestürzt kam, mit seinen Händen gefuchtelt und gebrüllt hat, wir sollten von seinem Grundstück verschwinden. Er behauptete, die Yankees wären schon da gewesen und hätten alles mitgenommen. Na ja, Sir, wir hatten keinen Grund, dem Schurken zuzuhören oder ihn zu beachten – er war nicht bewaffnet oder so –, und deshalb haben wir uns um nichts geschert und sind in den Garten. Aber dieser grauhaarige Mistkerl ... Ihm hat es nicht gefallen, daß wir ihn ignoriert haben. Er ist zu Orin gerannt und hat versucht, ihn vom Pferd zu zerren. Dann entstand eine Menge Gebrüll. Orins Pferd hat sich aufgeführt wie eine Wildkatze. Und ehe wir's uns versehen hatten, hat Orin seine Pistole gezogen und dem alten Narren einen Schuß direkt zwischen die Lichter verpaßt – ihn umgebracht, Colonel.

Also, eigentlich wäre damit alles zu Ende gewesen, aber die Frauen von diesem Hundesohn haben alles vom Fernster aus beobachtet – müssen seine Töchter sein, weil sie alle noch jung sind und sich ähnlich sehen. Jedenfalls, ehe noch jeder recht wußte, was passieren würde, hat dieses rothaarige Teufelsweib eine der Fensterscheiben eingeschlagen und das Feuer eröffnet. Ich sage Ihnen, Colonel, das ist eine Person für sich, diese verdammte Hexe. Sieht aus wie ein Racheengel mit ihrem roten Haar, das ihr wie Feuer bis über die Schultern herabfällt. Sie hat Orin glatt ein Loch in die Brust gepustet, Sir, dann hat sie Linus einen Kopfschuß verpaßt, der arme Junge. Ich glaube nicht, daß er überhaupt gemerkt hat, was ihn da getroffen hat. Dann hat sie Randolph im Magen erwischt.

Jake und ich haben eine Runde nach der anderen abgedrückt, aber es hat nichts geholfen. Die Hexe hat Jake eine Kugel in den Arm verpaßt und mir eine ins Bein, da dachten wir, es sei das beste, wenn wir uns davonmachen und Ihnen umgehend Bericht erstatten, Colonel.«

»Danke, Deacon. Das reicht«, hatte Sly mit unbeweglicher Miene erklärt und dahinter seine aufgewühlten Emotionen verborgen.

Orin tot? Nein, das war nicht möglich. Nach all den vielen Jahren, die sie getrennt gewesen waren, hatten sie sich gerade wiedergefunden. Es durfte einfach nicht sein, daß Orin tot war.

Wie froh war Sly gewesen, als er aus einem Brief seines Bruders erfahren hatte, daß Orin der Unionsarmee beigetreten war. Wie viele Beziehungen hatte er spielen lassen, damit Orin unter sein Kommando versetzt wurde. Sein Bruder war der einzige Mensch, den Sly je geliebt hatte, und jetzt war Orin tot.

Dieses rothaarige Teufelsweib. Dieses rothaarige Teufelsweib.

Die Worte waren Sly immer wieder durch den Sinn gegangen und hatten in seinen Ohren widergehallt. Schließlich war ihm klar gewesen, was er tun mußte.

Durch gründliche Nachforschung hatte er herausgefunden,

daß alle Colter-Schwestern bis auf die jüngste rotes Haar hatten. Aber es gab nur eine, deren Haar wie Feuer funkelte. Evangeline. Evangeline Colter Hunter hatte seinen Bruder umgebracht.

Sie – und diejenigen, die sie liebte – mußte dafür bezahlen.

Leider war der Krieg schon vorbei, und Sly konnte sein Vorhaben nicht so leicht in die Tat umsetzen. Deshalb hatte ihn die Tatsache, daß er mit dem, was er vorhatte, seine ganze Karriere ruinieren könnte, kurz überlegen lassen. Er war nicht durch Blut gewatet, hatte in matschigen, von Moskitos heimgesuchten Gräben geschwitzt, verschimmeltes Kommißbrot gegessen und mit abgestandenem Wasser nachgespült, an der Ruhr gelitten, sein linkes Auge geopfert und sich das Gesicht mit scheußlichen Narben übersäen lassen, um die Früchte dieser »Arbeit« aufs Spiel zu setzen.

Dennoch ... Orin war tot, und die Person, die für den Mord verantwortlich war, mußte dafür büßen.

Sly durchdachte sein Vorgehen gründlich, Schritt für Schritt. Er nahm sich Zeit, um seine Spuren zu verwischen. Er konnte es sich leisten, auf seine Rache zu warten – sie würde dadurch nur um so süßer sein – und jegliche notwendige Vorkehrung zu treffen, wenn er nicht entdeckt und bloßgestellt werden wollte.

Als erstes verlangte er, General Sherman sollte ihn in Atlanta zurücklassen, damit die Stadt besetzt bliebe, nachdem sie sie eingenommen hatten. Sly wollte die Truppen der Unionsarmee dort leiten, wie auch sämtliche in der Umgebung – Fayetteville, Jonesboro, Decatur und so weiter. Nachdem Sly das Kommando bekommen hatte, machte er sich mit der Landschaft vertraut, besonders mit der Umgebung um Jonesboro, insbesondere aber mit der Plantage, die als Faxon's Folly bekannt war. Er hatte alles über die Colters in Erfahrung gebracht, jede Einzelheit, bis hin zu solchen Informationen wie aus welchem Stoff die Unterwäsche der vier Schwestern bestand.

Vor dem Krieg war es Seide gewesen, danach nur mehr einfache alte Baumwolle. Eine Schande, fand Sly. Die feurige Evangeline Colter Hunter hätte in Seide gekleidet sein müssen. Wieviel mehr Vergnügen hätte es ihm bereitet, ihr solche Kleidungsstücke vom Leib zu reißen – obwohl es ihm nichts ausgemacht hatte, das schlichte Baumwollhemd zu zerreißen. Denn Sly hatte die Frau, die es gewagt hatte, ihn öffentlich zurückzuweisen und auf seine Stiefel zu spucken, mit größtem Vergnügen vergewaltigt und umgebracht. Schließlich hatte sie mit dem Gewehr ihres Vaters Orin das Leben geraubt.

»Sie mußte dafür büßen, verstehen Sie«, erklärte er Jenny achselzuckend, die jetzt in maßlosem Entsetzen vor ihm zurückwich. »Sie alle mußten dafür büßen. Orin war alles, was ich hatte, alles, was ich je hatte. Es war nicht richtig, daß er tot war und daß sie lebte, diese mordende Hure!«

»Aber er … er hat unseren Vater kaltblütig niedergeschossen«, flüsterte Jenny fassungslos.

»Was bedeutet denn schon ein alter Mann im Vergleich zu Orin?« fuhr Sly sie scharf an, daß Jenny einen Moment lang fürchtete, er würde ihr erneut eine Ohrfeige verpassen. Doch er lehnte sich wie unbeteiligt gegen den Felsen zurück. »Nun, das ist alles längst Vergangenheit, denke ich – bis auf Sie.« Er starrte Jenny mit dem gesunden Auge durchdringend an. »Warum sind Sie an dem Tag nicht gestorben, wie all die anderen? Es hätte mir eine Menge Mühe erspart. Aber nein, Sie mußten überleben, und jetzt muß ich Sie auch noch umbringen, ehe Sie mir alles ruinieren.«

Jenny klopfte das Herz bis zum Hals. In wenigen Sekunden würde sie tot sein. Sly würde seinen Revolver an ihre Stirn halten und abdrücken. Aber zu ihrer kurzfristigen Erleichterung tat er keine bedrohliche Bewegung.

Die ganze Zeit, in der er geredet hatte, hatte er den blutdurchtränkten, provisorischen Verband, den er sich vorhin um das verletzte Bein gewickelt hatte, abgemacht. Jetzt verzog er das Gesicht und betastete behutsam seine Wunde. Jenny, gleichermaßen verblüfft und entsetzt über die gerade gehörten Enthüllungen, sah ihm zu, wie er mit den Fingernägeln das vertrocknete Blut wegschabte. Sie war überzeugt, daß die Kugel aus ihrem Gewehr noch in Slys Bein steckte. Das Blei müßte herausgenommen werden, das wußte sie. Aber warum sollte sie einem Mann helfen, der ihre

Familie so brutal ermordet und sie verkrüppelt hatte? Außerdem blieb ihr, wenn er tatsächlich so schlimm verletzt war, daß er nicht mehr gehen konnte, die Chance, ihm zu entkommen. Energisch wehrte sie sich gegen Angst und Erschöpfung und bemühte sich, ihren Mut und ihre Sinne zusammenzureißen. Dann begann sie verstohlen, ihre Umgebung zu mustern und überlegte, ob sie es schaffen könnte, ihm den großen, schwarzen Hengst zu stehlen.

»Denken Sie nicht mal dran, Sie Hexe!« stieß Sly warnend hervor. Offenbar hatte er ihre Gedanken erraten. »Ich bin vielleicht verletzt, aber das hält mich nicht davon ab, Ihnen eine Kugel in den Rücken zu jagen, wenn Sie versuchen sollten, wegzulaufen. Jetzt reichen Sie mir die Feldflasche da und den Whiskey aus meiner Satteltasche.«

Langsam stand Jenny auf, um seiner Forderung Folge zu leisen. Offenbar hatte Sly nicht vor, sie sofort umbringen, sonst hätte er das bereits tun können – einmal gleich am Haus und dann jederzeit während der Nacht oder auch eben. Der Gedanke gab ihr die Hoffnung, daß sie es doch noch schaffen könnte, ihm zu entfliehen. Aber Jenny war durch sein Verhalten auch verwirrt. Er hatte ihr deutlich gesagt, daß er sie umbringen wollte, worauf wartete er dann noch? Sie erschauerte, als sie sich erneut an Evangeline erinnerte und was er ihr angetan hatte, ehe sie gestorben war. Jenny schwor sich im stillen, sich das Leben zu nehmen, wie Melantha es getan hatte, ehe sie es zulassen würde, daß dieser grausame Schlachter sie auch nur eindeutig berührte.

Entschlossen straffte sie ihre Schultern, ging zu Sly hinüber und reichte ihm wortlos die Dinge, die er hatte haben wollen. Sie sog scharf die Luft ein, als sie die klaffende Wunde an seinem Bein genauer sah. Sie war mit Blut verkrustet und zeigte erste Anzeichen von entzündeten roten Streifen, deren Weiterentwicklung mit einem Wundbrand enden konnten. Sie mußte sofort gesäubert werden, ehe weitere Infektionen einsetzten, und obwohl es gegen jegliche ihrer Prinzipien verstieß, ihm zu helfen, vermochte Jenny sich nicht einfach so abzuwenden, wie sie es eigentlich wollte.

»Die Kugel sollte entfernt werden«, bemerkte sie knapp und ruhig. Dabei klang sie so ähnlich, wie sie mit den Soldaten der

Rebellen im Krankenhaus in Atlanta gesprochen hatte, obwohl sie Sly am liebsten das gesunde Auge auskratzen wollte. »Ich kann die notwendige Operation durchführen, wenn Sie wollen.«

Sly blinzelte mit seinem gesunden Auge in das Licht der aufgehenden Sonne, als er zu ihr aufsah. Mit den Zähnen riß er den Korken aus der Whiskeyflasche und spuckte ihn auf den Boden.

»Für wen halten Sie mich? Einen totalen Narren?« brummte er. »Ich habe den Krieg überlebt, Sie Hexe. Schon vergessen? Ich weiß, wie es ist, wenn einem ein Stück Blei herausgeholt wird. Wenn man nicht schon durch den Schmerz allein ohnmächtig wird, schafft es aber der Alkohol, der ihn verringern soll, und ich zweifle keinen Augenblick daran, daß Sie mich dann ohne lange zu zögern erstechen. Nein, danke. Ich werde schon so damit fertig. Um mich außer Gefecht zu setzen, ist schon etwas mehr nötig als so ein kleines Stück Blei.«

Daraufhin goß Sly eine kräftige Portion Whiskey über seine Verletzung und trank selbst einen mächtigen Schluck der brennenden Flüssigkeit, was ihm, wie Jenny überzeugt war, hohes Fieber bescheren würde. Dennoch hielt sie sich zurück und wandte sich schweigend ab. Sie hatte ihm ihre Hilfe angeboten und war zurückgewiesen worden. Damit war ihr Gewissen rein, was dieser grausame, rücksichtslose Verbrecher kaum von sich behaupten konnte. Sie verstand nicht, daß er nach all seinen blutrünstigen Taten nachts überhaupt noch schlafen konnte, geschweige denn ruhig. Andererseits war sie sicher, daß sie die Gründe für seine unbeschwerte Nachtruhe auch gar nicht wissen wollte.

Sie erschrak, als Sly ihr die Feldflasche zuwarf und ihr befahl, davon zu trinken. Doch dann fiel Jenny ein, daß er aus irgendeinem unerfindlichen Grund ihren Tod jetzt noch nicht wollte, und sie zuckte die Schultern. Dankbar, denn sie hatte Durst, öffnete sie die Feldflasche und trank ein paar Schlucke. Sie achtete darauf, daß sie das Wasser nicht zu hastig hinunterschluckte, weil sie wußte, daß einem davon schlecht werden konnte, wenn es nach einem so anstrengenden Ritt zu rasch in den Magen gelangte. Dann kaute sie bedächtig ein Stück getrocknetes Fleisch, das Sly aus seiner Tasche zog und ihr reichte.

»Es wird Zeit, daß wir weiterreiten«, erklärte Sly, stand auf und zuckte bei dem Schmerz, der ihn durchfuhr, zusammen. Er fühlte bereits, daß er Fieber bekam. Trotz der kühlen, frischen Morgenbrise stand ihm der Schweiß auf der Stirn und der Oberlippe. Er mußte ein Mittel finden, um die Frau an sich zu binden, ehe er in ein Delirium fiel. »Steigen Sie auf.«

Erneut richtete er seine Waffe auf Jenny und bedeutete ihr, aufs Pferd zu steigen. Ganz kurz überlegte sie, ob sie den Moment nutzen und versuchen sollte, dem Pferd die Sporen zu geben. Doch Sly mußte Verdacht geschöpft haben, denn er nahm die Zügel des Pferdes fest in eine Hand, so daß Jenny keine Möglichkeit hatte, das Tier zu steuern. Seufzend steckte sie einen Fuß in den Steigbügel und zog sich hoch. Sly schob seine Pistole in das Halfter, saß hinter ihr auf und legte seinen Arm eisern um ihre Taille. Bald schon ritten sie einen Bergpfad entlang. Sly schien ein ganz bestimmtes Ziel vor Augen zu haben.

Am Nachmittag erfuhr Jenny, um welches Ziel es sich handelte: um eine Schmiede außerhalb eines kleinen Ortes in Arkansas. Erneut stiegen ihre Hoffnungen, doch sie wurden im Keime erstickt, als sie erfuhr, daß der Besitzer ein niederträchtiger Mann war, der mit Sly während des Krieges zusammen gewesen war, bis er sein Bein verloren hatte und damit für ihn die Teilnahme am Krieg beendet war. Rube Ballard würde ihr auf keinen Fall helfen. Im Gegenteil, er musterte sie lüstern und schlug vor, daß er statt Bezahlung für seine Dienste lieber Jenny für eine Stunde mit ins Hinterzimmer nehmen wolle.

»Sie sieht zwar nicht besonders umwerfend aus, Sly, das mag schon sein«, erklärte Rube und kratzte sich ausgiebig am Hintern. »Aber es ist schon eine Weile her, seit ich so eine junge Frau wie sie hatte. Mein Holzbein kommt bei den Damen nicht besonders gut an.«

Jenny störte es kaum, daß er sie eigentlich beleidigt hatte. Sie wünschte sich in diesem Moment sogar, sie sähe abgrundtief häßlich aus. Vielleicht wäre der Schmied dann nicht an ihr interessiert. Sie versteinerte innerlich bei der Vorstellung, daß dieser schwabbelige, ungehobelte Kerl sie anfassen könnte, und schaute nervös zu Sly hinüber, um herauszufinden, ob er der Forderung des Mannes nachgeben würde.

»Das würde ich gern machen, Rube«, erwiderte Sly. »Aber ich habe es eilig. Ich mache dir aber einen Vorschlag. Wie wäre es, wenn ich dir das doppelte Honorar zahle? Damit müßte es dir dann gelingen, ein hübsches, junges Ding zu überzeugen, daß sie sich nicht an deinem fehlenden Bein stört. Außerdem ...« Er musterte Jenny so unverfroren wollüstig, daß sie fröstelte, »... habe ich mit dieser hier selbst noch was vor. Und jetzt mach dich an die Arbeit, Rube. Ich habe nicht den ganzen Tag Zeit.«

Als der Schmied mit seiner Arbeit fertig war, reichte er Sly eine schwere Eisenkette, die etwa viereinhalb Meter lang war und jeweils einen Verschluß an beiden Enden hatte, der sich mit einem Schlüssel öffnen ließ. Trotz der Einwände, daß eine solche Maßnahme nicht nötig sei, legte Sly Jenny eine der beiden Verschlüsse um das linke Fußgelenk und befestigte den anderen an seinem linken Handgelenk. Jenny verließ jeglicher Mut, als sie die eiserne Fessel betrachtete. Ohne den Schlüssel hatte sie keinerlei Möglichkeit, jemals zu entkommen. Und den hatte Sly an ein Lederband gehängt, das er um seinen Hals trug und unter seinem Hemd verbarg. Niemals konnte sie ihm das abnehmen, ohne daß er es merken würde, denn selbst wenn er schliefe, würde Jenny ihn schon allein durch das Rasseln der Kette wekken.

Ihre Furcht und Verzweiflung wuchsen. Zum ersten Mal war sie gezwungen, sich mit der Tatsache auseinanderzusetzen, daß es diesem Mann gelingen würde, sie grausam zu vergewaltigen und anschließend zu ermorden.

Zitternd zwang sie sich, müde wie sie war, in den Sattel zu steigen. Das Gewicht der Kette zerrte an ihren körperlichen und seelischen Kräften. Sly schwang sich hinter sie und wickelte die Eisenkette genußvoll um den Sattelknauf.

39. Kapitel

Sarah Jane beobachtete besorgt ihren Vater. Innerlich fühlte sie sich zerrissen von Angst und widerstreitenden Gefühlen. Pa wirkte so müde und erschöpft. Es war ihm deutlich anzusehen, daß er nicht geschlafen hatte, seit er das Telegramm bekommen hatte, das Moses ihm gestern abend nach Jefferson City geschickt hatte. Dafür hatte er sogar den alten Mr. Stokes wecken müssen, damit die Nachricht sofort abgesandt werden konnte. Mit dem ersten erreichbaren Zug war Pa nach Hause gekommen. Jetzt saß er vollkommen niedergeschlagen in einem der Sessel im Wohnzimmer und fuhr sich immer wieder mit der Hand durchs Haar, während seine vier Brüder ihn bekümmert musterten und unruhig von einem Bein aufs andere traten.

»Kipp, erzähl mir noch mal genau, was passiert ist«, verlangte Luke. »Bist du wirklich sicher, daß es sich bei den Männern um die Baldknobbers handelte?«

Der Junge nickte und wiederholte seine Geschichte zum unzähligsten Mal. Er versuchte sich zu erinnern, ob er irgend etwas ausgelassen hatte – und wenn es nur die kleinste Kleinigkeit wäre –, was seinem Vater hilfreich sein mochte. Aber Kipp fiel nichts dergleichen ein, sosehr er sich auch bemühte. Er hatte keinen der Männer erkannt, die seine Stiefmutter entführt hatten. Ebensowenig wußte er, wohin sie sie gebracht haben mochten.

Müde hörte Luke ihm zu, schloß die Augen und versuchte nach Kipps Schilderung zu begreifen, was da passiert sein konnte. Die Nachtreiter hatten mehrere seiner Gönner und Förderer zur Wahl in letzter Zeit schikaniert, aber er hätte nie gedacht, daß sie auch seine eigene Familie angreifen würden. Welchen Grund sollten sie gehabt haben, ausgerechnet Jenny zu entführen? Das ergab alles keinen Sinn. An der Sache stimmte etwas nicht. Doch konnte Luke einfach nicht erkennen, was das sein sollte. Wenn er in Jefferson City nur mehr hätte herausfinden können! Wenn er nur Tully angetroffen hätte. Aber Tully war nicht zu Hause. Seine Haushälterin hatte gesagt, er sei geschäftlich für Senator Taggart unterwegs und sie wisse nicht, wann er zurückkehren würde.

»Warum haben sie Jenny mitgenommen?« fragte Luke laut, verwirrt und sorgenvoll. »Glaubt ihr, sie wollen Lösegeld für sie fordern?«

»Ich weiß es nicht, Luke«, erwiderte J. R. »Aber wir sollten jedes mögliche Motiv in Betracht ziehen. Falls Lösegeld der Grund ist, werden wir zweifellos bald eine Nachricht erhalten. Ich schlage vor, Pa und Ma warten hier, während wir versuchen, ob wir nicht doch ein paar Spuren finden. Sie können uns benachrichtigen, wenn irgend etwas hier ankommt.«

»Gut«, pflichtete Luke ihm seufzend bei. »Himmel!« schimpfte er dann plötzlich laut. »Wenn wir doch wenigstens wüßten, wer Jenny mitgenommen hat. Und warum!«

Sarah Jane zitterte bei den Worten. Sie wußte, wer ihre Stiefmutter entführt hatte. Es war One-Eyed Jack gewesen, derselbe Mann, mit dem ihre Mutter vor so vielen Jahren davongelaufen war. Aber Ma hatte mit diesem schrecklichen Mann mitgehen wollen. Sie hatte gelacht, sich an seinen Arm gehängt und ihn geküßt. Jenny hatte so etwas nicht getan. Im Gegenteil, Jenny hatte geschrien und mit dem Gewehr auf die bösen Männer geschossen. Sie war kreidebleich geworden, als One-Eyed Jack sie geschlagen hatte. Nein, sie hatte nicht mit ihm gehen wollen. Sie war nicht wie Ma. Ma war One-Eyed Jack gefolgt und nie mehr zurückgekommen. Sarah Janes Herz klopfte bis zum Hals bei dem Gedanken. Vielleicht würde Jenny auch nie mehr zurückkommen! Vielleicht würde dieser schreckliche Mann sie umbringen! Heiße Tränen stiegen Sarah Jane in die Augen. Wenn Jenny starb, wäre es allein Sarah Janes Schuld, weil sie niemandem gesagt hatte, was sie wußte. Was war sie doch für ein Feigling, und wie sehr würde Pa sie verachten, wenn er erst einmal erfuhr, daß sie nur aus Angst, es könnte ihr jemand die Zunge herausschneiden, nicht gesagt hatte, was sie wußte, obwohl Jenny sich in Lebensgefahr befand. Jenny, die sie liebte und immer so nett zu ihr gewesen war.

Plötzlich erhellte sich Sarah Janes Gesicht. Ihr kam eine Idee.

Sie konnte alles auf ihre Tafel schreiben. So mußte sie nicht sprechen, konnte aber helfen, daß Jenny gerettet wurde. Hastig rannte Sarah Jane ihre Tafel und ihren Stift holen, doch als sie ins Wohnzimmer zurückkehrte, machte Pa sich schon zum Weggehen fertig. Er hatte seine Lippen grimmig aufeinandergepreßt, und als sie ihn am Ärmel zupfte, beachtete er sie gar nicht. Grandma Lottie, die am Morgen herübergekommen war, zog sie sanft zu sich und sagte ihr, sie solle den Vater jetzt nicht mehr stören, weil er zu beschäftigt wäre.

Sarah Jane war enttäuscht. Sie hatte keine Zeit, um alles aufzuschreiben. Tränen rannen ihr über die Wangen, als sie sich entschloß, ihren ganzen Mut zusammenzunehmen und sich zu überwinden. Lieber wollte sie ihre Zunge verlieren als Jenny.

P-P-Pa. Sarah Jane war entsetzt, als sie merkte, daß kein Laut über ihre Lippen kam, obwohl sie das Wort geformt hatte. Sie holte röchelnd Luft und versuchte es erneut.

»P-P-Pa.« Ihre Stimme war kaum mehr als ein heiseres Flüstern. Es war einfach zu lange her, seit sie ihre Stimmbänder benutzt hatte. Dennoch blieb Sarah Jane beharrlich. »P-P-Pa. Pa. Pa!«

Sie hörten es alle, jeder von ihnen, und einer nach dem anderen verstummte. Sie drehten sich nach ihr um, sahen sie ungläubig und zugleich erfreut an.

»Sary!« rief Luke, ging vor ihr in die Knie und schloß sie in die Arme. »Sary!«

»Pa«, beharrte sie. »Pa, ich weiß, wer Jenny mitgenommen hat. Ich weiß es!« Die Worte sprudelten jetzt aus ihr heraus, als wäre ein Damm gebrochen. »Er war es, One-Eyed Jack, der Mann, mit dem Ma weggelaufen ist. Aber sie wollte mit ihm gehen, Pa, und Jenny nicht. Jenny hatte solche Angst, Pa. Ich … ich konnte dir das nicht eher sagen, weil ich Angst hatte. One-Eyed Jack hat nämlich gesagt, wenn ich jemandem jemals von ihm erzählen würde, wenn ich auch nur einer Menschenseele etwas von ihm verraten würde, käme er zurück nach Tumbling Creek und würde mir die Zunge herausschneiden.«

»Um Himmels willen!« Lottie schnappte entsetzt nach Luft,

als ihr klar wurde, was das Kind da sagte. »Du Ärmste. Du armes, armes Kind.«

»Oh, Sary. Sary, Sary«, wiederholte Luke fassungslos und drückte seine Tochter mit Tränen in den Augen an sich. »Weißt du denn nicht, daß ich das niemals zugelassen hätte? Wenn ich nur denke, daß du die ganzen Jahre geschwiegen hast aus Furcht ... Mein Gott! Wenn ich diesen Schurken zu fassen kriege, der dir so etwas angedroht hat ... One-Eyed Jack, Sary ... hast du ihn so genannt? Wie sieht er aus? Kannst du ihn mir beschreiben? Ist er groß, dunkelhaarig oder was?«

Sarah Jane nickte.

»Beides, Pa. Er hat mich an einen Büffel erinnert, einen richtig gemeinen. Er hat auf der einen Seite im Gesicht eine schlimme Narbe, und er ... er hat nur ein Auge, Pa. Er trägt immer diese schwarze Klappe auf der anderen Seite. Deshalb habe ich auch erkannt, daß er es war. Ich konnte die Klappe durch das Loch in seiner Maske sehen.«

»Mein Gott!« flüsterte Luke entsetzt und schaute seine Eltern und seine Brüder an. »Das ist Taggart. Sly Taggart, und nach dem, was ich weiß, warum er Jenny mitgenommen hat, will er sie vermutlich umbringen.« Er wandte sich wieder an Sarah Jane und küßte das Mädchen liebevoll, dann zog er auch Kipp an sich. »Sary, du und Kipp, ihr beide habt Jenny gestern abend durch euer mutiges Handeln das Leben gerettet. Ich bin stolz auf euch, auf euch beide. Ich könnte mir keine besseren Kinder wünschen als euch zwei.« Dann richtete er sich auf und nickte seinen Brüdern zu. »Wir machen uns auf den Weg«, erklärte er. »Diese Kampagne wird Sly Taggart nicht gewinnen!«

Die Einwohner der Ozarks nannten es Devil's Den – und das mit gutem Grund, obwohl das Teufelsloch auf den ersten Blick unscheinbar wirkte. Es handelte sich dabei um eine tiefe Senke im Boden, vielleicht mit einem guten Meter Durchmesser, und war an den Rändern mit Gras, Blumen und Kräutern bewachsen. Doch trotz dieser scheinbaren Harmlosigkeit war das Loch tödlich. Manche behaupteten, der Abgrund sei weit über dreißig Meter tief. Andere schworen, es sei unendlich tief. Wieder andere glaubten, es sei die Öffnung zu einem riesigen, dunklen Untergrundgang, der in zahlreiche verwinkelte Höhlen, Nischen und kalte unterirdische Gewässer mündete. Niemand hatte jemals gewagt, die Wahrheit über dieses Loch auszukundschaften – oder falls doch, hatte es niemand überlebt, um über seinen Fund zu berichten. Dadurch wurden die Geschichten über den Ort natürlich noch phantastischer. So manch ein Mann hatte sein Leben hier verloren, war von Banditen oder den Soldaten der Rebellen in die Tiefe des Abgrunds gestoßen worden, und es wurde sich erzählt, daß man an Winterabenden das unheimliche Stöhnen der Toten hören könnte, das wie ein weit entferntes, grausiges Pfeifen klingen würde.

Das war der Ort, an den Sly Jenny schließlich brachte, um hier, wie er behauptete, auf Luke zu warten, der ihnen sicherlich folgen würde.

»Und dann bringe ich euch beide um«, erklärte Sly mit einem boshaften Grinsen. Sein Gesicht war trotz des kühlen, schattigen Waldes schweißgebadet, und sein gesundes Auge glänzte unnatürlich. »Er ist ein Dorn in meinem Fleisch gewesen, solange ich mich erinnern kann. Ich wollte Maybelle schon immer haben, wissen Sie, von Kindheit an. Aber nachdem ich von zu Hause weggelaufen war, bin ich nicht so oft zurückgekommen, wie ich hätte sollen. Sie war es nachher leid zu warten. Ich schätze mal, das ist der Grund, warum sie sich später Morgan geschnappt hat. Aber das habe ich ihr heimgezahlt. Ja, ganz bestimmt. Am Ende hat es ihr auch leid getan, daß sie nicht auf mich gewartet hat, besonders, als Morgan es zu nichts brachte. Da war es leicht, sie zu überreden, daß sie mit mir kommt. Nachdem ich dann genug von ihr hatte, habe ich sie an eine alte Bordellmutter in Saint Louis verkauft. Maybelle war da nicht mehr so hochnäsig und eingebildet. Nein, das auf keinen Fall.« Sly schüttelte grinsend den Kopf, als er sich daran erinnerte.

»Ich habe sie vorher noch Moffatt und ein paar anderen überlassen. Das hat ihr ein wenig von ihrem Hochmut genommen. Ich denke, den Rest wird die alte Hexe von einer Bordellmutter ihr wohl ausgepeitscht haben. Aber … zum Teufel! Maybelle war schon lange davor eine Hure. Scheiße! Selbst Tully hat sie sich vorgenommen. Es hat ihn insgeheim immer nach ihr gelüstet, diesen inzuchtbesessenen Bastard. Er war anschließend ein wenig außer sich, aber ich habe ihm gesagt, es spiele keine Rolle, daß er ihr Bruder sei und so. Himmel! Sie hat schließlich für den halben Staat Missouri ihre Beine breitgemacht. Warum nicht auch für Tully?

Aber er ist tot, wissen Sie das? Sie haben ihn nämlich mit Morgans Gewehr erschossen«, klagte Sly Jenny an. »Er war es, der an dem Abend, als ich Sie entführt habe, hinter Morgans kleinem Bastard hergeritten ist. Der arme Tully. Wahrscheinlich hat er nicht mal gemerkt, was mit ihm passiert ist. Die anderen sagten, Sie hätten ihm den Hinterkopf weggepustet. Dafür werden Sie büßen, Sie miese Hexe. Abgesehen von Orin war Tully der beste Freund, den ich je hatte«, erklärte Sly und nahm einen weiteren kräftigen Schluck aus seiner Whiskeyflasche, an der er schon den ganzen Tag hing.

Wie betäubt hörte Jenny seinen gräßlichen Erzählungen zu. Doch trotz dieser schrecklichen Geschichten hoffte sie inständig, er würde weiterreden, so betrunken und fiebernd wie er war, ohne sie richtig wahrzunehmen. Jenny wurde es mit der Zeit vollkommen gleichgültig, was er da von sich gab, Hauptsache es hielt ihn davon ab, sie so brutal zu benutzen, wie er es bei Evangeline getan hatte. Vorher war er nur damit beschäftigt gewesen, daß sie ihr Ziel erreichten und bis dorthin durchhielten. Aber jetzt, da sie am Devil's Den, dem Ort, der zu Slys bösen Absichten paßte, angekommen waren, gab es für ihn nichts anderes mehr zu tun als zu trinken. Jenny fürchtete, er würde bald den Verstand völlig verlieren und beginnen, sie in einem anderen Licht zu sehen – sie zu begehren …

Es ging ihm nicht gut, das merkte Jenny. Sein Bein war angeschwollen. Eiter rann aus der stark entzündeten Wunde und zog eine Horde hungriger Fliegen an, die Sly nur gelegentlich aufscheuchte. Jenny meinte, daß sie bereits den üblen süßlichen Geruch von Wundbrand riechen konnte. Sie waren in den vergangenen Stunden schon wesentlich langsamer vorwärtsgekommen, so langsam eigentlich, daß sie Hoffnung hatte, Luke müsse ihnen dicht auf den Fersen sein und würde sie jeden Moment einholen. Wenn es ihr nur gelänge, Sly bis dahin von sich abzulenken! Doch da zuckte er zu ihr herum, sein gesundes Auge funkelte böse, und die Begierde stand ihm ins Gesicht geschrieben. Jenny wußte, die Zeit der Warterei war vorbei.

Sie bemühte sich, nicht an Evangeline, an Honor oder Bliss zu denken. Sie versuchte zu verdrängen, daß der Mann und seine Verbrecherhorde ihre Schwägerin und ihre Schwestern brutal vergewaltigt hatten, ehe sie sterben mußten. Doch die Erinnerungen ließen sich nicht so leicht abschütteln und überwältigten sie in einem Maß, daß sie nicht mal mehr merkte, wie sie aufschrie, als Sly seinen Mund auf ihre Lippen und ihren Hals preßte und ihr gleichzeitig mit den Händen das Oberteil des Kleides zerriß.

Wie rasend wehrte Jenny sich gegen ihn, suchte nach dem Messer, das er bei sich trug. Da! Sie bekam die Waffe zu fassen, zog die Klinge hastig aus der Scheide und stach mit aller Kraft zu. Sie traf Sly im Rücken, knapp über der Hüfte. Doch sie war nicht darauf vorbereitet, wie es sich anfühlen würde, wenn ein Messer in Fleisch drang und vom Knochen abprallte, so daß sie es entsetzt zurückriß. Fluchend vor Schmerz stemmte Sly sich hoch, so daß Jenny ein Stück von ihm wegrücken konnte und er nicht vollends auf sie fiel, als er zurücksackte. Sofort entwendete er ihr jedoch das Messer, indem er ihr Handgelenk umfaßte und es heftig mitsamt der Waffe auf den Boden schlug. Qualvoll schrie Jenny auf und ließ das Messer kraftlos fallen. Aber während sie das tat, schaffte sie es auch, ihr Knie an sich zu ziehen und es Sly in die Lenden zu rammen. Mit einem schrillen Aufjaulen rollte er sich von ihr weg, und in der Zeit, in der er versuchte, zu sich zu kommen, faßte Jenny nach dem Schlüssel, den er um den Hals trug, und riß ihm das Lederarmband, an dem er hing, entzwei.

Bebend bückte sie sich, um die Eisenschelle an ihrem Bein aufzuschließen, doch ehe sie es schaffte, stürzte sich Sly auf sie, riß ihr den Schlüssel aus den Fingern und warf ihn in seiner Wut ins Devil's Den.

»Du Hexe!« brüllte er. »Hast du wirklich geglaubt, du könntest mir so einfach entkommen?«

Erneut begrub er sie unter sich und preßte seine Lippen auf ihren Mund. Als er mit seiner Zunge ihre Lippen teilte und in ihren Mund drang, wollte sie sich übergeben. Gleichzeitig gelang es ihm aber, endgültig den Stoff ihres Oberteils zu zerreißen und damit ihre Brüste zu entblößen. Gierig quetschte er das weiche Fleisch mit seinen schwieligen Händen. Doch als er seine Lippen auf ihre Knospen preßte, schrie Jenny zutiefst angeekelt auf und wünschte sich, sie könnte sterben.

Aber plötzlich war sie frei. Luke war da! Haßerfüllt prügelte er mit bloßen Fäusten auf Sly ein.

Die beiden Männer rollten sich über den Boden, zogen Jenny, hilflos wie sie war, mit sich, bis sie glaubte, ihr angekettetes Bein müsse von der Wucht des Zerrens ausgerenkt werden. Zu ihrem maßlosen Entsetzen sah sie, wie ihr Mann und sein Gegner jetzt dicht an der Öffnung des Devil's Den miteinander rangen. Jeder der beiden versuchte, den anderen hineinzustoßen. In ihrer Sorge und übergroßen Liebe zu Luke hatte sie nur Furcht um seine Sicherheit. Sie verschwendete keinen Gedanken daran, was aus ihr werden würde, wenn Sly in das Loch geschleudert würde. Erst als sie merkte, wie sie sich unaufhaltsam selbst diesem Abgrund näherte, begriff sie, in welcher Gefahr sie in Wirklichkeit schwebte.

Panisch versuchte sie, sich am Boden festzukrallen, doch nirgends gab es einen Halt. Gräser und Blumen, die sie in ihrem verzweifelten Versuch, ihren Absturz aufzuhalten, erwischte, riß sie samt Wurzelwerk aus dem Boden.

»Luke!« schrie sie. »Luke!«

Dann verschwand Sly im Abgrund, und Jenny merkte, wie sie wegrutschte und rutschte ...

Sie hatte das Gefühl, die Arme würden ihr ausgerenkt, als Luke sie im letzten Moment an ihren Handgelenken erwischte, so daß sie nicht in die gähnende Dunkelheit hinunterstürzte. Dennoch war die Kraft, mit der Slys Gewicht an ihrem angeketteten, verkrüppelten Bein zog, stärker, als Jenny es auszuhalten vermochte. Tränen brannten ihr in den Augen, als sie in das geliebte, erschrockene Gesicht ihres Mannes schaute.

»Halt dich fest, Jenny.« Seine Stimme klang gepreßt. »Wir haben dich gleich da herausgeholt. J. R., Toby«, schrie er. »Holt ein Seil und helft mir mal hier.«

»Du ... du verstehst das nicht, Luke«, keuchte Jenny. Er glaubte wohl, sie wäre durch den Kampf der beiden Männer versehentlich getroffen und in das Loch geraten. »Senator ... Senator Taggart hat mich mit dem Bein an sein Handgelenk gekettet.«

»Das stimmt, Morgan!« grölte Sly aus der Tiefe. »Wenn ich hinunterfalle, nehme ich deine reizende Frau mit. Wenn du sie retten willst, mußt du mich auch hochziehen. Gut, was?« Sein meckerndes Lachen drang unheimlich aus der Tiefe.

»Himmel, Donnerwetter«, flüsterte Luke. »Du meine Güte.« Er schluckte und rief dann: »Also gut, Taggart. Halten Sie still. Wir werden Jenny zuerst hochholen.« Er schaute ihr in die angstvoll geweiteten Augen und lächelte ihr aufmunternd zu. »Bist du bereit, mein Schatz? J. R. schlingt dir das Seil um die Taille und kümmert sich um deine Beinfessel. Gleichzeitig werden Toby und ich dich herausziehen. Wir machen das ganz vorsichtig, also verhalt dich ruhig, und es wird alles bestens laufen. Wir fangen an. Alles klar?«

»Alles klar«, murmelte Jenny.

Langsam begannen die drei Männer, sie hinaufzuziehen. Deutlich war bei dieser Anstrengung das Spiel ihrer Muskeln zu sehen. Schließlich schafften sie es, Jenny über den Rand des Devil's Den zu zerren. Im selben Moment zogen sie die Kette höher, damit Jennys Bein von Slys Gewicht entlastet wurde. Reglos lag sie auf dem Boden und schluchzte dann erleichtert, während Luke sie liebevoll in die Arme nahm. Immer wieder küßte er sie, als müsse er sich davon überzeugen, daß sie wirklich vor ihm lag.

»Was dauert das so lange, Morgan?« brüllte Sly. »Hol mich endlich hier raus! Ich habe den Schlüssel für diese Eisenschellen weggeworfen, also glaub ja nicht, ihr könnt euch einfach davonmachen und mich verrotten lassen.«

»Schon gut, schon gut«, knurrte Luke. »Raif, du und Billy

Clay haltet weiter die Kette und Jenny fest, während wir den Schurken da heraufholen.«

Sobald die beiden jüngeren Brüder Jenny samt der Kette fest im Griff hatten, damit sie nicht in das Loch zurückrutschen konnte, versuchten Luke und die anderen, Sly an der Kette aus dem Abgrund zu ziehen – aber ohne Erfolg. Offenbar hatten sich die schweren Eisenglieder an einem vorspringenden Felsen verhakt und ließen sich nicht mehr bewegen.

»Zum Donnerwetter!« schimpfte Luke. »Was machen wir denn jetzt?« Er biß sich auf die Unterlippe und dachte angestrengt nach, dann befahl er: »Billy Clay, bring mal die Axt.«

Eine Zeitlang schlugen die Männer abwechselnd auf die Eisenverflechtung ein, aber sie gab nicht nach. Schließlich hörten sie schweißgebadet auf. Luke musterte Jenny aufmerksam und sah, daß Angst, Schmerz und Erschöpfung sie fast ohnmächtig machten. Er war sich nicht sicher, wieviel sie noch auszuhalten vermochte.

»Toby ...«, er wandte sich an seinen Bruder, »... meinst du, du könntest die Kette sprengen, ohne daß Jenny etwas passiert?«

Nachdem er kurz gegrübelt hatte, bejahte Tobias zögernd.

»Ja ich glaube schon«, meinte er. »Aber ich fürchte, Senator Taggart wird die Explosion ins Jenseits befördern.«

»Kein Schaden«, entschied Luke unwirsch.

»Oh, Luke, nein. Nein«, protestierte Jenny schwach. »Es muß doch einen anderen Weg geben. Er ... er hat meine Familie ermordet. Aber ich will ... ich will nicht für seinen Tod verantwortlich sein ...«

»Ich weiß«, erwiderte Luke beschwichtigend. »Es hat eine Zeitlang gedauert, bis ich die einzelnen Ereignisse von jenem Tag auf Faxon's Folly zusammensetzen konnte. Ich will ebensowenig wie du, daß Taggart stirbt, Jenny. Mir wäre es lieber, er würde leben und müßte sich einem Gerichtsverfahren unterziehen, damit er ordnungsgemäß für seine Taten bestraft und gehängt wird. Aber ich sehe keine andere Möglichkeit, dich zu befreien, mein Schatz. Und dich zu verlieren werde ich nicht zulassen. Du bist meine Liebe und mein Leben.« Er sah erneut seinen Bruder an.

»Tu es, Toby«, verlangte er. Sie rammten einen dicken Eisennagel durch ein Glied der Kette in den Boden, damit Jenny durch Taggarts Gewicht nicht womöglich wieder heruntergezogen wurde. Dann legte sich Luke über Jenny, um sie mit seinem Körper zu schützen.

Zum ersten Mal in seinem Leben zitterten Tobias' Hände, als er in seine Satteltaschen griff und ein Stück von dem Dynamit, das er immer bei sich trug, herausholte. Sorgfältig nahm er die Stange in die Hand, brach die Spitze auf und schüttete etwas von dem Pulver heraus, damit die Explosion nicht zu gewaltig ausfiele. Dann steckte er die Zündschnur wieder hinein. J. R. hielt ihn an den Beinen fest, während Tobias sich über den Rand von Devil's Den beugte und die Stange in ein Glied der Eisenkette steckte.

»Was machst du da, du Schurke? Morgan, was macht ihr Halunken da?« schrie Sly.

»Sprich dein letztes Gebet, Taggart«, rief Luke ungerührt. »Für dich ist das Ende gekommen.«

Tobias entflammte die Zündschnur, und die vier Brüder wichen zurück, um in Deckung zu gehen, während Luke und Jenny sich auf dem Boden aneinanderdrängten und auf die Explosion warteten.

»Ich liebe dich, Jennilee«, flüsterte Luke, hielt sie fest umfangen und lächelte sie zärtlich an.

»Ich liebe dich auch, Luke.«

Es blieb ihnen keine Zeit, mehr Worte miteinander zu wechseln. Der Boden neben ihnen wurde mit einem ohrenbetäubenden Knall auseinandergerissen und Erde in sämtliche Richtungen gespritzt. Von der Wucht der Explosion wurden Jenny und Luke durch das weiche Gras – weg von dem todbringenden Abgrund geschleudert

Wenig später kehrte völlige Stille ein. Da riß Luke Jenny mit dem allseits bekannten wilden Schrei »Jipp-Jipp-Jäh!« in die Arme und küßte sie leidenschaftlich, bis sie gleichzeitig lachte und weinte. Endlich hatte sie die Gewißheit, daß sie vom letzten bösen Schatten ihrer Vergangenheit befreit war. Von jetzt ab würden ihre Erinnerungen mit diesem wunderbaren Augenblick beginnen.

»Jennilee, mein Banditenherz«, wisperte Luke ihr ins Ohr. »Laß uns heimkehren.«

Fünftes Buch

Sieh die Verzauberung dort

40. Kapitel

Ozark Mountains, Datum unbekannt

Der Einsiedler verstummt. Seine Geschichte ist beendet, und obwohl es lange gedauert hat, was er zu erzählen hatte, scheint es doch viel zu schnell vorbeigegangen zu sein. Der Zauber der Geschichte war so fesselnd, daß man nicht bemerkt hat, wie spät es schon ist, so rasch ist die Zeit vergangen. Wie hoch der Mond bereits am Nachthimmel steht und wie hell die Sterne an dem samtblauen Firmament leuchten!

Die Berge in der Ferne bilden eine gezackte Linie am Horizont – majestätisch, beeindruckend, einmalig. Es fällt einem nicht schwer zu glauben, daß es dieselben Berge sind, in denen einmal die Schreie der Rebellen und die Rufe der Yankees, wie der ungestüme Ruf »Jipp-Jipp-Jäh!«, berühmt geworden durch Quantrill's Raiders, widergehallt sind. Es fällt einem noch weniger schwer, sich vorzustellen, daß es dieselben Berge sind, in denen die Morgan-Bande ihr Unwesen trieb und in denen Luke und Jenny einst über die Waldwege schlenderten, Hand in Hand, die Liebe zueinander in ihrem Blick.

Die Berge vermitteln Alterslosigkeit und besitzen einen unverzagten Geist, eine zauberhafte, geheimnisvolle Ausstrahlung, so als gehörten sie in ein Märchen oder eine Fabel. Aber sie sind wirklich da. Doch sind sie noch unberührt und unbeschädigt, gut bewacht von jenen, die nicht wollen, daß Fremde in den ungestörten Lebenszyklus der Ozark Mountains eingreifen.

Hier sind die alten Weisen nicht vergessen, sondern werden ehrfürchtig gehütet. Die Bewohner wissen, daß die Dinge, die es wert sind zu besitzen, nicht gekauft werden können, sondern einem geschenkt werden, daß man sie nicht anfassen, sondern nur mit dem Herzen fühlen kann. Sie mögen nach alter Sitte schlicht leben – aber sie leben gut, unbelastet von materiellen Gütern, weit weg vom Hasten und Jagen der Städte. Denn in diesen Bergen findet man den Frieden, eine Ruhe so tief, so süß, und erlebt eine unermeßliche Zufriedenheit.

Man sehnt sich danach, an diesen besonderen Ort in den Bergen zurückzukehren, der selbst jetzt noch Luke und Jenny gehört, das saftige Gras und den fruchtbaren Erdboden unter den Füßen zu spüren, die zarten Düfte der Ranken und Blumen, die noch feucht sind vom Tau, zu genießen, und über die Stelle zu gehen, wo die Liebenden unter dem weichen, dicken Moos schlafen. Sie ruhen dort nur und wachen bei Sonnenuntergang auf. Das ist das Mysterium dieses Platzes.

Man wendet sich an den Einsiedler und fragt ihn, ob er einen Fremden zu diesem verzauberten Hain führen wird, doch er ist aufgestanden und in seine Hütte gegangen. Nur das schwache Aroma seiner Maiskolbenpfeife ist zurückgeblieben, so daß man überhaupt weiß, er war da. Sein leerer Schaukelstuhl bewegt sich noch leicht in der kühlen Abendbrise, das gedämpfte Knarren des Holzes vermischt sich mit dem Rascheln der Blätter, dem Ächzen der Zweige und dem leisen Plätschern des fernen Bergbaches. Ein schwaches Licht schimmert hinter seinem Fenster.

Jetzt fühlt man sich wie ein Eindringling, steht schweigend und in Gedanken versunken auf, verläßt die Veranda und tritt hinaus auf den von Steinen übersäten Pfad, der sich von den Bergen bis hinunter ins Tal schlängelt.

Wie hat der Einsiedler von der Geschichte erfahren, die er da erzählt hat? Wie konnte er sie in ihren ganzen Einzelheiten so genau kennen? Eindeutig bleibt das ein Geheimnis, denn der Einsiedler hat alles erzählt, was er erzählen wollte.

Auf halbem Weg bleibt man stehen und lauscht dem Geräusch, das der Wind mit sich trägt. Es hört sich fast so an, als wäre irgendwo – vielleicht in der Hütte des Einsiedlers – ein Musikkästchen aufgezogen und der Deckel geöffnet worden. Eine süße, klagende Melodie erklingt und schwingt in den Bergen wider, so als würde eine Frau ihrem Mann etwas zuflüstern, so als würden

Luke und Jenny leise miteinander lachen, sprechen und ihrer Leidenschaft Ausdruck geben, auf den Flügeln der Nacht getragen.

Und welche Melodie spielt dieses Musikkästchen? Es ist eine alte französische Ballade, die *»Plaisir d'Amour«* heißt – »Die Wonne der Liebe«.

BLANVALET

SANDRA BROWN

Alexandra Gaither kommt nach Jahren in ihre Heimatstadt zurück, um den Tod ihrer Mutter aufzuklären: Drei Männer kommen in Frage, und alle drei sind reich, mächtig und überaus charmant...

»Ein Meisterwerk leidenschaftlicher Erzählkunst!«
Affaire de Cœur

Sandra Brown. Celinas Tochter 35002